HEYNE
BÜCHER

Die Romane

Ob zu Zeiten der Wikinger oder im England des 19. Jahrhunderts, Catherine Coulter lässt ihre Leser teilhaben an Geschichten voller Liebe, Leidenschaft und Abenteuer.

Im Schatten der Mitternachtssonne Der Wikinger Magnus Haraldson hat bei einer Handelsreise in New York die schöne Zarabeth gesehen und sich in sie verliebt. Die irischstämmige junge Frau mit den roten Haaren erwidert seine Gefühle, doch ihr Stiefvater Olav zwingt sie, sich gegen Magnus zu entscheiden.

Stolz und Leidenschaft Frances, die jüngste und temperamentvollste der drei Töchter des Grafen Ruthven, unternimmt große Anstrengungen, um häßlich, ungeschickt und unintelligent zu wirken, als Philip Hawksbury auf dem Besitz ihres Vaters erscheint, um sich eine Braut zu wählen. Doch alle Tricks helfen nichts, Philip wählt zu ihrem großen Entsetzen Frances. Da greift sie zu einem Trick.

Die Autorin

Die Amerikanerin Catherine Coulter gehört zu den Top-Autorinnen des historischen Liebesromans. Von ihren mehr als 30 Romanen wurden weltweit und in zahlreichen Sprachen über 20 Millionen Exemplare verkauft. Unter ihren Büchern finden sich auch etliche Romanzyklen, vorwiegend Trilogien.

Die Autorin lebt in Nordkalifornien. Zahlreiche ihrer Romane sind im Wilhelm Heyne Verlag lieferbar.

Catherine Coulter

Im Schatten der Mitternachtssonne

Stolz und Leidenschaft

Zwei abenteuerliche Liebesromane

WILHELM HEYNE VERLAG
MÜNCHEN

HEYNE TIPP DES MONATS
Nr. 23/168

Umwelthinweis:
Dieses Buch wurde auf
chlor- und säurefreiem Papier gedruckt.

2. Auflage
Taschenbuchausgabe 9/2000

Printed in Germany 2002
Quellennachweis: s. Anhang
http://www.heyne.de
Umschlagillustration: John Ennis/
Agentur Schlück
Umschlaggestaltung: Nele Schütz Design, München
Druck und Bindung: Elsnerdruck, Berlin

ISBN: 3-453-16882-8

Im Schatten der Mitternachtssonne

1

York, Hauptstadt von Danelagh

Ihr Name war Zarabeth. Sie war die Stieftochter des Dänen Olav des Eitlen, eines reichen Pelzhändlers aus Jorvik, oder York, wie die ansässigen Angelsachsen es nannten. Sie war nicht die schönste Frau, die er je gesehen hatte. Seine Sklavin Cyra sah verführerischer aus, war üppiger ausgestattet als diese Frau. Sie hatte nicht das blonde, in der Mittagssonne beinah weißschimmernde Haar der Frauen und Männer seines Heimatlandes. Ihr Haar war feuerrot, ein leuchtendes Rot, ein Rot wie Blut, wenn die Sonne es nicht durchglühte. Sie trug es offen in sanften Locken über den Rücken fallend, gelegentlich auch in zwei schweren Zöpfen, die sie hochsteckte. Dieses Haar mußte ein Erbe der Mutter sein, die von der Insel im Westen stammte, die man Irland nannte. Er hatte die Garnison in Dublin vor einigen Jahren angelaufen, um Sklaven zu kaufen und Handel zu treiben mit Elfenbein von Seehundzähnen, Pelzen, Hirschgeweihen, Gefäßen und Schmuck aus Speckstein. Wie es hieß, vermehrten sich die Iren wie die Karnickel, und solch auffallend rotes Haar war bei diesen Menschen häufig zu finden. Auch die Augen der Frau hatten eine seltsame Farbe, ein merkwürdiges Grün, ein Farbton, der ihm in Irland nicht aufgefallen war, ein Grün, das ihn an nasses Moos erinnerte. Er betrachtete sich gelegentlich in einer polierten Silberplatte und wußte daher, daß seine Augen — wie die seiner Landsleute — blau waren wie der Himmel, wenn er friedlicher Stimmung war, und tiefblau wie der Oslofjord, wenn der Zorn ihn packte. Seine Mutter Helgi hatte ihn einmal mit der Bemerkung in Verlegenheit gebracht, das Blau seiner Augen sei so glatt und warm wie das Ei einer Drossel.

Zarabeth war hochgewachsen, eigentlich zu groß für eine Frau, doch er war ein großer Mann und überragte sie um mehr als eine Hauptlänge, deshalb scherte er sich nicht viel darum. Dalla, seine erste Frau, war klein gewesen, sie reichte ihm kaum bis zur Brust, und er war sich oft vorgekommen, als hielte er ein Kind im Arm, nicht ein Weib.

Er betrachtete Zarabeth aus ziemlicher Nähe und sah ihre weiße Haut, die makellos wie frisch gefallener Bergschnee schimmerte.

Wenn sie lächelte, bildeten sich Grübchen in ihren Wangen. Dieses Lächeln zog ihn in seinen Bann. Schade, dachte er, daß kein Wikingerblut in ihren Adern floß; er bedauerte es ein bißchen.

Nein, sie war nicht die schönste Frau, die er je gesehen hatte, dennoch begehrte er sie stürmischer als je eine Frau zuvor. Er wollte mit ihr das Lager teilen, tief in ihr weibliches Fleisch eindringen und sich in ihr ergießen. Er wollte auch mit ihr reden, ihr seine Träume und Pläne mitteilen. Er wollte mit ihr nach Hedeby segeln, dem südlich gelegenen Handelshafen an der Mündung des Flusses Schlei, die Verbindung zum Baltischen Meer. Nördlich von Hedeby und der Inselgruppe der Schären lag die zerklüftete Südspitze Schwedens, nur zwei Tagesreisen auf See von York entfernt. Er wollte mit ihr durch den Großen Sund, der sich im Süden in das Baltische Meer öffnete, um dann die Dvina flußaufwärts und zum oberen Dniepr weiter nach Kiew zu segeln. Vielleicht würde er mit ihr über Kiew hinausfahren bis zu der goldenen Stadt am Schwarzen Meer, von den Wikingern Miklagard und von anderen Völkern Konstantinopel genannt. Und ebenso plötzlich, mit ebensolcher Heftigkeit dachte er an Kinder mit ihr, flachsblonde Knaben und Mädchen mit leuchtendroten Haaren. Er sah einen Knaben vor sich mit grünen Augen wie nasses Moos.

Er, Magnus Haraldsson, war ein 25 Jahre alter Jarl, ein Edelmann, und zweiter Sohn von Herzog Harald. Er besaß das Gehöft Malek, das ihm von seinem Großvater vermacht worden war. Sein Boden war reich und fett, im Gegensatz zu den steinigen Böden im Süden Norwegens, die sich nicht zum Ackerbau eigneten. Seine Erde brachte ihm gute Ernten von Gerste, Weizen und Roggen. Magnus war auch Handelsmann, dem sein Vater nicht ohne Stolz einen gewitzten Geschäftssinn bescheinigte. Und er besaß sein eigenes Schiff, die *Seewind.* Dazu besaß er ein Dutzend Sklaven, die er bei seiner letzten Fahrt gekauft hatte. Für ihn arbeiteten die Anführer kleiner Stämme im Tausch gegen Ländereien, wo sie Ackerbau treiben konnten, um ihre Familien zu ernähren. Viele dieser Edelmänner waren seine Freunde, sie segelten nicht nur mit ihm in die Handelszentren, sondern boten dort auch ihre eigenen Waren an.

Magnus war mit siebzehn eine von seinen Eltern arrangierte Heirat eingegangen, und er hatte einen Sohn, Egill, der nun bald acht Jahre alt war. Seine Frau Dalla, auch sie noch ein halbes Kind, war zwei Jahre nach der Geburt des Sohnes gestorben. Er hatte um sie getrauert, als habe er einen Spielgefährten verloren. Im Verlauf der Jahre, als er älter wurde und sich mit vielen Frauen vergnügt hatte, glaubte er, keine zweite Frau und keine weiteren Kinder zu brauchen. Er verachtete verheiratete Männer als an Haus und Herd gebundene Schwächlinge, selbst wenn sie vier Monate im Jahr auf See und mit Raubzügen verbrachten. Doch mit einem Mal dachte er anders darüber. Seine derzeitige Bettgenossin Cyra interessierte ihn nicht mehr, obschon sie sanftmütig war, zumindest in seiner Gegenwart, und ihm körperliche Lust bereitete.

Während er Zarabeth beobachtete, dachte er an seinen Sohn, der eine Mutter brauchte, war aber ehrlich genug, sich einzugestehen, daß Gedanken an Egills Wohlergehen nicht im Vordergrund seiner Überlegungen standen.

Er wollte sie haben, und er würde sie bekommen.

Beim Klang ihres Lachens hob Magnus den Blick zu ihrem Gesicht. Melodisch, kehlig und frei klang dieses Lachen. Er sah ihre Grübchen, die weißen Zähne, und er war vollends verzaubert. Ihre Brüste hüpften mit ihrem Lachen, das sein Herz erwärmte; die Bewegung ihrer Brüste machte ihn hart wie Stein. Am liebsten hätte er sie sich über die Schulter geworfen, sie in den Wald getragen und sie unter den tiefhängenden Zweigen einer Föhre bestiegen.

Ihr Stiefvater, Olav der Eitle, war ein wohlhabender Mann; ihr Brautpreis würde entsprechend hoch sein, höher als die meisten Männer bezahlen konnten. Doch er würde bezahlen, obschon er Olav den Eitlen verachtete, der bei vielen Wikinger Kaufleuten den Beinamen Olav der Betrüger hatte. Er redete mit großen Gesten, blendete seine Umgebung mit unvermuteten Ausbrüchen von Großmut, drehte er sich daraufhin um, betrog er genau dieselben Leute in kleinen Dingen. Er war schwierig zu durchschauen, hochmütig und engstirnig, gab sich aber großzügig und war im Herzen ein Kleinkrämer. Magnus hätte gerne gewußt, wie er seine Stieftochter behandelte.

Zunächst galt es, diese Zarabeth kennenlernen, ein Name, der ihm nicht leicht über die Zunge kam, der fremdländisch und geheimnisvoll klang. Er hatte sich irgendwie verändert, seit er sie zum ersten Mal vor zwei Tagen gesehen hatte. Er zauderte, beobachtete sie wie ein hungriger, junger Wolf, ging nicht wie gewohnt direkt auf sein Ziel los. Diese plötzliche Unsicherheit, dieser Mangel an Selbstvertrauen erstaunte und verärgerte ihn. Schließlich war sie nur eine Frau, dem Mann untertan. Sie mußte seinen Befehlen gehorchen: er würde sie den rechten Weg führen — doch noch hatte er ihren Weg nicht einmal gekreuzt. Der Aufruhr an Gefühlen, den sie in ihm auslöste, war ihm lästig. Sie weckte seinen Beschützerinstinkt, löste Zärtlichkeit in ihm aus. Plötzlich blitzte es schelmisch in ihren Augen, und er lächelte, hätte gerne ihre Gedanken gewußt.

Aber er redete sich immer wieder ein, daß sie nur eine Frau war, der er seinen Willen aufzwingen, die er bald besitzen würde. Dann würde sie nur für ihn lachen, und ihre Brüste würden nur für ihn lustvoll auf und ab hüpfen. Er war Magnus Haraldsson, Herr seines eigenen Gehöftes. Malek würde ihr gefallen, und das Gravaktal kannte nichts Vergleichbares an Schönheit. Sie würde nicht einsam sein, da seine Eltern und sein älterer Bruder nicht weit weg wohnten, und Kaupang lag nur eine Tagesreise mit dem Schiff entfernt, die Handelsstadt an der Westküste Norwegens, direkt am Oslofjord.

Sie hatte sich in Bewegung gesetzt, und er löste sich von dem Türstock, gegen den er lehnte. Sie nahm ein kleines Mädchen an die Hand, das still neben ihr stand, beugte sich zu ihr und redete leise auf das Kind ein, dabei machte sie seltsame Handbewegungen. Dann richtete sie sich auf, verabschiedete sich lächelnd von den Frauen, mit denen sie geplauscht hatte und schritt über den Platz mit dem Stadtbrunnen. Dabei wich sie anmutig den Schmutzpfützen und Kothaufen aus, verscheuchte Fliegen, die scharenweise im Schmutz summten. Ihr herrliches, rotes Haar glühte wie Feuer in der frühen Nachmittagssonne. Sie war schlank, und unter dem weichen Wolltuch ihres Gewandes verbargen sich gewiß stramme, weiße Hinterbacken. Es kribbelte ihm in den Fingern bei dem Gedanken, ihr Fleisch zu kneten.

Dann runzelte er die Stirn. Sie war kein junges Mädchen mehr. Sie mußte mindestens achtzehn Jahre alt sein, älter als die meisten Frauen, die bereits verheiratet waren und Säuglinge an den Brüsten nährten. Nicht Zarabeth, Stieftochter von Olav dem Eitlen. Forderte ihr Stiefvater einen zu hohen Brautpreis für sie? Wieso war sie noch unverheiratet? War sie zänkisch? Schätzte er sie falsch ein?

Gelegentlich durften Frauen einen Bewerber ablehnen. Vielleicht gewährte Olav der Eitle ihr dieses Recht, und sie war noch keinem Mann begegnet, den sie zum Ehemann haben wollte.

Er lächelte. Ihn würde sie nicht ablehnen; daran hegte er keinen Zweifel. Er würde schon dafür sorgen.

In der Straße der Zimmerleute, dem Coppergate, blieb sie erneut stehen und redete mit dem Goldschmied, einem Mann, dessen Vater und Großvater vor ihm bereits Armbänder und Ringe gefertigt hatten, in feinstes Silber und Gold gefaßten honigfarbenen Bernstein vom Baltischen Meer oder Gagat, dem schwarzen Bernstein, aus der Gegend um Whitby. Sie verabschiedete sich, beschleunigte ihre Schritte und strebte einem großen Haus mit Wänden aus schweren Eichenplanken und einem Dach aus kunstvoll geschichteten Holzschindeln zu. In York standen sämtliche Häuser dicht aneinander gedrängt, in den engen Gassen zwischen den Häusern stank es erbärmlich und sie waren düster und nicht ungefährlich, da sich allerlei Gesindel darin herumtrieb.

Magnus blieb stehen und zog seinen Wolfspelz enger um die Schultern. Seine Finger tasteten nach der ziselierten Goldbrosche, die den Pelzumhang an der Schulter festhielt. Die Brosche hatte er letztes Jahr in Birka gegen drei Otternhäute getauscht.

Ein scharfer Wind war aufgekommen, und er war froh um den Wolfspelz. Plötzlich ärgerte ihn seine Unentschlossenheit. Er war schließlich nicht nur ein reicher Gutsherr und Handelsmann, er war der Sohn eines Herzogs, eines Jarls; ein Edler, erzogen zu herrschen und zu befehlen.

Eine Frau mit fremdländischem Namen und fremdartiger Haarfarbe machte ihn unsicher, verschaffte ihm dieses warme, beklemmende Gefühl in der Brust. Wütend und unwirsch wandte er sich um und kehrte auf sein Schiff zurück.

2

Magnus wollte sie am Brunnen auf dem Coppergate Platz treffen, wo die Männer am frühen Abend zusammenkamen und sich großspurige Geschichten erzählten, die heute ebensowenig Wahrheit enthielten wie vor hundert Jahren. Die Frauen holten Wasser aus dem Brunnen und setzten sich etwas abseits von den Männern, nähten Umhänge und Gewänder aus Wolltuch und hatten ein Auge auf die Kinder, die in der Nähe spielten. Es war eine Zeit der Muße nach einem arbeitsreichen Tag, Zeit zum Plaudern und Entspannen.

Magnus trat auf den breiten Platz, äugte wachsam zu den kleinen Männergruppen hinüber, gewohnheitsmäßig auf der Hut vor feindlichen Übergriffen. Dann sah er Zarabeth, die mit einem Holzkübel zum Brunnen ging, um Wasser zu holen. Sie war allein; das kleine Mädchen war nicht bei ihr.

Er ging auf sie zu, Entschlossenheit in jedem Schritt, blickte nicht links noch rechts und sprach sie an, während sie ihren Eimer in den Brunnen hinabließ: »Mein Name ist Magnus Haraldsson. Ich bin Gutsherr und Handelsmann. Ich lebe mit meiner Familie in der Nähe von Kaupang in Norwegen. Ich bin kein armer Mann, ich bin weder grausam noch hinterhältig, und ich möchte dich zur Frau nehmen.«

Zarabeth entglitt der Strick, an dem sie den Eimer hielt. Sie starrte in die Tiefe des Brunnens, bis sie das Klatschen auf dem Wasser hörte. Dann richtete sie sich auf und wandte sich dem Mann zu, der sie erschreckt hatte.

Ihr geradeaus gerichteter Blick traf seinen Hals, dann erst hob sie die Augen in sein Gesicht. Sie war gewohnt, Männern mitten ins Gesicht zu sehen. »Wie bitte? Du willst was?« Sie schüttelte den Kopf, ihr war zum Lachen zumute. »Ich muß deine Worte mißverstanden haben. Was hast du gesagt, Herr?«

Magnus wiederholte seine Worte geduldig, denn ihre

Stimme und ihr Lachen gefielen ihm. »Ich sagte, ich möchte dich zur Frau nehmen. Mein Name ist Magnus Haraldsson. Dein Name kommt mir schwer über die Zunge, aber ich werde ihn häufig aussprechen, dann fällt es mir bald nicht mehr schwer — Zarabeth.«

Die fremdländische Betonung ihres Namens klang hübsch, und sie lächelte, trotz seiner seltsamen Worte und seines dreisten Antrags, der wohl kaum ernstgemeint sein konnte. Freilich sah er auch nicht aus wie einer, der zu viel Met oder Bier getrunken hatte. Seine Worte erheiterten sie, ob ernstgemeint oder nicht. Er war ein gutaussehender Mann, rauh und aus grobem Holz geschnitzt, jung und hochgewachsen und kräftig gebaut. Wie die meisten seiner Landsleute hatte er blondes, volles Haar, seine Augen waren blau und klar wie der Sommerhimmel über York.

Sie neigte den Kopf seitlich, immer noch lächelnd. Er war unverfroren, dieser Wikinger. Sie spähte in den Brunnen hinunter. »Mein Eimer ist fort. Was mache ich jetzt nur?«

Magnus bestaunte das Leuchten ihrer grünen Augen. »Ich hole dir deinen Eimer wieder. Mein Name ist Magnus —«

»Ich weiß«, unterbrach Zarabeth. »Magnus Haraldsson, und du bist Gutsherr und Handelsmann, und du bist weder grausam noch hinterhältig, und du möchtest mich zur Frau nehmen.«

Er furchte die Stirn. Sie war dreist, diese Frau mit dem fremdländischen Namen und dem warmen Lächeln. Sie machte sich über ihn lustig; das behagte ihm nicht. »Ja«, sagte er kühl. »Ich möchte dich zur Frau nehmen. Und jetzt hole ich dir deinen Eimer wieder.«

Sie trat beiseite und sah ihm nach, wie er in Siegerpose zur Esse des Schmieds auf der anderen Seite des Platzes ging. Gleich darauf kam er wieder mit einer langen Stange, an deren Ende ein Eisenhaken befestigt war. Er beugte sich weit über den Brunnen und senkte die Stange in den

Schacht. Sie hörte das Plätschern des Wassers aus der Tiefe, dazu sein leises Fluchen, ohne die Worte zu verstehen. Er bemühte sich redlich, den Eimer herauszufischen, den seine Stange nicht erreichen konnte. Schließlich gab er endgültig auf, richtete sich auf und blickte sie an.

»Ich kann ihn nicht heraufholen, die Stange ist zu kurz. Ich werde dir den Eimer ersetzen, weil du wegen meiner Anrede erschrocken bist.«

Das gefiel Zarabeth. »Das ist nicht nötig. Ich war ungeschickt, weiter nichts. Du hast mich erschreckt, das war dein einziger Fehler.« Sie wartete lächelnd. »Du kennst meinen Namen, aber du weißt nicht wirklich, wer ich bin. Ich bin Zarabeth, Stieftochter von Olav, dem Pelzhändler, und . . .«

»Und du willst meine Frau werden, jetzt, da du mich kennengelernt hast«, beendete er ihren Satz mit großer Selbstverständlichkeit. »Du entscheidest dich schnell. Das gefällt mir an einer Frau.«

»Wie bitte?«

»Es ist gut, daß du eine Frau mit Verstand und rascher Entschlußkraft bist. Ich werde mit Olav dem Eitlen sprechen, wir werden uns über das Brautgeld einigen und dann . . .«

»Ich will dich nicht heiraten!«

Er blickte sie mit gefurchter Stirn an. »Wieso nicht? Soeben hast du gesagt, daß du mich willst.«

»Ich habe nichts dergleichen gesagt. Ich kenne dich nicht. Ich habe dich nie zuvor in meinem Leben gesehen. Du hast Schuld, daß ich meinen Eimer verloren habe. Was willst du überhaupt?«

»Ich bin ein Gutsherr und ein Handelsmann. Ich bin nach York gekommen, um Handel zu treiben, das tue ich mehrmals im Jahr. Ich habe dich vor zwei Tagen gesehen und dich beobachtet. Ich habe beschlossen, daß du die richtige Frau für mich bist. Du gefällst mir. Du wirst meine Lust stillen und meine Kinder gebären, du wirst meinen Herd feuern, meine Mahlzeiten kochen und meine Gewänder nähen.«

Zarabeth, eben noch belustigt über die Unverfrorenheit des Fremden, fühlte sich nun von seinem Hochmut abgestoßen. Er erheiterte sie nicht mehr, denn sie begriff, daß es ihm damit ernst war. Und mit einem Normannen war nicht zu spaßen, das wußte jeder. Aber es ergab keinen Sinn. Der Aufzählung seiner Anforderungen an sie nach zu schließen, brauchte er eine Sklavin. Besorgnis stieg in ihr hoch, denn seine Augen hatten sich verengt. Er wirkte nun nicht mehr wie ein gutmütiger Bursche, der gerne lachte. Sie würde ihm ihr Unbehagen aber nicht zeigen.

»Ist das alles, was du zu sagen hast, Magnus Haraldsson? Du glaubst, ich sei die Richtige für dich? Das klingt, als wolltest du mich zu deiner Magd machen. Nein, laß mich ausreden. Ich könnte doch auch ein zänkisches Weib sein mit einer lauten und giftigen Zunge. Und du? Womöglich verprügelst du Frauen. Vielleicht badest du nicht und riechst schlecht wie die verfaulten Eingeweide eines Wiesels. Vielleicht . . .«

»Das reicht, Zarabeth.« Er schwieg eine Weile. Dann schlossen sich seine großen Hände um ihre Oberarme. Sie erstarrte, zwang sich aber zur Ruhe. Sie standen schließlich mitten auf dem Coppergate Platz, umgeben von Leuten, die sie kannte. Manche schauten zu ihnen herüber. Sie mußte also keine Furcht haben. Sie lächelte ihn wieder an, diesmal war es ein banges, unsicheres Lächeln.

»Ich will dir keine Angst machen, doch mein Entschluß steht fest. Ich bade häufig, wie das in meiner Heimat üblich ist, ich stinke nicht. Rieche an mir, wenn du willst. Ich habe gesunde Zähne und kein Fett angesetzt. Fette Männer können nicht kämpfen. Ich werde nie Fett ansetzen. Und ich verprügle keine Frauen.« Er machte eine Pause, schien nachzudenken, dann hob er die Schultern. »Meine Sklavin Cyra hat es gern, wenn ich ihr den Gürtel über das Hinterteil und die Schenkel ziehe. Aber ich tue es selten, um sie nicht zu verwöhnen.«

Zarabeth starrte ihn ungläubig an. »Du hast eine Sklavin, die es gern hat, wenn du sie schlägst? An diesen ... Stellen? Das ist krank! Ich glaube dir nicht.«

Magnus hob erneut die Schultern. »Es ist, wie ich sage. Sie ist eine Frau von glühender Leidenschaft, und der Schmerz auf ihrem Hinterteil erhöht ihre Lust, wenn ich sie anschließend besteige.« Seine Augen verengten sich. »Warum glaubst du mir nicht? Ich spreche die Wahrheit, Zarabeth. Du wirst bald erkennen, daß ich nicht lüge.«

»Ich glaube dir. Aber vielleicht solltest du mit diesem Wissen behutsamer umgehen. Der Gedanke, daß jemand mich an diesen Körperteilen schlägt ... das will mir gar nicht gefallen.«

»Dann werde ich es nicht tun. Wenn du es nicht wünschst, werde ich dich nie schlagen, auch dann nicht, wenn du es schließlich doch wünschst.«

»Ich wünsche es nicht«, entgegnete sie, gegen ihren Willen fasziniert. »Ich werde diesen Wunsch nie haben.« Der Blick seiner blauen Augen hatte sich verändert, und sie spürte, daß er sie in ihrer Nacktheit zu sehen begehrte. »Läßt du mich jetzt bitte los, Magnus?«

»Nein. Ich fühle dein Fleisch gern unter meinen Fingern. Du bist warm und weich, und ich rieche deinen Frauengeruch gern.«

»Lockere wenigstens deinen Griff. Ich bekomme schnell blaue Flecken.«

Sogleich war der Griff seiner Finger um ihre Oberarme sanft und warm wie Sommersonne.

Er blickte sie weiterhin nachdenklich und aufmerksam an. »Du wirst mir sagen, was dir Lust bereitet. Ich bin ein Mann, der einer Frau gerne Lust bereitet. Und du wirst mein Eheweib sein. Ich bereite dir gern Freuden, damit du Lust an meinem Körper und an deinem verspürst. Als meine Ehefrau hast du das Recht, von mir, deinem Ehemann, befriedigt zu werden.«

Er sprach die Worte gelassen, mit tiefer, vertrauensvoller Stimme. Ihr Blick verweilte gebannt auf ihm. Mit dünner, leiser Stimme sagte sie zögernd: »Ich weiß nicht, was mir Lust bereitet.«

Ein Lächeln erhellte sein Gesicht, und er entgegnete freudestrahlend: »Das ist gut. Dann werden wir gemeinsam lernen. Ich gebe mir Mühe, dich nicht zu enttäuschen.« Nach einer Pause fuhr er fort: »Ich wollte dich aus der Nähe sehen. Du bist schön. Deine Haut ist sehr weiß. Ich beobachte dich seit zwei Tagen.«

»Ja, meine Haut ist sehr hell. Heller als deine.«

»Ja, weil du irisch bist. Hab' ich recht?«

Sie nickte, und er sah Schmerz in ihren Augen aufglühen und wunderte sich darüber.

»Waren beide, deine Mutter und dein Vater, irisch? Sind beide tot, auch deine Mutter?« Auf ihr zögerndes Nicken fragte er: »Wann ist sie gestorben?«

»Vor drei Jahren. Ihr Name war Mara. Mein Stiefvater Olav lernte sie in Limerick kennen und heiratete sie, als ich acht Jahre alt war. Mein Vater war ein Jahr zuvor gestorben, und das Leben war nicht leicht für meine Mutter, allein mit einem Kind. Dann kamen wir hierher.«

»Das kleine Mädchen, mit dem ich dich gestern gesehen habe, ist es Olavs Kind?«

Sie hob das Kinn, und diese unbewußt stolze Geste gefiel ihm und erstaunte ihn. Was hatte er gesagt, um ihren Trotz herauszufordern? Nach einer Weile antwortete sie: »Lotti ist meine kleine Schwester. Wer ihr Vater ist, tut nichts zur Sache.«

»Dann ist Olav der Vater.«

»Ja, ich liebe sie, und sie gehört mir.«

»Nein, sie gehört deinem Stiefvater.«

Zarabeth hob die Schultern und wandte den Blick. Er vermutete, daß sie mehr über das kleine Mädchen sagen wollte, doch dann meinte sie nur: »Es zählt nicht, welche Meinung du vertrittst. Ich muß jetzt gehen. Ich brauche einen neuen Eimer. Ich kann meine Zeit nicht mit dir vertrödeln.«

»Ich gebe dir einen neuen Eimer.« Sie schüttelte den

Kopf, doch er setzte mit ruhiger und leiser Stimme hinzu: »Von diesem Augenblick an wird meine Meinung in deinem Leben zählen. Jede meiner Taten wird dich betreffen, da du mir gehören wirst. Du wirst meine Worte beachten und sie dir zur Anleitung nehmen. Vergiß das nicht, Zarabeth. Soll ich dich zu deinem Haus begleiten, um deinen Stiefvater kennenzulernen? Verlangt er einen hohen Brautpreis?«

Nun war sie es, die ihre Hand auf seinen Arm legte. Ihre belustigte Entrüstung über seine Anmaßung war einer dumpfen Willenlosigkeit gewichen, die ihr Angst einjagte.

War sie dabei, den Verstand zu verlieren? Sie kannte diesen Mann überhaupt nicht, der sie erst vor wenigen Minuten angesprochen hatte.

»Magnus bitte, du bist voreilig, viel zu schnell. Ich kenne dich nicht. Du mußt mich verstehen.« Sie stellte plötzlich zu ihrem Erstaunen fest, daß sie die Hände rang. Darüber war sie so verblüfft, daß sie lange schwieg. Auch er sagte nicht, wartete ab, bis sie ihre Rede zu Ende führte. Schließlich holte sie tief Luft und sprach in ihrer normalen, ruhigen Art weiter: »Wenn du es wünschst, werde ich dich morgen hier treffen. Hier an der gleichen Stelle. Wir können reden, über dein Leben in Norwegen und über andere Dinge. Ich muß dich besser kennenlernen. Mehr kann ich dir jetzt nicht versprechen. Bist du damit einverstanden?«

»Du wirst mich gut genug kennenlernen, wenn du meine Ehefrau bist.« Er würde jetzt nicht mit ihr einig werden. Das enttäuschte ihn und machte ihn ungeduldig. Dennoch lächelte er sie an, und sein Lächeln war aufrichtig und zärtlich, und etwas in ihr veränderte sich. Wärme stieg in ihr hoch, etwas wundersam Berauschendes erfüllte sie, ungewöhnlich und völlig neu. »Du bist eine Frau, die mir etwas bedeutet. Ich werde mich etwas mehr im Zaum halten, auch wenn es mir schwerfällt. Hör zu, Zarabeth, ich werde dich zu meiner Frau nehmen, und es wird sehr bald geschehen. Ich werde in zehn Tagen mit dir nach Norwegen zurückkehren.«

»Zehn Tage! Aber das ist unmöglich! Du verlangst von mir ...« Ihr fehlten die Worte, so erschrocken war sie. Sie schlenkerte wild mit den Händen in der Luft herum. »Hier ist meine Heimat. Hier habe ich zehn Jahre meines Lebens verbracht! Ich weiß nichts über dein Norwegen, außer, daß alle Leute dort hellhäutig und blond sind, grausam und böse. Sie fahren mit ihren langen Booten die Flüsse hinauf bis in die Städte, und sie morden und schänden und plündern alles!«

»Ich bin kein Bösewicht.«

»Du machst also keine Raubzüge? Du stiehlst nicht, du plünderst nicht, du vergewaltigst nicht, du zerstörst keine Häuser?«

Hin und wieder. Wenn ich mich langweile. Gold und Silber kann man immer gut gebrauchen. Uns Wikingern ist außerdem die Wanderlust angeboren. Wir erforschen gern fremde Länder, Völkerstämme, deren Gewohnheiten wir nicht kennen, die sich fremdländisch kleiden, deren Sprache wir nicht verstehen. Du wirst mich auf meine Handelsfahrten begleiten, wenn du das willst.«

»Aber du bist grausam.«

»Hin und wieder«, sagte er erneut und lächelte. »Wenn es notwendig ist. Ich bin kein grundlos grausamer Mann, Zarabeth. Ich werde dich mit meinem Leben schützen. Das bin ich dir als dein Ehemann schuldig.«

»Du behauptest, mir viel zu schulden, wenn ich dich zum Ehemann nehme. Doch du erteilst mir jetzt schon Befehle, obschon ich dich kaum kenne, und du verlangst, daß ich dir in allem gehorche. Ich schulde dir nichts. Du mußt ...«

Er achtete nicht auf ihre Worte, nahm ihre Hand, drehte sie um und blickte prüfend auf ihre Handfläche. Ihre Finger waren schwielig, ihre Hände waren von schwerer Arbeit gerötet. »Ich habe dir gesagt, daß ich kein armer Mann bin. Du wirst Gesinde haben, das die schwere Arbeit verrichtet, du wirst Knechten und Mägden Anweisungen geben. Du wirst meine Kleider nähen und darauf achten, daß mein Essen schmackhaft zubereitet wird. Deine Hände werden weiß sein, um meine Schläfen zu kühlen, wenn meine Gedanken düster sind, um mir den Rücken zu streichen, wenn meine Muskeln verknotet sind, und um mich zu liebkosen, wenn ich mit dir das Lager teilen will.«

Sie starrte ihn unverwandt an. Ein Mann wie dieser war ihr noch nie begegnet. Seine Kühnheit, seine Selbstverständlichkeit ließen keinen Zweifel an seinen Gedanken oder Absichten zu. Und wie er redete, daß sie sein Lager mit ihm teilte, ihre Hände ihn liebkosten . . . Sie war empört, und spürte zugleich eine glühendheiße Erregung tief in ihrem Bauch. Sie war plötzlich voller Leben, alle Sinne durch seine Worte und sein Aussehen erweckt.

»Du wirst mir gehören, Zarabeth.«

»Ich muß mit meinem Stiefvater sprechen«, sagte sie nun. Verzweifelt darüber, daß dieser Fremdling in ihr innerhalb so kurzer Zeit unbekannte, lodernde Gefühle hervorrief. Sie wußte nicht, wie sie mit dem Fremden umgehen sollte. Sie schwieg unschlüssig, angstvoll, und das blieb ihm nicht verborgen. Sie wandte den Blick, verlegen und verwirrt. »Ich muß mit meinem Stiefvater sprechen«, wiederholte sie.

Nun lächelte er und kostete seinen Triumph, seinen Sieg aus. Er hatte sie erwählt, und sie würde zu ihm kommen. Er hatte ihr seine Absichten deutlich gemacht, ohne etwas zu beschönigen, und sie hatte sich ihm gebeugt. Er war sich seiner Sache sicher und mit sich zufrieden. »Sehr gut. Ich habe Geduld, Zarabeth. Ich treffe dich morgen hier nach deiner christlichen Morgenmesse.«

Sie starrte ihn schweigend an. Er hingegen lächelte, seine Fingerspitzen berührten zart ihr Kinn. Er beugte sich über sie und hauchte einen zarten Kuß auf ihre geschlossenen Lippen. Dann war er weg, schritt über den Coppergate Platz, als gehöre er ihm, als seien die Bewohner dieser Stadt seine Untertanen.

Sie stand reglos und verwundert, bis er verschwunden war. Ein paar Frauen kamen auf sie zu. Rasch wandte sie sich um und entfernte sich eilig. Sie wollte keine ihrer neugierigen Fragen hören. Mit Sicherheit würden sie wissen wollen, was der Barbar von ihr wollte.

Und er war ein Barbar. Das durfte sie nicht vergessen. Und er war grausam, schon allein deshalb, wie er seine Gefährtin behandelte. Zarabeth war Christin wie ihre kleine Schwester Lotti. Und sie hatte sich geschworen, wenn sie einmal heiratete, würde Lotti mit ihr gehen, denn Lotti gehörte seit ihrem zweiten Geburtstag ihr, seit dem Tag, an dem ihre Mutter gestorben war. Der Tag, an dem Olav zu Zarabeth sagte, ihre Mutter habe Lotti genommen und sei mit einem anderen Mann fortgelaufen. Olav war ihnen nachgereist.

Er hatte berichtet, ihre Mutter sei an den Folgen eines Schlages gestorben, den der andere Mann ihr versetzt hatte. Aber warum sollte dieser Mann ihrer Mutter so etwas antun? War er nicht mit ihr fortgegangen? Hatte er sie nicht geliebt? Zarabeth konnte die Zusammenhänge nicht begreifen, aber sie hatte den Haß gesehen, die Gewalt in den Augen ihres Stiefvaters, und sie hatte geschwiegen. Ihre Mutter war tot. Das Haar blutverklebt — Blut war ihr aus Nase und Mund gelaufen, das hatten die Nachbarsfrauen einander zugetuschelt. Ihre Mutter war tot, seit langem tot. Ihre schöne Mutter, die Zarabeth geliebt hatte; ihre Mutter, die Lotti mitgenommen und sie zurückgelassen hatte.

Zarabeth verscheuchte die bösen Erinnerungen. Sie lagen in der Vergangenheit, waren tot wie Sommerasche. Es war sinnlos, ihnen nachzuhängen, denn niemand konnte ihr Näheres darüber berichten, niemand außer Olav. Und sie würde niemals mit ihm über die Vergangenheit reden. Olav war der Ansicht, sie sei an die Stelle ihrer Mutter getreten. Doch sie würde nicht fortlaufen, wie ihre Mutter es getan hatte. Sie gehörte zu ihm, wie jedes Kind zu seinem Vater gehörte.

Doch nun war dieser Wikinger in ihr Leben getreten.

3

Olav beobachtete seine Stieftochter, während er an seinem Roggenfladen kaute, den sie mit gebratenen Rindfleischstreifen zum Nachtmahl bereitet hatte. Der Fladen war kross und würzig, und dennoch kaute er mißmutig darauf herum. Das Essen lag ihm schwer im Magen. Er ließ Zarabeth nicht aus den Augen. Jetzt fütterte sie ihre kleine Schwester, diese verfluchte Mißgeburt, die Olav in den Abflußgraben hätte werfen sollen, an jenem Tag, als er feststellte, wessen Lenden sie entsprungen, und was aus ihr geworden war. Das Kind war schwachsinnig, aber Zarabeth weigerte sich, das hinzunehmen. Er hätte sie damals töten sollen, das hatte er versäumt. Und nun konnte er sie nicht mehr töten. Zarabeth liebte die kleine Idiotin, und er wußte tief im Innern, wenn er dem Mädchen etwas zuleide tat, würde Zarabeths Zorn sich gegen ihn richten. Vielleicht würde sie ihn sogar töten. Es war ihm nicht wohl bei dem Gedanken.

Viel wohler war ihm der Gedanke, sie in seinem Bett zu haben.

In ihr floß kein Tropfen von seinem Blut. Sie war nichts als irischer Dreck wie ihre Mutter; Dreck, aber keine Hure wie Mara. Er wollte sie in seinem Bett haben, und zwar bald. Und wenn er ihrer überdrüssig war, würde er sie vielleicht auf dem Sklavenmarkt in Dublin verkaufen, sie und die kleine Mißgeburt, verfluchte Pest. Vielleicht würde er nicht in York bleiben. Vielleicht würde er sie auch heiraten und mit ihr zurück nach Hedeby gehen. Dort war er geboren und vor zwanzig Jahren fortgegangen.

Er schob ein Stück Rindfleisch in den Mund, schmackhaft mit Honig bestrichen und in Mehl gewälzt und leckte sich die Finger. Dann sagte er mit tiefem Mißtrauen in der Stimme: »Du bist nicht wie sonst heute abend, Zarabeth. Ist etwas geschehen? Etwas, worüber du nicht sprechen möchtest?«

Sie wußte, Olav war grundlos eifersüchtig auf jeden jungen Mann, der mit ihr sprach, und schüttelte verneinend den Kopf, fühlte sich dennoch schuldbewußt.

»Du hast einen Mann getroffen, nicht wahr?«

Sie erkannte ihren Fehler und sagte so ruhig sie es vermochte: »Einen Wikinger-Kaufmann. Er kommt aus Norwegen, in der Nähe von Kaupang, sagt er. Er sprach mich am Brunnen am Coppergate Platz an und hat mich erschreckt. Dabei habe ich den Eimer fallen gelassen.«

Das klang aufrichtig, doch Olav gab sich nicht zufrieden. Ein Mann wäre dumm, den Worten einer Frau zu glauben. Er beäugte sie genau. »Wie heißt denn dieser Wikinger?«

»Das hat er mir nicht gesagt, er redete nur vom Wetter; und von dir natürlich. Er sprach mit Hochachtung von dir, er ist Händler und möchte mit dir ins Geschäft kommen.«

»Dann kommt er ja demnächst in meinen Laden«, sagte Olav, und diesmal schmeckte der Roggenfladen besser. Dennoch: sie *war* nicht wie sonst. Das beunruhigte ihn.

»Warum hat er dir seinen Namen nicht genannt?«

Zarabeth zuckte die Schultern. Sie haßte es, zu lügen, doch die Unwahrheit kam ihr ungebeten und ohne nachzudenken über die Lippen. Den Grund konnte sie sich nicht erklären. Sie dachte an Magnus, stellte ihn sich vor, groß, hochmütig und scharfäugig; sie sah sein Lächeln, seine Augen. Sie wandte sich zärtlich an Lotti, gab ihr ein Stück Fleisch in die kleinen Finger und sagte: »Iß noch ein kleines bißchen mehr, Liebes. So ist es brav. Und noch ein bißchen. Damit du groß und stark wirst.«

Olav beobachtete Zarabeth, die sich vorbeugte und dem Kind einen Kuß aufs Haar gab. Kleine Idiotin! Seine Augen wanderten zu Zarabeths Brüsten, und er spürte, wie seine Lenden sich spannten. Endlich hatte ihr Körper sich weiblich gerundet. Bis vor einem Jahr war sie mager und flach wie ein Brett. Mit einem Mal wuchs sie zur Frau heran, und alle jungen Männer schnüffelten hinter ihr her, alle wollten sie haben. Doch sie interessierte sich für keinen, dem Schicksal sei Dank, und Olav war nicht gezwungen, einen Brautpreis zu nennen, bei dessen Höhe den jungen Kerlen die Augen aus den Höhlen getreten wären vor Neid.

Und jeden Tag sah sie ihrer Mutter ähnlicher, der schönen, sanften, treulosen Mara. Er war nicht streng genug mit Mara gewesen, man hatte ja gesehen, wohin seine Gutmütigkeit führte. Doch Zarabeth, das Ebenbild ihrer Mutter, war nicht wie Mara, abgesehen von ihrer Verlogenheit, die war alle Frauen gemeinsam. Sie würde ihm gehorchen, und sie würde ihm treu sein, denn er würde sie fest an sich binden.

Sein eigener Sohn wollte sie haben, und das erheiterte Olav. Denn Keith war mit einer Frau verheiratet, die Olav ihm ausgesucht hatte. Ständig kam Keith vorbei, angeblich, um den Vater zu besuchen, doch Olav wußte es besser. Er wußte, daß der junge Mann hinter Zarabeth her war. Aber er würde sie nicht kriegen. Eher würde er seinen eigenen Sohn töten, bevor er zuließ, daß er sie berührte. Doch vermutlich würde Toki, die Frau seines Sohnes Keith, ihn ohnehin umbringen, wenn er fremdging. Ob Toki wußte, daß ihr Mann ein Auge auf seine Stiefschwester geworfen hatte?

Olav strich gedankenverloren seinen gepflegten, goldblonden Bart, der von weißen Strähnen durchzogen war. Er war kein alter Mann. Sein Geschlecht wurde mühelos steif, und sein Rücken war immer noch gerade. Er setzte einen kleinen Fettbauch an, doch nicht zu viel, um eine Frau abzustoßen. Haar und Bart waren kräftig und voll. Er war stolz auf seine Erscheinung und sah nichts Nachteiliges daran, sich mit Juwelen und Goldbroschen zu schmücken. Er wußte, daß man ihn Olav den Eitlen nannte, und das belustigte ihn. Warum durfte ein gutaussehender und wohlhabender Mann nicht eitel sein?

Olav stieß plötzlich den Stuhl zurück und stand auf. »Ich muß noch Felle sortieren, bevor es dunkel wird. Wenn dein Wikinger morgen zu mir kommt, werde ich ihm sagen, daß du mir von ihm erzählt hast.«

Er wartete einen Augenblick auf ihre Reaktion, doch sie nickte nur wortlos, ihr Gesicht gab keinerlei Aufschluß. Und das verstärkte seinen Argwohn, doch er sagte nichts. Schweigend begab er sich in den vorderen Teil des Hauses, wo sich sein Laden befand. Sie verstand es, ihr Gesicht ohne Ausdruck zu lassen, und das ärgerte ihn, weil sie ihre Gedanken verbarg — ob glückliche, traurige oder schuldbewußte. Er entzündete eine Bärenfettlampe, kauerte sich vor einen Stapel aus Biberfellen, Nerzen und Ottern, sortierte sie methodisch nach Größe und Beschaffenheit und setzte im Geist den Preis für jedes einzelne Fell fest. Darauf verstand er sich, und dafür dankte er seinem verstorbenen Vater, der ihm ein strenger Lehrmeister gewesen war.

Im hinteren Wohnbereich des Hauses verrichtete Zarabeth ihre Hausarbeit wie üblich, doch ihre Gedanken wanderten immer wieder zu dem Wikinger zurück. Sie redete mit Lotti, während sie die Holzschalen und Messer wusch. Später badete sie das Kind und legte es in den schmalen Bettkasten, der in der Kammer stand, die sie beide teilten, und deckte es liebevoll mit weichen Decken zu.

Als sie schließlich neben Lotti lag, eingewickelt in eine Wolldecke, dachte sie wieder an Magnus Haraldsson. Sie sollte ihn morgen nach der christlichen Messe treffen, hatte er gesagt. Nein, hatte er befohlen. Sie lächelte in die Dunkelheit. Er war nur ein Mann wie jeder andere, sagte sie sich, dennoch faszinierte er sie. Sie hörte, wie ihr Stiefvater die Kammer neben ihrer betrat; einen größeren Raum mit einem breiten Bettkasten, einer mit Federn gefüllten Matratze und einer großen Truhe, die seine Kleider enthielt. Die Zwischenwände im Haus waren dünn.

Sie hörte, wie er sich entkleidete, wußte, daß er alles ordentlich faltete, hörte, wie er sorgfältig seinen goldenen Armreif und die drei Ringe abstreifte. Dann rülpste er. Sie stellte sich vor, wie er sich den Bauch rieb und dann ins Bett kroch. Kurze Zeit später drang sein lautes Schnarchen zu ihr herüber.

Sie lag noch lange wach und fragte sich, wo Magnus jetzt war, was er wohl dachte, und was er machte.

Magnus stand an Bord seines Bootes *Seewind* zwischen zwei Rudern neben der Pinne, die Ellbogen auf den Handlauf des Dollbords gestützt, seine Körperbewegungen dem sanften Schwanken der Schiffsplanken angepaßt. Die Wellen schwappten leise gegen den Bootsrumpf. Das Wasser war ruhig im kleinen Flußhafen, der durch breite Erdwälle gut geschützt war. Er blickte über die sechs anderen Boote, die längsseits des Holzstegs auf dem Fluß Ouse angedockt lagen. Allesamt Handelsschiffe, keine Kriegsschiffe. Sie waren breiter, mit hochgezogenen Schiffswänden, um den Innenraum vor hohen Wellen zu schützen. Die Planken waren genagelt, nicht wie bei Kriegsschiffen überlappend verarbeitet. Das Boot hatte ein großes, viereckiges Segel aus grobem, weißen Sackleinen, mit roten Streifen doppelt vernäht, was ihm größere Festigkeit verlieh. Im Heck des Schiffes gab es zwei überdachte Bereiche unter schrägen Eichenplanken, um die kostbare Fracht vor Wind und Wetter zu schützen. Unter den Schiffsplanken befand sich ein weiterer flacher Frachtraum.

Magnus hatte das Langschiff vor drei Jahren bauen lassen. Und er plante, im nächsten Jahr ein zweites Boot von einem Schiffsbauer in Kaupang fertigen zu lassen, der nicht nur für seine Qualitätsarbeit, sondern auch für seine Schnelligkeit berühmt war. Er galt außerdem als etwas verrückt, trug einen langen, wallenden Bart und hatte dunkle, glühende Augen. Magnus mochte ihn ziemlich gern. Er sagte den Leuten auf unverschämte Art die Meinung, ohne sie direkt zu beleidigen, und niemand nahm ihm seine Frechheiten krumm.

Magnus rieb die Hände aneinander. Er blickte auf die Stadt York, der größten Handelsstadt und Haupthandelsplatz der Wikinger auf den Britischen Inseln. Zu seiner Linken lag der alte Teil der Stadt, bestehend aus strohbedeckten Lehmhütten. Das reichere Stadtviertel bestand aus dicht gedrängten Holzhäusern, darunter auch das Haus von Olav dem Eitlen, neben langgestreckten, flachen Lagerhäusern und einem guten Dutzend christlicher Steinkirchen. Es gab auch Gebäude aus schweren Eichenplanken, die auf den Fluß blickten. Am Zusammenfluß von Ouse und Fosse standen Häuser aus schweren Eichenplanken. Vor einigen Jahren hatten die Wikinger eine Brücke über den Ouse erbaut, die den rasch anwachsenden Verkehr um das alte römische Fort umleitete. York hatte sich im Lauf der Jahre verändert, seit die Wikinger an die Macht gekommen waren. Die Einwohnerzahl hatte sich auf dreißigtausend Seelen verdoppelt. Neben den Lagerhäusern der Wikinger standen christliche Kirchen; und die Wikinger begruben ihre Toten neben den Friedhöfen der Christen. Heutzutage sah man auch viele dunkelhaarige Wikinger, da Normannen sich angelsächsische Frauen nahmen und sich in großer Zahl vermehrten. Es herrschte beinahe überall Frieden, doch das konnte sich jederzeit ändern. Nach jedem Raubüberfall der Wikinger in König Alfreds Wessex konnte es einen Vergeltungsschlag geben, auch hier in York.

Für Magnus war das Leben nie langweilig, da es kaum vorhersehbar war. Magnus fand Gefallen an dieser Unvorhersehbarkeit. Nun dachte er an Zarabeth, an ihre weichen Oberarme, die sanfte Linie ihrer Wangen. Unvorhersehbarkeit konnte aber Gefahr für sie bedeuten, und dieser Gedanke behagte ihm keineswegs. Doch er war stark und flink und schlau. Er würde sie beschützen, er würde für ihre Sicherheit sorgen, woher die Bedrohung auch kam, von Menschen oder Elementen. Er zweifelte nicht daran, daß sie am Morgen zum vereinbarten Treffpunkt kommen würde. Er hatte gesehen, daß sie nach anfänglicher Verblüffung Gefallen an ihm fand. Die meisten Frauen fanden Gefallen an ihm. Er kannte dieses scheue, selige Lächeln und den weichen Gesichtausdruck. Sie würde kommen, und sie würde ihm zu Willen sein, dessen war er sicher.

Es war früh, und Zarabeth war vor Magnus am Brunnen. Sie fror, denn der Aprilmorgen war feucht und kühl. Wind kam auf und kündigte einen Sturm an. Sie war in einen braunen Wollumhang gehüllt, der von einer fein gehämmerten Bronzebrosche an der linken Schulter gehalten wurde. Ihr geflochtenes, hochgestecktes Haar war unter einer Kapuze bedeckt.

Als sie Magnus gewahrte, der sich in langen Schritten näherte, als gehöre ihm der Platz und sie dazu, wurden ihr die Knie weich. Bei ihrem Anblick trat Anerkennung in seine entschlossene Miene. Sie stellte zufrieden fest, daß ihm ihr Aussehen gefiel.

Zarabeth fühlte sich seltsam in der Schwebe, als er sich näherte, seine Schritte verlangsamend, als wolle er sich genügend Zeit lassen, um sie sich anzusehen.

Er trat sehr nahe an sie heran, faßte ihr unters Kinn und zwang sie, hochzusehen. Er küßte sie vor allen Leuten mitten auf den Mund.

Zarabeth war zuvor schon geküßt worden, flüchtige kleine Berührungen, doch nicht wie jetzt. Und dann sagte er dicht an ihrem Mund, sein Atem duftete warm und süß nach Honigmet: »Öffne deinen Mund für mich. Ich möchte dich kosten.«

Sie gehorchte, ohne zu zögern. Er schloß sie in die Arme und hob sie hoch, seine Hände faßten sie fest um die Mitte. Und er hörte nicht auf, sie zu küssen. Seine Zunge drang tief fordernd ein, dann folgten kleine, nagende Bisse und zärtliches Lecken, und sie ging darauf ein. Sie konnte gar nicht anders, und als sie antwortete, ließ er von ihr ab und hob den Kopf. Er lächelte auf sie herab, dieses triumphierende Lächeln, das sie zum Lachen brachte.

»Siehst du, was für ein gutes Gefühl ich dir gebe?«

»Das war nur ein Kuß, mehr nicht. Ich könnte auf den Kuß eines jeden Mannes so ansprechen.«

Er küßte sie wieder und danach noch einige Male, jeder Kuß fordernder als der vorangegangene. Er hörte nicht auf, bis ihre Lippen und ihre Zunge ihm antworteten. Als er sie diesmal losließ, strahlte sein Gesicht vor Freude, und sie wünschte, er würde sie noch einmal küssen. Sie spürte seine starken Hände, die ihren Rücken hinauf und hinunter wanderten; warme, große Hände, die ihr Freude bereiten, Hände, die sie beschützen würden.

»Guten Morgen, Zarabeth«, sagte er endlich. »Du hast auf mich gewartet. Das gefällt mir. Du schmeckst süß und dein Mund ist weich. In Zukunft wirst du mir deinen Mund öffnen, ohne daß ich dich dazu auffordern muß.«

Sie nickte, die Worte blieben ihr in der Kehle stecken.

Er beugte sich über sie und küßte sie zart auf die Nasenspitze. Er lächelte. Jetzt war er sich ihrer vollkommen sicher. »Hast du mit deinem Stiefvater gesprochen?«

Die närrische Berauschtheit wich, und sie stand wieder am Brunnen mit einem Mann, der ihr bis gestern völlig fremd war. Sie schüttelte den Kopf. »Er fragte, ob etwas mit mir nicht in Ordnung sei«, antwortete sie und blickte die Hauptstraße von York entlang.

»Warum?«

»Er fand mich verändert. Ich war vielleicht etwas zerstreut.«

»Kein Wunder«, sagte er, und seine Überheblichkeit belustigte sie. »Warum hast du nicht von mir gesprochen?«

»Das habe ich getan. Aber nicht, wie du es wolltest. Ich war mir nicht wirklich sicher, ob es dir ernst ist. Mit mir meine ich. Du konntest deine Meinung geändert haben.«

»Ich habe dir gesagt, daß ich nicht lüge. Das gefällt mir nicht, Zarabeth. Ich möchte dich heiraten, und dabei bleibt es. Es kann doch nicht schwer sein, ihm zu sagen, was du wünschst, und was geschehen wird. Ich gehe nun in seinen Laden. Ich bin hier, um Geschäfte zu machen, und er ist ebenso ehrlich wie die meisten Kaufleute am Ort. Ich werde mit ihm über beides verhandeln, über meine Pelze und über dich.«

Sie packte seinen Ärmel, Panik erfüllte sie. »Warte, Magnus, bitte. Du mußt etwas über meinen Stiefvater wissen. Er ist auf jeden Mann eifersüchtig, der mir Beachtung schenkt. Ich weiß nicht warum, aber es macht mir Angst.« Zarabeth rang die Hände, und ihn rührte diese ungemein weibliche Geste.

Er strich ihr sanft über die Wange. »Mach dir keine Sorgen, Kleines, ich werde mit Olav dem Eitlen sprechen.«

»Ich bin keineswegs klein.«

»Für mich bist du klein.« Sein Blick wanderte zu ihren Brüsten. »Ich will dich nackt, Zarabeth, und ich will auf dir liegen. Ich will deine Brüste küssen und mich zwischen deine Schenkel legen. Es macht mich ungeduldig, auf dich zu warten.«

Ihr stockte der Atem. Sie glaubte, ihn wenigstens ein bißchen verstanden zu haben; dann erschreckte er sie mit solchen Worten, trieb ihr die Röte ins Gesicht mit seiner schamlosen Rede.

Sie wandte den Kopf, blickte auf die schmutzigen Rinnsale unter ihren Stiefeln. Überall lagen Kothaufen und Abfälle, menschliche und tierische Fäkalien. Die Luft war schwer vom Gestank der Menschen, zu vieler Menschen. Plötzlich fragte sie: »Das Tal, in dem du lebst, Magnus, ist es dort sauber?«

»Die Luft ist so rein, daß du sie ganz tief in dich einsaugen möchtest. Jedes Jahr kommen mehr Menschen in das Tal, weil das Land fruchtbar ist, und weil viele Menschen für mich arbeiten wollen. Aber es ist immer noch genügend Platz für alle da, und unsere endlosen Wiesen und Felder tragen reiche Ernten. Bei uns gibt es keinen Dreck wie in der Stadt York.«

Sie schwieg.

»Eines Tages wirst du mich nach Kiew begleiten. Dort ist die Luft so scharf und rein und kalt, daß es weh tut, wenn du sie einatmest. Dann kommt Regen und Schnee, und man glaubt, Eis und Schnee hören nie wieder auf. Wenn man zu spät im Herbst nach Kiew segelt, kann es passieren, daß man bis zum nächsten Frühjahr dort bleiben muß. Der Fluß friert zu, und man ist die nächsten sechs Monate eingeschlossen.«

Sie sah ihn an, und in ihren Augen war Hunger. Und er fuhr fort, schwärmte vom Zauber der Städte und Landschaften. »Und die Steppen, Zarabeth, nichts als trockenes, hartes Gras, soweit das Auge reicht, und dann nur karstiges Land, wo nichts wächst, nur endloses, wildes Ödland. In der Steppe können nur wenige Menschen überleben, und sie sind wild und abweisend und kennen keine Gastfreundschaft. Aber um dort zu überleben, muß man so sein.«

»Du würdest mir wirklich diese Orte zeigen?«

Er nickte. »Ja. Ich nehme dich mit auf meine Handelsreisen. Aber wenn wir nach Miklagard kommen, muß ich gut auf dich aufpassen. Ich werde dein Haar und dein Gesicht mit einem Schleier bedecken, weil die Männer dich rauben werden wollen wegen deiner roten Haare und grünen Augen. So etwas ist dort unbekannt. Eine solche Frau wollen alle Männer besitzen.«

»Ich erinnere mich an Irland, an das satte Grün der Bäume und Wiesen. Es regnete dort viel mehr als hier, und die Farben waren klarer, üppiger. Aber es herrschte ständig Krieg, die Wikinger überfielen die Iren und dann wieder kämpften Iren gegen die Wikinger, und es gab viel Leid und Blutvergießen, und es hörte nie auf. Mein Vater starb bei einem solchen Raubüberfall.«

Sie blickte über den Platz. »Hier ist es friedlich, hier bin ich zur Frau geworden. Es gibt hier viel Interessantes, versteh mich nicht falsch, und ich habe viele Freunde, aber . . .«

Sie unterbrach, suchte nach Worten, die sie nicht fand, um ihre Gefühle auszudrücken. Sie zuckte die Achseln. »Ich werde närrisch.«

»Nein, nicht närrisch, in dir ist nur die Sehnsucht der Wikinger nach fremden Ländern, die Sehnsucht, die Welt zu entdecken. Alles, was ich von dir höre, gefällt mir. Sobald wir verheiratet sind, wird das Leben beginnen, das dir gefällt.«

»Aus deinem Mund klingt alles so einfach, so mühelos. Für mich war das Leben nie mühelos.«

»Das Leben ist mühelos. Du mußt mir nur vertrauen und an mich glauben. Begib dich in meine Hände.«

»Da ist noch etwas, Magnus. Meine kleine Schwester, Lotti. Sie steht unter meiner Obhut, und ich möchte sie bei mir behalten.«

Es trat eine ziemlich lange Pause ein. »Was ist mit ihrem Vater? Will Olav sie nicht behalten?«

»Nein. Er verabscheut sie.«

»Wenn das so ist, reise ich mit zwei Frauen in die Heimat zurück. Und jetzt werde ich mit Olav sprechen.«

Sie forschte tief in ihrem Innern, war zufrieden und sagte: »Bist du sicher, daß du mich heiraten möchtest?«

»Zweifle nie an mir, Zarabeth.« Er küßte sie erneut und war verschwunden.

4

Olav spürte, wie ihm der Atem stockte, als der Wikinger seinen Laden betrat. Es gab keinen Zweifel, er war der Mann, von dem Zarabeth gesprochen hatte. Sie hatte gelogen. Der Mann war kraftvoll gebaut, hochmütig, begehrenswert. Er sah aus wie einer, der das bekam, was er haben wollte. Er war ein stolzer Hundesohn.

Und sie wollte diesen Mann haben. Nicht ihren Stiefvater. Sie würde mit ihm fortgehen, ohne einen Blick zurückzuwerfen. Zorn stieg in ihm auf. Zarabeth war genau wie ihre hurenhafte Mutter Mara, die wegen eines hübschen Männergesichts und falscher Versprechungen alles hinter sich gelassen hatte. Sie hatte wahrscheinlich jedes verlogene Wort aus dem Mund dieses Mannes geglaubt. Ja, sie war genau wie Mara, diese Schlampe, die ihn getäuscht und dazu verführt hatte, sie zur Frau zu nehmen. Er würde nicht zulassen, daß Zarabeth ihn verließ, nicht wie Mara damals. Er holte tief Luft, straffte die Schultern und hoffte, seine Gedanken seien ihm nicht zu deutlich ins Gesicht geschrieben. Dieser Mann war sein Feind, vor dem er sich hüten mußte. Es lag ihm fern, ihn zu unterschätzen. Er legte das Fell, das er gerade prüfte, auf den Stapel zurück und trat vor, um den Wikinger höflich zu begrüßen. Sie tauschten ihre Namen aus.

Magnus fixierte Olav den Eitlen. Ein gutaussehender Mann, trotz seiner Jahre. Er trug Beinkleider aus feiner Wolle und ein hellblaues, weiches Wollwams. Der Ledergürtel war mit Bernstein und Gagat besetzt. An der rechten Hand trug er drei Silberringe und einen schweren Goldring an der linken. Um das rechte Handgelenk lagen drei Armbänder aus feinem Silber, ebenfalls mit Bernstein besetzt. Er war bei weitem besser gekleidet als seine Stieftochter, dachte Magnus, und die Muskeln seiner Kiefer spannten sich. Trotz Olavs kostbarer Kleidung, dem Zurschaustellen seines Reichtums, wölbte sich sein Bauch unter dem Wams, was der breite Gürtel nicht verbergen konnte, und seine Wangen unter dem grau melierten Bart hingen schlaff. Dennoch, er war beinahe so groß wie Magnus und wirkte kräftig für seine Jahre. Magnus konnte ihn vom ersten Augenblick an nicht leiden. Er verlor keine Zeit und sagte ohne Einleitung: »Ich komme aus zwei Gründen, Olav. Der erste und wichtigste: Ich möchte deine Stieftochter Zarabeth heiraten. Der zweite: Ich möchte mit dir Handel treiben. Ich bringe schöne Biber- und Otterfelle aus dem Gravaktal in Norwegen. Ich habe außerdem Elfenbein von Walroßzähnen, Hirschgeweihe und Federn für Kissen, die ich von den Lappen getauscht habe, die hoch im Norden leben. Wenn wir handelseinig werden, möchte ich in Silber bezahlt werden.«

»Das ist verständlich«, sagte Olav, einen Augenblick benommen von dem Gedanken an die Vogelfedern. König Guthrum wünschte dringend Federkissen für sich und seine junge Gefährtin, und niemand konnte seinen Wunsch nach den richtigen Federn erfüllen. Der Mann, der dem König die erwünschten Federn brachte, würde sich damit zweifellos die Gunst des Königs von Danelagh erwerben. Der junge Mann stand vor ihm — hochmütig und stolz und sehr selbstbewußt. Ja, Olavs erster Eindruck bestätigte sich. Ein Mann von vorbildlicher Statur: hager, stark, erstaunlich gutaussehend, wie die meisten Norweger, mit kräftig blondem Haar und strahlend blauen Augen. Er war glatt rasiert und seine Kieferpartie war ausgeprägt und eigensinnig. Sein Kinn wies eine senkrechte Falte in der Mitte auf. Ein Zeichen des Satans, behaupteten manche der hinterwäldlerischen Sachsen und bekreuzigten sich. Olav hatte den dringenden Wunsch, ihn zu töten und ihm seine Federn zu stehlen. Doch er sagte höflich: »Ich werde gern Handel mit dir treiben, Magnus Haraldsson, wenn deine Waren von guter Beschaffenheit sind. Jetzt, da du mir deinen Namen nennst, fällt mir ein, daß andere Händler von dir gesprochen haben. Dein Name wird hoch geachtet.«

Magnus nickte nur. »Nun möchte ich den Brautpreis für Zarabeth wissen.«

Olav wünschte, er hielte einen Dolch in der Hand. Er wünschte, er könnte den unverschämten Kerl mit seinen bloßen Händen erwürgen. In diesem Augenblick kümmerte er sich nicht um die verfluchten Vogelfedern, er hatte nur das innige Verlangen, diesen Kerl zu töten. Doch er hatte keine Waffe, noch besaß er die Kraft, den Wikinger mit bloßen Händen zu erwürgen. Er spielte um Zeit. »Zarabeth ist meine einzige Tochter, und obgleich mein Blut nicht in ihr fließt, ist sie mir sehr ans Herz gewachsen, und ich halte große Stücke auf sie. Ich achte sie so hoch, daß ich ihr freie Wahl lasse, sich ihren Lebensgefährten zu wählen. Was den Brautpreis betrifft, übersteigt er das, was die meisten Männer bezahlen können, denn sie ist nicht nur mir wertvoll, sie soll auch von dem Mann hochgeschätzt werden, der sie mir wegzunehmen wünscht.«

»Wie hoch ist ihr Brautpreis?«

Olav hob eine dichte, blonde Augenbraue. »Zunächst, Magnus Haraldsson, soll sie mir bestätigen, daß sie dich heiraten möchte. Ich werde keinen Brautpreis nennen, bevor ich nicht weiß, daß sie ernste Absichten hat.«

»Zarabeth will mich haben, zweifle nicht daran. Ich lüge nicht. Wie hoch ist ihr Brautpreis?«

Olav wußte genau, daß der Brautpreis für einen Wikinger wenig Bedeutung hatte. Wenn ihm der Preis zu hoch war, würde er die Frau einfach rauben, ohne Vorwarnung und ohne großes Aufheben. Olav schüttelte den Kopf. Er wollte nicht riskieren, daß der Wikinger Zarabeth entführen und mit ihr nach Norwegen segeln würde. »Nicht so eilig, Magnus Haraldsson. Zuerst muß ich mit meiner Stieftochter sprechen. Wenn sie mir sagt, daß sie dich will — ohne deine Gegenwart, um ihr deinen Willen aufzuzwingen oder sie zu beeinflussen —, so können wir über den Brautpreis sprechen.«

Magnus wurde ungeduldig wegen der Hinhaltetaktik des alten Mannes, vermutete allerdings, daß ein anderer Vater sich nicht anders verhalten würde. Ein Mann, der seine jüngere Schwester Ingunn heiraten wollte, würde bei seinem Vater ebenfalls auf Vorbehalte stoßen. Doch Ingunn hatte vor einigen Jahren beschlossen, nicht zu heiraten und stattdessen bei Magnus zu leben und ihm den Haushalt zu führen. Er erinnerte sich schwach an die Gespräche zwischen seinem Vater und Dallas Vater, wie beide Männer sich aufgeplustert und mit den Tugenden ihrer jeweiligen Sprößlinge geprahlt und die Mängel verschwiegen hatten. An die Gefühle der jungen Leute dachte dabei keiner der Männer, daran erinnerte Magnus sich noch genau.

Er lächelte in der Erinnerung und sagte: »Sehr wohl, Olav. Ich werde morgen wiederkommen, nachdem du mit ihr gesprochen hast.« Magnus ging ohne ein weiteres Wort und ohne sich noch einmal umzudrehen. Olavs Finger krümmten sich um einen nicht vorhandenen Dolch. Gleichzeitig kribbelte es ihm in den Fingern nach den Vogelfedern. Er hätte gerne gesehen, wie der Dolch zwischen den Schulterblättern des Wikingers stak, vibrierend von der Wucht seines Wurfes. Und er hätte gerne gesehen, wie König Gunthrams Haupt auf weichen Kissen ruhten, gefüllt mit den von Olav gelieferten weichen Federn — und sich selbst hätte er gern als noch reicheren Mann gesehen. Er hätte den Wikinger nicht gehen lassen dürfen, denn er zweifelte, daß er am nächsten Morgen seine Federn an ihn verkaufen würde. Andere würden ihm sagen, wie kostbar sie waren.

Olav ging nicht direkt zu Zarabeth, um mit ihr zu sprechen, denn er würde sie möglicherweise töten, so groß war sein Zorn, sein Gefühl, betrogen worden zu sein.

Was war zu tun?

Sie gehörte ihm und würde bei ihm bleiben, daran gab es keinen Zweifel. Aber dieser Wikinger, dieser Magnus Haraldsson war ein Mann, der mit Vorsicht zu genießen war, denn er war keineswegs der Sohn eines einfachen Händlers, den man so ohne weiteres an der Nase herumführen oder mit Ausreden abspeisen konnte. Er war ein Mann von Entschlossenheit und Macht. Olav ging seiner Arbeit nach, verhandelte mit anderen Händlern, führte seine Waren möglichen Käufern vor und ging aus den meisten Verhandlungen als Sieger hervor, denn er verstand sich glänzend aufs Verhandeln, war von schnellem Verstand und vermochte seine Taktik rasch zu wechseln. Er wartete bis zum Nachtmahl.

Als er vom Laden nach hinten in den Wohnbereich ging, sah er Zarabeth mit gerötetem Gesicht vor dem

Herd stehen. Ihre Augen glänzten. Er spürte, wie sein Geschlecht sich verhärtete. Sie war noch schöner als ihre Mutter. In der Wärme kräuselten sich ein paar leuchtendrote Locken um ihr Gesicht und ihre Stirn. Er wollte sie haben, doch er war nicht dumm und wußte, daß er warten mußte. Ihr zuzusehen, bereitete ihm fast körperliche Schmerzen.

Sie beugte sich vor und rührte ein würzigduftendes Gericht in einem schweren Eisentopf um. Dann holte sie mit einer Holzschaufel einen frischen Laib Brot aus der Asche und schlug ihn in ein grobes Wolltuch ein, um ihn warm zu halten.

Er wartete, bis sie ihm das Essen vorgesetzt hatte, wartete, bis sie neben dem Idiotenkind stand, und dann sagte er mit großer Ruhe in der Stimme: »Heute war ein Wikinger namens Magnus Haraldsson bei mir. Er möchte mit mir Handel treiben.«

Sie hob den Kopf, Erbsen kullerten von ihrem Löffel. »Handel?« fragte sie verständnislos, ein wenig bleicher geworden. »Er wollte mit dir über *Handel* sprechen?«

»Ja. Anscheinend hat er Federn, fremdländische Federn, die er dem Volk der Lappen geraubt hat. König Guthrum braucht Federn für Kissen. Vielleicht hast du davon gehört . . .«

»Federn? Ihr habt über *Federn* geredet?«

»Ja, und noch so allerlei.« Sie beugte sich vor, ihre Lippen leicht geöffnet. »Er besitzt auch Otter- und Biberfelle.«

Sie starrte ihn an, weiß im Gesicht und stumm. Er lächelte beglückt, nahm einen Löffel von dem Rindfleisch-Eintopf. Dann sagte er beiläufig: »Ach, er erwähnte auch, daß er dich heiraten möchte.«

Sie lehnte sich zurück und atmete erleichtert auf. »Was hast du ihm gesagt?«

»Ich sagte ihm, es sei deine Entscheidung.«

»Aha.«

»Ich sagte ihm, daß ich mit ihm erst dann über einen Brautpreis sprechen werde, wenn du mir versichert hast, daß du ihn heiraten möchtest. Ist das dein Wunsch, Zarabeth?«

Sie schwieg, zwei senkrechte Falten bildeten sich auf ihrer Stirn. »Ich kenne ihn erst seit zwei Tagen, Olav. Aber ich habe das Gefühl, als würde ich ihn sehr viel länger kennen. Es mag seltsam klingen, aber er scheint ein guter Mann zu sein, ein starker Mann, und er wird mir ein guter Ehemann sein.«

»Du redest wie über die Vorzüge eines neuen Umhangs. Er ist ein Mann, Zarabeth, der ohne Zweifel grausam und hart ist, der sich nimmt, was er will, egal was er tun muß, um es zu bekommen.« Seine Stimme war laut geworden. »Du närrisches Frauenzimmer, kennst du diese Sorte nicht? Bist du so berauscht, daß du seine Gewalttätigkeit nicht siehst, seine Rücksichtslosigkeit?«

Zarabeth spürte, wie Lotti sich neben ihr versteifte, aus Angst vor dem grimmigen Gesicht des Vaters. Sie wandte sich dem Kind zu und sprach leise auf die Kleine ein. »Nein, Liebes, er meint nicht dich. Hier iß von dem Kohl, er ist süß und schmackhaft.« Zarabeth schnitt den Kohl in kleine Stücke und gab Lotti einen Löffel davon in die Hand. Als Lotti sich beruhigt hatte, langsam und versonnen kaute, wandte Zarabeth sich wieder ihrem Stiefvater zu.

»Du bist von dieser Sorte, Olav. Zumindest war es dein Vater.«

»Ja, vielleicht, aber ich benutze in meinem Leben meinen Verstand, nicht Schwert und Streitaxt. Ich plündere nicht an König Alfreds Küsten und töte seine Untertanen nicht oder mache sie zu meinen Sklaven.«

»Das hättest du wohl gern getan.«

Olav beäugte sie scharf, doch ihre Stimme blieb gleichmütig, ihr Gesicht ohne Ausdruck. »Mag sein, aber darum geht es nicht. Sag mir, daß du warten möchtest, Zarabeth. Du kennst diesen Mann nicht, diesen Magnus Haraldsson. Womöglich ist er ein Räuber, ein Wilder, ein Berserker.«

Sie schüttelte den Kopf. »Nein, das ist er nicht.«
»Was ist er dann, dein Wikinger, den du seit zwei ganzen Tagen kennst?«
Sein Sarkasmus traf sie nicht wirklich. Er war einfach um sie besorgt, weiter nichts. Aber damals war er nicht um Lotti oder um ihre Mutter besorgt, die schöne Mara. Immer wieder hatte er geschworen, vor Zarabeth und allen anderen, er habe die schöne Mara nicht getötet. Aber man hatte sie neben ihrem toten Liebhaber gefunden, mit eingeschlagenem Schädel und blutverklebtem Haar. Zarabeth verdrängte die Erinnerung. Seit dem Tod ihrer Mutter vor drei Jahren war sie Olavs Mündel. Er hatte sie nicht allzu oft ausgescholten, hatte aber auch seiner eigenen kleinen Tochter wenig Zuneigung entgegengebracht.
»Er ist ein guter Mensch«, antwortete sie jetzt, »und er wird mir ein guter Ehemann sein. Er sagte, daß ich ihn auf seinen Handelsreisen begleiten darf, wenn er fremde Städte besucht wie Miklagard und Kiew.«
Olav spürte den Groll, der in seinen Eingeweiden rumorte. Er sah, wie der Wikinger auf Zarabeth lag und sie nahm, wie Zarabeth ihn in sich aufnahm, ihn anlächelte und vor Lust stöhnte. Sie hatte gesagt, wie freundlich der Wikinger war. Welch ein Hohn. Der Kerl wollte sie nur verführen. Olav wandte sich ab, bis er die Fassung wiedererlangt hatte. Und als er sich ihr erneut zuwandte, zeigte sein Gesicht milde Besorgnis. Er hatte gelernt, heftige Gefühle vor ihr zu verbergen, denn Zarabeth war unvorhersehbar, und er wußte nicht, wie sie reagieren würde, wenn er sie so behandelte, wie ihm zumute war. Im letzten Jahr hatte er begriffen, daß sie sich von anderen Frauen unterschied. Sie war auf mancherlei Art erwachsen geworden, das spürte er in ihrer Rede, wie frei sie ihre Meinung auch im Beisein von Männern äußerte. Dafür hätte er sie schlagen müssen, doch Olav scheute sich, sie zu schlagen. Sie führte ihm den Haushalt, webte und nähte, kochte und putzte, sie erledigte alle Pflichten, wie es einer Frau anstand. Aber es war etwas an ihr, etwas

Wildes und Unbändiges, wie an diesem gottverfluchten Wikinger.

Sie würde ihn verlassen, wenn ihr danach war, ohne einen Blick zurückzuwerfen. Sie kannte keine Zugehörigkeit, wie eine Frau sie empfinden sollte in einer unsicheren Welt, in der neben dem Leben der blutige Tod lauerte durch gesetzlose Wegelagerer, plündernde Wikinger oder rauhe Naturgewalten. Er vermutete außerdem, daß sie ihn verlassen würde, wenn er Lotti etwas zuleide tat. Daher übersah er das Kind geflissentlich, redete nicht mit ihr, um Zarabeth nicht zu verärgern. Schließlich sagte er, an einem Kanten frischen Brot kauend: »Und wenn ich dir sagte, dieser Magnus Haraldsson ist ein Abtrünniger, ein Barbar, ein Pirat, der Händler beraubt, die durch das Baltische Meer segeln?«

Zarabeth sah ihn lächelnd an. Stumm. »Nun gut, er ist also kein Abtrünniger und kein Pirat.« Olav goß sich Bier in das schöne, rauchblaue Glas aus dem Rheingau. »Aber er könnte Schlimmeres sein, Zarabeth.« Er trank langsam, blickte Zarabeth über den Rand des Glases an, um ihre Reaktion zu beobachten. Doch sie zeigte nur ihr überlegenes Lächeln. Er mußte scharf nachdenken, um seine Argumente zu ordnen. Er wollte Zarabeth nicht verlieren.

»Ich bitte dich, heute abend oder morgen keine Entscheidung zu fällen. Du bist kein leichtfertiges Mädchen, das in wenigen Augenblicken über sein Leben entscheidet. Ich bitte dich zu warten, verbringe etwas mehr Zeit mit diesem Mann, um ihn besser kennenzulernen und um dich zu vergewissern, daß er der Richtige für dich ist.« Er wollte sie auch bitten, diesem Mann nicht ihre Jungfräulichkeit zu geben, fand aber nicht die richtigen Worte.

Zarabeth blickte ihn an. So viel Verständnis hatte sie nicht von ihm erwartet. Sie hatte sich auf Streit eingestellt. Ihr wurde warm ums Herz. »Ich danke dir, Olav«, sagte sie. »Ich werde deine Worte beherzigen und meine Entscheidung erst zum Ende dieser Woche treffen.«

Er nickte zufrieden. Dadurch blieben ihm drei Tage

Zeit, um zu beschließen, was zu tun war, um diesen räuberischen Hundesohn daran zu hindern, sie ihm wegzunehmen. In diesem Augenblick stieß Lotti ihre Holzschale mit Ziegenmilch um. Die Milch ergoß sich über den Tisch und bespritzte seinen Wollärmel, bevor er seinen Arm wegnehmen konnte. Sein Gesicht lief vor Wut rot an über das ungeschickte schwachsinnige Geschöpf, aber er schaffte es, seinen Mund zu halten.

Zarabeth tätschelte beruhigend Lottis kleine Hand und erhob sich. »Ich mach es sauber, Olav.« Sie rieb den Ärmel mit einem Lappen trocken. Doch die Milch würde gewiß Flecken auf dem edlen blaßblauen Wolltuch hinterlassen. Er war töricht, sich an Werktagen so fein herauszuputzen, dachte sie, während sie den Fleck trockenrieb.

Olav blickte auf ihren gebeugten Kopf, das volle dunkelrote Haar und ihre glatte weiße Haut, ihre langen schlanken Finger. Maras Haut war gegen Ende nicht mehr so glatt und weich gewesen. Im Lampenschein war Zarabeths rotes Haar weniger leuchtend, glich mehr dem dunklen Laub der Rotbuchen im Herbst. Er hätte gern sein Gesicht darin vergraben. Er atmete ihren Duft ein.

Ihr Geruch reichte, um sein Geschlecht steif zu machen. Ihre Nähe brachte ihn halb um den Verstand. Er hob den Blick und sah, wie Lotti ihn anstarrte, ihr kleines Gesicht ernst, ihre großen Augen voller Angst.

Die kleine Närrin verstand nichts von fleischlicher Lust. Wovor hatte sie Angst? Seit damals hatte er sie nie wieder angerührt. Zarabeth richtete sich auf.

»Es wird keinen Fleck geben«, meinte sie. Er konnte den Anblick ihrer prallen Brüste kaum ertragen. Er mußte sie nehmen, konnte nicht mehr lange warten. Sobald der Wikinger fort war, würde er ihr das klar machen.

Er schaute zu Lotti hinüber und wußte plötzlich, was zu tun war. Seit langem ahnte er, daß Lotti sein einziges Machtmittel gegen Zarabeth war, hatte sich das nur nicht wirklich eingestanden. Nun wußte er, daß er das Kind für seine Pläne einsetzen würde, ohne Zögern.

Es klopfte an der Ladentür, und Olav sprang auf die Füße. »Ich weiß nicht, wer zu so später Stunde noch bei uns hereinschaut. Hol noch etwas Bier.« Mit diesen Worten hob er das schwere Fell hoch, das den Wohnbereich vom Laden trennte.

Lotti gab einen lallenden Laut von sich. Zarabeth fuhr zu ihr herum. Das kleine Mädchen hatte sich die Faust in den Mund gesteckt. Ihre Augen — von tiefer goldbrauner Farbe — waren vor Angst weit aufgerissen. Ihr rötlichbraunes Haar war zu Zöpfen geflochten und als Kranz um ihren kleinen Kopf gewunden. Ihre Gesichtsfarbe war hell, und um die Nase hatte sie lustige Sommersprossen.

Zarabeth ging in die Hocke neben der Schwester und sprach mit klarer, deutlicher Betonung. »Hab keine Angst, Lotti. Dein Vater wird dir niemals wehtun, das schwöre ich. Du gehörst mir, und ich werde dich immer beschützen. Verstehst du das, Liebes?«

Das Kind sah sie an, und die Angst wich aus ihrem Gesicht. Sie tätschelte lächelnd Zarabeths Hand. Das uneingeschränkte Vertrauen im Gesicht des Kindes zog ihr das Herz zusammen. Lotti hatte blindes Vertrauen zu ihr. Doch Zarabeth war nur eine Frau, konnte nicht mit Waffen umgehen, um sich oder Lotti zu verteidigen. Was auch kommen mochte, sie würde nie zulassen, daß Lotti ein Leid geschah. Sie stand langsam auf und klopfte den Staub von den Knien.

Olav kam zurück, gefolgt von seinem Sohn Keith. Ein Mann, kleiner als sein Vater, mit dunklem Haar und dunklen Augen, bleicher Hautfarbe und einem dichten Bart, auf den er über die Maßen stolz war. Er hatte die Angewohnheit, seine Finger ständig durch den krausen Bart zu streichen. Keith war das Abbild seiner Mutter, wie Olav mit einem spöttischen Unterton zu bemerken pflegte. Er war stattlich gebaut und nicht gerade häßlich, obwohl er seit einem Beinbruch, den er als Junge erlitten hatte, leicht hinkte. Von der Schläfe zog sich eine dünne Narbe über die Wange, die ihn jedoch nicht entstellte. Er war nicht dumm, vermochte aber den Erfolg seines Vaters als Händler nicht zu erreichen. Er hatte nicht sein Talent, was Olav sich allerdings nicht eingestehen wollte. Er war leicht beeinflußbar, seufzte Olav gerne kopfschüttelnd. Dabei war er meist derjenige, der ihn beeinflußte. Zugegeben, Keith ließ sich leicht beschwatzen, vom Gerber, vom Schmied, vom Goldschmied — die Liste war endlos.

Er war zweiundzwanzig, verheiratet mit einer Frau, die in seiner Gegenwart die Unterwürfige spielte und ein scharfzüngiger Drachen war, wenn er den Rücken kehrte. Er hatte Zarabeth kaum Beachtung geschenkt, als Olav sie und Mara nach York brachte und ihr weder Zuneigung noch Ablehnung entgegengebracht. Doch in den letzten Monaten hatte er sich verändert. Er besuchte seinen Vater häufiger, oft ohne Toki, und Zarabeth war aufgefallen, wie er sie anstarrte, während er sich den Bart strich und vorgab, der endlosen Flut guter Ratschläge des Vaters zuzuhören. Sie hütete sich, je mit ihm allein in einem Raum zu sein.

Sie nickte ihm ohne große Freundlichkeit einen Willkommensgruß zu, und Keith starrte sie wieder glutäugig an.

»Wo ist deine Frau?« fragte Olav beiläufig.

»Toki ist im Haus, wo sie hingehört. Sie hat ihren weiblichen Fluch und behauptet zu leiden.« Keith hob die Schultern und blickte auf den Krug mit Bier. »Du hast sie mir ausgesucht, du kennst sie gut genug. Sie hat viel von ihrer Mutter. Ich bin wohl der einzige, dem sie die sanfte Seite ihres Wesens zeigt.«

Zarabeth hätte am liebsten laut aufgelacht bei Keiths Beschreibung des Wesens seiner Frau. Olav überhörte den jammernden Ton und die Bitterkeit in den Worten seines Sohnes. Bei allen Göttern, er kannte Tokis Mutter, eine Frau, bei deren Anblick das Geschlecht eines jeden Mannes in sich zusammenschrumpfte. In Gedanken immer noch bei dem verfluchten Wikinger, sagte er zerstreut: »Ausgezeichnet. Möchtest du einen Krug Bier?«

Keith nickte und setzte sich an den Tisch. Zu Zarabeth gewandt, meinte er: »Geht es dir gut, Schwester?«

Sie nickte und schenkte ihm Bier ein.

»Und die Kleine?«

»Lotti geht es auch gut.«

Olav hob die Schultern und warf seinem Sohn einen mißmutigen Blick zu. »Sie ist gräßlich, aber was kann ich tun? Grade hat sie mir Milch über den Ärmel geschüttet.«

»Du hättest sie aus der Stadt bringen und ihrem Schicksal überlassen sollen«, sagte Keith in völligem Gleichmut. »Toki hätte es getan.«

Zarabeth richtete sich langsam auf. »Zähme deine grausamen Worte, Bruder, oder du wirst es bereuen.«

Keith breitete die Hände aus. »Beruhige dich, Zarabeth. Toki würde so etwas tun, ich aber nicht.« Dann zog er die Stirn in Falten, als denke er angestrengt nach. »Nein, das stimmt nicht. Im Grunde ist Toki sanftmütig und herzensgut. Und sie ist sehr kinderlieb. Sie würde niemandem weh tun, schon gar nicht einem Kind, auch nicht einem Kind wie Lotti.«

Er war ein Schwächling und hatte keine Augen im Kopf, dachte Zarabeth. Sie konnte sich denken, wie sehr Toki ihn unter der Knute hatte. Sie wandte sich Olav zu, der nun sagte: »Quäle den armen Jungen nicht, Zarabeth, und sprich keine leeren Drohungen aus.« Lachend fügte er hinzu: »Was würdest du ihm denn antun, wenn er dich erzürnt? Schlägst du ihn mit dem Kochlöffel? Erstichst du ihn mit dem Messer? Vielleicht stürzt du dich schreiend auf ihn und reißt ihm die Haare vom Kopf?«

»Nein. Ich habe gedankenlos gesprochen. Mein Bruder ist ein guter Mensch.«

Sie wünschte, sie hätte ihren Mund gehalten und den Männern keinen Grund gegeben, sich über sie lustig zu machen. Lächelnd meinte sie: »Wenn er wirklich böse wäre, würde ich einen Trunk in sein Bier träufeln, der aus seinen Eingeweiden stinkendes Wasser macht.«

Keith sah sie an, dann starrte er auf seinen fast leeren Bierkrug.

»Nein, Keith, ich habe nichts hineingetan. Diesmal nicht.

Hüte in Zukunft deine Zunge. Denn Lotti bekommt jedes Wort mit. Ich möchte nicht, daß man ihr wehtut.«

Keith warf ihr einen mitleidigen Blick zu, den sie nicht bemerkte. Sie räumte den Tisch ab und wusch das Geschirr. Sie hatte keine Angst vor ihm, fühlte sich seltsamerweise sogar zu seinem Schutz berufen. Er hatte Toki nicht verdient, und Zarabeth hielt es für einen Fehler, ihm die Ehe mit dieser Frau aufzudrängen.

Plötzlich schnitt Keiths Stimme scharf wie ein Messer durch die Stille: »Ich hörte von der schwatzhaften Frau des Zimmermanns, daß Zarabeth heute morgen einen Wikinger auf dem Marktplatz vor dem Brunnen geküßt hat.«

Tiefes Schweigen senkte sich über den Raum. Olavs Lippen wurden zu einem schmalen Strich, die Sehnen an seinem Hals traten hervor, und seine Wangen wurden von flammendem Rot überzogen. Keith nickte unsicher in Zarabeths Richtung. »Aha. Es ist also wahr. Ich wollte es nicht glauben, da man dich als kühles Mädchen kennt, Zarabeth, eine Frau, die sich nichts aus schönem Schmuck oder aus Männern macht. Dieser Wikinger ist ein Jarl, wie ich höre, also ein Edelmann. Sein Vater ist ein Anführer und ein mächtiger Herzog. Er ist reich und besitzt große Ländereien in Norwegen.«

»Ja, es ist wahr«, sagte Zarabeth.

»Hast du deine Beine für ihn breit gemacht?«

Zarabeth staunte über Keiths streitsüchtigen Ton, und noch erstaunter war sie über seine Worte. Sie paßten nicht zu ihm. Sie spürte einen Stich, verscheuchte die Furcht aber schnell. Es war Eifersucht, die aus seiner Stimme sprach. Sie blickte zu dem Regal an der Wand, auf dem eine Reihe bedeckter Gefäße stand. »Ich frage mich, wie stark ich dein Tränklein mischen soll, Keith.«

»Also gut, du hast dich nicht von ihm besteigen lassen. Was willst du von ihm?«

Olav sagte unvermitelt: »Schluß mit diesem Wikinger. Er will Zarabeth heiraten, aber sie hat sich noch nicht entschieden, ob sie ihn haben möchte. In drei Tagen wird sie ihm eine Antwort geben.«

Tatsächlich, dachte Zarabeth, während Olav redete, habe ich mich bereits entschieden. Die drei Tage waren ein Zugeständnis an ihn. Seltsamerweise wurde ihr das eben in diesem Moment klar.

Sie hob den Kopf und sah, wie Keith sie gierig mit Blikken verschlang. »Irgend einen Mann muß ich wohl heiraten«, sagte sie kühl. »Magnus Haraldsson scheint eine gute Wahl zu sein.«

»Gehst du mit ihm nach Norwegen?«

»Falls sie ihn heiratet«, antwortete sein Vater mit gefurchter Stirn. »Wir werden sehen. Noch ist nichts entschieden. Gar nichts.«

Zarabeth schwieg. Sie wollte Magnus sehen. Sie verrichtete ihre Hausarbeit, badete Lotti und steckte sie unter die warme Wolldecke in ihrem Kastenbett. Olav und Keith tranken schweigend. Sie stellte einen vollen Krug Bier neben den Stiefvater, nahm ihren Wollumhang vom Haken und legte ihn sich um die Schultern. »Ich mache einen kurzen Spaziergang«, sagte sie und war gegangen, ehe einer der Männer Einspruch erheben konnte.

5

Zarabeth wußte, es war gefährlich, nachts allein auf der Straße zu sein, obwohl in York seit einigen Jahren Frieden herrschte. Doch es gab Bettler, Gesetzlose, Raufbolde, die sich nachts in der Stadt herumtrieben und die Bewohner ausraubten. Deshalb hielt sie sich vorsichtig im Schatten der Häuser. Sie ging sehr rasch, beinahe lautlos. Der Mond hing als fahle Sichel am Himmel, und die Luft war regenschwer. Es war sehr dunkel und still. Sie konnte ihren eigenen Herzschlag hören.

Sie wußte genau, wohin sie strebte, hielt den Blick geradeaus gerichtet, zum Steg am Fluß Ouse. Die Schutzwälle kamen in Sicht, groß und mächtig, und dahinter der kleine Hafen. Es lagen viele Boote am Steg, mit dikken Stricken an mächtigen Holzpfählen vertäut, die der Länge nach in den Grund des Flusses gerammt waren. Die meisten Boote waren Handelsschiffe der Wikinger. Ihr Blick wanderte suchend die Schiffsrümpfe entlang. Es waren so viele, und sie sahen alle gleich aus.

Unschlüssig blieb sie stehen. Sie kannte nicht einmal den Namen seines Schiffs. Sie war entsetzt über sich selbst. Sie hatte einen Mann kennengelernt und sogleich den Verstand verloren. Sie benahm sich wie eine ausgemachte Närrin, und das war erschreckend, da sie normalerweise mit Bedacht handelte, ob in der Freude oder im Zorn. Doch nun war sie gedankenlos aus dem Haus und direkt zum Hafen gelaufen. Daran konnte sie nun nichts mehr ändern, und wenn irgendwelche Gesetzlosen auf sie lauerten, verdiente sie es nicht anders. Aber sie kehrte nicht um.

Sie holte tief Luft und fuhr fort, jedes der Schiffe genau zu betrachten, deren große, viereckige Segel aufgerollt waren. Alles war still, die Seeleute schliefen, das einzige Geräusch machte das Wasser, das gegen die Bootswände schwappte. Sie hatte die späte Stunde nicht überlegt. Ganz leise ging sie von Boot zu Boot, die weichen Ledersohlen ihrer Schuhe machten kaum ein Geräusch auf den Holzplanken des Docks. Angst kroch in ihr hoch. Bei allen christlichen Heiligen, sie war wirklich eine Närrin! Was sollte sie bloß tun. Dann gewahrte sie ein Boot, das größer war als die anderen, mit elegant geschwungenem Bug, dessen Spitze Odins Rabe zierte, aus schwarzem Holz geschnitzt. Es war ein majestätisches Schiff, und sie wußte, daß es sein Boot war.

Sie warf den Kopf in den Nacken und schrie: »Magnus! Magnus Haraldsson!«

Jetzt hörte sie tiefes Männerlachen. Eine Reihe von Männerköpfen tauchten über der Bordwand auf. Waffen wurden sichtbar. Dann sprangen einige Männer leichtfüßig über Bord auf die Planken des Docks und blickten mit offenen Mäulern in ihre Richtung, redeten und deuteten mit den Armen auf sie. Kurz darauf hörte sie seine vertraute Stimme: »Ihr bleibt an Bord. Es besteht keine Gefahr. Es ist meine Herrin, die nach mir ruft. Jedem, der einen Schritt auf sie zumacht, schlitze ich die Kehle auf. Wenn sich uns ein Fremder nähert, kommt ihr mir zu Hilfe, und wir schlitzen ihm die Kehle auf.«

Magnus schritt auf sie zu, sein Umhang blähte sich hinter ihm, sein Kopf war unbedeckt. Er wirkte unverletzbar und majestätisch wie sein Boot, und sie spürte, wie ihr Fleisch sich erwärmte. Ihr Atem ging schneller. Er war ein kraftvolles, wildes Tier. Und in diesem Augenblick war ihr klar, daß sie ihn haben wollte, ihn und keinen anderen. Sie kannte ihn seit zwei Tagen, und es war so lange wie ein ganzes Leben. Sie zwang sich stehenzubleiben, und auf ihn zu warten.

Magnus blieb dicht vor ihr stehen. Er sagte nichts, blickte nur auf sie herab, sein Gesicht ohne Ausdruck. »Mir war, als hörte ich eine Frau nach mir schreien, schrill wie das Krächzen einer Saatkrähe. Hast du es auch gehört, Zarabeth?« Er blickte über ihren Kopf hinweg nach links und nach rechts. »Nein, ich sehe sie nicht. Niemand schwimmt im Wasser, weder eine Seejungfrau noch ein Seedrachen, und dort drüben stehen nur bärtige Seeleute. Und alle träumten gewiß von Schätzen und schweren Truhen mit Silber und Gold, bis die Stimme des Weibes sie aus ihren Träumen riß. Ach da hinter dir . . . Da ist sie, und sie sieht aus wie ein zänkischer, bösartiger Weibsteufel. Wie häßlich sie ist . . .«

Zarabeth fuhr herum und sah niemand. Magnus begann glucksend zu lachen. Sie spürte seine Hand leicht auf ihrer Schulter.

Seine Stimme wurde tiefer und ernst. »Du bist unbesonnen, Zarabeth. Das ist eine gefährliche Eigenschaft, aber ich werde dich diesmal nicht dafür schelten, obwohl ich erzürnt bin, daß du alleine zu mir kommst. Komm und laß dich ansehen.«

Lächelnd trat sie an ihn heran, lehnte sich an seine Brust und hob ihr Gesicht zu ihm hoch. »Ich wollte dich sehen. Ich hatte Sehnsucht nach deinem Gesicht.«

Seine Hände umfaßten ihre Oberarme. »Und deshalb kommst du allein und ohne Schutz zum Hafen und schreist meinen Namen? Was wäre, wenn ein anderer Mann deinen Ruf beantwortet hätte?«

Diese Möglichkeit wollte sie erst gar nicht in Betracht ziehen und sagte einfach: »Ich wußte, das ist dein Schiff. Es ist das schönste und größte. Es paßt zu dir, Magnus, mächtig und wild. Ich war nicht in Gefahr.«

»Deine Rede erstaunt mich und gefällt mir. Findest du mich wirklich wild?«

»Nein, ich meine grausam. Das klingt seltsam, aber es stimmt. Dein Schiff wirkt grausam in seiner Schönheit, wie du, sein Eigentümer, sein Herr.«

»Ich habe versprochen, dich nicht zu schelten, denn du gibst mir das Gefühl, ein Mann über anderen Männern zu sein. Du mußt wissen, Zarabeth, daß die Grausamkeit in meinem Wesen sich nie gegen dich richten wird. Wenn du mich erzürnst, werde ich dich einfach küssen.« Und er schlang seine Arme um sie, sein Umhang hüllte sie beide ein, und er zog sie an seine Brust. Sein Mund war warm und fest, und als sie ihm ihre Lippen nicht öffnete, strich seine Zunge sanft über ihre Unterlippe, zärtlich und fordernd, bis sie begriff, was er wollte und ihren Mund ein wenig öffnete. Es war ein wunderbares Gefühl, seine Zunge auf ihrer zu spüren, die Wärme seines Körpers an ihrem Körper. Seine großen Hände hielten sie eng an sich gepreßt. Sie spürte seine Schenkel an ihren, spürte die Härte seines Fleisches an ihrem Bauch.

»Magnus«, sagte sie in seinen offenen Mund und spürte, wie er erschauerte. Sie wunderte sich über die Macht, die sie auf ihn ausübte. Plötzlich glitten seine Hände zu ihren Hinterbacken. Er hob sie hoch, preßte sie hart gegen sich. Sie spannte sich bei seinem Übergriff, und er ließ sie los. Langsam glitt sie an seinem Körper nach unten, ganz langsam, bis ihre Füße den Boden unter sich berührten.

Er hob ihren Kopf und sah sie an. »Du atmest schwer, Liebes. Das gefällt mir. Und du hast recht. Alle meine Männer, und alle Männer auf den anderen Schiffen beobachten uns hinter den Dollborden. Jetzt träumen sie nicht mehr vom Plündern, sondern von schönen Frauen, die sie verführen. Morgen werde ich ihnen verkünden, daß du mir gehörst, und dann ist Schluß mit ihrem gierigen Blick und ihren losen Reden.«

Sie senkte den Blick. »Das ist freundlich von dir, Magnus. Eigentlich bin ich gekommen, um dich besser kennenzulernen. Ich habe Olav versprochen, ihm meine Entscheidung in drei Tagen wissen zu lassen. Er sorgt sich um mich und möchte nicht, daß ich vorschnell handle.« Sie machte eine Pause, bevor sie kichernd fortfuhr: »Er fürchtet, deine Männlichkeit raubt mir den Verstand, obwohl er das nicht direkt ausgesprochen hat. Ich hätte ihm sagen müssen, daß er recht hat.« Jetzt wurde sie wieder ernst. »Ich wollte dich sehen, Magnus, ob du wirklich der Mann bist, der mir den ganzen Tag im Kopf herumspukte.«

»Und bin ich es, Zarabeth?«

Sie lächelte, trat einen kleinen Schritt zurück, immer noch in seiner losen Umarmung und sah zu ihm hoch. Im fahlen Mondschein konnte sie seine Gesichtszüge deutlich erkennen. Sie studierte ihn ernsthaft, den Kopf zur Seite geneigt. »Du bist, wie du sein sollst, und für mich ist das vollkommen.« Ihre Fingerspitzen berührten sanft das Grübchen an seinem Kinn. »Auch das gefällt mir.«

Er hob eine dichte Augenbraue. »Ein Mädchen hat mir einmal gesagt, daß Odin mir den Daumen auf mein Kinn gedrückt hat, um mir seine Mißbilligung zu zeigen.«

»Hast du dem Mädchen weh getan, daß sie so böse Dinge sagen konnte?«

»Ja, das habe ich.« Seine Stimme wurde leise in der Erinnerung. »Sie hatte mich verführt. Sie war älter als ich, aber jünger als du jetzt bist, und ich war ein dummer Junge von zwölf Jahren, als sie mich in sich aufnahm, und ich die Freuden eines Frauenkörpers kennenlernte. Doch in diesem Jahr ging ich lieber auf Walroßfang, als auf ihr zu liegen. Sie verfluchte mich und geiferte, mein Grübchen am Kinn sei ein Zeichen von Odins Fluch.«

Zarabeth kicherte. »Ich hätte dich auch verflucht. Walroßjagd! Das war nicht sehr freundlich von dir.«

»Ich war damals erst zwölf Jahre alt, Zarabeth.«

»Warst du damals schon ein schöner Mann, Magnus?«

»Einer meiner Söhne, die du zur Welt bringst, sieht mir vermutlich ähnlich, dann wirst du es ja wissen.«

Zarabeth schwieg. Er sprach so unverblümt mit ihr, daß es ihr den Verstand raubte.

»Woran denkst du, Liebes?«

»An dich und daran, welche Wirkung du auf mich hast. Es ist alles so fremdartig, und es verwirrt mich, und das macht mich dumm im Kopf.«

Seine Fingerspitzen strichen über ihre Wange. »Ich möchte dich glücklich machen, nicht dumm.«

Er beugte sich über sie und küßte sie sanft. Er versuchte nicht, ihre Lippen zu teilen, küßte sie nur leicht und warm.

»Ich habe Angst«, sagte sie und schaute ihm auf den feuchten Mund. »Du kommst aus einem Land, das ich nur vom Hörensagen kenne, wo alle Menschen mir fremd sind. Du kommst aus einem Land, in dem es bitterkalte Winter gibt, und in dem die Sonne viele Monate kaum zum Vorschein kommt.«

Magnus hatte erwogen, sie an Bord der *Seewind* zu nehmen, änderte aber rasch seine Meinung. Sie fühlte sich sicher bei ihm, einem Mann, den sie erst seit zwei Tagen kannte, den sie heiraten würde. Er lächelte sie an und suchte sie zu beruhigen. »Das Land wird dir nur so lange fremd sein, bis du die Leute kennengelernt hast. Meine Verwandten werden dich lieben, auch unser König Harald Schönhaar. Er kommt aus dem Bezirk Vestfold, hat aber im Augenblick keine königliche Residenz. Er ist ein Vetter meines Vaters. Er wird uns besuchen, und du wirst ihm gefallen.«

»Ich habe von Harald Schönhaar gehört. Ich habe gehört, daß er grausam ist und alle Menschen unterdrückt. Man sagt, er kenne keine Gnade und Barmherzigkeit.«

»Ja, und er ist unersättlich in seiner Gier.« Magnus hob die Schultern. »Er verlangt von jedem Kleinkönig und jedem Herzog in Norwegen Gehorsam. Alle Menschen müssen sich seinen Befehlen unterwerfen. Er ist ein Mann, und er ist ein Wikinger. Sein Appetit ist grenzenlos, und seine Macht wächst von Jahr zu Jahr. Er ist stark, obwohl er beinahe so alt ist wie mein Vater. Er hat ein ganzes Reich besiegt und in die Knie gezwungen. Er will immer mehr, wie die meisten Männer in meinem Land.« Grinsend schüttelte er den Kopf. »Die Männer in meinem Land verlassen ihre Heimat und erforschen neues Land, wenn sie sich von ihren Nachbarn bedrängt oder von ihrem König unterdrückt fühlen. Wir lieben unsere Freiheit, und wir lassen uns von niemand Vorschriften machen.«

»Will er auch deine Ländereien und die deines Vaters an sich reißen? Wirst auch du eines Tages den Wunsch haben, dein Land zu verlassen?«

»Noch ist es nicht so weit. Aber es würde mich nicht wundern, wenn er unsere Abgaben erhöht; das würde uns das Kreuz brechen. Dann wären wir gezwungen, gegen ihn zu kämpfen, König oder nicht. Entfernter Verwandter oder nicht. Oder wir müßten unser Land verlassen.«

Sie sah, daß es ihm damit ganz ernst war. Er würde gern in den Krieg ziehen, vermutete sie, und er würde grausam sein, und kein Bedauern empfinden. Ebensowenig würde er vor dem Gedanken zurückschrecken, seine Heimat zu verlassen und in ein fernes Land aufzubrechen. Er würde stets das tun, was getan werden mußte. Auch dieser Zug an ihm gefiel ihr.

»Es ist auch richtig, daß während der fünf Wintermonate selten die Sonne scheint, und das Land unter einer Schneedecke begraben liegt. Wir halten uns die meiste Zeit im Langhaus auf, doch du wirst dich nicht langweilen. Skalden kommen zu Besuch und tragen ihre Gesänge vor, Sagas, die seit Hunderten von Jahren überliefert werden. Die Skalden dichten auch neue Lieder und geben dem Herrn des Gutshauses das Gefühl, ein König zu sein. Wir machen Spiele und tanzen und trinken, bis uns die Schädel brummen. Und wenn du nicht in meinem Bett liegst oder spielst und tanzt, wirst du das Spinnrad drehen und weben und nähen und kochen und das Gesinde beaufsichtigen. Kannst du Butter rühren, Zarabeth?«

»Butter?« wiederholte sie, wieder einmal belustigt über seine Gedankensprünge.

»Ja. Meine Mutter rührte Butter und formte daraus große, gelbe Klumpen. Meine Mutter ist eine sehr kräftige Frau. Und die Buttermilch, die übrigbleibt, schmeckt herrlich süß und sauer. Die Kinder balgen sich um den ersten Krug frischer Buttermilch.«

»Ich rühre auch Butter«, antwortete sie. »Aber mein Butterfaß ist klein und es kostet keine große Kraft, es zu rühren.«

Seine Finger umfingen ihre Oberarme. »Das Leben bei mir zuhause ist nicht leicht, Zarabeth. Aber ich glaube nicht, daß du dich langweilen wirst. Ich werde dich beschützen und dich lieben und dir so viele Kinder machen, wie Freya es beliebt. Ich möchte dich noch einmal küssen, Liebes. Dein Mund ist weich und zieht mich in seinen Bann.«

Ohne Zögern stellte sie sich auf die Zehenspitzen, schürzte die Lippen und schloß die Augen.

Er betrachtete ihr hübsches Gesicht, das ihm bereits liebgeworden war. »Wenn ich dich geküßt habe, möchte ich deine Brüste in meine Hände nehmen.« Er küßte sie, erstickte ihren erschrockenen Laut mit seinem Mund, und seine Hände wölbten sich um ihre Brüste.

»Magnus«, hauchte sie und schob ihn von sich. »Nein, das darfst du nicht.«

»Dein Atem geht rasch«, grinste er. »Deine Worte machen wenig Sinn. Du magst meine Hände auf dir? Das ist nur der Anfang, mein Liebes. Ich werde an deinen Brüsten saugen, wie später unsere Söhne und Töchter. Und wenn ich deine Schenkel teile, werde ich mich zwischen sie legen und sie weiter öffnen, und dann Zarabeth, werde ich dich begatten.«

Sie legte ihm die Hand auf den Mund. Sie war erhitzt und erregt und wußte, daß es nicht recht war. »Du sprichst kühne Worte, und ich weiß nicht, was ich tun soll.«

»Es erregt dich.«

»Es macht mich dumm und zittrig, weil ich nicht weiß, was ich dir antworten soll.«

»Dann versuch es erst nicht. Du wirst von mir lernen. Wenn ich dich begatte, werde ich dir viele solche Worte ins Ohr flüstern. Und du wirst lernen, mir zu sagen, was dir gefällt, und ich werde dir sagen, wo du mich berühren sollst.«

»Ja«, sagte sie seufzend. Diese Mischung aus Kraft und Zärtlichkeit machte ihn unwiderstehlich.

»Ich möchte dich etwas fragen, Magnus.« Er wartete lächelnd, bis sie weitersprach. Sie nestelte verlegen an der Silberbrosche, die den Umhang an seiner Schulter zusammenhielt. »Deine Sklavin, Cyra ... wirst du ... also, wirst ...?«

»Ach, Cyra, die meine Hände gern auf sich spürt, die Schmerz und Lust zu verbinden weiß ...«

»Sprich nicht so ungeniert darüber! Wirst du weiterhin das Bett mit ihr teilen, wenn ich deine Frau bin?«

Er sah sie entrüstet an. »Auf keinen Fall. Hältst du mich für einen dieser schwarzen Araber aus Miklagard? Diese Männer, die ihre Bedeutung an der Zahl der Frauen messen, die sie sich halten können?«

»Ich weiß nicht. Es gibt Männer in York — sogar König

Guthrum —, die mehrere Konkubinen haben, obwohl sie verheiratet sind.«

Er schüttelte den Kopf. »Du wirst meine Tage und meine Nächte füllen. Ich will keine andere Frau. Möchtest du wissen, was wir in vier Nächten tun? Nein? Hör mir gut zu, Zarabeth . . .« Er unterbrach beim Klang einer rauhen Männerstimme.

»Magnus!«

»Einer meiner Männer«, sagte Magnus ungeduldig. »Ja, es ist Eirik, und er hat wohl ein bißchen zuviel von eurem Yorker Bier erwischt.«

Eirik war stämmig und jung, gebaut wie ein Stier aus Nordumbrien, mit weißblondem Haar. Er blieb vor Magnus stehen und schaute ihn aus leicht verdrehten Augen an.

»Ist sie nicht die Stieftochter von Olav dem Eitlen? Ein paar Männer suchen nach ihr. Olav der Eitle brüllt herum, daß du sie entführt und dich geweigert hast, den Brautpreis zu bezahlen. Er tobt herum wie ein Verrückter. Sechs Männer sind bei ihm, lauter Jammerlappen . . . aber immerhin. Ich dachte, ich sollte dich lieber warnen, Magnus.«

»Ich bringe sie nach Hause«, sagte Magnus. »Leg dich aufs Ohr, Eirik. Das hast du gut gemacht, ich steh in deiner Schuld.«

Zu Zarabeth gewandt mit belustigten Augen: »Deinen Stiefvater kann ich nicht leiden. Aber ich muß gestehen, daß er um dein Wohl besorgt ist.«

»Ich gehe jetzt. Du mußt nicht mit mir kommen. Olav ist wohl etwas närrisch, weil er zu viel Bier getrunken hat. Ich möchte nicht, daß ihr beide Streit bekommt.«

»Zarabeth, du stehst jetzt unter meinem Schutz. Vom ersten Augenblick an, seit ich dich gesehen habe, standest du unter meinem Schutz. Du wirst nie wieder irgendwo allein hingehen. Du wirst mir immer gehorchen. Hast du verstanden?«

Sie zog die Stirn kraus, versteifte sich bei seinem Tonfall, der hart und befehlend war. Doch in diesem Fall hatte er wirklich recht. »Gut. Tut mir leid, wenn ich deine Nachtruhe gestört habe.«

»Törichtes Frauenzimmer«, sagte er und nahm sie bei der Hand. Vier seiner Männer waren von Bord gesprungen und standen nun in knappem Abstand hinter ihm. Er nickte beifällig.

Er paßte seine langen Schritte ihrem Gang an. »Ich hätte dich lieber in meine Kabine gebracht, dich ausgezoen und dich auf meinem Lager genommen. Es ist kein bequemes Lager, nur ein abgetrennter Teil an Deck der *Seewind.*« Er seufzte. »Aber das muß warten, bis wir verheiratet sind. Dann Zarabeth, werde ich dich so oft besteigen, bis wir beide zu erschöpft sind, um etwas anderes tun zu können, als zu schlafen.«

Sie blickte grinsend zu ihm auf, ihr Herz hämmerte wie der Flügelschlag eines aufgeregten Vogels in ihrer Brust. »Und wer wird dein Boot steuern, wenn wir in deinem Bett liegen?«

»Ich werde das Steuer meinen Männern übergeben und sie hinlänglich beschäftigen, damit sie uns nicht ständig in unserem Liebesspiel stören.«

»Ich glaube, ich werde dich früher entkräften als du mich, mein Gebieter.«

»Glaubst du, mein Liebes? Obwohl du nicht weißt, was wir tun werden?« Er lachte leise und faßte ihr leicht unter das Kinn.

Zarabeth lächelte noch, als sie die Stimme ihres Stiefvaters hörte, der von fern brüllte wie ein Stier. »Da ist sie! Und mit ihr der räuberische Wikinger. Er hat meine Stieftochter entführt! Tötet ihn! Tötet ihn!«

»Er ist ein sehr törichter Mann«, sagte Magnus völlig ruhig. »Sehr töricht.«

»Was wirst du tun?« Sie drehte sich um und sah die vier Männer hinter Magnus aufrücken, mit gezogenen Schwertern. Drei von ihnen trugen neben dem Schwert eine Axt. Sie machten einen grimmigen, furchterregenden Eindruck. Magnus zog sein Schwert nicht aus der Scheide. Er wartete gelassen ab.

»Mal sehen, was er vorhat«, war alles, was er dazu äußerte. »Rühr dich nicht vom Fleck, Zarabeth. Bleib neben mir. Hier bist du in Sicherheit.«

Es blieb ihr nichts anderes übrig als zu warten, bis die sechs Männer, allesamt Freunde ihres Stiefvaters, auf sie zustürmten, die gezückten Schwerter in den Händen und wilde Flüche ausstoßend.

Nun trat Magnus vor und hob beide Arme. »Halt!«

Die Angreifer blieben erschrocken stehen. Olav, schwer keuchend vor Anstrengung, hielt sich hinter einem der Männer.

»Tötet ihn, ihr Feiglinge! Tötet den Wikinger!«

»Schweig, Olav! Oder ich schneide dir deine verfluchte Zunge heraus. Zarabeth hat mich heute abend besucht. Das war nicht sehr klug von ihr, und ich bringe sie zu deinem Haus zurück. Es ist ihr nichts geschehen, und ich rate dir, sie gut zu behandeln und sie nicht zu schelten, denn sie wird bald meine Frau sein. Behandle sie freundlich, oder es wird dir leid tun.«

Olav wußte, daß seine Kumpane den Wikinger nicht angreifen würden. Sie waren Händler und Handwerker. Sie waren zwar tapfer und konnten kämpfen, aber sie waren keine Krieger, und selbst alle sechs hätten keine Chance gegen diesen Mann. Es wäre glatter Selbstmord. Allein der Gedanke tröstete ihn, daß er sein Mündel verprügeln würde, sobald sie zu Hause war. Er lächelte Zarabeth an.

Es war, als lese der Wikinger seine Gedanken.

»Nein, Olav, tu nicht, was du vorhast. Ich bin ein Mann, der zu seinem Wort steht, ein ehrenhafter Mann, du kannst mir Glauben schenken. Du wirst ihr kein Leid antun, sonst wirst du es bitter bereuen. Ich werde dich töten.«

Olav spürte kalten Haß in seinen Eingeweiden, der wie Säure brannte. »Komm«, sagte er knapp zu Zarabeth. »Du hast mir genug Sorgen bereitet, Mädchen.«

»Ich weiß, und es tut mir leid, Olav.«

»Deine schwachsinnige Schwester windet sich auf dem Fußboden und versucht zu schreien. Es macht mich krank, ihr zuzusehen und ihr idiotisches Gestammel zu hören. Scher dich nach Hause und kümmere dich um sie, bevor ich sie aus der Stadt bringe und sie in den Bergen aussetze. Das hätte ich längst tun sollen.«

Magnus sah, wie Zarabeth versteinerte. Er begriff Olavs giftigen Haß gegen seine kleine Tochter nicht. Der Wikinger berührte sanft Zarabeths Arm. »Geh, Liebes. Ich seh dich morgen am Brunnen auf dem Platz.«

»Ja. Danke«, sagte sie, raffte die Röcke und ging ihrem Stiefvater entgegen.

6

Olav strich sich den Bart und sah Zarabeth an. Er hatte sich und die Situation wieder unter Kontrolle. Es gab ihm ein gutes Gefühl, Herr der Lage zu sein. Wieder galt allein sein Wort, und er bestimmte, was getan wurde. Der barbarische Wikinger war auf sein Boot zurückgekehrt, hatte sich vor Olavs Zorn in Sicherheit gebracht. Und seine liederliche Stieftochter war hier allein mit ihm, seiner Gnade und Barmherzigkeit ausgeliefert, und sie hatte zu gehorchen. Sie würde ihr betrügerisches Treiben büßen, dafür wollte er sorgen. Er beobachtete sie im flackernden Schein der Bärenfettlampe. Es war spät, und sie wußte nun, daß ihre kleine Schwester nicht hier war. Die Angst und Verwirrung in ihrem Gesicht erfreuten ihn. Ja, er genoß sie richtig.

»Du wirst genau das tun, was ich von dir verlange, Zarabeth«, sagte er endlich. Sie stand vor ihm und starrte ihn an.

»Wo ist Lotti?« fragte Zarabeth nun zum dritten Mal mit bebender Stimme, ihre Verzweiflung kaum mehr beherrschend.

Was hast du ihr angetan? Du hast gesagt, sie hatte Angst, weil ich nicht hier war. Du hast mich belogen! Wo ist sie, Olav? Was hast du mit ihr gemacht?«

»Das werde ich dir nicht verraten. Nicht ehe du mir dein Versprechen gegeben hast, nicht ehe du geschworen hast, daß du uns diesen Wikinger-Bastard vom Hals schaffst.«

Zarabeth schüttelte den Kopf. »Du hast versprochen, ich kann selbst entscheiden. Wo ist Lotti?«

Olav machte eine wegwerfende Handbewegung. »Jammere nicht, Zarabeth. Deine schwachsinnige Schwester ist in Sicherheit, wenigstens im Augenblick. Du wirst sie erst wiedersehen, wenn du genau das tust, was ich dir sage.«

»Ich will Magnus Haraldsson heiraten. Ich gehe mit ihm nach Norwegen, und ich nehme Lotti mit mir.«

»Nein, das wirst du nicht tun. Du wirst bei mir bleiben, hier in York. Vielleicht werde ich dich sogar heiraten, denn wir sind nicht blutsverwandt. Niemand wird Einwände erheben, nicht einmal König Guthrum. Er selbst hat drei Konkubinen, und eine davon soll seine leibhaftige Nichte sein. Nein, er wird keine Einwände erheben.«

Er bemerkte den Abscheu in ihrem Gesicht und verlor die Beherrschung. Er sprang auf und schlug sie so hart ins Gesicht, daß ihr Kopf nach hinten schnellte, und sie auf den strohbedeckten Fußboden stürzte. Er stand über ihr, die Hände in die Hüften gestemmt. »Du wirst nie wieder ungestüm handeln, Zarabeth. Du wirst mich nie wieder wie einen zahnlosen Greis behandeln, wie einen alten nutzlosen Mann, der nur geduldet ist! Nie wieder, hast du verstanden? Antworte, sonst stirbt deine schwachsinnige Schwester noch heute nacht!«

»Ich habe verstanden.«

»Gut. Ich wollte abwarten. Ja, das hatte ich vor. Ich hatte gehofft, daß du zur Besinnung kommst und nicht mit diesem Wilden gehen willst, diesem verlausten, nordischen Raufbold. Aber du hast mein Haus verlassen! Bist alleine und schutzlos zum Hafen gelaufen, zu ihm! Deine Dummheit erschreckt mich. Hast du ihm deine Jungfernschaft gegeben? Hast du die Beine für ihn breit gemacht?« Seine Stimme zitterte, und er holte tief Luft. »Nun, es macht nichts. Du wirst ihn nicht bekommen, Zarabeth. Nie im Leben. Damit ist jetzt Schluß.«

Sie versuchte, ihre Gedanken zu ordnen, doch in ihrem Kopf war nur die grauenhafte Angst um Lotti und der pochende Schmerz von seinem Schlag, der immer schlimmer wurde.

Lotti. Er mußte sie zu Keith gebracht haben. Das Blut gerann ihr in den Adern. Lotti befand sich in den Händen von Keith und seiner Frau Toki, daran zweifelte sie nicht. Die beiden verabscheuten das Kind.

Sie mußte irgendwie zu Magnus zurück. Er würde Lotti befreien. Er würde wissen, was zu tun war. »Magnus«, flüsterte sie leise.

»Schlag ihn dir aus dem Kopf, Mädchen. Lotti wird in dem Augenblick sterben, in dem du zu diesem Wikinger Bastard zurückgehst. Und ich sage dir noch etwas, Zarabeth. Lotti ist nicht meine Tochter, wußtest du das? Nein, deine Mutter, die Hure, meine liebe Gattin Mara, ging mit einem anderen Mann ins Bett, dem Tölpel, mit dem sie fortgelaufen ist, aber sie hat dich zurückgelassen und die kleine Mißgeburt mitgenommen. Doch die Hure ist gestorben und das Kind ist schwachsinnig —«

»Das ist sie nicht! Lotti war völlig gesund und normal, bevor du sie geschlagen hast, in jener Nacht, als du sie zurückgebracht hast! Nur weil sie nach ihrer Mutter weinte, hast du sie geschlagen, so furchtbar verprügelt, daß sie zwei Tage ohne Bewußtsein war! Du bist die Mißgeburt, verrottet bis in deine schwarze Seele. Du verdienst es nicht, daß . . .«

». . . Und sie wird sterben, wenn du nicht genau tust, was ich dir sage.«

Zarabeth blickte Olav haßerfüllt ins Gesicht. »Wenn ich einen Dolch hätte, würde ich dich töten.«

»Dann wäre Lotti morgen früh tot.«

Zarabeth strich mit der Handfläche über ihre schmerzende Wange. Dumpf und bebend fragte sie: »Du willst mich heiraten?«

»Vielleicht später. Jetzt möchte ich nur, daß du in meinem Haus bleibst. Wenn du dich wieder beruhigt hast, nehme ich dich in mein Bett. Und dann wirst du meine Frau, wenn mir danach ist.«

Sie schüttelte erbittert den Kopf, und das Pochen in ihren Schläfen wurde schmerzhafter.

Er kauerte sich neben sie und sagte mit sanfter Stimme: »Hör zu. Ich will dir nicht wehtun. Zwing mich nicht dazu. Ich möchte dich willig und lächelnd sehen. Ich möchte dich so wie du warst, bevor der Wikinger hier aufgetaucht ist.« Er runzelte die Stirn. Nein, das war nicht sein Wunsch. Sie hatte ihm bislang kaum Beachtung geschenkt, seine Anwesenheit eigentlich nur ertragen.

Sie lag auf dem Fußboden, auf den Ellbogen gestützt, wich vor ihm zurück. Sie roch den süßen Duft der Veilchen, die sie ins Stroh gestreut hatte, das den festgetretenen Lehmfußboden bedeckte. Sie blickte in die sterbende Glut im Herd, über dem ordentlich Töpfe und Pfannen an den Haken hingen; daneben standen auf Brettern an der Wand Krüge und Becher. Alles sah so normal aus. Doch sie war gelähmt vor Angst. Die rohen Gewaltausschreitungen in Dublin, das Morden und Brennen zwischen den Wikingern und den entmachteten irischen Anführern, all das waren nur vage Erinnerungen. Auch die blutigen Schlachten zwischen König Alfred und König Guthrum hatten keine Bedeutung mehr für sie, obwohl jede Familie, die sie kannte, unter den kriegerischen Auseinandersetzungen zu leiden hatte. Nein, diese Gewalt war weit entfernt, ging sie nichts an. Hier herrschte die wahre Gewalt, in diesem Haus. Das war die Wirklichkeit. Sie starrte Olav schweigend an, wußte nicht, was sie sagen, was sie tun sollte.

Lotti. Das Kind hatte niemand, nur sie, niemand verstand die Kleine, niemand kümmerte sich um sie. Sie hatte nur ihre große Schwester Zarabeth.

Sie spürte brennende Tränen aufsteigen und schluckte schwer. Tränen halfen ihr nicht. Tränen waren für die Hilflosen. Und sie wollte nicht hilflos sein.

Jetzt redete Olav wieder, mit einschmeichelnder Stimme. »Nun komm, Zarabeth, sag diesem Wikinger Lebewohl. Sag ihm, daß du dich gegen eine Heirat mit ihm entschieden hast. Er wird in See stechen, und alles wird wieder so sein, wie es einmal war. Es ist so einfach, Zarabeth. Versprich mir, daß du mit ihm reden wirst. Du triffst ihn morgen auf dem Marktplatz und sagst ihm, daß du ihn nicht zum Mann haben willst.«

Sie schüttelte den Kopf. »Nein, Olav. Das werde ich ihm nicht sagen. Ich will ihn haben, und ich werde ihn lieben. Ich lüge ihn nicht an, nur weil du es wünschst.«

Er erhob sich mit Entschiedenheit und klopfte sich den Staub von den Hosen. Mit kalter Stimme sagte er: »Dann stirbt Lotti vor dem Morgengrauen.« Sie starrte ihn an. Die Lederriemen, die seine Hosen hielten, hatten sich gelöst und waren ihm bis zu den Knöcheln gerutscht; das feine Wolltuch war zerknittert und an den Knien ausgebeult. Er sah zerzaust und alt aus. Ja, er war ein alter Mann, ein müder Greis, der seinen Willen nicht durchsetzen konnte und ein Opfer brauchte, an dem er sich schadlos halten konnte.

»Ich werde ihm nicht sagen, daß ich ihn nicht haben möchte. Wenn du Lotti etwas antust, wird er dich töten.«

Olav hob teilnahmslos die Schultern. »Nun, was macht es schon? Das Idiotenkind wird sterben, ich werde sterben, und du kannst deinen Wikinger haben. Du segelst mit ihm nach Norwegen, allein und mittellos, nur mit den Kleidern, die du auf dem Leib trägst. Und mit dem Wissen, daß du mit deiner Selbstsucht den Tod zweier Menschen verschuldet hast, die dich lieben.«

»Lieben! Du gemeiner Lügner! Du drohst mir damit, meine kleine Schwester zu töten und behauptest, daß du mich liebst? Bei allen Göttern, ich wünschte, ich könnte dich auf der Stelle umbringen!«

Sie kam auf die Knie. Ihr Gesicht war zornesrot und verzerrt. Olav trat rasch einen Schritt zurück. Dann lächelte er kühl und hob die Schultern. »Glaub, was du willst. Du bist nur eine Frau, und deinen Gedanken fehlt die Logik männlichen Denkens. Doch laß dir eines gesagt sein, Zarabeth: Das Kind ist morgen mittag tot, wenn du dich meinem Willen widersetzt. Es liegt bei dir, Mädchen. Ich biete dir das Leben des Kindes gegen die Lust des elenden Wikingers.« Er blickte sie forschend an. »Hast du dich heute abend von ihm besteigen lassen? Hat er dir deine Jungfernschaft geraubt?«

»Schweig, du Schmutzfink! Du bist schlimmer als dein Sohn!«

»Deine Lust gegen das Leben deiner Schwester. Du bist wie deine Mutter, die Hure. Du liebst deine kleine Schwester gar nicht. Du bist nichts als eine Heuchlerin.«

»Hör auf, Olav. Du wirst Lotti nicht töten, weil du nicht sterben willst. Ich kenne dich. Alle Händler hier in York tuscheln hinter deinem Rücken und nennen dich Olav den Eitlen. Du stolzierst herum wie ein Gockel und prahlst mit deinem Verhandlungsgeschick, dabei betrügst und hintergehst du alle Menschen. Und du schmückst deinen welken Leib mit Gold und Edelsteinen. Sieh dich an, herausgeputzt wie König Guthrum selbst! Doch selbst er, ein alter Mann wie du, stolziert nicht herum wie ein eitler aufgeblasener Hahn!«

»Halt den Mund, Zarabeth!« brüllte er bebend vor Zorn.

»Nein, ich bin noch nicht fertig. Erst werde ich dir die Wahrheit sagen, du schmieriger, alter Mann! Ich bleibe nicht hier und lasse geschehen, daß du zu mir ins Bett kriechst und mich belästigst. Ich werde nicht die liebevolle Stieftochter spielen, da ich weiß, was wirklich in deinem Kopf herumspukt. Ich ertrage deinen Haß gegen Lotti nicht länger, deine Verachtung, deine Vernachlässigung. Ich höre mir deine Lügen über meine Mutter nicht länger an. Du hast sie nicht verdient! Und jetzt sag mir, wo du Lotti versteckt hast, und ich werde sie holen und mit ihr fortgehen. Ich will dein häßliches Gesicht nie wieder sehen.«

Olav schwieg lange. Dann hob er die Hand, wie zum Schwur. Seine Stimme war ruhig und eiskalt:

»Das Idiotenkind wird ganz langsam sterben, und ich werde mein Vergnügen daran haben. Das schwöre ich bei Odin, unserem Allvater, der an den Weltenbaum gefesselt wurde, und ich schwöre es auch bei dem christlichen Gott.«

Sie spürte, wie der Boden unter ihren Füßen wich. Sie glaubte ihm. Das war keine Prahlerei. Er sprach sehr ruhig — wie ein Wahnsinniger in einer ausweglosen Lage. Ja, sie glaubte ihm. Sie kannte ihn. Er würde Lotti töten lassen oder sie eigenhändig umbringen. Sie sah, wie Keith das Kind mit einer Hand erwürgte, den zappelnden, kleinen Körper hochhob und das Leben aus ihm herauspreßte mit einer seiner großen Hände. Sie sah, wie er das Kind in eine Grube warf, als sei es Abfall. Sie sah, wie er sich pfeifend die Hände am Hemd abwischte. Nein, nicht Keith, dachte sie, nicht der sanfte, schwache Keith. Toki, seine Frau, sie würde Lotti umbringen.

Zarabeth war nicht sehr gläubig. Deshalb betete sie jetzt zu Odin, zu Thor und schließlich zum Gott der Christen. Was konnte sie tun?

»Geh jetzt zu Bett, Zarabeth. Du hast viel nachzudenken. Ich erwarte deine Antwort morgen früh. Versuche nicht, mich in der Nacht umzubringen, denn dann wird das Kind kurz nach mir sterben, und du hast nichts gewonnen. Du hast dir nur deinen eigenen Tod damit eingehandelt, denn jeder wird wissen, daß du mich getötet hast.«

Sie zog sich langsam hinter das Bärenfell zurück, das ihre und Lottis Schlafkammer vom übrigen Raum abgrenzte. Sie blickte auf das Kastenbett, öffnete den breiten Ledergürtel und zog das Wollgewand aus. In ihrem Leinenunterhemd kroch sie zwischen zwei Wolldecken. Dort lag sie mit großen, brennenden Augen und starrte in die Finsternis.

Gegen Morgengrauen wußte sie, daß sie Lottis Leben nicht für ihr eigens Glück opfern durfte, selbst wenn sie Olav töten würde. Und dann strömten ihr die Tränen haltlos übers Gesicht. Einige Stunden später, als die Sonne über dem Hafen aufgegangen war, keimte erneut Hoffnung in ihr.

Zarabeth zwang sich zu einem Lächeln. Ihr Herz schlug so laut, daß sie fürchtete, er könne es hören. Sie mußte überzeugend wirken, durfte keinen Zweifel bei ihm offen lassen. Sie mußte Lotti retten. Sie betete zu Odin, daß Magnus ihr später einmal ihre Lügen vergeben würde. Sie betete zu ihrem eigenen Christengott, daß Magnus ihr vergeben möge, wenn er herausfand, wozu sie gezwungen worden war.

Magnus sah ihr Lächeln, dieses geisterhafte Lächeln und sagte ohne Einleitung: »Was bedrückt dich, Zarabeth? Ist dir kalt? Es liegt Regen in der Luft.«

Ob ihr *kalt* war? Es war zum Lachen. Sie stand mit dem Rücken zum Brunnen, wohl wissend, daß Olav sie von der nahegelegenen Werkstatt des Gerbers beobachtete. Er konnte sie und Magnus deutlich sehen, konnte jedes Wort verstehen, das die beiden sprachen. Sie mußte sehr vorsichtig sein, denn Lottis Leben und ihre Zukunft hingen davon ab.

»Mir ist nicht kalt. Ich bin froh, daß du gekommen bist, Magnus Haraldsson. Ich muß mit dir sprechen und möchte ganz offen zu dir sein. Ich bin gekommen, um dir zu sagen, daß ich dich nicht heiraten möchte. Ich hatte mich in meinen Gefühlen getäuscht. Jetzt ist mir klar geworden, daß ich dich nicht haben will. Und ich möchte dich nicht wiedersehen.«

Magnus sah ihr bleiches Gesicht, hörte die Spannung in ihrer Stimme. Er nahm ihre Worte nicht ernst. Er verstand sie nicht, und er war nicht bereit, ihr Spiel geduldig mitzumachen. Er warf den Kopf in den Nacken und lachte. »Was treibst du für Scherze, Liebes? Das gefällt mir nicht. Wir können über vieles lachen, aber nicht darüber.

Es geht um unser Leben, darüber darfst du dich nicht lustig machen.«

»Dein Dünkel ist prall wie die Regenwolken am Himmel, Wikinger. Ich spreche die Wahrheit. Und ich mache keine Scherze. Ich will dich nicht haben und sage dir Lebwohl.« Sie drehte sich auf dem Absatz um, doch er packte sie am Arm und riß sie zurück. Sie spürte seinen Zorn. Er würde ihr glauben, ja, er würde ihr glauben.

Er wirbelte sie zu sich herum. Sehr lange sagte er nichts, sah sie nur an, erforschte ihr Gesicht, ihr Mienenspiel. Sie wünschte, sie könnte ihm die Wahrheit zuflüstern, doch sie schwieg. In ihre Augen stieg Verachtung, und sie hoffte, sie spielte ihre Rolle überzeugend. Sie durfte Lottis Leben nicht aufs Spiel setzen. Sie würde ihm später alles erklären, alles wiedergutmachen. Es mußte ein Später geben. Darum hatte sie den ganzen Vormittag gebetet.

»Da finde ich endlich ein Mädchen«, sagte er mit traurigem Ernst in der Stimme, »das ich zur Frau haben will, und sie sagt mir, sie will mich nicht haben. Mir erscheint diese plötzliche Veränderung in dir sehr seltsam, Zarabeth. Ich wette, du wärst letzte Nacht zu mir auf mein Schiff gekommen, hätte ich darauf bestanden. Leugnest du das etwa?«

Sie wäre vermutlich auf sein Schiff gegangen, dachte sie dumpf, und ein stechender Schmerz sprengte ihr fast die Brust. Sie musterte ihn von oben bis unten und lächelte, das gleiche geisterhafte Lächeln, und sie bemühte sich um einen verächtlichen Tonfall. »Ich bewundere deine Männlichkeit, Wikinger, und hätte vielleicht ausprobiert, was du zu bieten hast. Aber deine Frau werden, York verlassen, um in ein unwirtliches Land zu fahren, in dem es nur wilde Barbaren gibt, die mich wie ein fremdländisches Tier anglotzen? Nein, Wikinger, danach steht mir nicht der Sinn. Ich habe kurz den Verstand verloren, mehr nicht. Es war nichts als eine weibliche Laune.«

Sie zuckte die Achseln, und diese kleine Geste brachte

ihn wirklich in Wut, und sie wußte, daß Olav das bemerkte. Es reichte. Sie hatte Lottis Leben gerettet.

Sie wollte sich von ihm losmachen und gehen. Doch Magnus Zorn war furchterregend, und sie zauderte. Sein Griff um ihren Arm verengte sich schmerzhaft.

»Hör mir zu, Zarabeth. Ich glaube dir dieses Schauspiel nicht. Du wirst von Olav bedroht, stimmts? Sag mir die Wahrheit, und ich werde ihm zeigen, was es heißt, dich zu bedrohen.«

Sie schütelte stumm den Kopf, fürchtete den Mund zu öffnen, da sie nicht wußte, was dabei herauskommen würde. Sie wandte das Gesicht ab. »Olav der Eitle soll mir drohen? Das glaubst du doch selbst nicht, Wikinger. Mir droht kein Mann auf der Welt.« Sie spuckte vor ihm aus. »Nicht einmal du. Und nenn mich keine Lügnerin, Wikinger! Du bist ein aufgeblasener Narr. Laß mich los, denn deine Gegenwart langweilt mich, und dein Griff ist aufdringlich.«

Er schleuderte ihren Arm von sich, und sie taumelte rückwärts. Er starrte sie an, sein Gesicht hart wie Stein. Sein Blick verriet ihr, daß er sie kaltblütig ermorden würde. Jetzt glaubte er ihr wirklich.

Als er endlich sprach, war seine Stimme hart und eisig wie sein Gesicht. »Vielleicht sollte ich dich auf mein Boot schleppen. Ich würde dich nicht enttäuschen, Zarabeth. Aber ich zweifle daran, daß ich Vergnügen an unserer Paarung hätte. Du hast ein hinterhältiges Spiel mit mir getrieben, hast mir die Unschuldige und Verliebte vorgegaukelt. Ja, ich war ein ausgemachter Narr. Doch wenigstens habe ich dich nicht geheiratet.« Er schüttelte den Kopf, und dann lachte er hohl.

»Ich habe mich für den glücklichsten Mann auf Erden gehalten, dich gefunden zu haben. Ich glaubte, das Schicksal meine es besonders gut mit mir, dir begegnet zu sein.« Er lachte noch einmal bitter auf, drehte sich um und ging. Nach wenigen Schritten blieb er stehen und sagte über die Schulter, ohne den Kopf zu wenden. »Du bist ein Miststück, Zarabeth, und ich hoffe sehr, daß du bekommst, was du verdienst.«

Dann war er weg, sein Umhang wallte hinter ihm her. Sie starrte ihm nach. Ihr Schmerz war so groß, daß sie am liebsten laut geschrien hätte. Sie klammerte sich am Brunnenrand fest. Ihr Plan war gelungen, und Lotti war gerettet. Sobald sie Lotti in die Arme geschlossen hatte, wollte sie zu Magnus gehen und ihm alles erklären. Alles würde wieder gut werden. Er würde sie verstehen.

Sie drehte sich nicht um, als sie Olavs leise Stimme hörte. »Das hast du gut gemacht, Zarabeth. Nun wollen wir nach Hause gehen, meine Liebe. Bald hast du deine Lotti wieder. Dann wird alles wieder so sein wie es war.«

Sie entfernte sich von ihm.

»Halt Zarabeth! Wohin willst du?«

»Zu Keith und Toki. Ich hole Lotti.«

»Sie können sie dir nicht geben. Sie ist nicht bei ihnen. Sie ist versteckt. Morgen bekommst du Lotti. Du mußt dich erst einmal beruhigen.«

Zarabeth hatte keine andere Wahl, als sich seinem Willen zu fügen, und Olav war erfreut über ihre Ergebenheit. Als er mit einigen Männern im Laden beschäftigt war, die Pelze kaufen wollten, wollte sie sich aus dem Haus schleichen, doch Olav rief hinter ihr her: »Hiergeblieben, Zarabeth! Oder ihr werdet es bereuen, du und das Kind.«

Also blieb sie und wartete ungeduldig. Zum Nachtmahl setzte sie Olav einen Fleischeintopf mit Zwiebeln und Kohl vor und träufelte einen Schlaftrunk in seine Schale. Er sprach mit ihr, als sei sie seine Ehefrau, als sei alles zwischen ihnen normal. Ihre Nackenhaare sträubten sich bei seinem besitzergreifenden Ton. Sie schwieg und wartete. Keine zehn Minuten nach dem Essen sank ihm der Kopf auf die Tischplatte. Zarabeth erhob sich langsam und beugte sich über ihn. Er schlief tief und fest, schnarchte laut und würde erst nach Stunden wieder zu sich kommen.

Endlich.

Rasch verließ sie das Haus und eilte zum Skeldergate, wo Keith und Toki wohnten. Keith wäre vor einem Jahr beinahe von einem Wikinger Kaufmann umgebracht worden, dem er Pelze mit Mottenlöchern verkauft hatte. Olav schob seinem Sohn hin und wieder Gold oder eine Tierhaut zu. Sie hatte Angst, zu erfahren, was Keith wirklich von ihr dachte. Wenn er wüßte, was sein Vater von ihr wollte, würde er sie gewiß umbringen. Sie beschleunigte ihre Schritte. Sie und Lotti waren bald fort und dann war es ihr egal, welche Streitereien Keith und sein Vater austrugen. Es war dunkel geworden, und finstere Männergestalten lungerten in den Straßen herum. Endlich erreichte sie das kleine Holzhaus, dessen Fenster mit Tierhaut bespannt war. Zarabeth brachte ihr Ohr dicht an das matt durchscheinende Fenster, um zu hören, was drin gesprochen wurde.

»Begreifst du denn nicht, du Schwächling, daß sie ihn sich schnappen wird?« Es war Tokis Stimme, laut und schrill.

»Ich habe ihm versprochen, das Kind zu behalten«, lallte Keith betrunken. »Ich behalte es, bis er es abholt. Und er wird dankbar sein, daß ich ihm einen Gefallen erwiesen habe und wird sich erkenntlich zeigen.«

»Pah! Dieser elenden Schlampe wird er sich erkenntlich zeigen, nicht dir, seinem einzigen Sohn! Er will sie unbedingt hier in York behalten. Und sie hat den Wikinger zurückgewiesen, hat ihm gesagt, daß sie ihn nicht haben will. Das haben sich die Frauen auf dem Markt heute zugetuschelt. Voller Schadenfreude erzählten sie mir, daß sie ihm am Brunnen gesagt hat, daß sie nichts von ihm wissen will, daß er ein aufgeblasener Narr und ein Heide ist, daß sie ihn nur an der Nase herumgeführt hat. Ja, sie bleibt hier und schnappt sich Olav, und du Narr willst das nicht begreifen.«

Keith nuschelte etwas, das Zarabeth nicht verstand. Er war sehr betrunken, doch Toki keifte weiterhin bissig auf ihn ein. »Du dummer, besoffener Kerl! Du bist zu nichts nutze!«

Zarabeth wartete und wartete. Ihre Geduld war zum Zerreißen gespannt, bis sie endlich Keiths Schnarchen hörte. Dann klopfte sie.

Die Tür wurde einen Spalt geöffnet und Toki fauchte: »Was willst du denn hier?«

»Ja, ich bin es, Toki. Schnell, laß mich ein. Ich habe etwas mit dir zu besprechen. Und es wird dir gefallen, was ich dir zu sagen habe.«

7

»Ich höre nicht auf dich, Zarabeth! Du lügst mich an, und ich will nichts von dir wissen!«

Zarabeth faßte sich in Geduld gegen Tokis Mißtrauen. »Ich lüge nicht. Ich will Lotti haben. Gib sie mir, und ich verlasse York. Du wirst mich nie wieder sehen. Olav wird Keith freundlicher behandeln. Ich lüge nicht, Toki. Um Himmels willen, warum sollte ich?«

Tokis Abneigung, Argwohn und Neid war eine Mischung aus gleichen Teilen. Wie sie diese Zarabeth, die Tochter dieser ausländischen Schlampe, die sich Olavs Zuneigung erschlichen und den einzigen Sohn aus seinem Herzen verdrängt hatte, wie sie diese Schlampe haßte und wünschte, sie würde endlich gehen, sähe sie am liebsten tot. Toki schüttelte den Kopf.

»Du willst also diesen Wikinger? Dann war alles eine Lüge, was du ihm heute morgen am Brunnen erzählt hast?«

»Ja, um Olav davon zu überzeugen, daß es mir ernst war. Ich mußte Magnus vorlügen, daß ich ihn nicht haben will, um Olav in dem Glauben zu wiegen, ich täte, was er von mir verlangt. Es ist mir gelungen, aber jetzt muß ich mich beeilen, um zu Magnus zu gehen und ihm die Wahrheit zu sagen. Bitte Toki, ich bin in Eile! Gib mir Lotti!«

Die Frau zögerte immer noch. Wenn sie ihr die Mißgeburt aushändigte, würde sie jedes Druckmittel über die Schlampe verlieren. Aber wenn Zarabeth die Wahrheit sagte ... Toki war in Nöten und trank rasch den Rest Bier aus Keiths Krug. Sie wischte sich den Schaum mit dem Handrücken vom Mund und blickte voller Verachtung auf ihren betrunkenen, schnarchenden Mann.

»Toki bitte, denk doch nach! Aus welchem Grund sollte ich dich belügen?«

»Ich habe ja leider kein Kind«, sagte Toki plötzlich mit einer Kopfbewegung zu ihrem Mann, der im Rausch rülpste. »Keith besteigt mich, keucht und ergießt seinen Samen in mich, aber es wächst nichts in meinem Bauch. Bald wird er die Lust daran verlieren. Und ich habe keine Nachkommen vorzuweisen. Aber jetzt habe ich Lotti, und ich finde sie gar nicht schwachsinnig oder närrisch, nicht wirklich.«

Zarabeth hatte den Wunsch, ihre Finger um Tokis Hals zu krallen und zuzudrücken, bis sie das Leben ausgeröchelt hatte. Sie atmete jetzt schwer, ihr Herz schlug hart. Sie bemühte sich, ihrer Stimme einen ruhigen Klang zu geben, um Keith nicht zu wecken. »Sie gehört dir nicht, Toki. Lotti gehört mir, und daran wird sich nichts ändern. Gib sie mir zurück. Ich habe keine Goldmünzen und keinen Schmuck, um dich zu bezahlen. Ich würde dir alles geben.«

»Wieso sollte ich sie aufgeben? Ich bezweifle, daß Olav dich zu deinem Wikinger fortläßt. Er ist stolz, und er ist unerträglich eitel, aber er ist nicht dumm. Wenn sein Sohn nur ein bißchen von seinem Geschäftssinn geerbt hätte, aber er ist ungeschickt und hört nicht auf mich, auch wenn er weiß, daß ich recht habe. Wir beide sind auf Olav angewiesen, sonst würden wir verhungern. Ich fange an, ihn richtig zu hassen, Zarabeth.«

Zarabeth wußte nicht, ob sie den Vater oder den Sohn meinte. »Gib mir Lotti, Toki. Willst du wirklich die Tochter einer Schlampe haben? Und wieso glaubst du, daß

Olav eines Tages Lotti nicht Keith vorzieht? Das könnte leicht geschehen. Sie ist hübsch wie ihre Mutter. Aber wenn du sie mir gibst, und wir beide fortgehen, will Olav sicher, daß ihr bei ihm wohnt. Er wird dir Sklaven geben, Toki, und du wirst ein schönes Leben haben. Denk doch nur, du wirst edle Wollstoffe und Seiden bekommen, aus denen du dir Gewänder und Umhänge nähen kannst; vielleicht sogar neuen Schmuck.«

Das gierige Funkeln in Tokis Augen erlosch, und sie sagte: »Das glaube ich nicht. Du hast auch keine Sklaven. Er behängt dich nicht mit Schmuck und schenkt dir keine schönen Seidenstoffe für neue Kleider. Er denkt nur an sich. Selbst deine Brosche ist nur aus gehämmerter Bronze. Du trägst keine Ringe, keine Armbänder. Olav behängt sich mit Silber und Gold. Warum sollte er mich reicher beschenken als dich, seine geliebte Zarabeth?«

»Ich weiß nicht. Er hat mir immer gesagt, er habe nicht genug Geld für Sklaven. Und er meint, er muß aussehen wie ein reicher Mann, damit fremdländische Händler Notiz von ihm nehmen und glauben, er habe besonders gute Ware, und es lohne sich, mit ihm Geschäfte zu machen. Ich mache mir nichts aus schönen Kleidern und Schmuck, Toki. Er wird froh sein, wenn ihr bei ihm wohnt, und du ihm das Haus besorgst. Gib mir Lotti.«

»Vielleicht hast du recht«, sagte Toki und schlug das Bärenfell beiseite, das den Schlafbereich vom übrigen Haus abtrennte und tauchte ins Dunkel. Gleich darauf kam sie wieder mit Lotti auf dem Arm. Das Kind schlief tief und fest.

»Mach dir keine Sorgen. Ich habe ihr ein Schlafmittel gegeben. Sie machte solchen Lärm, obwohl sie nur diese absonderlichen Laute von sich gibt. Ständig hat sie deinen Namen gerufen. Ich habe sie nicht geschlagen, obwohl sie mir sehr auf die Nerven gegangen ist. Ich habe ihr nur einen Schlaftrunk gegeben.«

Zarabeths Zorn stieg wieder hoch, doch sie schluckte ihn hinunter. Sie hatte gewonnen. Sie nahm Lotti und bettete sie sanft an ihre Schulter. »Ich gehe jetzt. Vergiß meine Worte nicht, Toki.«

Keine zehn Minuten später erreichte Zarabeth den Hafen von York. Dunkle Wolken verhüllten den Mond. Alles schlief, selbst die Gesetzlosen und streunenden Hunde hatten sich in irgendwelche Winkel verkrochen. Nur das sanfte Plätschern der Wellen gegen die Holzplanken war zu hören, nichts sonst. Viele Boote lagen vertäut an den Holzpfählen. Sie rannte jetzt, nur noch von einem Gedanken beseelt: Magnus zu finden, ihm alles zu erklären, mit ihm zu fliehen, und York für immer den Rücken zu kehren.

Lotti bewegte sich an ihrer Schulter, und sie flüsterte leise auf das Kind ein. Die Kleine schlief wieder ein.

Zarabeth wollte Magnus Namen laut rufen, aber etwas hielt sie zurück. Etwas stimmte nicht, etwas . . .

Sie blieb wie angewurzelt stehen und starrte auf das Handelsschiff vor ihr. Sie hatte es nie zuvor gesehen. Auf seinem geschwungenen Bug hockte kein geschnitzter Rabe. Wild blickte sie zum nächsten Boot und zum nächsten, vergeblich. Die mächtige *Seewind* war nicht mehr da.

Magnus hatte die Stadt verlassen.

Sie konnte es nicht fassen. Lotti wimmerte, und sie strich dem Kind besänftigend über den Rücken. Er war fort . . . er hatte sie verlassen. Er glaubte, sie habe ihn betrogen. Er hielt sie für eine treulose, gemeine Lügnerin. Und niemand würde ihn vom Gegenteil überzeugen.

Plötzlich wußte sie, daß alles vorbei war. Für sie gab es keine Zukunft mehr. Zarabeth sank in die Knie, schlang ihre Arme um Lotti und wiegte sie; dazu summte sie eine klagende Weise, nicht um das Kind zu trösten, sondern sich selbst.

Als Olav sie fand, graute bereits der Morgen.

»Ich habe einen Entschluß gefaßt«, sagte Olav. Der Wikinger hatte York vor einem knappen Monat verlassen, und Olav fühlte sich wohl. Zarabeth war wieder wie früher —

ruhiger vielleicht, fügsamer, und das war ihm gerade recht, denn er hegte keine Sympathie für scharfzüngige, aufsässige Weiber. Sie kochte und bediente ihn und gehorchte ohne Widerrede. Ihre Unterwürfigkeit behagte ihm.

Sie blickte ihn nun teilnahmslos an.

»Ja, ich habe einen Entschluß gefaßt.«

Lotti sagte ihren Namen in ihrer verschwommenen, lallenden Art. Und Olav warf dem Kind einen ungehaltenen Blick zu. »Kannst du ihr nicht wenigstens beibringen, deinen Namen deutlich auszusprechen?«

Zarabeth blickte ihn kühl an. »Ich höre sie ganz deutlich.« Und mit einem Achselzucken fügte sie hinzu: »Aber ich bin jung und habe gute Ohren.«

Olav zügelte seinen Unmut.

Zarabeth gab Lotti ein weiches Stück Brot, das sie vor einer Stunde aus dem Ofen geholt hatte. Es war noch warm, und sie hatte es mit süßem Honig bestrichen.

»Was ist mit dir los? Warum bist du so schroff? Willst du meinen Entschluß nicht hören?«

»Du wirst ihn mir früh genug mitteilen.«

»Nun gut. Ich habe mich entschlossen, dich zu heiraten.«

Sie rührte sich nicht, kein Muskel zuckte in ihrem Gesicht. Aber ihr Verstand raste wie wild. Wieso sagte er ihr nicht einfach, daß er sie in seinem Bett haben wollte? Wieso Heirat? Mit ihm das Bett zu teilen war unzüchtig. Ihn zu heiraten war wesentlich schlimmer. Sie blieb stumm, aus Angst, die falschen Worte könnten ihr über die Lippen kommen. Eine Heirat mit ihm war absurd. Sie hielt den Kopf gesenkt.

»Ich habe mit König Guthrums Ratgebern und mit dem König selbst gesprochen. Es ist mir gelungen, die weichsten Vogelfedern aus Lappland für ihn aufzutreiben. Ich habe ihm einen günstigen Preis dafür gemacht. Dadurch war er mir wohl gesonnen, als ich seinen Rat einholte. Es stimmt tatsächlich, daß eine seiner Konkubinen sein Blut in sich hat. Er dient dem Christengott, läßt sich aber durch keinen Gott, ob heidnisch oder christlich, von seinem Verlangen abbringen. Als ich ihm sagte, ich möchte dich heiraten, da du nicht mit mir blutsverwandt bist, meinte er, nicht einmal die christlichen Bischöfe würden Einwände dagegen erheben.«

»Warum willst du mich heiraten? Du weißt, daß ich dich verachte. Warum?«

»Hüte deine Zunge, Zarabeth, denn das Kind hört genau, was du sagst. Das Kind kann auch hören, was ich mit ihm zu tun gedenke, wenn du dich meinen Wünschen widersetzt.«

Zarabeth war alles egal. Es war ganz einfach. Sie ließ alles über sich ergehen, denn ihr blieb keine andere Wahl. Wäre Lotti nicht gewesen, hätte sie sich einfach hingelegt und wäre gestorben. Aber Lotti brauchte sie, und deshalb mußte sie weiterleben. Sie blickte Olav stumm und teilnahmslos an, ihr Herz war leer.

»Ich nehme dich entweder als mein Eheweib in mein Bett oder als meine Hure.«

»Sie hob die Schultern. »Warum nicht als deine Hure?«

Sie dürfte nicht so reden, dachte er und fixierte sie mit wachsendem Unmut. Sie sollte ihm dankbar sein, müßte ihm auf Knien danken, wenn er sie zur Frau nahm, ein Weibsbild ohne Mitgift, nichts als das verfluchte Idiotenkind. »Nein, ich halte dich nicht als meine Hure. Das wäre nicht gut für mein Geschäft. Die Leute würden über mich klatschen, möglicherweise an meiner Ehre zweifeln, denn du bist jung und ich, nun, ich bin nicht mehr so jung, wie ich einst war. Nein, es wäre nicht gut für meinen Ruf, dich zu meiner Hure zu machen. Du wirst meine Gemahlin sein — so kann niemand mich verurteilen. Alle werden mich als Ehrenmann achten. Wir werden bald heiraten. Ich lasse dir ein neues Gewand zur Hochzeit nähen, Zarabeth. Und du wirst glücklich sein und wirst lächeln und sanft mit mir sprechen, und du wirst allen, die dich fragen, lobende Worte über mich sagen.«

Zarabeth sah ihn an. »Wenn ich mich weigere, dich zu heiraten, wirst du dann Lotti töten?«

»Ja.«

Er würde Lotti gegen sie benutzen, so lange sie lebte. Zarabeth wandte den Kopf und schnitt ein Stück von dem frischen Brot ab. Sie strich Butter und Honig darauf und biß hinein. Sie aß schweigend und nachdenklich.

»Antworte mir, Zarabeth!«

Sie schluckte den letzten Bissen hinunter und wischte sich den Mund. »Ich erinnere mich nicht, daß du mir eine Frage gestellt hast. Wolltest du etwas von mir, Olav?«

»Verflucht, du wirst mich heiraten!«

»Das ist keine Frage.«

Er sprang vom Stuhl auf, und das bedeutete Gewalt. Diemal war sie vorbereitet. Sie packte das vor ihr liegende Messer. »Ich warne dich, Olav, komm mir nicht zu nahe, oder ich schlitze dir die Kehle auf.«

»Das würdest du nicht tun«, sagte er und beäugte das scharfe Messer mißtrauisch.

»Ich dulde keine Gewalt, Olav. Du schlägst mich nicht wieder. Und du rührst Lotti nie wieder an. Sonst bringe ich dich auf der Stelle um. Glaube mir, ich meine es ernst.«

Er suchte sein Gesicht zu wahren. Dann nickte er achselzuckend, und sie legte das Messer beiseite. »Eine Frau darf ihrem Ehemann nicht drohen«, sagte er und holte tief Luft.

»Aber eine Stieftochter darf ihm drohen.«

Er runzelte die Stirn über die Bitterkeit ihrer Worte. »Du spielst das vernachlässigte Waisenkind, Zarabeth. In Wahrheit führst du ein bequemes Leben, und ich lasse dir viele Freiheiten. Andere Frauen beneiden dich um deine Stellung.«

»Wirst du deinen Sohn und deine Schwiegertochter zum Hochzeitsmahl einladen?«

Ein böses Lächeln umspielte Olavs Lippen. Es war ihr gleichgültig, ob er mit Keith Zwistigkeiten hatte. Nichts hatte sie wirklich berührt, seit Magnus fortgefahren war.

Es kümmerte sie nicht, ob Keith neidisch auf seinen Vater war, ob Toki giftig keifte. »Aber ja«, sagte Olav und rieb sich die Hände. »Ich werde alle einladen und ein großes Fest geben.«

Und so geschah es. Er scheute keine Kosten. Eine Woche später, an einem strahlenden Maitag, wurden Olav und Zarabeth vermählt, zuerst in einer christlichen Feier. Der Bischof persönlich vollzog die Trauung, um König Guthrum eine Gunst zu erweisen. Danach legte das Paar vor den Göttern der Wikinger und Germanen Odin, Thor und Freya den ehelichen Treueschwur ab. Olav hatte Zarabeth in ein kostbares Gewand aus rosaroter Seide gehüllt, in der Mitte von einem weißen Lederband gegürtet. Darüber trug sie einen Überwurf in tieferem Rosa, an den Schultern von zwei fein gehämmerten Silberbroschen gehalten, die der alte Crinna persönlich gefertigt hatte.

Auf dem Marktplatz wurden lange Tische aufgestellt, die sich, mit köstlichen Speisen beladen, förmlich bogen. Gebratenes von Rind und Hammel, Schalen mit wilden Äpfeln und Birnen, gedünstete Zwiebeln und gebackene, klein geschnittene Rüben. Dazu gab es frisches Brot, eine große Schale Honig und einen Klumpen Butter. Es gab so reichlich zu essen, daß die Gäste Olav bewunderten, ihn wegen seiner Großzügigkeit priesen und dabei vergaßen, daß er seine Stieftochter heiratete, die nicht einmal halb so alt war wie er. Er hatte sogar feinen Wollstoff für ein neues Kleid für Lotti spendiert. Die Kleine wich während der Hochzeitsfeier vor dem christlichen Bischof nicht von Zarabeths Seite, das Köpfchen an Zarabeths Schenkel gepreßt. Keith und Toki hielten sich bescheiden im Hintergrund. Denn Toki, sonst nie um eine zänkische Bemerkung verlegen, sah genau, wie ehrfurchtsvoll die Gäste und Nachbarn sich vor Olavs Großzügigkeit verneigten. Am späten Nachmittag machte sogar König Guthrum persönlich seine Aufwartung, und Olav strahlte und sonnte sich in seiner Gunst.

Zarabeth nahm die neiderfüllten Blicke der unverheirateten Frauen und Witwen mit Gelassenheit hin. Wenn sie bloß wüßten, dachte sie, wenn sie bloß ahnten, welche dumpfe Leere in ihr gähnte. Sie dachte an die bevorstehende Nacht, sah Olav nackt vor sich, wie er auf ihr lag, ihr Jungfernhäutchen zerriß. Doch nicht einmal dieser Gedanke berührte sie sonderlich. Es würde einer Fremden geschehen. Es ließ sie kalt. Sie spürte, wie Lotti sich enger an sie schmiegte, und sie nahm die Hand des kleinen Mädchens in ihre.

Ihr frisch angetrauter Gatte setzte das Trinkhorn an die Lippen und trank gierig vom süßen Honigmet. Danach reichte er den berauschenden Trunk an den König weiter. König Guthrum, alt, fett, und graubärtig, saß mit frommer Miene neben seiner Gemahlin, während im Hintergrund zwei seiner Konkubinen schäkerten, jung und prall um Brüste und Arme. Unterdessen waren alle Gäste betrunken, Männer wie Frauen. Und jeder hatte für den frischgebackenen Bräutigam gute Ratschläge parat.

Zarabeth ließ die Dinge ungerührt an sich vorüberziehen. Selbst als Toki sich zu ihr setzte, darauf bedacht, Olav stets im Auge zu behalten, sagte sie kühl: »Toki? Was wünschst du?«

»Du glaubst, du hast gewonnen, nicht wahr, Zarabeth? Nun, das hast du nicht. Sieh dir nur Olav an. Er ist so betrunken, daß er sich kaum aufrecht halten kann. Hör nur, wie unnatürlich er über die dummen Scherze des Königs lacht! Es ist bejammernswert. Und jetzt wirst du bezahlen. Du wirst teuer bezahlen.«

»Mag sein.«

»Er wird dir keinen Balg machen!«

»Ich hoffe nicht.«

Toki schwieg, äugte Zarabeth mit betrunkener Starrheit an. »Es ist mir egal«, sagte sie schließlich verächtlich.

Zarabeth festigte ihren Griff um Lottis Hand. Sie sah zu Olav hinüber, der bedenklich schwankte und empfand nur milden Ekel.

»Wenn er kotzt, ist dir das auch egal?«

Zarabeth seufzte. »Dann werde ich wohl oder übel aufwischen.«

Toki warf Lotti einen bösen Blick zu und wandte sich ihrem gleichfalls betrunkenen Ehemann zu. Zarabeth zog sich zurück, niemand nahm davon Notiz, denn es gab noch genug zu trinken. Spät nachts traten zwei betrunkene Männer lachend an sie heran, den bewußtlosen Olav in ihrer Mitte schleppend.

»Nur die zärtlichen Hände einer Frau können den wieder wecken!«

»Das beste ist, wir bringen ihn zu Bett. Entweder er stirbt oder er schwört beim Aufwachen, Mönch zu werden.«

Die beiden trugen Olav ins Haus, Zarabeth und Lotti folgten. Der König hatte huldvolle Worte zu ihr gesprochen, ebenso die Königin. Das Königspaar hatte die Braut der Großmut und dem edlen Sinn ihres Gemahls empfohlen. Zarabeth war müde nach dem langen Tag. Sie wies die Männer an, Olav auf sein Bett zu legen. Nachdem die beiden ihr mit lüsternen Blicken eine gute Nacht gewünscht hatten und gegangen waren, breitete sie eine Wolldecke über Olav und ließ ihn allein. Sie betete, er möge die Nacht durchschlafen.

Olav schlief die Nacht nicht durch. Er wachte irgendwann auf, noch schwer berauscht, begriff, daß er mit Zarabeth verheiratet war und machte sich auf die Suche nach ihr.

Er fand sie neben Lotti schlafend, rüttelte sie am Arm und krächzte: »Warum schläfst du hier? Warum bist du nicht bei mir? Es ist deine Pflicht, bei mir zu schlafen! Ich habe teuer für dich bezahlt. Du bist meine Frau!«

Zarabeth spürte, wie Lotti sich neben ihr verkrampfte. Sie hatte nicht geschlafen; sie hatte gehört, wie er durch den Flur torkelte. Sie war darauf vorbereitet und sagte mit gelassener Stimme: »Geh wieder zu Bett, Olav. Die Frauen haben mir gesagt, du bist heute nacht zu betrunken, um mich zu nehmen. Hoffentlich wird dir nicht übel. Denn ich habe keine Lust, dein Erbrochenes aufzuwischen. Gehe jetzt weg.«

Im gleichen Augenblick wich jeder lüsterne Gedanke an seine frisch angetraute Gemahlin. Sein Magen krampfte sich zusammen und drehte sich um. Aufstöhnend schlang er die Arme um seinen Leib, taumelte durchs Haus in den Laden und riß die Tür ins Freie auf. Zarabeth blieb ruhig liegen, flüsterte nur leise in Lottis Haar: »Schlaf weiter, meine Kleine. Er wird uns heute nacht nicht mehr belästigen.«

Am nächsten Morgen fand Keith seinen Vater an die Haustür gelehnt, schlafend wie ein Toter.

8

Olafs Gesicht war grau, seine Augen waren gerötet und tränten. Kalter Schweiß glänzte auf seine Oberlippe. Seine Wangen und seine Kleider hingen schlaff an ihm herunter.

Seine Bauchschmerzen hatten sich verschlimmert, er konnte nicht länger im Laden arbeiten. Er saß den ganzen Tag in der Nähe des Feuers und sah Zarabeth bei der Arbeit zu. Immer wieder stöhnte er auf und eilte nach draußen, die Arme um den Bauch geschlungen. Freunde kamen zu Besuch, doch da er mit ihnen weder trinken noch essen, oder mit ihnen scherzen konnte, da die Krämpfe ihn schweigsam machten, und er an nichts Anteil nahm, kamen sie seltener vorbei, manche blieben ganz fort. Die Frauen besuchten Zarabeth, gaben ihr Ratschläge, warfen Olav traurige Blicke zu und schüttelten die Köpfe.

Olav beobachtete Zarabeth. Es war Mittag, und sie kochte eine fade Suppe für ihn. Haferschleim und weiches Brot für einen alten, zahnlosen Greis, dessen Eingeweide nur stinkende Flüssigkeit von sich gaben. Feuchte Locken umrahmten ihr Gesicht. Sie war sehr in sich gekehrt, nie erhob sie die Stimme gegen ihn, auch dann nicht, wenn er ungeduldig herumlamentierte, vor Schmerz und Angst und hilfloser Schwäche. Er vermochte sie nicht zu begatten, wie ein Mann seine Frau begatten sollte. Und seine Angst wuchs mit jedem Tag.

Lotti spielte zu ihren Füßen, stapelte Brettchen aufeinander, zählte sie laut mit ihrer ekelhaft lallenden Stimme und stapelte sie von neuem. Das Spiel wiederholte sie in einem fort, bis er am liebsten laut geschrien hätte vor ohnmächtigem Zorn; doch er schwieg. Er hatte nicht die Kraft zu schreien.

Hin und wieder beugte Zarabeth sich zu der Kleinen hinunter und streichelte sanft ihr Gesicht, sprach leise mit ihr, lächelte sie zärtlich an. Ihm schenkte sie nie ein freundliches Lächeln. Sie war zwar seine Frau, doch das hatte keine Bedeutung.

Ein böser Krampf ließ ihn aufstöhnen, er taumelte aus dem Raum, vornübergebeugt wie ein alter Mann. Zarabeth hob stirnrunzelnd den Kopf. Seit der Hochzeit vor zwei Wochen war er krank, sah aus wie ein alter Mann, verfiel zusehends, war gebrechlich und abgezehrt und nörgelte an allem herum. Zuerst hatte Olav geglaubt, seine Eingeweide rebellierten gegen die großen Mengen Met und Bier, die er an seiner Hochzeitsfeier in sich hineingeschüttet hatte. Doch die Schmerzen in seinen Eingeweiden hörten nicht auf, und er litt unter Darmblutungen.

Er konnte sie nicht beschlafen. Eines Nachts hatte er ihr befohlen, sich vor ihm zu entkleiden. Er wollte sie anschauen, sie liebkosen; es war sein Recht als ihr Ehegatte. Sie hatte sich strikt geweigert.

Keith und Toki kamen jeden Tag; der Sohn, um seinem Vater im Geschäft zu helfen, und Toki, um über den alten Mann zu lästern und sich hinter seinem Rücken über ihn lustig zu machen. Sie verhöhnte den siechen Greis und seine süße, junge Braut, die er nicht beschlafen konnte, die kein Kind von ihm tragen würde.

Zarabeth rührte in der Suppe und zerdrückte die Rüben, die sie darunter gemischt hatte. Olav konnte die Suppe löffeln und schien mit einigem Appetit zu essen, obwohl er dabei mürrisch in sich hineinfluchte. Sie hatte die alte Unga um Rat wegen Olavs krankem Magen gefragt. Sie hatte ihre schuppige Haut am Arm gekratzt und gemurmelt, Zarabeth solle ihm gestoßenen Knoblauch und geriebene Zwiebel, eingewickelt in gekochte Lorbeerblätter, verabreichen. Zarabeth verursachte die Mixtur Übelkeit, doch sie hatte es damit versucht. Und seltsamerweise hatte sein Zustand sich danach ein wenig gebessert. Inzwischen hatte die Arznei aber ihre Wirkung verloren.

Toki betrat den Raum mit einer Selbstverständlichkeit, als sei sie die Hausherrin. Und das würde sie auch bald sein, wenn Olav starb, da Zarabeth keine Rechte hatte. Olav hatte mit Sicherheit beim Ältestenrat von York bestimmt, daß seine irdische Habe auf seinen Sohn überging. Lotti hielt sich an ihrem Rockzipfel fest, und Zarabeth bückte sich und tätschelte dem Kind beruhigend den Kopf. Seit jener Nacht hatte Lotti sich von Toki ferngehalten.

»Der Alte sieht aus wie ein lebender Leichnam. Ihm fehlt nur noch das Leichentuch.«

»Ich finde, heute sieht er etwas besser aus«, sagte Zarabeth. »Aber diese seltsame Krankheit ist hinterhältig und gemein.«

Toki hob die Schultern und warf einen Blick in die Suppe, die Zarabeth zubereitete. »Wieder so ein fader Brei für den alten Tattergreis? Gräßliche Vorstellung, so etwas essen zu müssen.«

Zarabeth rührte schweigend in der Suppe.

»Ist er immer noch nicht mit dir ins Bett gegangen?«

Der lange Holzlöffel kam zum Stillstand. Langsam drehte Zarabeth sich zu ihrer neuen Schwiegertochter um, die einige Jahre älter war als sie. »Misch dich nicht in Dinge, die dich nichts angehen, Toki. Ich möchte nicht mit dir darüber reden. Hör auf, über Olav zu schimpfen.

Ohne ihn würdet Keith und du verhungern, das hast du mir selbst gesagt.«

Zarabeth wandte sich ab, aus Furcht vor ihrem eigenen Zorn. Sie hatte sich an die Eintönigkeit des Lebens gewöhnt, sie pflegte ihren kranken Ehemann, ertrug schweigend Tokis schlechte Laune und Keiths ständige Fragen nach dem Gesundheitszustand seines Vaters. An Magnus dachte sie nur nachts, wenn sie nicht schlafen konnte. Der Schmerz über seinen Verlust ließ nicht nach und erfüllte sie mit quälender Trauer und Verzweiflung. Sie hoffte, die Zeit würde ihre Seelenwunden heilen. Vielleicht würde sie ihn bis zum Herbst vergessen haben. Noch stand ihr sein Gesicht klar vor Augen; sie spürte seine Kraft, wie er sie im Arm hielt, hörte den Spott in seiner Stimme, die Zärtlichkeit und seine Kühnheit, Dinge auszusprechen, die ihr vor Erstaunen und Entzücken den Atem raubten.

Sie schüttelte den Gedanken an ihn ab. Keith und Toki waren wie üblich zum Nachtmahl erschienen. Toki meckerte wie immer. Lotti zupfte an Zarabeths Kleid, um auf sich aufmerksam zu machen. Zarabeth bückte sich zu ihrer kleinen Schwester hinunter.

Die Kleine hatte sich einen Schiefer von einem Holzbrettchen in den Finger gezogen. Zarabeth zog den Holzspan heraus, blies die kleine Wunde und tröstete das Kind. Toki saß in Olavs großem, geschnitzten Stuhl, beklagte sich über das schlechte Essen, das ihr wieder vorgesetzt werden würde, behauptete, das Kind sei dumm und verdiene ihre Aufmerksamkeit nicht.

Zarabeth erhob sich langsam. Toki würde nie damit aufhören. Nie. Tokis Mund schwieg nie still, ihr Jammern und ihre böse Reden hörten nie auf. Zarabeth strich sich das feuchte Haar aus dem Gesicht und holte tief Luft, um die Beherrschung nicht zu verlieren. Sie haßte Streit, aber so durfte es einfach nicht weitergehen. »Du hast kein Recht, in Olavs Stuhl zu sitzen, Toki. Auch wenn er krank ist, ist es immer noch sein Stuhl. Und ich verbiete dir, böse über meinen Ehemann oder meine Schwester zu sprechen. Hast du mich verstanden?«

Toki verschränkte ihre dünnen Arme vor der Brust und feixte. »Du Schlampe! Du glaubst, mich von oben herab behandeln zu können, weil dir hier alles gehört, aber nicht mehr lange. Du wirst hier nicht für immer die Hausherrin spielen. Nicht einmal mehr einen Monat, schätze ich. Der alte Mann wird dich nie besteigen. Du wirst kein Kind von ihm zur Welt bringen. Du wirst Keith nichts wegnehmen, was ihm zusteht. Der närrische, alte Tölpel lebt nicht mehr lange. Bald hat er Asche im Mund, und die Würmer nagen ihm das Fleisch von den Knochen, und dann wirst du verhungern, du und dieses idiotische Balg!«

Zarabeth war todmüde, ihr Zorn war verraucht. Sie schüttelte nur den Kopf. Doch dann fuhr sie beim Klang von Olavs wutentbrannter Stimme herum.

»Du elendes Miststück!« Er betrat den Raum, seine Schultern gerade, sein graues Gesicht vor Zorn gerötet. »Ich verbiete dir, so mit Zarabeth zu sprechen! Du zänkisches Weib. Bei Odins Wunden und Freyas Güte, ich hab nie wirklich geahnt, was mein Sohn ertragen muß. Oder hütest du deine niederträchtige Zunge bei ihm? Ich wette, daß du das nicht tust. Wie lange quälst du Zarabeth schon? Und sie schützt dich durch ihr Schweigen, du elendes, wertloses Stück Dreck. Bei Thor, du bist diejenige, die sterben sollte!«

»Vater, du tust ihr Unrecht«, eilte Keith seiner Frau zu Hilfe, der gerade den Raum betrat. »Toki macht sich nur Sorgen, ob du auch die richtige Pflege bekommst. Sie traut Zarabeth nicht, weil sie die Tochter der streunenden Hure Mara ist. Sie macht sich Sorgen, weil Zarabeth jung und nichtsnutzig ist und es nur auf deinen Reichtum abgesehen hat. Sie will . . .«

Weiter kam Keith nicht. Zarabeth stürzte sich auf ihn, ihre Finger krallten sich um seine Kehle, und sie schrie: »Du bist es nicht wert, ihren Namen auszusprechen. Meine Mutter war keine Hure! Noch ein Wort, und ich bringe dich um!«

Zarabeth spürte, wie Olavs Hände sie wegzogen. Toki schrie gellend, Lotti kauerte angstvoll in einer Ecke, und Keith stand einfach da, mit bleichem Gesicht.

Olav zog Zarabeth kraftlos zurück. Er musterte zuerst Toki, dann seinen Sohn. Dann sagte er mit gefährlich leiser Stimme, die keinen Widerspruch duldete: »Ihr beide verlaßt mein Haus. Ich bedaure dich, Keith, denn du bist schwach und jämmerlich, dir von dieser Frau sagen zu lassen, welche Gedanken deinen Kopf, und welche Gefühle dein Herz erfüllen sollen. Ich an deiner Stelle würde sie gehörig verprügeln. Vielleicht würde ich sie wegen ihrer giftigen Zunge totschlagen. Da ich aber nicht du bin, und du in den Augen der Welt ein erwachsener Mann bist, wirst du dein Los ohne meine Einmischung ertragen. Ihr beide seid nicht länger in meinem Haus willkommen. Geht jetzt auf der Stelle und laßt euch nie wieder hier blicken.«

»Vater, nein. Das kannst du nicht . . .«

Olav hob müde die Hand und schüttelte den Kopf. »Geh Keith, und schaff mir diese widerliche Hexe aus den Augen.«

Toki schwieg zum ersten Mal in ihrem Leben. Sie zitterte vor Wut, aber sie hielt den Mund, wohl wissend, daß jedes weitere Wort ihr nur schaden konnte. Sie mußte ihrem Ehemann untertan sein, obgleich der Tölpel unfähig war, auch nur einen einzigen Walroßzahn ohne Verlust zu verkaufen. Sie würde ihn später zur Rede stellen; sie würde ihn davon überzeugen, daß er Frieden mit seinem Vater schließen müsse und zwar schnell. Davon hing alles ab.

Andernfalls könnte Toki nicht jeden Abend Gift in das Essen des alten Mannes träufeln.

Doch sie durfte Keith nicht einweihen, den zimperlichen Schlappschwanz. Nein, sie würde eine Geschichte erfinden, um sich seine Zuneigung zu erschleichen, und später würde er ihren Weitblick erkennen und sich dankbar erweisen. Es war dumm von ihr gewesen, Zarabeth anzugreifen, wenn der Alte sich vorne im Laden aufhielt. Das durfte nicht wieder vorkommen. Nun mußte sie die Reumütige spielen und Zarabeth um Vergebung bitten.

Nachdem Toki und Keith gegangen waren, nahm Olav schweigend sein Nachtmahl ein. Er aß langsam Löffel um Löffel, wie um zu prüfen, ob die Suppe ihn krank mache. Dann aß er eine zweite Schüssel davon. »Schmeckt erstaunlich gut«, sagte er und setzte die Schale an den Mund, um die Brühe zu schlürfen.

Lotti lachte über seine Schmatzlaute, und er lächelte sie an, statt sie wie sonst mit kaum verhohlenem Abscheu anzusehen.

»Ich bete zu Gott, sie möge dir bekommen, Olav.«

Zarabeths Gebete wurden erhört. Am nächsten Tag wurde er nur einmal von blutigem Durchfall geplagt. Den Tag darauf gar nicht. Er konnte wieder lachen und arbeitete sogar eine Stunde im Laden. Und am Abend sah er Zarabeth an, und sie las seine Gedanken. Er wollte sie haben, und bald wäre er wieder kräftig genug, um sie zu nehmen. Sie schluckte schwer. Ertragen, sie mußte es ertragen. Sie hatte keine andere Wahl. Sie sah ihn an, während er im Wohnraum einige Otterfelle sortierte. Er hatte sich verändert, behandelte sie und Lotti freundlicher, war milder und umgänglicher geworden. Das hatte etwas mit Tokis bösartigem Angriff zu tun, und, wie Zarabeth vermutete, auch damit, daß ihn das Gespenst des Todes gnädiger stimmte. Doch der Gedanke, daß er sie besteigen, sie berühren würde, versetzte sie in lähmendes Entsetzen.

Sie durfte sich ihm nicht verweigern. Er war ihr Ehemann, und er hatte das Recht, sie zu nehmen.

Am folgenden Tag sagte er beim Mittagsmahl: »Ich war beim Ältestenrat. Ich habe den Ratsherren erklärt, daß mein Sohn nicht länger mein Sohn ist. Ich habe erklärt, daß im Falle meines Todes alle meine irdischen Güter auf dich übergehen.«

Sie blickte ihn erstaunt an. »Aber wieso, Olav? Das ist nicht recht! Du kannst Tokis törichte Worte nicht deinem Sohn anlasten. Gewiß, sie bringt Ärger mit ihrer scharfen Zunge und ihrer Bosheit, aber Keith ist dein einziger Sohn. Und er ist dein rechtmäßiger Erbe. Er hat nicht deine Talente und nicht deinen Geschäftssinn. Er braucht dich.«

»Du hast ein zu gutes Herz, Zarabeth. Er ist ein erwachsener Mann und für sich selbst verantwortlich. Mein Entschluß steht fest. Ich werde ihn nicht ändern.«

»Aber du hast die Heirat mit Toki verfügt. Er war nicht sehr erfreut, aber er hat sich gehorsam deinem Willen gebeugt. Wie kannst du ihn jetzt dafür bestrafen?«

Olav gefiel dieser Vorwurf nicht, doch er schwieg. Tokis Eltern hatten ihm viel Gold gebracht, doch das war von Keith binnen eines Jahres für törichte Unternehmungen verschleudert worden. Ihre Worte gaben ihm zu denken. Andererseits schien sein Gesundheitszustand sich zu bessern, und er mußte sich vorläufig keine Gedanken um seine Hinterlassenschaft machen.

In dieser Nacht lag Zarabeth steif und starr im Bett neben Lotti und horchte, wie Olav sich im Wohnbereich zu schaffen machte. Er würde zu ihr kommen und sie auffordern, sich zu ihm zu legen. Sie wußte es und bereitete sich darauf vor, doch als er das Bärenfell beiseiteschlug, stellte sie sich schlafend.

»Nun Zarabeth, es ist Zeit. Ich weiß, daß du wach bist. Komm zu mir, und ich zeige dir Dinge, die dir Freude bereiten.«

Sie erhob sich, gezwungen, ihre eheliche Pflicht zu erfüllen. Sie trug ihr Nachthemd, das ihr nur bis zu den Knien reichte, und fühlte sich entblößt und beschämt und hilflos. Sie hatte ihr Haar zu einem dicken Zopf geflochten, der ihr über den Rücken hing. Er nahm ihre Hand und führte sie in seine Schlafkammer. Sein breites Bett war aus schweren Eichenplanken gezimmert und mit weichen Pelzen und Wolldecken belegt.

»Ich mache dich zu meinem Weib, Zarabeth.« Mit diesen Worten beugte er sich über sie und küßte sie. Sie zwang sich, die Berührung seiner Lippen zu ertragen; versuchte, nicht an Magnus zu denken. Doch er war bei ihr, tief in ihrem Herzen, er war ein Teil von ihr, der nie wieder weichen würde.

»Löse dein Haar. Eine Frau soll ihr Haar nicht streng aus dem Gesicht binden. Das gefällt mir nicht.«

Sie legte den Zopf nach vorn über die Schulter und öffnete das Lederband. Langsam löste sie das Haar. Olavs Finger griffen in die rote Lockenfülle. »Wie weich es ist«, sagte er und hob es an seine Wange. »Rot wie der Sonnenuntergang, der ein nächtliches Gewitter ankündigt, und so zart.« Seine Finger strichen zärtlich durch ihre Locken, und sie stand starr wie Stein.

»Du mußt mich anregen, auch wenn ich lange keine Frau besessen habe. Meine Krankheit hat mich geschwächt und den Hunger meines Körpers versiegen lassen. Zieh dich aus. Das wird meine Männlichkeit zum Leben erwecken.«

Er saß auf seinem Bettkasten, an das Kopfteil gelehnt und verschränkte die Arme vor der Brust. Er beobachtete sie. Sein Herz schlug langsam und regelmäßig. Er hatte die Tierhaut zurückgeschlagen, da er stets fröstelte. Er brauchte auch im Sommer die Hitze des Feuers.

Sie stand im schwachen Schein der sterbenden Glut, ihr Haar umgab ihr Gesicht in einem ungebändigten Kranz.

»Ich kann nicht, Olav.«

Er rührte sich nicht. »Diesmal wirst du dich mir nicht verweigern, Zarabeth. Du hast es einmal getan, und ich war unfähig, dich zu meiner Frau zu machen. Du hast mich gesund gepflegt. Nun mach mich wieder zum Mann.«

Was sollte sie tun? Vergeblich sehnte sie die Betäubung, die Leere herbei, die sie empfunden hatte, nachdem Magnus sie verlassen hatte. Sie hatte Angst und fühlte sich unendlich beschämt und wünschte verzweifelt, daß Olav krank geblieben wäre.

»Nun, Zarabeth?«

Ihre Hände tasteten zu den schmalen Bändern an ihren Schultern. Langsam schob sie die Bänder über die Schultern, bis das Hemd nach unten glitt und ihre Brüste freigab. Er blickte sie an. Sie stand wie versteinert. Plötzlich beugte er sich vor, und seine ausgestreckte Hand berührte ihre Brust. Seine Fingerspitzen waren sanft und weich. Er zerrte das Hemd nach unten bis zur Hüfte. Zarabeth begann vor Angst zu zittern und hoffte, er könne den Ekel in ihren Augen nicht sehen, da sein Blick auf ihre Brüste fixiert war.

»Bei Thors Streitaxt, du bist schön . . . so weiß und weich.« Stöhnend preßte er sein Gesicht an ihre Brüste, seine Arme schlangen sich um ihren Rücken. Sie bewegte sich nicht, schloß die Augen, stand nur verkrampft und reglos da. Sein heißer Atem befeuchtete ihre Haut, seine Zunge leckte an ihren kalten Brustspitzen. Er begann zu keuchen und seine Arme festigten sich um sie, zogen sie eng an seinen mageren Körper. Seine Hände tasteten nach ihren Hinterbacken, und er zerrte an ihrem Hemd, um sie völlig nackt zu haben.

»So schön«, ächzte er, dann blickte er in ihr bleiches Gesicht. »Du willst mich nicht haben, Zarabeth, aber du wirst lernen, dich an mich zu gewöhnen. Jetzt werde ich dir meine Männlichkeit zeigen, und du wirst mir helfen, sie aufzurichten.«

Er entblößte sich, und sie sah sein dünnes Geschlecht, schlaffe Hautfalten inmitten von grau gesträhntem Kraushaar.

Sie sah, wie er sich berührte, wie er sich verzweifelt bemühte, sich selbst zum Leben zu erwecken, doch seine schlaffe Männlichkeit wollte ihm nicht gehorchen.

Dann blickte er hoch und sah den Ekel in ihrem Gesicht, den Abscheu, den sie nicht zu verbergen vermochte. Wut und Enttäuschung überkamen ihn. »Hat dieser verfluchte Wikinger dir nicht sein Geschlecht gezeigt? Hast du ihn nicht berührt, ihn mit deinen Fingern gestreichelt, ihn nicht in den Mund genommen? War sein Schwanz sehr groß, Zarabeth? Ja, er ist jung und kraftvoll, aber ich sage dir, auch sein Geschlecht ist manchmal so wie dieses. Faß mich an, verfluchtes Weib!«

Sie trat einen Schritt zurück und noch einen. Sie schüttelte den Kopf, bedeckte ihre Brüste mit den Händen. »Bitte, Olav, ich kann nicht. Ich bin noch Jungfrau. Ich habe nie zuvor das Geschlecht eines Mannes gesehen. Auch nicht das des Wikingers. Bitte, du kannst nicht verlangen, daß ich dich jetzt liebkose . . . nicht auf diese Weise.«

Er starrte an sich hinunter; es hatte keinen Sinn. Er war geschrumpft und leblos. Dann sah er zu ihr hoch, sah, daß sie sich ihr Nachthemd wieder hochgezogen hatte. Und er lachte über sich und die Ironie des Schicksals.

»Eine schöne, junge Frau ... sieh dich nur an, dein feuriges Haar, deinen Körper, herrlich jung und weich, deine weiße Haut, und ich kann dich nur anschauen. Ja, du bist eine Jungfrau, Zarabeth, und ich beleidige dich, indem ich dir meine schlaffe Männlichkeit zeige. Geh zu Bett. Ich möchte schlafen. Ich werde meine Kräfte wieder erlangen, du wirst sehen. Ich werde mich auf dich legen und in dich stoßen, und du wirst mich nie wieder so sehen wie jetzt. Ja, ich werde wieder zum Mann, und du wirst dich meinen Wünschen beugen.«

Sie floh, vor Erleichterung wie betäubt.

Magnus stand auf dem hohen Wall vor seinem befestigten Gutshof Malek und blickte nach Westen zum oberen Ende des Gravaktales. Es war Hochsommer, und es gab viel Arbeit auf den Feldern. Bald war Erntezeit, und er würde mit allen seinen Männern und Frauen von Morgengrauen bis zur Abenddämmerung die Ernte einbringen, bis alle erschöpft auf die Strohsäcke sanken. Er blickte zu den steilen, bewaldeten Hängen des Fjordes. Es war ein unbeschreiblich schönes Land, das sanft zum Wasser abfiel, an vielen Stellen steil zum Meer abstürzte, hunderte von Meter tief. Die dicht bewaldeten Berge hoben sich leuchtendgrün gegen das kristallblaue Wasser ab. Seine Heimat! Es gab kein schöneres Land für ihn. Er kehrte jedesmal mit großen Glücksgefühlen in das Tal seiner Geburt zurück, das seit vielen Generationen im Besitz seiner Familie war. Es hatten sich viele Menschen in dem Tal angesiedelt, und bald würden wieder viele Menschen in See stechen, um neues Land zu ernähren. Noch aber war das Land fruchtbar, und das Wetter hatte die Bewohner mit ausreichend Regen und Sonne gesegnet; Weizen, Roggen und Gerste standen hoch und kräftig. Vielleicht würde sein Sohn einmal das Tal verlassen, um neue Länder zu erobern und fremde Menschen zu beherrschen.

Seit seiner letzten Rückkehr hatte sein Reichtum sich erneut vermehrt, doch er hatte keine Freude daran; in ihm war eine düstere Leere, und wilder Zorn stieg in ihm hoch. Er trat nun an den Rand der steilen Felsenklippen, die sein Gehöft begrenzten. Bei Odins Wunden, was war mit ihm nicht in Ordnung, daß sie ihn mit solcher Verachtung strafte? Was war so abstoßend an ihm? War sein Körper häßlich und unansehnlich, daß sie das Lager nicht mit ihm teilen wollte? Vielleicht lag der Grund für ihre Ablehnung auch nur darin, daß sie ihre Heimat nicht verlassen wollte, um in ein unbekanntes, fremdes Land zu reisen. Vielleicht hatte sie ihm nur zu wenig Vertrauen geschenkt. Oder sie hatte ihn von Anfang an belogen.

Er schlug sich mit der Faust gegen den Schenkel und rieb die schmerzende Stelle hinterher. Er verfluchte das Weib! Er hätte sie einfach auf sein Schiff schleppen und in See stechen sollen. Er hatte ihr Zeit gegeben, und sie hatte ihn hintergangen. Wie töricht von ihm! Er hatte sich ihr gegenüber nicht wie ein Mann verhalten. Sein Vater und seine Brüder hätten jede Frau ausgelacht, die es gewagt hätte, sie zu hintergehen. Jeder andere Mann hätte sich das Frauenzimmer über die Schulter geworfen, sie aufs Schiff geschleppt, und hätte sie noch so sehr geschrien und um sich geschlagen. Ja, er war ein rechter Narr gewesen.

Was war mit ihm nicht in Ordnung, daß sie ihn verschmähte? Noch nie hatte eine Frau ihn zurückgewiesen. Warum Zarabeth? Warum die Frau, die er heiraten wollte?

Er drehte sich um, als er die Stimme seiner Schwester hörte. »Was willst du, Ingunn?«

»Du grübelst. Ich mache mir Sorgen, Magnus. Wir alle machen uns Sorgen um dich, auch deine Männer. Du sprichst kaum, beschimpfst deine Männer mehr als sie es verdienen und prügelst deine Sklaven. Du nimmst nicht einmal Cyra in dein Bett wie früher.«

»Pah! Als ich heimkehrte, habe ich sie ein ums andere Mal genommen. Solange, bis sie kaum mehr gehen konnte.«

»Ja, aber dann hast du sie fortgeschickt. Sie fühlt sich zurückgesetzt. Als habe sie dich irgendwie enttäuscht.«

Er hob die Schultern, ohne Ingunn anzusehen. Er starrte wieder hinaus auf den Fjord. Wieso in Thors Namen nahm Ingunn Anteil an den Gefühlen seiner Sklavin Cyra?

»Es ist eine Frau, nicht wahr? Du hast auf deiner Reise eine Frau kennengelernt. Und sie will dir nicht aus dem Sinn.«

Er lachte. »Ich bin doch kein Knochen, an dem die Hunde unseres Vaters nagen.«

Er spürte ihre Finger am Ärmel seiner Tunika. »Nein, Bruder. Scherze nicht, denn auch unser Vater fragt sich besorgt, was mit dir nicht in Ordnung ist. Er sagte, du beteiligst dich nicht an den Trinkgelagen der Männer und nicht an den Gesängen in der Halle. Er sagt, du läßt den Kopf hängen und brütest stumpfsinnig vor dich hin wie ein liebeskranker Jüngling. Doch er sagt auch, in dir brodle ein wilder Zorn, der keinen Auslaß findet.«

Wieder hob Magnus die Schultern. Alles, was sie sagte,

stimmte, doch es war seine Angelegenheit, und er wollte sie für sich behalten. Er war froh, daß die Männer, die über Zarabeth Bescheid wußten, ihren Mund gehalten hatten. Es ging keinen was an, nicht seinen Vater, nicht seine Brüder, und schon gar nicht Ingunn.

Plötzlich breitete sich ein grimmiges Lächeln auf seinen Zügen aus. Er wandte sich mit plötzlicher Entschiedenheit um und spürte, wie ein großer Felsbrocken von seiner Brust polterte. »Ich steche morgen früh in See. Bereite genügend Essen vor für zwölf Männer für eine Reise von dreißig Tagen. Ich werde in Birka Geschäfte tätigen. Vorwärts Ingunn, beeile dich.«

Sie scheute sich, ihm zu gehorchen, aber es blieb ihr keine andere Wahl. Sie glaubte ihm kein Wort. Birka war nicht sein Ziel. Ohne ein weiteres Wort kehrte sie ihm den Rücken, um seine Befehle auszuführen. Sie drehte sich noch einmal nach ihm um. Er stand an derselben Stelle und starrte über den Fjord.

Was mochte er wohl sehen?

9

Olav war tot. Er war am frühen Morgen bei Einbruch der Dämmerung gestorben, sich jammervoll wimmernd, die Hände um den Leib gekrallt. Zarabeth hatte die Nacht bei ihm gewacht, hilflos und ängstlich, wollte ihn nicht alleine lassen, obgleich sie nichts für ihn tun konnte. Er war nicht mehr in der Lage aufzustehen, um sich zu erleichtern. Gegen Ende erkannte er sie nicht mehr. Er fantasierte von ihrer Mutter, wie sehr er sie geliebt, und wie furchtbar sie ihn betrogen habe. Zarabeth hatte ihm bis zum Schluß die Hand gehalten.

Sie konnte es nicht begreifen. Er war den ganzen Abend wohlauf gewesen, hatte pfeifend seine Waren sortiert, die er am Tage erstanden hatte.

Und jetzt — kaum zwölf Stunden später — war er tot.

Zarabeth erhielt Unterstützung von Imara und Lannia, zwei älteren Frauen, die den Tod häufig gesehen und manchen Leichnam zum Begräbnis aufgebahrt hatten. Gemeinsam wuschen sie den Leichnam und kleideten ihn an. Sie war wie betäubt, verrichtete einfache Aufgaben, die Lannia ihr auftrug. Irgendwann betrat Toki den Wohnbereich, rümpfte die Nase und sagte angeekelt: »Bei Thor, wie das hier stinkt! Wie kannst du das bloß aushalten, Zarabeth?«

Imara wandte sich mit vorwurfsvollem Blick an Toki. »Hüte dein Lästermaul. Dies ist ein Ort des Todes, und so wird es bleiben bis zum morgigen Tag.«

Zarabeth wandte sich nun an Toki. Sie war hundemüde und hatte nur einen Wunsch: ins Bett neben Lotti zu kriechen und so lange zu schlafen, bis dieser Alptraum vorüber war. Doch sie mußte sich um Olavs Begräbnis kümmern. Mehr erstaunt als verärgert fragte sie: »Wieso haßt du ihn so sehr? Er hat dich wieder bei sich aufgenommen. Er hat dir vergeben. Ihr habt wieder an unserem Nachtmahl teilgenommen. Warum sprichst du so grausam über ihn?«

Toki zuckte die Achseln. »Ich habe Olav nicht gehaßt. Ich wollte bloß Keith nicht heiraten, aber meine Eltern zwangen mich dazu. Und er ist kein tüchtiger Geschäftsmann wie sein Vater. Olav schuldete uns beiden etwas, und er gab uns wenig. Nein Zarabeth, Olav war dir zugetan — seiner hübschen, jungen Schlampe, die er zur Ehefrau nahm. Er wandte sich von seinem einzigen Sohn ab, weil du ihm Keith entfremdet hast.«

Imara richtete sich nun auf, ihre Schultern waren so breit wie die eines Mannes, ihre Oberarme stramme Muskelpakete. Sie baute sich vor der schmächtigen Toki auf. »Hinaus mit dir! Und kehre erst zurück, wenn du deine giftige Zunge beherrschen gelernt hast.«

Die bucklige, weißhaarige Lannia widmete sich weiter ihren Waschungen und sagte, ohne den Kopf zu heben:

»Tokis Mutter war eine Hexe, und sie hat eine Hexe zur Welt gebracht. Kümmere dich nicht um sie, Zarabeth.«

Und Zarabeth hatte Toki wirklich schon halb vergessen. Ihre Aufmerksamkeit galt Lotti, die in einer entfernten Ecke kauerte und mit sechs geschnitzten Holzstöckchen spielte, die Olav ihr vor einiger Zeit geschenkt hatte. Das Kind war still, zu still.

Plötzlich nagte ein Gefühl der Angst an ihr. Olav war tot. Was würde nun aus ihr und Lotti werden?

Am Tag nach Olavs Bestattung erhielt sie darüber Gewißheit. Zwei seiner Freunde aus dem Ältestenrat suchten sie auf. Es waren alte, grauhaarige, zahnlose Männer. Sie setzte ihnen süßen Met vor und wartete respektvoll, bis die Alten zu sprechen begannen.

». . . Und daher hat Olav dir, Zarabeth, all seine Güter hinterlassen, sein Geschäft und sein Haus. Er wünschte nicht, daß sein Sohn etwas von ihm erbt.«

Sie hatte Olav nicht wirklich geglaubt, als er ihr damals seine Absicht eröffnete. Sie war sicher, daß er seinen Sohn versorgen würde, daß er seine Meinung ändern, daß er über Tokis Bosheit hinwegsehen und Keith nicht bestrafen würde, um sich an seiner Schwiegertochter zu rächen. Sie schüttelte den Kopf. »Aber Keith . . . das ist nicht Recht. Olav hat gewiß . . .«

»Es ist so, wie wir dir sagen.« Beide musterten sie nun prüfend, als sei sie eine fremdartige Erscheinung. »Es stimmt, die Leute wundern sich darüber. Aber du bist jung und ansehnlich, und darin liegt die Antwort auf alle Fragen. So ist es und so soll es sein. So hat dein Ehemann es verfügt.«

Und sie verließen das Todeshaus rasch, da einem Mann nicht wohl war bei dem Gedanken, der Geist des Toten könne ihm folgen und sich ohne sein Wissen an seine Seele heften. Dennoch wunderte Zarabeth sich über den übereilten Aufbruch, die Kürze ihrer Rede. Sie hatte die beiden Alten bis zum heutigen Tag nur gütig erlebt. Falls die Männer Mißfallen an Olavs Heirat mit ihr hegten, so hatten sie ihre Gefühle gut verborgen. Sie erinnerte sich deutlich an die beiden Alten an ihrem Hochzeitstag; zwei betrunkene Graubärte, die kichernd in jeden Weiberhintern kniffen, der ihnen nahe genug kam. Lachend hatten sie Olav auf den Rücken geschlagen und ihm im vernehmlichen Flüsterton ihre Altmännerratschläge zur bevorstehenden Hochzeitsnacht gegeben. Nun war ihnen das Lachen vergangen.

Zwei Tage lang blieb Zarabeth im Haus, schlief viel und erholte sich von den Strapazen der Krankenpflege. Olavs Begräbnis war die übliche Feier aus christlichen und heidnischen Ritualen. Auf seinen Grabhügel wurde ein stattlicher Runenstein gesetzt. Die Nachbarn ließen sie in Frieden, als ahnten sie, daß sie den Wunsch hegte, allein zu sein. Am dritten Tag ging sie mit Lotti nach draußen. Die Hochsommerhitze mit den vertrauten üblen Gerüchen nach tierischen und menschlichen Exkrementen schlug ihr entgegen. Kein Lüftchen kühlte die drückende Hitze. Sie winkte den Nachbarn zu, dankbar, daß man Rücksicht auf sie genommen hatte. Doch man wich ihrem Blick aus, wandte sich rasch ab. Türen schlossen sich. Was war geschehen?

Sie spazierte mit Lotti zum Hafen, eine Angewohnheit, die sie seit Magnus Verschwinden pflegte. Sie blickte über die vertäuten Handelsschiffe, allesamt Wikinger-Drachenboote mit überdeckten Frachträumen. Sie wußte, die *Seewind* war nicht da, dennoch hielt sie nach ihr Ausschau, mit dürstender Seele. Lotti zerrte an ihrer Hand, und Zarabeth wandte den Kopf. Keith näherte sich ihr, gemeinsam mit drei Männern vom Ältestenrat. Er deutete auf sie und brüllte: »Rühr dich nicht vom Fleck!«

Wieso sollte sie weglaufen? Gelassen wartete sie, bis die Männer bei ihr waren, Lottis kleine Hand fest in ihrer haltend.

»Dein Spiel ist aus, Zarabeth.«

»Was meinst du, Keith? Was machst du hier? Ist etwas passiert? Geht es Toki gut?«

»Hast du versucht, auf einem der Boote zu entkommen? Hat dir wieder ein Wikinger seine Hilfe angeboten?«

Sie blickte Keith verständnislos an, seine bleichen Züge, seinen flackernden Blick.

»Was ist los, Keith? Was ist geschehen?«

Einer der Ratsherren, der alte Arnulf, der während Olafs Hochzeitsfest betrunken im Kreis getanzt hatte, trat auf sie zu und sprach mit haßerfüllter Stimme: »Wir kennen die Wahrheit, Zarabeth. Wir wissen, daß du deinen Ehemann ermordet hast, daß du ihm seit dem Hochzeitstag Gift in sein Essen gemischt hast. Du wirst sterben, damit der Gerechtigkeit Genüge getan ist.«

»Gift?« Sie blickte von Keith der Reihe nach in die Gesichter der drei alten Männer. Sie meinten es ernst. »Ihr glaubt, ich habe Olav Gift gegeben? Er war mein Ehemann! Ich habe ihn während seiner Krankheit gepflegt, ich habe nicht versucht, ihn umzubringen! Das ist der schiere Wahnsinn. Was geht hier vor?«

»Deine Lügen nützen dir nichts, Zarabeth«, sagte Keith, doch als sie sich ihm zuwandte, trat er einen Schritt zurück, als erwarte er, sie würde sich auf ihn stürzen.

»Ich habe Olav nichts angetan!«

Der alte Arnulf schüttelte den Kopf. »Keith und Toki können deine Untat bezeugen. Wir dürfen nicht dulden, daß eine Ehefrau ihren Ehemann umbringt. Deshalb mußt du sterben.«

»Nein!« Ohne zu überlegen, riß sie Lotti in die Arme und rannte den langen Kai aus Holzplanken entlang. Zwei derbe Seeleute verstellten ihr lachend den Weg, hielten sie fest und starrten sie gierig an wie zwei hungrige Wölfe.

»Haltet sie! Sie ist eine Mörderin!«

Die Seeleute ließen sie los, als würden sie sich an ihr die Finger verbrennen. Diesmal besann Zarabeth sich eines Besseren. Sie blieb stehen und wartete, bis die Männer wieder bei ihr waren. »Keith und seine Frau behaupten also, ich hätte Olav vergiftet. Wie wollen die beiden das wissen?«

Arnulf packte ihren Arm und sagte schroff: »Du bekommst Gelegenheit, deine Fragen dem König vorzutragen. Er war Olavs Freund und möchte das Urteil selbst über dich sprechen. Komm mit.«

Und so geschah es. Zarabeth erhob keinen Einwand, bis sie begriff, daß man sie in das Lager der Sklaven brachte, das sich außerhalb der Stadtbefestigungen auf einem Stück Ödland befand, einem Ort des Elends und Dreck. Das Lager war umgeben von einem zwei Meter starken Erdwall und bestand aus einem strohbedeckten Langhaus, umrandet von kleineren Hütten, in denen die Wachen untergebracht waren. In der Mitte gab es einen Brunnen, sonst nichts.

Sie durfte dem Grauen, das sie packte, nicht nachgeben. Sie würde König Guthrum die Wahrheit sagen. Bald war ihr alles klar: Toki hatte Olav vergiftet und hinterher Keith beschwatzt, Zarabeth zu beschuldigen. Kein Wunder, daß Olav sich sofort besser gefühlt hatte, als er Toki und Keith aus dem Haus gewiesen hatte. Auf ihre wiederholten Bitten hatte Olav seinem Sohn vergeben, und Toki und er durften wieder kommen. Mit seiner Großzügigkeit hatte er sein Todesurteil unterzeichnet. Zunächst konnte sie die Wahrheit nicht fassen. Sie mußte dem König sagen, was geschehen war, dann würden Lotti und sie in Frieden ziehen können.

Der alte Arnulf übergab sie einem Wachtposten, einem Hünen von einem Mann mit flacher Nase und dichten, schwarzen Brauen, die über der Nase zusammengewachsen eine gerade Linie bildeten. »Paß gut auf sie auf! Sie ist eine Mörderin. Sie wird morgen König Guthrum vorgeführt. Achte darauf, daß sie nicht verprügelt oder geschändet wird und ihre Kleider nicht gestohlen werden.«

Der Wachtposten grunzte und packte ihren Arm. Plötzlich sagte Arnulf laut: »Nein, das Kind darf nicht ins Lager! Keith, nimm deine kleine Schwester zu dir. Sie steht ab sofort unter deiner Obhut.«

In diesem Augenblick verlor Zarabeth die Beherrschung. Panik übermannte sie. Sie fuhr herum und kreischte: »Nein! Ihr dürft sie mir nicht wegnehmen, nein! Keith haßt sie ... Toki verprügelt sie und bringt sie um!« Doch sie rissen ihr Lotti aus den Armen, blickten voller Verachtung auf das Kind, das leise weinend gurgelnde, unverständliche Laute von sich gab.

»Nimm sie an dich, Keith, und kümmere dich um sie. Dem Kind wird bei dir kein Leid geschehen.« Lotti strampelte und schlug um sich; Keith hielt sie weit von sich, um den Hieben ihrer kleinen Fäuste zu entgehen.

»Nein!« Zarabeth brüllte wie ein wildes Tier. Sie griff nach Lotti, doch man riß ihre Arme zurück und hielt sie in schmerzhafter Umklammerung fest. Tränen strömten ihr übers Gesicht und schnürten ihr die Kehle zu, während sie hilflos zusah, wie Keith versuchte, Lotti zu bändigen. Das Kind bäumte sich auf, versuchte sich aus seiner Umklammerung zu befreien. Vergeblich. Zarabeth war von einem einzigen Gedanken besessen: Sie mußte Lotti retten. Um das tun zu können, mußte sie zunächst sich selbst retten. Irgendwie gelang es ihr, ruhig zu werden. Leise sagte sie: »Nein, Lotti, sei still, Liebes. Keith wird dir nicht weh tun. Und Toki auch nicht. Arnulf vom Rat der Ältesten hat versprochen, daß er gut auf dich achtgibt. Geh jetzt mit ihm, und ich hole dich ab, wenn alles vorüber ist.«

Zu aller Erstaunen blickte Lotti ihre Schwester an, dann lächelte sie, ein unschuldiges Lächeln voller Vertrauen und bettete ihr Köpfchen an Keiths Schulter. Kleine Schluchzlaute entrangen sich ihrer gequälten Brust.

»Komm«, befahl der Wachtposten, und seine Stimme war ebenso häßlich wie sein Gesicht. Er zerrte sie hinter sich her zum Langhaus. Sie wandte den Kopf und sah, wie die Ratsherren sich entfernten, gefolgt von Keith mit der nunmehr ruhigen Lotti auf dem Arm.

Der Wächter schob sie ins Innere des Langhauses. In der Dunkelheit konnte sie zunächst überhaupt nichts erkennen. Dann nahm sie menschliche Gestalten wahr. Ein elender, verdreckter Haufen, einige Männer in Ketten, schmutzverkrustete Frauen mit wirren, verfilzten Haaren, Hoffnungslosigkeit im Blick. Jede dieser erbärmlichen Gestalten hatte einmal eine Heimat gehabt und eine lange, traurige Geschichte zu erzählen. Sie waren Sklaven, Leibeigene ohne Rechte.

Zarabeth wandte ihre Aufmerksamkeit dem Wachtposten zu, der jetzt krächzte: »Es wird dir kein Leid geschehen.« Er hob den Kopf und sah die Männer an, die bei ihrem Eintreten unruhig geworden waren. »Wenn einer von euch Bestien sie anrührt, peitsche ich ihn so lange aus, bis ihm das Fleisch vom Rücken fällt.«

Dann wandte er sich wieder an Zarabeth und zerrte sie ans andere Ende des langgezogenen, düsteren Raums. »Halt den Mund, dann wird dir nichts geschehen.« Damit ließ er sie stehen, in dem strohgedeckten Langhaus, in dem es kein einziges Fenster gab. Der Gestank der Menschen stach ihr in die Nase. Langsam schleppte sie sich zu einem leeren Platz an der entfernten Wand und kauerte sich auf den Lehmboden. Niemand redete mit ihr. Kein Mensch achtete auf sie. Es herrschte tiefe Stille.

Sie war benommen, doch nicht genug, daß ihr die grauenvolle Stille nicht aufgefallen wäre. In dem Raum warteten etwa zwanzig Männer und Frauen auf ihr weiteres Schicksal, warteten darauf, daß jemand kam, um sie zu kaufen und mitzunehmen. Manche redeten leise miteinander, und sie erkannte den Dialekt ihrer Heimat Irland. Sie fragte sich, welchen Stand die Menschen hatten, bevor die Wikinger sie gefangengenommen und sie hierher nach York verschleppt hatten. Sie fragte sich, ob sie früher ebenso heruntergekommen, verdreckt und zerlumpt waren, oder ob erst die Gefangenschaft sie zu schmutzigen Tieren gemacht hatte.

Der Tag verging und dann die Nacht. Zarabeth schlürfte eine dünne Suppe aus einer groben Holzschale. Sie mußte sich keine Sorgen zu machen, daß einer der Männer versuchte, sie zu belästigen. Sie waren zu sehr mit sich und ihrem Elend beschäftigt, um sich mit ihr zu befassen. Sie fror in der Nacht, aber es war ihr egal. Niemand kümmerte sich darum. Sie dachte an Lotti und spürte, wie der kalte Schweiß ihr den Rücken hinunterlief. Schmutz verklebte ihre Nasenflügel, bedeckte ihr Kleid. Als sie am nächsten Morgen erwachte, stand der häßliche Wächter über ihr und hielt die schöne Brosche in der Hand, die Olav ihr geschenkt hatte. Er hatte sie ihr vom Kleid gerissen und das dünne Leinen an ihrer Schulter zerfetzt.

Sie sagte nichts. Es hatte keine Bedeutung. Stattdessen sagte sie zum Wächter: »Ich werde bald zum König gebracht. Ich bin schmutzig und möchte mich waschen.«

Er sah sie an wie einen Paradiesvogel. Dann warf er lachend seinen struppigen Kopf in den Nacken und wieherte wie ein Pferd. Sie fuhr sich mit den Fingern durchs Haar, auch wenn es nicht viel nützte. Sie war verdreckt und stinkend.

Es war beinahe Mittag, als der alte Arnulf sie holte, um sie zum König zu bringen. Zarabeth bat erneut, sich waschen zu dürfen.

»Es gibt keinen Platz, wo du dich waschen oder dein Kleid wechseln kannst. Keith und Toki sind in Olavs Haus gezogen. Komm jetzt. Wir dürfen den König nicht warten lassen«, sagte der Alte kopfschüttelnd.

König Guthrums Festung thronte hoch auf einem Hügel über dem Hafen von York, umgeben von Steinmauern, die aus dem Steinbruch von Helleby herbeigeschafft worden waren. Die weißen Quader glänzten in der Sommersonne. Sie hatte die Burg einmal in Begleitung von Olav besucht, als er dem König einen prachtvollen Otterpelz zum Geschenk machte. In ehrführchtigem Staunen hatte sie in einem Vorraum gewartet. Kostbare Wandbehänge in leuchtenden Farben bedeckten die Wände. Andere Wände aus Holz waren glänzend poliert und ebenfalls mit Behängen aus leuchtend roter Seide und blauer Wolle geschmückt. Olav hatte ihr damals gesagt, wie sehr der König rote Seide schätzte. Er trug kaum eine andere Farbe. Und er trug Juwelen. Er liebte Ringe, Halsketten und Armreife aus schwerem Gold und Silber.

Heute war sie nicht in Olavs Begleitung. Sie war kein junges Mädchen mehr, dem vor Staunen der Mund offen stehen blieb. Sie war eine Gefangene. Sie straffte die Schultern und wartete ab.

Die Hand des alten Arnulf lag flach auf ihrem Rücken. Er stieß sie nach vorn, als könne sie ohne seine Führung nicht alleine gehen. Das ärgerte sie. Sie hätte ihn gern beschimpft, daß er ein Narr und blind für die Wahrheit sei. Doch sie mußte sich beherrschen. Sie würde dem König die Wahrheit sagen, und er würde zumindest über ihre Worte nachdenken.

König Guthrum war nicht länger der gutaussehende, junge Wikinger, der seit nahezu drei Jahrzehnten das gesamte Danlagh beherrschte. Er war alt, knorrig und weißhaarig geworden, und sein Gesicht war von tiefen Furchen durchzogen. Er saß auf einem prachtvollen Thron, dessen Armlehnen mit kunstvollen Schnitzereien verziert waren. Kostbare rote Seidengewänder kleideten ihn, und er trug viele Armbänder und Ringe. Um seinen Hals lag ein breiter, mit Rubinen und Diamanten besetzter Goldreif. Etwa ein Dutzend Männer stand neben dem Königsthron. Arnulf stieß Zarabeth nach vorn. »Auf die Knie«, zischte er, und sie sank zu Boden.

»Du bist Zarabeth, die Witwe von Olav.«

»Ja, Sire«, antwortete sie tapfer und blickte dem König direkt in die Augen.

»Davor warst du seine Stieftochter, und dann versprach er dir die Heirat. Bei deiner Hochzeit glaubte ich, Olav habe eine gute Wahl getroffen.«

Unter den kalten Worten und der Verzerrung der Tatsachen zuckte sie zusammen. »Nein, Sire, so war es nicht. Er wünschte mich und meine kleine Schwester Lotti zu beschützen. Deshalb bestand er darauf, mich zu heiraten.«

König Guthrum wandte sich an Keith, und Zarabeth

folgte seinem Blick. Keith schüttelte den Kopf. Hinter ihm stand Toki. Verzweifelt hielt Zarabeth Ausschau nach Lotti, doch sie konnte das Kind nirgends finden.

Angst und Wut kämpften in ihr, erstickten sie beinahe. Nun wandte der König sich wieder an sie. »Arnulf sagt, du möchstest zu deiner Verteidigung sprechen. Nun hast du Gelegenheit dazu. Beeile dich. Auf mich warten wichtige Staatsgeschäfte.«

Zarabeth kam langsam auf die Füße. Ihre Hände strichen wie abwesend über ihr Kleid, ihre Schultern strafften sich. Sie hob das Kinn. Ihr war klar, daß ihr Leben von ihren Worten abhing.

»Ich spreche die Wahrheit, Sire. Ich habe Olav nicht getötet. Ich habe ihn während seiner Krankheit aufopfernd gepflegt. Er war gut zu mir. Ihr selbst wart zu Gast bei unserer Hochzeit, und Ihr habt gesehen, daß er guter Dinge war. In jener Nacht war er betrunken, wie alle unsere Gäste. Am nächsten Tag wurde er krank, und sein Zustand verschlimmerte sich von Tag zu Tag. Ich habe alles getan, um ihm Erleichterung zu verschaffen. Dann kam der Abend, an dem Keiths Frau mir böse Beschimpfungen an den Kopf warf. Olav wies seinen Sohn und seine Schwiegertochter aus dem Haus. Sie durften nicht wieder kommen. Schon am nächsten Tag fühlte Olav sich besser. Er war beinahe gesund, als er Keith und Toki vergab, und die beiden wieder gemeinsam mit uns das Nachtmahl einnahmen. Er wurde erneut krank und starb noch in derselben Nacht. Ich habe ihn nicht vergiftet, Sire. Aber ich vermute, Toki hat es getan, und dann hat sie ihrem Ehemann eingeredet, ich hätte es getan.«

Der König schwieg und strich sich mit gichtigen Fingern das Kinn. »Wir haben Keith und Toki angehört, und nun haben wir deine Worte vernommen. Eine junge Ehefrau möchte sich den Reichtum ihres Ehemanns aneignen, will ihn aber nicht in ihrem Bett haben, denn er ist alt und unansehnlich. Sie möchte sich von ihm und seinen Belästigungen befreien.«

Seine Worte entsprachen zum Teil der Wahrheit, und Zarabeth erbleichte unter dem forschenden Blick des Königs. Dann schüttelte sie heftig den Kopf. »Ich bitte Euch, Sire, Arnulf über die Absichten meines Ehemanns zu befragen. Er wollte mir all seinen irdischen Besitz vererben, nicht seinem Sohn, zu dem er kein Vertrauen mehr hatte. Das ist der Grund, warum Keith und Toki mich beschuldigen, einen Mord begangen zu haben. Doch die beiden haben seinen Tod auf dem Gewissen, niemand sonst! Sie wollen alles einheimsen, was mir und meiner Schwester zusteht!«

Nun erhob der König die Stimme und sprach mit strenger kalter Stimme: »Ich habe gehört, daß du Olavs Haus verlassen wolltest, um mit einem Wikinger fortzusegeln, einem jungen, ansehnlichen, kraftvollen Burschen. Doch dann hast du deine Meinung geändert, da Olav dir die Ehe versprochen hat. Du hast dich dafür entschieden, zu bleiben, um in Wohlstand zu leben, da du das Wagnis nicht eingehen wolltest, in ein fernes Land zu ziehen.«

»Das ist nicht wahr! Wer hat euch das berichtet, Sire?«

Arnulf stieß ihr den Ellbogen in die Rippen. »Hüte deine Zunge, dummes Frauenzimmer!«

»Halt«, unterbrach ihn der König und hob eine beringte Hand. »Laß sie, guter Arnulf. Sie soll jede gegen sie gerichtete Anschuldigung hören. Vielleicht bittet sie dann um Vergebung. Nun, der Mann hat mir davon berichtet, den du zuerst ermutigt und dann verschmäht hast, weil du nicht sicher sein konntest, daß er dir all das gibt, was du haben wolltest. Ja, ich weiß es von Magnus Haraldsson, daß du ein verdorbenes, treuloses Frauenzimmer bist. Unserer Ansicht nach hast du Olav solange eifersüchtig gemacht, bis er dir versprach, dich zu heiraten. Und dann hast du den Mann fortgeschickt, der dich begehrte und dir seine Treue und seinen Reichtum versprach. Aus diesem Grund gibt es keine Gnade für dich. Olavs Sohn steht der Besitz seines Vaters zu, nicht einer jungen Frau, die ihn nur heiratete, um an seinen Reichtum zu gelangen, eine junge Frau, die rücksichtslos einen anderen Mann für ihre Ziele benutzte, einen jungen Mann von Stand und Ehre, den sie vor den Augen der Bürger von York verführte, um ihn dann gnadenlos zu demütigen.«

Zarabeth konnte nicht mehr denken, konnte kaum atmen. Während der König sprach, teilte sich der rotseidene Vorhang hinter seinem Thron. Magnus trat vor und stellte sich neben Guthrum. Er blickte Zarabeth an, und sie sah die Kälte in seinen Augen und seinen tiefen Abscheu. Sie erschrak bei seinem Anblick, dann loderte einen Augenblick ein wildes Glücksgefühl in ihr auf, gefolgt von tiefer Hoffnungslosigkeit. Nur er konnte dem König diese Dinge berichtet haben.

»Das ist nicht wahr«, hörte sie sich tonlos sagen. »Olav hat mich gezwungen, Magnus fortzuschicken.«

»Und wieso konnte er dich zwingen?«

»Er drohte, Lotti zu töten, ich schwöre es!«

Keith schrie mit sich überschlagender Stimme: »Sie lügt! Mein Vater liebte das kleine Mädchen, gab ihr alles, was sie sich wünschte. Er spielte mit ihr, war gut zu ihr. Zarabeth hat ihn getötet, und nun lügt sie! Mein Vater hätte dem Kind kein Haar gekrümmt!«

Der König schwieg lange. Dann wandte er sich an Magnus und sprach mit leiser Stimme zu ihm. Magnus beugte sich herab und antwortete dem König.

Dann richtete der Wikinger sich langsam auf und sah ihr in die Augen.

Der König erhob sich und wies mit dem Finger auf Zarabeth:

»Für den Mord an deinem Ehemann müßtest du mit dem Tode bestraft werden, doch Magnus Haraldsson, ein junger Mann von Stand und Ehre, wünscht dich zur Sklavin, um mit dir nach seinem Gutdünken zu verfahren. Wenn es ihm gefällt, dich zu töten, mag er das ungestraft tun. Wenn es ihm gefällt, dich zu verprügeln, bis du den Verstand verlierst, mag er auch das ungestraft tun.

Geh mit deinem Herrn und kehre nie wieder nach Danelagh zurück, denn hier erwartet dich der Tod.«

»Nein«, stieß Zarabeth hervor. »Nein.«

Sie stand starr, als Magnus auf sie zutrat, sein Gesicht verschlossen und kalt, in seinen Augen las sie nichts als Verachtung.

10

Magnus sah sie durch den roten Vorhang. Der Schmerz war so groß, daß er fürchtete, daran zu ersticken. Während er sie beobachtete, verwandelte sein Schmerz sich in blanke Wut. Sie war schmutzig, ihr Haar hing ihr strähnig ins Gesicht, ihr Kleid war zerrissen, und dennoch wirkte sie stolz und unbeugsam.

Bei Odin, er hatte sich nach ihr gesehnt, hatte beinahe jede Nacht von ihr geträumt. Sie ging ihm nicht aus dem Sinn: ihre weiße Haut, ihr Haar; wie sie zärtlich seinen Namen flüsterte. Doch sie war eine Betrügerin, hatte ihr böses Spiel mit ihm getrieben.

Er hörte ihre leidenschaftliche Verteidigung, und der Schmerz war wieder da, nicht als Sehnsucht nach ihr, sondern als rasender Zorn. Sie hatte ihm Unrecht getan. Dafür mußte sie büßen, dafür würde sie leiden, und dafür würde er sorgen.

Als er neben König Guthrum trat, glaubte er, sie würde in Ohnmacht sinken. Dann meinte er einen Funken der Freude in ihren Augen aufflackern zu sehen und Hoffnung . . . nein, es waren Verblüffung und Haß. Vielleicht auch so etwas wie Schuldgefühl.

Hatte sie Olav getötet?

Er wollte es anfangs nicht glauben, hatte die Vorstellung als absurd zurückgewiesen. Doch es gab viele Zeugen, deren Worte den König und ihn überzeugten. Sie sprachen von Olavs Zuneigung zu dem kleinen Mädchen, von seiner Absicht, Zarabeth zu heiraten, um sie und das Kind zu versorgen und zu schützen; von seinem Wunsch, ihr seinen gesamten Besitz zu vererben, da er unter ihrem Bann stand. Waren das Beweise ihrer Schuld? Beweise dafür, daß sie Olav gegen seinen eigenen Sohn aufhetzte? Die meisten Menschen schienen davon überzeugt zu sein.

Andererseits sprachen auch viele Zeugen von Zarabeths gutem Herzen, wie unermüdlich sie an Olavs Krankenlager gewacht hatte, und von ihrer Liebe zu ihrer kleinen Schwester. Immer wieder blickte er forschend zu Keith und Toki. Immer wieder ging er Zarabeths Aussage in Gedanken durch und blickte zu Toki hinüber. Die Frau hielt die Augen sittsam gesenkt, ihr Mund war ein schmaler Strich. Irgend etwas gefiel ihm nicht an ihr; von ihr ging Kälte und Mißgunst aus.

Nicht, daß er Olavs Tod bedauerte. Er war froh darüber. Der Mann war nun nicht länger Zarabeths Ehemann, und Magnus konnte mit ihr machen, was ihm beliebte. Er war zur rechten Zeit gekommen, um sie zu holen. Er, den sie betrogen hatte, kam, um ihr das Leben zu retten; das entbehrte nicht einer gewissen Ironie. Hätte er sich um einige Tage verspätet, hätte man sie bereits hingerichtet. Der Gedanke traf ihn wie ein Faustschlag in den Magen. Doch was nun auf ihn zukam, sollte ihm große Genugtuung bereiten. Sie würde die Strafe bekommen, die sie verdiente.

In einem Augenblick der Erkenntnis gestand er sich ein, daß nicht die Tatsache ihres Giftmordes an ihrem Ehemann ihn mit diesem unbeschreiblichen Zorn erfüllte, der ihn beinahe um den Verstand brachte, sondern ihr Verrat an ihm. Ihn hatte sie gedemütigt, ihm hatte sie unerträgliche Schmerzen zugefügt.

Am liebsten hätte er sich in seinen Rachegelüsten die Hände gerieben. Sie war am Leben, und der König hatte sie ihm ausgehändigt. Magnus hatte Keith das erforderliche Danegeld für Olavs Leben bezahlt, das nicht sonderlich hoch war, denn Keith schien seltsamerweise erleichtert zu sein, daß Zarabeth für ihre Untat nicht mit dem Tode bestraft wurde. Nur seine Frau Toki hatte kreischend Einwände erhoben. Zarabeth war nun seine Sklavin. Er konnte mit ihr tun und lassen, was ihm beliebte. Er dankte Guthrum erneut und trat auf sie zu. Er wollte die Angst in ihren Augen lesen, wollte sehen, wie sie vor ihm zurückwich, aus Furcht vor Strafe wegen der Lügen, die sie ihm aufgetischt hatte. Nun war sie ihm mit Haut und Haaren ausgeliefert. Er wollte sie erbleichen sehen; er wollte sie im Staub kriechen sehen. Doch zu seinem Erstaunen straffte sie die Schultern, stand stocksteif vor ihm, und dieser verfluchte Stolz umgab sie wie ein Schutzschild.

Er blieb knapp vor ihr stehen und sagte leise: »Der Gerechtigkeit ist Genüge getan. Du gehörst mir. Wir stechen morgen in See.«

Zarabeth fühlte, wie die Halle sich verdunkelte, der Fußboden hob sich ihr entgegen. Die Sinne drohten ihr zu schwinden. Sie kämpfte verzweifelt gegen die Ohnmacht an. Dann sah sie ihm ins Gesicht, sein geliebtes Gesicht, das sie im Herzen bewahrte seit dem ersten Morgen, an dem er sie angesprochen hatte. Sie würde ihm die Wahrheit erklären.

»Mir ist Unrecht widerfahren, aber ich scheine daran nichts ändern zu können. Gut, ich komme mit dir.« Sie hatte nicht die Absicht, ihm zu danken, daß er ihr das Leben gerettet hatte. Sein Bericht an König Guthrum ließ sie in den Augen ihrer Richter nur noch schuldiger erscheinen.

Magnus furchte die Stirn. Er hatte nicht erwartet, daß sie sich seinem Willen so rasch beugte.

»Ich brauche meine Gewänder.«

»Du bist zerlumpt, und du stinkst.«

Sie nickte. »Richtig. Deshalb brauche ich meine Kleider und ein Bad und einen Kamm für mein Haar.«

»Nein.«

Sie wunderte sich nicht über seine Härte. Sie hatte lange mit Olav gelebt.

Magnus hatte ihre Habe bereits aus Olavs Haus holen lassen, gegen Tokis schrille Proteste. Sie wollte die Gewänder verkaufen. Die elende Hure würde ohnehin sterben, hatte also keinen Anspruch auf ihre Habseligkeiten. Doch Horkel, ein Mann weniger Worte und von furchterregendem Aussehen, packte ungerührt Zarabeths Sachen in ein Bündel, ohne sich von der zeternden Frau beirren zu lassen.

»Komm. Wir gehen auf mein Boot.«

Sie verneigte sich vor König Guthrum und wandte sich zum Gehen. Dem alten Arnulf, dessen Gesicht vor Mißfallen zerfurcht war, warf sie einen letzten Blick zu. Toki warf ihr wütende Blicke zu, und Keith wirkte irgendwie erleichtert. Zarabeth kannte den Grund. Sie hatte große Lust, Toki mit bloßen Händen zu erwürgen, denn sie war die Mörderin. Nein, es gab keine Gerechtigkeit auf Erden. Zarabeth glaubte nicht, daß Toki für ihre Untat bestraft würde. Sie zweifelte auch daran, daß Toki von Gewissensbissen heimgesucht werden würde. Sie hatte gesiegt, und dennoch war sie voll Groll, weil Zarabeth nicht sterben mußte, wenigstens nicht durch den Richterspruch von König Guthrum.

Zarabeth wartete, bis die Burg hinter ihnen lag, bevor sie zu sprechen begann: »Magnus, bitte, ich möchte dir alles erklären. Aber zuerst muß ich Lotti holen. Sie hat Angst vor Toki, sie wird ihr etwas antun. Ich weiß es. Bitte, ich muß das Kind holen.«

Magnus ärgerte sich, daß diese zerlumpte, verdreckte Person noch immer nicht ihren Stolz verloren hatte, immer noch glaubte, ihn um den Finger wickeln zu können. Mit eisiger Stimme entgegnete er: »Nein. Das Kind bleibt bei seinem Bruder. Ich will es nicht bei mir haben.«

Zarabeth zuckte bei seinen Worten zusammen. Sie hatte Magnus nicht für grausam gehalten. Es war ihr nicht in den Sinn gekommen, er könne ihr diese Bitte abschlagen. Wie töricht von ihr. Hätte sie je eine Sekunde geglaubt, er könne ein hilfloses Kind im Stich lassen, hätte sie ihm nie ihre Zuneigung geschenkt. Der Schmerz bohrte sich wie ein glühender Pfeil in ihr Herz. Sie mußte Lotti bekommen. Der Gedanke, das Kind nur eine Stunde länger bei Toki zu lassen, jagte ihr kalte Schauer den Rücken hinunter. Aber sie war eine Sklavin. Seine *Sklavin*. Ein Geschöpf ohne Rechte, ohne Freiheit. Sie mußte sich einen Plan ausdenken. Sie würde Lotti nicht Tokis Willkür überlassen.

Schweigend trabte sie neben Magnus her und suchte nach den richtigen Worten, um ihn zu überzeugen. Sie mußte ihm alles erklären. Er mußte ihr glauben. Es war ein weiter Weg bis zum Hafen. Sie war müde und zitterte vor Erschöpfung. Sie brachte es nicht über sich, zu sagen, er möge nur einen kurzen Augenblick stehenbleiben. Ihr Magen war leer, sie hatte am Abend zuvor zum letzten Mal etwas gegessen. Die Sonne brannte gnadenlos vom Himmel. Ihr wurde schwindelig. Doch sie durfte keine Schwäche zeigen. Nicht vor Magnus. Eher würde sie sterben.

Magnus bemerkte, wie sie zurückblieb, verlangsamte jedoch nicht seine Schritte. Sie taumelte, raffte sich wieder auf, wischte sich mit der Hand über Stirn und Augen. Er zögerte, sie zu schlagen, da die Wucht seines Hiebes sie vermutlich töten würde. Er aber wollte sie lebendig.

Als sie zurückblieb, drehte er sich nach ihr um. »Vorwärts. Ich kann meine Zeit nicht mit dir vertrödeln.«

Die Sonne blendete, sie sah ihn verschwommen in der gleißenden Helle. Sie hob die Hand, ließ sie wieder sinken. Sie war sehr durstig. Ihre Zunge war geschwollen. Sie zwang sich, einen Fuß vor den anderen zu setzen. Noch einen Schritt, befahl sie sich, nur noch einen Schritt und dann vielleicht noch einen.

Sie roch Wasser, den würzigen Geruch von Salz und Fisch. Die *Seewind* war nicht mehr weit. Sie schaffte es. Sie würde keine Schwäche zeigen. Und später würde sie

Worte finden, um ihn von ihrer Unschuld zu überzeugen. Bald, sehr bald.

Es war der Stein, den sie übersah. Sie stolperte und stürzte zu Boden, fing den Sturz mit den Händen ab, spürte, wie Sand und spitze Steine sich in das Fleisch ihrer Handballen bohrten. Sie blieb auf Händen und Knien liegen, hielt den Kopf gesenkt, die Haare hingen ihr strähnig ins Gesicht.

»Steh auf!«

Sie bemühte sich aufzustehen, doch ihr Körper wollte ihr nicht gehorchen.

»Steh auf! Sonst peitsche ich dich aus.«

Sie hob den Kopf. Ihr Blick fiel auf seine staubigen Stiefel, wanderte seine nackten Beine nach oben. Sein Wams reichte ihm bis zu den Knien. In seinem Gürtel steckte ein langes Messer. An einem seiner nackten Arme trug er einen breiten goldenen Armreif. Dann sah sie sein Gesicht, die gefühllose Kälte seiner Augen.

»Steh auf«, befahl er barsch.

Sie zwang sich in die Hocke, holte tief Luft und versuchte aufzustehen. Leute waren stehengeblieben und tuschelten miteinander.

»Jetzt ist sie eine Sklavin. Eigentlich müßte man ihr zur Strafe den Kopf abschlagen.«

»Nein, Zarabeth ist ein guter Mensch, sie hat Olav nicht umgebracht.«

»Sie war ein gutes Kind . . . doch jetzt ist sie habgierig und böse . . .«

Plötzlich war alles zuviel. Zarabeth blickte in die Gesichter der Männer und Frauen, die sie kannte, seit ihre Mutter Olav geheiratet hatte und mit ihr nach York gekommen war. Sie sah Haß und Verachtung; sie sah Beklommenheit und Mitleid. Sie blickte in Magnus' Gesicht und sah nichts als Kälte. Dann wurde es dunkel. Sie sackte besinnungslos zu Boden.

Er spürte einen Stich im Herzen. Rasch bückte er sich und hob sie in die Arme. Ihr Körper war leblos, ihr Kopf kippte nach hinten, das Haar hing ihr beinahe bis zum Boden.

Stumm trug er sie zur *Seewind*. Horkel begrüßte ihn. »Ist das die Frau?«

»Ja, sie hat das Bewußtsein verloren. Wegen der sengenden Sonne oder ihres schlechten Gewissens, ich weiß es nicht.«

»Sie hat lange nichts gegessen. Sie war im Sklavenlager untergebracht.«

Das hatte Magnus nicht gewußt. Er hatte angenommen, man habe sie in Olavs Haus in Gewahrsam gehalten. Er schluckte schwer. »Ich bringe sie in den Frachtraum. Dort hat sie Schatten.«

»Ich bringe Wasser und etwas zu Essen.«

Magnus nickte und begab sich zum Bug des Bootes, wo sich ein geräumiger, überdachter Raum befand, um die Fracht zu verstauen. Dort fanden außerdem drei bis vier Männer Schutz vor Wind und Wetter. Hinter seinem Rükken hörte er Ragnar zu Horkel sagen: »Ob er sie umbringt?«

Horkels Antwort war vermutlich nur ein Schulterzukken, wie es seine Art war. Er redete nicht viel, behielt seine Meinung lieber für sich.

»Hältst du sie für schuldig, ihren Mann umgebracht zu haben? Ganz York spricht davon. Sie nennen sie eine habgierige Giftmischerin. Sie soll auch Magnus betrogen haben.«

»Ich weiß nicht. Magnus glaubt es jedenfalls. Er wird ihren Willen brechen.«

»Ich kann mir nicht vorstellen, daß sie ihn abgewiesen hat«, sagte Ragnar. Die Stimmen entfernten sich. »Ich dachte, er hätte sie sich längst aus dem Kopf geschlagen.«

Magnus lächelte grimmig und schlug die Otterfelle beiseite, die den Frachtraum abteilten.

Es war stickig im Verschlag. Er legte sie auf eine geflochtene Matte. Dann holte er eine Wolldecke aus einer Kiste, breitete sie aus und legte sie darauf. Sie war sehr bleich.

Ihr Anblick verursachte ihm Schmerzen. Bei Odin, sie hatte ihn beinahe um den Verstand gebracht mit ihren Lügen und ihrem Verrat. Doch nun gehörte sie ihm. Jetzt konnte sie ihm nichts mehr anhaben. Sie war ihm völlig ausgeliefert.

Horkel kam mit einer Schale Wasser. Magnus tätschelte Zarabeths Wangen. Sie bewegte sich leise stöhnend.

»Zarabeth, wach auf!« Er nahm Horkel die Schale ab und setzte sie ihr an die Lippen. Sie hielt die Augen geschlossen, doch ihre Lippen teilten sich, und sie trank gierig.

»Langsam. Du verschluckst dich sonst.« Er entzog ihr die Schale, und sie stöhnte auf. »Gut, aber langsam.« Nachdem sie die Schale leergetrunken hatte, kehrte etwas Farbe in ihre bleichen Wangen zurück. Sie öffnete die Augen und blickte Magnus an.

Sie lächelte, hob die Hand, und ihre Finger berührten sein Gesicht. »Magnus«, hauchte sie. »Ich dachte, ich würde dich nie wiedersehen.« Er zuckte zurück, Zorn verdunkelte seine Augen, und er sah, wie die Wirklichkeit ihrer Lage in ihr Bewußtsein sickerte.

»Horkel hat dir Essen gebracht. Hast du Hunger?«

Sie schluckte ihre Tränen hinunter. Einen kurzen Augenblick lang war er bei ihr, und alles war wie früher. Nun war er ihr fern wie nie zuvor.

Sie nickte und versuchte, sich aufzurichten, war aber zu schwach dazu.

Magnus fluchte leise in sich hinein. Er half ihr auf, so daß sie sich an die Bootswand lehnen konnte. Er gab ihr eine Holzschale mit gekochten Rüben und Hammelfleisch. Ihr lief das Wasser im Mund zusammen. Nach dem ersten Bissen schloß sie genießerisch die Augen.

Ihre Schwäche verärgerte Magnus. Wieso hatte man sie hungern lassen? Diese verfluchten Sklavenlager! »Wenn du gegessen hast, ruhst du dich aus. Wage dich nicht auf Deck, sonst kannst du was erleben.«

Er erhob sich und folgte Horkel gebückt aus dem Frachtraum.

»Ihr Haar ist wie eine lodernde Flamme«, bemerkte Horkel ohne großes Interesse.

»Ja, rot wie die Flammen der Christenhölle.«

»Du hast ihr das Leben gerettet.«

»Sie hat keinen Grund, mir dafür dankbar zu sein, weil ich ihren Willen brechen werde.«

Horkel sagte nichts darauf, wunderte sich nur über den Haß seines Freundes gegen diese Frau. Jeder Mann wurde irgendwann von einer Frau zurückgewiesen. Wieso sollte Magnus eine Ausnahme sein? Horkel ging seiner Arbeit nach und überließ Magnus seinen düsteren Gedanken. Auf einem Schiff gab es immer viel zu tun. Jeder der zwanzig Seeleute wußte genau, was zu tun war und war nicht auf Magnus' Anweisungen angewiesen.

Die Frau wollte unbedingt ihre kleine Schwester bei sich haben. Nein, das Kind war in York besser aufgehoben. Niemand würde der Kleinen etwas antun. Außerdem hatte er nicht die Absicht, dieser Betrügerin auch nur einen Fußbreit entgegenzukommen. Es wurde Abend, und er sah nicht nach der Sklavin. Stattdessen gab er Anweisungen, sie zu bewachen. Ragnar, ein draufgängerischer, ansehnlicher junger Mann, stolz wie ein Hahn, sollte diese Aufgabe übernehmen. Magnus verließ das Schiff, um einen Händler aufzusuchen, der ihm eine Botschaft und Handelswaren für seinen Vater mitgeben wollte. Sein Vater, Harald Erlingsson, Herzog und Kleinkönig des Gravaktales war ein mächtiger Mann, der sich von König Harald Schönhaar unterdrückt fühlte. Was würde sein Vater wohl zu Zarabeth sagen?

Zarabeth aß ihre Schale leer und spürte, wie die Kraft in ihren Körper zurückkehrte. Sie bewegte sich zunächst vorsichtig, um nicht wieder in Ohnmacht zu sinken. Dann stand sie auf. Sie konnte sich gerade aufrichten, die Leinenbespannung befand sich etwa zwei Handbreit über ihrem Kopf. Sie mußte Lotti befreien. Magnus war nicht bereit, ihr zu helfen. Sie mußte sich selbst helfen. Sie würde vor Magnus fliehen und York den Rücken kehren. Sie würde mit Lotti nach Süden, Richtung Wessex wandern, in das Land der Sachsen, in dem Großkönig Alfred herrschte. Ihr Entschluß stand fest. Sie begann, einen Plan zu schmieden.

Ragnar lehnte am Ruder, als er sah, wie die junge Frau die Otterfelle zurückschlug und auf dem offenen Boot erschien. Sie wirkte verstört und schmutzig, und er empfand Mitleid mit ihr. Doch sie hatte Magnus verschmäht und war nichts als eine Mörderin und Sklavin. Er rief ihr in barschem Ton zu: »Verschwinde, und wag dich nicht an Deck. Das ist der Befehl deines Herrn.«

Zarabeth achtete nicht auf seine Worte, kam auf ihn zu, vorsichtig auf der Mittelplanke gehend: »Ich muß mich erleichtern. Bitte hilf mir.«

Ragnar war drauf und dran, ihr zu sagen, sie solle sich an Ort und Stelle hinhocken. Doch sie war in einem elenden Zustand. Es war nicht nötig, sie zu zwingen, ihre Notdurft vor ihm und den anderen Männern zu verrichten. Er stand auf und winkte ihr, ihm zu folgen. Zarabeth achtete nicht auf die anderen Männer, die auf dem Boot herumlungerten, und folgte Ragnar. In den Falten ihres Gewandes hielt sie ein Messer mit Elfenbeingriff versteckt, das sie in einer der Kisten im Frachtraum gefunden hatte. Sie hatte nicht die Absicht, den Mann zu verletzen, sie wollte ihn nur daran hindern, daß er ihre Flucht vereitelte. Das Messer war der Weg in die Freiheit, und sie würde lieber sterben, ehe sie aufgab.

Magnus würde sie noch mehr hassen, aber ihr blieb keine andere Wahl. Stumm ging sie neben Ragnar her.

Er führte sie ein paar Schritte weg von der *Seewind* und deutete in eine düstere, schmutzige Seitengasse. »Ich warte hier und passe auf, daß niemand kommt. Beeil dich.«

Sie nickte mit gesenktem Kopf, das Bild vollkommener Unterwürfigkeit und machte sich daran, an ihm vorbeizugehen. Plötzlich stolperte sie, schrie auf, als habe sie sich verletzt. Ragnar eilte ihr zu Hilfe. Und dann spürte er einen dumpfen Schlag und den stechenden Schmerz des harten Messergriffs an seiner Schläfe. Er sackte in sich zusammen. Ein letzter Gedanke schoß ihm durch den Kopf: Für diese Dummheit bringt Magnus mich um.

Zarabeth stand keuchend über ihm, starrte schaudernd auf das Messer in ihrer Hand. Dann schleifte sie den Besinnungslosen weiter in die Gasse hinein und eilte lautlos wie ein Schatten den Kai entlang, weg von Ragnar, weg von der *Seewind*. Sie hatte einen Mann bewußtlos geschlagen. Der Gedanke, ihn möglicherweise getötet zu haben, jagte ihr Grauen ein. Doch sie mußte Lotti holen, sie retten und dann mit ihr aus York fliehen.

Sie erreichte Olavs Haus in der Abenddämmerung. Unterwegs war ihr kein bekanntes Gesicht begegnet. Sie schlich sich an das hintere Fenster und spähte hinein. Keith war nicht da, nur Toki. Und bei allen Göttern, mit Toki würde sie fertig werden. Wo aber war Lotti? Dann sah sie das Kind in einer Ecke kauern mit verschlossenem Gesicht, die wachsamen Augen auf Toki gerichtet, die sich am Herd zu schaffen machte. Zarabeth stockte der Atem. Hatte Toki der kleinen Lotti weh getan? Zumindest hatte sie das Kind erschreckt. Zarabeth war fest entschlossen, sich an Toki zu rächen.

Sie betrat Olavs Laden, schlug lautlos die Tierhaut zurück und ging leise zum Wohnbereich. Als sie das Fell zurückschlug, das die beiden Räume trennte, hob Toki mit einem Stirnrunzeln den Kopf; sie hatte Keith erwartet. Bei Zarabeths Anblick erbleichte sie. Ihr Mund öffnete sich zu einem Schrei, doch Zarabeth war schneller. Sie warf sich auf ihre Widersacherin, legte ihren Arm um Tokis Hals und schnürte ihr die Kehle zu.

»Hör zu, du verlogene Schlampe, du niederträchtiges Weib. Kein Laut, hast du verstanden!?« Zarabeths Arm drückte fest, sie hörte ein ersticktes Lallen, drückte noch fester und zischte in Tokis Ohr: »Du elende Hexe, ich weiß, daß du Olav getötet hast. Ich weiß, daß du es geschafft hast, Keith zum Schweigen zu bringen. Und du gehst straffrei aus. Aber Lotti bekommst du nicht. Ich will dich noch einmal ansehen, damit ich nie vergesse, wie das Gesicht einer Verräterin und Mörderin aussieht.«

Zarabeth drehte Toki zu sich, las das Entsetzen in den Augen der Frau. Sie lächelte. Mit großer Genugtuung versetzte Zarabeth der röchelnden Toki mit dem Messergriff einen wuchtigen Schlag gegen den Kopf. Die Frau sackte zu Boden, und Zarabeth sah das mit Freuden. Das war wohl die einzige Strafe, die Toki für den Mord an Olav erhalten würde. Immerhin etwas. Lotti lief mit ausgebreiteten Armen heran, leise wimmernd und Zarabeths Namen rufend. Zarabeth tröstete sie mit zärtlichen Worten und hob sie in ihre Arme. »Jetzt ist alles wieder gut, mein Liebling. Du bist in Sicherheit. Wir beide gehen von hier fort, und keiner darf dir etwas zuleide tun.«

Sie überlegte kurz, ob sie das Kleid wechseln sollte, doch dafür war keine Zeit. Sie mußte fliehen mit dem, was sie beide auf dem Leib trugen, auch wenn sie aussah wie eine zerlumpte Bettlerin.

Sie schlüpfte aus Olavs Laden, der nun Keith gehörte, und tauchte in die Schatten der anbrechenden Nacht. Sie sah niemand, hörte nur vereinzelt Menschen reden, lachen. Sie strebte dem südlichen Befestigungswall der Stadt zu. Dort gab es ein Tor, durch das sie heimlich die Stadt verlassen konnte.

Sie wechselte Lotti auf den anderen Arm. Lange würde sie das Kind nicht mehr tragen können. Sie verlangsamte ihre Schritte, hatte Seitenstechen, ihr Atem ging stoßweise.

Schon sah sie das Tor vor sich, an dem etwa ein halbes Dutzend Leute herumlungerten. Gottlob kannte sie keinen davon.

Ihr Blick war auf das Tor fixiert. Sie sah nichts anderes. Dann hörte sie seine tiefe Stimme hinter sich: »Deine Dummheit übersteigt alle Grenzen.« Und ihr war, als habe man ihr einen Schlag in den Magen versetzt. Sie schnellte herum. Magnus stand dicht hinter ihr, groß und mächtig.

Sie schrie gellend auf, drehte auf dem Absatz um und rannte blindlings auf das Tor zu.

11

Magnus lachte über das Entsetzen in ihren Augen, dann las er ihre Verzweiflung und zog die Stirn in Falten. Rasch packte er zu.

»Du hast das Rennen verloren, Zarabeth.« Er drehte sie zu sich herum, froh, sie so rasch gefunden zu haben. Die blanke Angst in ihren Augen ließ ihn zögern. Blitzschnell riß sie sich los, zog das Messer aus den Falten ihres Kleides und zischte ihn zähnefletschend an: »Bleib mir vom Leib, Magnus! Ich steche zu. Ich verlasse York und dich. Du hast dich geweigert, Lotti zu holen. Ich konnte sie nicht bei Toki lassen. Nun gehe ich, ob es dir paßt oder nicht. Rühr mich nicht an!«

Er lachte über ihren Zorn. Er lachte sie aus! Das Blut pochte in ihren Schläfen, sie zitterte vor Zorn und Angst, fuhr herum und rannte los. Es war eine törichte und sinnlose Flucht. Er packte sie und riß sie herum. In ihrer Panik konnte sie keinen klaren Gedanken fassen. Ihr rechter Arm schnellte hoch mit dem gezückten Messer in der Hand.

Verblüfft wegen der gegen ihn gerichteten Waffe lockerte er seinen Griff, und wieder gelang es ihr, sich loszureißen. Doch das Kind war zu schwer für sie, um Lotti auf die Erde zu stellen, und Magnus warf sich auf sie. Jetzt lachte er nicht mehr.

»Rühr mich nicht an!«

Seine Bewegungen waren langsam, gelassen abwägend. Sie wich zurück. Sie würde das Messer benutzen, wenn er sie dazu zwang. Dann hörte sie Lottis Wimmern, ihre entsetzte, dünne Stimme, und sie warf dem Kind einen Blick zu. Magnus nutzte seine Chance, packte zu und drehte ihr den Arm um, der das Messer hielt.

Der Schmerz schoß ihr bis zur Schulter hoch, sie konnte einen Schrei nicht unterdrücken und versuchte, sich ihm zu entwinden. Er war doppelt so stark wie sie.

Mit der freien Hand schlug sie gegen seine Brust, in sein Gesicht, doch er drehte ihren rechten Arm umso mehr, bis sie stöhnend in die Knie ging. Er drehte weiter, bis ihr das Messer entglitt und klirrend zu Boden fiel.

Lotti rannte schreiend zu ihr. Es war das Kind, das seine Wut besänftigte. Er konnte nicht zuschlagen, wenn das kleine Mädchen schluchzend daneben stand und versuchte, seine Schwester zu beschützen.

Er stand drohend über der Sklavin, atmete tief durch, um seine Beherrschung wieder zu erlangen. Das kunstvoll gearbeitete Messer lag locker in seiner Hand. »Ich habe dieses Messer für einige verzierte Specksteinschalen getauscht. Es ist ein Geschenk für meinen jüngeren Bruder Jon. Ich hätte mich sehr geärgert, wenn es dir gelungen wäre, damit zu entkommen. Ich hätte Pferde kaufen müssen, um dich zu verfolgen. Aber du hast es mir leicht gemacht, Zarabeth. In Olavs Haus fand ich die schluchzende Toki und ihren verstörten Ehemann. Sie behauptete, du hättest versucht, sie umzubringen. Sie befahl Keith, zum Ältestenrat zu gehen und dich steinigen zu lassen, wie es einer Giftmischerin gebührt. Ich versprach Keith, für deine Bestrafung zu sorgen; keiner der beiden brauchte Angst vor dir haben. Wie du dir vorstellen kannst, hielt Toki nicht viel von meiner Zusage. Sie will dein Blut sehen. Sie zeigte mir die Würgemale an ihrem Hals. Sie muß Olav sehr zugetan gewesen sein, da sie seinen Mord so eifrig rächen möchte. Ich werde mich um deine Bestrafung kümmern, Zarabeth. Steh auf, ich möchte auf mein Schiff zurückkehren. Und dann werde ich entscheiden, was mit dir geschehen soll.«

Ihr Handgelenk brannte wie Feuer. Atemlos blickte sie zu ihm auf. »Lotti«, stieß sie hervor. »Ich lasse Lotti nicht allein.«

»Du wagst es, Forderungen zu stellen? Du bist nicht mein Eheweib, du bist meine Sklavin, sonst nichts.«

»Ich lasse Lotti nicht allein«, wiederholte sie betont langsam, ihr Mund war vor Angst und Schmerz ausgetrocknet.

»Bei Odins Wunden, du zwingst mich, dich zu schlagen!« knurrte er. Doch dann sah er Tokis haßerfülltes Gesicht vor sich. Aufgrund der Vorfälle würde sie sich bestimmt an dem Kind rächen. Er blickte auf das kleine Mädchen hinunter, das mit entsetzt verzerrtem Gesicht neben seiner im Staub kauernden Schwester stand, die kleine Hand auf ihrer Schulter. Das Kind war unschuldig. Er seufzte.

»Steh auf. Ich muß aufs Schiff zurück. Du hast mich sehr verärgert und mir nur Scherereien gemacht. Ragnar ist so wütend auf dich, daß er dich am liebsten umbringen würde.«

»Das ist mir egal.«

»Es wäre dir nicht mehr egal, wenn ich dich Ragnars Willkür überlassen würde.« Er hatte Mitleid mit ihr, denn er hatte sie besiegt, ihr Wille war gebrochen, sie kauerte wie ein jämmerliches Häufchen Elend zu seinen Füßen. Er würde dem Kind nicht wehtun. »Steh auf. Das Kind kommt mit uns.«

Zarabeth hob den Kopf, ungläubig, argwöhnisch. »Schwörst du das?«

Irritiert schnappte Magnus zurück. »Ich lüge nicht wie du. Ich sage es nicht noch einmal.«

Er machte keine Anstalten, ihr aufzuhelfen. Zarabeth kam mühsam auf die Füße, streckte die Arme nach Lotti aus, doch Magnus hinderte sie daran. »Du bist müde und hältst mich bloß auf. Sag dem Kind, es braucht keine Angst vor mir zu haben. Ich trage sie.«

Zarabeth bückte sich und strich zärtlich über Lottis weiches Haar. »Hör zu, mein Liebling. Du mußt dich nicht vor Magnus fürchten. Er ist groß und stark, aber er tut dir nicht weh. Nein, bleib ruhig. Ich verspreche es dir. Laß dich von ihm tragen, mein Liebling.«

Magnus warf ungeduldig ein: »Kann das Kind dich nicht verstehen? Mußt du mit ihm reden wie in einer fremden Sprache?«

Zarabeth achtete nicht auf ihn. Endlich nickte Lotti, und Zarabeth wandte sich an Magnus. »Sie läßt sich von dir tragen. Bitte Magnus, sie kann nichts dafür. Sie ist ein kleines Kind. Tu ihr nicht weh.«

»Ich bin doch kein Ungeheuer. Ich tue Kindern nicht weh.«

»Lüge nicht! Ich weiß, was ihr Wikinger den Menschen antut — auch Kindern — auf euren Raubzügen! Ihr spießt sie auf Eure Schwerter. Ihr werft sie . . .«

»Halt den Mund. Ich tue ihr nicht weh. Im Gegensatz zu dir, Zarabeth, lüge ich nicht.«

Seufzend schwieg sie. Sie glaubte ihm. Wenigstens war Lotti bei ihr. Sie hatte irgendwie gesiegt, wenn man den Umstand, Sklavin zu sein, einen Sieg nennen konnte.

»Wenn du aus York entkommen wärst, wo wärst du denn hingegangen?« Seine Stimme klang belustigt, als er neben ihr herging, Lottis Kopf an seine Schulter gebettet.

»Ich weiß nicht. Vielleicht nach Wessex zum Hof des Großkönigs Alfred. Dort hätte mich vielleicht eine reiche Dame in ihre Dienste genommen, ich hätte Näharbeiten verrichten können.«

Er schnaubte verächtlich. »Deine Dummheit erstaunt mich. Du hättest keine Stunde überlebt. Da draußen laufen gesetzlose Banditen herum, und du bist eine schutzlose Frau. Man hätte dich so lange vergewaltigt, bis du verblutet wärst. Jetzt bist du in Sicherheit, weil dich ein starker Mann beschützt. Du wirst für mich nähen und tun, was ich dir befehle. Du wirst rasch lernen zu gehorchen, denn ich habe die endlosen Scherereien mit dir satt.«

Sie schwieg, den Blick geradeaus gerichtet. Sie kamen an Leuten vorbei, die sie kannten. Die Menschen steckten die Köpfe zusammen und tuschelten. Sie kamen an vertrauten Häusern vorbei, an kleinen Gärten. »Ich werde York vermissen.«

»Ja«, sagte Magnus gedehnt und spöttisch. »Eine Stadt mit freundlichen Bewohnern und von großer Schönheit und wundersamen Wohlgerüchen.« Abfällig wies er auf einen Haufen Dung, von Insekten umschwirrt. »Hör zu, Weib. Diese Leute zeigen nur Neugier, weil du unter meinem Schutz stehst.«

Sie seufzte. »Wahrscheinlich hast du recht. Aber ich begreife nicht, warum mir niemand geglaubt hat.«

»Ich wünsche deine Unschuldsbeteuerungen nicht länger zu hören. Dort ist mein Schiff. Beeil dich. Wir stechen in See, sobald du deinen Fuß an Bord gesetzt hast.«

Der erste Mann, den Zarabeth an Bord der *Seewind* sah, war Ragnar. Er hob den Arm, um sie zu schlagen. Sie versuchte, ihm standhaft in die Augen zu sehen, doch die nackte Angst stand ihr im Gesicht geschrieben. Magnus schüttelte den Kopf, und Ragnar ließ widerwillig den Arm sinken. Doch der Haß in seinen Augen veränderte sich nicht. Sie folgte Magnus stumm in den überdachten Frachtraum, wo er Lotti auf einer geflochtenen Matte absetzte. »Bleib hier.«

Zarabeth sank zu Boden, zog Lotti zu sich auf den Schoß. Sie war vor Müdigkeit wie gelähmt. Ihre Flucht war gescheitert, doch Lotti war bei ihr und in Sicherheit, wenigstens so sicher wie sie selbst. Würde man das Kind in Norwegen wie eine Sklavin behandeln? Wie ging man mit Sklaven in dem fremden Land um? Wurden sie geschlagen und schlecht ernährt? Lebten sie unter so bedauernswerten Bedingungen wie im Sklavenlager in York?

Angst kroch durch ihre Eingeweide.

Sie hätte sich so gerne gewaschen; ihr eigener Gestank ekelte sie. Lotti kratzte sich immer wieder eine eitrige Wunde am Ellbogen auf, die dringend gereinigt werden mußte. Zarabeth zupfte Stroh und Erdklümpchen aus dem verfilzten Haar der Kleinen. Wie mochte sie erst aussehen. Doch sie mußte niemandem gefallen. Magnus ging es nur darum, sie zu demütigen. Sie fragte sich, wie grausam er war, ob er sie foltern würde. Mit diesem Gedanken schlief sie ein und rührte sich die ganze Nacht nicht.

Im Morgengrauen machten die Männer die Leinen los. Zarabeth hörte die Rufe der Seeleute. Magnus rief den Männern an den Rudern Befehle zu. Das riesige viereckige Segel würde erst gehißt werden, wenn der Hafen von York hinter ihnen lag.

Das sanfte Schwanken des Bootes brachte Zarabeth zu vollem Bewußtsein. Ihr wäre lieber gewesen, die Nacht hätte angedauert, denn die Dunkelheit bot ihr so etwas wie Geborgenheit.

Als der Wind in das mächtige Segel fuhr, schoß das Boot vorwärts, begleitet vom Jubel der Männer. Nun wurden die Ruder eingezogen, und jeder ging seiner gewohnten Arbeit nach. Zarabeths Magen knurrte. Sie wandte sich an Lotti, nahm ihr kleines Gesicht in die Hände und fragte leise: »Hast du Hunger, mein Liebes?«

Die Kleine machte ein fragendes Gesicht, und Zarabeth wiederholte ihre Worte langsam und machte dabei die Handbewegung des Essens. Lotti nickte eifrig und rieb sich den Bauch. Zarabeth tätschelte ihre Schulter und sagte mehr zu sich selbst: »Ich seh mal nach, ob noch etwas von dem Eintopf übrig ist, den Magnus mir gestern gebracht hat.«

Sie erhob sich und schlug die Otterfelle zurück. Einer nach dem andern starrten die Männer sie an. Magnus beugte sich zu Horkel am Steuerruder. Dann hob er den Kopf und sah sie. Mit Unmut im Blick kam er auf der Holzplanke in der Mitte des Bootes mit raschen Schritten auf sie zu, bückte sich unter dem geblähten Segel hindurch.

»Was willst du?« rief er laut, dennoch hatte sie Mühe, ihn zu verstehen, da der Wind in das flatternde Segel schlug.

Sie wartete, bis er bei ihr war. »Lotti hat Hunger. Hast du etwas zu essen für sie?«

Magnus hatte eine Bitte für ihr eigenes Wohlergehen erwartet, obwohl er seit gestern wissen mußte, daß ihre einzige Sorge ihrer kleinen Schwester galt. Hatte sie denn keinen Hunger, verdammt noch mal? »Verschwinde wieder in deinen Verschlag. Horkel bringt euch beiden Essen.«

Zarabeth nickte und wandte sich zum Gehen. Magnus hielt ihren Arm fest.

»Und komm nicht wieder heraus. Auch wenn du aussiehst wie eine zerlumpte Hexe, sind meine Männer hungrig nach Weibern, wenn sie von zu Hause fort sind. Wenn dir deine Weiblichkeit lieb ist, dann bleib da drin.« Nach kurzer Pause fügte er hinzu: »Ich binde die Felle zurück, dann bekommst du da drin etwas frische Luft und Helligkeit.«

Zarabeth nickte wieder. Bevor sie unter der Abdeckung verschwand, warf sie einen Blick aufs Meer. Der Wind wehte ihr das Haar ums Gesicht, und sie schmeckte das salzige Meerwasser auf der Zunge. Es wurde kühler, und sie schlang die Arme um ihren Leib. Die Wellen schwappten laut gegen den Bootsrumpf. In der Ferne konnte sie einen Küstenstreifen erkennen.

Sie ging zurück in den Frachtraum. Es dauerte nicht lang, bis Magnus wiederkam. Nicht Horkel. Er trug zwei Holzschalen mit dampfendem Eintopf. Er brachte auch Brot, weiches, frisches Brot, eingehüllt in ein grobes Wolltuch.

»Solches Essen gibt es nicht mehr lang. In fünf Tagen erreichen wir Hedeby, die große Handelsstadt in Dänemark. Dort habe ich einige Geschäfte zu erledigen, bevor wir nach Norden nach Kaupang im Oslofjord segeln.«

Er ist freundlich, dachte Zarabeth verwirrt. Ob er allmählich zur Einsicht kam, daß sie die Wahrheit gesagt hatte? Daß sie nicht gelogen hatte, als sie ihm ihre Zuneigung versicherte? Doch seine nächsten Worte belehrten sie eines Besseren.

»Und du machst meinen Männern keine schönen Augen. Sie nehmen, was ihnen geboten wird, und zum

Dank bekommst du ihre Verachtung. Sie sind mir ergeben. Du bist nur eine Sklavin, die man benutzt. Und das werde ich heute nacht tun. Du müßtest baden, aber das ist mir egal. Mach dich für mich bereit, Zarabeth. Denn ich komme zu dir, wenn es Nacht ist und meine Männer schlafen.« Noch während er sprach, bemerkte Magnus, daß Lotti ihn anstarrte, den Holzlöffel in der Hand haltend. Er hatte das Kind ganz vergessen; kam sich wie ein Narr vor. Schlimmer, er kam sich vor wie ein Mann, der in den Krieg zog, aber seine Waffe vergessen hat; wie ein nackter Mann im Schneesturm. Er bedachte Zarabeth mit einem rachsüchtigen Blick, drehte auf dem Absatz um und ging.

Zarabeth konnte nicht lachen. Sie gab Lotti in Zeichensprache zu verstehen, weiter zu essen. Sie selbst war nicht mehr hungrig. Die frische Seebrise sorgte wenigstens für bessere Luft in dem stickig engen Verschlag.

Die Zeit kroch dahin. Es wurde Nacht und wieder Tag. Die Sonne brannte vom Himmel, und sie wunderte sich, wie die Männer es in der sengenden Hitze aushielten. Sie spielte mit Lotti, lehrte sie Worte, die sie ihr immer wieder vorsagte und die entsprechenden Zeichen dazu machte.

Und sie dachte an Magnus, auch wenn sie ihn nicht sehen konnte. Die *Seewind* war an die achtzehn Meter lang und in der Mitte, wo der Mast befestigt war, etwa vier Meter breit. Im Augenblick gab es wenig zu tun, und die Männer saßen an ihren Rudern und redeten miteinander, ohne sich um die Anwesenheit der Frau zu kümmern.

»Tostig sagt, den Brautpreis, den Magnus für sie bezahlt hätte, hat er in Danegeld dem Sohn des Mannes gegeben, den sie vergiftet hat.«

»Ja, sie hat ihn umgebracht, weil sie es auf seinen Reichtum abgesehen hat. Die Frau ist eine dumme Gans. Ich hätte es geschickter angestellt.«

»Aber der Alte hätte dich nicht geheiratet. Du bist zwar ständig brünstig, aber viel zu häßlich. Und außerdem hast du das falsche Ding zwischen den Beinen!«

Die Männer wieherten vor Lachen. Dann sagte einer: »Hübsch ist sie ja, aber genau so blöde. Erst verführt sie Magnus, und dann spuckt sie auf ihn. Warum tut das Weib so etwas? Aber dafür wird sie teuer bezahlen.«

»Ja, wenn Cyra sie in die Finger bekommt . . . Bei Thor, die Frau kriegt jeden Schwanz steif. Die Rothaarige wird noch bereuen, was sie getan hat.«

»Und erst Ingunn. Sie ist eine strenge Zuchtmeisterin und hat eine böse Zunge, obwohl sie aussieht wie ein Unschuldsengel. Die Sklavin wird kein leichtes Leben unter ihrer Knute haben.«

Und so ging es immer weiter. Wer mochte wohl diese Ingunn sein? Wer Cyra war, erinnerte Zarabeth nur zu gut. Auch sie war eine Sklavin, doch sie teilte Magnus' Bett. Es kümmerte sie nicht, welche Frau zu ihm ins Bett kroch, so lange sie es nicht war. Sie würde niemals seine Hure sein.

Die Männer stellten Überlegungen an, wann Magnus sie besteigen würde. Sie erinnerte sich an seine Küsse, an seine zärtlichen Umarmungen. Das war vorbei.

Die Zeit schlich dahin. Sie verließ nur einmal am Tag den Frachtraum, um den Kübel mit Exkrementen zu leeren.

Zwei Tage, bevor sie Hedeby erreichten, erwachte Zarabeth plötzlich und wußte, daß etwas nicht in Ordnung war. Sie schnellte hoch, mit einem Schlag hellwach. Lotti war weg. Ein Schauer der Angst durchfuhr sie, und sie stürzte zum Eingang des Verschlags und blieb mit offenem Mund stehen. Lotti saß auf dem nackten Schenkel eines kleingewachsenen Mannes mit dichtem, schwarzen Bart, den sie Tostig nannten. Lachend zeigte er dem Kind verschiedene Seevögel. In der Nähe des Bootes tummelte sich ein Seehund spielerisch im Wasser. Lotti lachte und gestikulierte begeistert, und die anderen Männer scharten sich um sie. Sie war in Sicherheit. Ihr glänzendes, braunrotes Haar umwehte ihr Gesicht. Zarabeth sah verwundert, wie einer der Männer in die Hocke ging und ihr das Haar zu Zöpfen flocht und dabei so sanft mit ihr umging, daß Lotti kaum Notiz davon nahm. Ein anderer Mann brachte ein Lederband zum Vorschein und band den Zopf zusammen. Lotti streckte ihre Hand nach ihm aus. Er lachte und tätschelte ihre Wange, dann seine Beine, und Tostig setzte ihm das kleine Mädchen auf die Knie.

Zarabeth kam aus dem Staunen nicht heraus über die Behutsamkeit, mit der die Männer mit dem Kind umgingen.

Magnus stand untätig am Steuerruder. Sie begab sich wieder unter die Überdachung, setzte sich und lehnte sich an eine Kiste, in der Schalen und Krüge aus Speckstein verpackt waren, die vermutlich in Hedeby auf dem Markt angepriesen werden sollten. Sie schloß die Augen und hatte den Wunsch zu vergessen, wo sie war, und warum sie hier war.

Er trat so plötzlich ein, daß ihr keine Zeit blieb zu schreien oder zu protestieren. Er stand riesig vor ihr, die Sonne im Rücken. Dann zog er die Tierhäute herunter, und es wurde dämmrig in dem kleinen Verschlag.

»Lotti ist gut bei den Männern aufgehoben. Ich habe es satt, zu warten. Jetzt nehme ich dich, Zarabeth.«

Sie rührte sich nicht, starrte ihn ungläubig an. »Warum?«

Er lachte. »Weil ich keine Lust habe, länger zu warten. Du bist meine Sklavin. Wenn ich dich haben will, nehme ich dich.«

Sie sah, daß es ihm ernst war. Sie wich nach hinten bis zur Schiffswand. »Bitte nicht. Es ist Unrecht . . .«

»Aber ich will! Ich habe viel Geld für dich bezahlt, Zarabeth!«

Sie schüttelte wild den Kopf. »Nein, Magnus. Ich bin nicht deine Hure.«

»Du bist eine Sklavin, und das ist weniger als eine Hure. Und da du die einzige Frau auf dem Schiff bist, muß ich mich mit dir begnügen. Doch ich wüßte gerne, wie viele Männer du vor mir gehabt hast.«

Sie starrte ihn an, diesen Mann, der ihr versprochen hatte, für sie zu sorgen, der sie heiraten wollte, der sie zärtlich im Arm gehalten und innig geküßt hatte und sie mit seiner kühnen Rede erschreckt hatte. Diesen Mann gab es nicht mehr. An seine Stelle war dieser grobschlächtige, grausame Riese getreten, dessen Augen so kalt waren wie das Eismeer des Nordens.

Jedes Gefühl für ihn erstarb in ihrem Innern. Sie hob ihr Gesicht zu ihm auf. »Ein Dutzend Männer«, sagte sie. »Ich habe mehr Männer gehabt, als ich zählen kann. Nachdem Olav mich entjungfert hatte, zählte es ohnehin nicht mehr. Er war alt und hatte mir wenig zu bieten. Mindestens ein Dutzend Männer, verschiedener Größen, haarige und dunkelhäutige, andere glatt wie poliertes Holz.« Lächelnd hob sie die Schultern. »Da ich nur eine Frau bin, fällt mir das Zählen schwer, aber ich glaube, es waren wenigstens zwölf verschiedene Kerle.«

Sie glaubte, er würde sie schlagen. Sie sah den Pulsschlag in seinen Adern am Hals, sah die glühende Wut in seinen Augen.

»Lüge mich nicht wieder an, Zarabeth, das verärgert mich.«

»Dann stell mir keine dummen Fragen, du hirnloser Grobian!«

»Nun gut. Ich sage dir, was du jetzt tust. Heb deinen Rock, ich möchte deine Weiblichkeit sehen.«

»Nein.« Das Wort klang wie ein Peitschenknall. Zarabeth spürte, wie sich ihr Bauch vor Angst verkrampfte.

Sie hatte nicht viel Zeit zu überlegen. Sie hatte keine Zeit zu reagieren. Er ging neben ihr in die Knie, packte ihre Handgelenke und zog sie an sich. Nahe an ihrem Gesicht raunte er: »Du tust, was ich dir sage. Ich habe deinen Trotz endgültig satt, deinen dummen Stolz und deine dreisten Lügen.« Er warf sie grob auf den Rücken und legte sich auf sie, hielt ihre Hände über ihrem Kopf auf dem Boden fest.

Dann küßte er sie und zwang ihre Lippen schonungslos auseinander, um sie zu demütigen, um ihr seine Macht zu zeigen. Sie kämpfte gegen ihn, bäumte sich auf, drehte sich zur Seite, hatte freilich keine Chance gegen ihn. Er rollte von ihr herunter, lag nun auf der Seite und schaute sie an. Seine freie Hand riß ihr blitzschnell den Rock hoch.

»Nein!« Sie drehte ihm den Kopf zu und biß ihn in den Unterarm. Er zog lediglich vor Schmerz hörbar die Luft ein und umklammerte ihre beiden Handgelenke fester.

»Warum zierst du dich? Ich bin doch nur einer von vielen Männern, die dich bereits gehabt haben.« Sie spürte sein pochendes Geschlecht an ihrem Schenkel und wußte, daß er ihr das antun würde, wozu Olav nicht in der Lage war.

»Magnus bitte, tu mir nicht weh.«

Da lachte er laut auf. Plötzlich haßte sie ihn so sehr, daß sie ihm kaltblütig die Kehle aufgeschlitzt hätte, hätte sie ein Messer gehabt. Dann lächelte er ihr grausam ins Gesicht, und seine Hände tasteten über ihre Brüste nach unten zum Bauch. Sein Blick blieb auf ihr Gesicht fixiert, als er langsam den Rocksaum nach oben schob.

Es bereitete ihm Vergnügen, ihre Demütigung zu beobachten, ihre rasende Wut. Er würde den Willen dieser Frau brechen, die ihn abgewiesen, einen anderen Mann geheiratet und aus Habsucht ermordet hatte.

Seine Hand berührte die Innenseiten ihrer Schenkel, und er schloß einen Moment die Augen; die Hitze der Erregung, die in ihm aufstieg, drohte ihn zu übermannen. Dann berührte er das weiche Fleisch ihrer Weiblichkeit und fürchtete, seinen Samen zu ergießen.

Er konnte es nicht länger ertragen. Ihm war klar, daß seine Männer wußten, was er tat, sie würden ihren Schrei hören, wenn er in sie stieß; er scherte sich nicht darum.

Er riß ihr das Kleid über der Brust auf, entblößte sie bis zur Hüfte, dann machte er sich frei und warf sich auf sie. Heiser keuchte er: »Halt still, Zarabeth. Wehre dich nicht. Sonst wird es dir leid tun.«

12

Zarabeth starrte ihn an, sah, wie seine Augen sich verdunkelten, seine Wangen sich röteten. Doch er blickte ihr nicht ins Gesicht, er starrte auf ihren nackten Bauch, auf das feuerrote kraushaarige Dreieck zwischen ihren Schenkeln. Ungewohnt sanft tastete seine Hand nach unten. Und seine Finger fuhren leicht durch das Kraushaar, um sie zu finden.

Sie konnte nicht fassen, daß er sie berührte. Sie drohte an ihrer Scham, ihrer Angst zu ersticken. Als seine Finger zwischen ihre Schenkel glitten, schrie sie, bäumte sich wild auf, um seine Hand loszuwerden. Doch statt von ihr abzulassen, schob er langsam seinen Mittelfinger in ihre Öffnung und weitete sie.

Sie schrie gellend.

Magnus schloß die Augen. Es war reine Lust, die er verspürte, Lust auf den Körper einer Frau, irgendeiner Frau; ihre Hitze, ihre Enge raubten ihm die Sinne. Sein Finger bohrte sich schmerzhaft in sie, weitete sie, denn sie war eng und trocken, ihr Körper bäumte gegen ihn auf. Sie weinte, schnellte wild von einer Seite zur anderen, um ihn abzuschütteln. Es gelang ihr, eine Hand aus seinem Griff zu befreien, und sie schlug ihm mit aller Kraft auf den Mund.

Er reagierte nicht, schob lediglich seinen Finger weiter in sie hinein. Sie stöhnte vor Schmerz auf, ihr Blick wurde glasig, sie erstarrte mitten in der Bewegung. Lächelnd drang sein Finger tiefer. Seine andere Hand lag flach auf ihrem Bauch. Sie schlug nach ihm, doch er spürte keinen Schmerz, spürte nur die Hitze ihres Körpers, ihre Weichheit.

Bei Odin, sie war noch Jungfrau, er konnte es kaum fassen, so eng war sie. Sein Glied schwoll und wurde härter. Er mußte endlich in sie stoßen, sonst würde er seinen Samen vergeuden.

Er zog seinen Finger zurück, um die Beherrschung

nicht zu verlieren und spürte, wie sie zusammenzuckte, aber nicht aufhörte, ihn mit Fäusten zu bearbeiten. Unbeirrt spreizte er ihre Beine und rollte sich über sie, hielt sie mit seinem Körpergewicht gefangen und befreite sich von seinem Lendentuch, mit zitternder Hand, sein Körper bebend vor Lust. Plötzlich wurde sein Haar nach hinten gerissen. Schrille, lallende Laute wurden hörbar, kleine Fäuste trommelten auf seine Schultern.

Mit einem bösen Knurren, blind vor Wut, fuhr er herum, um seinen Angreifer loszuwerden. Es dauerte eine Schrecksekunde, bevor er Lotti erkannte, die ihrer Schwester zu Hilfe geeilt war, um sie vor ihrer Vergewaltigung zu retten.

Er schwankte zwischen Zorn und Verwunderung. Von draußen wurde nun Horkels Stimme laut: »Nein, geh nicht hinein, Tostig. Magnus wird mit dem Kind alleine fertig. Das geht uns nichts an.«

»Wir hätten sie aufhalten müssen! Er wird nicht sehr erfreut darüber sein.«

Das war eine starke Übertreibung. Magnus wußte nicht ein noch aus. Unter sich die wild um sich schlagende Frau, sein schmerzhaft steifes Glied; dazu ein Kind, das mit aller Kraft auf ihn einschlug. Plötzlich mußte er lachen, über sich selbst, über die lächerliche Situation. Er gab auf. Seine Begierde schwand, wie Strohfeuer sich im Nu in ein Häufchen Asche verwandelt. Er gab Zarabeth frei, rollte von ihr herunter, kam auf die Knie und bedeckte sich.

Zarabeth hatte zuerst nichts begriffen. Dann sah sie Lotti, die sich auf Magnus geworfen hatte. Jetzt ließ die Kleine von Magnus ab, Tränen liefen ihr über die schmutzigen Wangen. Völlig verschreckt, mit bebendem Kinn, wich sie nicht von Zarabeths Seite.

Zarabeth schossen die Tränen in die Augen über die Tapferkeit ihrer kleinen Schwester. »Komm zu mir, Liebes«, sagte sie, kam auf die Knie und streckte die Arme nach ihr aus. »Es ist alles gut. Weine nicht, hab keine

Angst. Magnus und ich haben nur gespielt, ja, gespielt. Es war ein Ringkampf, wie kleine Buben. Und Magnus wollte mir einen neuen Griff zeigen. Mehr nicht. Komm, laß dich umarmen.«

Sie zog das Kind an sich, es war tröstlich, die Kleine zu beruhigen. Sie preßte den Kopf des Kindes an ihre Schulter und blickte zu Magnus, der mit gekreuzten Beinen vor ihr saß. Er keuchte noch immer schwer, hatte sich aber jetzt gut im Griff. Ein seltsames Lächeln umspielte seine Lippen. »Ja, ein Ringkampf. Nichts als ein Spiel. Aber ein Spiel, das du verlieren wirst, Zarabeth. Denn ich bin dein Herr und Meister.«

»Du bist ein Tier«, entgegnete sie mit erstaunlich gefaßter Stimme. »Für dich ist es kein Spiel, sondern ein Machtkampf. Du bist der Stärkere, deshalb unterdrückst du Schwächere. Ich verabscheue dich.« Sie wandte den Kopf und fuhr fort, Lottis Rücken zu streicheln und flüsterte ihr sanfte Worte ins Ohr.

Er spürte, wie die Wut sich in seiner Magengrube zu einem Knoten verhärtete, nahm sich aber zusammen. Mit einer Handbewegung zum Kinn fragte er: »Was ist los mit ihr? Sie gibt so komische Töne von sich. Ist sie schwachsinnig?«

»Nein, sie kann nichts hören.«

Magnus machte ein ungläubiges Gesicht. Blitzschnell klatschte er hinter Lottis Kopf laut in die Hände. Das Kind machte keine Bewegung. »Hat sie das von Geburt an?«

»Nein. Olav hat sie geschlagen, als sie zwei Jahre alt war. Sie war zwei Tage ohne Besinnung, und seither kann sie nichts hören.« Sie schwieg, dachte an die Angst, die sie damals ausgestanden hatte, an ihren Haß gegen Olav. »Ich hätte ihn am liebsten umgebracht für das, was er ihr angetan hat, weil es ihn überhaupt nicht berührte. Wenn sie gestorben wäre, hätte es ihn auch gleichgültig gelassen. Um seine Untat zu vertuschen, behauptete er, sie sei schwachsinnig. Das erzählte er allen Leuten.«

»Du hast also Rache an Olav genommen«, sagte er und fügte rasch hinzu: »Sie sagt deinen Namen, aber irgendwie verschwommen.«

»Ja, sie konnte ein paar Worte sprechen, bevor er sie geschlagen hat. Sie kennt die Bedeutung einiger Worte und mit etwas Geduld wird sie lernen, besser zu sprechen.«

»Das hättest du mir sagen müssen.«

Erstaunen und Verachtung lagen in ihrem Blick. »Wozu? Damit du noch grausamer zu ihr sein kannst? Damit du eine Waffe mehr gegen mich in der Hand hast?«

»Ich würde ein Kind nicht als Waffe gegen Menschen benutzen.«

»Aber ich bin kein Mensch, ich bin nur eine Frau.«

»Nein, du bist eine Sklavin und dann erst eine Frau.«

Sie senkte den Blick. Welchen Sinn hatte es, ihm zu antworten? Sie tätschelte Lotti und sprach ruhig auf sie ein, nahm keine Notiz mehr von ihm. Sie verschloß sich, zog sich in sich selbst zurück. Das ärgerte ihn.

»Wenn das Kind nicht hören kann, wieso ist es dann gekommen?«

Ohne den Kopf zu heben, antwortete sie: »Ich weiß nicht. Ich nehme an, sie hat gesehen, wie du hereingekommen bist. Sie hat Angst vor dir und wollte mich beschützen. Ich bitte dich, ihr nicht wehzutun.«

»Ich habe dir bereits gesagt, daß ich Kindern nicht weh tue.«

»Das ist eine Lüge. Ich kenne Wikinger, wie du einer bist, und ich habe von ihren blutrünstigen Raubzügen gehört. Ihr tötet ohne Grund und ohne Sinn und Verstand. König Alfred muß ständig Krieg führen, um sein Volk davor zu schützen, von euch Barbaren abgeschlachtet zu werden.«

»So sind wir eben. Es geschehen manchmal Dinge, die nicht nach meinem Wunsch sind. Aber wieso bedauerst du Alfred? Er ist für dich wie ein Wesen aus einer anderen Welt, über den die unglücklichen Sachsen am Herdfeuer im Winter reden. Wenn Alfred ihr König wäre, würde auch er sie schröpfen und ausbeuten. Guthrum ist dein König und der König deines toten Ehemannes. Du hast einem Wikinger treu zu sein, nicht einem Sachsenkönig.«

Sie hob die Schultern. »Um die Wahrheit zu sagen, ich hasse euch alle, eure sinnlose Gewalt, eure Mordlust. Ihr seid allesamt Wilde, und ich bezweifle nicht, daß der edle Alfred genau so wild und grausam ist, wie du es bist.«

»Du bist jetzt die Sklavin eines Wilden. Ich möchte mir deine Klagen nicht länger anhören.«

»Und ich möchte nicht, daß du mir Gewalt antust.«

»Ich habe keine große Lust, dich mit Gewalt zu nehmen, aber du zwingst mich dazu, wenn du dich mir weiterhin widersetzt. Wenn du damit nicht aufhörst, wirst du umso mehr leiden. Mich läßt dein Schmerz kalt, aber vielleicht denkst du darüber nach. Ich nehme dich, Zarabeth, das mußt du endlich begreifen. Deine Wünsche, deine Gefühlen haben für mich keine Bedeutung. Du bist noch Jungfrau, hab ich recht?« Er erwartete keine Antwort. Es war nur ein laut gedachter Gedanke. »Mein Finger konnte nicht in dich eindringen. In dir war noch kein Mann ... Du hast den Alten geheiratet ... vielleicht hast du gewußt, daß er dich nicht nehmen kann. Hattest wohl keine Lust, seine Zudringlichkeiten länger zu ertragen? Oder hast du ihm bereits in der Hochzeitsnacht Gift gegeben, damit du ihn nicht in deinem Bett haben mußtest?«

»Du sprichst wie ein Rohling ohne Verstand. Es ärgert dich wohl, daß ich es vorgezogen habe, einen alten Mann zu heiraten, als deine Frau zu werden?« Sie sprach voller Hohn, und er wünschte, den Mund gehalten zu haben. »Was hätte ich mir wohl eingehandelt, wenn ich so dumm gewesen wäre, dich zu nehmen ... einen starken Mann, so sanft und zärtlich, daß er eine hilflose Frau vergewaltigen muß. All die wunderschönen Versprechungen, die du mir gemacht hast, waren Lügen, die Lügen eines barbarischen Wikingers.«

Plötzlich baute er sich drohend vor ihr auf. »Ich habe nicht gelogen! Ich hätte dich geliebt und dich mit meinem Leben beschützt. Ich hätte dir alles gegeben, was ich bin, was ich besitze, aber du hast den alten Mann vorgezogen. Du hast ihn umgebracht, Zarabeth, darüber gibt es keinen Zweifel. Ich habe alle Zeugen gehört, bevor du dem König vorgeführt wurdest. Sie alle haben bestätigt, daß du es auf den Reichtum des alten Mannes abgesehen hast, daß du ihn am Gängelband hattest. Und weil er dich begehrte, hat er dir seinen ganzen irdischen Besitz vermacht. Hör endlich auf, mir die Unschuldige vorzuspielen.«

Er schlug die Felle zurück und ging. Sie saß da, hielt Lotti immer noch umschlungen und wünschte sich den Tod. Doch sie durfte nicht sterben, Lotti zuliebe, ihrer tapferen, kleinen Schwester. Diesmal hatte das Kind sie gerettet. Und beim nächsten Mal? Ihr war klar, daß er ihr irgendwann seinen Willen aufzwingen würde.

Magnus stapfte verärgert die Mittelplanken entlang. Hätte einer der Männer gelacht, hätte er ihn kaltblütig über Bord geworfen. Doch keiner wagte auch nur ein schiefes Grinsen. Er war verärgert, sein Körper verkrampft, seine Kopfhaut brannte, wo Lotti ihn wütend an den Haaren gezogen hatte. Plötzlich blieb er stehen und sagte zu seinen schweigenden Männern: »Die Kleine kann nichts hören. Seid vorsichtig, wenn ihr mit ihr spielt. Es soll ihr nichts Böses geschehen.«

Tostig hob erstaunt den Kopf. »Wir wissen doch, daß sie nicht hören kann. Hältst du uns für blöde?«

»Ja«, stimmte Horkel ihm zu. »Aber die Kleine lernt rasch. Ich habe ihr ein Wort beigebracht — ›Rabe‹. Sie kann es fast schon richtig aussprechen.«

»Sie ist ein kluges, kleines Ding«, fügte Ragnar, wenn auch mürrisch, hinzu. Er würde seine Wut über die hinterhältige Irin nicht an der Kleinen auslassen. Sein Kopf schmerzte immer noch von dem Schlag, den die Hexe ihm versetzt hatte. »Sie hat meine Finger und Zehen gezählt.«

»Und warum habt ihr sie reingelassen?« Ohne eine Antwort abzuwarten, begab Magnus sich mit einer wegwerfenden Handbewegung zum Heck des Schiffes.

Was war er bloß für ein Narr gewesen. Er hatte nicht bemerkt, daß das Kind nicht hören konnte, aber seine Männer hatten das ganz schnell begriffen. Seine Blindheit erschreckte ihn. Er war der Herr dieses Schiffes, der Anführer seiner Männer, alle gehorchten seinen Befehlen, und es war ihm nicht aufgefallen, daß das Kind kein Gehör hatte.

»Die Kleine hat ihre Schwester gerettet«, sagte Horkel in die Runde und warf Magnus einen Blick zu, der mit dem Rücken zu ihnen auf einer Kiste hockte. »Aber bald nimmt er sie doch, schätze ich.«

»Aber er wird dem Kind nichts antun.«

Lotti wich nicht mehr von Zarabeths Seite.

In der Nacht gab es ein Unwetter. Vom Himmel zuckten grelle Blitze. Der Donner polterte ohrenbetäubend, und Zarabeth kauerte vor Entsetzen gelähmt mit Lotti auf dem Schoß und stammelte beruhigende Worte, um nicht nur Lotti, sondern auch sich selbst zu beruhigen. Vom Sturm gepeitscht schoß das Boot die Wellen steil nach oben, um an den Kämmen mit rasender Geschwindigkeit und ohrenbetäubendem Getöse in den brausenden Wellenschlund zu stürzen. Die Wellen krachten über dem Boot zusammen, die Männer schöpften wie wild Wasser. Magnus' Stimme brüllte Befehle, die das Toben der Elemente kaum zu übertönten vermochten. Der mächtige Mast knarrte und schwankte bedenklich. Die Männer beeilten sich, ihn umzulegen, damit der Sturm ihn nicht zersplitterte. So sehr Zarabeths Gefühle für Magnus schwankten, tief im Innern wußte sie, daß sie den Sturm mit heiler Haut überstehen würden, weil Magnus den Elementen zu trotzen verstand. Und plötzlich wurde sie ganz ruhig. In diesem Punkt konnte sie ihm völlig vertrauen. Bald darauf schlief sie ein.

Als Magnus gegen Morgen den Frachtraum betrat,

nachdem der Sturm sich beinahe gelegt hatte, huschte der Anflug eines Lächelns über sein Gesicht, als er Zarabeth und Lotti eng umschlungen, friedlich schlafend vorfand. Er breitete eine Wolldecke über die beiden, denn es war kühl geworden. Zarabeth schlug plötzlich die Augen auf und sah Magnus an. Schweigend drehte er sich um und ging.

Spät am Nachmittag lief die *Seewind* in den Hafen von Hedeby ein, eine enge Meeresbucht, von der offenen See durch Holzpalisaden geschützt, die in einem weiten Halbrund in das Wasser gerammt waren. Die Stadt war zum Landesinneren von hohen halbmondförmigen Befestigungswällen umgeben. Etwa ein Dutzend Wikinger Handelsschiffe waren an Land gezogen, denn es gab nur einen Steg, an dem zu beiden Seiten je ein Boot vertäut lag. Von den Häusern innerhalb des Befestigungswalles stieg Rauch auf, der sich wie eine Dunstglocke über die Stadt legte. Die Wege waren mit Holzplanken belegt und verbanden die Häuser miteinander. Es gab mehr Menschen als in York. Und alle schienen es eilig zu haben und einer wichtigen Tätigkeit nachzugehen.

Die Männer sprangen ins seichte Wasser und zogen die *Seewind* an Land. Magnus rief ihr zu: »Nimm Lotti auf den Arm und folge mir.«

Bald hatte sie festen Boden unter den Füßen, und Lotti blickte mit großen Augen auf die eilig dahinhastende Menschenmenge. Magnus und seine Leute wurden ehrerbietig gegrüßt. Doch der Wikinger hielt sich bei niemandem auf. An Zarabeth gewandt befahl er knapp: »Halte dich dicht hinter mir und trödle nicht. Ich habe keine Zeit mit dir zu verlieren.«

Sie folgte ihm, neugierig die neue Umgebung musternd. Sie sah Sklaven, die Lasten auf ihren Rücken schleppten; Frauen, die Wasser in Holzeimern von einem Brunnen in der Mitte eines Platzes trugen. Stämmige Händler boten ihre Waren vor ihren Läden an. Ein Runenmeister trieb magische Zeichen in ein Bronzegefäß;

ein Schmied hämmerte vor seiner Werkstatt an einem Schwert. An einer Holzhütte blieb Magnus schließlich stehen, vor der eine alte Frau kauerte, die Zarabeth mit zahnlosem Mund anlächelte. »Das ist eine Badehütte«, sagte Magnus. »Wasch dich und Lotti gründlich. Ich bin bald zurück. Und rühr dich hinterher nicht von der Stelle.«

Wohin hätte sie wohl gehen sollen. Sie nickte nur und folgte der alten Frau in die Hütte. Das Innere war in heißen Wasserdampf gehüllt. In der Mitte stand ein großer Holzzuber, mit breiten Eisenbändern beschlagen, in dem zwei Leute Platz gefunden hätten. Die Frau händigte Zarabeth ein großes Stück Seife aus und ging. Am Eingang sagte sie über die Schulter: »Dein Gemahl holt frische Kleider von seinem Boot.«

Mein Gemahl. Sie nickte nur. Dann wusch und schrubbte sie Lotti mit solcher Hingabe, daß die Kleine sich irgendwann ihrem Zugriff entzog. Sie wickelte das Kind in ein großes Leinentuch und setzte es auf die geflochtene Matte, die in einer Ecke der Hütte lag, nahm ihr kleines Gesicht in die Hände und sagte langsam: »Mach dich nicht wieder schmutzig, mein Liebling. Ich bin gleich bei dir.«

Zarabeth saß mit geschlossenen Augen im Zuber und legte den Kopf in den Nacken. Plötzlich riß sie die Augen auf, etwas hatte sich verändert. Magnus stand über ihr und starrte sie an, mit diesem eigentümlichen Ausdruck im Gesicht. Ihre Hände flogen hoch, um ihre Brüste zu bedecken, doch ihr nasses Haar schützte sie vor seinen zudringlichen Blicken.

»Ich habe euch beiden saubere Sachen zum Anziehen gebracht.«

Dann kauerte er neben Lotti, die ihn mit wachsamen Augen ansah. Lächelnd holte er einen Hornkamm aus seiner Tunika. Behutsam und mit großer Geduld kämmte Magnus ihr das Haar. Lottis Gesicht entspannte sich bald, und wenn er sie unsanft ziepte, schlug sie ihm mit ihrer kleinen Faust gegen die Brust. Magnus lachte und sagte ihr, sie soll stillhalten und kämmte sie geduldig, bis ihr das Haar seidig glänzend über die Schulter fiel. Dann stand er auf. »Ich muß jetzt gehen. Zöpfe kannst du ihr flechten.«

Zarabeth blickte noch lange zur Tür, nachdem er verschwunden war. Dieser Mann gab ihr Rätsel auf.

Es dauerte ziemlich lang, bis sie sich angezogen und gekämmt hatte. Ihr Magen begann zu knurren. Am Morgen hatte sie nur einen Streifen gesalzenes Trockenfleisch gegessen. Sie nahm Lotti bei der Hand und trat mit ihr aus der Hütte.

Das emsige Treiben war nicht weniger geworden. Die Menschen hasteten umher oder standen schwatzend und lachend in Gruppen beisammen. Von ferne hörte sie Gesänge.

Die alte Frau war nirgends zu sehen. Die Sonne wärmte noch immer, und Zarabeth ließ sich auf einer Matte vor der Tür nieder und nahm Lotti auf ihren Schoß.

Sie bemerkte den kräftig gebauten, dunkelhaarigen Mann nicht sofort, der sich ihr näherte. Dann fiel ihr sein Lächeln auf. Dankbarkeit über ein freundliches Gesicht stieg in ihr auf, und sie erwiderte sein Lächeln.

»Guten Tag, Herrin«, grüßte er, als er nahe genug war. »Genießt Ihr mit Eurer Tochter die Sonne?«

»Ja. Nach einem erfrischenden Bad.« Sie wies ins Innere der Hütte. »Wir waren beide ziemlich schmutzig.«

»Jetzt nicht mehr«, sagte er und stand plötzlich zu nah. Zarabeth hob Lotti von ihrem Schoß, stand eilig auf und hielt das Kind eng an sich gedrückt.

»Nein.« Sie bemühte sich immer noch zu lächeln. »Jetzt nicht mehr.« Es gab gewiß keinen Grund, sich vor diesem Mann zu fürchten. Es waren Dutzende von Menschen in der Nähe. Er wollte nur nett zu ihr sein. »Ich bin zum ersten Mal in Hedeby. Hier gibt es viel mehr Leute als in York.«

Sein Lächeln wirkte irgendwie eingefroren, er achtete

nicht auf ihre Worte. »Stimmt es, daß Ihr mit Magnus Haraldsson auf der *Seewind* gekommen seid?«

Sie nickte, argwöhnisch geworden, ohne zu begreifen, was der Fremde wollte.

»Er ist ein Narr.« Der Mann streckte seine Hand aus und strich sanft über eine ihrer feuchten Haarlocken. Sie wich langsam zurück. Er lächelte immer noch. »Du bist schön.« Dann berührte er ihren Arm und riß sie plötzlich an sich, daß sie das Gleichgewicht verlor. »Er ist ein Narr, dich hier ohne Schutz zu lassen. Ja, du bist sehr schön.« Wieder berührte er ihr Haar und wand sich eine kräftige Locke um die Faust. Sie sah den Hunger in seinen Augen und wußte Bescheid. »Eine solche Farbe habe ich nie zuvor gesehen. Und diese Augen — ein Grün, von dem ein Mann nur träumen kann. Ich will dich haben. Komm mit mir, und ich befreie dich von diesem Magnus. Er ist ein grausamer Mann, das wissen alle, ein wilder Normanne, der keine Ahnung hat von den geheimen Wünschen eines süßen und sanften Geschöpfes, wie du es bist. Er wird dir nur wehtun, vielleicht bringt er dich sogar um, wenn er dich verprügelt. Komm mit mir, schnell. Ich sorge für dich, behandle dich wie eine Königin. Komm schnell, komm!«

»Geh weg und laß mich zufrieden!«

»Hab keine Angst vor mir. Ich würde nie einer solchen Schönheit etwas zuleide tun. Man sagt, du bist seine Sklavin. Du wärst eine Närrin, wenn du bei ihm bleibst. Komm mit mir.«

Blitzschnell beugte er sich über sie, riß ihr den Kopf an den Haaren zurück und küßte sie hart auf den Mund.

Kurz darauf hörte sie einen wütenden Aufschrei. Er kam von Magnus. Im nächsten Augenblick wurde der Mann von ihr weggerissen. Von Magnus' Faustschlag getroffen taumelte er rückwärts und stürzte zu Boden.

Magnus stand über ihm mit einem Messer in der Hand. »Du wagst es, etwas anzufassen, was mir gehört, du feiger Hund?«

Der Mann rieb sich die Backe und rappelte sich auf. Verärgert hob er die Schultern und sagte abfällig: »Die Frau hat mir schöne Augen gemacht, mich zu sich gewinkt und schöne Worte zu mir gesagt. Würdet Ihr Euch nicht nehmen, was eine Dirne Euch anbietet?«

Zarabeth schüttelte den Kopf und schrie gellend: »Er lügt! Er . . .«

»Halt den Mund!« Magnus wandte sich wieder dem Mann zu, fletschte ihn mit verengten Augen an: »Geh mir aus dem Weg, sonst schlitz ich dir die Kehle auf.«

Der Mann warf Zarabeth ein bedauerndes Lächeln zu und machte sich eilig aus dem Staub. »Er lügt, Magnus«, sagte sie wütend. »Er lügt! Er kam zu uns herüber und redete freundlich mit mir. Und plötzlich packte er mich an den Haaren und verlangte, ich solle mit ihm gehen. Ich sagte, er solle mich in Frieden lassen, ich schwöre es.«

»Genug!« befahl er barsch. »Wie konnte ich bloß denken, ich könne dir auch nur einen Augenblick trauen! Du verfluchte Schlampe! Ich weiß, was du brauchst. Komm!«

Er packte ihren Arm und zog sie hinter sich her. Lotti lief neben ihr her, sich an ihren Rock festklammernd. Er zerrte sie an etwa einem Dutzend Hütten vorbei bis zum Schmied. Dort stieß er sie ins Innere.

Sie wußte nicht, was er mit ihr vorhatte. »Was tun wir hier?«

»Du bist eine Sklavin und es ist Zeit, daß du das Zeichen trägst.«

Dann wußte sie Bescheid. »Nein, bitte Magnus.«

Er achtete nicht auf sie und sprach mit dem Schmied.

Bei Sonnenuntergang ging Zarabeth neben Magnus zurück zur *Seewind.* Er trug Lotti auf dem Arm.

Um ihren Hals lag das Eisenband der Sklaven.

13

Als die *Seewind* die steife Brise vor dem Oslofjord aufnahm und in den Viksfjord abdrehte, der am Gravaktal endete, der Heimat der Familie Haraldsson, jubelten die Männer. Neugierig lugte Zarabeth aus ihrem Verschlag hervor. Die Männer saßen auf ihren Seekisten, die Ruder angelegt, da der Wind das riesige rot und weiß gestreifte Segel kräftig blähte. Ihr Blick traf den von Ragnar, den sie geschlagen hatte, um aus York zu entfliehen.

Sie zwang sich, der unverhohlenen Feindseligkeit in seinen Augen standzuhalten.

»Was willst du, Sklavin?« fragte Ragnar und trat einen Schritt auf sie zu. Seine Augen waren auf das Eisenband um ihren Hals fixiert.

»Ich wollte nur wissen, warum die Männer sich so freuen.«

»Wir nähern uns der Heimat. Noch einen halben Tag, und wir haben es geschafft. Dann beginnt dein Leben als Wikinger-Sklavin. Es wird dir nicht gefallen, und ich werde mich an deinem Unglück freuen. Der Sklavenkragen steht dir gut.«

»Was geht hier vor, Ragnar?«

Zarabeth wunderte sich über den Argwohn in Magnus Stimme. Mißtraute er Ragnar? Er mußte doch wissen, daß der Mann sie haßte.

»Nichts, Magnus. Deine Sklavin wollte wissen, warum die Männer sich freuen. Und ich habe ihr Auskunft gegeben.«

Ragnar entfernte sich pfeifend. Plötzlich hatte sie das Gefühl, ganz allein mit Magnus zu sein, obgleich Lotti dicht bei ihr stand, und seine Männer nur wenige Meter entfernt redeten und lachten. Ihre Stimmen waren jedoch durch das laute Flattern des Segels nicht zu verstehen.

»Jetzt haben die Männer es leicht. Wir haben den Wind im Rücken, bis wir unser Tal erreichen.«

»Und deine Heimat heißt Malek, stimmts?«

»Ja.« Sein Blick fiel auf das Eisenband um ihren Hals. Es mußte schwer sein, zu schwer für den schlanken Hals einer Frau. Er haßte es, haßte sich, daß er das getan hatte. Er wandte sich ab. »Bleib im Frachtraum. Ich möchte nicht, daß einer der Männer deinen Verlockungen erliegt.«

Sie hatte seinen Hohn und sein Mißtrauen gründlich satt und ließ ihn wortlos stehen, war aber zu neugierig, um sich im Frachtraum zu verstecken. Sie setzte sich an die Öffnung, nahm Lotti auf den Schoß und blickte auf die hohen, bewaldeten Bergflanken zu beiden Seiten des Fjords. Eine hoch aufragende Gebirgskette, die Gipfel von Wolken verhangen, mit dichten Nadelwäldern bewachsen. Wie sollte man hier Ackerbau betreiben, fragte sie sich, wo doch alles unwegsam und mit Tannen und Föhren bestanden war? Das Wasser war klar und tiefblau. Das kräftige doppelt gewebte Leinensegel blähte sich mächtig, und die Männer an den Leinen mußten tüchtig zupacken, um es zu halten. Der Mast knarrte unter der Belastung, und der Mann am Steuerruder fluchte schwitzend.

Die Luft war kühl, trotz der warmen Sonne. Zarabeth konnte sich nicht vorstellen, daß dieses Land fünf Monate im Jahr erstarrt unter einer tiefen Schneedecke lag. Jetzt war alles grün und blau, und die Luft war lau und würzig. Sie schloß die Augen. Sie hätte als Magnus' Gemahlin hierher kommen sollen, nicht als seine Sklavin, doch das Band, das schwer um ihren Nacken lag, ließ sie die Wahrheit keinen Augenblick vergessen.

Sie drehte sich zu Horkel um, der zu ihr getreten war. »Hast du schon von der Mitternachtssonne gehört?«

Sie schüttelte den Kopf und er fuhr fort: »Jetzt im Hochsommer wird es bei uns so gut wie nie Nacht. Die Sonne ist auch um Mitternacht noch am Himmel zu sehen. Wir nennen das die Zeit der Mitternachtssonne. Aber im Winter ist es umgekehrt, dann kommt die Sonne nur selten zum Vorschein. Du wirst dich daran gewöhnen müssen.«

»Ist es im Winter sehr kalt?«

»Ja. Und die Tage werden immer kürzer. Aber es gibt Feste und Spiele, und wir verbringen die langen Nächte mit Gesängen, Trinkgelagen und Lachen.«

Zwei Stunden später schrien und jubelten die Männer und wiesen mit den Armen nach vorn. Zarabeth sah einen langen Holzsteg, der ins Wasser ragte. Dahinter ein schmaler Uferstreifen, bedeckt mit grobem Schotter und Treibholz. Ein Pfad wand sich vom Ufer einen flachen Hang hinauf zu einer breiten Landfläche, gerodet, so weit das Auge reichte. In der Mitte dieser Ebene stand ein etwa drei Meter hoher Palisadenzaun aus Holz, der einen Kreis bildete. Außerhalb der Palisadenumzäunung lagen Felder, in denen das Getreide hoch stand, golden und braunschimmernd unter einem tiefblauen Himmel. Männer und Frauen arbeiteten auf den Feldern. Würde auch sie Feldarbeit verrichten müssen? Die Felder mit Roggen, Weizen und Gerste zogen sich bis zum Waldrand. Magnus nutzte jedes Fleckchen Land, das ihm gehörte.

»Das ist mein Gutshof Malek«, sagte Magnus in schlichtem Stolz. Bitter fügte er hinzu: »Es ist jetzt auch deine Heimat. Aber du kommst nicht hierher, wie es meine Absicht war.«

»Es ist schön«, sagte Zarabeth in aufrichtiger Bewunderung. Er erwiderte nichts darauf. Nun kam Leben in die Männer. Das Segel wurde eingeholt. Zwei Männer sprangen von Bord auf den Holzsteg und vertäuten die Leinen um die schweren Holzpfähle. Andere begannen, die Fracht zu entladen.

»Komm«, sagte Magnus. »Die Männer laden aus, und heute abend kommen wir alle zu einem Festmahl zusammen.« Er deutete auf die Menschen, die aus den breiten Holztoren des Palisadenzauns strömten und winkte ihnen zu.

Ingunn, Haralds Tochter und Magnus' jüngere Schwester musterte die Frau, die hinter ihrem Bruder den Weg vom Fjord heraufkam. Der Gang dieser Frau, ihre stolze Haltung sagten ihr genügend. Er hatte eine Frau mitgebracht. Sie begann zu frösteln. Was sollte nun aus ihr werden? Die Frau war schön, das sah sie bereits aus der Ferne. Dieses volle, rote Haar. Sie spürte, wie Cyra sich neben ihr anspannte. Und Ingunn frohlockte. Nie wieder würde sie sich über deren Hinterhältigkeit ärgern. Nie wieder würde Cyra sie bei ihrem Bruder anschwärzen.

Ingunn verschlang die Hände. Bang sah sie der Begegnung mit der neuen Gemahlin ihres Bruders entgegen. Neben ihr stand sein Sohn Egill und hielt schützend die Hand vor Augen.

»Neben der fremden Frau geht ein Kind«, sagte er und deutete mit dem Finger auf die Ankömmlinge. »Die Frau hält ein kleines Mädchen an der Hand.«

Ingunn erschrak. Hatte er etwa eine Witwe geheiratet?

»Sie hat komische Haare«, fügte Egill hinzu. »Röter als die rote Farbe in Großmutters Wandbehängen. Ich möchte es anfassen.«

Ingunn wünschte, er würde den Mund halten. Die Gruppe kam näher. Magnus lächelte, und Ingunn lief ihm zur Begrüßung entgegen. Er umarmte sie kurz und begrüßte seinen Sohn.

»Egill«, rief er und hob den Jungen hoch in seine Arme, setzte ihn aber gleich wieder auf die Erde und versetzte ihm einen spielerischen Rippenstoß. »Du hast mir gefehlt, Junge. Du bist größer geworden, seit ich euch vor einem Monat verlassen habe. Warst du ein guter Herr in meiner Abwesenheit?«

Egill nickte ernsthaft. »Wer ist die Frau, Vater? Ist sie deine neue Frau? Ist das kleine Mädchen ihre Tochter?«

»Nein, sie ist nicht meine Frau. Nun lauf und hilf den Männern, die neuen Waren heraufzutragen.« Der Junge entfernte sich und rannte den Weg zum Strand hinunter.

Magnus blickte in die Runde. »Wo ist Cyra?«

»Sie wartet am Tor.«

Jetzt kam die rothaarige Frau heran und blieb in einiger Entfernung hinter Magnus stehen. »Cyra, komm zu mir!« rief Magnus.

Ingunn bekam große Augen. Die Rothaarige zeigte keine Regung. Ihr Gesicht blieb ohne Ausdruck. Cyra rannte in Magnus' offene Arme. Er hob sie hoch und schloß sie innig in die Arme. Dann beugte er sich über sie und küßte sie lang und begehrlich. »Geht es dir gut?«

Cyra nickte selig. Ihre Finger berührten seine sonnengebräunte Wange. »Ja, es geht mir gut. Ich hatte gefürchtet, du willst mich vielleicht nicht mehr, doch jetzt ist alles wieder gut.«

In diesem Augenblick fuhr eine Windbö in Zarabeths Haare, wehte sie nach hinten und gab ihren Hals frei. Ingunn sah das Sklavenhalsband aus Eisen um den Hals der Frau geschmiedet. Keiner von Magnus Sklaven trug ein Sklavenband.

Kein einziger, nur diese Frau.

Sie platzte heraus: »Ist diese Frau deine Sklavin? Ist sie nicht deine Gemahlin?«

Magnus lachte — zu laut, zu bitter. »Nein, ich heirate nicht wieder. Das ist Zarabeth, meine Sklavin. Das kleine Mädchen ist ihre Schwester Lotti. Sei nett zu ihr Ingunn, denn sie kann nicht hören.«

Eine Sklavin. Nichts als eine Sklavin! Ingunn starrte sie an. Das Gesicht der Frau war bleich, ihr Ausdruck gelassen. Langsam begann Ingunn zu lächeln. Sie würde der Frau zeigen, wofür eine Sklavin da war. Die da stand nicht in seiner Gunst wie Cyra. Magnus würde sich nicht einmischen. Und das kleine Mädchen, das sich an den Schenkel ihrer großen Schwester drückte, hatte eine komische Augenfarbe, goldenschimmernd. Das Kind hörte nichts? Es lohnte nicht, eine solche Mißgeburt durchzufüttern. Sie nickte der Fremden knapp zu und trat einen Schritt zurück, um auf Anweisungen ihres Bruders zu warten.

Er wandte sich an die Fremde und sagte scharf: »Steh nicht herum und halte Maulaffen feil. Bring Lotti zum Langhaus. Das große Haus dort drüben in der Mitte.«

Zarabeth war überwältigt von der Größe des Gutshofs, als sie durch das Holztor schritt. Ein ganzes Dorf, umschlossen von einem schützenden hohen Holzzaun. Es gab viele Holzhütten, andere waren aus Lehm gebaut, alle hatten strohgedeckte Dächer. Das Langhaus hatte nur wenige, winzige Fenster, die mit getrockneten Tierhäuten bespannt waren. In der Mitte stieg Rauch aus dem spitzen, langgezogenen Dach. Magnus war neben sie getreten und sagte nun: »Hier ist die Werkstatt des Waffenschmieds. Er heißt Rollo und schmiedet unsere Waffen, er macht auch Geräte für den Ackerbau, Töpfe und Pfannen. Neben dem Langhaus ist der Kuhstall. In dem niedrigen Stall daneben sind die Schafe untergebracht. Die Hütte der Sklaven steht dort drüben.« Er machte eine Pause, um auf ihre Reaktion zu warten. Doch die blieb aus. Sie blickte ausdruckslos auf die ärmliche Lehmhütte. »Draußen vor dem Palisadenzaun befinden sich die Felder. Bald ist Erntezeit, und wir werden Vorbereitungen für den Winter treffen.«

»Dort drüben ist das Badehaus, daneben der Abtritt. In der fensterlosen Hütte gegenüber lagern wir unsere Vorräte.« Sie hatte beinahe den Eindruck, als zeige er ihr stolz seinen Besitz, dachte sie benommen. Das ging sie nichts an, sie war lediglich seine Sklavin. Ungerührt sagte sie: »Dein Gutshof ist ein ansehnlicher Besitz, Magnus. Du kannst stolz darauf sein.«

Seine Kiefer spannten sich. Er schaute auf sie herab und sah nur das eiserne Sklavenband. Breit und häßlich, an einigen Stellen schürfte es ihre Haut wund, würde häßliche Narben hinterlassen. Doch der Mann in Hedeby hatte behauptet, sie habe ihn zu sich gelockt, habe ihm ihren Körper angeboten, wenn er ihr . . . Es klang so plausibel. Magnus schüttelte den Kopf. Er wollte nicht länger nach den Beweggründen dieser Frau forschen. Er hatte es nun einmal getan. Daran war nichts mehr zu ändern.

Er wandte den Kopf und rief: »Ingunn, bereitest du ein Festmahl für heute abend?«

Sie eilte an seine Seite, ohne Zarabeth eines Blickes zu würdigen. »Seit einer Woche bereiten wir Essen und brauen Bier und Met, Bruder. Alles ist bereit. Ich habe bereits einen Boten zu Vater gesandt, und ich hoffe, daß unsere Eltern und unsere Brüder kommen.«

»Und Orm?« lächelte er verschmitzt.

Ihre Augen verdunkelten sich, und ihr Kinn reckte sich trotzig nach vorn. Sie schüttelte den Kopf. »Vater hat sich über ihn geärgert. Seit du fortgesegelt bist, hat er Orm verboten, in meine Nähe zu kommen. Er wird ein närrischer, alter Mann.«

»Sag so etwas nicht. Unser Vater wird seine guten Gründe haben. Wir sprechen später darüber.« Magnus sah, daß Lotti zurückblieb. Er bückte sich und hob sie hoch. Sie gab zunächst einen erschrockenen Laut von sich, dann schlang sie ihre dünnen Ärmchen um seinen Hals und quietschte vergnügt, mit lauter Stimme und in aller Deutlichkeit: »Papa!«

Magnus schaute auf seinen Sohn hinunter, der vor Eifersucht rote Ohren bekommen hatte. »Du bist viel zu groß, um noch getragen zu werden, Egill.« Da er keine Antwort bekam, fuhr er fort: »Sag guten Tag zu Lotti. Sie kann dich nicht hören. Du mußt ihr ins Gesicht sehen und langsam sprechen, dann kann sie dir die Worte von den Lippen ablesen.«

»Ihr Haar ist häßlich«, sagte Egill. »Und ihr Gesicht auch.«

Magnus musterte seinen Sohn. »Ich hatte gehofft, daß aus dir ein Mann wird, kein eifersüchtiger, kleiner Junge. Schmähungen gegen kleine Mädchen sind eines Mannes nicht würdig. Du enttäuscht mich.«

»Sie hat dich Papa genannt! Du bist *mein* Papa!«

»Ja, das stimmt, aber das solltest du ihr nachsehen.«

Zarabeth konnte nachempfinden, daß der kleine Junge, im übrigen das Abbild seines Vaters, von dem fremden kleinen Eindringling wenig begeistert war. Lächelnd sagte sie zu ihm: »Du wirst bald groß und stark sein wie dein Vater, Egill. Und er wird sehr stolz auf dich sein.«

Egill schaute die Frau mit den roten Haaren und den

grünen Augen an. »Ich kümmere mich nicht darum, was eine Sklavin sagt. Halt den Mund, Frau.«

Zarabeth verstummte erschrocken. Der Junge hatte recht. Es stand ihr nicht zu, sich in ein Gespräch einzumischen. Sie hatte keinerlei Rechte, sie hatte überhaupt nichts. Sie streckte ihre Arme nach Lotti aus, die sich sogleich aus Magnus' Armen befreite. Zarabeth hielt sich abseits, um weiteren Kränkungen zu entgehen.

Sogleich nahm Cyra ihren Platz ein. Die Frau war nur wenige Jahre älter als Zarabeth, ihr Haar reichte ihr bis zu den Hüften und war schwarz wie die Schwingen einer Krähe. Ihre Augen waren dunkelbraun und ihre Haut rosig. Sie war außergewöhnlich schön, und Zarabeth fragte sich, aus welchem Land man sie wohl hierher verschleppt hatte. Auch sie war eine Sklavin, trug jedoch kein Eisenband um den Hals. Sie genoß Vorrechte für ihre Dienste im Bett des Herrn.

»Ich habe wieder im Flachs gearbeitet«, sagte Cyra zu Magnus und deutete auf ein langgezogenes Feld zu ihrer Linken. »Ich werde dir daraus schöne Hosen und Überwürfe weben und nähen.«

Cyra trug ein weißes Kleid, das den Ansatz ihrer Brüste freigab und um ihre schmale Mitte eng gegürtet war. Das Material war feine Wolle, ebenso kostbar wie Ingunns Gewand.

Zarabeth war müde und niedergeschlagen. Sie wollte allein sein, wollte Magnus und die vielen fremden Menschen, die auf dem Gutshof lebten und arbeiteten, nicht mehr sehen. Ihre Fingerspitzen berührten das kalte Eisenband um ihren Hals.

Als Ingunn laut sagte, Cyra solle der Neuen die Sklavenhütte zeigen, erhob Magnus keinen Einwand. Doch er würde nicht zulassen, daß Zarabeth auch nur eine Nacht dort verbrachte, weder sie noch Lotti. Aber er würde die Situation auf seine Weise regeln. Im übrigen schadete es nicht, sie eine Weile im Glauben zu lassen, sie müsse in der elenden Hütte nächtigen.

Cyra sagte nun schnippisch zu Zarabeth: »Ich schlafe nicht in der Hütte. Ich schlafe im Langhaus bei Magnus.«

Und Zarabeth antwortete mit honigsüßem Lächeln: »Das freut mich für dich, Cyra. Teile getrost weiterhin das Bett des Barbaren, dann belästigt er mich nicht mit seinen Zudringlichkeiten.«

Das Blut stieg ihm in den Kopf. Hätte er sie doch bloß damals auf dem Schiff gepackt und nicht auf das Gezeter der Kleinen geachtet. Verflucht noch mal, er wollte ihr wehtun. Wütend stapfte er ins Langhaus. Bald würde seine Stunde kommen.

Glaubte sie wirklich, er würde zulassen, daß Lotti mit den anderen Sklaven in der kalten, feuchten Hütte schlief?

Er sah, wie Egill zu Horkel lief, der nun ins Haus trat.

Alles war wie früher, nichts hatte sich verändert. Und doch war es anders. Sein Leben hatte sich verändert. So sehr er darauf bedacht war, alles nach seinem Willen zu gestalten, so wußte er, daß die Zukunft sich nicht seinen Plänen unterordnen ließ.

Zarabeth trug eines ihrer Kleider aus zartrosa Wolle mit einem weißen Überwurf. In York hatte sie es mit zwei fein ziselierten Broschen an den Schultern befestigt getragen. Die Schmuckstücke waren weg; vermutlich hatte Toki sie an sich genommen. Sie knotete die Enden der Tunika an den Schultern. Ihr Haar fiel ihr offen über den Rücken. Ingunn hatte ihr aufgetragen, den Gästen Met und Bier nachzuschenken. Sie hatte genickt, ihre Aufmerksamkeit mehr bei Lotti, die erste Bekanntschaft mit den anderen Kindern machte, die ungezwungen im Langhaus herumtollten. Sie wußte nicht, wem die Kinder gehörten, die miteinander spielten. Es schien immer ein Erwachsener in der Nähe, der sie beaufsichtigte, sie zur Ordnung rief, mit ihnen spielte, oder sie sanft aus dem Weg schob, wenn sie störten.

Das Langhaus sah eigentlich aus wie eine langgezogene Scheune. Der Boden war aus festgestampftem Lehm, so hart, daß kein Staub aufwirbelte. An den Seiten bildeten glatte Steinplatten die Umgrenzung. Die Wände waren aus längs gespaltenen Baumstämmen, die versetzt nebeneinander senkrecht standen. Das Dach wurde von schweren Schrägbalken getragen. An der Längsseite des Raumes standen sauber geschrubbte Holztische, an denen nun Familie und Gäste beim Festmahl saßen. Es gab Gebratenes von Rind und Hammel, Reh und Wildschwein. In großen Schüsseln dampften Erbsen, Kohl und Rüben. In Schalen türmten sich Äpfel, Birnen und wilde Beeren. In der Mitte des Raumes gab es eine viereckige Feuerstelle, die etwa einen Meter hoch von behauenen Steinen begrenzt war. Darüber hingen riesige Eisentöpfe an schweren Ketten, mit Haken an den Dachbalken befestigt. In einem Topf schmorte Kalbfleisch, im anderen Rindfleisch, Zwiebeln und Knoblauch. Über den heißen Kohlen lagen Eisenstangen, und darauf brutzelten große Brocken Wildschweinfleisch. Auf einem niederen Tisch neben dem Herd standen Schalen mit kleingeschnittenen und zerstoßenen Kräutern und Gewürzen.

Die Männer tranken aus Rinderhörnern, mit Schnitzereien verziert. Die Frauen tranken aus Holzschalen. Nur Magnus' Mutter trank aus einem fein geschliffenen Glas aus dem Rheingau. Zarabeth ging von einem Gast zum anderen mit einem schweren Holzkrug voll süßem Wein aus Frankreich, den Magnus in Hederby erstanden hatte. Sie war sehr vorsichtig damit, denn der Wein war kostbar. Sie ging zur Haupttafel, an der Herzog Harald Erlingsson als Ehrengast im geschnitzten Armstuhl seines Sohnes saß, seine Gemahlin neben ihm. Er war ebenso groß wie Magnus, sein Haar leuchtete weizenblond, und er war muskulös und schlank wie ein junger Mann.

»He Mädchen«, rief Harald ihr zu. »Bring mir mehr vom Wein meines Sohnes!«

Er hatte gesehen, daß sie sich mit dem Wein näherte, dachte sie, wollte aber die Aufmerksamkeit aller auf sie lenken. In diesem Augenblick hob Magnus den Blick zu ihr.

Es war heiß im Langhaus, und er sah den glänzenden Schweiß auf ihrer Stirn, die feuchten Löckchen, die sich um ihr Gesicht kringelten. Ihr Gesicht war von Hitze gerötet; sie sah schöner aus als je zuvor. Sein Herz zog sich zusammen. Eilig richtete er das Wort an seinen älteren Bruder Mattias: »Es gut mir leid, daß dein Neugeborenes gestorben ist, doch Glyda scheint sich wieder gut erholt zu haben.«

Mattias warf seiner bleichen jungen Frau einen besorgten Blick zu. »Sie ist sehr jung«, sagte er. »Sie kann noch kein Kind behalten.«

»Was soll das heißen?« fragte Magnus verständnislos. »Zugegeben, sie ist jung. Doch um ein Kind zu bekommen, ergießt du deinen Samen in sie, das Kind wächst heran und wird geboren. Was muß sie dabei können?«

»Sie war töricht, während sie das Kind trug.«

»Wieso?«

»Sie wollte mich ständig in sich haben, wenn du die Wahrheit hören willst, Magnus!«

Magnus blickte seinen Bruder an, ein Lächeln kräuselte seine Lippen. »Du beklagst dich, weil deine Frau gern das Bett mit dir teilt?«

»Das Kind kam zu früh und war eine Totgeburt.«

Magnus schüttelte den Kopf. »Du gibst ihr die Schuld an etwas, wofür sie nichts kann. Hör auf damit, Mattias. Glyda ist noch ein halbes Kind. Sie wird dir andere Kinder gebären, gesunde Kinder.« Er blickte zu den Kindern hinüber, die in einer Ecke spielten, von zwei Frauen beaufsichtigt. Vier davon waren Mattias' Sprößlinge aus seiner ersten Ehe. »Und wenn sie dir keine Kinder mehr schenkt, was macht das schon? Du hast deinen Samen bereits in die vier Ecken von Vestfold verstreut.«

»Mehr Wein?«

Mattias hob den Kopf zu Magnus' neuer Sklavin. Sein Bruder hatte nur gesagt, er habe sie in York gekauft. Mattias wollte die Hand ausstrecken, um ihr herrliches Haar zu berühren. Die Farbe war so ungewöhnlich, tief rot und voll. »Ja, mehr Wein«, sagte er nur und wandte sich wieder seinem Bruder zu und stutzte. Sein Blick war hungrig und noch etwas ... Es lag Schmerz und Wut und Bitterkeit darin. Hier gab es ein Geheimnis. Mattias beobachtete die Frau weiterhin, nachdem Magnus sie mit einem Wink entlassen hatte.

Jetzt rief sein Vater laut zu Magnus herüber: »Ich möchte dir das Mädchen abkaufen, Magnus. Wie viele Silberstücke verlangst du für sie?«

Magnus antwortete leichthin: »Du wirst sie nicht haben wollen, Vater, denn sie hat ein kleines Mädchen bei sich, das nicht hören kann. Und ich zweifle, daß du die Verantwortung dafür tragen möchtest.«

»Und warum hast du sie gekauft, wenn die Verantwortung dir eine so schwere Last ist?« Es war seine Mutter Helgi, die diese Frage stellte. »Das kleine Mädchen mit den rotbraunen Haaren, ist das ihr Kind?«

»Ihre kleine Schwester.« Er wartete, bis Zarabeth bei seinem jüngsten Bruder Jon angelangt war, bevor er vernehmlich sagte: »Ich wußte nicht, daß das kleine Mädchen entstellt ist, bis es zu spät war.« Er freute sich über Zarabeths Reaktion. Ihre Hand zitterte; sie wirbelte herum und starrte ihm ins Gesicht, trat einen Schritt auf ihn zu. Dabei stolperte sie über einen mit Federn gefüllten Lederball eines Kindes und ließ den Weinkrug zu Boden fallen.

»Dumme Gans!« Ingunn war aufgesprungen und auf Zarabeth zugeschossen. Bevor man wußte, was geschah, hatte Ingunn ihr mit aller Kraft ins Gesicht geschlagen. Zarabeth taumelte nach hinten und kam dem Herd bedenklich nahe.

»Paß auf!« Magnus sprang auf, rannte zu ihr und packte ihren Arm.

»Soll sie doch in die Glut fallen«, sagte Ingunn voller Ekel. »Ein paar Brandnarben würden ihr nicht schaden, dem ungeschickten Trampel! Sie hat den kostbaren Wein verschüttet.«

Schwer keuchend versuchte Zarabeth, sich Magnus' Griff zu entwinden. Doch er ließ sie nicht los. Sie sah zu ihm hoch, kalte Wut im bleichen Gesicht. »Du hast gelogen, Magnus! Du wußtest zwar nicht, daß Lotti nicht hören kann, aber du hattest bereits zugestimmt, sie mitzunehmen. Du hast deinen Vater angelogen!«

Er schüttelte sie grob. Machte es ihr denn nichts aus, daß Ingunn sie geschlagen hatte? Die Abdrücke ihrer Finger zeichneten sich deutlich auf ihrer Wange ab. Er rüttelte sie wieder, wütend, weil sie den Angriff seiner Schwester klaglos ertrug. Dann beherrschte er sich wieder. Mit seinem Verhalten gab er den Gästen und der Familie allerhand Gesprächsstoff.

»Sei in Zukunft vorsichtiger«, knurrte er. »Ich möchte nicht, daß du dich verletzt. Ich habe zu viel für dich bezahlt.«

Damit schleuderte er ihren Arm von sich und ging an den Tisch zurück. Sein Bruder Mattias hob nur eine fragende Augenbraue. Sein Vater Harald lachte glucksend in sich hinein, und Magnus stieg die Röte ins Gesicht. Wenn nur dieses fürchterliche Festmahl bald zu Ende wäre. Cyra näherte sich mit schmalen Augen, denn sie hatte ihn genau beobachtet. Sie trug ein großes Tablett mit gebratenem Rindfleisch, gewürzt mit Kreuzkümmel und Wacholderbeeren, Senfkörnern und Knoblauch. Es duftete köstlich, aber Magnus war der Appetit vergangen.

Cyra lächelte verführerisch und legte ihm vor. Er wandte den Blick von ihr.

Seine Mutter sagte: »Cyra, komm zu mir. Ich möchte noch etwas Fleisch.«

Nach dem Festmahl verteilte Magnus die Geschenke. Seine Mutter erhielt eine kunstvoll geschnitzte Schmuckkassette, die er gegen Gefäße aus Speckstein in Hedeby getauscht hatte. Der Runenmeister seines Vaters erhielt den Auftrag, den Namen seiner Mutter in den Deckel zu gravieren. Sein Vater bekam einen schweren Armreif aus ziseliertem Silber. Bald begannen die Gesänge. Horkel, ein meisterhafter Skalde, sang die Geschichte eines Mädchens, das einen alten Mann seines Geldes wegen heiratete und ihn anschließend vergiftete, um nicht das Lager mit ihm teilen zu müssen. Magnus suchte Horkels Blicke. Zu seiner Erleichterung nahm Horkels Geschichte dann einen anderen Verlauf, und das Mädchen endete als Sklavin in Miklagard im Harem eines Araberscheichs.

Danach wurden Scherze erzählt, doch Magnus konnte sich nicht an der allgemeinen Festfreude beteiligen. Er beobachtete Zarabeth, die sich zu Lotti gesellt hatte, die alleine in einer Ecke kauerte. Die Frauen hatten die anderen Kinder zu Bett gebracht. Lotti hatten sie einfach nicht beachtet. Ärger rumorte in seinem Bauch, wobei er wußte, daß es keinen logischen Grund dafür gab.

Zarabeth nahm das verschlafene Kind hoch, ohne zu wissen, wohin sie es betten sollte.

Magnus erhob sich und steuerte möglichst beiläufig ihre Richtung an. »Zarabeth«, sagte er leise, »Lotti bleibt hier im Langhaus. Ich zeig dir, wo sie schlafen kann.«

Er sah ihre Erleichterung, aber sie nickte nur. Magnus führte sie zum entfernten Ende des Raums, wo kleine Kammern zu beiden Seiten abgetrennt waren, die einen schmalen Gang in der Mitte freiließen. »Leg sie hier rein«, sagte er. In der Kammer stand eine breite Bettstatt, in der vier schlafende Kinder lagen. Er bückte sich, hob die Kinder, eines nach dem anderen, behutsam hoch und schob sie enger zusammen. Zarabeth legte Lotti auf den frei gewordenen Platz. Die Kleine lächelte verschlafen und schloß die Augen. Magnus breitete die große Wolldecke über die Kinder.

»Danke«, sagte Zarabeth, ohne ihn anzusehen.

»Du wärst wohl nicht begeistert, wenn sie in der Sklavenhütte schläft und du hier bleibst.«

Sie hob den Kopf, ohne etwas zu sagen.

»Ja, Zarabeth, du wirst heute nacht in meinem Bett schlafen und jede weitere Nacht, in der mir der Sinn nach dir steht.«

14

»Du hast Cyra. Sie ist schön, und sie will dich haben. Was willst du denn von mir?«

Magnus' Finger strichen behutsam durch ihr Haar. Dann lachte er in sich hinein. »Heute nacht wird gefeiert und meine Gäste bleiben bis morgen früh. Mein Bett überlasse ich meinen Eltern.« Er lachte wieder kopfschüttelnd.

»Du wirst Lotti nicht fortschicken, nicht wahr?«

Er hörte die Angst in ihrer Stimme und ärgerte sich darüber. »Geht es dir denn nie um dich selbst? Natürlich bleibt Lotti hier. Heute nacht schläfst du hier auf dem Fußboden.«

Ingunn befahl Zarabeth, Schüsseln, Schalen und Bretter zu spülen und Eisentöpfe mit Sand zu schrubben. Zarabeth war froh um die Arbeit, da sie auf diese Weise für sich sein konnte und nicht von den Männern behelligt wurde. Als sie eine Frauenstimme ansprach, achtete sie zunächst nicht darauf. Die Frau wiederholte: »Du bist also Zarabeth?«

Zarabeth hob den Kopf, und Magnus' Mutter Helgi stand vor ihr. Ihr Gesicht war gerötet von der Hitze und dem Wein, den sie getrunken hatte. Zarabeth forschte wachsam in ihrem Gesicht, konnte jedoch keine Bösartigkeit in ihren schönen, blauen Augen erkennen. Magnus hatte ihr erzählt, wie kräftig seine Mutter war, und mit welchem Schwung sie das Butterfaß rührte. Seine Stimme hatte einen liebevollen Klang, als er von Helgi gesprochen hatte. Sie war eine füllige Frau mit schweren Brüsten, das helle Haar von Silberfäden durchzogen. Sie hatte ein tiefes Grübchen am Kinn, das sie ihrem Sohn vererbt hatte.

Zarabeth nickte.

»Die Männer reden darüber, daß er dich vom Tod gerettet hat; du sollst deinen Gemahl ermordet haben.«

»Er hat mich gerettet, das stimmt.«

»Das andere stimmt nicht?«

Zarabeth schüttelte müde den Kopf. »Nein, aber es macht nichts. Er weigert sich, mir zu glauben.« Sie warf ihr feuchtes Haar nach hinten und entblößte den Sklavenkragen. »Ich bedeute ihm nichts. Ich bin nur eine Sklavin.«

Helgi stockte der Atem. Sie hatte das Band noch nicht gesehen, das lange Haar der Frau verdeckte es. Warum hatte Magnus ihr das angetan? »Warum hat er dich gerettet?«

»Ich glaube aus Rache.«

»Laß sie zufrieden, Mutter. Hör nicht auf sie. Sie spricht nie die Wahrheit.«

Helgi wandte sich an ihren Sohn. »Stimmt es nicht, daß du sie hergebracht hast, um dich an ihr zu rächen?«

»Es ist unwichtig, warum ich sie hergebracht habe! Sie ist hier, und sie wird hier bleiben.«

»Ja, das stimmt«, sagte Zarabeth mit lauter Stimme. »Ich habe keine andere Wahl, denn so lange er meine kleine Schwester festhält, sind mir die Hände gebunden.«

Magnus vergaß die Gegenwart seiner Mutter. Wütend packte er Zarabeths Handgelenk, riß sie herum. »So etwas sagst du nie wieder, verfluchtes Frauenzimmer! Ich habe dir gesagt, daß ich Lotti niemals als Druckmittel gegen irgend jemand benutzen werde. Das Kind steht unter meinem Schutz.«

»Ich glaube dir nicht. Du wirst das Kind bedrohen, wenn du meinst, mich damit kleinzukriegen.«

Helgi beobachtete die beiden und fragte sich, was zwischen ihnen vorgefallen war. Sie hatte Magnus nie so aufgebracht gesehen. Von ihren drei Söhnen war er derjenige, der sich in jeder Situation fest im Griff hatte. Er war stolz darauf, sich selbst und andere zu beherrschen. Er war immer ruhig, seine Stimme stets gelassen und fest. Nie brüllte er vor Wut los wie jetzt. Nun glich er seinem jüngeren Bruder John, der schrie und fluchte, und der sich nicht darum kümmerte, ob der ganze Gutshof über seine Gefühle Bescheid wußte. Magnus hegte offenbar tiefe Gefühle für diese junge Frau, deren Gesicht von einem wilden Kranz roter Locken umgeben war. Er wollte es nur nicht wahrhaben. Oder vielleicht waren ihm seine Gefühle klar, und er kämpfte mit aller Macht dagegen an. Helgi legte eine Hand auf den Arm ihres Sohnes. »Laß sie los, Magnus. Du hast nie zuvor Sklaven schlecht behandelt. Fang nicht jetzt damit an.«

»Ja, geh zu deiner Cyra!«

Jetzt lächelte er auf Zarabeth herab, aber es war ein Lächeln, das seiner Mutter keineswegs gefiel. »Nein, ich werde dich nicht schlecht behandeln. Und ich werde nicht zu Cyra gehen.« Er drehte sich auf dem Absatz um und ging zu seinem Vater und seinen Brüdern zurück, die laut sangen, von König Harald Schönhaar, der den habgierigen Gorm von Dänemark an seinen eigenen, langen Haaren erdrosselt hatte.

Die Zeit kroch dahin. Zarabeth konnte vor Müdigkeit keinen Gedanken fassen. Doch es gab immer mehr Schüsseln, Platten und Trinkgefäße zu spülen. Eine endlose Flut schmutzigen Geschirrs. Aus den Augenwinkeln sah sie, daß die anderen Sklaven das Langhaus verlassen und ihre Hütte aufgesucht hatten. Doch sie mußte Strafarbeit tun. Viele der Männer schliefen, mit den Köpfen auf dem Tisch liegend, laut schnarchend. Das Feuer war erloschen, kein Rauch stieg mehr zu der Öffnung im strohgedeckten Dach auf. Viele Gäste lagen der Reihe nach ausgestreckt auf dem Boden, jeder in eine Decke gehüllt. Ingunn kam zu ihr herüber, laut gähnend. »Du arbeitest langsam, Sklavin. Du wirst nicht eher zur Ruhe kommen, bis du hier fertig bist.«

Zarabeth dachte an Magnus' Worte. *Lotti steht unter meinem Schutz.* Sehr wohl. Sie wollte ihm glauben. Ihre kleine Schwester würde für nichts bezahlen, was sie machte. Sie lächelte Ingunn an und sagte: »Nein, Ingunn. Ich bin todmüde und lege mich jetzt schlafen, wie alle anderen Sklaven es bereits getan haben.«

Ingunn holte hörbar Luft. Das hatte sie nicht erwartet. Ihre Wut kochte über. »Du wagst es?«

»Ja, ich wage es.« Zarabeth hob die Schultern und wandte sich von dem Holzzuber ab, der mit schmutzigem Geschirr gefüllt war.

»Ich peitsche dich solange aus, bis dir das Fleisch am Rücken platzt, du Schlampe!«

Zarabeth sah die unbändige Wut in den Augen der Frau, ohne darauf zu achten. Schnell entfernte sie sich und steuerte die breite Holztür des Langhauses an, stieß sie auf und trat ins Freie. Die Nacht war gar nicht dunkel, nicht wie zu Hause. Es war die Zeit der Mitternachtssonne. Der Himmel war immer noch grau, von fahlem Lichtschein erhellt, wie in der Dämmerung, kurz bevor ein Regen einsetzt.

Es war warm, eine milde Brise wehte vom Viksfjord herauf. In der Ferne über dem Wasser ragten die Berge wie mächtige Schatten auf, die Gipfel wolkenverhangen. Sie erinnerte sich vage an die wogenden, grünen Hügel ihrer Heimat in Westirland, an die vom Meer aufsteigenden, feuchten Nebelschwaden. Hier war es trocken und warm, und die Landschaft von solcher Schönheit, daß sie am liebsten geweint hätte.

Sie ließ den Kopf sinken und schluchzte.

Sie spürte seine großen Hände, die ihre Arme umfingen, spürte, wie er sie an seine Brust zog. Sie schluchzte haltlos, fühlte sich schwach und hilflos.

Manus drehte sie langsam zu sich um. Er spürte ihre Tränen, spürte, wie der Weinkrampf ihren Körper schüttelte.

»Du bist müde«, sagte er nach langem Schweigen. »Du bist müde, und deshalb weinst du.«

Sie hob den Kopf und sah ihn im Zwielicht an. »Das möchtest du wohl gerne glauben, Magnus.«

Er beugte sich über sie und küßte sie, schmeckte ihre tränensalzigen Lippen. Ihr Schmerz quälte ihn. Seine Hände strichen über ihren Rücken, seine Finger berührten ihren Hals und fühlten das kühle Eisen des Sklavenbandes.

Er hatte dem Schmied den Auftrag erteilt, es um ihren Hals zu legen. Er hatte zugesehen, wie er es ihr angepaßt hatte, hatte beobachtet, wie ihr Gesicht immer bleicher wurde, bis jede Farbe daraus gewichen war.

Sie trug selber Schuld. Sie hatte ihn wütend gemacht, hatte versucht, einen anderen Mann zu verführen. Sie hatte ihm keine andere Wahl gelassen.

Langsam schob er sie von sich. Ihr Gesicht war tränennaß.

»Warum hast du mich betrogen? Warum?« Er wich einen Schritt zurück, entsetzt über seine Schwäche, die Pein in seiner Stimme. Wie weit hatte diese Frau ihn gebracht!

Zarabeth sah die Veränderung in seinem Gesicht, wie die Kälte in seine Augen aufstieg, wie er sich verschloß.

»Ich habe dich nicht betrogen.«

»Lügnerin. Geh ins Langhaus und leg dich schlafen. Morgen wartet eine Menge Arbeit auf dich.«

Er drehte auf dem Absatz um und ließ sie stehen, strebte mit langen Schritten dem Tor im Palisadenzaun zu, redete kurz mit den Wachen und schob den schweren Riegel beiseite.

Langsam kehrte sie zum Langhaus zurück. Auf dem Fußboden war kein Platz frei. Die Männer schnarchten laut, manche Frauen ebenfalls. Ein Pärchen tauschte Zärtlichkeiten aus, die beiden brachten aber in ihrer Berauschtheit nicht viel mehr zustande. Unschlüssig stand Zarabeth einen Moment herum, dann ging sie zur Kammer, in der Lotti und die Kinder schliefen. Sie schob ihre Schwester ein wenig beiseite, die anderen Kinder rückten im Schlaf willig nach, dann kroch sie unter die Decke. In wenigen Minuten war Zarabeth eingeschlafen, Lotti schmiegte sich wohlig an sie.

Magnus glaubte, sie habe ihn verlassen. Er musterte jeden Schlafenden in dem großen Raum. Sie war nicht da.

Er spähte in jede Kammer, Ärger und Angst wuchsen gleichermaßen. Schließlich fand er sie schlafend bei den Kindern. Vor Erleichterung sackten ihm beinahe die Knie weg. Kopfschüttelnd über sich selbst machte er es sich mit einer Decke im großen Raum bequem. Als der Schlaf endlich kam, träumte er von einer Frau, die ihn lockte, ihn auslachte. Als er sie zu sich drehte, hatte sie kein Gesicht. Sie warf den Kopf zurück, und um ihren Hals lag ein Eisenband.

Die Männer brachen am nächsten Vormittag spät auf, um zu ihren Familien zurückzukehren. Magnus' Eltern und seine Brüder verabschiedeten sich erst nach einem üppigen Mittagsmahl.

Zarabeth bediente an der Tafel, stumm und fahrig, mit dunklen Schatten unter den Augen. Ihr Kleid war zerknittert und beschmutzt. Magnus fragte sich, warum sie sich nicht gewaschen und frische Kleider angezogen hatte. Ihr Haar hing ihr zu einem schweren Zopf geflochten zwischen den Schulterblättern. Immer wieder wanderte ihr Blick zu Lotti hinüber, die mit den anderen Kindern spielte. Sein Sohn beobachtete das kleine Mädchen, und in seinen klaren, blauen Augen stand Abneigung. Magnus seufzte. Wenn der Junge nur verstehen würde. Sein Bruder Mattias brach ein Stück frisches Brot ab. »Du mußt mit der Frau fertigwerden. So kann das nicht weitergehen.«

»Es hat doch erst angefangen. Was meinst du eigentlich?«

»Du gibst mir ungebetenen Rat über meine Frau. Zugegeben, ich habe Glyda letzte Nacht gestattet, sich an meinem Körper zu vergnügen. Ich habe meinen Samen in sie ergossen. Vielleicht bringt sie diesmal ein Kind lebendig zur Welt.« Nach einer Pause fuhr Mattias fort: »Ich bin nicht blind und nicht sonderlich dumm. Deine Blicke verfolgen diese Frau mit dem seltsam roten Haar wie ein hungriger Wolf, der sie verschlingen möchte. Dann wieder siehst du sie an, als würdest du dein Leben geben, um sie zu beschützen. Hast du eine Erklärung dafür, Bruder? Hast du deinen Verstand und deine Männlichkeit an dieses Frauenzimmer verloren, das ihren Ehemann vergiftet hat?«

»Das geht dich nichts an.«

»Vater wollte es genau wissen, und Horkel mußte ihm erzählen, was passiert ist. Er sagte, du hast dich wie ein Ehrenmann verhalten.«

»Horkel weiß nicht, wovon er redet.«

»Er wußte, daß du das Mädchen heiraten wolltest, und daß sie dich abgewiesen hat.«

»Es reicht, Mattias.« Damit erhob er sich und begab sich zu seinem jüngeren Bruder Jon.

»Gerade wollte ich mit Magnus über Orm sprechen«, sagte Harald nun zu Mattias gewandt. »Ich traue dem Burschen nicht. Er wird versuchen, Ingunn zu entführen, daran zweifle ich nicht.«

»Ingunn würde nicht mit ihm gehen.«

»Pah! Da wäre ich nicht so sicher. Sie redet uns nach dem Mund, Mattias, aber sie will zu ihm. Das Mädchen ist verstockt und wirft mir böse Blicke zu. Sie war immer schon wankelmütig. Nachdem ich ihr den Umgang mit Orm untersagt hatte, wurde sie immer trotziger. Und selbst wenn sie ihn abweist, wird er sie zwingen, mit ihm zu gehen. Und dann muß ich ihn töten.« Harald seufzte tief. »Aber was passiert, wenn sie ein Kind von ihm erwartet, bevor ich ihn töten kann?«

Mattias lachte. »Vater, du spinnst dir das Ende einer Geschichte zusammen, die noch gar nicht begonnen hat. Magnus ist wieder da. Er wird nicht zulassen, daß Orm seinen Grund und Boden betritt.«

Harald brummte und schaute zu seiner Tochter hinüber, die mit der neuen Sklavin redete. Ingunn war erbost, das sah er sogar aus der Ferne. Er hoffte, sie würde die Frau nicht wieder schlagen. Es würde Ärger geben, das lag in der Luft.

Ingunn war wütend über die Unverschämtheit der

Sklavin. Ihre Hände zitterten. »Du hast nur Augen für den Balg! Mach deine Arbeit, Sklavin, sonst peitsche ich dich aus!«

In diesem Augenblick stürzte Egill sich mit einem Wutschrei auf Lotti, die einen Ball gefangen hatte, der nicht für sie bestimmt war. Lotti stürzte unter Egills Attacke zu Boden.

Zarabeth schrie auf und rannte zu den Kindern. Sie hob Egill hoch und befreite Lotti. Als sie das Kind zu sich herumdrehte, machte sie große Augen. Lotti wies grinsend auf Egill und rief laut und vergnügt: »Egill! Spaß!«

Zu Zarabeths Erstaunen rappelte Lotti sich auf die Beine, schrie erneut aus Leibeskräften »Egill!« und stürzte sich auf den Jungen. Die beiden gingen zu Boden, Arme und Beine ineinander verschlungen, wälzten sie sich im Ringkampf auf der Erde.

Die anderen Kinder schauten einen Augenblick zu, dann fingen auch sie miteinander zu ringen an. Es dauerte nicht lang, und vier Kinderknäuel wälzten sich vergnügt quietschend auf der Erde.

Magnus, der sich am anderen Ende des Raums mit Jon und anderen Männern unterhielt, drehte sich durch das Geschrei um, und sah die kämpfenden Kinder. Sein erster Gedanke galt Lotti, und er rannte los.

Zu seiner Verblüffung saß die Kleine rittlings auf Egill, ihre kleinen Hände in seinem Haarschopf verkrallt und hüpfte quietschend und lachend auf ihm herum. Egill wollte sie abschütteln, doch Lottis Beine klammerten sich um seinen Leib, nicht bereit, ihren Vorteil aufzugeben. Jetzt erkannte auch Magnus, daß sein Sohn ihr nicht weh tun wollte. Egill mußte sich das Lachen verbeißen.

Zarabeth hob Lotti hoch, lachte glücklich und küßte das schmutzige Gesicht des Kindes. Ihr Lachen klang süß und bezaubernd und erhellte ihr Gesicht. Magnus schluckte und wandte sich ab. Sie hatte zum ersten Mal gelacht seit ... Nein, daran wollte er nicht denken. Es war alles nur eine Lüge gewesen. Eine einzige Lüge.

Er wollte sie besitzen. Er vertrieb sich die Zeit während des langen Tages, ging mit seinen Männern zur Jagd und nahm Egill mit. Am Abend beobachtete er sie bei der Arbeit. Wie immer ließ sie Lotti nicht aus den Augen. Er wollte sie beruhigen, ihr sagen, daß alle Erwachsenen stets ein Auge auf die Kinder hatten; doch sie würde ihm nicht glauben. Die Stunden krochen dahin, und immer wieder suchte er sie mit Blicken. Cyra hatte er weggeschickt. Schließlich sagte er Ingunn, Zarabeth habe genug gearbeitet. Seine Schwester war nicht begeistert über seine Einmischung, nickte aber stumm. Er wartete und beobachtete, wie Zarabeth Lotti zu Bett brachte.

Er wartete eine weitere halbe Stunde. Horkel sang ein Lied von Magnus Vater, dem Held einer Seeschlacht vor etwa fünfzehn Wintern. Damals hatte Harald zwanzig Sklaven gefangen und viele Kisten mit Silber und Gold erbeutet.

Als die Leute zu gähnen anfingen, erhob sich Magnus und wünschte gute Nacht. Zarabeth war nicht mehr im Langhaus. Er ging zur Sklavenhütte. Dort war sie nicht. Er fand sie im Gespräch mit einer der Wachen, die auf ihrem Posten auf dem Turm am Nordtor saß. Eifersucht und Wut stiegen in ihm hoch, bis er verärgert über seine eigene Schwäche erkannte, daß Hollvard der Wächter war, ein alter Mann mit weißen, schütteren Haaren und zahnlosem Mund.

Rasch trat er auf sie zu und blieb stehen.

»Ja, Herrin«, sagte Hollvard gerade in seiner bedächtigen Art. »Da draußen in den Bergen treibt sich Gesindel herum. Selbst ein Mann in Begleitung von sechs Bewaffneten muß sich in acht nehmen. Es sind unsichere Zeiten.«

»Zarabeth«, sagte Magnus und legte ihr die Hand auf die Schultern. Sie spannte sich an, schwieg aber.

»Ich habe der Herrin von unseren Sitten und Gebräuchen erzählt.«

»Ja, das habe ich gehört.« Er bedachte sie mit einem bitteren Blick. »Du hast sie gewarnt, daß es dumm wäre, aus Malek fortzulaufen.«

»Nein, danach hat sie nicht gefragt. Ich habe ihr nur von den Gefahren in der Gegend erzählt.«

»Sie hat dich aus einem bestimmten Grund gefragt, Hollvard, zweifle nicht daran.«

Hollvard schüttelte verständnislos den Kopf. Magnus sagte zu Zarabeth: »Komm jetzt, es ist Zeit zu Bett zu gehen.«

Sie hob zum ersten Mal den Kopf, und er sah ihre Angst, ihren Trotz. Mit ruhiger Stimme befahl er: »Sieh mich nicht so an! Komm.«

Und er nahm ihre Hand, nickte Hollvard zu und führte sie zum Langhaus. Die Nacht war lau und hell.

Er blieb stehen und zog sie sehr behutsam, sehr sanft an sich. »Schau mich an, Zarabeth.«

Sie hob den Kopf, und er erforschte ihre Gesichtszüge. Sanft berührten seine Fingerspitzen ihren Mund, ihre Wangen. Dann küßte er sie. Ihre Lippen waren kalt und fest aufeinander gepreßt.

Er lächelte. »Nein, Liebes. Öffne deine Lippen für mich. Du hast es schon einmal getan, erinnerst du dich?«

Als sie sich blitzschnell entwand und mit Fäusten auf ihn einschlug, reagierte er nicht schnell genug. Sie rannte zurück zum Tor.

Er wollte hinter ihr herschreien, besann sich aber eines Besseren. Er konnte direkt hören, wie seine Männer sich erzählten, daß ihm die Sklavin davongelaufen sei, und er wie ein brünftiger Hirsch hinter ihr her gebrüllt habe.

Er rannte los und holte sie schnell ein. Sie hatte bereits den Holzriegel beiseite geschoben und das Tor aufgerissen. Bevor er sie fassen konnte, war sie draußen. Hollvard glotzte hinter ihr her. Er hatte sich nicht gerührt, um sie aufzuhalten. Sie rannte nicht zum Wasser hinunter, sondern wandte sich landeinwärts und lief den schmalen Feldweg zum Wald hinauf. Dort wollte sie sich vor ihm verstecken.

An der ersten Baumreihe packte er zu.

Seine Wut war verraucht. Im Gegenteil, er war ihr direkt dankbar, denn hier war der richtige Ort. Hier würde er sie nehmen im Schatten der mächtigen Tannen.

»Ich werde dir nicht weh tun«, sagte er und hielt sie an sich gedrückt. Sie schüttelte den Kopf. Er hob ihr Kinn und küßte sie. Sie riß den Kopf herum, keuchend, und er küßte ihr Ohr und ihre Wange. Er hielt ihren Kopf zwischen den Handflächen fest. »Jetzt«, sagte er. »Jetzt ist es soweit.«

Dann hob er sie hoch und ließ sich mit ihr seitlich zur Erde fallen. »Zarabeth«, raunte er dabei, »ich tu dir nichts. Ich nehme dich, und ich wünsche nicht, daß du gegen mich kämpfst.«

Sie schaute dem Mann ins Gesicht, den sie geliebt hatte, den Mann, den sie nun fürchtete, und sagte sehr ruhig: »Wirst du zu Cyra zurückkehren und zu deinen anderen Frauen, wenn du mich genommen hast? Wirst du mich danach in Frieden lassen?«

Er blickte sie wortlos an.

»Du willst mich doch nur strafen, um mich zu unterwerfen, um zu beweisen, daß du der Stärkere bist, um mir zu zeigen, daß du der Herr bist. Wenn du dein Ziel erreicht hast, scherst du dich nicht mehr um mich. Wirst du mich dann in Frieden lassen?«

Langsam und mit klarer Stimme antwortete er: »Du wirst jede Nacht meines Lebens bei mir schlafen und jeden Morgen neben mir aufwachen, selbst wenn ich dich nicht jede Nacht nehme.«

»Warum? Ich bedeute dir nichts! Du haßt mich, du glaubst, ich habe dich belogen, dich betrogen. Warum?«

Darauf wußte er keine Antwort. Sie versuchte, sich ihm zu entwinden; er legte rasch sein angewinkeltes Bein über sie.

Langsam schnürte er ihr Kleid über den Brüsten auf. Dabei blieb sein Blick auf ihrem Gesicht haften. Als seine Finger ihre nackte Haut berührten, flackerten seine Augen.

Sie spürte, wie seine schwieligen Finger ihre Brustknospen berührten, und sie wimmerte. »Gefällt dir das, Zarabeth? Du bist so zart, so unendlich zart.«

Seine Handfläche strich von einer Brust zur anderen, seine Augen fixierten immer noch ihr Gesicht, beobachteten jede ihrer Regungen. Sie vermochte ihn nicht aufzuhalten. Sie mußte ihn ertragen. Sie zog sich in ihr Inneres zurück. Das bemerkte er. »Nein, du bleibst hier bei mir, und du spürst mich, Zarabeth. Du spürst, wie ich dich berühre, und ich werde zusehen, wie deine Lust in deine Augen steigt. Du wirst dich mir nie wieder entziehen. Ich lasse es nicht zu.«

Er beugte sich über sie und küßte sie. Ihre Lippen waren leicht geöffnet, und er drängte seine Zunge dazwischen. Eine unendliche Wärme durchströmte ihn, Wärme und Zärtlichkeit. Und er kämpfte nicht dagegen an. Er konnte nicht dagegen ankämpfen. Er überließ sich dem Ansturm seiner Gefühle. Sein Verlangen nach ihr war groß, größer als je zuvor nach einer Frau. Er wollte sie nicht mit Gewalt nehmen. Er küßte sie, nicht fordernd, sondern hingebungsvoll, wollte ihr zu verstehen geben, daß er sanft mit ihr sein würde, und seine Hände liebkosten ihre Brüste. Sie hielt sich völlig still. Dann schob seine Zunge sich tiefer in ihren Mund, und sie erschauerte, ihre Brust hob und senkte sich in seiner Hand.

»Zarabeth«, flüsterte er an ihren offenen Lippen. »Ich komme zu dir.« Sie erstarrte, als seine Hand über ihren Bauch zu ihrem Becken tastete. Tiefer, sie sehnte sich danach, seine Finger tiefer zu spüren. Zu ihrer grenzenlosen Beschämung stöhnte sie auf. Sie stöhnte vor Lust. In ihr war ein mächtiges Verlangen, das ihr unbegreiflich war.

Er hob den Kopf und lächelte. Seine Finger lagen auf ihrem Bauch. »Noch einmal, Zarabeth.« Seine Hand tastete nach ihrem Schamhügel und seine Finger fanden sie.

Sie blickte ihn an, Angst und Erregung in ihren Augen. Langsam, ganz langsam begannen seine Finger sie zu liebkosen. Sie bewegte sich nicht. Er sah das Erstaunen, die Verlegenheit, die Scham in ihren Augen und flüsterte: »Ja, so bereitet ein Mann einer Frau Lust. Sag mir, daß es dir gefällt, Zarabeth. Sag es mir.«

Sie schüttelte den Kopf und flüsterte: »Aber es tut auch weh . . .«

Seine Finger ließen von ihr ab; er spürte, wie sie den Atem anhielt. Er küßte sie und schob seinen Mittelfinger in sie. Wie eng sie war, doch diesmal war ihre Öffnung feucht. Er wußte, wenn er jetzt nicht in sie eindrang, würde er seinen Samen vergeuden. Sein Geschlecht war schmerzhaft pochend erregt und hart. Er biß die Zähne aufeinander, doch es half nichts.

Er riß ihr den Rock hoch und drückte ihre Schenkel auseinander. In ihren Augen stand nun Angst, stärker als ihre Erregung. Er brachte sich zwischen ihren Beinen in Position und zog ihre Knie an. »Halt jetzt still. Ich tu dir nicht weh.« Langsam führte er sich in sie ein. Die Hitze ihres Körpers raubte ihm beinahe den Verstand, doch er behielt die Kontrolle und schob sich unendlich behutsam in sie. Sie war eng, ihre Muskeln saugten sich förmlich an ihm fest. Er schloß die Augen. Ihre Fäuste hämmerten gegen seine Brust, seine Schultern; er ließ sich durch nichts aufhalten.

Sie weinte. So durfte es nicht sein. Er spürte ihr Jungfernhäutchen, und sein Verlangen steigerte sich ins Unerträgliche. Er beugte sich über sie, ohne sich in ihr zu bewegen und küßte sanft ihre kalten Lippen. »Zarabeth, schau mich an.«

Mit geschlossenen Augen schüttelte sie heftig den Kopf.

15

Er bewegte sich nicht, um nicht von seinem pochenden Verlangen übermannt zu werden. Er sagte sich immer wieder: Sie ist nur eine Jungfrau, und ich bin ihr erster

Mann. Das einzige Vergnügen, das ich an dieser Paarung habe, ist, sie in Besitz zu nehmen. Mehr ist es nicht.

»Sieh mich an.« Seine Stimme klang rauh.

»Nein«, rief sie mit spitzer, gequälter Stimme.

»Bitte Zarabeth, ich möcht dich ansehen, wenn ich mich in dir ergieße.«

Die Worte kamen aus seinem Mund, bevor er wußte, was er sagte. Nie zuvor in seinem Leben hatte er etwas von einer Frau erbeten, die er bestiegen hatte. Er wartete. Langsam wandte sie ihm ihr Gesicht zu und öffnete die Augen.

Sie bewegte sich leicht unter seinem Gewicht, und Magnus stöhnte.

Er schob sich ein wenig weiter in sie und spürte, wie sie sich verspannte.

»Das ist dein Jungfernhäutchen, eine dünne Haut, die ich zerreißen werde. Es tut nur ganz kurz weh, Zarabeth, dann ist es vorbei.«

»Und dann läßt du mich zufrieden?«

Er lächelte schmerzlich.

»Ja, aber vorher werde ich dir Lustgefühle bereiten.«

Er umfaßte ihre Handgelenke und schob sie nach oben über ihren Kopf. Er lag nun ausgestreckt auf ihr und sah sie an, während er langsam weiter in sie drang. Sie versuchte, sich ihm zu entwinden, zuckte und wand sich unter ihm, und er küßte sie. »Langsam, Liebes«, raunte er in ihrem Mund. Dann plötzlich bäumte er sich auf, schaute ihr in die Augen, als er ihr Jungfernhäutchen durchstieß und tief in sie eindrang.

Er erstickte ihren Schrei mit seinem Mund. »Es ist gleich vorbei«, sagte er immer wieder. »Halt still, es ist vorbei.«

»Es tut weh«, flüsterte sie, und er spürte ihre nassen Tränen auf seinem Gesicht. »Ich wußte nicht, daß es so weh tut.«

»Es tut mir leid. Ich wünschte, ich hätte dir das ersparen können.« Aber es lag kein Bedauern in seiner Stimme. Im Gegenteil, er klang stolz und zufrieden, und in Zarabeths Ohren voller männlichem Triumph. Sie lag still, spürte, wie er sich tief in ihr bewegte. Jetzt war es vorbei; er hatte sie genommen; er hatte gewonnen.

Der Schmerz ließ nach. Erst als er sich zu bewegen begann, spürte sie seine Fülle, seine geschmeidige Härte. Es zählte nicht, redete sie sich ein. Wenn er mit ihr fertig war, würde er sie in Frieden lassen. Ihre Jungfernschaft hatte sie ihm gegeben, und er war nicht grob mit ihr gewesen, und dafür war sie ihm dankbar. Sie war froh, daß sie nicht verbissener gegen ihn gekämpft hatte. Damit hätte sie sich nur noch mehr Qualen bereitet. Sie spürte nichts als sein hartes Glied in ihrem Leib, und ihre Abscheu gegen diesen Mann, der sich keuchend auf ihr bewegte, der in ihren Körper eingedrungen war, der mit ihr machte, was er wollte.

Sein Keuchen beschleunigte sich. Er stöhnte auf, zog sich zurück, und dann stieß er in sie, schneller und schneller und stöhnte wild dabei auf. Plötzlich erstarrte er mit zurückgeworfenem Kopf, und dann stieß er einen Schrei aus. Sie spürte, wie er zuckend seinen Samen in sie entleerte.

Dann wurde er ruhig. Er lag schwer auf ihr, und sie fühlte sich unendlich müde, gleichzeitig seltsam erleichtert, daß es vorbei und nicht so schlimm war, wie sie befürchtet hatte.

Er ließ ihre Handgelenke los und stützte sich auf die Ellbogen, um sein Gewicht etwas von ihr zu nehmen. Er war immer noch tief in ihr, fühlte sich aber nicht mehr so prall an.

»Hab ich dir weh getan?«

»Ja.« Zu spät bemerkte sie, daß ihm dieses Zeichen ihrer Unschuld gefiel, und sie wünschte, sie hätte gelogen.

»Aber jetzt hast du keine Schmerzen, oder?«

Sie schüttelte den Kopf, schloß die Augen, um seinen forschenden Blick nicht ertragen zu müssen.

»Gleich werde ich dir Lust bereiten.«

Sie riß die Augen auf. Ihre Verblüffung, ihr Unglauben, machte ihn lächeln.

»Du wirst sehen.«

Sehr langsam entzog er sich ihr. Er bedauerte nichts, nein, er war der einzige Mann, der ihren Körper je besitzen würde. Er kniete nun zwischen ihren gespreizten Beinen. Ihre Schenkel und sein Glied waren blutverschmiert. Er hockte sich auf die Fersen und blickte sie an. Im Zwielicht konnte er sie deutlich sehen; ihre weißen Schenkel, ihre zarte Haut, bei deren Berührung ihm der Atem stockte. Ihr leuchtendrotes Kraushaar. Jetzt berührte er sie ganz sanft. Er wollte seine langen Finger auf ihr sehen und wissen, daß sie zusah. Sie hielt den Atem an. Ihre Brüste faszinierten ihn, deren Fleisch so weiß und weich war wie ihr Bauch und ihre Schenkel. Sie müßte als seine Frau unter ihm liegen, nicht als seine Sklavin. Er dachte an den Tag, an dem er sie zum ersten Mal gesehen hatte und *wußte,* daß er sie lieben, daß sie ihm gehören würde. Doch er hatte sich geirrt. Er hatte sich in allem geirrt, abgesehen von den Gefühlen, die tief in ihm glühten. Er schob seine Gedanken beiseite; wollte sich jetzt nicht damit beschäftigen. Er wollte ihr Vergnügen bereiten, er wollte ihre Lustschreie hören, wenn sie zum Höhepunkt kam. Er mußte sie auch in diesem letzten Bereich beherrschen.

Er legte sich neben sie. Seine Hand liebkoste ihren Bauch, seine Finger fanden sie durch das dichte rote Kraushaar. Als er sie berührte, blickte er in ihre Augen und sah das einsetzende Erkennen, das Erstaunen und die Angst. Angst vor ihm? Er hatte nicht die Absicht, ihr weh zu tun, dennoch konnte er ihr die Angst nicht verdenken. Er lächelte sie an, und seine Finger fanden ihren Rhythmus. Ihre Augen weiteten sich vor Entsetzen und Scham. Sie schnellte zur Seite, rollte sich seitlich ein, mit dem Rücken zu ihm, und ihre Schultern zuckten.

»Nein«, raunte er. »Vertrau mir, Zarabeth. Komm, laß dir zeigen, was Lust für eine Frau bedeutet.«

Sie rollte sich noch mehr zusammen, und der Anblick ihrer Hinterbacken und ihrer langen weißen Beine verursachten ihm Schmerzen. Er nahm ihren Arm und drehte sie wieder auf den Rücken. »Du tust, was ich dir sage. Du wirst dich mir nicht widersetzen.«

»Du behauptest, du willst mir Vergnügen bereiten, dabei willst du nur den Herren über deine Sklavin spielen. Das gefällt dir. Du willst herrschen, Magnus, du willst andere unterwerfen.«

Er achtete nicht auf die Bitterkeit ihrer Worte, achtete nicht darauf, daß sie die Wahrheit sprach und schüttelte den Kopf. »Halt still. Ich sage es nicht noch einmal.« Er legte seine Hand flach auf ihren Bauch. Seine andere Hand tastete durch ihr Kraushaar und fand sie, und wieder tauchten seine Finger in sie ein und begannen ihren Tanz, langsam, dann schneller, ganz zart, dann wieder tief und fordernd. Sie schloß sie Augen, um ihm ihre Demütigung nicht zu zeigen. Er berührte sie und sah ihr dabei ins Gesicht, forschte nach ihren Regungen und wußte, daß sie ihn dafür haßte.

Dann plötzlich reagierte ihr Körper, und sie erstarrte. Der Rhythmus seiner spielenden Finger beschleunigte sich. »Ja, es gefällt dir«, sagte er, als sei er stolz auf sie, wie auf ein gelehriges Hündchen. Ohne Vorwarnung stieg ihre Erregung, züngelte wie Flammen unter einem Blasebalg hoch, steigerte sich in ein Lustgefühl, so heftig, so allumfassend, daß sie aufstöhnte und sich deshalb zu Tode schämte. Es war mehr als Erniedrigung, sein Zuschauen, sein Abschätzen. Sie hörte ihre eigenen Schreie, gequält und zerrissen. Die Lust baute sich in ihr auf. Sie wußte, da war noch mehr als diese Flutwelle, die einen Damm zu durchbrechen drohte, und sie wußte auch, daß sie allein sein würde, wenn der Damm brach. Er beherrschte sie, er teilte die Lust nicht mit ihr. Er war völlig getrennt von ihr.

Magnus beugte sich über sie, sein warmer Atem an ihrer Wange gab ihr Mut, sie hob ihre Hüften, bewegte sich seinen Fingern entgegen. Sie erwiderte seinen Kuß, und ihre Zunge berührte seine. Und er beobachtete sie, registrierte jede ihrer Regungen und wußte, wann sie sich nicht länger kontrollieren konnte, loslassen mußte. Als der Höhepunkt ihrer Lust kam, küßte er sie tief und nahm ihren Schrei in seinem Mund, in seiner Seele auf.

»Das hast du gut gemacht«, sagte er, nachdem ihr Atem ruhiger geworden war. »Wenn eine Frau vor Lust schreit, ist der Mann stolz auf sich.«

Sie war verzweifelt. Sie sah ihn an, stumm; und sah, wie Groll sich in seinen Augen zusammenbraute.

»Du hattest keine Chance. Du hast dich dagegen gewehrt, Zarabeth, aber du hattest keine Chance. Gib zu, daß es dir Spaß gemacht hat.«

Sie schüttelte den Kopf. »Es ist einfach passiert, mehr nicht.«

Sein Mund war eine schmale Linie. »Es wird immer passieren, wenn ich möchte, daß du diese Gefühle hast. Du wirst dich mir nie widersetzen, Zarabeth.«

»Was wirst du tun?« fragte sie teilnahmslos.

»Ich weiß nicht«, sagte er, selbst überrascht von seiner Aufrichtigkeit.

Sie sah ihn lange an. Schließlich flüsterte sie: »Was willst du von mir, Magnus?«

Das Sklavenband glänzte im Schein der Mittsommernacht. Er holte tief Luft. »Stell mir keine Fragen, Frau. Du bist ungehorsam und anmaßend. Reize mich nicht, Zarabeth.«

»Was willst du von mir?« wiederholte sie.

»Komm«, sagte er und stand unvermutet auf. »Ich will dich in meinem Bett haben.«

Sie erhob sich zögernd. Ihr Körper war wund, und ihre Knie schlotterten. Und immer noch war ein sanftes Pochen in ihr, eine Mahnung daran, was er ihr angetan hatte, welche Gefühle er in ihr ausgelöst hatte. Ja, sie spürte eine Weichheit und Wärme, sie konnte es nicht leugnen, doch gleichzeitig wünschte sie, sie hätte neben ihm gelegen und nichts unter seiner Berührung gespürt, nichts außer ihrem Haß. Sie fühlte sich entblößt und hilflos. Willenlos glättete sie ihr Gewand, knotete die Bänder an den Schultern und schob die Haare, die ihr ins Gesicht hingen, nach hinten. »Jetzt siehst du nicht mehr aus wie eine Jungfrau«, grinste er.

»Es ist unwichtig«, sagte sie achselzuckend. »Ich wußte, daß du mich zwingen würdest. Ich wußte auch, daß du mich nicht wirklich berühren würdest, nur meinen Körper. Ich nehme an, mein Körper würde auf die Berührung eines anderen Mannes ebenso reagieren.«

Er hatte sie gewarnt, ihn nicht zu reizen. Sie wartete auf seine Reaktion, beobachtete den Pulsschlag an seinem Hals, sah seine verhärtete Kiefermuskulatur. Er sah sie nun aus kalten Augen an. Ein innerer Kampf schien in ihm zu toben. Doch dann nahm er nur ihre Hand und zog sie mit sich. Keiner von beiden sprach ein weiteres Wort, bis sie den Palisadenzaun erreichten.

Alles war still im Langhaus, als er sie in seine Kammer führte. Er schwieg immer noch, bedeutete ihr lediglich, sich auszuziehen. Sie wandte sich von ihm ab, streifte ihr Gewand ab und schlüpfte unter die Wolldecke. Er legte sich nackt neben sie und nahm sie in die Arme, ohne darauf zu achten, wie sehr sie sich gegen ihn sträubte. Als Magnus gegen Morgen erwachte, war sie weg. Sofort war er hellwach. Er warf die Decke beiseite und sprang aus dem Bett. Dann ging er in die Kammer der Kinder. Dort lag sie fest schlafend, Lotti an sich gedrückt.

Er weckte sie behutsam, damit die Kinder nicht wach wurden und führte sie zu seinem Bett zurück. Er riß ihr das Leinenhemd vom Leib. Es verlangte ihn dringend nach ihr, doch seine Wut und seine Lust ergaben eine seltsame Mischung. Er wollte sie strafen, und er wollte, daß sie schrie, wenn sie den Höhepunkt der Lust erreichte, den er ihr verschaffte.

Er küßte sie und hörte nicht auf, sie zu küssen, als er in sie eindrang, und sie in seinen Mund stöhnte, ob vor

Schmerz oder Lust, wußte er nicht zu sagen. Und es war ihm egal. Er ritt sie hart und kam schnell zum Erguß. Die Kammer war dunkel wie eine Höhle, und dafür war er dankbar. Er fürchtete, sich beim Anblick ihres Gesichts zu hassen. Er wollte ihre starren Augen nicht sehen, ihre Verzweiflung würde ihn ersticken. Und tief in seinem Innern wußte er, daß sie vor Schmerz stöhnte. Er war grob mit ihr, hatte sie nicht mit einem sanften Vorspiel auf kommende Lustgefühle eingestimmt.

Er zog sich aus ihr zurück, und ohne ein Wort zu sagen, ohne Pause, spreizte er ihre Beine breiter, beugte sich über sie und liebkoste sie mit der Zunge. Sie bäumte sich hoch, kämpfte gegen ihn, wütend und erschrocken. Aber er ließ sich nicht beirren. Als er spürte, wie die Spannung sich in ihr aufbaute, lockerte er seinen Griff. Er lächelte. Sie hatte aufgehört, sich gegen ihn zur Wehr zu setzen. Und als der erste Schrei sich aus ihrem Munde löste, legte er ihr seine Hand sanft auf den Mund und dämpfte die Lautstärke ihrer Lust.

Er hatte gewonnen.

Sie weinte hemmungslos, als er sie in den Armen wiegte. »Jetzt gehörst du mir«, sagte er immer wieder.

Er brachte sie ins Badehaus, wo die Fässer stets mit heißem Wasser gefüllt waren, aus denen Dampf aufstieg, der den Schweiß aus den Poren trieb. Es war kurz nach Tagesanbruch, und der Himmel war blaßgrau mit einem rosa Schimmer. Schweigend bedeutete er ihr einzutreten. Er setzte sich auf eine lange Holzbank, lehnte sich zurück, faltete die Arme über der Brust und befahl ihr, die Kleider auszuziehen.

Es würde nie enden, dachte sie und schüttelte langsam den Kopf.

»Ich habe dich nackt gesehen. Wieso zierst du dich noch?«

»Es ist hell hier, und ich schäme mich.«

»Wie du meinst«, sagte er, »aber es tut nichts zur Sache.« Er erhob sich rasch und riß ihr das Leinenhemd vom Leib. Sie erkannte, daß ihr Widerstreben und ihre Kämpfe ihm Genugtuung bereiteten. Sie hörte auf zu kämpfen. Sie besaß schließlich nur noch ein Hemd.

Als sie nackt und schwitzend vor ihm stand, bedeutete er ihr, auf der Holzbank Platz zu nehmen, stand auf und zog seine Tunika aus. Stark und groß und wohlgeformt stand er vor ihr. Es schmerzte sie, ihn anzusehen.

»Komm und wasch dich. Du riechst nach Lust und Schweiß.« Er gab ihr Seife und ein weiches Tuch. Sie wusch sich, und es war ein herrliches Gefühl. »Stell dich gerade hin.« Bevor sie wußte, was geschah, hatte er einen Eimer kaltes Wasser über sie gegossen. Sie schrie vor Schreck auf, wollte sich wütend auf ihn stürzen; doch er kippte sich selbst einen Eimer Wasser über den Kopf.

»Setz dich und genieße den heißen Dampf. Dann übergieß ich dich wieder mit kaltem Wasser. So baden die Wikinger. Die Sachsen stinken. Wir nicht.«

Sie saß stumm neben ihm, von heißem Wasserdampf eingehüllt. Magnus streckte sich auf der langen Bank aus und bettete seinen Kopf auf ihren Schoß. Sie versuchte, sich ihm zu entziehen, doch die Bank war schmal, und er hielt sie fest. Seine Arme schlangen sich um ihre Hüften. Er wandte ihr sein Gesicht zu und küßte ihren Bauch. Als seine Zunge sie berührte, schob sie seinen Kopf von sich weg. Und er lachte. Er zog sie wieder an sich. Ihre Körper waren glatt von Schweiß und Wasser. Dann richtete er sich auf. Er setzte sie sich auf den Schoß und öffnete ihre Schenkel, bis sie eng an ihn gedrückt war. Er hob sie wieder hoch und führte sich in sie ein.

»Magnus!«

»Halt still. Ja. Jetzt beweg dich, reite mich.« Er schlang seine Arme um ihren Rücken und hielt sie fest. Als sie sich nicht bewegte, lächelte er. Sie wußte nicht, was sie tun sollte. Er umfing ihre Hinterbacken mit seinen großen Händen, hob sie hoch, senkte sie wieder und schob sich dabei tief in sie hinein.

Sie japste, und ihre Hände krallten sich an seinem Hals fest. Er küßte sie, während er sie hin und her schob. Er spürte, wie ihre Erregung stieg, und er spürte, daß er sich seinem Höhepunkt näherte. Seine Finger suchten und fanden sie; sie spannte sich an und bewegte sich zuckend.

Ihr Körper explodierte vor Lust, und er küßte sie wild, schob sich weit in sie, und dann ließ er los, bäumte sich auf und keuchte stöhnend im heißen Wasserdampf. Dann hielt er ihren Kopf an seine Schulter gebettet und streichelte ihr sanft den Rücken.

Ihr Haar klebte naß und schwer auf der Haut. Er schob es beiseite, um sie besser streicheln zu können. Dabei berührte er das Sklavenband und zuckte zurück, als habe er sich die Finger verbrannt.

Er hob sie sanft von sich und reichte ihr schweigend die Seife. Sie stand einen Augenblick vor ihm, splitternackt, ihr Körper gerötet, geschwächt und weich, und sie haßte sich und ihn, war ihm hilflos ausgeliefert. Er spürte, was in ihr vorging und redete sich ein, seine Freude daran zu haben. Er blieb auf der Bank sitzen und sah ihr zu, wie sie seinen Samen von ihrem Körper wusch.

Im Badehaus gab es einen kleinen Vorraum. Jemand hatte frische Kleider gebracht. Sie schloß vor Scham die Augen. Jemand hatte sie beobachtet, nackt, hatte gesehen, wie er sie nahm, wie er sie zum Schreien brachte. Mit zitternden Fingern knotete sie die Bänder ihres Gewandes.

Er nahm ein trockenes Tuch und wickelte es um ihre Haare. Er hob ihr rosig glänzendes Gesicht und küßte sie. Dann nahm er sie bei der Hand, führte sie ins Freie. Die Sonne strahlte nun vom Himmel, und die Morgenluft war kühl. Das Gesinde war schon an der Arbeit, die Sklaven verließen gerade das Tor, um auf den Feldern zu arbeiten. Wieso liefen sie nicht einfach davon? fragte sie sich. Sie hätte es sofort getan. Magnus blieb stehen und zog sie an sich. Er küßte sie wieder, lang und innig, vor all seinen Leuten.

»So«, sagte er mit Bestimmtheit. »Damit es keine weiteren Fragen gibt.«

Zarabeth betrat das Langhaus. Das Haar hing ihr noch feucht über den Rücken; sie fühlte sich herrlich sauber. Sie spürte Magnus noch auf ihren Lippen. Ihr Körper war wund. Lotti saß mit vier anderen Kindern bei Eldrid, einer Tante von Magnus. Die Frau saß vor einem großen Webstuhl und webte gesponnenen Faden zu Tuch. Sie war ebenso groß und kräftig wie ihre Schwester Helgi. Doch ihre Gesichtszüge waren verhärtet und wurden nur weich, wenn sie mit den Kindern redete. An Zarabeth hatte sie noch kein einziges Wort gerichtet.

Ingunn hielt sich in ihrer Rede nicht zurück. »Magnus ist also mit dir fertig, wie ich sehe. Mich wundert, daß du noch gehen kannst. Du scheinst ja eine Menge Männer in York gehabt zu haben.«

»Wer weiß?« entgegnete Zarabeth und nickte Cyra zu, die hinter Ingunn stand, einen Spinnrocken in der Hand, den sie wie eine Waffe hielt.

»Er treibt es mit Cyra gern im Badehaus. Du bietest ihm nichts Neues.« Ingunn wartete, doch von dieser Frau kam keine Gefühlsregung. »Mach dich an die Arbeit.«

Zarabeth nickte. Es kümmerte sie nicht, ob sie das Butterfaß rührte, oder in einem Trog Mehl mit Wasser zu Brotteig mischte. Bald schmerzten ihre Arme vom Teigkneten. In York hatte sie nie so viel Brot auf einmal gebacken, und in ihrem ganzen Leben hatte sie noch kein so riesiges Butterfaß gesehen. Doch im Grunde waren es Arbeiten, die sie kannte, und sie waren gut, um ihre Gedanken zu betäuben. Sie dachte an Flucht. Sie schloß die Augen beim Teigkneten, und sein Bild stand vor ihren Augen. Magnus hatte sie berührt, so sehr sie sich dagegen zur Wehr gesetzt hatte. Er hatte ihr tiefstes Geheimnis berührt, wieder und immer wieder. Nicht nur die Lust, die er ihr verschafft hatte, verwirrte sie, obgleich sie glaubte, dabei den Verstand zu verlieren. Nachdem sie den Teig lange genug geschmeidig geknetet hatte, dauerte es eine weitere Stunde, bis sie handliche Laibe geformt und auf langstielige, flache Holzschaufeln verteilt hatte, die sie sorgfältig auf die heiße Asche der Feuerstelle bettete. Schweiß bedeckte ihre Stirn. Ihre Arme zitterten vor Erschöpfung. Sie dachte sehnsüchtig an das Badehaus und die kalte Dusche, die Magnus ihr verpaßt hatte. Dann dachte sie daran, daß er mit Cyra dort das Gleiche trieb wie mit ihr.

Als das Brot gebacken war, schickte Ingunn sie ins Gerstenfeld. Dort würde Haki ihr Anweisung geben, was sie zu tun hatte. Sie ging. Der Tag war warm. Und nach der stickigen Luft im halbdunklen Langhaus war sie froh, im Freien durchatmen zu können. Haki war ein gebückter, alter Mann mit schönen weißen Zähnen. Er lächelte sie an und trug ihr auf, in den Reihen zwischen der Gerste Unkraut zu zupfen und die Vögel zu verscheuchen, die Körner pickten. Sie nickte und tat, wie ihr befohlen. Die Arbeit war nicht schwer. Doch bald fing ihr Magen an zu knurren. Sie hatte noch nichts gegessen, da Magnus sie sehr früh ins Badehaus geschleppt hatte. Sie hoffte, es würde bald etwas zu essen geben. Die Sonne brannte vom Himmel. Der Schweiß lief ihr die Seiten herunter, und der Rücken begann vom ständigen Bücken zu schmerzen. Es waren andere Sklaven auf den Feldern, die ebenfalls Unkraut jäteten und miteinander lachten und scherzten. Bald würde auch sie sich an die Arbeit gewöhnt haben.

Die Zeit verging; die Sonne stand nun am westlichen Himmel. Ihr war flau vor Hunger. Und sie hatte Durst. Doch Haki sagte nichts.

Wo Magnus wohl war? Sie hatte ihn nicht gesehen, seit er sie am Eingang des Langhauses am Morgen stehengelassen hatte. Schließlich rief Haki ihr zu, sie solle ins Langhaus zurückgehen; er hatte wohl ihr Magenknurren gehört. Sie versuchte ihn anzulächeln, doch das mißlang kläglich. Als sie die düstere Kühle des Raumes betrat, suchten ihre Augen nach Lotti. Das kleine Mädchen schien aufmerksam zuzuhören, was Eldrid ihr sagte. Die ältere Frau sprach langsam und betonte jedes Wort sorgsam. Zarabeth lächelte erleichtert. Wenigstens wurde Lotti gut behandelt. Und Zarabeth sah, daß Eldrid Lotti das Weben beibrachte. Auch andere kleine Mädchen hörten der Alten aufmerksam zu. Keiner der Jungen war im Langhaus. Sie waren wohl mit den Männern unterwegs, lernten Holz hacken und den Umgang mit Waffen.

Sie nahm eine Holzschale und schöpfte sich heißen Haferbrei aus einem großen Kessel, der an einer Kette über dem Feuer hing.

»Ich habe dir nicht erlaubt zu essen«, sagte Ingunn hinter ihr.

Zarabeth wandte sich langsam um und entgegnete ruhig: »Ich habe Brot gebacken und auf dem Feld gearbeitet. Ich habe seit gestern abend nichts gegessen.« Damit kehrte sie Ingunn den Rücken zu. Im nächsten Moment wurde ihr die Schale aus der Hand geschlagen. Sie schrie auf, als der heiße Brei sich über ihre Hände und Arme ergoß.

»Ungeschickter Trampel! Heb die Schale auf, und stell sie auf den Tisch. Du wirst jetzt Flachs kämmen, wenn du überhaupt das Geschick dazu hast. Und wenn nicht, wirst du ihn solange kämmen, bis du es kannst!«

Zarabeth zwang sich mit übermenschlicher Kraft zur Ruhe. So durfte es nicht weitergehen. Aus welchem Grund auch immer, die Frau haßte sie zutiefst. Nun sagte sie mit leiser, ruhiger Stimme: »Ich habe Hunger, Ingunn. Ich werde deinen Flachs kämmen, wenn ich gegessen habe. Nein, ich habe das noch nicht oft gemacht, denn in York gab es Mägde, die diese Arbeit verrichteten. Nun laß mich bitte zufrieden, bis ich gegessen habe. Dann werde ich tun, was du von mir verlangst.«

Zarabeth bückte sich, um die Holzschale aufzuheben. Sie hörte ein seltsames singendes Geräusch hinter sich. Sie fuhr herum, doch nicht schnell genug. Ingunn ließ die lange Lederpeitsche auf ihre Schultern niedersausen. Der Schmerz durchzuckte sie, und ein Schrei entfuhr ihr.

Sie versuchte, nach der Peitsche zu greifen. Doch Ingunn war schneller. Diesmal schlug sie so fest, daß Zarabeth gegen das große Käsefaß flog und ausrutschte. Sie lag nun auf Händen und Knien; die Peitsche sauste mit voller Wucht auf ihren Rücken nieder, das wollene Tuch ihres Gewandes riß auf.

Sie versuchte, sich auf Ingunn zu stürzen, doch die Lederriemen schlangen sich um ihren Oberkörper, brennender Schmerz durchzuckte sie. Das mußte aufhören. Doch wieder und wieder fuhr die Peitsche singend auf sie nieder. Sie mußte auf die Beine kommen; sie mußte der Frau Einhalt gebieten. Sie versuchte sich mühsam aufzuraffen, sackte aber vom nächsten Hieb getroffen auf die Knie.

Sie hörte Frauen und Kinder reden und rufen, hörte Cyras gellendes Zetern, Ingunn solle die Schlampe totschlagen. Eldrid schrie, Ingunn solle aufhören, doch die ließ sich nicht beirren. Zarabeth hörte die keuchenden Atemzüge ihrer Peinigerin. Die Zurufe schienen ihre Raserei nur anzustacheln. Zarabeths Kleid war nun völlig zerfetzt. Wenn sie den Kopf hob, würde Ingunn ihr die Peitsche gnadenlos übers Gesicht ziehen. Mit aller Macht kämpfte sie gegen das Dunkel an, das sie zu umfangen drohte. Dann hörte sie Lotti, ihr ersticktes, gurgelndes Lallen. Jetzt war sie nah bei ihr und Zarabeth schrie auf: »Nein, Ingunn, rühr sie nicht an! Nein!«

Die Peitschenhiebe hörten auf. Zarabeth hob den Kopf, hielt das zerfetzte Kleid über ihren Brüsten zusammen. Ingunn hatte Lotti gepackt und schüttelte sie grob. Dann hob sie die Peitsche gegen das Kind.

»Nein! Wenn du das Kind anrührst, bring ich dich um!«

Ingunn lachte böse. »Sie ist ein Krüppel. Deine Schwester ist eine Mißgeburt, und du bist nichts als eine Sklavin!« Der Arm mit der Peitsche holte aus. Zarabeth rappelte sich taumelnd hoch, stürzte aber gleich darauf vornüber aufs Gesicht.

»Nein!« schrie sie. Doch ihrer Kehle entrang sich nur ein heiseres Röcheln.

16

»Bei Thors Wunden! Was machst du da? Ingunn! Hör auf damit, Weib!«

Magnus konnte nicht glauben, was er sah. Ingunn hielt Lotti am Arm fest und schwang die Peitsche. Sie war im Begriff, das Kind auszupeitschen. Er rief erneut ihren Namen, doch sie schien nicht zu hören. Sie keuchte schwer, ihre Brust hob und senkte sich. Magnus packte ihr Handgelenk und entwand ihr die Peitsche, bevor sie auf Lotti niedersausen konnte.

Ingunns Gesicht war zur Grimasse verzerrt, ihre Augen glühten schwarz vor Zorn. Ihre Bösartigkeit erschreckte ihn zutiefst. Er schleuderte die Peitsche von sich, packte seine Schwester an den Armen und rüttelte sie. »Bist du von Sinnen? Warum schlägst du ein Kind? Noch dazu mit einer Peitsche! Antworte mir!«

Ingunn blinzelte, er rüttelte sie wieder, doch bevor sie antworten konnte, hörte er Lottis gurgelnde Laute und wandte sich dem Kind zu. Die Kleine rannte los . . . jetzt erst sah er Zarabeth. Sie lag auf den Knien und hielt ihr zerfetztes Gewand über der Brust zusammen. Das Haar hing ihr wirr und schweißnaß ins Gesicht, aus dem alle Farbe gewichen war.

Er ließ Ingunn los. Lotti warf ihre Arme um Zarabeths Hals, und Zarabeth zog das Kind mit unendlich langsamen Bewegungen an sich.

Etwas war ganz und gar nicht in Ordnung. Er trat langsam auf sie zu. Und ein wahnsinniger Schmerz durchfuhr ihn wie ein Dolchstoß. In diesem Moment sackte die Gepeinigte bewußtlos zu Boden, riß Lotti mit sich. Jetzt sah er ihren Rücken, der von dunkelroten Peitschenstriemen überzogen war. An manchen Stellen war die Haut aufgeplatzt, Blut trat aus. Haarsträhnen klebten in der zerschundenen Haut. Die Übelkeit drehte ihm beinahe den Magen um. Doch dann loderte wilder Zorn wie eine Feuersbrunst in ihm hoch.

Der herangetretenen Eldrid befahl er heiser: »Hol warmes Wasser, rasch! Und Seife und saubere Tücher.« Ohne ein weiteres Wort hob er Zarabeth auf seine Schulter, vorsichtig, um ihren zerschundenen Rücken nicht zu berühren.

Ingunn kreischte: »Überlaß sie den Sklaven! Sie sollen sie in die Sklavenhütte bringen. Sie ist ein anmaßendes Frauenzimmer, nichts als ein Stück Dreck. Du hast sie doch schon im Bett gehabt. Warum kümmerst du dich noch um sie? Du hast sie als Sklavin und deine Hure zu uns gebracht! In ein paar Stunden ist sie wieder auf den Beinen, und du kannst sie wieder besteigen. Sie taugt nichts, Magnus. Die Schlampe taugt zu gar nichts!«

Cyra zupfte ihn am Ärmel. »Die Frau hat deine Schwester beschimpft, sie hat sie angeschrien und ihr fürchterliche Schimpfnamen gegeben. Sie hat sich Ingunns Befehlen widersetzt . . .«

Magnus schüttelte Cyras Hand ab. Er wußte, wenn er sie anfaßte, würde er sie wahrscheinlich umbringen. Er trug Zarabeth in die dunkle Kammer und legte sie auf den Bauch. Behutsam befreite er sie von dem zerfetzten Gewand und löste die roten Haarsträhnen, die an den geschwollenen nässenden Striemen auf ihrem Rücken festklebten. Lotti stand leise wimmernd an der Tür, die kleine Faust in den Mund gesteckt, hatte Angst, näherzukommen.

»Komm Lotti, und setz dich neben sie. Wenn sie aufwacht . . .« Sie verstand nicht, was er meinte. Er hob die Kleine hoch und setzte sie neben ihre Schwester aufs Bett.

Dann nahm er ihr Gesicht in seine Hände und sagte langsam: »Bleib bei ihr, und sei lieb zu ihr, wenn sie aufwacht. Hast du verstanden?«

Lotti schluckte und nickte langsam. Ihr Gesicht war immer noch angstverzerrt. Magnus drehte Zarabeth behutsam zur Seite. Ein Peitschenhieb hatte knapp unter ihren Brüsten einen blutunterlaufenen Streifen hinterlassen. Er holte tief Luft und legte sie wieder auf den Bauch.

Eldrid betrat die Kammer. Hinter ihr trug eine Sklavin ein Binsenlicht, das sie an einen Haken an der Wand hängte.

Magnus wusch Zarabeths Rücken. Ohne seine Tante anzusehen, sagte er: »Berichte, was passiert ist.«

»Ich bin zu alt für diesen Unsinn, Neffe«, sagte Eldrid. »Ich unterrichte das kleine Mädchen, wie du es mir aufgetragen hast. Aber die Schwester, das ist mir zu viel, Magnus. Ingunn haßt sie und möchte sie loswerden — oder sie tot sehen. Was sollte ich tun? Das Kind versuchte, der Schwester zu helfen, und Ingunn ließ ihre Wut an ihr aus. Was sollte ich tun?«

Magnus wusch schweigend ihren wunden Rücken. »Hast du eine deiner Kräuterarzneien, um ihre Schmerzen zu lindern?«

Eldrid schüttelte den Kopf. »Wacholderbeerensaft würde ihr guttun. Aber der ist aufgebraucht. Erst im Herbst kann ich wieder welchen machen. Sie ist jung, sie wird es überstehen.«

Er haßte Eldrid in diesem Moment. Sie und seine Mutter Helgi konnten einander nicht ausstehen, deshalb war Eldrid vor fünf Jahren zu ihm gekommen. Sie hatte keinem Sohn das Leben geschenkt, der sich um ihr Wohlergehen sorgen konnte. Das Leben hatte sie bitter und hart gemacht. Nur Kinder vermochten ihr Herz zu erwärmen. Aber Lotti hatte sie nicht beschützt. Vielleicht hatte sie es versucht, aber sie war eine alte Frau, von Ingunn ebenso abhängig wie von ihm. Und Ingunn mußte sich wie ein Berserker aufgeführt haben. Behutsam tupfte er einen blutigen Peitschenstriemen an ihrer Hüfte ab. Dann fluchte er leise und anhaltend in sich hinein.

Lotti starrte ihn an.

»Zarabeth«, sagte Lotti und legte eine kleine Hand auf die Schulter ihrer Schwester.

Magnus sagte langsam: »Sie wird bald wieder gesund, Lotti. Ich versprech es dir.«

Kurze Zeit später kam Leben in Zarabeth. Wieso lag sie

auf dem Bauch? Und im nächsten Augenblick spürte sie das Brennen auf ihrem Rücken. Dann fühlte sie seine Hand auf ihrem Arm, hörte seine Stimme an ihrem Gesicht. »Bleib ruhig liegen. Ich kann leider nichts gegen deine Schmerzen tun. Halt dich still und atme langsam und tief durch.«

Ohne die Augen zu öffnen, sagte sie: »Lotti. Geht es ihr gut? Ingunn wollte sie auspeitschen, und ich . . . ich konnte sie nicht davon abhalten. Ich konnte mich nicht bewegen, um sie aufzuhalten.«

»Ich habe Ingunn daran gehindert. Lotti geht es gut. Sie schläft hier neben dir.«

»Danke.«

»Du wirst keine Narben zurückbehalten.«

Sie öffnete die Augen. »Ich hätte deine Schwester getötet, aber ich kam nicht vom Fleck. Sie hob die Peitsche gegen Lotti, und sie lachte wie eine Irre. Und dann . . .« Sie schauderte.

»Versuch zu schlafen.«

»Ich habe Hunger. Damit hat alles angefangen. Ich hatte Hunger und wollte eine Schale Haferbrei essen.«

»Ich bring dir zu essen.« Er erhob sich. Sie lag zerschunden auf dem Bauch, das Gesicht totenblaß und schmal, selbst ihr Haar schien seine Leuchtkraft eingebüßt zu haben.

Er trat an die Kochstelle, über der glattgeschliffene Holzbretter an der Wand befestigt waren, auf denen Holzschalen, Becher, Löffel und Messer lagen. Er war sich der bangen Stille im Raum bewußt. Seine Männer starrten ihn an, die Frauen ebenso. Nur die Kinder lärmten unbeirrt im Hintergrund. Egill forderte gerade laut schreiend einen anderen Jungen zum Zweikampf auf.

Ingunn stand hinter ihm und redete zischelnd auf ihn ein: »Glaub ihr nicht, Magnus. Sie lügt, ich weiß es. Sie hat sich mir widersetzt, hat die Arbeit verweigert. Was sollte ich tun? Sie denkt, nur weil sie deine Hure ist, kann sie die Hände in den Schoß legen und uns anderen bei der Arbeit zusehen. Glaube ihre Lügengeschichten nicht, Magnus. Du weißt selbst, daß sie eine Lügnerin und eine gemeine Mörderin ist.«

Er wandte sich langsam um, hielt eine Schale in der Hand. »Gib von dem Wildeintopf hinein, Ingunn.«

Ingunn fuhr zurück. »Für sie? Für das Dreckstück? Eher stoße ich ihr ein Messer in ihr rabenschwarzes Herz.«

»Tu, was ich dir sage.«

»Nein, verdammt, ich will nicht!«

»Dann bist du nicht länger willkommen in meinem Haus. Ich bin hier der Herr, und niemand widersetzt sich meinen Befehlen.«

Er haßte es, solche Drohungen auszusprechen, sah aber keinen anderen Weg. Ingunn nahm ihm die Schale aus der Hand und wandte sich steif ab. Er beobachtete sie nachdenklich. Er hatte nie zuvor solche Bösartigkeit, solch tödlichen Haß in ihr gesehen. Doch dann erinnerte er sich. O ja, er hatte sie einmal in einem Anfall von Eifersucht und Neid erlebt, als sie ihre Wut austobte. Damals hatte ein junges Mädchen sich geweigert, ihr einen Armreif zu geben, an dem Ingunn Gefallen gefunden hatte. Sie war eifersüchtig auf Zarabeth, und er, der Narr, hatte Zarabeth sämtliche Waffen weggenommen. Er hatte sie zur Sklavin gemacht. Er hatte sie Ingunns Willkür ausgesetzt.

Seine Schwester hielt ihm nun schweigend die volle Schale hin.

Er sagte betont langsam und deutlich, seinen Blick auf ihr Gesicht fixiert: »Wenn du sie noch einmal anfaßt, werde ich dich die Peitsche spüren lassen. Wenn du noch einmal Hand an Lotti legst, werde ich dich noch härter auspeitschen. Hast du mich verstanden?«

»Bei Thors Hammer, sie lügt! Ich habe ihr nichts angetan, was sie nicht verdient. Frag Cyra! Sie kann bezeugen, was die Schlampe getan hat, frag sie!«

»Hast du mich verstanden?!«

»Was kümmert sie dich? Hast du sie nicht schon beschlafen? Wie viele Männer hat sie vor dir gehabt? Sie hat damit geprahlt, wie viele Männer sie in York hatte, und daß sie dich mit einem Lächeln rumkriegen kann. Warum kümmerst du dich immer noch um sie?«

»Hast du mich verstanden?«

Da begriff sie, daß ein anderer vor ihr stand. Dieser Mann kümmerte sich nicht um die Wahrheit oder um ihre Gefühle, dieser Mann war offenbar gegen sie eingenommen, er haßte und beschimpfte sie, nur weil die Sklavin sie von ihrem Platz vertrieben hatte. Nein, er war nicht der Mann, der sie verteidigt hatte, als sie ein kleines Mädchen war. Er war ihr fremd geworden. Sie ärgerte sich über ihre Niederlage, und es erforderte all ihre Willenskraft, um die Beherrschung nicht zu verlieren. »Ich habe verstanden.«

»Gut. Vergiß meine Worte nicht, Ingunn, denn ich werde sie nicht vergessen.« Damit ließ er sie stehen. Er wußte genau, daß jeder im Raum die Geschwister beobachtete und sich seine Gedanken machte.

Er fütterte Zarabeth, bis sie zu schwach war, noch einen weiteren Bissen zu kauen. Als sie endlich einschlief, hob er Lotti hoch und trug sie in die Kammer der Kinder. Dort legte er sie hin und strich ihr das zarte, rotbraune Haar aus der Stirn.

»Schlaf gut«, sagte er, beugte sich über sie und küßte ihre Wange. »Ich passe auf deine Schwester auf, das verspreche ich dir.«

Lächelnd schloß Lotti die Augen. Magnus hob den Kopf und sah seinen Sohn, der am anderen Ende des Bettes kauerte und ein mißmutiges Gesicht machte. Magnus nahm ihn auf den Schoß, obwohl er kein kleines Kind mehr war.

Er redete leise mit ihm, um die anderen Kinder nicht zu wecken. »Gib Lotti nicht die Schuld, Egill. Sie ist ein kleines Mädchen, und sie liebt ihre Schwester. Würdest du mich nicht beschützen, wenn jemand mich bedroht? Und ich habe den Eindruck, sie mag dich sehr gern. Tu ihr nicht weh, und bedrohe sie nicht, wie deine Tante Ingunn es tut.«

Der Junge nickte. Magnus hatte keine Ahnung, ob seine Worte in das Herz seines Sohnes gedrungen waren. Er hoffte es.

Er ging zur schlafenden Zarabeth zurück, legte ein weiches, weißes Tuch auf ihren Rücken, streifte ihr behutsam die Kleider ab und legte sich neben sie. Es dauerte lange, ehe er einschlafen konnte.

Am nächsten Morgen fütterte er sie, wusch ihr erneut den Rücken und sagte ihr, sie solle ruhig liegen bleiben. Zarabeth blieb stumm. Sie war steif gelegen, ihr Rücken schmerzte, die Muskeln waren verspannt, ihre Haut brannte.

Magnus wandte sich in der Tür um und studierte ihr bleiches Gesicht. »Mach dir um Lotti keine Sorgen. Eldrid paßt auf sie auf.«

»Danke«, sagte sie tonlos.

Sie schlief unruhig bis zum Mittag. Deutlich waren die Geräusche aus dem großen Raum zu hören. Sie hörte auch Ingunns Stimme und verkrampfte sich in hilflosem Zorn. Dann schlief sie wieder ein und wurde durch eine Stimme geweckt: »Wie ich sehe, bist du wach.«

Angst schnürte ihr das Herz zusammen. »Ja, jetzt bin ich wach.«

»Willst du den ganzen Tag auf der faulen Haut herumliegen?«

Sehr langsam stützte Zarabeth sich auf den Ellbogen. »Du hast mich verletzt, Ingunn. Mein Rücken schmerzt.«

»Pah! Ich hab dich kaum berührt, verlogenes Miststück! Du willst bloß Mitleid bei Magnus schinden. Aber er hat dich durchschaut. Auch wenn er dich beschlafen hat, ist er nicht dumm. Er kommt wieder zu Verstand. Du hast ihn schon einmal betrogen, ihn angelogen. Er hat dich durchschaut. Er ist fort. Und wäre er hier, würde er dich nicht beschützen.«

Zarabeths Blut geriet in Wallung, als ihre Wut aufstieg, Wut und Angst, daß Ingunn die Wahrheit gesagt haben könnte. »Ich habe nicht gelogen!«

»Lüge nur getrost weiter, mich kümmert es nicht. Doch deine Faulheit laß ich nicht zu. Steh auf! Es gibt viel zu tun. Und ich kann nicht alles alleine machen. Du nimmst nur und gibst nichts. Das ist nicht Wikingerart. Du taugst nicht einmal zur Sklavin.«

Zarabeth setzte sich mühsam auf und zog die Wolldecke bis zum Kinn, um ihre Nacktheit zu verbergen.

Ingunn sah sie lange und kalt an. Der Haß gegen diese Frau drohte sie beinahe zu ersticken.

»Ich sage dir die Wahrheit, Schlampe. Magnus weiß nicht, was er mit dir anfangen soll. Er will dich loswerden. Er hat dich gehabt, aber du hast ihm nicht die Lust gegeben, wie Cyra es tut. Und nun spielst du die Kranke, und er zögert, dich hinauszuwerfen. Er will dich verkaufen, sagte er mir vor wenigen Stunden, aber du jammerst und heulst nur herum. Ich könnte ihm sagen, daß du nur Theater spielst, möchte ihm das aber ersparen. Er hat genug durchgemacht. Da liegt ein wertloses Frauenzimmer in seinem Bett, von der er nichts bekommt, außer, was ihr magerer Körper ihm noch zu bieten hat. Sieh dich bloß an — du bist eine heruntergekommene Drecksschlampe!«

Die Worte trafen sie wie Schläge, und Zarabeth wollte den Kopf schütteln, um sie nicht hören zu müssen, sie wollte Ingunn anschreien, daß sie Lügen erzählte, daß Magnus sie nicht verkaufen wollte, daß . . .

»Ich steh gleich auf. Laß mich allein, ich möchte mich anziehen.«

»Und bist du nun gewillt zu arbeiten? Magnus läßt nicht zu, daß ich dich auspeitsche, bevor du wieder ganz gesund bist. Aber er ist gegangen, weil er dich nicht mehr sehen kann. Dein Betrug schmerzt ihn immer noch. Bist du bereit, das zu tun, was ich dir auftrage, ohne Magnus die Ohren voll zu jammern?«

»Ja, das bin ich.« Und sie war eine Närrin, weil sie Ingunn so leicht in ihr Spinnennetz ging, dachte sie bei sich. Ihr Rücken brannte, und ihr Kopf schmerzte, doch sie wollte keine nutzlose Faulenzerin sein. Langsam stand sie auf. Wenigstens hatte sie einen vollen Bauch. Mühsam hob sie den Deckel von Magnus Truhe. Dort lagen ihre Kleider. Er hatte ihr befohlen, sie dort einzuordnen. Vorsichtig schlüpfte sie in ein altes Kleid, aus dem sie herausgewachsen war. Dann schleppte sie sich in die Halle.

Magnus ruderte das Ein-Mann-Boot in nordöstliche Richtung den Viksfjord hinauf. Das Wasser war ruhig, die Luft kühl, die Sonne stand hoch am Himmel. Er hatte allerdings kein Auge für die Schönheiten der Natur. Er war besorgt und verärgert, denn wieder einmal hatte er das Gefühl, nicht Herr der Lage zu sein.

Als er das Gehöft seiner Eltern erreichte, winkte er den Wachen zu, hielt sich auf Distanz, bis sie ihn erkannt hatten. Dieser Hof war zweimal so groß wie Malek, hier lebten und arbeiteten an die hundert Menschen. Die Weizen- und Roggenfelder waren von Steinmauern umgeben.

Das Dorf war nicht von Holzpalisaden umzäunt, da die Hütten direkt ans Wasser grenzten. Zum Landesinneren bildete ein breiter Wall die Grenze.

Er betrat das riesige Langhaus, und vertraute Erinnerungen stürmten auf ihn ein. Die Gerüche, die er seit Kindheit kannte, der Webstuhl seiner Mutter, der am selben Platz stand wie eh und je. Aus einer Gruppe schnatternder Frauen und Kinder löste sich seine Mutter, ging ihm lächelnd entgegen und schloß ihn so herzlich in die Arme, daß ihm die Rippen krachten, denn sie war stark wie ein Bär.

Ihre Finger berührten seine Wange. »Was ist passiert, Magnus? Ach, es ist wegen der Frau, stimmts? Was ist geschehen?«

Magnus lachte, es klang rauh und häßlich. »Ist mein Gesicht so offen, daß du alles darin lesen kannst?«

»Eine Mutter hat scharfe Augen. Komm und setz dich.« Sie rief nach Met.

Magnus sah die Schweißperlen auf ihrer breiten Stirn. Es war heiß und stickig im Haus. »Komm nach draußen, Mutter. Die frische Luft tut dir gut.«

Helgi nickte lächelnd.

Draußen nahm er ihren Arm und führte sie zum Wasser.

»Ist Vater auf der Jagd?«

»Ja. Die Männer haben viel zu tun, um Vorräte für den Winter anzulegen. Wie stehts mit deinen Wintervorbereitungen?«

»Ich war gestern mit meinen Männern auf der Jagd.« Er holte tief Luft. »Ingunn muß verheiratet werden. Sie kann nicht länger auf Malek bleiben.«

Helgi schwieg verblüfft, blickte ihn nur fragend an, und er berichtete, was vorgefallen war.

». . . Zarabeth liegt nun in meinem Bett, ihr Rücken voller wunder Striemen von Ingunns Peitsche. In meinem Haus herrscht Krieg. Ingunn muß gehen. Sie hat sich verändert. Aber das ist dir vielleicht schon aufgefallen. Sie verliert schnell die Beherrschung; sie ist schroff und hart. Ihr müßt sie zu euch nehmen, bis Vater einen Ehemann für sie findet, da er Orms Antrag abgelehnt hat.«

Helgi sah ihren Sohn forschend an und nickte bedächtig. »Ja, ich habe es bemerkt. Aber sie ist deine Schwester. Und sie hat fünf Jahre lang deinen Haushalt gut versorgt. Warum bringst du Zarabeth nicht zu uns? Ich behalte sie als meine Sklavin. Ich kaufe sie dir ab, dann bist du die Verantwortung für sie los, und der Frieden in deinem Haus ist wieder hergestellt. Was hältst du davon?«

Er versteifte sich, und Helgi blickte lächelnd in die Ferne. Sie hatte nichts anderes erwartet. »Sehr wohl, Magnus. Du willst die Frau behalten. Du liebst sie. Nach allem, was sie getan hat, liebst du sie.«

Bedächtig entgegnete er mit gefurchter Stirn: »Ich weiß wirklich nicht, ob sie ihren Ehemann Olav vergiftet hat. Ich hätte geschworen, daß sie es nicht getan hat. Sie ist so sanft, gütig und liebevoll, daß man ihr diese Untat nicht zutraut.« Er hob die Schultern. »Aber Olavs Sohn und seine Frau . . . sie haben geschworen, daß sie die Mörderin ist, und andere ebenfalls.«

»Möglicherweise wurden die Zeugen vom Sohn bezahlt. Hat er nicht den gesamten Besitz des Vaters übernommen, nachdem Zarabeth aus dem Weg geräumt war?«

»Ja, das hat er. Keith ist ein Schwächling, und seine Frau ist ein heimtückisches Weib. Aber es ist mir nicht mehr wichtig. Nicht einmal der Mann in Hedeby, den sie dazu verleiten wollte, ihr zur Flucht zu verhelfen, er . . .«

»Was?«

Er berichtete ihr den Vorfall. Seine Mutter machte ein nachdenkliches Gesicht.

»Ich kann mir nicht vorstellen, daß sie mit einem völlig unbekannten Mann fliehen wollte. Du sagtest, der Mann war ein Feigling und rannte weg, als er erkannte, daß du ihr Herr bist?«

Magnus nickte.

»Warum sollte sie ihn zu sich locken? Hältst du Zarabeth für dumm? Hat sie nicht erkannt, daß er ein Feigling war?«

»Sie ist nicht dumm.«

»Gut. Mir scheint, der Mann hat ihr die Schuld zugeschoben, damit du ihm nicht den Schädel einschlägst.« Helgi lächelte ihren Sohn an. »Du wirst die Frau bei dir behalten. Ich spreche noch heute abend mit deinem Vater über Ingunn. Mir tut es leid, wegen Orm. Doch dein Vater mißtraut ihm. Er wird niemals seine Zustimmung geben, daß er Ingunn zur Frau nimmt.«

»Ich habe gehört, daß er von Banditen überfallen worden ist.«

»Er hat einen anderen Mann getötet, einen freigelassenen Sklaven, einen Mann von Ehre. Er hat dem Mann sein Silber geraubt. Daran ist nicht zu zweifeln. Wäre Orms Familie nicht so mächtig, würde man ihn zur Rechenschaft ziehen. Doch leider kommt er nicht vor Gericht.«

»Warum nicht? Warum trägt die Familie des Mannes die Sache nicht bei der nächsten Versammlung des *Thing* vor? Wenn genügend Beweise vorliegen, kann zumindest Danegeld für das Leben des Mannes verlangt werden.«

Er lachte bitter auf. »Ich habe eine große Summe für Olavs Leben bezahlt. Beinahe so viel wie ich für Zarabeths Brautgeld bezahlt hätte.«

Seiner Mutter stockte der Atem, und er verfluchte seine lose Zunge. Doch so war es seit jeher. Er konnte kein Geheimnis vor seiner Mutter bewahren. Geschickt entlockte sie ihm alles.

»Du wußtest, daß ich die Absicht hatte, sie zu heiraten. Horkel hat dir davon erzählt. Aber sie hat meinen Antrag abgelehnt. Als ich zurückkehrte, um sie mitzunehmen, stellte ich fest, daß man sie töten wollte, weil sie Olav, ihren betagten Ehemann, ermordet hatte.«

»Ich möchte mit der Frau sprechen. Erlaubst du mir das, Magnus?«

Er warf ihr einen argwöhnischen Blick zu. Doch seine Mutter beschwichtigte ihn. »So kann das nicht weitergehen. Ingunn ist eifersüchtig auf sie und tut ihr eines Tages möglicherweise wirklich etwas an. Ich würde ihr nicht trauen.«

»Sie ist eine Sklavin! Ingunn hat keinen Grund, die Frau zu hassen.«

Helgi achtete nicht auf seinen Einwurf und wiederholte: »Ingunn tut ihr vielleicht wirklich etwas an. Ich würde ihr nicht trauen.«

»Ich habe Ingunn Strafe angedroht, wenn sie es wagt, noch einmal Hand an Zarabeth oder Lotti zu legen.«

Helgi lächelte über seine Naivität. »In dein Leben wird kein Frieden einkehren, wenn du nicht Ordnung schaffst. Ingunns Haß gegen diese Frau legt sich nicht. Ich rede wieder mit dir, wenn dein Vater eine Entscheidung getroffen hat. Sei vorsichtig, Magnus und versuche, gerecht zu sein.«

Er nickte und verabschiedete sich. Eine Stunde später

war er wieder zu Hause. Er betrat das Langhaus und ging sofort in seine Kammer.

Der kleine Raum war leer. Er drehte sich um und brüllte: »Ingunn! Wo ist sie?«

Das eisige Lächeln seiner Schwester ließ ihn bis ins Mark erschauern.

Er hätte sie mit zu seiner Mutter nehmen sollen. »Wo ist sie, Ingunn?«

Achselzuckend antwortete sie: »Mit vier anderen Sklaven draußen im Moor beim Torfstechen. Du weißt, wieviel Brennmaterial wir im Winter brauchen. Rollo jammert, es sei nicht genug, weil er Gerätschaften für dich zu schmieden hat. Und du weißt, wie heiß der Ofen sein muß, um das Eisen zu schmelzen.«

Er starrte sie an. Torfstechen! Bei Odin, das war Männerarbeit, dreckig und schwer. Dazu brauchte man viel Kraft und Ausdauer. Und sie, eine schwache Frau, mußte diese Arbeit tun? In ihrem Zustand? Seine Mutter hatte recht. Ingunn würde ihren eifersüchtigen Haß gegen Zarabeth nie ablegen.

Wortlos drehte er sich um und verließ das Langhaus. Er verließ die Umzäunung und strebte mit langen Schritten dem Fichtenwald im Osten zu, am Rande des Moors.

Zarabeth fühlte sich sterbenselend. Am liebsten wäre sie umgefallen und hätte für immer die Augen zugemacht. Ihr Rücken brannte höllisch, weinen konnte sie nicht mehr. Ihre Muskeln waren verkrampft. Die Schmerzen wurden mit jedem Spatenstich schlimmer. Sie rammte die Schaufel in die schwarze Torferde, bis das Blatt auf harten Grund stieß, dann bückte sie sich, um das Torfstück mit den Händen auszugraben. Es hatte einige Zeit gedauert, bis sie das Torfstechen gelernt und ihren Rhythmus gefunden hatte. Nun war sie völlig erschöpft, ihre Glieder waren bleischwer. Sie konnte kaum die Arme heben, kaum einen Fuß vor den anderen setzen. Wie töricht von ihr, sich von Ingunn verhöhnen zu lassen. Ihr

Stolz hatte sie verleitet, sich darauf einzulassen. Stolz! Wozu? Sie hatte Schmerzen und trug einen Kragen aus Eisen um den Hals, der sie daran mahnte, daß sie niemand irgend etwas bedeutete. *Stolz!*

Sie war ein Närrin, eine gottverdammte Närrin. Doch sie grub stoisch weiter, bückte sich und brach ein Torfstück aus dem Morast, hob es hoch und schichtete es auf den Stapel zu den bereits gestochenen Stücken. Sie machte eine kurze Pause, ihr Atem ging pfeifend, der Schmerz zog sich bis in die Knie. Und plötzlich wußte sie, daß er sie beobachtete.

Sie war völlig verdreckt, ihr Kleid triefend naß und schmutzverkrustet. Sie stank nach Torf und brackigem Moorwasser.

Ihr Zopf hatte sich gelöst. Schwer keuchend stand sie ganz still. War er gekommen, um sie zu verhöhnen? Um sie zur Arbeit anzutreiben? War er gekommen, um ihr zu sagen, daß er sie verkaufen würde? Daß sie nichts taugte? Er hatte sie dreimal genommen, und nun interessierte sie ihn nicht mehr. Wieso sollte er sie behalten?

Magnus nickte den anderen Sklaven zu, ausnahmslos Männer. Dann trat er auf sie zu und nahm ihr schmutziges Gesicht in beide Hände. Einen langen Augenblick blickte er ihr in die Augen.

Schließlich sagte er: »Wirf den Spaten weg.«

Ihre wunden Hände ließen den Stiel fallen.

»Bist du wirklich so dumm, hier zu arbeiten?«

Sie starrte ihn wortlos an.

Er runzelte die Stirn. »Hörst du mich nicht?«

»Du willst doch, daß ich hier arbeite. Du willst mich verkaufen, weil du meiner überdrüssig bist.«

»Wir sprechen später über deine seltsamen Hirngespinste. Jetzt wirst du gebadet, und dann werde ich dich an meinem Bett festbinden. Dort bleibst du, bis ich dir erlaube, aufzustehen.«

»Ich kann nicht«, sagte sie leise und entzog sich ihm. Sie versuchte, die Schultern zu straffen, doch der

Schmerz in ihrem Rücken ließ es nicht zu. Und sie stand vor ihm mit eingefallenen Schultern wie eine gebückte, alte Frau. »Ich bin nur eine Sklavin. Deine Sklavin. Du kannst nicht zulassen, daß ich träge und faul herumliege.«

»Du irrst. Ich kann mit dir machen, was mir gefällt. Ich rate dir, mir zu glauben und keinem anderen Menschen.« Er hob sie in seine Arme. Sie zuckte vor Schmerz zusammen. Er versuchte, sie so vorsichtig wie möglich auf seine Schulter zu legen. »Halt dich an mir fest.«

Ingunn sagte kein Wort, als Magnus das Langhaus betrat und saubere Tücher verlangte. Sie sagte kein Wort, als er später Zarabeth hereintrug, sauber gebadet und in die Tüchter gehüllt und mit ihr in seiner Kammer verschwand. Wut und Ohnmacht drohten sie zu übermannen. Sie konnte gegen diese Frau nichts ausrichten. Es sei denn, sie brachte die Fremde um.

Sie musterte Cyra abschätzend. Ja, Cyra würde dem Weib mit Freuden ein Messer zwischen die Rippen stoßen. Was war zu tun?

Und dann wußte sie es. Der Gedanke ließ sie erschauern, und dennoch war sie wild entschlossen, ihr Vorhaben auszuführen. Sie würde nicht hier bleiben. Sie würde nicht zusehen, wie diese elende Schlampe ihren Platz einnahm. Ingunn lächelte böse.

17

»Halt still!«

Es fiel ihr schwer, nicht unter seinen Händen zu zukken. Der Schmerz war groß, und es fehlte ihr die Kraft, um sich zusammenzunehmen.

Magnus trug die Salbe, die seine Mutter geschickt hatte, auf ihre Wunden auf. Er hatte sie eigenhändig gebadet, von den verfilzten Haaren bis zu den schmutzverkrusteten Füßen.

Sie hatte alles klaglos über sich ergehen lassen. Vorsichtig rieb er ihr Haar trocken und kämmte es aus ihrem Gesicht. Nun stand er auf und blickte auf sie hinunter. Er hatte ihr die Decke bis zu den Hüften hochgezogen. »Dein Stolz ist lächerlich, Zarabeth, wenn er dich treibt, solche Dummheiten zu begehen. Ich bin es langsam leid, die Folgen deines Hochmuts zu tragen.«

»Dann laß es«, sagte sie.

Er grinste. Ihre Stimme war schnippisch und trotzig. Das gefiel ihm. »Aber wer wird dir dann zu Hilfe kommen?«

Sie richtete sich auf und stützte sich auf die Ellbogen. Farbe kam in ihre Wangen. »Ich bin nicht hochmütig. Du bläst dich vor mir und all deinen Leuten auf und brüllst herum, daß du der Herr bist und keinen Widerspruch duldest!«

»Ich muß mich nicht aufblasen. Alle wissen, daß ich der Herr bin, und auch du wirst das akzeptieren.«

Sie versuchte, nach ihm zu schlagen, doch er nahm grinsend ihr Handgelenk und drückte sie auf das Kissen zurück. »Sei nicht dumm. Bleib ruhig liegen. Oder schrei, solange dir der Sinn danach steht. Aber bleib ruhig liegen.«

»Ich hasse dich.«

»Nein, du haßt mich nicht. Wenn dein Rücken verheilt ist, lege ich mich auf dich und komme wieder in dich. Es hat dir gefallen, Zarabeth, wie ich mich in dir bewegt habe, wie ich dich berührt habe und dich ausgefüllt habe.«

»Schweig, Magnus!«

Seine Fingerspitzen glitten zärtlich über ihre Wangen. »Ich habe nie zuvor eine Frau so sehr begehrt, wie ich dich begehre. Ich begehre dich unaufhörlich. Glaubst du, ich könnte deiner je müde werden?«

Sie drückte ihr Gesicht in das Kissen. »Du willst mich gar nicht, du behältst mich nur in deinem Bett, weil du nicht möchtest, daß man dich für grausam hält.«

»Bei Thors Hammer, das ist der größte Blödsinn, den

du je von dir gegeben hast. Du liegst in meinem Bett, weil ich möchte, daß du bald gesund wirst.«

»Ich glaube dir nicht.«

Er schüttelte den Kopf. Irgendwie mußte Ingunn ihr eingeredet haben, er habe das Interesse an ihr verloren. »Nein, Liebling. Alles wird bald gut. Glaube mir.«

Sie sah ihn an. Ihr Gesicht war ohne Ausdruck wie eine Maske. »Wirst du mich verkaufen?«

»Wieso soll ich dich verkaufen?«

»Du wirst mich nicht verkaufen und Lotti behalten, nicht wahr? Das würdest du nicht tun, Magnus. Auch wenn du mich noch so sehr haßt.«

Sie hatte es endlich geschafft, ihn zu verärgern. Er erhob sich schweigend. Wie konnte sie glauben, daß er dazu fähig wäre? Er stand vor ihr, die Beine leicht gespreizt, die Hände zu Fäusten geballt. »Wer würde dich schon kaufen? Schau dich doch an — ein Häufchen Elend. Du magerst ab und verlierst deine weiblichen Reize, noch ehe du gelernt hast, damit umzugehen. Es gibt wenig Gründe, Zarabeth, warum ein Mann dich kaufen sollte. Du hast ihm wenig zu bieten. Nein, ich muß dich wohl oder übel behalten, bis du gelernt hast, deine Hände und deinen Mund zu benutzen, bis zu gelernt hast, mich so in dir aufzunehmen, daß ich vor Lust beinahe verrückt werde von deinen zärtlichen Worten und Liebkosungen.«

»Darauf kannst du lange warten, denn dazu bin ich nicht bereit. Mein Körper läßt mich zwar manchmal im Stich, aber ich werde nicht von dir lernen, Magnus. Ich werde nicht zulassen, daß du wieder in mich dringst.«

»Wir werden sehen. Behalte deine bösen Worte für dich. Du brauchst jetzt Ruhe.«

Mehr war nicht zu sagen. Sie fühlte sich matt und leer, kampfesmüde. Sie schloß die Augen und drückte ihr Gesicht in die Kissen.

»Meine Mutter hat dir die Salbe geschickt. Sie hat sie selbst gemacht. Damit hat sie die Wunden von uns Kindern eingerieben. Sie heilt und lindert die Schmerzen.«

»Wieso hat deine Mutter gewußt, daß die Salbe gebraucht wird?«

Einen Moment war er um eine Antwort verlegen. »Weil unsere aufgebraucht war. Und einer ihrer Haussklaven brachte zufällig einen frischen Topf vorbei. Eigentlich ist sie zu schade, um sie an eine Sklavin zu verschwenden.«

»Wisch sie wieder ab. Ich habe dich nicht darum gebeten.«

»Nein, du hast mich noch nie um etwas gebeten.« Er beugte sich vor und riß die Decke weg. Sie schrie auf und versuchte sich aufzurichten. Er legte seine flache Hand auf ihre Hüfte und drückte sie nach unten. »Ich will dich ansehen. Es wäre grausam, dich jetzt zu nehmen. Und ich hätte nicht viel Freude an deinem Wimmern und deinem Geschrei.«

Magnus wußte, er mußte damit aufhören. Sie hatte seinen Stolz verletzt, aber nun verletzte er sie, und sie konnte sich nicht wehren. Er wurde ebenso gemein wie Ingunn. Er betrachtete ihre weißen Hinterbacken, glatt und wohlgerundet, und er spürte sie unter seinen Händen. Er betrachtete ihre langen, schlanken, muskulösen Beine. Er sah sie auf dem Rücken liegen, fühlte sich tief in ihr, ihre Beine um seine Hüften geschlungen, und er stöhnte vor Lust auf und wollte immer in ihr bleiben, immer und immer . . .

Er zog ihr die Decke wieder bis zu den Hüften hoch. Seine Hände zitterten. »Ich möchte, daß du jetzt ruhst, Zarabeth. Du bleibst hier liegen, bis ich dir sage, daß du aufstehen kannst. Ein Mädchen wird dir zu essen bringen, und dann schläfst du.«

»Ich habe keinen Hunger.«

An der Tür blieb er stehen. »Du wirst mager, und kein Mann möchte sich an den Knochen einer Frau wund scheuern. Du wirst essen, oder ich stopfe es dir eigenhändig in deinen mageren Schlund.«

Als Anna, Rollos elfjährige Nichte, ihr später etwas zu

essen brachte, lag Zarabeth im Tiefschlaf. Anna kehrte zu Magnus zurück.

»Ich habe sie nicht geweckt, Herr.«

»Ist in Ordnung, Anna. Bring Lotti das Tablett und achte darauf, daß sie genug ißt. Wenn du mit ihr sprichst, mußt du daran denken . . .«

»Ich weiß. Ich muß sie direkt anschauen, damit sie meine Mundbewegungen sehen kann.«

Magnus fuhr ihr grinsend durch das weizenblonde Haar. »Du bist ein kluges Mädchen, Anna.«

Der Abend zog sich träge dahin. Mehrmals erhob er sich, um nach Zarabeth zu sehen, und fand sie jedesmal schlafend vor. Dennoch war er besorgt. Jeder bemerkte seine Unruhe. Die Männer diskutierten über die Mordanschläge auf dem Gehöft von Ingolfsson, einem kleineren Anwesen im Süden, zwei Tagesreisen mit dem Boot entfernt. Ingolfssons Töchter waren geschändet, die jüngeren Söhne getötet worden. Haftor Ingolfsson war zur Zeit des Überfalls mit den meisten seiner Männer auf der Jagd, um Fleisch für die Wintervorräte zu besorgen. Bei seiner Rückkehr fand er sein Anwesen verwüstet, seine Söhne erstochen, das Vieh dahingeschlachtet, seine Sklaven verschleppt. Die Kunde dieses grausamen Verbrechens verbreitete sich schnell, und jeder war tief erzürnt und empört über die gesetzlosen Banditen, die weiterhin unbehelligt in den Wäldern hausten.

Es wurde eine Sonderversammlung des *Thing* einberufen, die in drei Tagen in Kaupang stattfinden sollte, um zu beschließen, welche Maßnahmen zur Erfassung der Mörder getroffen werden sollten.

Später am Abend saß Magnus in seinem prächtigen Stuhl mit den reich geschnitzten Armlehnen und dachte darüber nach, wie sehr sein Leben in Unordnung geraten war. Plötzlich hörte er ein Kind rufen: »Papa! Papa!«

Lotti rannte mit ausgestreckten Ärmchen auf ihn zu, ihr Gesicht voller Angst, und wieder rief sie laut und deutlich: »Papa! Papa!«

Er hob sie hoch, zog sie an sich und legte ihren Kopf an seine Schulter. Ihr kleiner Körper wurde von Schluchzen geschüttelt. Er redete leise auf sie ein, seine Hand tätschelte sanft ihren Rücken. Dann setzte er sie auf seinen Schenkel und strich ihr das wirre Haar aus dem Gesicht. »Was ist los, Lotti?«

Sie weinte immer noch leise, doch ihr Schluchzen war einem Schluckauf gewichen.

»Hast du schlecht geträumt?«

Sie sah ihn mit großen, ängstlichen Augen an.

»Hast du von Drachen und bösen Ungeheuern geträumt?«

Sie nickte langsam und sagte wieder, ganz laut: »Papa«, und schlang die Arme um seinen Hals.

»Du läßt dir das von diesem schmutzigen, kleinen Idiotenkind gefallen! Das ist ekelhaft!«

Magnus schenkte Ingunn keine Beachtung.

Horkel wandte sich an ihn: »Sie spricht immer besser, Magnus. Sie macht deutliche Fortschritte.«

»Das kommt vermutlich daher, weil sie schon ein paar Worte sprach, bevor Olav sie auf den Kopf geschlagen hat. Damals war sie zwei Jahre alt. Sie kam nicht gehörlos zur Welt.«

Er wiegte das kleine Mädchen in seinen Armen und wünschte sich, sie wäre sein Kind. Nun lehnte sie sich in seinen Armen zurück und schaute Magnus ins Gesicht. »Zarabeth«, sagte sie stirnrunzelnd, und wieder trat die Angst in ihre Augen.

»Zarabeth ist bald wieder gesund. Sie schläft jetzt, und du mußt jetzt auch schlafen, mein kleiner Schatz.«

Lotti hob die Hand, und ihre Fingerspitzen tasteten leicht über seine Lippen. Er grinste und versuchte, nach ihren Fingern zu schnappen. Sie lachte vergnügt auf. Das Kinderlachen rührte ihn und nährte seinen Beschützerinstinkt.

Er drückte sie wieder liebevoll an sich. Sie schmiegte sich an seine Brust und war bald eingeschlafen.

Horkel sah seinen Freund lange an, dann schüttelte er den Kopf. »Es ist nicht gut«, sagte er, und in seinen Augen und in seiner Stimme lag tiefe Traurigkeit. »Es ist ganz und gar nicht gut.«

Magnus glaubte zu wissen, was er meinte, wollte es jedoch nicht wahrhaben.

Am nächsten Morgen setzte Zarabeth sich an die Bettkante. Er war gegangen, bevor sie erwachte. Sie war hungrig und mußte sich erleichtern. Doch sie zögerte, den Hauptraum zu betreten. Ingunn würde dort sein und Cyra und all die anderen, die sie für eine Mörderin und Lügnerin hielten, für die sie nur eine elende Sklavin war.

»Feigling«, schalt sie sich und stand auf. Sie war steif vom langen Liegen, und ihr Rücken schmerzte, als sie sich aufrichtete. Ingunn saß im Raum mit einer Näharbeit auf dem Schoß und überwachte das Gesinde bei der Hausarbeit.

Lotti war bei Eldrid, die ihr zeigte, wie man eine Nadel führte. Zarabeth beugte sich über das Kind und gab ihr einen Kuß. Erst dann bemerkte die Kleine sie, so emsig war sie in ihre Arbeit vertieft, strahlte ihre große Schwester an und zeigte ihr die Stiche, die sie auf einem Stück Stoff zuwege gebracht hatte.

»Sehr schön«, sagte Zarabeth lobend. Und Lotti beugte sich wieder eifrig über ihre Näharbeit.

Ingunn sagte in sachlichem Tonfall: »Tante Eldrid paßt auf sie auf, das hat Magnus angeordnet. Er ist mit den Männern zur Jagd. Er sagt, du brauchst nicht zu arbeiten.«

Zarabeth fiel die Gezwungenheit ihrer Stimme nicht auf, doch die anderen Frauen und selbst die Kinder, die atemlos lauschten, hörten die unheilvolle Spannung. »Ich möchte gerne baden.«

Ingunn schnaubte verächtlich. »Ich habe gehört, die Menschen im Danelagh stinken wie die Schweine, die sie hüten. Warum willst du so oft baden wie wir Wikinger?«

»Ich habe keine Schweine gehütet, vielleicht ist das der Grund.«

»Aha. Oder hat Magnus es dir befohlen? Er hat es gern, wenn seine Frauen gut riechen. Glaubst du immer noch, du könntest ihn an dich binden? Hast du Cyra mal angesehen, du dumme Gans?«

»Ja.«

»Im Vergleich zu ihr bist du ein Stück Dreck! Du bist nur eine kurze Ablenkung für ihn, mehr nicht. Nur ein neuer Frauenkörper, den er benutzt und dann wegwirft. Anfangs hat ihn deine Haarfarbe gereizt. Aber jetzt ist sie ihm alltäglich geworden. Er wird Cyra wieder zu sich nehmen, du wirst sehen.« Dann blickte Ingunn böse zu Lotti hinüber. Was ging hier vor? Unbewußt trat Zarabeth auf ihre kleine Schwester zu.

Nun erhob Eldrid die Stimme und sagte laut und deutlich und scheinbar in aller Unschuld: »Magnus hat das kleine Mädchen gern. Er hat sie in meine Obhut gegeben. Ihr wird nichts Böses geschehen. Ich habe es ihm versprochen.«

»Pah! Er hat nur Mitleid mit ihr, wie mit einem verwundeten Tier. Paß ruhig auf das schwachsinnige Balg auf. Mich kümmert es nicht!«

Zarabeth wollte Ingunn anschreien, daß ihre gallebitteren Worte an Lotti verschwendet seien. Das Kind konnte sie nicht hören, und deshalb konnten ihre gemeinen Worte ihr nichts anhaben. Aber Zarabeth verletzten sie tief. Sie zwang sich zum Schweigen und ging ins Badehaus.

»Zieh das Kleid aus. Ich möchte deinen Rücken untersuchen.«

»Mein Rücken ist besser geworden. Ich möchte mich nicht vor dir ausziehen.« Er freute sich über die Festigkeit ihrer Stimme. Der Schmerz hatte nachgelassen, und sie fühlte sich stärker. Sie war robust, und sie könnte sich gegen Ingunn behaupten, wenn sie keine Sklavin wäre. Doch er hatte sie zur Sklavin gemacht.

Er zwang sich zur Geduld und sagte: »Sei still und zieh dein Gewand aus. Wenn du nicht gehorchst, reiß ich es dir vom Leib, Zarabeth.«

Das wollte sie nicht. Es war Tag. Die Kammer war halbdunkel. Aber sie wollte sich seinen Blicken nicht preisgeben. Sie ertrug es nicht. Er hatte sie besessen, und er hatte ihr Lust bereitet, von der sie nicht einmal zu träumen gewagt hatte. Aber er liebte sie nicht, er beleidigte sie und verhöhnte sie. Und seine Unterstellung, sie würde ihm willenlos gehorchen, war ihr unerträglich.

Sie rannte blindlings aus der Kammer.

»Zarabeth! Komm zurück!«

Im Laufen drehte sie den Kopf nach ihm um und rannte gegen die Mauer von Horkels massivem Brustkasten. Seine Hände packten zu.

»Das reicht«, sagte er und hielt sie fest, als sie sich seinem Zugriff zu entwinden versuchte.

Magnus blickte über ihren Kopf hinweg in die Augen des Gefährten. »Sie wäre wohl bis Kaupang gelaufen. Sie hat zu wenig Verstand und zu viel Stolz.« Horkel drehte sie um und schob sie Magnus zu.

Mit gesenktem Kopf blieb sie stehen.

Seufzend schob Magnus sie wieder in seine Kammer. Es kümmerte ihn nicht, daß seine Leute ihn neugierig anstarrten und sich fragten, was zwischen ihm und seiner Sklavin vorging.

Er warf sie aufs Bett, setzte sich neben sie und begann in aller Ruhe, die Verschnürung ihres Kleides zu öffnen. »Wie gut, daß du nicht den Überwurf unserer Wikinger-Frauen trägst. Ich müßte die Schulterbroschen öffnen und dir das ganze Ding über den Kopf ziehen. So ist es einfacher und schneller. Ah, diese Brüste. Sie gefallen mir, Zarabeth. Sie schmiegen sich genau in meine Hände.«

Sie wandte ihr Gesicht ab, schloß die Augen. Sie hatte nicht die Kraft, gegen ihn anzukämpfen. Sie mußte ihn und seine Belästigungen ertragen. Plötzlich beugte er sich vor und begann sanft an ihrer Brustknospe zu saugen.

Sie riß die Augen auf und stieß einen Schrei aus. Das durfte sie nicht zulassen. Sie bäumte sich auf, doch er legte ihr seine Hand auf die Schulter und hielt sie fest.

»Still«, raunte er, und sein Atem erwärmte ihre Haut. »Bleib still liegen und laß mich dir Vergnügen bereiten.«

Sie versuchte, ihn mit den Händen wegzustoßen, ihr Körper wand sich wie eine Schlange unter ihm. »Nein Magnus, bitte. Ich schäme mich so sehr. Alle wissen, daß du mich in deine Kammer gezogen hast, in dein Bett. Bitte nicht! Ich schäme mich.«

Er achtete nicht auf sie und saugte an der anderen Brust. Er liebte den Geschmack ihrer Haut, ihren Geruch. Und plötzlich spürte er, wie sie auf seine Berührung ansprach. Ihre Spannung löste sich, sie drückte den Rücken ein wenig durch und bot ihm ihre Brüste dar.

Leise stöhnte sie auf, und er wußte, daß sie dieses Stöhnen haßte, das sich ihren Tiefen entrang, die sie unberührt als ihr Geheimnis bewahren wollte. Er streichelte nun sanft ihren Bauch, und gleichzeitig liebkoste seine Zunge ihre Brustspitzen. Seine Finger glitten weiter nach unten, und plötzlich hielt sie den Atem an, angespannt, erhitzt von ihrer pochenden Erregung, beinahe verzweifelt über den süßen Schmerz, der sich steigerte, mächtig anwuchs, je näher seine Finger herantasteten. Als seine Fingerspitzen ihr zartes Fleisch berührten, schrie sie auf, schaudernd über die Macht, die er über sie besaß. Er hob den Kopf und schaute ihr ins Gesicht.

»Ich werde dir Lust verschaffen. Gefällt dir das, Zarabeth?« Er erwartete keine Antwort. Er lächelte schmerzlich, als er seine Finger beobachtete, die ihr zartes Fleisch erneut berührten und im Rhythmus zu kreisen begannen, um ihre Lust zu steigern. Bald würde sie hilflos ihren wilden Lustgefühlen ausgeliefert sein, die sie durchströmten. Er wußte, daß Zarabeth nicht passiv unter seinen suchenden Fingern liegen wollte; sie wollte ihm nicht völlig ausgeliefert sein. Und er half ihr sanft, als ihr Becken sich gegen ihn preßte, ihre Hüften sich vom Bett hoben. Er legte seine andere Hand unter ihre Hinterbacken und drückte sie rhythmisch gegen seine Finger. »Ich sehe mir dein Gesicht an, wenn die Lust dich übermannt«, sagte er. Und sie hätte alles gegeben, um ihre Erregung zu unterdrücken, um ihm zu zeigen, daß sie diese Lust von ihm nicht haben wollte. Doch sie war ihm hilflos ausgeliefert. Und sie wußte es und akzeptierte es schließlich. Jetzt sehnte sie sich danach und wäre gestorben, wenn der Höhepunkt nicht kommen würde.

»Magnus«, flüsterte sie, Pein und Erregung mischten sich in ihrer Stimme. Er erbebte, als sie seinen Namen raunte. Er verlangte nach ihr, er wollte sie mit Haut und Haaren. Er wollte nicht, daß sie sich mit ihrem Verstand gegen ihn wehrte. Er wollte sie ganz und gar und auf immer und ewig.

Er spürte die Spannung in ihren Beinen und Schultern, ihr ganzer Körper erbebte. Ihre Augen weiteten sich und wurden glasig vor Leidenschaft, die mächtig in ihr anwuchs. Er sah, daß sie ihm keinen Widerstand mehr entgegenzusetzen vermochte. Er sah ihren Mund, aus dem die Schreie kamen, die sich tief und heiser ihrer Brust entrangen. Und er gab ihr alles, was er geben konnte, um ihr begreiflich zu machen, daß sie ihm gehörte und keinem anderen, daß sie erkannte, daß sie nie wieder alleine war, daß sie sich nie wieder verschließen durfte, daß sie ihm gehörte, mit Leib und Seele.

Als es vorüber war, als er sachte ihr feuchtes Fleisch streichelte, um sie zu entspannen, flüsterte er: »Ich möchte dich ansehen, Liebling. Ich möchte sehen, ob du meine Blicke ertragen kannst.« Sie hatte keine Chance zu protestieren, und keine große Hoffnung, ihn von seinem Vorhaben abzubringen. Er spreizte ihre Schenkel weit auseinander und teilte ihr Fleisch mit den Fingern. Sie war gerötet und wund, und er wußte, er durfte sie jetzt nicht nehmen. Sie brauchte noch einen Tag der Genesung, und dann würde er sie nehmen, und sein Eindringen würde ihre Lust steigern, sie würde ihr Verlangen nach ihm hinausschreien.

Er lächelte ein wenig schmerzlich. Er hatte ihr den Höhepunkt der Lust verschafft, er hatte sie an sich gebunden, sie konnte ihn nicht länger zurückweisen.

Er beugte sich vor und hauchte einen Kuß auf ihre Weiblichkeit. Sie schauderte. »Nein, Zarabeth, ich nehme dich jetzt nicht. Du brauchst noch einen Tag, um dich zu erholen, denn ich war die ersten drei Male sehr stürmisch mit dir. Du wirst die Freuden der Lust nicht vergessen, die ich dir verschafft habe. Und wenn ich dich morgen nehme, werde ich dir wieder Freudenschauer bereiten, und du wirst dich nie wieder gegen mich zur Wehr setzen, Zarabeth. Hast du verstanden?«

Er hob den Kopf. Sie hielt die Augen geschlossen. Er sah Tränen über ihre Wangen laufen. Er beugte sich über sie und küßte sie sanft auf den Mund, schmeckte das Salz ihrer Tränen. »Ich hätte gerne gewußt, ob es Tränen deiner Hingabe sind. Deinen Rücken sehe ich mir später an.« Er breitete die Decke über sie und ließ sie allein.

Am nächsten Tag nahm er sie nicht, da ihre Monatsblutungen eingesetzt hatten. Er wußte es, weil ein Blutfleck auf dem Laken war. Er redete nicht darüber, um sie nicht zu beschämen. Sie war eine keusche Frau, nicht gewohnt, sich anderen mitzuteilen, zumal nicht einem Mann.

Er wußte natürlich, daß sie Tücher brauchte und sorgte dafür, daß sie welche bekam. Aber er sagte nichts, und er berührte sie nicht. Aber er beobachtete sie, ob sie Schmerzen hatte. Sollte sie Bauchkrämpfe haben, gab sie das nicht zu erkennen. Falls sie sich wunderte, warum er sie nicht anfaßte, ließ sie sich auch das nicht anmerken.

Er verließ das Langhaus, um den Tag auf der Jagd zu verbringen. Er hatte noch keine Nachricht von seinem Vater. Ingunn war nun zurückhaltender, zumindest in seiner Gegenwart. Doch er durfte ihr nicht trauen und ließ einen seiner Männer zurück, um auf Zarabeth aufzupassen. Sie arbeitete wieder, doch Ingunn trug ihr keine schweren Männerarbeiten auf, und sie beleidigte die

Sklavin nicht mit Schimpfworten. Er hatte beschlossen, Cyra seinem Freund Horkel zu überlassen, der ein Auge auf sie geworfen hatte.

Horkel hatte sie schon im Bett gehabt. Das hatte er Magnus gestanden; und zu seiner großen Erleichterung hatte Magnus ihm deshalb nicht den Schädel gespalten, sondern ihm lediglich einen kernigen Schlag auf die Schulter versetzt.

Bald sollte Ingunn verheiratet werden und Zarabeth ... Seine Gedanken stießen an eine Mauer, die er selbst errichtet hatte. Zarabeth war seine Sklavin. Er hatte geschworen, sie nicht zur Frau zu nehmen, nicht nachdem, was sie ihm, was sie Olav angetan hatte.

Auf einer Lichtung in der Ferne stand ein Bock, ein schemenhafter Umriß, unbeweglich wie aus Stein. Langsam spannte er den Bogen.

Die Spätnachmittagssonne strahlte immer noch hell. Zarabeth hatte die Kühe im Stall neben der Vorratshütte gemolken. Sie hatte sich das hölzerne Joch auf die Schultern gelegt; die beiden randvollen Eimer hingen an Ketten zu beiden Seiten und hielten das Gleichgewicht. Die Holzstange tat ihrem Rücken nicht sonderlich weh, sie ging mit kleinen Schritten über den Hof.

Sie hob den Kopf in die gleißende Sonne und blickte hinüber ans andere Ufer des Viksfjord auf die hohen mit Föhren und Tannen bestandenen Berge. Es war ein schönes Land, unsagbar schön. Und die Luft war warm und duftete süß nach frischer Milch, die sie trug. Sie wäre gerne noch ein wenig im Freien geblieben, doch es war weder empfehlenswert, die Milch der Sonne auszusetzen, noch Ingunn zu verärgern.

Seufzend wandte sie sich dem Langhaus zu. Da hörte sie einen Schrei. Erschrocken fuhr sie herum. Es war ein heiserer, gurgelnder Laut. Er kam von Lotti. Zarabeth nahm sich nicht die Zeit, das Joch abzulegen, sie rannte einfach los. Hinter einem Holzstoß sah sie Egill, der Lotti zu Boden drückte, an ihren Zöpfen riß, und ihren Kopf auf die harte Erde schlug und sie dabei wütend beschimpfte.

Zarabeth schrie entsetzt auf, warf das Joch mit den vollen Eimern von sich. Die Milch ergoß sich und versickerte in den Boden.

»Egill!« schrie sie im Laufen. »Hör auf! Laß sie los!«

Lottis Fäuste trommelten auf den Rücken des Jungen, sie wand sich und strampelte wild unter ihm, doch er war wesentlich größer und stärker, und Zarabeth war voll Angst, daß er ihr weh tun könnte.

»Egill! Hör auf damit!«

Er schien sie nicht zu hören. Sie warf sich auf den Jungen, schlang ihre Arme um seine Brust und versuchte, ihn mit aller Kraft hochzuheben. Lotti schrie gellend, der Junge leistete erbittert Widerstand, und Zarabeth schrie ihn nur noch lauter an, beschimpfte ihn, zerrte ihn hoch, doch seine Hände hielten immer noch Lottis Zöpfe umklammert, zerrten wütend daran.

Plötzlich spürte Zarabeth Männerhände, die sie wegzogen. Sie ließ den Jungen los und taumelte zu Boden. Magnus nahm Egills Gesicht in seine Hand und sah dem Jungen ernsthaft in die Augen. Im nächsten Augenblick stand Egill vor Lotti und hielt den Blick auf seine Füße gesenkt.

Zarabeth kroch auf allen Vieren zu ihrer kleinen Schwester. »Hat er dir weh getan? Geht es dir gut, Liebes? Bitte Lotti, bitte!« Sie tastete verzweifelt die Gliedmaßen des Kindes ab, Arme und Beine, glättete ihr Kleid, rief immer wieder zärtlich ihren Namen.

Doch die Kleine hielt die Augen geschlossen.

»Du hast die ganze Milch verschüttet, du dummer Trampel! Das hast du mit Absicht gemacht!«

Es war Ingunn.

Plötzlich ertrug sie es nicht mehr. Es war einfach zu viel. Zarabeth raffte sich auf, schlang ihre Arme um ihre kleine Schwester, kam mühsam auf die Beine, drehte sich auf dem Absatz um und ging einfach weg. Magnus rief hinter ihr her, doch sie achtete nicht auf ihn. Sie hörte Ingunns Kreischen, auch darauf achtete sie nicht.

Sie ging unbeirrt und mit festen Schritten weiter, durch das Palisadentor, den steilen Pfad hinunter, der zum Viksfjord führte.

18

»Zarabeth! Bleib stehen!«

Sie hörte sein Fluchen, ohne auf ihn zu achten. Er fluchte lauter und lästerlicher. Sie ließ seine Flüche hinter sich und alles, was zu ihm gehörte, was mit diesem ungastlichen Land, mit diesen feindseligen Menschen zu tun hatte. Ihre ganze Aufmerksamkeit galt dem schmalen, steilen Pfad vor ihr, an dessen Ende ein Kahn am Steg festgemacht war. Sie hatte noch nie zuvor ein Boot gerudert. Sie würde es schaffen, daran hatte sie keinen Zweifel.

»Zarabeth! Wo willst du hin? Halt! Bleib stehen!«

Sie begann zu laufen, hastete stolpernd den Pfad entlang, seine Stimme kam näher. Doch sie war wild entschlossen, hielt Lotti fest an sich gepreßt und rannte um ihr Leben, den Blick auf das Boot geheftet. Bald hatte sie es geschafft. Bald.

»Fall nicht! Du tust Lotti weh. Bleib stehen!«

Lotti weh tun! Sein Sohn hatte versucht, Lotti umzubringen! Sie sollte ihren kleinen Liebling verletzen? Den einzigen Menschen auf der ganzen Welt, der sie liebte und ihr vertraute? Sie hörte nicht auf die Zurufe, diese lenkten sie nur ab, waren ohne Bedeutung, hatten nichts mit ihr zu tun. Ihr Blick war starr auf das Boot gerichtet, sie spürte nur das brennende Verlangen: frei zu sein. Er war jetzt dicht hinter ihr. Sie rannte schneller. Die spitzen Steine stachen in ihre Fußsohlen, doch sie spürte den Schmerz kaum. Sie lächelte grimmig und drückte Lotti noch fester an sich.

Sie sah nur das rettende Boot.

Sie rannte auf den Steg, riß im Laufen die Leine vom Holzpfahl und sprang ins Boot, das wild zu schaukeln begann. Sie stellte Lotti ab, setzte sich auf die schmale Bank, ergriff die langen Ruder und begann sie in Bewegung zu setzen.

Magnus rannte fluchend auf den Steg; nackte Angst hatte ihn gepackt. Zarabeth hatte gute fünf Meter Vorsprung. Jetzt tauchte sie ungeschickt die Ruder ein, dennoch trug die Strömung das Boot mit sich, der Abstand vergrößerte sich. Jeder Wimpernschlag trug sie von ihm fort.

Seine irrsinnige Angst machte ihn zum Berserker. »Nein!« brüllte er und sprang kopfüber ins Meer. Der Schock des kalten Wassers lähmte ihn einen Augenblick. Er wartete unter Wasser, bis sein Körper sich an die Kälte gewöhnt hatte, dann stieß er sich nach oben. Sein Oberkörper schoß aus dem Wasser; er schwamm mit kräftigen Zügen hinter dem Boot her. Die Strömung bildete gefährliche Strudel; doch er war stark, und er war fest entschlossen. Entschlossener denn je.

Der Viksfjord mündete im Osten in den Oslofjord, seine Strömung wurde von einer schmalen Landzunge zerschnitten, die sich in das Meer hinausschob. Dadurch entstanden starke Wirbel und Strudel; die See verwandelte sich in brodelnde Gischt. Er sah, daß Zarabeth keine Ahnung hatte, wie man ein Boot ruderte. Ihre Bewegungen waren unrhythmisch und unbeholfen. Das Boot schaukelte im Kreis und war der Strömung überlassen. Dadurch konnte er den Abstand verkürzen. Bald würden ihre Kräfte sie verlassen, und er würde den Bootsrand zu fassen kriegen.

Ihm war klar, daß Zarabeth ihn sah. Ihm war auch klar, daß sie nicht eigentlich wußte, was sie tat.

Bei Thors Hammer, er hatte sie so weit getrieben. Sie hatte das alles einfach nicht mehr ertragen. Entsetzen krampfte ihm die Brust zusammen. Lotti fuhr auf der schmalen Holzbank herum, sah ihn und begann, ihm wild zuzuwinken. Mit angstverzerrtem Gesicht schrie sie immer wieder nach ihm, schrill und in Panik.

Er schwamm schneller, seine Kräfte wuchsen ins Übermenschliche. An der Landzunge würde er sie auf alle Fälle eingeholt haben. Das Boot war immer noch nahe dem Ufer, gefährlich nahe, denn hier gab es dichte Wälder von Schlingpflanzen. Das Boot wurde jetzt von einem Strudel ergriffen, wild im Kreis gedreht und schräg dem Land zugespült. Lotti hielt sich schreiend am Bootsrand fest. Er brüllte: »Haltet euch fest! Ich komme!« Wenn er nur ein zweites Boot hätte, wenn nur seine Männer da wären ...

Ohne Vorwarnung schlang sich das Seegras um seine Beine und zog ihn nach unten. Je mehr er versuchte, sich zu befreien, desto fester schlangen sich die Pflanzen um seine Beine. Das Wasser war seichter, als er dachte, konnte nicht mehr als zwei Meter tief sein. Er strampelte sich frei, wurde sofort von den nächsten Fangarmen umschlungen, die ihn unerbittlich festhielten und nach unten zogen.

Er schloß kurz die Augen, stieß sämtliche ihm bekannten Flüche aus und zog sein Messer aus dem Gürtel, holte tief Luft und verharrte reglos im Wasser. Er ließ sich ohne Gegenwehr von den Armen des Seetangs nach unten ziehen, bevor er sich mit dem Messer frei schnitt. Doch je mehr Fangarme er durchtrennte, umso mehr schienen ihn zu umschlingen.

Wild um sich schlagend befreite er sich von den Schlingpflanzen, tauchte auf, um nach Luft zu schnappen und nach dem Boot Ausschau zu halten, das sich wieder weiter von ihm entfernt hatte. Zu seinem Entsetzen wippte Lotti auf dem schmalen Brett im schwankenden Boot, schrie und streckte die Arme nach ihm aus. Sie fürchtete um sein Leben.

Und im gleichen Augenblick erkannte er die Absicht des Kindes und brüllte wie von Sinnen: »Nein, Lotti! Setz dich hin! Zarabeth, halt sie fest!«

Zu spät. Das Kind schrie gellend: »Papa! Papa!« und

sprang ins Wasser, um ihn zu retten. Magnus war dem Wahnsinn nahe. Er schwamm um Lottis und um sein Leben. Zarabeth war aufgesprungen, klammerte sich am Bootsrand fest und hielt rufend Ausschau nach Lotti.

Das Seegras, dachte Magnus, als er sich der Stelle näherte, wo das Kind gesprungen war. Er tauchte. Das Wasser war trüb, der Wald aus tausendarmigen Schlinggewächsen dicht, die ständige Bewegung wühlte Sand und Schlamm vom Grund des Viksfjord auf. Er suchte verzweifelt, bis er glaubte, seine Lungen zerplatzten.

Er stieß sich nach oben, schoß aus dem Wasser, holte röchelnd Luft. Er war jetzt nahe bei Zarabeth, das Boot hatte sich im Seetang verfangen und schaukelte auf der Stelle.

Er holte tief Luft, mehrmals hintereinander und tauchte wieder. Nichts, immer noch nichts.

Immer wieder tauchte er und konnte sie nicht finden. Er tauchte auf. Mehrere seiner Männer waren nun im Wasser. Und jeder tauchte nach dem Kind. Das Wasser war so trüb, daß er die Männer bisher nicht gesehen hatte. Wenn er nicht einmal seine Männer sehen konnte, wie sollte er da ein kleines Kind finden. Bei allen Göttern! Er wußte nicht mehr, wo sie gesprungen war. Vielleicht hatte die Strömung ihn abgetrieben.

Magnus betete. Er verpfändete Odin sogar seine Seele, wenn er nur Lotti unversehrt in die Arme schließen könnte. Wenn sie nur wie durch ein Wunder auftauchen und »Papa« rufen würde.

Er tauchte wieder.

Seine Arme wurden hochgerissen, und sein Kopf tauchte aus dem Wasser. Er wehrte sich, bis er begriff, daß Horkel ihn an einem Arm und Ragnar am anderen festhielt. Er blickte verständnislos von einem zum anderen.

»Es ist genug, Magnus!« rief Horkel, doch Magnus zog beide, Horkel und Ragnar, unter Wasser.

Sie ließen ihn los, und Magnus machte noch einen Versuch. Und danach noch einen, obgleich er die Hoffnung aufgegeben hatte. Die Strömung war hier sehr stark, sie waren zu nah an der Landzunge, zu nah am Ufer und zu dicht an den Schlingpflanzenwäldern. Lotti war erst fünf Jahre alt. Entweder hatte die Strömung sie mitgerissen, oder sie hing leblos im Seegras verschlungen.

Er kam an die Oberfläche und sah Zarabeth. Sie war im Wasser, hielt sich mit einer Hand am Boot fest, und sie schrie flehend, Lotti möge zu ihr zurückkommen.

Magnus konnte es nicht ertragen. Er warf den Kopf in den Nacken und brüllte wie ein Tier, wild und verzweifelt, daß seinen Männern das Blut in den Adern gefror.

Zarabeth hörte diesen Schrei, sah die Verzweiflung in seinem Gesicht und wußte, daß Lotti ertrunken war. Lotti war tot. Sie schüttelte unaufhörlich den Kopf und schrie:

»Nein! Sie lebt! Sie ist nicht tot. Sie lebt! Nein!«

Zu Magnus' Entsetzen stieß sie sich vom Boot ab, schlug wild mit den Armen um sich und hörte nicht auf zu schreien. Sie konnte nicht schwimmen. In der nächsten Sekunde war er bei ihr, ergriff ihren Arm und zog sie ins Boot zurück. Sie kämpfte mit erstaunlicher Kraft gegen ihn an, er hatte Mühe mit ihr, da er völlig entkräftet war.

Horkel packte ihren anderen Arm, und gemeinsam hievten sie ihren Oberkörper über den Bootsrand. Magnus zog sich ins Boot, ergriff ihren Arm und versuchte sie ganz ins Boot zu heben. Wild um sich schlagend wehrte sie sich gegen ihn.

In seiner Verzweiflung versetzte er ihr einen Fausthieb ans Kinn. Sie sackte leblos vornüber, und er zog sie ins Boot.

Horkel versicherte: »Wir suchen weiter nach dem Kind. Aber die Strömung ist hier sehr tückisch. Und dieser verfluchte Seetang kann einen kräftigen Mann umbringen. Und das Kind ist so klein . . .«

»Ja. Wem sagst du das!«

Er wollte noch einmal tauchen, wußte aber, daß Zarabeth wieder ins Wasser springen würde, sobald sie das

Bewußtsein erlangte. Und dann würde er auch sie verlieren.

Er war in seinem ganzen Leben noch nicht so verzweifelt und hilflos gewesen. Er zog Zarabeth in seine Arme. Sie fühlte sich kalt an, ihr Körper war leblos. Er strich ihr die nassen Haarsträhnen aus dem Gesicht und flüsterte dicht an ihrem Mund: »Sie geben nicht auf, Zarabeth. Sie geben nicht auf. Es tut mir so leid, es tut mir so furchtbar leid.« Dann riß er den Kopf hoch. Einer der Männer hatte etwas gerufen. Sie hatten Lotti gefunden!

Wilde Hoffnung stieg in ihm hoch, erstarb aber sogleich wieder. Tostig hatte nur einen Holzklotz nach oben gebracht.

Er wußte: die kleine Lotti war tot. Es war zu viel Zeit verstrichen. Er wußte es, konnte sich aber nicht damit abfinden. Das Kind war ertrunken, als es versuchte, ihn zu retten. Sie hatte Papa gerufen und war ins Wasser gesprungen, weil sie glaubte, er würde ertrinken.

Den Gedanken konnte er nicht ertragen. Er ließ den Kopf an Zarabeths Stirn sinken und weinte.

Zeit hatte keine Bedeutung mehr. Seine Männer schwammen an Land, andere kletterten ins Boot. Horkel nahm die Ruder auf. Kurz darauf lag der Kahn wieder vertäut am Steg. Magnus trug Zarabeth den schmalen Pfad zum Palisadenzaun hinauf. Die Männer folgten ihm, schweigend, grimmig. Die sengende Sonne vermochte sie nicht zu erwärmen, denn sie hatten den Kampf verloren.

Zarabeth bewegte sich an seiner Schulter. Er drückte sie fester an sich, da er fürchtete, sie würde sich gegen ihn wehren, wenn sie wahrnahm, daß er sie trug. Doch sie kämpfte nicht. Er wußte, daß sie bei Bewußtsein war, doch sie regte sich nicht.

»Es tut mir leid, daß ich dich geschlagen habe«, sagte er, seine Augen auf den Weg gerichtet.

Ihre Stimme klang sehr dünn. »Lotti?«

Tränen schnürten ihm die Kehle zu. Er konnte nur den Kopf schütteln.

Sie versuchte sich zu entwinden, bäumte sich auf und wehrte sich gegen ihn, bis er stehenblieb und sie absetzte. Seine Hände hielten ihre Arme umfangen. »Hör auf! Wir haben alles Menschenmögliche getan. Verstehst du, Zarabeth? Sie war nicht zu retten!«

»Nein! Du lügst! Bitte, Magnus, bitte! Laß mich los! Ich muß sie finden, sonst geschieht ihr noch ein Leid, ein Leid . . .«

Tränen strömten ihr übers Gesicht, und sie schlug mit Händen und Füßen um sich, bis er sie noch einmal schlagen mußte. Sie sackte an seine Brust.

»Du mußtest es tun, Magnus«, sagte Horkel. »Möchtest du, daß ich sie trage?«

Magnus schüttelte nur den Kopf und hob sie wieder auf seine Arme.

»Du hast alles getan, was du tun konntest. Wir haben unser Bestes getan. Als wir erkannten, was geschehen war, sprangen wir alle ins Wasser, um nach ihr zu suchen. Sie hatte keinen schweren Tod, Magnus. Sie hatte keine Schmerzen. Vergiß das nicht.«

Er nickte tränenerstickt und hielt den Blick auf den Weg gerichtet.

In ihm war ein unerbittlich krallender Schmerz. Seine kleine Schwester war gestorben, als er zehn war, doch ihr Tod war nicht mit diesem unsagbaren Schmerz zu vergleichen.

Horkel sagte leise neben ihm: »Tief in deinem Innern hast du gewußt, daß das Kind keine Überlebenschance hatte. Bei Thor, Magnus, das Mädchen war schließlich taub!«

»Na und, Horkel? Ist es besser für sie, jetzt zu sterben als in zwei oder drei Jahren?«

»Ich meine nur, daß wir nichts ausrichten konnten. Daß niemand Schuld hat, nicht du, nicht Zarabeth. Und auch nicht Egill.«

Horkel hatte recht, doch das linderte seinen unbeschreiblichen Schmerz keineswegs.

In der Umzäunung hatten sich die Bewohner versammelt. Alle wußten, daß ein Unglück geschehen war. Selbst Ingunn schwieg, ratlos, abwartend und hoffend, daß die Frau ertrunken war. Magnus trug sie, ihr Kopf hing leblos nach hinten, sie triefte vor Nässe und war totenbleich.

Doch die Frau war nicht tot, und Ingunn spürte ohnmächtige Wut. Die Frau bewegte sich. Ingunn trat vor, versperrte dem Bruder den Weg. Plötzlich hoffte sie, Magnus habe endlich begriffen, daß die Frau nichts wert war. Sie hatte schließlich die ganze Milch verschüttet. Und bloß wegen ihrer schwachsinnigen, kleinen Schwester.

»Was ist mit ihr geschehen? Hast du sie geschlagen wegen ihrer Anmaßung und ihres Ungehorsams?«

Magnus schaute durch seine Schwester hindurch.

»Was ist geschehen?«

»Halt den Mund, Weib!« sagte Ragnar. »Das kleine Mädchen ist ertrunken, weil es versucht hat, Magnus zu retten.«

Ingunn zog die Luft hörbar durch die Zähne ein. Eine von ihnen war tot, wenn auch nicht die, deren Ende sie lieber gesehen hätte, aber immerhin ... Schulterzuckend sagte sie: »Das ist wirklich kein Unglück. Das Kind hätte nicht überlebt. Es ist ein Wunder, daß sie nicht schon früher gestorben ist. Sie war schließlich taub. Sie ...«

Magnus blickte seine Schwester an. Horkel hatte eigentlich das Gleiche gesagt, aber nicht mit Ingunns Bösartigkeit und Gemeinheit. Die Worte seiner Schwester schnitten ihm tief ins Herz. »Sei still, Ingunn! Du sagst kein Wort mehr, hast du mich verstanden?«

»Was bekümmert es dich? Die Frau hat doch selber Schuld. Sie war nichts als ...«

Magnus verlor die Beherrschung. Er übergab Zarabeth an Horkel, trat an seine Schwester heran und versetzte ihr mit dem Handrücken einen harten Schlag ins Gesicht. Mit einem Schmerzensschrei stürzte sie zu Boden.

Magnus trat dicht an sie heran und bohrte seine Blicke in sie. Sie hielt sich die Wange, und in ihren Augen stand Haß, aber auch ein gehöriges Maß an Angst.

Wieder dachte er daran, daß Horkel beinahe die gleichen Worte gesagt hatte, doch aus Ingunns Mund vermochte er sie nicht zu ertragen; ihre Stimme war so haßerfüllt und voll tödlichem Gift. »Geh mir aus den Augen. Ich lasse unserem Vater noch heute eine Botschaft zukommen. Er wird dich holen lassen. Ich will dich nicht länger sehen.« Seine Worte waren nicht zuletzt deshalb so unheilvoll, weil er sie mit tödlicher Ruhe aussprach. Ingunn rührte sich nicht. Sie hatte Angst.

Cyra, die nicht dumm war, trat schweigend in den Hintergrund.

Horkel hatte Zarabeth bereits ins Langhaus gebracht. Er legte sie auf Magnus' Bett.

Magnus nickte ihm zu, und Horkel ließ ihn allein.

Allmählich erlangte Zarabeth das Bewußtsein, ihr Verstand war benebelt. Ihr war sehr kalt. Sie öffnete die Augen, dann stützte sie sich auf die Ellbogen. Magnus saß auf dem Bett neben ihr.

»Was ist geschehen? Wieso sind meine Haare naß? Mein Gesicht tut weh. Hast du mich geschlagen?«

»Ja, ich mußte es tun. Entschuldige.«

Sie spürte ihre nassen Haare schwer auf den Schultern und im Rücken, spürte die rauhe Wolldecke auf ihrer Haut. Sie war nackt, hatte aber frische Tücher zwischen den Beinen. Wie kam das? Hatte er die Tücher gewechselt? Sie fiel nach hinten, zog die Wolldecke bis zum Hals. Magnus blickte sie weiterhin schweigend an.

Sie runzelte die Stirn, konnte sich nur schwach erinnern. Und dann stand ihr alles klar vor Augen.

»Wo ist Lotti?«

Sein Gesicht war versteinert.

»Wo ist Lotti?«

»Lotti ist tot.«

Sie sprang auf, warf die Decke von sich, ihre Hände griffen nach ihrem Gewand. Sie schüttelte ihn, trommelte mit den Fäusten gegen seine Brust. »Wo ist sie?«

Sie wußte es. Tief im Innern wußte sie es.

Magnus hielt ihre Handgelenke fest und zwang sie, sich zu setzen. Ihre Brüste hoben und senkten sich schwer.

»Es tut mir leid, Zarabeth«, sagte er mit tränenerstickter Stimme. Doch sie hörte ihn nicht, weigerte sich, seinen Schmerz wahrzunehmen.

Aber sie wußte, daß er die Wahrheit sprach. Sie befeuchtete ihre Lippen. »Ist sie ertrunken?«

»Ja. Die Strömung ist an der Stelle ziemlich heimtükkisch. Und es gibt Wälder von Schlingpflanzen, die einen erwachsenen Mann in die Tiefe ziehen können. Wir konnten sie nicht finden. Sie ist so klein, weißt du.«

Sie wandte ihr Gesicht ab. Sie erstarrte innerlich zu Eis und verschloß sich vor ihm. Und das konnte er nicht ertragen.

»Zarabeth, bitte.«

Sie reagierte nicht.

Plötzlich wandte sie sich ihm zu, starrte ihn an und begann zu lachen. Ein häßliches, heiseres, hohles Lachen. Lachend stieß sie die Worte hervor: »Sie hat versucht, dich zu retten! Sie dachte, du bist am Ertrinken! Die Kleine dachte nur daran, *dich* zu retten! Bei allen Göttern, das ist völlig verrückt! Warum bist du nicht ertrunken? Warum? Ich hasse dich! Du hast sie umgebracht, du wolltest ihren Tod, du . . .«

Die Pein zerschnitt ihr das Herz. Unsicher kam er auf die Beine. Ihr Lachen erstarb plötzlich. Ihr Gesicht war bleich, ihre Augen dunkel und leer. Dann schlossen sich ihre Lider, und sie wandte sich von ihm ab. Bedrückt zog er die Decke über sie und verließ die Kammer.

Horkel wartete draußen auf ihn. »Ist die Frau in Ordnung?«

»Nein.«

Magnus fuhr beim ersten Klagelaut hoch. Das Schluchzen war durchdringend und herzzerreißend. Zu seinem Erstaunen war es seine Tante Eldrid, die ihr Gesicht mit den Händen bedeckte und ihr Leid und ihre Trauer hinausschrie und dabei ihren Oberkörper hin und her wiegte. Er ging zu ihr, zog sie von der Bank hoch und legte seine Arme um ihren knochigen Rücken.

Sie weinte, bis sie keine Tränen mehr hatte.

Dann ließ Magnus sie los und führte sie zu seinem Armstuhl. »Ruh dich aus«, sagte er. »Es tut mir leid. Aber wir haben alles getan, um sie zu finden.«

Zu Ragnar gewandt sagte er: »Geh zu meinem Vater und sag ihm, was geschehen ist. Sag ihm . . .« Er machte eine kurze Pause, die Worte fielen ihm sichtlich schwer. »Sag ihm, er möge bald kommen und Ingunn von hier fortbringen.«

Ragnar ging. Ingunn nahm wie gewohnt ihre Arbeit wieder auf, mit versteinertem Gesicht und vom Weinen geröteten Augen. Alles in ihr war starr, jedes Gefühl war aus ihr gewichen, nur der kalte Haß war geblieben. Magnus bemerkte den Abdruck seiner Hand auf ihrer Wange und hatte keinerlei Gewissensbisse. Sie schenkte ihm keine Beachtung.

Der Tag schleppte sich in den Abend. Er war zu nichts fähig. Seine Leute standen in kleinen Gruppen herum, sprachen gedämpft miteinander. Auch die Kinder waren ungewohnt still. Selbst die Hunde schlichen bedrückt herum.

Magnus begab sich in seine Kammer. Zarabeth schien zu schlafen. Seufzend entkleidete er sich und legte sich neben sie. Da bemerkte er, daß sie wach war. Er sagte nichts. Sie lag ganz still. Er wußte, daß sie seine Nähe kaum ertragen konnte, daß sie nicht wahrhaben wollte, wie sehr sein Schmerz und seine Trauer ihn in die Knie zwangen. Ihrer Meinung nach durfte er keine Trauer empfinden. Lotti sollte ihm nichts bedeuten. Er war schließlich ein Wikinger, ein Mann ohne Gefühl, ohne Gewissen; ein Mann, der kaltblütig Menschen abschlachtete; ein Mann, der für keinen Menschen etwas empfand, der nicht zur engeren Familie gehörte. Sie haßte ihn. Lotti wäre noch am Leben, wenn es ihn nicht gäbe.

Wenn es ihn nicht gäbe, wäre Lotti bei Keith und Toki in York.

Wenn es ihn nicht gäbe, hätte König Guthrum sie töten lassen.

Sie schloß die Augen. Der Schmerz war zu groß, die Ungewißheit zu erdrückend, um Antworten in ihrer Seele zu finden. Sie wollte einschlafen und nie wieder aufwachen. Lotti war tot. Ihr Leben hatte seinen Sinn verloren. Es gab keinen Grund mehr für sie, weiter zu atmen.

Erst sehr spät in der Nacht wurde Egill vermißt.

Horkel rüttelte Magnus wach, erlöste ihn aus einem grauenvollen Alptraum, in dem keine Ungeheuer ihn bedrohten, aber eine unendliche Leere ihn umfing, seine Seele zu ersticken drohte.

Er fuhr hoch, schüttelte das Grauen ab.

»Magnus, schnell! Egill ist fort.«

Magnus starrte den Gefährten verständnislos an. »Mein Sohn ist fort?« wiederholte er mit gefurchter Stirn. Er hatte nicht ein einziges Mal an seinen Sohn gedacht. Eine Welle der Angst durchflutete ihn.

Das war zuviel.

»Komm, beeil dich! Der Junge wurde nicht mehr gesehen, seit wir heute nachmittag mit Zarabeth zurückgekehrt sind. Wahrscheinlich denkt er, er habe Schuld an Lottis Tod.«

Magnus warf die Decke beiseite, sein Herz hämmerte so laut, daß er glaubte, es würde ihm aus der Brust springen. Immer wieder dachte er: Nicht Egill, nicht auch noch mein Sohn. Nein. Das ertrage ich nicht. Nicht einmal die Götter konnten ein solches Opfer von ihm verlangen.

Er ließ Zarabeth liegen, ohne zu wissen, ob sie begriff, was los war. Er mußte seinen Sohn finden.

Bis zum Morgengrauen hatte jeder Mann, jede Frau, jedes Kind und jeder Sklave die Gegend um Malek systematisch abgesucht. Keine Spur von Egill.

Der Junge war wie vom Erdboden verschluckt.

Als Harald und Helgi mit Mattias und Jon und einem halben Dutzend Männer ankamen, war Magnus so erschöpft, daß er kaum noch sprechen konnte. Sein Vater trat an ihn heran, suchte den Blick seines Sohnes und zog ihn wortlos an seine Brust.

Magnus hatte völlig vergessen, daß er Ragnar zu den Eltern geschickt hatte. Er lehnte sich müde an den Vater. Und mit einem Mal fiel ihm auf, daß er der Größere von beiden war. Sein Vater war mit den Jahren ein wenig geschrumpft. Seltsam, daß ihm das gerade jetzt auffiel. Dennoch war Harald immer noch ein starker Mann, und Magnus fühlte, wie etwas von der Kraft des alten Mannes auf ihn überging. Er weinte nicht. Er hatte keine Tränen, keine Empfindungen mehr.

Er löste sich aus der Umarmung und sagte gefaßt: »Ich weiß nicht, was ich jetzt tun soll, Vater. Ich bin froh, daß Ihr da seid. Mutter, bitte kommt herein. Ingunn wird ...« Sein Gesicht verhärtete sich, und seine Hände ballten sich zu Fäusten. »Ich hoffe, Ihr seid gekommen, um sie abzuholen.«

Helgi legte ihre Hand auf den Arm ihres Sohnes. »Wir nehmen sie zu uns. Doch nun laß uns ins Haus gehen, Magnus.«

Mattias schloß seinen Bruder kurz in die Arme, ohne ein Wort zu sagen. Jon sah Magnus an und schüttelte den Kopf.

Ja, es war zu viel, einfach zu viel.

Die Anwesenheit seiner Familie war ihm ein Trost. Dadurch wurden er und seine Leute abgelenkt. Er sah, wie Ingunn sich ihrer Mutter an die Brust warf und bitterlich schluchzte. Er wandte sich ab und sagte zu seinem Vater: »Möchtest du einen Krug Bier?«

»Ja, das ist eine gute Idee.«

Helgi hörte sich Ingunns endlose Flut von Klagen und

Vorwürfen an. Dann schob sie ihre Tochter von sich und unterbrach sie barsch: »Genug jetzt, Tochter. Es reicht. Ich höre mir deine Klagen nicht länger an, denn sie zeigen mir das Maß deiner Selbstsucht. Du bist böse geworden, Ingunn. Und du denkst nur noch an dich. Geh an die Arbeit, deine Brüder sind hungrig. Ich werde später mit dir über deine Zukunft sprechen.«

Es war Helgi, die Zarabeth eine Schale Haferbrei und frisches, warmes Brot brachte. Zu ihrer Überraschung saß die junge Frau angekleidet an der Kante von Magnus Bett. Sie starrte mit leerem Blick vor sich hin, reglos, stumm.

»Zarabeth, ich grüße dich. Erinnerst du dich? Ich bin Magnus' Mutter.«

Zarabeth sah sie teilnahmslos an. »Ist es wahr, daß Egill fort ist?«

»Ja, es ist wahr.«

»Beide. Egill und Lotti, beide sind fort. Das ist zu viel, Helgi.«

Zarabeths Gesicht und Stimme waren ausdruckslos. Sie hätte auch über den Haferbrei reden können, der in der Schale dampfte.

»Komm und iß, Zarabeth. Ich habe dir die Schale gebracht, weil ich glaubte, du seist noch im Bett. Komm, iß.«

»Muß ich?«

»Ja.«

Achselzuckend stand Zarabeth auf. Ihr rotes Haar hing ihr in wilden Lockenkaskaden über Rücken und Brust. Sie sieht aus wie eine heidnische Götterbotin, dachte Helgi, mit ihrem feuerroten Haar, gegen das die roten Fäden ihrer Wandbehänge verblaßten. Doch ihre grünen Augen waren leer und dumpf.

Zarabeth folgte Helgi aus der Kammer in den Hauptraum. Als sie Magnus neben seinem Vater sitzen sah, blieb sie wie angewurzelt stehen.

»Ich kann nicht«, flüsterte sie tonlos. »Ich kann nicht.«

Magnus spürte ihre Gegenwart, bevor er sie sah. Das geschah seltsamerweise ständig, seit er sie zum ersten Mal am Brunnen in York gesehen hatte. Urzeiten schienen seither vergangen zu sein; in Wahrheit waren es jedoch nur wenige Monate. Er fixierte sie und zwang sie stumm, ihn anzusehen. Sie hob den Blick.

Dann hob sie langsam die Hand an ihren Hals und betastete das Eisenband, das Sklavenband, das er ihr um den Hals hatte schmieden lassen. Und plötzlich riß und zerrte sie daran, als würde es sie erdrosseln. Dabei gab sie keinen Laut von sich. Ihre Bewegungen waren die einer Wahnsinnigen. Alle Blicke richteten sich auf sie, Gespräche erstarben. Magnus erhob sich und trat auf sie zu.

Er packte ihre Handgelenke, zog ihre Arme weg von dem Eisenband, hielt sie fest. Sie hatte sich die Haut am Hals mit den Fingernägeln zerkratzt. Blut sickerte aus den Kratzwunden.

»Hör auf!« schrie er.

Ihr Blick war starr auf sein Kinn gerichtet. »Wenn ich könnte, würde ich dich umbringen.«

Nun packte ihn die Wut, eine läuternde Wut. Er schüttelte sie so lange, bis ihr Kopf hin und her schaukelte. »Weil ich dir in York das Leben gerettet habe? Weil ich dich und Lotti aus dieser stinkenden Stadt weggeholt habe? Willst du mich deshalb umbringen? Das ist nicht gerecht, Zarabeth.«

»Was kümmert es mich. Mein Leben hat keinen Sinn mehr.«

Magnus schloß die Augen und lockerte seinen Griff ein wenig. Sie riß sich los, gab einen schrillen Laut von sich, und ihre Finger zerrten erneut an dem Eisenband. Wieder packte er ihre Arme und zog sie an sich. Er blickte in ihr bleiches Gesicht, in die Tiefen ihrer wilden Augen. »Genug! Komm mit mir. Jetzt sofort.«

Er zerrte sie aus dem Langhaus.

Sein Vater hob mit einem fragenden Blick zu Helgi seine buschigen Augenbrauen. Sie schüttelte den Kopf. Ingunn zischte schadenfroh: »Jetzt bringt er sie um. Endlich begreift er, daß sie alles kaputt gemacht hat. Sie hat Egill umgebracht, sie . . .«

Haralds Stimme war wie ein Donnerschlag. »Halt den Mund, Ingunn!«

Eldrid begann wieder leise wimmernd zu weinen.

Helgi stand auf, trat zu ihrer Schwester und legte ihre Arme um sie. Zum ersten Mal seit sieben Jahren.

19

Zarabeth konnte nicht klar denken. Sie schlug gegen seine Arme, seine Brust, sträubte sich mit aller Kraft gegen ihn, bohrte ihre nackten Fersen in den hartgetretenen Lehm. Doch er verlangsamte nicht einmal seine Schritte. Er war doppelt so stark wie sie, und er war wild entschlossen. Wozu, das wußte sie nicht. Sie kämpfte einfach gegen ihn. Ihr war, als risse er ihr den Arm aus dem Schultergelenk. Und sie kämpfte verbissen. Nachdem er sie aus dem Langhaus geschleift hatte, schrie Magnus: »Rollo! Rollo!«

Er würde sie töten, das wußte sie. Er holte eine Waffe beim Schmied, mit der er sie töten würde. Sie würde hier in diesem fremden Land sterben durch die Hand des Mannes, der einst geschworen hatte, sie zu lieben, der sie einst zur Frau haben wollte . . .

Plötzlich wollte Zarabeth nicht sterben. Lotti war tot, der einzige Mensch in ihrem Leben, der sie wirklich brauchte, der von ihr abhing, der sie rückhaltslos liebte, und dennoch: Zarabeth wollte nicht sterben. Sie wollte nicht im Nichts versinken, sie wollte ihr Leben nicht verlieren, es war zu früh. Und sie schrie gellend in ihrer Todesangst: »Nein, Magnus, töte mich nicht! Ich lasse nicht zu, daß du mich tötest! Ich will nicht sterben!«

Sie verdoppelte ihre Anstrengungen, sich zu befreien,

denn die Worte, einmal ausgesprochen, wurden wirklich, so wirklich wie ihr bevorstehender Tod. Plötzlich warf sie sich auf ihn, mit geballten Fäusten, und er verlor beinahe das Gleichgewicht. Ihre Fäuste trommelten auf seinen Kopf, in sein Gesicht. Sie schrie ihn an, wieder und wieder, außer sich: »Nein! Du darfst mich nicht töten! Ich will nicht sterben!«

Magnus blieb erstarrt stehen. Er spürte ihre Fäuste, spürte den Schmerz ihrer Schläge, aber es bedeutete nichts. Ihre Worte . . . Er sah sie nur an. Er packte ihre Handgelenke, sagte immer noch nichts. Schließlich bezähmte sich Zarabeth, stand keuchend und mit angstgeweiteten Augen vor ihm.

»Glaubst du wirklich, ich will dich töten?« fragte er langsam, seine Augen suchten forschend in ihrem Gesicht, studierten ihre Regungen, und in seiner Stimme lag soviel Schmerz, daß er ihre Angst durchdrang, und sie registrierte dies. Doch nein, er verspottete sie nur. Er würde sie töten, töten . . . Sie durfte ihm nicht glauben.

»Ja! Aus welchem anderen Grund schleppst du mich aus dem Haus und rufst nach Rollo? Du willst mich umbringen.«

Er sah sie wieder an. Dann hob er die Hand, sie zuckte in Erwartung seines Schlages zurück, doch er legte seine flache Hand an ihre Wange und sagte eindringlich: »Ich werde dich nicht töten. Wenn du stirbst, stirbt ein Teil von mir. Nein, Zarabeth, ich werde dich nicht töten. Ich schwöre es.«

Langsam nickte sie. Sie glaubte ihm jetzt, wußte, daß er die Wahrheit sprach. Plötzlich wußte sie, daß sie ihm immer geglaubt hatte. Es hatte ihn große Mühe und Überredungskunst gekostet, ihr in York das Leben zu retten. Warum sollte er es ihr jetzt nehmen? Sie stellte ihren Widerstand ein. Schaudernd wurde sie sich ihrer Panikreaktion bewußt. Er nahm sie an der Hand und führte sie in die Hütte des Schmieds. Beim Eintreten schlug ihnen sengende Hitze von dem runden, gemauerten Schmelzofen entgegen. Zarabeth wich zurück.

»Komm! Du gewöhnst dich daran.«

Rollo war ein dunkler Mann mit dichtem, schwarzen Bart, der auf einem Auge schielte, was ihm ein bedrohliches, wildes Aussehen gab. Seine Beine waren zu kurz geraten, doch sein Oberkörper war kraftvoller gebaut als der von Magnus. Seine Arme waren stark wie Äste eines alten Baums. Er lag auf den Knien vor dem Schmelzofen und pumpte mit dem großen Blasebalg aus Leder Luft in die Glut, um sie noch mehr anzufachen. Er hob den Kopf, sah Magnus schweigend an, dann Zarabeth. Langsam erhob er sich und händigte Magnus ein Schwert aus.

»Es ist fertig und unversehrt, wie am ersten Tag, als ich es vor zwei Jahren für dich geschmiedet habe. Machen wir uns wieder auf die Suche nach Egill?«

Magnus nahm das Schwert entgegen. »Ragnar ist mit zwölf Männern aufgebrochen. Ich gehe bald wieder hinaus. Doch zuerst möchte ich, daß du das Eisen von ihrem Hals entfernst.«

Rollo sagte nichts. Er hob die Hand, um Zarabeths Haar beiseite zu schieben. Doch Magnus kam ihm zuvor. Er nahm ihr Haar mit beiden Händen, hob es hoch und entblößte dabei ihren Nacken. Rollo tastete das Eisenband ab, fand den Saum und nickte.

»Du mußt ganz ruhig halten, Herrin, sonst verlierst du möglicherweise deinen hübschen Kopf.«

Zarabeths Herz schlug hart. Er gab ihr die Freiheit. Sie blickte ihn an, verständnislos.

»Knie dich hin! Magnus, du hältst ihr Haar zurück, damit das Rot mich nicht blendet.«

Es war schnell vorüber. Sie zuckte mit keiner Wimper, als der schwere Eisenhammer auf das Eisenband niedersauste, einmal, zweimal, und beim dritten Mal sprang es entzwei. Sie blieb auf den Knien, den Hals auf dem Steinblock gebettet, ihre Augen waren geschlossen. Als sie hörte, wie das Eisenband klirrend zu Boden fiel, flüsterte sie: »Ich fühle mich so leicht.« Magnus half ihr beim Aufstehen. Ihre Finger tasteten nach ihrer Kehle. Ihre Haut war gerötet und aufgeschürft, doch das hatte keine Bedeutung. Sie wollte ihren Hals so spüren, wie er einst war.

Sie hörte, wie Magnus sich bei Rollo bedankte, wie die Männer über Egills Verschwinden redeten.

»Bald machen wir uns wieder auf die Suche, Rollo«, sagte Magnus beim Abschied, nahm Zarabeths Hand und führte sie zurück zum Langhaus.

Er hielt ihre Hand fest in seiner, als fürchte er, sie wolle wieder fortlaufen. Dann sagte er, ohne sie anzusehen: »Nun werden wir heiraten. Ich habe Ringe für uns, die ich bei einem Goldschmied in York anfertigen ließ, als du damals versprochen hast, meine Frau zu werden.«

Zarabeth war sprachlos. Er hatte sie von dem Sklavenband befreit, und jetzt das? »Du willst mich heiraten? Aber du haßt mich, du hältst mich für eine Mörderin. Du glaubst, ich habe dich verraten und betrogen. Lotti ist tot, Egill ist verschwunden. Und du willst mich heiraten?«

»Ja. Es wird sehr schnell gehen.«

»Aber warum? Niemand verlangt es von dir. Ich habe dir nichts zu bieten!«

»Das hat mir früher nichts bedeutet, und es bedeutet mir jetzt nichts. Wirst du das Ehegelöbnis mit mir sprechen?«

»Aber warum, Magnus? Warum?«

Er holte tief Atem, sah ihr aber noch immer nicht ins Gesicht. Sein Griff um ihre Hand festigte sich schmerzhaft. Er wußte keine Antwort. Er wiederholte nur: »Wir werden jetzt heiraten. Deine Fragen werde ich später beantworten. Mein Sohn ist irgendwo da draußen in der Wildnis, und ich muß nach ihm suchen.«

Sie sagte nichts mehr. Ob er glaubte, sein Sohn sei tot, tot wie Lotti? Beide Kinder? Wie konnte er das ertragen?

»Willst du, Zarabeth?«

Sie nickte bedächtig, schweigend. Es war unvermeidlich, sich mit diesem Mann zu verbinden. Sie hatte es längst akzeptiert. Sie konnte ihn nicht abweisen.

Sie zeigte keine Regung, als Magnus der Familie seine Entscheidung eröffnete. Sie schloß nur die Augen über das allgemeine Erstaunen in den Gesichtern der Anwesenden, über Cyras bleiche und Ingunns haßverzerrte Miene. Dumpf fragte sie sich, ob sie ihr ganzes Leben von anderen Menschen abhängig sein würde, ob alle Entscheidungen, die ihr Leben betrafen, von anderen getroffen würden. Dann hob sie die Schultern. Es war nicht von Bedeutung. Lotti war tot. Zarabeth würde zwar weiter leben, atmen, essen und schlafen, doch ihre Lebensfreude war dahin und würde nie wiederkehren.

Kurz darauf, so schnell, daß sie die Zusammenhänge kaum begriff, stand Magnus vor ihr, hielt ihre rechte Hand und sprach: »Vor diesen Zeugen und vor unseren Göttern gelobe ich dir, Zarabeth, die Treue zu halten, solange ich lebe. Du wirst mein Weib sein, bis daß der Tod uns scheidet. Ich verspreche, dich mit meinem Schwert und meinem Körper zu schützen, wir werden in Frieden leben. Du wirst mit mir teilen, was ich jetzt und in Zukunft besitze.« Er schob ihr einen schönen Goldreif über den Ringfinger.

Dann beugte er sich vor und sagte ruhig: »Nun wirst du die gleichen Worte zu mir sprechen, Zarabeth.«

»Aber ich bin Christin, Magnus. Es ist kein Priester hier. Wie können diese Worte uns vereinen?«

Er lächelte und wiederholte nur: »Sprich die Worte. Du bist in meinem Land, wir haben keinen christlichen Gott, dem wir unsere Seelen verpfänden.«

»Ich gelobe, dir ergeben zu sein, Magnus.«

»Du machst es richtig. Fahre fort.«

Ihre Stimme klang angestrengt. »Ich werde mit dir in Frieden leben. Ich werde dir alles geben, was ich besitze. Ich werde dich mit meinem Leben beschützen.«

»Und deine Treue, Zarabeth? Gelobst du mir Treue?«

»Ich gelobe dir Treue und Gehorsam.«

»Ich hoffe, dein Versprechen wird Bestand haben. Nun streife mir den Ring an den Finger.«

Sie tat, was er von ihr verlangte. Dann beugte er sich vor und küßte sie auf die Stirn. »Deine Worte haben mir Freude bereitet. Würdest du mich wirklich mit deinem Leben beschützen? Wirst du mir ehrlich die Treue halten? Vor allen anderen Menschen?« Sie senkte den Kopf. Er drehte sich um, sah seinen Vater an, dann Mattias und Jon und zuletzt seine Mutter. »Ihr seid unsere Trauzeugen. Gibt es jemand unter den Anwesenden, der Einwände gegen diese Verbindung erhebt?«

Allgemeines Schweigen.

»Gut. Zarabeth, hör mir zu! Du bleibst hier bei meiner Mutter und bereitest uns ein Mahl. Wir machen uns auf die Suche nach meinem Sohn. Ich weiß nicht, wie lange wir diesmal fortbleiben.«

Sie griff nach ihm, zerrte am Tuch seiner Tunika. »Aber ich möchte mit dir gehen, Magnus! Egill konnte nichts dafür. Er hat sich wohl die Schuld gegeben und ist fortgelaufen. Bitte, ich möchte mich an der Suche nach ihm beteiligen.«

Für einen kurzen Moment wich der Schmerz aus seinen Augen. Er brachte sogar ein Lächeln zustande, strich ihr über das leuchtendrote Haar. »Nein, du bleibst hier. Gehorche mir, Zarabeth.« Und zu Helgi gewandt: »Paß auf sie auf, Mutter. Sie darf den Palisadenzaun nicht verlassen.«

Damit drehte er sich um und ging, seine Brüder und sein Vater folgten ihm. Die restlichen Männer eilten hinterher.

Helgi nahm ihre neue Schwiegertochter in die Arme. »Sei nicht bekümmert, Zarabeth. Sie werden den Jungen finden.«

»Er ist fortgelaufen, weil er sich schuldig fühlte.« Zarabeth seufzte tief. »Er darf nicht sterben, nur weil Lotti gestorben ist.«

»Magnus wird seinen Sohn finden. Dein großes Herz

für den Jungen gefällt mir, und es gefällt Magnus. Aber du mußt verstehen, daß deinem Gemahl deine Sicherheit sehr am Herzen liegt.«

Zarabeth rang die Hände. »Aber Egill trägt doch keine Schuld. Wenn ich ihn nur finden und mit ihm reden könnte.«

»Das geht nicht. Du wartest hier, wie dein Gemahl es wünscht, und dabei bleibt es.«

Ingunn stellte sich neben die Mutter, und ihre ganze Aufmerksamkeit galt der Frau, die ihr alles weggenommen hatte. Von der sie von Anfang an wußte, sie würde ihr alles wegnehmen, schon als sie zum ersten Mal hinter Magnus den Weg vom Wasser heraufgekommen war, mit ihrem roten Haar und dem Sklavenband um den Hals. Ja, sie hatte es damals schon gewußt. Magnus war ein Narr. Zu ihrer Mutter gewandt, forderte sie mit Nachdruck: »Ich möchte Malek auf der Stelle verlassen. Ich möchte diesen Hof nie wieder betreten. Mein Bruder sieht nicht, was das für eine ist, und nun hat er dieser Hure auch noch die Treue geschworen, dieser Giftmörderin. Wahrscheinlich ist sein Sohn tot, nur wegen diesem Frauenzimmer und dem schwachsinnigen Balg.«

Die zerbrechliche Fassung, die Zarabeth mühsam wahrte, zersprang. Sie knurrte wie ein wildes Tier und warf sich auf Ingunn, ihre Hände umkrallten ihre Kehle. »Du giftspeiende Natter! Ich würde dir am liebsten die Zunge herausschneiden. Du bist gemein und bösartig. Du solltest da draußen in den Wäldern herumirren, nicht Egill, nicht der unschuldige, kleine Junge!«

Zarabeth spürte, wie kraftvolle Hände an ihren Handgelenken zerrten. Und sie hörte Helgis beschwichtigende Worte: »Genug, Zarabeth. Laß sie zufrieden! Laß sie los! So ist es gut. Beruhige dich.«

Zarabeths Finger lösten sich von Ingunn. Sie zitterte vor Wut. Ingunn griff sich an den Hals, massierte ihn keuchend. Zarabeth wandte sich von ihr ab, um den tödlichen Haß in den Augen ihrer Feindin nicht zu sehen.

Helgi blickte von einer zur anderen. »Ich dulde deine Beschimpfungen nicht länger, Ingunn. Es gibt keinen Grund für deinen Haß. Dein Bruder hat Zarabeth zur Frau genommen. Du wußtest, daß er sich irgendwann eine Frau nehmen würde, und daß deine Stellung an seinem Hof nicht von Dauer ist. Warum hast du diesen Weg gewählt? Es war ohnehin eine falsche Entscheidung und weder dir noch deinem Bruder gerecht. Das ist nun aus und vorbei. Und du mußt es akzeptieren. Du wirst deiner Arbeit nachgehen, und du wirst deine Gemeinheiten für dich behalten.«

»Aber . . .«

»Genug! Wir werden einen Ehemann für dich finden, einen anständigen Mann, und du wirst Orm vergessen. Nein, ich will nichts mehr von ihm hören! Es geht das Gerücht, er und seine Männer hätten die Söhne von Ingolfsson umgebracht und die Frauen geschändet. Willst du dich an einen solchen Mann wegwerfen? Er ist ein Bandit, eine Bestie.«

»Das ist nicht wahr! So etwas würde Orm nie im Leben tun! Es ist eine Lüge! Nur mein Vater kann so etwas behaupten, weil er neidisch auf Orm ist!«

Helgi überhörte die letzte Beleidigung Ingunns gegen ihren Vater. »Es ist Zeit, daß du heiratest und Kinder bekommst, Ingunn. Dann wirst du Orm vergessen. Ich möchte nicht mehr darüber sprechen.«

Ingunn senkte den Kopf. Zarabeths Zorn legte sich, dennoch zitterte sie am ganzen Körper.

Helgi führte Zarabeth zu einer der Holzbänke, setzte sich neben sie und blickte ihr forschend ins Gesicht.

»Gibst du Egill wirklich keine Schuld an Lottis Tod?«

Zarabeth schüttelte den Kopf. »Er ist ein Kind. Er war eifersüchtig auf Lotti, weil Magnus sich mit ihr beschäftigte. Es war mein Fehler zu glauben, daß er ihr wirklich etwas antun könnte. Aber etwas in mir ist einfach zersprungen . . .«

»Ich weiß«, nickte Helgi und klopfte ihrer Schwiegertochter auf die Schulter. »Warum setzt du dich nicht in ein heißes Bad? Es wird dir guttun.«

Ich trage an allem die Schuld, brannte es Zarabeth auf der Zunge, hinauszuschreien. Ich war diejenige, die sie fortgetragen hat, ich habe sie ins Boot gesetzt. Ich habe sie getötet.

Doch sie schwieg. Hätte sie die Worte laut ausgesprochen, hätten sie sich für immer in ihre Seele gebrannt, und sie wußte, daß sie nicht stark genug war, das zu ertragen.

Nachdem sie gebadet hatte, das Haar gekämmt und zu einem Zopf geflochten und ein sauberes Kleid angezogen hatte, stand sie da und war zu keiner Bewegung fähig. Sie sah ihre kleine Schwester in den Tiefen des Meeres, von Seetang umschlungen, ihr feines Haar in der Strömung treibend. Und Lotti war still, ganz still . . .

Sie bemerkte ihre Tränen erst, als sie das Salz auf ihren Lippen schmeckte. Sie rannte zum Langhaus, rannte in Magnus' Kammer, setzte sich aufs Bett und weinte. Niemand kam, um sie zu trösten.

Sie wußte nicht, daß es so viele Tränen gab, die sie erstickten, ihre Kehle entzündeten, ihre Augen röteten. Sie flüsterte: »Lotti, es tut mir so leid. Mein Gott, vergib mir. Es war meine Schuld.«

Die Männer kehrten erst gegen Mitternacht zurück. Das Dämmerlicht der hellen Mittsommernacht tauchte die Landschaft in einen fahlen Schein, der Zarabeth noch immer in Erstaunen versetzte. Sie stand vor dem Palisadenzaun, den Blick auf das Wasser gerichtet. Irgendwo dort draußen lag Lotti auf dem Grund des Meeres in ihrem nassen Grab. Wenn sie wenigstens in einem Sarg in kühler Erde läge, friedlich schlafend.

Sie rieb sich die nackten Arme, der Nachtwind hatte Feuchtigkeit vom Meer her gebracht.

Die Männer kamen hintereinander in einer langen Linie den Pfad herauf. Sie hatten Egill nicht gefunden. Ihre Augen suchten Magnus, ihren neuen Ehemann. Er wirkte niedergeschlagen und erschöpft. In ihrer Seele nagte der Schmerz. Beide Kinder waren für immer verloren, eines war dem anderen gefolgt, und am Tod beider trug sie die Schuld.

Wieder flossen ihre Tränen.

Magnus sah sie an der Umzäunung stehen, reglos, ihren Blick ihm zugewandt, das Gesicht tränenüberströmt. Er schüttelte nur den Kopf und sah auf sie hinunter. Seine Fingerspitzen berührten ihre nasse Wange. Langsam zog er sie in seine Arme und legte ihren Kopf an seine Schulter.

»Wir haben ihn nicht gefunden, keine Spur von ihm. Das heißt, er könnte noch am Leben sein.«

Zarabeth hob das Gesicht. »Dann könnte Lotti auch noch am Leben sein.«

Magnus hörte die Unehrlichkeit seiner Worte, aber sie hielten ihn aufrecht. Sie waren alles, womit er seine Trauer bezwingen konnte.

»Ja, das wäre möglich«, hörte er sich sagen. Aber er wußte, daß es nicht stimmte. Lotti war ertrunken. Ihre Leiche war entweder von der Strömung in den Oslofjord getrieben worden, oder sie hing immer noch im dichten Seegras gefangen. Auch sein Sohn war tot. Er hatte ihn nur noch nicht gefunden. Warum war der Junge verschwunden? War er weggelaufen, aus Furcht, wegen Lottis Tod bestraft zu werden? Wo mochte er sein? Die vielen Möglichkeiten peinigten ihn. Vielleicht war er von einem wilden Tier zerfleischt oder verschleppt worden. Oder Banditen hatten ihn gefangen, die das Kind folterten. Möglicherweise verlangten sie Lösegeld für ihn . . . Oder aber . . . so ging es weiter, unaufhörlich. Magnus mußte seinen Gedanken Einhalt gebieten.

Er löste sich von seiner Frau.

»Wir sind jetzt so vereint, wie wir von Anfang an vereint sein sollten. Was auch geschehen ist, wir können es nicht ändern. Wir müssen es ertragen und uns damit abfinden.«

Das ist sehr schwer, Magnus.«

»Ja, ich weiß.« Wieder berührten seine Fingerspitzen ihre Wangen, wischten die Tränen fort und glitten über ihre Augenbrauen.

»Ich kann nicht aufhören zu weinen.«

Die Männer waren mit schweren, müden Schritten ins Langhaus gegangen. Einige aßen, andere legten sich sogleich hin und schliefen erschöpft ein.

»Jetzt bin ich wieder da, und ich werde dich im Arm halten, wenn du weinst.«

Und wer wird dich im Arm halten, fragte sie sich, denn dich sieht niemand, wenn du weinst.

Magnus Familie blieb noch zwei Tage, die Männer suchten jeden Tag stundenlang nach Egill. Niemand sprach davon, die Suche aufzugeben, aber es gab nirgends ein Zeichen, nicht die geringste Spur von dem Jungen. Er blieb verschwunden.

Helgi unterwies Zarabeth in Aufgaben der Haushaltsführung, die sie in York nicht gelernt hatte, gab knappe, sachliche Anweisungen, wurde aber nie ungeduldig oder schroff.

»Deine Familie in York war klein, und du konntest vieles kaufen oder gegen andere Waren tauschen. Aber hier müssen wir alles selber machen, denn fahrende Kaufleute kommen selten und unregelmäßig. Man kann sich nicht darauf verlassen. Du mußt auch Tuch färben können . . . siehst du dieses schöne rötliche Braun? Das gewinnen wir aus der Wurzel der Krapp-Pflanze. Farne und diese kleinen Zwiebeln ergeben ein helles Braun. Und diesen schönen Goldton erhalten wir aus Flechten. Du kommst aus Irland, Zarabeth. Sicher kennst du Safran, dieses satte Gelb, das uns die Blütenstände der Herbstzeitlose liefern.«

Zarabeth hörte ihrer Schwiegermuter aufmerksam zu, sie lernte mit Eifer, trotz der Leere in ihrem Innern, trotz der nagenden Gewissensbisse, die sie ständig quälten.

Helgi zeigte ihr, wie man Fische trocknete. Sie hielt eine

frisch ausgenommene und gewaschene Forelle hoch. »Wir trocknen sie in Rauch und salzen sie ein. In den Herbst- und Winterstürmen können die Männer nicht zum Fischen aufs Meer hinausfahren. In diesen Zeiten brauchst du einen guten Vorrat an Trockenfischen, damit niemand hungern muß. Schau gut zu, Zarabeth. Du spreizt diese Holzstücke in den Fisch, damit die Luft überall an ihn herankommt, und dann hängst du ihn an den kleinen Stöcken auf, die du ihm zwischen die Kiemen steckst.«

Helgi lehrte sie Flachs kämmen und alle Knötchen und Verfilzungen daraus zu entfernen. Zarabeth konnte das Spinnrad bedienen und Fäden spinnen, doch Helgi zwirbelte die Fasern fester zusammen; ihr Faden war stärker und dauerhafter.

Ingunn verrichtete nur die Arbeiten, die ihre Mutter ihr auftrug. Zorn und Haß waren von ihr gewichen. Ihr Gesicht war ohne Ausdruck und seltsam leblos. Diese völlige Starre beunruhigte Zarabeth mehr als ihre früheren Wutanfälle.

Cyra hatte sich für Horkel entschieden und eröffnete Zarabeth ihre Wahl. Sie schien zu vergessen, daß sie Sklavin war; schließlich war Zarabeth ebenfalls Sklavin gewesen, auch wenn sie nunmehr die Herrin auf Malek war. Tagsüber würdigte Horkel seine Cyra keines Blickes, doch jeden Abend packte er sie bei der Hand und zog sie aus dem Langhaus. Am Morgen lächelte sie, mit sich und der Welt zufrieden. Magnus schwieg, und sein Schweigen bedeutete Einverständnis mit allem, was Horkel tat.

Cyra verrichtete ohne Murren die Arbeiten, die Zarabeth ihr auftrug. Auch das übrige Gesinde und alle Sklaven erkannten Zarabeth als Herrin an.

Das Leben ging weiter, so selbstverständlich, als sei nichts geschehen. Nur Zarabeth weigerte sich, das Schicksal hinzunehmen. Sie sträubte sich mit jeder Faser ihres Daseins dagegen, so zu tun, als sei alles wieder normal. Sie sah, wie Männer und Frauen miteinander redeten, lachten und zankten. In ihrer Niedergeschlagenheit zog sie sich völlig in sich selbst zurück. Sie arbeitete und beaufsichtigte das Gesinde, wie es ihre Pflicht war. Aber sie sonderte sich ab, blieb unbeteiligt. Dennoch gab ihr die Arbeit, die Eintönigkeit stets wiederkehrender Aufgaben und Handgriffe Trost, sie stumpften ihren Verstand ab.

Tante Eldrid saß wieder an ihrem Webstuhl. Sie verrichtete keine anderen Arbeiten. Und sie war eine sehr kunstfertige Weberin. Sie spielte mit den Kindern, unterwies die Mädchen in Handarbeiten. Um ihren Mund hatten sich noch tiefere Falten gegraben, und ihre Augen waren ohne Leben. Helgi mied ihre Schwester, und Zarabeth registrierte das Verhalten mit einiger Verwunderung.

Sie arbeitete, bis sie zu erschöpft war, um etwas zu essen. Magnus redete nicht mit ihr darüber. Wenn sie ins Bett fiel, legte er nur seine Arme um sie und hielt sie fest. Für Magnus war das Leben noch nie so unbeherrschbar gewesen. Und noch nie hatte er solche Qualen ausgestanden. Sein kleiner Sohn mußte mit acht Jahren sterben. Er war ihm entrissen worden. Er ließ sich seine Pein nicht anmerken, doch manchmal zweifelte er daran, ob er seinen Schmerz überstehen würde. Und in den langen, schlaflosen Nachtstunden suchten ihn die Erinnerungen heim.

Er hatte nicht viele Sommer auf dem Gehöft verbracht, denn dies war die Zeit der Seefahrer und Handelsleute. Seit früher Kindheit war er in diesen Monaten unterwegs. Dies war der erste Sommer seit fünf Jahren, den er hier mit Jagen und Feldarbeit verbrachte. Wie Zarabeth fand auch er Trost und Erleichterung in unermüdlicher Arbeit. Und er wußte, er durfte sie noch nicht alleine lassen. Es war noch zu früh. Er lag im Bett neben ihr und spürte ihre zarten, warmen Atemzüge an seiner Brust. Und seine Gedanken wanderten zu seinem Bruder Jon. Er fragte sich, wohin Jon in diesem Sommer reisen wollte. Er war mit seinem Boot *Schwarzer Rabe* und zwanzig Männern vor einer Woche in See gestochen. Magnus vermutete, daß er nach Kiew aufgebrochen war, um die Gegend dort zu plündern. Er schlug sich gern mit den Wilden dieser fernen Länder herum, tötete sie oder nahm sie als Sklaven gefangen und scheffelte Gold und Silber mit seinem Geschick als Händler, wenn er sie an Araber und reiche Edelleute verkaufte, die in der goldenen Stadt Miklagard lebten.

Magnus sehnte sich danach, mit Jon auf Seefahrt unterwegs zu sein, den Wind im Gesicht und das Kampfgeschehen vor Augen. Er wünschte, Zarabeth nie begegnet, von Lottis liebevollem Wesen nie verzaubert worden, nie nach York zurückgekehrt zu sein. Doch es war geschehen, und was geschehen war, war nicht zu ändern. Aber es fiel ihm schwer, das Schicksal hinzunehmen: Lotti und sein kleiner Sohn waren tot. Tot und fortgegangen. Damit konnte er sich nicht abfinden. Das fraß in seinem Inneren und nagte an seinem Verstand.

Zarabeth bewegte sich, stöhnte leise, und er festigte seine Umarmung, küßte ihre Schläfe. Sie war sein Weib.

Am Morgen des dritten Tages trafen seine Eltern Reisevorbereitungen.

»Ich habe Zarabeth in vielen Aufgaben unterwiesen«, erklärte Helgi ihrem Sohn. »Sie ist ein kluges Mädchen, und sie ist willig. Du hast eine gute Wahl getroffen, Magnus.« Sie strich ihrem Sohn sacht über den Arm. »Aber sie leidet sehr und ist in tiefer Trauer. Sie versucht es zu verbergen, aber es fällt ihr sehr schwer. Ich habe sie beobachtet und weiß, daß sie sich tief in ihr Inneres einschließt; nur dort kann sie ihren Schmerz ertragen. Dir fällt es weniger schwer, deine Gefühle zu verbergen, doch auch dein Schmerz sitzt sehr tief. Ihr zwei könnt miteinander genesen, könnt euch gegenseitig gesund machen, wenn du es nur zulassen würdest. Ich nehme nicht an, daß du ihr gesagt hast, was sie dir bedeutet.«

Er schüttelte den Kopf. »Sie bedeutet mir nichts«, sagte er mit fester Stimme, und die Unaufrichtigkeit seiner Worte war so deutlich, daß seine Mutter den Kopf abwandte, um ihr Lächeln zu verbergen. »Es ist wahr. Ich hatte keine andere Wahl. Ich war verantwortlich für alles, was geschehen ist. Ich habe nur meine Pflicht getan. Ich konnte nicht zulassen, daß Lottis Schwester weiterhin meine Sklavin bleibt.«

Helgi setzte ihren Gedankengang fort, als habe er nichts gesagt. »Zarabeth ist ein Mädchen, das nicht viel Zuneigung erhalten hat, zumindest nicht nach dem Tod der Mutter. Deshalb hat sie all ihre Liebe dem Kind gegeben. Wenn du es zulassen würdest, würde sie diese Liebe auf dich übertragen. Kannst du dir eine solche Liebe vorstellen?«

»Sie muß mir ihre Liebe geben, und sie wird es tun. Sie ist meine Ehefrau. Sie schuldet mir Treue. Sie hat es mir versprochen, wie du dich erinnerst.«

»Du warst schon als Knabe sehr eigensinnig«, stellte Helgi beinahe belustigt fest. »Aber mein Sohn, Tatsachen haben die Angewohnheit, sich nicht verleugnen zu lassen. Verschließ deine Augen nicht zu lange, Magnus.« Helgi küßte ihn. Dann ging sie zu Zarabeth am anderen Ende des großen Raumes und schloß sie in die Arme. »Denk daran, Waidfärben ist sehr mühsam und eine stinkende Angelegenheit. Aber nachdem du das Tuch zweimal gespült hast — vergiß nicht, zwei Mal — kommt die schöne blaue Farbe zum Vorschein, und du wirst wissen, daß alle Mühsal sich gelohnt hat. Blau ist eine Farbe, die Magnus gut kleidet. Es unterstreicht das Blau seiner Augen.«

»Zwei Mal«, nickte Zarabeth und schenkte ihrer Schwiegermutter ein dünnes Lächeln.

Helgi blinzelte. Es war das erste Mal, daß sie bei Zarabeth den Anflug eines Lächelns sah. Es verwandelte ihr Gesicht. Sie schickte ein stummes Gebet zu den Göttern und wandte sich ihrem Ehemann zu.

Ingunn verließ Malek mit den Eltern. Bevor sie ging, zischte sie Zarabeth zu: »Ich werde einen Weg finden, mich zu rächen, du Hure. O ja, ich finde einen Weg.«

Zarabeth starrte sie schweigend an. Ingunn verschwand aus ihrem Leben. Sie mußte sich nie wieder mit ihr abgeben.

Auf Malek lebten und arbeiteten zwar fünfzig Menschen, dennoch kehrte bedrückende Stille ein, nachdem Magnus Eltern samt Gefolge abgereist waren. Magnus und seine Männer brachen zur Jagd auf und Zarabeth suchte, wie jeden Morgen, das Heiligtum auf. Es war ein kleiner Tempel an der hinteren Umzäunung des Gehöftes, der von einem niederen, runden Zaun umfriedet war. Sie kannte die religiösen Rituale der Wikinger nicht, niemand hatte sie darüber aufgeklärt, ob das, was sie tat, richtig oder falsch war. Ihr diente der kleine Tempel aus Holz als Ersatz für eine christliche Kirche. Sie kniete in der Mitte nieder und betete.

Das gab ihr Frieden. Sie wünschte, sie könnte mit Magnus darüber sprechen. Doch er war ihr fremd, hielt sich von ihr fern, und wenn er in ihrer Nähe war, war er einsilbig und verschlossen. Es wurde nicht viel gelacht auf Malek in diesen Tagen.

Er wollte ihr Trost geben, das entnahm sie seinem Schweigen, den zarten Berührungen, wenn er ihr die Hand auf die Schulter legte, als wisse er, wann die schwarze Verzweiflung wieder Besitz von ihr ergriff.

Er berührte sie nur, um ihr Trost und Rückhalt zu geben. Dafür war sie ihm dankbar, doch ihr fehlten die Worte, um ihre Dankbarkeit zum Ausdruck zu bringen.

Sie war seit zwei Wochen seine Ehefrau. Und eines Morgens stellte Magnus fest, daß seine Lust zurückkehrte und sein Geschlecht schwoll, als er seine Blicke auf ihr ruhen ließ. Er begehrte sie. Er sah ihr zu, wie sie sich streckte, um einen Eisentopf vom Haken zu nehmen. Die Bewegung spannte das Kleid um ihre Brüste. Dabei spürte er das vertraute Anschwellen seiner Männlichkeit.

Er holte tief Luft und erhob sich langsam aus seinem Stuhl.

20

Zarabeth wandte sich nach ihm um. Ohne sich dessen bewußt zu sein, lächelte sie ihn an.

Magnus blieb wie angewurzelt stehen. Ihr Lächeln erwärmte sein Herz, und er erwiderte es. Plötzlich schien sie sich ihres Lächelns bewußt zu werden, erkannte, daß sie nicht lächeln durfte, denn Lotti und Egill waren tot, und das Lächeln erstarb. Ihr Gesicht war wieder leer und ohne Ausdruck.

Er schüttelte den Kopf und trat auf sie zu, hob den schweren Zopf und küßte ihren Nacken. Ihre Haut war feucht von der Hitze des Feuers und duftete süß. Das Sklavenband war weg. Ihre Haut war wieder weich und zart. Sie entzog sich ihm, denn es waren viele Menschen im Raum, und sie haßte den Gedanken, daß sie zusahen, wie Magnus zärtlich zu ihr war. Und sie wollte seine Berührung nicht.

»Entzieh dich nicht«, sagte er an ihrem Hals und küßte sie wieder.

Sie hörte auf, im Topf zu rühren und ließ den langstieligen Kochlöffel los.

Abwartend ertrug sie seine Berührung. Er ließ von ihr ab und legte die Stirn an ihre Schläfe. Dann hob er den Kopf und blickte sie an, als wolle er eine Entscheidung treffen, als versuche er, etwas zu formulieren. Sie wartete ab.

»Du bist meine Frau«, sagte er und küßte sie auf den Mund. »Vergiß das nicht, Zarabeth.« Er küßte sie noch einmal, leicht und zart, ohne ihre Lippen zu teilen, dann gab er sie frei. Sie wich zurück, mit bleichem Gesicht, ihre Hände in Abwehrhaltung. Er schwieg.

Am Abend, als Magnus und seine Männer mit einem erlegten Wildschwein zurückkehrten, begab er sich wie gewohnt ins Badehaus. Als er später das Langhaus betrat, ging er direkt auf sie zu und nahm sie in die Arme. Er küßte sie vor seinen Leuten, und falls er bemerkte, wie steif und ablehnend sie reagierte, ließ er es sich nicht anmerken. Sie ertrug seine Nähe, seine Berührung. Er küßte ihre Augenbrauen, ihre Nase, ihre Wangen. Dann gab er sie frei, machte ein ernstes Gesicht, sagte aber nichts.

Während des Nachtmahls, als er den Saft von gebratenem Rehfleisch mit frischem Brot auftunkte, fragte Magnus: »Was hast du heute gemacht?«

Sie sah ihn an. Welch eine belanglose Frage. Die Erkenntnis, daß das Leben weiterging wie früher, als habe das Schicksal nicht so grauenhaft zugeschlagen, als seien die Kinder noch am Leben, erschütterte sie bis ins Mark. Sie gab lange keine Antwort.

»Das Essen schmeckt gut. Du hast gut gekocht.«

»Danke. Deine Tante Eldrid hat mir bei den Kräutern geholfen. Ich . . . ich habe heute Flickarbeiten gemacht. Einige deiner Tuniken mußten ausgebessert werden. Eine andere war mit Blut befleckt, das ich ausgewaschen habe. Deine Mutter hat mir gezeigt, wie man Blutflecken entfernt.«

Er lächelte und aß erneut von dem Rehfleisch.

»Ich habe Haki aufgetragen, eine Puppe aus Stroh zu machen, ihr alte Kleider anzuziehen und sie auf einem Holzpfahl zu befestigen, um die Vögel zu erschrecken. Sie picken alle Äpfel an, wenn man nichts dagegen unternimmt. Vielleicht soll man solche Vogelscheuchen auch in den Feldern aufstellen. Ich habe von einem Händler in York davon gehört. Die Bauern in Wessex schützen damit ihre Ernten.«

Früher mußte jemand vom Gesinde im Obstgarten sitzen und auf eine Kupferplatte schlagen, um die Vögel zu vertreiben. Mit dieser Methode konnte der Mann anderweitig eingesetzt werden, wenn die Vogelscheuche die gewünschte Wirkung zeigte. »Das ist eine gute Idee. Wir werden sehen, ob die Vögel damit zu vertreiben sind. Ich esse Äpfel sehr gern. Wirst du im Herbst Apfelgelee für den Winter einkochen?«

Sie nickte.

Sind die Vorbereitungen für Horkel und Cyra getroffen?«

»Ja. Tante Eldrid braut noch mehr von ihrem Spezialbier.«

Magnus nickte zustimmend.

»Was hast du heute getan?«

»Ich habe einen wilden Eber erlegt.« Er machte eine kurze Pause und häufte Erbsen auf seinen Löffel. »Ich habe einige Frauen damit beauftragt, ihn auszuweiden und zu zerkleinern.«

Bevor sie Einspruch erheben konnte, fügte er hinzu: »Du hast keine Erfahrung darin. Später wirst du dich darum kümmern.«

Er wollte sie schonen. Seufzend trank sie einen Schluck Milch.

Nach dem Mahl gab sie den Frauen Anweisungen für ihre Arbeiten und hörte den Männern zerstreut zu, die über die Jagd des vergangenen Tages sprachen.

Plötzlich hörte sie Ragnars wütende Stimme: »Es war Orm — selbst sein Vater weiß es und hat ihn verstoßen. Eine junge Frau hat das Massaker auf dem Hof von Ingolfsson überlebt. Auf der nächsten Versammlung des *Thing* wird sie gegen ihn Klage erheben. Der Bann wird über ihn gesprochen, wenn ihn nicht vorher Ingolfssons Männer töten und seinen gesamten Besitz beschlagnahmen.«

Sie redeten von dem Mann, den Ingunn heiraten wollte, dachte Zarabeth, von Orm Ottarsson. Zarabeth bemühte sich vergeblich, Mitleid für Magnus' Schwester zu empfinden.

Die anderen Männer tauschten ihre Gedanken und Meinungen aus — und davon gab es reichlich, denn sie hatten genügend Bier getrunken — bis einer von ihnen, ein hagerer Kerl namens Hakon, der ständig die Stirn furchte, sagte: »Magnus, du stimmst dem doch zu, oder? Du nimmst auch am *Thing* teil, nicht wahr?«

»Ja«, sagte Magnus nach einer Weile. »Ich muß wohl. Mein Vater hat mich darum gebeten.«

Ragnar gab ein verächtliches Schnauben von sich. »Er hört kaum, was du sagst, Hakon, weil er nur Augen und Ohren für die Frau hat.«

Magnus ließ sich seinen Zorn nicht anmerken. Lächelnd erhob er sich. »Du sprichst die Wahrheit, Ragnar. Sie ist schön, und sie ist sanft, und sie ist meine Frau.«

Zarabeth saß an der entfernten Wand, mit einer Näharbeit beschäftigt. Plötzlich stand er vor ihr.

»Es ist Schlafenszeit. Komm.«

Sie nickte, legte den blauen Wollstoff beiseite, erhob sich und folgte ihm in seine Kammer. Sie dachte an seinen begehrlichen Kuß am Morgen und versteifte sich.

Der Raum lag im Halbdunkel.

»Zarabeth? Komm zu mir.«

Sie zögerte. Sie wollte nicht daran erinnert werden, daß sie aus Fleisch und Blut war, daß ihr Körper zu Gefühlen fähig war, daß sie einst tiefe Leidenschaft für ihn empfunden hatte, als sie noch Gefühle hatte. Sie wollte zwar leben, aber sie wollte sich nicht an einen anderen Menschen verlieren . . . nein, sie wollte nicht, daß er sie berührte, daß er in sie drang.

»Zarabeth, ich sage es nicht noch einmal.«

Sie hatte keine Wahl. Sie zog ihr Kleid aus, behielt aber das Unterhemd an, das ihr bis zu den Knien reichte.

Sie legte sich auf den Rücken und sah ihn in der Dunkelheit an. Magnus sagte nichts, stützte sich auf den Ellbogen und beugte sich über sie. »Ich möchte dich jetzt nehmen, Zarabeth. Es ist Zeit. Wir beide begehren einander. Ich möchte dir Lust bereiten.«

Sie bewegte sich nicht. Sie spürte, wie sein Mund ihre Wange berührte, ihre Lippen. Sanft versuchte seine Zunge in ihren Mund einzudringen.

Magnus erkannte sehr schnell, daß sie sich vor ihm verschloß. Und das machte ihn zornig. Er küßte sie wilder, zwang sie nun, ärgerlich, weil sie kalt wie Stein war. Und er war so heiß, seine Lippen brannten, sein Geschlecht pochte vor Verlangen an ihrem Schenkel. Warum tat sie ihm das an? Er war ihr Ehemann.

Zart berührte er ihre Brust mit den Fingerspitzen und sein Zorn wuchs, als er den Stoff ihres Unterhemds spürte. Am liebsten hätte er es ihr heruntergerissen, doch er bezwang seinen Unmut.

Er war erstaunt über die Ruhe in seiner Stimme, als er sagte: »Zieh das Hemd aus, Zarabeth. Heute nacht darf nichts zwischen uns sein.«

Als sie ihm nicht sogleich gehorchte, zog er sie in Sitzposition und zerrte an dem Hemd, um es über ihre Hüften nach oben zu schieben. Sie gab nach, und bald hatte er es ihr über den Kopf gestreift und warf es zu Boden. »Jetzt«, sagte er.

Sie lag auf dem Rücken, frierend und verloren, zog sich in die Leere in ihr Inneres zurück. Dennoch war sie sich der Wärme seiner Hände bewußt, seines Mundes, der ihre Brust berührte. Als seine Finger sie fanden und sich im sanften Rhythmus bewegten, spürte sie eine knospende Regung in dieser Leere, eine Sehnsucht in der Tiefe, und sie versuchte, vor ihm zurückzuweichen. Diese Gefühle waren sündig, sie waren nicht erlaubt.

Seine flache Hand lag auf ihrem Bauch. »Ich weiß, daß du Leidenschaft empfindest, ich habe sie gespürt und in mir aufgenommen. Warum strafst du mich mit deiner Kälte? Warum strafst du dich selbst?«

»Ich kann nicht«, flüsterte sie an seiner Schulter, ihre Fäuste gegen seine Brust gedrückt. »Bitte nicht, Magnus, bitte.«

Ein animalisches Knurren war seine Antwort, dann kam er über sie, drängte ihre Beine auseinander und legte sich dazwischen. Er küßte sie, aufreizend, verführerisch, setzte all seine Liebeskünste ein, um sie aus der Reserve zu locken, doch sie blieb verschlossen. Er haßte sie in diesem Augenblick, und mit einem wütenden Brummen richtete er sich auf, hob ihre Hüften hoch und drang in sie ein. Sie war nicht bereit, ihn aufzunehmen, und er spürte ihren Schmerz, als er ihr weibliches Fleisch weitete. Doch er ließ sich nicht beirren, bis er tief in ihr war. Im Dämmerschein sah er, daß sie ihre Augen fest zusammengepreßt hatte.

»Verfluchtes Weib«, knurrte er, »mach die Augen auf!« Und er begann sich zu bewegen. Bald entspannten sich ihre Muskeln, sie wurde feucht, und er konnte nicht länger an sich halten.

Kalt und reglos lag sie unter ihm, weit weg von ihm. Sein Körper pulsierte vor Wut, die ständig wuchs, und mit ihr wuchs sein unstillbares Verlangen nach ihr. Er wollte sie verfluchen, und er wollte sie beherrschen und sie zwingen, ihn mit gleicher Leidenschaft zu begehren.

Doch diesmal waren seine Bemühungen erfolglos.

Er konzentrierte sich auf seine eigene Lust, auf die Schwellung seines Gliedes und auf die Erleichterung, mit der er sich endlich in sie ergoß. Er bäumte sich schreiend auf, und in diesem Augenblick vergaß er alles um sich herum, es gab nur seine Fleischeslust, diesen Moment des reinen Gefühls, das jeden Schmerz auslöschte. Er rollte von ihr herunter und lag neben ihr. Lange Zeit schwieg er, abwartend, bis sein Herzschlag sich verlangsamte, und er wußte, daß er sich wieder unter Kontrolle hatte.

»Wenn du weinst, schlage ich dich.«

Sie hatte sich die Faust in den Mund gesteckt, lag zur Seite gedreht, von ihm abgewandt.

Er wußte, daß sie weinte, spürte ihr Beben, aber er wußte auch, daß sie ihre Tränen verbergen wollte, und deshalb achtete er nicht darauf. »Ich werde dich jede Nacht nehmen, Zarabeth, jede Nacht, bis du wieder zu mir zurückkommst. Ich gebe mich nicht damit zufrieden. Du mußt zu mir zurückkehren.«

Sie spürte seinen klebrigen Samen auf ihren Schenkeln und war froh um die Schmerzen, die er ihr zugefügt hatte, denn dies bestärkte sie darin, in sich verschlossen zu bleiben, in ihrer dumpfen Leere zu verharren.

Schließlich schlief Magnus ein. Er tauchte ins Reich der Träume, das ihn lebhaft und buntschillernd umfing. Er sah seinen Sohn. Ja, er sah Egill tatsächlich, der Junge war zerlumpt und verdreckt, aber er war am Leben. Er wurde von einem Mann geschlagen, und Magnus spürte den Schmerz deutlich, als der Schlag auf der Schulter des Jungen landete. Er schrie vor Wut auf.

»Magnus, wach auf! Wach auf, du hast einen Alptraum!«

Er zitterte, war schweißnaß und fror. Er fuhr entsetzt hoch und schüttelte sich. Dann drückte er Zarabeth an seine Brust und flüsterte heiser: »Ich habe ihn gesehen, ich habe Egill gesehen. Er lebt. Ich bin ganz sicher. Ein Mann hat ihn geschlagen. Bei den Göttern, ich habe es gesehen, deutlich und wahrhaftig.«

Zarabeth konnte seine Gesichtszüge im Dämmerlicht des Morgengrauens erkennen. Er glaubte, Träume könnten wahr sein? Sie hatte so etwas schon einmal gehört. Seher und Magier hatten solche Visionen. Er zitterte. Sie hielt ihn umfangen, um ihn zu trösten, ihn zu wärmen. Er brauchte sie.

Magnus holte tief Luft. Der Traum war so deutlich gewesen. Er machte sich von ihr frei und stand auf. Nackt verließ er das Langhaus und ging in den Tempel. Dort blieb er, bis die Sonne am Morgenhimmel stand. Die Götter hatten ihm keine Antwort gegeben, und er wurde weiterhin gequält von dem, was er im Traum gesehen hatte.

Horkel und Cyra heirateten an diesem Tag und verließen Malek, um auf dem kleinen Hof zu leben, den Magnus seinem treuen Gefährten vermacht hatte. Viele von Magnus' Männern brannte es unter den Fersen; sie wollten auf Handelsfahrt gehen. Es war Hochsommmer, und es war nicht richtig, hier zu bleiben und die Arbeit von Sklaven und Weibern zu verrichten. Sie wollten ihr Glück in der Ferne suchen.

Doch Magnus wollte Zarabeth nicht allein lassen. Am folgenden Abend trank Ragnar mehr als er vertrug und lamentierte laut: »Wir werden schwach und anfällig wie die Frauen! Wir vergeuden die langen Tage des Sommmers, statt Reichtümer anzuhäufen. Was meinst du, Magnus? Ein schneller Raubzug in den Süden, die Seinemündung hinauf. Wir segeln den Fluß hinauf und nehmen uns, was unser Herz begehrt aus den reichen Ortschaften am Ufer. Im September sind wir wieder zurück, reicher denn je.«

Magnus antwortete nicht. Er dachte an seinen Traum. Er hatte noch nicht mit seinen Männern darüber gesprochen, hatte auch Horkel oder Tostig nichts davon gesagt, aber er mußte unablässig daran denken.

»Ja«, meinte auch Hakon. »Wir könnten auch nach Birka segeln. Wir haben viele Specksteingefäße, die wir tauschen können.«

Ragnar nahm noch einen tiefen Schluck. Magnus' Schweigen erbitterte ihn. Er trat an Zarabeth heran, die mit drei anderen Frauen im Hintergrund Erbsen enthülste. »Sag du ihm, er soll losziehen, Herrin. Denn er bleibt nur wegen dir. Vielleicht fürchtet er, du läufst ihm weg. Er kann dir Gold und Silber bringen. Rollo wird es einschmelzen und dir so viel Schmuck daraus fertigen, wie du dir nur wünschen kannst. Das willst du doch? Bei Odin, gib mir Antwort! Wir wissen alle, daß du ihm nichts gibst!«

Zarabeth hob müde den Blick zu dem Mann, der sie immer noch haßte, weil sie ihn einst überlistet hatte. »Ich will und brauche nichts, Ragnar.«

»Magnus willst du am allerwenigsten. Ja, ich höre seine Lustschreie, weil ich noch wach liege, aber ich höre nichts von dir, Herrin, nicht einen Laut, nicht das leiseste Stöhnen ... Als er dich zum ersten Mal nahm, ja, da habe ich deine Schreie gehört, dein Stöhnen, als er in dich drang. Und das alles war gelogen und vorgetäuscht, denn du bist kalt und eine Mörderin, und du hast nie etwas für ihn empfunden. Du hast ihn benutzt, wie du mich benutzt hast, und ich habe dir vertraut, Narr, der ich war. Und er ist noch ein größerer Narr.«

Plötzlich packte Magnus ihn an der Schulter, sein Griff festigte sich so lange, bis Ragnar aufstöhnte.

»Wie kannst du es wagen?!« zischte Magnus durch die Zähne und zog ihn nahe an sein Gesicht. »Sie ist mein Weib, und du beleidigst sie wie eine gewöhnliche Sklavin.«

»Sie ist eine Mörderin und war eine ganz gewöhnliche Sklavin, bis sie dich zu ihrem Sklaven gemacht hat!«

Magnus schlug ihn, und Ragnar ging wie ein Stein zu Boden.

Die anderen Männer waren sogleich auf den Füßen, umringten die beiden, alle redeten durcheinander. Magnus stand über Ragnar und rieb sich die Knöchel. Ragnar war sein Freund, trotz seiner Heißblütigkeit und seiner Wutanfälle, aber jetzt ... Er schüttelte den Kopf. Nun war Hader zwischen sie getreten. Nichts war mehr wie früher. Nichts.

Tante Eldrid ließ ihre schrille Stimme aus dem Hintergrund vernehmen: »Ihr solltet alle eure Betten aufsuchen. Es ist spät geworden. Ihr laßt mich nicht schlafen, ihr betrunkenen Rüpel!«

Er nahm sie, schnell diesmal, stumm, denn er hatte sich über Ragnars Worte geärgert. Als er sich ergossen hatte, ließ er von ihr ab. Er wußte, daß er ihr wieder weh getan hatte, wollte sich aber nicht darum kümmern.

Zarabeth lag da, seine Samenflüssigkeit tropfte von ihren Schenkeln, sie fühlte sich im Innern wund. Sie dachte an die Wut und die Gewalt zwischen Magnus und Ragnar. Sie wußte, die beiden waren Freunde, und sie bedauerte, daß sie zu Feinden wurden. »Man hat mir gesagt, du warst in den Sommermonaten nie auf dem Hof. Du warst mit deinen Männern unterwegs auf Handelsfahrt und bist erst im Herbst zurückgekehrt. Magnus, ich laufe nicht weg, falls das der Grund ist, warum du hier bleibst. Ich schwöre es.«

»Ich weiß, daß du das nicht tun würdest, Zarabeth. Wo solltest du auch hin? Zurück nach York? Zurück zu Keith und Toki? Um dort wegen deines Verbrechens hingerichtet zu werden? Nein, ich bin sicher, daß du Malek nicht verläßt. Ich bin ein Narr, doch meine Torheit hat Grenzen.«

»Nein, ich lauf nicht fort, und es macht mir nichts aus, wenn du auf Handelsfahrt gehst, Magnus.«

Er spürte, wie sein Magen sich vor Zorn und Enttäuschung verknotete. Seine Gefühle erzeugten die Bitterkeit seiner Worte: »Hör auf, die Tugendhafte zu spielen, Zarabeth. Denn es ist eine Lüge, die dir nichts einbringt. Du möchtest, daß ich fortgehe, damit du meine Berührungen nicht länger ertragen mußt!«

Als sie keine Antwort gab, wandte Magnus sich ihr rasch zu, nahm sie in die Arme und zog sie hoch. »Stimmt es nicht? Gib es zu, Zarabeth, gib zu, daß du mich verachtest und mich haßt. Am liebsten würdest du mich töten, wenn du die Gewähr hättest, mit dem Leben davonzukommen.«

Er schüttelte sie wieder, daß ihr Kopf vor und zurück schnellte. »Antworte mir, Zarabeth!«

»Ich habe noch nie in meinem Leben einen Menschen getötet!«

Der Groll in ihrer Stimme stachelte seinen Zorn weiter an. »Ach, was du nicht sagst! Du hast also Olav nicht ermordet? Hast du ihm nicht Gift ins Essen getan, vom Tag eurer Hochzeit an? Sag die Wahrheit, Zarabeth, hast du ihn getötet, weil dir der Gedanke, daß er dich nimmt, unerträglich war? Es war sein Recht, denn er war dein Ehemann. Oder hast du ihn wegen seines Reichtums umgebracht?«

»Ich habe ihm nichts angetan! Ich habe ihn gepflegt, als er sehr krank war! Es war Toki, bei meinem christlichen Gott, ich schwöre es dir! Sie hat ihn vergiftet. Sie und Keith haben alles bekommen, was Olav gehörte, nicht ich.«

Er stieß sie von sich. Er kauerte auf den Knien neben ihr, seine Hände lagen auf seinen Schenkeln.

»Es ist also doch noch Leidenschaft in dir, wenn man dich reizt.«

Sie lag da und starrte ihn fassungslos an: »Hast du das mit Absicht getan?«

Achselzuckend entgegnete er: »Ich weiß nicht, und es tut nichts zur Sache.«

»Geh Magnus. Du hast ganz recht. Ich möchte nicht von dir berührt werden. Es macht mich krank.«

Es juckte ihn in den Fingern, sie zu schlagen. Doch er legte ihr stattdessen die Hand auf den Bauch. »Ich frage mich, ob schon ein Kind in dir heranwächst.« Sie zerrte an seinem Handgelenk, um sich von seiner Berührung zu befreien. Er nahm ihre Hand und legte ihre Finger um sein steifes Glied.

Sie hielt den Atem an. Ihr ganzer Körper versteifte sich. Er spürte, wie ihre Finger sich spannten, und er stöhnte vor Lust auf.

»Ja«, keuchte er. Er nahm ihre Hand von seinem Glied, packte ihre Handgelenke mit einer Hand und riß sie nach oben über ihren Kopf. »Ich werde dich noch einmal nehmen, Zarabeth, weil ich dein Ehemann bin, und weil ich Lust auf dich habe.« Seine Finger waren zwischen ihren Schenkeln und glitten in sie. Sie war noch naß von seinem Samen und geweitet, seine Finger drangen tief in sie ein.

Sie entzog ihm ihre Hüften, und er lachte rauh. Dann ließ er plötzlich ihre Hände los und zog sie auf die Knie. Er hob sie hoch, spreizte ihre Beine mit seinem Becken und drang in sie ein, während er sie an seine Brust gedrückt hielt. Er fand ihren Mund, und seine Zunge drängte sich zwischen ihre Zähne, während er sich tief in ihren Leib schob.

Er zuckte stöhnend, als er sich ergoß, rasch und ohne Vorwarnung. Seine Atemzüge wurden ruhiger, und er küßte ihre Schulter, ihren Hals, kostete den Geschmack ihrer Haut, die Hitze ihres Fleisches. Er rieb seine Brust an ihren Brüsten, sein Herzschlag beschleunigte sich wieder.

Er wußte, daß er sie liebte, das akzeptierte er jetzt. Er betete, das Leid möge in ihrer beider Leben ein Ende haben; sie möge ihm und sich selbst vergeben, am Leben zu sein, wo doch Lotti gestorben war.

Sie lag leblos an ihn gelehnt, ihre Wange an seine Schulter gepreßt.

Er spürte ihre heißen Tränen an seiner Haut. Sacht legte er sie nach hinten. Er war noch immer tief in ihr, schob sich noch tiefer. Er lag auf die Ellbogen gestützt über ihr. »Warum weinst du? Ich habe dir nicht weh getan, nicht dieses Mal, denn du warst noch feucht von vorher. Warum, Zarabeth?«

Sie sah ihn an. »Es ist zu viel, Magnus. Ich ertrage es nicht.«

»Und wenn ich dir sage, daß ich dich verstehe, wirst du mir glauben?«

Sie spürte die Kraft seiner Worte, die in ihre innere Leere drangen. Das machte ihr Angst. »Ich möchte, daß du wegfährst. Wikinger plündern und töten in den Sommermonaten. Du hast in diesem Jahr zuwenig davon bekommen.«

Diesmal stieß er hart in sie, ihre Worte hatten ihn getroffen, pulsierten durch seinen Körper, erhitzten sein Blut und seinen Zorn. Härter und härter stieß er zu, bis er sich erneut Erleichterung verschaffte. Als er von ihr abließ und seitlich von ihr wegrollte, sagte er: »Ich rufe meine Männer zusammen und steche nach der Versammlung des *Thing* in See. Trage deine Trauer wie eine Auszeichnung deines Stolzes vor dir her, Zarabeth. Prahle damit, und laß alle Welt wissen, wie sehr du leidest, wie endlos du trauerst. Alle Menschen deiner Umgebung müssen das respektieren, sonst stellst du dich gegen sie. Und wenn du vor Selbstmitleid weinst, wünsche ich mir, daß du an deinen Tränen erstickst.«

21

Vier Tage später brach Magnus mit drei seiner Männer zur Versammlung des *Thing* auf, das in der Nähe von Kaupang abgehalten wurde, in einem Tal, das zu König Harald Schönhaars Landbesitz gehörte. Sie nahmen die Pferde und ritten über Land, segelten nicht mit der *Seewind,* denn das Boot mußte ausgebessert und das Steuerruder erneuert werden. Magnus bestieg seinen Hengst Thorgell, ein kraftvolles Tier, das aus der Züchtung von Magnus' Vater stammte. Auf Magnus' Nicken ließ der Sklave die Zügel los, Thorgell tänzelte und ging hoch. Lachend tätschelte Magnus den Nacken des kräftigen, feurigen Tieres, und seine Schenkel drückten ihm in die Flanken. Er sah in seiner schenkelkurzen Tunika aus lavendelfarbener Wolle über den dunkelbraunen Wollhosen äußerst stattlich aus. Die mit Lederbändern verschnürten Stiefel reichten ihm bis zu den Knien. Um die Mitte trug er einen breiten, mit Gold und Silber beschlagenen Ledergürtel. Sein blondes Haar glänzte in der Morgensonne und seine Gesichtszüge wirkten rein und strahlend. Zarabeths Herz zog sich bei seinem Anblick schmerzlich zusammen.

Sie wandte sich ab, müde und niedergeschlagen, fühlte sich bereits jetzt einsam, was wirklich dumm war, denn sie selbst hatte den Wunsch geäußert, er möge gehen. Sie wollte allein sein mit ihrer Trauer und ihrer inneren Leere.

Sie hörte, wie er ihren Namen rief, drehte sich um und sah, wie er in gestrecktem Galopp auf sie zukam. Im nächsten Augenblick hatte er sich weit aus dem Sattel gebeugt, sie hochgehoben und an sich gedrückt. Thorgell schnaubte nervös, und Magnus lachte. Er küßte sie leidenschaftlich und setzte sie wieder zu Boden. Sie blickte ihm nach, bis er hinter dem nächsten Hügel verschwunden war.

Sie beschäftigte sich den ganzen Tag, in der Hoffnung,

nachts Schlaf zu finden. Doch die halbe Nacht lag sie wach und starrte im Zwielicht auf die Dachbalken.

Am dritten Tag trat sie aus dem Langhaus. Man hatte nach ihr gerufen. Es war Helgi in Begleitung von sechs Männern. Sie war ziemlich aufgeregt.

»Ingunn ist verschwunden!«

Zarabeth starrte sie an, und Ingunn wiederholte: »Ingunn ist fort!«

»Komm ins Haus, Helgi.«

Beim Anblick ihrer Schwester Eldrid wandte Helgi sich rasch ab. »Irgendwann letzte Nacht ist sie fortgelaufen, oder sie wurde mit Gewalt verschleppt. Hast du sie gesehen, Zarabeth? Hast du irgend etwas gehört?«

»Nein, nichts. Aus welchem Grund mag sie fortgelaufen sein?«

»Orm Ottarsson!« Helgis breites, hübsches Gesicht war nun vor Ärger gerötet. »Ich wußte, daß sie log, als sie ihrem Vater Gehorsam versprach. Ich wußte es, weil ich sie kenne. Sie will Orm, und sie will nicht glauben, daß er ein Bandit ist, ein Mann ohne Ehre! Bei Thor, er bringt Schande über sie und unsere Familie.«

»Wo ist dein Mann?« Dann schlug Zarabeth sich mit der Hand gegen die Stirn. »Wie dumm von mir. Natürlich nimmt er an der *Thing*-Versammlung teil, genau wie Magnus.«

»Ja, Harald hat den Vorsitz übernommen. Ingunn ist schlau und hat abgewartet, bis ihr Vater das Gehöft verlassen hat. Ich würde sie am liebsten solange verprügeln, bis sie mich auf Knien um Gnade anfleht! Du hast also nichts gehört und nichts von ihr gesehen?«

Zarabeth schüttelte den Kopf. »Es tut mir leid, Helgi. Hier, trink einen Schluck Bier, es ist frisch gebraut und kühl.«

Helgi warf ihrer Schwester wieder einen verstohlenen Blick zu. »Möchtest du hier bleiben? Wir können deinem Mann und Magnus einen Boten senden. Er sagte mir, der Versammlungsort ist eine Tagesreise entfernt.«

»Du bist ein gutes Kind, Zarabeth«, seufzte Helgi und ihre normale Gesichtsfarbe kehrte allmählich wieder. »Nein, ich reite lieber nach Hause. Vielleicht hat das törichte Mädchen sich eines Besseren besonnen und ist zurückgekommen.« Sie erhob sich und seufzte tief. Dann fragte sie Zarabeth mit einem forschenden Blick: »Bist du in Ordnung, Zarabeth? Kommst du zurecht?«

Zarabeth nickte und versteifte sich unbewußt in Erwartung der Worte, die kommen mußten. Und Helgi sagte kühl und gleichmütig: »Die Zeit heilt alle Wunden, du wirst sehen.«

Zarabeth sah der Älteren in die Augen — in Magnus' hellblaue Augen — und sprach aus, was ihr auf dem Herzen lag: »Nein, ich glaube nicht. Das Leiden ist zu groß, und in mir ist zu wenig Kraft, um meine Wunden zu heilen.«

Helgi wußte, daß sie aufrichtig sprach. »Es war zu viel Veränderung für dich in zu kurzer Zeit, zu viel Leid, zu viel Unsicherheit. Das hat nichts mit deiner Stärke oder Schwäche zu tun, Zarabeth. Ich sage dir, meine Tochter, du trägst deinen Schmerz und deine Trauer solange, bis du dich von deiner vermeintlichen Schuld befreist. Erst dann wirst du die Frau meines Sohnes sein. Sag mir, wie verkraftet Magnus Egills Verlust?«

»Er träumte, daß er Egill lebendig gesehen hat, aber er war in Gefangenschaft.«

Helgi berührte das Amulett, das sie um den Hals trug. »Vielleicht«, meinte sie, »vielleicht.«

Nachdem Helgi und ihre Leute aufgebrochen waren, trat Tante Eldrid neben Zarabeth und blickte sinnend in die Ferne. »Es ist seltsam — diese Geschichte mit Ingunn, meine ich. Ingunn ist nicht dumm. Zumindest war sie nicht dumm, bevor du gekommen bist. Erst dann wurde aus ihr eine rachsüchtige Frau, die ich kaum wiedererkannte. Ingunn handelt nie ohne Grund. Nein, meine Schwester kennt ihre Tochter nicht so gut wie sie glaubt, sie zu kennen. Es ist wirklich seltsam.«

Mehr wollte sie nicht sagen, obwohl Zarabeth sie mit Fragen bedrängte. Übellaunige alte Frau, dachte sie und machte sich daran, Rüben zu schälen, um sie mit frisch gefangenen Heringen zu braten.

Am nächsten Tag regnete es, ein kräftiger, kalter Regen, der einen Vorgeschmack auf den rauhen Winter gab. Zarabeth fröstelte und dachte an die langen, dunklen, kalten Wintermonate, die ihr bevorstanden. Beunruhigt betrachtete sie die schweren Wolken, die sich über den Bergen zusammengebraut hatten. Die See im Viksfjord war aufgewühlt und schlug hohe Wellen. Sie dachte an Magnus und wunderte sich darüber.

Am späten Nachmittag hörte der Regen auf, und die Sonne kam durch. Die Bewohner verließen das Langhaus. Die Sklaven begaben sich auf die Felder, Frauen wuschen Wäsche in den großen Holztrögen vor dem Badehaus, und die Kinder plantschten in den Pfützen, machten Ringkämpfe und schrien und lachten. Rollos Hammerschläge dröhnten aus seiner Schmiede. Eldrid spann feinen Flachs zu kräftigen Fäden.

Der Alltag war wieder eingekehrt. Alles war wieder, wie es sein sollte, doch dies war ein Trugschluß. Plötzlich konnte Zarabeth das Lachen, Scherzen und Reden um sich herum nicht mehr ertragen. Sie verließ die Umzäunung und ging den Weg hinunter. Sie ging bis ans Wasser, das unruhige Wellen schlug und von dunkelgrauer Farbe war. Sie schaute auf den Kahn, mit dem sie damals zu fliehen versuchte, von dem Lotti gesprungen war, um Magnus zu retten. Wieder zerbrach etwas in ihr. Mit gesenktem Kopf ging sie am Ufer entlang. Sie wollte eine Weile allein sein. Plötzlich hörte sie Hundegebell und hob den Kopf. Nicht weit entfernt stand ein junger Mann vor ihr, groß und kraftvoll gebaut wie Magnus, mit weizenblondem Haar, heller Haut, die Augen eigentümlich silbrigblau. Er hielt lässig ein Schwert in der Hand, stand da und blickte sie einfach an.

»Dein Haar«, begann er schließlich. »Ich habe nie zuvor

eine solche Farbe gesehen, obwohl meine Männer mir davon berichtet haben. Rot wie Blut, sagen sie.«

Ihr Haar! Was redete der Mann? Sie blickte auf sein Schwert, schaute ihm über die Schulter, konnte aber niemand sonst sehen. Allem Anschein nach war er allein. Es gab keinen Grund, Angst zu haben.

»Wer bist du?«

Er lächelte und entblößte sehr weiße Zähne. Er war ein gutaussehender Mann, dachte sie gleichgültig, immer noch das Schwert im Auge. Sie fragte sich, ob man sie vom Wachtturm her beobachtete, und wenn, was die Männer zu tun gedachten.

»Ich habe auf dich gewartet, und das Warten ist mir langweilig geworden. Ich hatte überlegt, Malek anzugreifen, aber dazu hatte ich keine Lust. Ich wollte nur dich, und nun haben die Götter dich zu mir geführt. Ich habe meinen eigenen Augen kaum getraut, als ich sah, wie du die Sicherheit der Umzäunung verlassen hast.«

»Ich zweifle, daß deine Wikinger Götter etwas mit meinem Spaziergang zu tun haben. Wer bist du? Was willst du von mir?«

»Ich mag keine schrillen Weiberzungen, und ich mag keine unnützen Fragen.« Er trat einen Schritt auf sie zu, und Zarabeth machte einen Schritt zurück. Sie schätzte die Entfernung zum Palisadenzaun ab und überlegte, ob sie schneller laufen konnte als er.

Als könne er ihre Gedanken lesen sagte er: »Das kannst du nicht. Du bist eine Frau, und deshalb kannst du nicht schneller laufen als ich. Ich möchte dich näher betrachten. Ich tu dir nichts. Halt still.«

Er trat auf sie zu, das Schwert immer noch in der rechten Hand, blieb vor ihr stehen, hob ihren langen Zopf hoch und zog ihn nach vorne. Mit schnellen, beinahe ärgerlichen Bewegungen löste er ihn und ließ seine Finger durch ihr Haar gleiten, dann wand er sich ein kräftiges Haarbüschel um die Hand und rieb seine Wange daran. »Ich hasse den Zopf. Du mußt dein Haar offen tragen. Es fühlt sich glatt und kühl an, und die Farbe leuchtet. Und der Duft. Lavendel? Du bist sehr fremdländisch, wie Ingunn sagte. Auch das Grün deiner Augen ist ungewöhnlich. Ich habe noch nie solches Grün gesehen, wie grünes Moos tief im Wald, das kaum ein Sonnenstrahl trifft. Ob du sonst auch so fremd aussiehst?«

Er lachte glucksend in sich hinein. »Natürlich würde Ingunn niemals zugeben, daß du schön bist. Sie haßt dich nämlich.«

Und dann wußte Zarabeth Bescheid. »Du bist Orm Ottarsson.«

Er grinste sie immer noch an. »Du bist nicht dumm, wie mir scheint. Mein Ruhm ist mir vorausgeeilt. Ja, ich bin Orm Ottarssson. Und du bist Zarabeth, Magnus' neue Ehefrau.«

»Was tust du hier? Du bist hier nicht sicher. Über deine Untaten wird soeben auf der *Thing*-Versammlung gerichtet.«

»Ich bin gekommen, um dich von hier fortzubringen, fort von Magnus Haraldsson. Ich möchte mich seit langem an ihm rächen. Und Ingunn hat keine zärtlichen Gefühle für dich. Sie hat mir aufgetragen, sie zu rächen. Eigentlich möchte sie dich am liebsten tot sehen, aber das würde sie nie eingestehen. Ich soll dich an einen reichen Araber in Miklagard verkaufen und schönen Profit aus dem Handel schlagen.« Seine Fingerspitzen berührten ihre Wange. »Ich glaube zwar nicht, daß du eine gute Sklavin abgibst. Zweifellos würde ich dennoch reichlich Gold für dich bekommen. Hast du noch Narben von dem Sklavenband, das Magnus dir um den Hals schmieden ließ? Nein, es ist alles schön verheilt. Du mußt ihn sehr verärgert haben, weil er dich so erniedrigt und bestraft hat.«

»Ja«, sagte sie. »Aber es lag nicht in meiner Absicht, ihn zu verärgern. Es war nicht meine Schuld.«

»Das tut nichts zur Sache. Er hat dir vergeben und dich geheiratet. Ich konnte es anfangs nicht glauben, denn

Magnus ist ein stolzer Mann, stark und unbeugsam wie eine Eiche. Als wir kleine Buben waren, war er eigensinniger, sturer als jeder andere von uns. Ich erinnere mich, wie er einmal vor Angst erbleichte, als ein wilder Keiler ihn angriff, aber er schluckte seine Angst hinunter, erwartete das Untier standhaft und rannte ihm den Speer zwischen die Rippen. Ja, Magnus ist ein stolzer Mann.« Er blickte sie wieder an und rieb ihr Haar zwischen den Fingern. »Ingunn ist ebenso stolz wie ihr Bruder. Sie kann auch grausam sein. Das habe ich immer an ihr bewundert.«

»Ingunn hat keinen Grund, mich zu hassen. Ich habe ihr nichts getan.«

Achselzuckend meinte er: »Sie hat ein aufbrausendes Wesen, ein leicht verletzliches Herz und einen rasch verwirrten Verstand. Du warst für sie eine Bedrohung, sie sah in dir die Frau, die sie von ihrem Thron stürzte, und deshalb will sie dich vernichten. Ihre Methoden waren nicht sonderlich klug, denn Magnus zog dich allen anderen vor, selbst dieser kleinen Hure Cyra. Und das hat Ingunn zu spät erkannt.«

»Hat sie dir das alles erzählt? Hast du Ingunn aus ihrem Elternhaus entführt?«

Lachend schüttelte er den Kopf. »Das möchte Helgi gerne glauben. Aber sie ist keine Närrin und weiß genau, daß Ingunn aus freien Stücken zu mir gekommen ist. Ich mußte ihr nur eine Botschaft zukommen lassen, und sie eilte zu mir.«

»Magnus, sein Vater und viele andere Männer nehmen an der Versammlung teil und beraten über deine Plünderungen und Greueltaten. Du mußt Norwegen verlassen, Orm. Ich habe gehört, daß viele deiner Landsleute nach Westen segeln, über das große Meer, wo die Wikinger fremde Länder entdeckt und besiedelt haben.«

Er nickte lächelnd, als sei er ihr Freund, ein willkommener Gast, nicht ein Mann, der mit dem Schwert in der Hand vor ihr stand. »Natürlich hast du recht. Ich habe hier nicht viel Gutes zu erwarten.« Er machte ein belustigtes Gesicht. »Dummerweise überlebte eines der Weiber auf dem Hof von Ingolfsson und berichtet jetzt auf dem *Thing,* daß ich sie vergewaltigt und geschändet habe. Ich habe sie für tot gehalten, wie alle anderen auch. Wir fanden eine Menge Gold und Silber — der Mann, der mir davon berichtete, hat nicht gelogen. Jetzt habe ich mehr als genug Gold.« Er blickte zu dem Palisadenzaun hinauf, der das Gehöft umgab. Dann blickte er über den Viksfjord zu den Bergen dahinter.

»Doch hier ist meine Heimat, und es schmerzt mich, fortgehen zu müssen. Ja, ich bin nun ein reicher Mann, aber ich habe kein Land.«

»Niemand hat dich gezwungen zu töten, zu rauben und zu schänden.«

Nun war das Lächeln aus seinem Gesicht gewichen. »Ich bespreche meine Taten nicht mit Frauen. Du begreifst nicht, welche Mächte einen Mann vorantreiben.«

»Ich verstehe Magnus. Er ist ein Mann, wie ich zuvor noch keinen gekannt habe.« Genau in dem Moment, als diese Worte über ihre Lippen kamen, durchflutete sie die Erkenntnis. Magnus war ein gütiger und unerschütterlich treuer Mann; er hatte den ehrlichen Wunsch gehabt, sie zur Frau zu nehmen. Er hatte Lotti geliebt und den Tod des Kindes betrauert. Und am gleichen Tag hatte er seinen Sohn verloren . . . Sie kam sich klein und engstirnig und sehr dumm vor. Sie hatte ihm kein Verständnis entgegengebracht, keinen Trost, keine Güte. Sie hatte sich in Selbstmitleid gesuhlt, hatte ihn und seinen Schmerz mißachtet, hatte sich in ihrer Selbstsucht völlig vor ihm verschlossen. Sie schloß die Augen und wünschte, sie könnte alles ungeschehen machen, was sie getan hatte, alles, was sie gesagt und gedacht hatte, denn nun erkannte sie — ja, endlich begriff sie — daß sie sich selbst und ihn belogen hatte.

»Hat dir Magnus deine Jungfernschaft genommen?«

Sie wich zurück, aus ihren Gedanken gerissen, und

dann erst wurden ihr seine Worte klar. Wieder blickte sie den gewundenen Pfad entlang und sah sich laufen und laufen. Sie sah auch, wie er sie einfing. Was würde dann geschehen? Das konnte sie nicht sehen.

»Antworte, Weib! Hat Magnus deine Jungfernschaft genommen, oder war es ein anderer Mann, dein erster Ehemann?!«

»Es war Magnus.«

»Ingunn führt schlechte Reden über dich, nennt dich eine Hure und Schlampe, aber daran zweifle ich. Sie gibt dir diese Schimpfnamen sogar, wenn sie ihre Lust hinausschreit, die ich ihr verschaffe. Das ist seltsam, aber sie ist nur eine Frau, und ihre Handlungen ergeben keinen Sinn.« Er schwieg und blickte zum Palisadenzaun hinauf. »Du hast recht. Bald wird jemand bemerken, daß du fortgegangen bist. Möglicherweise sieht man sogar, wie ich mit dir spreche. Wir werden jetzt gehen, Zarabeth.«

Sie drehte sich um und rannte los.

Die Versammlung des *Thing* dauerte nun schon drei Tage. Harald führte den Vorsitz und hatte befohlen, die Anklagen gegen Orm vorzubringen. Die Aussage von Ingolfssons Tochter, einem Mädchen namens Minin, erst zwölf Jahre alt, versetzte die Versammlung in helle Empörung. Orm hatte sie vergewaltigt und danach gegen einen Felsen geworfen und liegen gelassen, in der Annahme, sie sei tot. Dort lag sie drei Tage ohne Bewußtsein. Sie sprach vor der Versammlung mit bebender Kinderstimme, und jeder der Anwesenden sah sein eigenes Kind im Zeugenstand. Und die versammelten Männer packte unaussprechlicher Zorn.

Über Orm wurde der Bann gesprochen. Von nun an war er ein Geächteter, ein Vogelfreier. Er mußte Norwegen verlassen, wenn man ihn nicht vorher umbrachte, denn die Männer des Ingolfsson Clans wollten sein Blut sehen.

Magnus saß seinem Vater und seinem Bruder Mattias

gegenüber. Die Luft war lau, die Landschaft lag im Zwielicht der frühen Sommernacht.

»Ich breche morgen auf«, sagte Magnus.

Mattias feixte. »Dein Blut ist erhitzt, Magnus, und du möchtest es an deiner jungen Frau kühlen.«

Magnus sagte nichts. Zarabeths Bild stieg in ihm auf. Sie lag auf dem Rücken, mit geschlossenen Augen, ihre Arme seitlich neben sich, die Hände zu Fäusten geballt. In jener Nacht, bevor er zum *Thing* aufgebrochen war, hatte er sie noch einmal genommen, und als er fertig war, sah er die Tränen aus ihren geschlossenen Lidern quellen und ihre Wangen entlanglaufen. Sie hatte keinen Laut von sich gegeben. Nur die Tränen waren geflossen. Er haßte sie, und er haßte sich.

»Nein, ich möchte nur von hier fort«, sagte Magnus. »Meine Männer langweilen sich und verlieren die Geduld, sagt mir Ragnar. Sie wollen auf Raubzug gehen, um ein paar fette englische Mönche und ihre Klöster von ihrem Gold und ihren Kunstschätzen zu befreien und damit ihre eigenen Truhen zu füllen.« Er seufzte. »Vielleicht fahren wir nach England. Oder wir verfolgen Orm und nehmen ihm all das Gold wieder ab, das er geraubt hat.«

Mattias sagte abwesend: »Haftor Ingolfsson wird Orm töten. Und das ist sein gutes Recht.« Er schaute seinen Vater an, der sich einen verspannten Muskelstrang in der Schulter rieb. »Ich stimme Magnus bei. Wir schließen die Versammlung morgen und brechen auf. Auch auf mich wartet eine Frau zu Hause, die ich glücklich machen muß.«

Harald brummte, dann ächzte er, als Magnus den verspannten Muskel in seiner Schulter zu massieren begann. »Nur Freya weiß, warum sie dir mehr Liebe schenkt, als du verdienst. Du rammelst sie wie ein Hase, und die arme Frau muß dein unbeholfenes Getatsche ertragen . . .«

Mattias lachte und knuffte seinen Vater scherzhaft in die Seite. »Ich und ein Rammler? Glyde ist es doch, die jeden Abend das Bett neben sich tätschelt und mich mit liebeskranken Augen ansieht.«

Magnus hörte ihre Scherze nur mit halbem Ohr. Er sehnte sich nach Zarabeth, und er machte sich Sorgen um sie, obgleich er seine Gedanken an sie verdrängte. Andere Männer gesellten sich zur Gruppe, doch Magnus wollte allein sein und sonderte sich ab. Er fühlte sich verwundet, seit dem Tag, an dem Lotti und Egill gestorben waren, seine Wunden waren in seiner Seele, niemand konnte sie sehen. Er spazierte an den Rand des riesigen Lagers und blickte auf die unzähligen Zelte mit ihren Feuerstellen davor, die Rauch in den Himmel spien. Dann wandte er sich um und blickte auf die schneebedeckten Berge in der Ferne. Egill war ihm erneut im Traum erschienen — er lebte, war aber abgerissen und schmutzig. Dieser verfluchte Traum nagte an ihm, versetzte ihn in äußerste Unruhe. Nein, sein Sohn war tot, ebenso wie Lotti tot war. Er mußte sich damit abfinden. Wenn er es nicht schaffte, wie konnte er es von Zarabeth erwarten?

Er wollte heim nach Malek.

Er mußte Zarabeth wiedersehen.

Orm hatte sie nach zehn Schritten eingeholt, packte sie um die Mitte, riß sie hoch und zog sie an sich. Lachend drückte er sein Gesicht an ihren Hinterkopf. Dann, ohne Warnung, wirbelte er sie herum und schlug zu.

Nicht sehr fest, nur so hart, daß der Abdruck seiner Hand auf ihrem Gesicht zu sehen war. »Ein kleiner Vorgeschmack«, meinte er, sein Gesicht ganz nah an ihrem. Er studierte ihren Ausdruck, hoffte Tränen in ihren Augen zu sehen. Doch sie blieben trocken, und er war versucht, sie noch mal zu schlagen. Nein, für den Anfang war es genug.

»Du hast mich gezwungen, dich zu schlagen. Sei nicht dumm, Zarabeth. Mach so etwas nie wieder, sonst lernst du mich von einer anderen Seite kennen.«

Zarabeth konnte nicht anders. Sie rammte ihm ihre

Faust in den Bauch und versuchte sich zu entwinden, schlug ihm ihre Fingernägel ins Gesicht und fügte ihm tiefe Kratzer zu. Er grunzte voller Abscheu und schlug ihr die Faust ins Gesicht. Sie sackte bewußtlos gegen ihn. Er hob sie auf die Schulter, blickte nach oben zur Umzäunung, ob jemand den Vorgang beobachtet hatte. Niemand zeigte sich.

Er trug sein Schwert in der Rechten, und seine Linke umfing ihr Hinterteil, damit sie ihm nicht von der Schulter rutschte.

Als er den Föhrenwald weiter oben auf dem Abhang erreichte, kam ihm einer seiner Männer entgegen.

»Bei Odin, sieh dir diese Haare an — diese Farbe. Laß mich mal anfassen.«

»Finger weg!« knurrte Orm. »Wir müssen fort. Wenn wir uns beeilen, erreichen wir das Lager noch vor Sonnenuntergang.«

»Sie ist fort«, sagte Eldrid immer wieder.

Magnus schüttelte den Kopf. Nein, es durfte nicht wahr sein.

»Vor zwei Tagen. Sie ist einfach verschwunden. Nach dem Sturm. Sie ging durch das Tor, und niemand hat sie seither gesehen. Ich bin zu alt für so etwas, Magnus. Das Mädchen konnte sich nicht eingewöhnen. Sie trauert, und sie wollte weg. Laß sie laufen. Vielleicht kommt sie von selber wieder.«

Magnus hatte gute Lust, die Alte zu schlagen. Er machte auf dem Absatz kehrt und ging zu Hollvard, dem alten Mann, der die Palisadentore von Malek seit zwei Jahrzehnten bewachte.

»Ja, Magnus, ich habe gesehen, wie sie aus dem Tor gegangen ist, mit gesenktem Kopf, in Gedanken versunken. Es hatte stark geregnet, und alle wollten nach dem schlechten Wetter ins Freie. Wahrscheinlich ist sie deshalb den Weg hinunter zum Wasser gegangen.«

»Trug sie nichts bei sich?«

Hollvard schüttelte den Kopf.

»Dann hat sie jemand gewaltsam entführt.«

»Das wäre möglich.«

Er hörte den Zweifel in der Stimme des alten Mannes. Hollvard glaubte, wie alle seine Leute, daß sie sich umgebracht hatte, oder daß sie einfach in die Wälder gegangen und von wilden Tieren zerfleischt worden war. Das glaubte Magnus nicht. Zarabeth war eine Kämpfernatur. Sie würde sich nicht selbst töten.

Er rief seine Männer zusammen, und wieder begann eine Suchaktion. Keiner von ihnen sagte ein Wort, stumm suchten sie nach Zarabeth, wie sie nach Egill gesucht hatten. Es war Ragnar, der einen Fetzen von ihrem Kleid fand, an einem Strauch, etwa zwanzig Meter im Föhrenwald.

Magnus untersuchte den Stoff und das Gebüsch. »Sie wurde getragen«, sagte er schließlich. »Über der Schulter eines Mannes, der etwa meine Größe hatte. Sie ist aus Malek verschleppt worden.« Am liebsten hätte er einen Freudenschrei losgelassen über die Entdeckung, daß sie noch am Leben war.

Sie war entführt worden. Von wem? War sie wirklich noch am Leben?«

Gunnar, ein kleiner Mann, der ein ausgezeichneter Spurensucher war, kam heran. »Hier entlang, Magnus. Ich habe Spuren entdeckt, undeutlich zwar, aber immerhin. Odin sei Dank, daß es nicht mehr geregnet hat.«

Magnus ging hinter Gunnar her und hoffte, daß der Mann recht hatte und nicht grundlos prahlte. Sie erreichten das Lager noch spät am selben Tag. Es war vor etwa zwei Tagen verlassen worden, wie Gunnar vermutete.

»Was machen wir jetzt, Magnus?«

Er wandte sich an Ragnar. »Wir bewaffnen uns und nehmen die Verfolgung auf. Ich weiß, wer sie entführt hat. Und ich will das Blut des elenden Schurken sehen.«

22

Zarabeth spürte einen brennenden Schlag im Gesicht, dann einen Schwall kaltes Wasser. Sie spuckte, nach Luft japsend, und öffnete die Augen.

Ingunn kniete neben ihr, eine leere Holzschale in der Hand. »Du bist also nicht tot. Orm war schon besorgt, daß er dich zu hart getroffen hat. Aber ich sagte ihm, ich hole dich schon wieder ins Leben zurück.«

Zarabeth sagte nichts. Ingunn kauerte auf den Fersen, ihre Augen verengten sich plötzlich, als Orm heranschlenderte. Er ging in die Hocke und nahm Zarabeths Gesicht in beide Hände. Er studierte den Bluterguß an ihrer Wange und berührte sanft ihre Haut.

»Ich wollte nicht so hart zuschlagen. Du warst sehr lange ohne Bewußtsein.« Dann grinste er. »Und du wirst dich nie wieder gegen mich wehren, nicht wahr?« Wieder berührte er ihren Bluterguß, weniger zart diesmal.

Schmerz schoß ihr durch die Gesichtshälfte, aber sie gab keinen Laut von sich. Sie blickte den Mann an, der sie aus Malek verschleppt hatte. »Wo sind wir?«

Er grinste breit, und es war kein angenehmes Grinsen. Sie erwartete wieder einen Schlag, doch er berührte sie nicht. »Ich habe dir schon einmal gesagt, ich mag keine aufdringlichen Weiber.«

»Ich bin nicht aufdringlich. Ich stelle nur eine Frage.«

»Sie macht sich lustig über mich, aber ich werde ihr diese Frechheit noch einmal nachsehen.« Orm grinste Ingunn an, die ein angespanntes Gesicht machte. Zu Zarabeth gewandt sagte er: »Nicht weit von Malek. Nein, ziemlich nah. Jetzt, da du wach bist, wirst du dich nützlich machen. Wir brechen bald auf. Ingunn, sie hat dir zu gehorchen.«

Orms Finger berührten Zarabeths Haar. Sein Blick war so bohrend, daß er ihr Angst machte. Dann erhob er sich, stemmte die Hände in die Hüften und schaute auf sie hinunter. »Geh deiner Arbeit nach.«

»Steh auf.«

In Ingunns Stimme war eine Mischung aus Haß und Triumph. Zarabeth stand auf, dabei zuckte wieder der stechende Schmerz durch ihre Gesichtshälfte. Sie tastete die Wange ab, öffnete und schloß den Mund mehrmals. Der Kieferknochen war nicht gebrochen; dafür dankte sie ihrem christlichen Gott und den Göttern der Wikinger.

»Erwarte bloß kein Mitleid von mir, Zarabeth und versuche keinen deiner dummen Tricks.« Ingunn trat näher. »Ich habe dir versprochen, daß ich dir heimzahle, was du mir angetan hast. Ich habe gesagt, daß dir deine Aufsässigkeit noch leid tun wird, und jetzt ist es so weit. Hier, trag diese Sachen.« Sie warf ihr mehrere Bündel vor die Füße. Zarabeth hob sie auf. Sie waren schwer. Orm drängte zum Aufbruch, und sie schulterte die Bündel.

Zarabeth und eine ältere Frau gingen zu Fuß. Orm, seine zwei Männer und Ingunn saßen zu Pferd. Sie hätte gerne gewußt, wer die andere Frau war, doch sie hielt den Kopf gesenkt und wahrte Abstand zu Zarabeth, als habe sie Angst vor ihr. Wer immer sie war, die Frau schien eine gefangene Sklavin zu sein. Zarabeths Finger tasteten an ihren Hals, wo noch vor kurzem das eiserne Sklavenband lag. Sie schloß die Augen und dachte an Magnus. Er würde sie finden. Er würde sie suchen. Falls ihm noch etwas an ihr lag.

Falls die Leute auf Malek ihm nicht einredeten, sie sei entflohen und habe sich das Leben genommen. Sie dachte an die letzte Nacht mit Magnus. Er hatte sie genommen, und sie hatte sich immer wieder eingeredet, daß sie verabscheute, was er ihr antat. Sie haßte ihn dafür, daß er ihr Nacht für Nacht seine Lust aufzwang. Ihre Träume waren geflossen, und sie wußte, daß er ihre Tränen bemerkte, doch sie gab keinen Laut von sich, und er war tiefer in sie gedrungen, als wolle er ihr beweisen, daß ihre Gefühle, ihre Gedanken ihm nichts bedeuteten. Am nächsten Morgen hatte er Malek verlassen, und sie hatte den Blick von ihm gewendet, selbst nachdem er sie vor all seinen Männern geküßt hatte und lachend fortgeritten war.

Die Gruppe kam nur langsam voran mit den zwei Frauen zu Fuß. Schließlich machte Orm Halt, rief einen der beiden Männer, Kol, zu sich, und befahl ihm, die andere Frau zu sich aufs Pferd zu nehmen. Zarabeth setzte Orm vor sich aufs Pferd.

Ingunn ritt heran. »Sie kann mein Pferd haben, Orm. Ich reite mit dir. Es ist nicht recht, eine Sklavin so gut zu behandeln.«

»Es hieße sie noch besser zu behandeln, wenn sie alleine reiten würde.«

Ingunn biß sich auf die Unterlippe, suchte verzweifelt nach einem Grund, der ihn umstimmen würde. Sie bemerkte, daß Zarabeth auffallend still war; beobachtete, wie sie seine Hand annahm, wie seine Armmuskeln sich spannten, als er sie zu sich aufs Pferd hob. In Ingunns Magen kämpften Wut und Übelkeit. Hätte sie doch bloß einen Dolch, den würde sie dieser Hure liebend gerne zwischen die Rippen jagen.

»Ingunn!«

Sie schluckte ihren Groll hinunter und brachte ihre Stute neben seinen Hengst. »Ja?«

»Erzähl mir mehr über diese Sklavin mit den seltsamen Haaren und dem fremdländischen Namen. Du hast sie eine Schlampe und eine Hure genannt und gesagt, sie habe deinen Bruder verhext. Warum?«

»Mein Bruder wollte sie heiraten, doch sie hat ihn betrogen. Sie schickte ihn fort und heiratete einen alten Mann, der reicher war als Magnus. Dann hat sie den Greis langsam vergiftet. Man kann ihr nicht trauen. Sie ist eine Hexe und sehr hinterhältig.«

»Ich traue niemand, weder Mann noch Frau, also kann mir nichts passieren. Und was ihre Hinterhältigkeit betrifft, glaubst du, ich bin ein Narr, Ingunn?«

Sie blickte ihn verständnislos an. Seine Augen hatten sich verdunkelt, die blaue Iris funkelte nahezu schwarz.

Plötzlich hatte sie Angst vor ihm und schüttelte heftig den Kopf.

»Antworte!« forderte er.

»Nein, du bist kein Narr, Orm.«

»Gut. Es gefällt mir, wenn du gehorsam bist, Ingunn.« Seine Augen wurden heller, und die Wildheit wich daraus so rasch, wie sie gekommen war. Ingunn dachte an ein kurzes Gespräch mit ihm, bevor er Zarabeth entführt hatte. Sie hatte mit zitternder Stimme gesagt: »Vielleicht bin ich eine Närrin.« Noch bevor die Worte ausgesprochen waren, hatte sie sich dafür gehaßt.

»Was meinst du damit?«

»Ich bin zu dir gekommen, weil ich glaubte, du liebst mich. Ich habe das Anwesen meiner Eltern verlassen, um zu dir zu kommen.«

»Und nun änderst du schwaches Weib deine Meinung? Du *bist* eine Närrin, Ingunn. Ich mache dich zu meiner Ehefrau, zweifle nicht daran.«

Nun fragte sie: »Was hast du mit ihr vor?«

»Darüber bin ich mir noch nicht im klaren.«

Ingunn wußte dem nichts hinzuzufügen. Sie sah Zarabeths wildes, flammendrotes Haar vor sich, das ihr schwer in den Rücken hing, und der vertraute Groll gegen die Frau rumorte in ihren Eingeweiden. Sie sann auf Rache. Orm war ein Mann, dessen Schwächen sie nicht vergessen durfte, wenn es um Frauen ging. Magnus war dieser Frau verfallen, er hatte sich ihretwegen gegen die eigene Schwester gestellt.

Nun hatte Orm erneut das Wort ergriffen, richtete es aber an Zarabeth. »Schmerzt deine Wange noch immer?«

»Nein.«

»Gut. Du scheinst eine tapfere Frau zu sein, das gefällt mir. Was glaubst du, wird Magnus tun, wenn er nach Malek zurückkehrt und feststellt, daß du verschwunden bist?«

»Er wird dich verfolgen und töten.«

Ingunn lachte laut auf. »Pah! Man wird ihm sagen, daß

du geflohen oder in den Viksfjord gesprungen bist wie deine kleine, schwachsinnige Schwester.«

Zarabeth drehte sich mit wutverzerrtem Gesicht zu Ingunn um. »Ich habe dir gesagt, du sollst nie wieder schlecht von Lotti sprechen.«

»Was willst du dagegen tun, Schlampe?«

Zarabeth versuchte, sich vom Pferd aus auf Ingunn zu stürzen. Orm war darauf nicht vorbereitet und konnte sie gerade noch rechtzeitig festhalten. Ihr Gesicht war gerötet, und sie atmete schwer vor Zorn, nicht vor Angst. »Wenn du nicht sofort Ruhe gibst, schlage ich dich wieder!«

»Meine kleine Schwester ist . . .«

»War, Zarabeth, *sie war!* Jetzt ist sie tot!«

»Und Egill ist auch tot! Schmähst du etwa auch ihn, Ingunn?«

Ingunn schnaubte verächtlich. »Sag nur nichts Schlechtes über Egill. Er war ein guter Junge, Magnus' Erbe, nicht ein armseliges Sklavenkind, zu dem niemand von uns Blutsbande hat . . .«

Wieder versuchte Zarabeth sich Orms Zugriff zu entwinden und sich auf Ingunn zu werfen. Orm hielt sie fest. Und er beobachtete beinahe belustigt, wie Ingunn ihre Stute in etwas größeren Abstand zu der wild um sich schlagenden Zarabeth brachte.

»Eine Sklavin sollte nicht so leidenschaftlich sein«, sagte er, und sein Atem schlug warm gegen ihre Wange. Er schlang eine Haarlocke um seine Hand und zog ihren Kopf zurück an seine Brust. »Du gibst jetzt Ruhe. Wir haben einen langen Weg vor uns, bis wir das Lager aufschlagen.«

Ingunn hielt sich auf Distanz.

Als sie ein junges Fichtenwäldchen am Fuße eines schneebedeckten Berges erreichten, ließ Orm absitzen. »Morgen um diese Zeit werden wir den Oslofjord erreicht haben. Dort liegt mein Boot, die *Seeschwalbe.*«

Zarabeth erschrak, als sie hörte, er wolle in See stechen,

ließ sich jedoch nichts anmerken. Orm flößte ihr Angst ein, und sie mußte vor ihm auf der Hut sein. Er war so unberechenbar, daß sie nie wußte, wie er von einem Augenblick zum nächsten reagieren würde. Ingunn schickte sie zum Brennholzsammeln. Kol blieb bei ihr, um sie zu beaufsichtigen. Er war dunkelhaarig, sein Gesicht pokkennarbig, er redete nicht und bewegte sich lautlos. Sie ertappte sich dabei, daß sie ständig über die Schulter äugte, um sich zu vergewissern, wo der Mann war. Er unternahm keinen Versuch, sie anzufassen, fixierte sie nur schweigend, bis ihr wirklich Angst wurde.

Erst als Orm ihr ein Stück scharf gebratene Hasenkeule hinhielt, bemerkte sie, wie hungrig sie war. Und sie nagte das Fleisch bis zum verkohlten Knochen ab.

Er hielt ihr noch ein Stück hin. Als sie zugreifen wollte, zog er es rasch zurück. »Was bekomme ich dafür?«

Seine Stimme war weich und scherzend, klang nicht wie die eines gemeinen Mörders. Er stand mit gespreizten Beinen über ihr und hielt ihr das Bratenstück unter die Nase.

»Ich habe dir nichts zu geben.«

»Vielleicht doch«, sagte er, und zu ihrem Erstaunen gab er ihr das Fleisch. Danach war sie satt, und eine bleischwere Müdigkeit überkam sie. Binnen weniger Minuten war sie eingeschlafen.

Orm stand vor ihr. Sie lag seitlich mit angezogenen Beinen, ihre Wange lag in ihrer Handfläche.

Er breitete eine Decke über sie. Als er den Kopf hob, starrte Ingunn ihn an.

»Komm Ingunn«, sagte er und streckte ihr die Hand entgegen.

Ihre Wangen röteten sich, denn sein Tonfall verriet seine Absicht. Die beiden Männer, Kol und Bein, hoben die Köpfe. Beide wußten, was er vorhatte. Sie schämte sich, daß er ihren Körper so unverblümt benutzte, obgleich sie noch nicht verheiratet waren. Doch was konnte sie dagegen tun? Sie mußte ihm zu Willen sein, ihm vertrauen, denn wenn sie damit aufhörte, würde sie jeden Halt im Leben verlieren.

Sie erhob sich, glättete den Rock, gab sich unbefangen, als würden sie einen Spaziergang machen, um über ihre gemeinsame Zukunft zu sprechen.

Einer der Männer lachte anzüglich. Es war Bein, und sie haßte ihn dafür, wie er sie ansah, und wie er ausspuckte, bevor er den Kopf abwandte.

»Wie soll ich dich heute nehmen, Ingunn?«

»Die Männer hören zu! Sprich nicht so!«

Orm lachte. Vor seinen beiden Männern und vor der anderen Frau, einer ausgemergelten Gestalt, zog er sie an sich und küßte sie wild. Dann stieß er sie zurück, hielt sie jedoch am Arm fest, ließ seine Finger über ihren Hals nach unten wandern, bis seine Hand sich um eine ihrer Brüste schloß.

Sie schrie beschämt auf, da gab er sie lachend frei. Sie rannte los, wußte, daß er ihr folgen würde. Sie wußte auch, daß er sie nicht einmal auf eine Decke legen würde. Er würde sie gegen einen Baum lehnen und ihr die Röcke hochreißen. Auf diese Weise strafte er sie. Es war nicht das erste Mal, daß er sie so genommen hatte, wenn ihm ihre Redeweise nicht behagte.

Er lehnte sie auch diesmal gegen einen Baum, und sie weinte leise, während er grunzend und stöhnend in sie stieß. Als er mit ihr fertig war, wünschte sie sich tot. »Du mußt baden, Ingunn, dein süßer Frauenduft ist ranzig geworden. Du stinkst wie ein Pferd.«

Sie nickte und entfernte sich schweigend.

Irgendwann war sie eingeschlafen und wurde wach, als er sich an ihren Rücken schmiegte. »Schscht!« raunte er und küßte ihr Ohr. »Verzeih mir, Ingunn. Ich habe dich gekränkt, und es tut mir leid. Ich möchte es wiedergutmachen.«

Sie spürte seine Hand unter ihrem Gewand, die nach oben tastete, und sie wollte sich ihm entziehen, wollte schreien, er solle sie in Frieden lassen, doch da berührte er sie, und sie schloß die Augen und überließ sich ihrer wachsenden Lust. Sie wimmerte leise, preßte ihre Faust an den Mund, als ihr Höhepunkt kam, und sie hörte sein leises Lachen an ihrem Ohr.

»Ja, so ist es gut«, raunte er. »Jetzt wirst du mir nicht wieder waidwunde Blicke zuwerfen. Bist du zufrieden? Ich möchte, daß du mir dafür dankst, Ingunn.«

Sie flüsterte ihm ihren Dank zu. Er lachte wieder und ließ sie allein.

Am folgenden Morgen wurde Zarabeth von Ingunn mit unsanften Rippenstößen geweckt. »Wo gibts denn so was, daß die Sklavin noch schläft und die Herrin arbeitet? Steh auf und sammle Brennholz. Beeil dich, Zarabeth.«

Sie gehorchte wortlos. Ihr Aufpasser war wieder Kol, wie am Abend vorher. Kol war mürrisch, sein pockennarbiges Gesicht war noch finsterer als sonst. Doch er redete nicht, machte keine Anstalten, sie zu belästigen, beobachtete sie nur.

Orm ließ die zwei Sklavinnen drei Stunden zu Fuß marschieren, bevor er kurz Halt machte. Ingunn schwieg. Er rief seinen Männern zu: »Die Frau braucht ein Bad. Sie stinkt wie ein Gaul. Wir halten an dem kleinen See östlich von hier.«

Kol entgegnete: »Aber der liegt abseits vom Weg zum Fjord, Orm! Wollen wir nicht so rasch wie möglich von hier fort? Wir sind alle vogelfrei. Das wurde beim *Thing* gewiß beschlossen, nachdem diese dumme Gans gegen uns ausgesagt hat.« Kol wandte sich an Ingunn. »Ja, es war *ihr* hochmütiger Vater, der alle gegen uns aufgehetzt hat. Das wissen wir nur zu gut!«

»Niemand hat unsere Verfolgung aufgenommen. Keine Sorge, Kol. Ich bin euer Anführer, und ich mache keine Fehler.«

Der Mann spuckte vor Ingunns Stute aus. »Du hast sie entführt, oder? Und du willst sie heiraten!«

Orms Augen verengten sich. Und zu Zarabeths Erstaunen lachte er höhnisch auf. »Hört mir zu, ihr Dummköpfe. Bein, ich sehe Zweifel in deiner häßlichen Visage. Ja, ich habe Haralds Tochter bei mir, denn wenn sie bei uns ist, wagt er nicht, uns anzugreifen. Habt ihr beide denn überhaupt keinen Verstand? Sie ist eine hervorragende Geisel!«

Ingunn schnappte hörbar nach Luft. »Nein. Du lügst! Ich bin zu dir gekommen, weil ich nicht glauben konnte, daß du diese Verbrechen begangen hast . . .«

»Tja, aber ich habe sie begangen, Ingunn.« Seine Stimme war sehr sanft, so sanft, daß sich Zarabeths Nackenhaare sträubten. Ingunn erbleichte, ihre Augen weiteten sich. Mitleid für Ingunn regte sich in Zarabeth, und ihre Angst vor Orm wurde noch größer.

Orm lachte wieder. »Ich bin doch kein Ungeheuer. Ich habe nichts verbrochen. Ich wollte dich nur auf die Probe stellen. Kol hörte von einem alten Mann, daß eine von Ingolfssons Töchter uns beschuldigte. Sie hat gelogen. Nun hört mal alle her: Diese schöne Frau, Ingunn, die Tochter von Harald, werde ich heiraten, denn ich liebe sie innig. Und wir alle werden dieses unwirtliche, kalte Land verlassen und nach Westen segeln. Wir werden uns in Danelagh niederlassen. Dort kaufen wir für das Gold und Silber, das wir mit unseren Handelsgeschäften verdient haben, Ländereien und Gerätschaften.«

Bein und Kol redeten leise miteinander. Zarabeth war verwirrt. Orm war glatt wie ein Fisch, seine Zunge war gespalten, und sie hatte Angst vor ihm. In Ingunns Wangen war die Farbe wiedergekehrt, und nun lächelte sie. Orm hatte sie erneut in seinen Bann gezogen.

Ich muß entkommen, dachte Zarabeth unentwegt, als die Nachmittagsstunden verstrichen. Ich muß entkommen. Orm tötet kaltblütig und leugnet seine Tat lachend, selbst wenn das Blut noch von seinen Händen tropft.

Auch an diesem Abend, als sie das Nachtlager aufschlugen, wurde Zarabeth wieder weggeschickt, um Brennholz zu sammeln. Kol war wie üblich ihr Aufpasser. Er wies brummend auf die Zweige und das Gestrüpp, das auf der Erde lag. Er hatte nicht die Absicht, ihr bei der Arbeit zu helfen, er bewachte sie nur.

Irgendwann sagte sie: »Laß mich einen Augenblick allein . . . ich muß mich erleichtern.«

Er sah sie ohne jede Regung in seinem häßlichen Gesicht an. »Ich schau dir zu«, sagte er und verschränkte die Arme über der Brust.

Innerhalb weniger Augenblicke verwarf sie mehrere Fluchtmöglichkeiten. Dann zuckte sie gleichmütig die Achseln. Im nächsten Augenblick blickte sie ihm über die Schulter und riß die Augen vor Schreck auf. Als er herumfuhr, raffte sie die Röcke, rannte so schnell sie konnte und duckte sich hinter den Stamm einer mächtigen Tanne. Sie hörte nicht das geringste Knacken im Unterholz, denn Kol bewegte sich lautlos wie ein wildes Tier. Entsetzen kroch in ihr hoch. Wo war er?

Plötzlich hörte sie sein Rufen: »Weib, bleib stehen! Komm sofort zurück, hörst du mich?« Sie hielt den Atem an, denn er war ganz nahe. »Orm wird sehr ungehalten mit dir sein. Er wird dich bestrafen! Und seine Bestrafungen sind nicht sehr angenehm. Diesmal wird er dir den Kiefer brechen. Komm heraus!«

Er war noch näher gekommen, bewegte sich lautlos. Sie schloß die Augen und preßte sich an die Baumrinde. Wieder hörte sie ihn: »Du entkommst mir nicht, Weib. Komm jetzt heraus, und ich werde dir nicht böse sein.«

Sie stand reglos wie eine Statue. Und plötzlich tauchte er vor ihr auf. Er sah sie und fuhr zurück, doch nicht rechtzeitig. Sie rammte ihm den schweren Stein mit aller Kraft in den Bauch. Er heulte auf, kippte vornüber. Im Fallen schlug Zarabeth ihm den Stein über den Schädel. Er ging lautlos zu Boden.

Sie war frei. Sie konnte ihr Glück nicht fassen, stand keuchend über Kol, den Brocken immer noch fest in beiden Händen haltend. Sie hatte sich fest vorgenommen, ihm den Stein über den Schädel zu schlagen, doch daß sie es wirklich getan hatte, und der Kerl nun leblos vor ihr lag, versetzte ihr zunächst einen lähmenden Schock. Dann kniete sie neben ihm, nahm ihm das Messer ab und rannte los. Die Bäume standen immer spärlicher, bald würde sie eine Lichtung erreichen, wo Orm und Bein sie sehen konnten. Doch die Bäume auf der anderen Seite der Waldwiese waren so nah. Sie konnte es schaffen, wenn sie nur schnell genug rannte.

Magnus stieg vom Pferd und streckte sich. Er tätschelte Thorgells Hals, dann bückte er sich zu Gunnar, der die Spuren untersuchte.

»Wir sind nah, Magnus.«

Magnus brummte.

»Auf zwei Pferden reiten zwei Leute. Ich vermute, daß auf jedem Pferd ein Mann und eine Frau sitzen.«

Magnus sah Orm mit Zarabeth vor sich auf dem Pferd reiten. Wer war die andere Frau? Ingunn?

»Das dritte Pferd wird von einer Frau geritten.«

Das mußte Ingunn sein. Wer war die dritte Frau?

»Dann haben wir es also mit drei Männern und drei Frauen zu tun.«

»Ja, so ist es.«

Magnus stand auf und blickte zum Horizont. »Er reitet zum Oslofjord. Vermutlich wartet dort ein Boot auf ihn. Und ich vermute, er ist gut gerüstet. Er plant, Norwegen zu verlassen.«

Ragnar trat neben die beiden. »Wie alt sind diese Spuren?«

Gunnar wandte den Kopf zur Seite.

Aber Magnus wußte Bescheid. »Sie erreichen den Fjord und das Boot, bevor wir sie einholen können.«

»Ist sie freiwillig mit ihm gegangen?« fragte Ragnar bissig.

Magnus wandte sich an ihn und sagte mit leiser Stimme: »Ich weiß, daß du sie nicht leiden kannst. Doch deine Abneigung ist grundlos, Ragnar. Sie hat dich überlistet, das war nicht recht, denn du hattest Mitleid mit ihr, und du hast ihr dein Vertrauen geschenkt. Aber überlege doch mal! Sie stand Todesängste um Lotti aus. Sie hatte nur einen Gedanken, wie sie ihre kleine Schwester retten konnte. Vergiß deinen Groll gegen sie, sonst muß ich mich von einem Mann trennen, der mir viele Jahre wie ein Bruder nahestand.«

Ragnars Gesicht war starr.

»Hättest du nicht ebenso gehandelt, wenn deine Schwester in Gefahr wäre? Du hättest ohne Zögern einen Menschen getötet. Stimmts? Sie wollte dich nicht umbringen, sie wollte nur fliehen.«

»Sie ist eine Frau.«

Magnus mußte lachen. »Ja, das ist sie. Und jetzt ist sie meine Frau. Schließe Frieden mit ihr.«

»Ich glaube nicht, daß wir sie rechtzeitig finden, damit ich Gelegenheit habe, mit ihr Frieden zu schließen, Magnus.« Damit legte er dem Freund beide Hände auf die Schultern. »Du hast selbst gesagt, Orm wird sein Boot erreichen, bevor wir ihn einholen.«

Magnus schüttelte ihn ab. »Wir reiten weiter.«

Er wußte, daß sie umkehren und die Reparaturarbeiten am Steuerruder der *Seewind* zu Ende bringen sollten. Doch irgend etwas zwang ihn, seine Fersen in Thorgells Flanken zu bohren. Erst wenn er den Fjord erreicht hatte, würde er sich geschlagen geben.

Die Pferde schaubten erschöpft, als Magnus schließlich Halt machen ließ. Sie waren sechs kraftstrotzende, kampferprobte Männer, schwer bewaffnet und zum Angriff bereit. Bei Thor, er mußte Orm ergreifen. Er mußte ihn töten. Es war ihm unwichtig, ob Ingolfsson ein Vorrecht auf seinen Kopf hatte. Orm hatte Zarabeth entführt.

Er hob den Blick zum Nachthimmel. Schwere, graue Wolken trieben an der Mondsichel vorbei. Es war still, sehr still, und seine Gedanken waren Schreie in seinem Kopf. Sein Sohn, Lotti und jetzt Zarabeth. Hatte er so furchtbar gesündigt? Gegen welche Götter hatte er sich vergangen? Nein, er würde niemals glauben, daß Zarabeth tot war. Er würde nicht glauben, daß Orm sein Boot erreichen und seiner Rache entfliehen würde.

Zarabeth drehte sich nicht um. Sie hatte nur die Bäume auf der anderen Seite der Lichtung im Blick. Sie rannte, bis das Seitenstechen in ihrer Brust so heftig war, daß sie die Arme um sich schlang. Aber sie blieb nicht stehen. Eine trockene Astgabel im Gras wurde ihr zum Verhängnis; sie stolperte und schlug der Länge nach hin. Das Gras war hoch und dämpfte ihren Sturz.

Sie lag auf dem Gesicht, reglos abwartend, bis ihr keuchender Atem sich beruhigte, und die Stiche in ihrer Brust nachließen. Dann hörte sie die galoppierenden Pferdehufe. Sie preßte ihr Gesicht ins Gras. Das Geräusch kam näher, wurde lauter, die Erde unter ihrem Gesicht erzitterte.

»Bei Thor, sie ist verletzt!«

Es war Orm. Sie schnellte hoch und versuchte wegzurennen, stolperte erneut und wäre gefallen, wenn Orm sich nicht aus dem Sattel gebeugt und sie hochgezogen hätte. Er hielt sie seitlich neben sich, bis er das hohe Gras hinter sich gelassen hat. Dann ließ er sie zur Erde gleiten. Er sah auf sie hinunter.

»Warum hast du versucht, vor mir wegzulaufen, Zarabeth? Ich habe dich gewarnt. Nun bleibt mir keine Wahl. Ich muß dich bestrafen.«

Sie hob den Kopf. Sein Gesicht war ebenso gelassen wie seine Stimme, doch seine Augen hatten sich verdunkelt. Sie funkelten im hellen Sonnenlicht, und es war eine Wildheit in seinem Blick, daß sie es vorzog, zu schweigen.

»Antworte mir, Zarabeth.«

»Ich möchte nach Hause. Ich möchte zu Magnus zurück.«

Er lachte. »Wenn wir York erreichen, werde ich dir wieder ein Sklavenband um deinen weißen Hals schmieden lassen. Komm her.«

Er setzte sie vor sich aufs Pferd und brachte sie zurück zum Lager. Seine Arme lagen leicht um ihre Mitte. Er sagte nichts. Sie wagte nicht, ihm ins Gesicht zu sehen. Sie fürchtete den Irrsinn in seinen Augen.

Ein kleines Lagerfeuer brannte. Der Geruch nach gebratenem Fasan hing würzig in der Luft. Kol hockte auf einem umgestürzten Baumstamm und hielt sich den Kopf. In seinem Blick las sie Mordlust. Wenn sich ihm die Chance böte, würde er sie töten. Ingunn war bleich vor Zorn. Die andere Frau war geschlagen worden, bemerkte Zarabeth. Sie saß zusammengekauert, ihre Augen vom Weinen gerötet. Sie hatte offenbar Schmerzen.

»Du hast sie gefunden«, sagte Ingunn tonlos.

»Ja, gewiß. Sie ist eine Frau, und sie war zu Fuß. Wie soll ich sie bestrafen, Ingunn? Eine Sklavin, die zu fliehen versuchte. Sie hat sich eines schweren Verbrechens schuldig gemacht.«

»Laß sie arbeiten, bis sie umfällt.«

»Das wäre nicht genug«, meinte Orm. »Sieh dir den armen Kol an. Sie hat ihn bewußtlos geschlagen. Sein Kopf wird ihm noch tagelang weh tun. Nein, ihre Strafe muß etwas sein, das sie so bald nicht vergißt.«

»Verprügle sie, mich kümmerts nicht.«

»Ihr Fleisch ist so weiß. Der Gedanke mißfällt mir, ihr Narben zuzufügen. Hast du sie geschlagen, Ingunn?«

»Ja, ich habe sie geschlagen.«

»Hat sie Narben davongetragen?«

»Ich weiß nicht. Magnus hat sie gepflegt.«

»Ich würde sie gern anders bestrafen.«

Ingunn machte eine Kopfbewegung zur anderen Frau hinüber. »So wie du sie bestraft hast?«

Zarabeth begriff in diesem Augenblick, daß die andere Sklavin, die ältere, magere Frau mit dem krummen Rücken und dem strähnigen Haar nicht geschlagen worden war. Orm hatte sie geschändet. Er hatte sie vergewaltigt.

»Nein, Ingunn. Ich möchte Zarabeth andere Dinge antun. Ich möchte nicht, daß sie weint wie die alte, ausgemergelte Hexe.«

Nun meldete Kol sich zu Wort. »Wir müssen aufbrechen, Orm. Jetzt ist keine Zeit, die Frau zu bestrafen. Magnus Haraldsson wird sich auf die Suche nach ihr begeben. Ich kenne seine Hartnäckigkeit.«

Bein fügte feixend hinzu: »Auch ich möchte sie strafen, Orm.«

»Laß sie in Ruhe, Orm! Wir müssen aufbrechen!« Ingunn war nervös auf die Beine gekommen.

Plötzlich fuhr Orm herum und schlug sie mit dem Handrücken. Sie stürzte zu Boden, ihr Gesicht verfehlte nur knapp die Glut des Lagerfeuers. Mit einem Aufschrei kroch sie rasch weg von der Hitze des Feuers.

Orm rieb sich nur die Hände. Dann lächelte er, und wieder war dieses Glitzern in seinen Augen, verdunkelte sie, doch seine Miene war gelassen und seine Stimme klang einschmeichelnd. »Sag mir nie wieder, was ich zu tun habe, Ingunn. Das nächste Mal werde ich nicht so freundlich mit dir umgehen. Nun habe ich Hunger. Gib mir zu essen, und gib auch unserer armen Sklavin zu essen. Nach all den Anstrengungen wird sie tüchtig Hunger haben.«

23

Zarabeth haßte das fahle Zwielicht. Es war beinahe Mitternacht, doch der gespenstische Schein ließ die Nacht nicht wirklich dunkel werden. Orm würde bald kommen und sie vergewaltigen. Er hatte sie stumm beobachtet, mit übereinander geschlagenen Beinen am Lagerfeuer sitzend. Und Ingunn hatte ihn nicht aus den Augen gelassen. Kol hatte sich vor kurzem übergeben, jetzt schlief er. Bein hatte die andere Frau hochgezerrt und unter die Bäume geschleift.

Als sie zurückkamen, hatte Bein sie wie einen Sack zu Boden fallen lassen und ihr eine Decke zugeworfen.

Zarabeth wußte nicht, ob die Frau Schmerzen hatte. Sie hatte noch kein Wort gesprochen, niemanden angesehen; sie hatte nur getan, was man ihr auftrug, mit gesenktem Kopf und gebeugten Schultern. Da sie keine Vorderzähne mehr hatte, war ihre Oberlippe eingefallen; dadurch wirkte sie älter, als sie vermutlich war. Zarabeth hatte keine Ahnung, wo sie gefangengenommen worden sein konnte. Ihr Gewand war zerfetzt, sie ging auf bloßen Füßen, ihr Haar hing ihr strähnig und glanzlos ins Gesicht. Zu ihrem Erstaunen war die Frau wenige Minuten später fest eingeschlafen und schnarchte laut. Zarabeth saß mit dem Rücken gegen einen Fichtenstamm gelehnt und wartete.

Orm hatte ihr nur wenig zu essen gegeben, um sie zu quälen. Ihr Magen knurrte und krampfte sich vor Hunger zusammen. Sie mußte sich erleichtern, und schließlich wandte sie sich in ihrer Not an Ingunn: »Ingunn, ich muß kurz im Wald verschwinden.«

Ingunn wandte den Kopf ab, und Orm antwortete für sie: »Ich begleite dich, Zarabeth.«

»Nein, laß nur! Ich geh schon!«

Orm feixte Ingunn an. »Sie könnte dich töten, dann hat sie es nur noch mit mir zu tun. Willst du das, Ingunn?«

»Ich möchte, daß wir aufbrechen. Ich möchte, daß wir nach Danelagh segeln, Sklaven und Land kaufen und ein Langhaus bauen, das größer ist als das Haus meines Vaters. Ich möchte, daß wir bald heiraten, Orm.«

»Das alles wünschst du dir? Ich war bereits in Danelagh und habe Land gekauft. Gutes Ackerland am Ufer des Flusses Thurlow.«

Ingunn war überrascht. »Du warst bereits in Danelagh?«

Bein mischte sich ein: »Ja, und wir haben Pelze, Häute und Elfenbein von Walroßzähnen verkauft. Und wir haben Sklaven gekauft und . . .«

»Genug, Bein. Ja, Ingunn, wenn wir nach Danelagh

kommen, kaufen wir noch mehr Sklaven. Wir haben bereits zwei, und es sind gute Sklaven.«

»Nimm die andere Frau mit, um die Lust der Männer zu befriedigen, aber laß Zarabeth hier. Laß sie laufen. Entweder sie überlebt oder sie stirbt. Mir ist es egal, was aus ihr wird. Laß uns aufbrechen, Orm. Ich möchte dieses Land und meinen Vater nie wieder sehen.«

»Aber du wolltest doch, daß ich dich räche. Du hast mich gebeten, diese Frau zu verkaufen, weil sie Magnus betrogen und dich verleumdet hat. Deine Weiberworte verwirren mich.«

Ingunn kam auf die Beine. »Ich geh jetzt mit ihr in den Wald. Auch ich muß meine Notdurft verrichten.«

Achselzuckend ließ er die beiden Frauen ziehen.

»Er wird mich vergewaltigen, Ingunn. Du weißt, daß er es tut. Willst du, daß das passiert?«

»Schweig. Ich höre nicht auf dich. Beeil dich, oder er kommt hinter uns her.«

»Du hast Angst vor ihm. Es stimmt etwas nicht mit ihm, Ingunn. Das siehst auch du.«

»Mach schnell!«

Doch er war ihnen nachgegangen und sah zu, wie die beiden Frauen ihre Gewänder glattstrichen.

»Es ist Zeit für Zarabeths Bestrafung. Möchtest du zusehen, Ingunn?«

»Wirst du sie schlagen?«

Er schüttelte den Kopf und lächelte, dieses seltsam sanfte Lächeln. Seine Augen funkelten im fahlen Licht der Mitternachtssonne.

»Was hast du mit ihr vor?«

»Kol wird sie besteigen. Ist das Strafe genug?«

»Kol ist krank von dem Schlag, den sie ihm versetzt hat.«

»Tja, dann Bein.«

»Er kann nicht. Er hat die andere Sklavin gehabt. Er ist alt und hat keine Kraft mehr in den Lenden.«

»Dann bin ich der einzige, der übrigbleibt. Sie muß bestraft werden. Geh zurück ins Lager, Ingunn. Ich bringe Zarabeth, wenn ich mit ihr fertig bin.«

Magnus wußte, daß sie nahe waren, aber nicht nahe genug. Orm und seine Männer würden bereits sein Boot besteigen. Vielleicht legten seine Männer sich eben in diesem Augenblick in die Ruder und stachen in See. Vielleicht segelten sie bereits in Richtung Süden nach Hedeby. Er schloß die Augen vor Schmerz über ihren Verlust. Es war zuviel. Unerträglich viel. Wohin würde Orm sie bringen? Magnus machte sich Vorwürfe, sie nicht ausreichend beschützt zu haben, wie er versprochen hatte.

»Bei Thor, ich glaube es nicht!« schrie Gunnar.

Magnus fuhr herum.

»Komm Magnus! Sieh dir das an! Sie sind nicht weit, nicht mehr als drei Stunden von hier. Sieh dir diese Spuren an! Ist der Mann ein Narr?«

»Ja«, stimmte Ragnar zu. »Ein vollkommener Narr. Hält er es nicht für möglich, daß ihm jemand folgt? Hält er dich für einen Feigling? Hat er den Verstand verloren?«

Magnus fühlte neue Zuversicht in sich aufsteigen.

Ragnar sagte mit ruhiger Stimme hinter ihm: »Ingunn ist bei ihm.«

»Ja, ich weiß. Unsere Pferde sind erschöpft. Wir gönnen ihnen eine Rast, aber nicht länger als eine Stunde.«

Sie waren alle erschöpft, die Muskeln verspannt und steif vom langen Ritt, doch keiner der Männer beklagte sich. Sie lagerten und aßen Trockenfleisch und getrocknete Brotfladen.

»Was wirst du mit Ingunn tun?« fragte Ragnar und kaute an dem zähen Fleisch.

»Ich werde sie meinem Vater übergeben. Er soll entscheiden, was mit ihr geschieht.«

Ragnar sah ihn an, und seine Stimme war fest und entschieden: »Ich nehme sie, Magnus, wenn dein Vater damit einverstanden ist. Wenn sie nicht pariert, bezieht sie von mir Prügel. Ich werde schon mit ihr fertig.«

Magnus lächelte seinen Freund an. »Ich glaube, du bist derjenige, der den Verstand verloren hat, Ragnar.«

Zarabeth stand Orm im Abstand von zwei Armlängen gegenüber. Ihr Gewand war zerknittert und schmutzig. Ihr Haar hing ihr verfilzt und strähnig über den Rücken. Sie fühlte sich völlig hilflos und hatte noch nie im Leben solche Angst gehabt. Ingunn entfernte sich mit gesenktem Kopf.

»Ingunn, nein! Geh nicht weg!«

Sie blieb stehen, drehte sich aber nicht um.

»Ich bin kein häßliches Ungeheuer, Zarabeth. Was hast du gegen mich?«

Sein Gesicht war fragend und ungläubig. Beinahe hätte sie gelacht. Seine Augen glänzten warm, seine Stimme klang sanft. Keinerlei Anzeichen von Irrsinn. Und dennoch jagte er ihr Entsetzen ein. Er öffnete den breiten Ledergürtel und ließ sie nicht aus den Augen.

»Wenn du mich vergewaltigst, bringe ich dich um.«

Er lächelte. »Du bist eine Frau, und du redest dummes Zeug. Es gefällt mir nicht, daß du mir drohst, Zarabeth. Wenn du nicht meinen Gürtel auf deinem Rücken spüren möchtest, hüte deine Zunge.« Er hielt den breiten Gürtel mit dem Schwert in der Scheide hoch.

Ihre Augen hielten seinem bohrenden Blick stand, und sie wiederholte: »Wenn du mich vergewaltigst, bringe ich dich um. Du wirst mich töten müssen, um vor mir sicher zu sein. Das schwöre ich bei meinem christlichen Gott und bei deinen Wikingergöttern.«

Er war bei ihr, bevor sie eine Bewegung machen konnte. Er schlug hart zu. Sie taumelte rückwärts gegen einen Baum und sackte auf die Knie. Er stand über ihr, blickte auf sie herunter, rieb sich die Hände.

Sie wischte sich das Haar aus dem Gesicht. Ihr Atem ging pfeifend, ihre Wange brannte wie Feuer. Sie sollte ihn einfach gewähren lassen. Sie sollte sich nicht gegen ihn wehren. Sie sollte es über sich ergehen lassen.

Doch etwas in ihr rebellierte. Sie haßte es, sich zu unterwerfen. Sie haßte den Gedanken, ihn erdulden zu müssen, seine Grausamkeiten stumm über sich ergehen zu lassen.

Mit fester Stimme sagte sie: »Wenn ich dich nicht töte, dann wird Magnus dich töten.«

Er hob erneut die Hand, ballte sie zur Faust und ließ sie sehr langsam sinken.

»Ich bin ebenso stark wie Magnus, aber ich bin weitaus mutiger, wie du selbst weißt. Als Jungen waren wir beide die Besten im Ringkampf und Gewichtheben. Doch er ging einen anderen Weg, er tat das, was sein Vater von ihm verlangte, er heiratete diese verrückte Gans, die seine Familie für ihn erwählt hatte, übernahm den Hof seines Großvaters und wurde ein biederer Bauer und Kaufmann, aber ich . . . Ich wollte . . .« Er runzelte die Stirn, als lausche er seinen Worten nach. Er schwieg lange, dann hob er die Schultern. »Ich habe mehr Frauen gehabt als Magnus. Ich bereite dir größere Lust als er. Du kommst aus Danelagh. Ich werde dich dorthin zurückbringen, in deine Heimat, und du wirst ein gutes Leben bei mir haben, ich erfülle dir jeden Wunsch. Du hast keinen Grund, mich zurückzuweisen.«

»O doch. Ich habe jeden Grund dazu. Magnus ist mein Ehemann. Er ist gut zu mir, er ist mir treu, und er liebt mich.«

»Ja, er hat dich verdient, du dumme Gans. Du sprichst von ihm, als wäre er dein Vater. Mit solchen Worten soll eine Frau nicht über den Mann sprechen, der ihr Lust verschafft. Gut? Er ist schwach und nimmt sich nicht, was er will. Treu? Ja, Magnus ist treu, seine Brüder würden ihn vernichten, wenn er nicht treu wäre. Er ist ein Teil von ihnen, kein eigenständiger Mann.«

Er sah, daß seine Worte keine Wirkung zeigten. Das ärgerte ihn, doch er fügte lächelnd hinzu: »Wie ich genießt Magnus gern mehrere Frauen. Er wird nicht zögern, eine andere vor deiner Nase zu besteigen, ob du seine Frau bist oder nicht. Hat er nicht Cyra bestiegen und dich gezwungen, zuzusehen? Hat er dich nicht in ihrer Gegenwart verhöhnt?«

»Du hast doch gesagt, du kennst mehr Frauen als Magnus.«

Sein Mund wurde schmal. »Natürlich. Magnus nimmt jeden Weiberrock auf seinem Hof. Aber er geht kein Risiko für eine Frau ein, wie ich es tue.«

Sie flüsterte: »Und Ingunn . . . hast du nicht vor, sie zu heiraten? Hast du nicht vor, mich als deine Sklavin zu halten?«

Lachend kratzte er sich seine rotblonden Bartstoppeln. Sein Gesichtsausdruck wurde heimtückisch. »Wenn du freiwillig mit mir kommst, könnte ich Ingunn zu deiner Sklavin machen.« Er beugte sich vor und vergrub seine Finger in ihrem Haar. »Ich möchte einen Sohn von dir mit dieser Haarfarbe. Aus ihm werde ich einen starken und mächtigen Mann machen, einen Mann, der über Norwegen herrscht, über England, einen Mann, gegen den die Söhne von König Alfred sich wie schwächliche Milchbübchen ausnehmen.«

»Ich würde jedes Kind von dir erdrosseln.«

Sie hatte ihn zu sehr gereizt. Seine Augen funkelten wild. Er packte ihre Arme und zog sie hoch. Diesmal schlug er nicht zu, riß ihr stattdessen das Kleid bis zur Mitte auf. Dann riß er auch ihr Unterkleid auf und entblößte ihre Brüste.

Sein Gürtel lag auf der Erde, an dem das Schwert in der Scheide hing. Noch wehrte sie sich nicht gegen ihn, da sie wußte, er würde sie wieder schlagen, diesmal vermutlich so hart, daß sie das Bewußtsein verlieren würde. Sie mußte ihre Chance abwarten. Sie versteifte sich in seinen Armen, mehr nicht. Sein Atem ging keuchend und stoßweise.

In wenigen Augenblicken lagen ihre Kleider in Fetzen um ihre nackten Füße.

»Bei Thor, du bist schöner, als ich erwartet habe.« Seine

groben Hände packten ihre Brüste, sein Mund schloß sich über ihren.

Seine Hände versuchten, ihre Beine zu spreizen. Dann zerrte er sich grunzend die Tunika vom Leib. Mit nacktem Oberkörper zog er sie an sich, rieb seine Brust an ihren weichen Brüsten und stöhnte dabei. Einen Augenblick ließ er sie los, um die Hosen abzustreifen und die Bänder von seinen weichen Lederstiefeln zu lösen.

Zarabeth warf sich auf das Schwert. Sie hatte es bereits in der Hand, versuchte es aus der Scheide zu reißen, als er über ihr war. Seine Hände in ihrem Haar verkrallt, zog er ihren Kopf unerbittlich nach hinten, und sie schrie vor Schmerz und Wut über ihre Hilflosigkeit auf.

Er riß ihr das Schwert aus der Hand und warf es von sich. Er war jetzt nackt und drängte sich zwischen ihre Beine. Er lächelte auf sie herab und in seinen Augen funkelte der Triumph.

Er kam hoch, um sich in Position zu bringen. Sie schnellte hoch, ihre Fäuste trommelten in sein Gesicht. Ihre Fingernägel gruben sich in seine Wangen. Sie spürte, wie sie ihm die Haut aufkratzte, fühlte Blut zwischen den Fingern. Er brüllte vor Wut und Schmerz auf. Seine Hände umklammerten ihre Kehle, und seine Finger drückten zu. In ihrer Brust entstand ein Brennen, das immer stärker wurde. Sie wußte, das war das Ende. Ihre Todesstunde war gekommen. Er stieß wilde Flüche aus. Der Irrsinn hatte nun völlig von ihm Besitz ergriffen.

Plötzlich lösten seine Finger sich von ihrer Kehle, und ihre Lungen füllten sich wieder mit Luft. Hustend und röchelnd schnappte sie nach Luft.

»Schnell, Zarabeth!«

Es war Ingunn. Sie stand über dem bewußtlosen Orm, sein Schwert in der Hand haltend. Sie hatte ihm den Schwertgriff von hinten wuchtig über den Schädel gezogen.

»Ist er tot?« Zarabeths Stimme war ein heiseres Krächzen. Ihr Hals schmerzte beim Sprechen.

»Nein. Wir müssen uns beeilen.«

Zarabeth wälzte den reglosen Körper von sich und sprang auf die Beine. »Ich bin nackt«, sagte sie und blickte ratlos an sich herab.

»Hier!«

Zarabeth fing Orms Tunika auf, die Ingunn ihr zuwarf, und zog sie über den Kopf. Sie reichte ihr bis zum Knie und roch nach ihm.

»Pferde, Ingunn. Wir müssen die Pferde holen, sonst haben wir keine Chance!«

»Nein, Kol und Bein sind wach, und die Pferde stehen zu nah. Wir müssen zu Fuß los. So können wir uns besser verstecken. Beeil dich, sonst wacht er auf, und wir sind verloren!«

Zarabeth hätte ihn am liebsten getötet. Sie stand unschlüssig über ihm, dann bückte sie sich rasch und fesselte mit den Lederriemen seiner Stiefel die Hände auf dem Rükken. Dann verschnürte sie ihm auch noch die Knöchel.

»Beeil dich!«

Sie blieb noch einen Augenblick stehen. »Er ist wahnsinnig, Ingunn.«

»Es kümmert mich nicht, komm jetzt! Er wird mich und dich töten, wenn er uns erwischt.«

Ingunn nahm den Ledergürtel, schob das Schwert in die Scheide und starrte die Waffe an wie eine Giftschlange. Zarabeth nahm ihr den Gürtel aus der Hand, schlang ihn um ihre Mitte und band ihn fest. Er hing ihr schräg an den Hüften.

Sie rannte barfuß neben Ingunn her. Erst tief im Wald hielten sie inne, beide hielten sich die stechenden Seiten.

»Warte«, keuchte Zarabeth. »Warte einen Moment, Ingunn.«

Zarabeth lehnte an einem Baum, ihre Lungen stachen, ihr Atem ging pfeifend, und sie fühlte sich schwindelig. Ihr Magen krampfte sich vor Hunger zusammen. Ingunn war auf die Knie gesunken und hielt den Kopf gesenkt.

»Warum hast du mich gerettet?«

Ingunn zog röchelnd Luft in die Lungen.

Zarabeth wartete. Auch sie keuchte erschöpft.

»Warum, Ingunn?«

»Ich habe erkannt, daß er sich geändert hat. Ich habe meinem Vater nicht geglaubt, als er mir sagte, was Orm verbrochen hatte. Ich glaubte, ich *kenne* ihn. Und ich habe ihn geliebt.« Sie schüttelte ungläubig den Kopf. »Wenn ich mit ihm zusammen war, glaubte ich ihm wieder, selbst als ich schon eine Ahnung hatte, daß etwas an ihm anders war. Ich weiß nicht, was es war. Aber er konnte so ... sanft und heiter sein, zumindest im Umgang mit Frauen. Er hat sich geändert, Zarabeth.« Sie kam auf die Füße und blickte den Weg zurück, den sie gekommen war.

»Er wird jeden Moment hinter uns her sein. Um mich zu töten. Und dich auch, nachdem er dich geschändet hat. Lauf, wenn dir dein Leben lieb ist.«

Zarabeth taumelte vorwärts. Es war dunkel geworden, und sie rannten über einen schmalen Streifen Moorland, an das sich wieder ein Föhrenwald anschloß, der sich bis zum Viksfjord hinzog.

»Schneller«, rief Ingunn ihr von hinten zu. »Er wird uns einholen, bei allen Göttern, ich weiß es.«

»Nein, wir werden ihn besiegen.« Im Rennen betete sie zu ihrem christlichen Gott und zu jedem einzelnen Wikingergott. Das Stechen in ihrer Seite war unerträglich geworden, sie rannte halb gebückt, hielt sich die Rippen, ihre Kehle brannte, ihr Atem ging stoßweise, röchelnd.

Sie stolperten auf dem unwegsamen Gelände, stürzten mehrmals, halfen sich gegenseitig hoch und rannten taumelnd weiter.

Dann hörten sie Pferdehufe, und beide warfen sich flach in den Schlamm des Hochmoors. Zarabeths Hände krallten sich in den Morast. Ihr Gesicht drückte sie in die nasse Erde. Schon einmal war sie so gelegen und hatte hilflos abgewartet. Und Orm war gekommen, um sie zurückzubringen, und er würde wieder kommen. Das Schwert wog schwer an ihrer Seite. Diesmal war sie nicht hilflos.

Die Pferde kamen näher. Hier im Morast wuchs kein hohes Gras, um sich zu verbergen. Orm mußte sie jeden Augenblick sehen.

»Diesmal warte ich nicht auf ihn, verflucht noch mal!« Sie sprang auf die Füße, riß das Schwert aus der Scheide und versuchte, auf dem schwammigen Boden das Gleichgewicht zu halten.

»Zarabeth! Du Närrin! Leg dich hin!«

»Nein! Er wird mich nicht zurückholen. Diesmal nicht! Diesmal kämpfe ich gegen ihn.«

Magnus hielt Thorgell in einer gemäßigten Gangart. Er wollte nicht, daß sein wertvoller Hengst sich die Knochen brach. Der Mond stand hell am Himmel. Vor ihm dehnte sich eine langgezogene Moorwiese. Sie waren ganz dicht, er spürte es beinahe körperlich. Plötzlich erhob sich vor ihm eine Spukgestalt. Grauen schnürte ihm die Kehle zu. Das Gespenst schwang im Taumel des Wahnsinns ein Schwert über dem Kopf. Es war eine Frauengestalt — ein Dämon oder ein Wesen aus Fleisch und Blut?

Der Hengst zeigte keinerlei Anzeichen von Furcht. Gunnar, der hinter ihm ritt, fluchte leise, Ragnar schnappte hörbar nach Luft. Die andern Männer raunten sich erschrocken Wortfetzen zu.

»Was ist das?«

Dann erkannte er sein Weib, ihr wallendes Haar, das sie wie ein Glorienschein umgab. Sie trug ein Männerwams und einen breiten Gürtel um die Hüften.

Sie war im Kampfposition, hielt das Schwert über dem Kopf, stand mit breiten Beinen und angespanntem Körper da.

Zarabeth senkte das Schwert nach vorn und hielt es mit beiden Händen vor sich. Sie wartete, ihr Herzschlag hämmerte. Die Angst war von ihr abgefallen. Das war nicht Orm. Das war Magnus. Ein Schluchzen entrang sich ihrer Brust. Sie warf das Schwert weg und rannte auf ihn zu, ihre nackten Füße glitten im glitschigen Sumpf aus. Doch sie hatte all ihren Schmerz vergessen.

»Bei allen Göttern!« brüllte Ragnar und bohrte seinem Pferd die Fersen in die Seiten. »Ich bringe das Ungeheuer um!«

»Nein, Ragnar! Es ist mein Weib!« Magnus brachte Thorgell in Galopp. Er ritt dicht an sie heran, beugte sich weit aus dem Sattel und schwang sie mit einem Arm hoch. Sein Lachen klang tief und frei aus seiner Brust, er hielt sie eng an sich gedrückt, und sie schlang ihre Arme um seinen Hals.

Er brachte Thorgell zum Stehen. Er musterte seine Frau, die ihn schmutzig und verschwitzt anlächelte, ihre Augen strahlten vor Glück. »Hättest du mit dem Schwert gegen mich gekämpft? Mitten auf der Sumpfwiese?«

»Ja. Ich bin sehr wütend.«

»Ich verstehe.« Damit küßte er sie. »Du bist auch sehr schmutzig.«

»Magnus«, hauchte sie in seinen Mund und ihre Arme schlangen sich enger um seinen Hals. Leise brummend zog er sie quer über seine Schenkel. Thorgell tänzelte nervös seitwärts. Ihm behagte weder das zusätzliche Gewicht noch der Geruch des Moores.

»Ingunn versteckt sich gleich hier in der Nähe.«

Magnus rief den Namen seiner Schwester. Sie erhob sich und stand schweigend im Mondlicht.

»Ragnar, nimm sie auf dein Pferd.«

»Wir müssen uns beeilen«, sagte Zarabeth, plötzlich von Panik ergriffen. »Orm hat sicher das Bewußtsein wieder erlangt und verfolgt uns.«

»Sehr gut.«

Seine Stimme klang zufrieden und erwartungsfroh. Er war ein Krieger und hungerte danach, seinem Feind gegenüberzustehen.

Sie meinte gelassen wie ein alter Kämpfer: »Ihr seid sechs. Die anderen sind nur zu dritt. Sie haben noch eine Frau bei sich, eine Sklavin.«

Magnus wollte sich sogleich auf die Suche nach Orm machen. Er wollte ihn eigenhändig und sehr langsam töten.

Sie lächelte ihn an, ihre Fingerspitzen berührten seinen Mund. »Danke, daß du gekommen bist. Ich möchte, daß du ihn gefangennimmst, Magnus. Er ist wie ein gefährliches Tier. Seinem Treiben muß Einhalt geboten werden.«

»Ich mache mir Sorgen um dich.«

»Ich habe sein Schwert. Ich bin eine gefährliche Frau. Laß uns aufbrechen.«

Er küßte sie erneut, drückte sie an sich, bis sie aufstöhnte und brachte Thorgell mit einem Schnalzlaut in Bewegung. Seine Männer folgten ihm.

Sie ritten über das Hochmoor und bahnten sich langsam einen Weg durch den dichten Föhrenwald.

»So nah«, flüsterte Magnus an ihrer Schläfe. »Ich fürchtete, er hätte schon mit dir das Land verlassen. Er hat ein Boot in der Nähe liegen, stimmt's?«

»Ja. Ich weiß nicht, wieso er getrödelt hat. Er ritt zunächst landeinwärts, dann in nördlicher Richtung zum Viksfjord. Vielleicht wollte er, daß du ihn findest. Vielleicht wollte er dir gegenüberstehen und gegen dich kämpfen.«

»Hat er dich verletzt?«

»Er hat mich nicht geschändet. Er war dabei, es zu tun, aber Ingunn schlug ihn nieder. Ich habe ihn mit den Riemen seiner Stiefel gefesselt, und dann sind wir um unser Leben gelaufen.«

Er schlang seinen Arm um sie. »Das habt ihr beiden Frauen gut gemacht.«

Sie ritten hintereinander, als sie sich dem Lager näherten. Dann ließ Magnus anhalten und absitzen. Er befahl Zarabeth, bei den Pferden zu bleiben. Sie beobachtete ihn, wie er lautlos an den Rand des Waldes schlich.

Übelkeit drehte ihr den Magen um. Ingunn trat an sie heran.

Dann ein Schrei. »Er ist weg! Der Schweinehund ist fort! Der gemeine Feigling.«

Die Frauen sahen einander an, dann rannten sie los.

Gunnar lag auf den Knien und untersuchte die Feuerstelle und den Boden im Umkreis. »Ich glaube nicht, daß er überhaupt versucht hat, die Herrin zu verfolgen, Magnus. Er muß von dort zurückgekommen sein — schau, seine Fußabdrücke zeigen, daß er etwas wackelig auf den Beinen war. Ich glaube, eine Verfolgung war ihm zu gefährlich, und er machte sich lieber aus dem Staub.«

Alle waren weg, bis auf die Frau. Sie lag nackt und tot neben einem Baum. Erdrosselt.

Kurz darauf entdeckte Ragnar einige Strichzeichnungen im Sand nahe der Feuerstelle. Sie stellten einen kleinen Menschen dar mit einem Strick um den Hals, der von einem größeren Mann geführt wurde. Der Mund des Mannes lächelte. In seiner freien Hand hielt er ein Kästchen.

»Das ist Egill«, flüsterte Magnus heiser. »Das ist mein Sohn. Er hat Egill in seiner Gewalt.«

»Dein Traum«, sagte Zarabeth ehrfürchtig.

»Ja, er ist ein Sklave, aber er ist am Leben. Bei Thor, wo kann Orm ihn hingeschafft haben?«

Ingunn trat hinzu und ging in die Hocke, um die Zeichnungen zu studieren. »Er hat mir kein Wort davon gesagt, daß er Egill gefangengenommen hat, kein einziges Wort.« Ihre Stimme klang aufrichtig entsetzt.

»Aber wir wissen, wo wir Egill finden«, sagte Zarabeth mit einem Lächeln. »Er ist in Danelagh.«

24

Es war kurz nach Tagesanbruch, der Himmel blaßrosa, von grauen Streifen durchzogen, die Luft kühl und frisch. Nichts regte sich. Die Tiere des Waldes schliefen noch.

Zarabeth lag an Magnus geschmiegt, den Kopf an seine Schulter gebettet, horchte auf seine regelmäßigen Atemzüge. Ihre Hand lag flach auf seiner Brust an seinem Herzen. In kaum zwei Tagen würden sie wieder in Malek sein, in ihrer neuen Heimat.

Sie schmiegte sich enger an ihn. Er hatte nach ihr gesucht. Er hatte keine Zeit verloren, keinen Gedanken daran verschwendet, daß sie von Malek geflohen sein könnte oder sich von einem Felsen ins Meer gestürzt hatte. Sie stützte sich auf den Ellbogen und sah ihm ins Gesicht. Ein leises Lächeln umspielte seine Lippen. Sie beugte sich über ihn und küßte ihn leicht auf den Mund. Küßte ihn noch einmal und noch einmal.

Langsam öffnete er die Augen, obwohl er bei ihrer ersten Berührung schon wach geworden war.

»Es ist früh, Zarabeth. Ich will noch ruhen. Die Suche nach dir bis ans Ende der Welt war anstrengend. Aber ich gestatte dir, mich noch einmal zu küssen.«

Das ließ sie sich nicht zweimal sagen, und zwischen zarten Küssen hauchte sie: »Du hast dich auf die Suche nach mir gemacht.«

Er versteifte sich, und sie hörte auf, ihn zu küssen und sah ihn an. Ernsthaft sagte er: »Hast du einen Moment daran gezweifelt, daß ich nach dir suche?«

»Nein, nicht einen Moment. Ich denke, auch Ingunn hat nicht daran gezweifelt. Sie versuchte ständig, Orm zur Eile anzutreiben, doch der ließ sich nicht beirren. Ich glaube, er ist wahnsinnig.«

»Ja, mag sein. Aber als wir Kinder waren . . .« Seine Stimme stockte. Und dann unvermittelt: »Dein Magen macht einen solchen Lärm, daß ich nicht mehr einschlafen kann.«

»Seit Orm mich entführt hat, bin ich hungrig.«

Er zog die Stirn in Falten. »Warum hast du nichts gesagt?«

»Ich habe nicht daran gedacht. Nein, Magnus, bleib liegen. Ich verhungere nicht bis Sonnenaufgang, das verspreche ich.« Seufzend fügte sie hinzu: »Es ist ein wunderbares Gefühl, wieder sauber zu sein, obwohl das kalte Wasser mir beinahe die Nase abgefroren hat.« Sie küßte ihn wieder und dachte an ihr gemeinsames Bad im Viksfjord am Abend zuvor.

»Wenn ich dich nach Malek gebracht und Ingunn bei meinem Vater abgeliefert habe, werde ich mit meinen Männern nach Danelagh segeln.«

Sie schwieg. Immer noch auf den Ellbogen gestützt, küßte sie ihn noch einmal. Er kam hoch, um ihren Kuß zu erwidern, doch sie drückte ihn nach unten. »Ich versuche nachzudenken«, sagte sie. »Du darfst mich nicht ablenken.«

»Das hört man gern.«

Sie machte ein besorgtes Gesicht, und er wurde ungeduldig. Sie war auf ihn zugelaufen, hatte sich in seine Arme geworfen und ihn strahlend angelächelt. Doch nun verschloß sie sich wieder hinter ihrer Mauer, die er einreißen wollte; das hatte er sich geschworen. Doch er schwieg. Sie hatte mit ihm gebadet, war gelöst und glücklich, doch sie war eingeschlafen, bevor er ihr zeigen konnte, wie sehr er sie vermißt hatte. Und nun hatte sie ihn geküßt, unaufgefordert, immer wieder, und sie schmiegte sich an ihn. Er sah ihren Blick zu Ingunn, die schlafend in eine Decke gewickelt unter einem Baum lag.

»Ingunn hat mich gerettet, das hat sie wirklich getan.«

»Ich möchte nicht, daß du von meiner Schwester sprichst. Hast du noch Halsschmerzen?«

»Rede ich immer noch wie ein heiserer Frosch?«

»Du klingst wie ein verrostetes Eisenscharnier.«

»Magnus, war deine erste Frau verrückt?«

»Dalla? Verrückt?« Er sah sie mit hochgezogenen Augenbrauen an.

»Haben deine Eltern deine Ehe mit ihr geplant? War sie verrückt?«

Er schüttelte den Kopf. »Hat Orm dir das eingeredet?«

»Ja.«

»Die Wahrheit ist, daß Orm sie selbst haben wollte, aber ihre Eltern hielten mich für die bessere Wahl.«

»War sie verrückt?«

Lachend zog er sie an sich. »Ja, sie war verrückt, und sie lachte oft und gern wie ein Kind, und sie liebte es, im

Mondschein zu tanzen, sogar im Winter, wenn der Schnee knietief lag.«

Sie schwieg, versuchte, sich ein solches Geschöpf vorzustellen. Dann sagte sie seufzend: »Ich erinnere mich nicht, wann ich das letzte Mal herzhaft gelacht habe.«

Er erinnerte sich auch nicht.

»Ich habe noch nie im Schnee getanzt.«

»Vielleicht kannst du auch mal verrückt sein und lachen und mich mit dem Finger in die Rippen stoßen.«

»Ja, vielleicht.«

»Entweder du gibst mir noch einen Kuß, oder du läßt mich schlafen, Zarabeth.«

»Wenn ich dich küsse, wirst du mir Gewalt antun?«

Wieder erfaßte ihn Unmut. »Du hast mich so oft geküßt, daß ich es nicht mehr zählen kann. Aber das waren keine wirklichen Küsse. Küß mich richtig, und du wirst es sehen.«

Sie beugte sich über ihn und drückte ihren Mund leicht auf seinen. Ihre Lippen waren trocken und fest. Er lag ganz still, ohne ihren Kuß zu erwidern, ließ sie gewähren. Ihre Zunge spielte an seinen Lippen, zog sich zurück, züngelte wieder nach vorne. Sein Geschlecht schwoll pochend an, aber er lag ganz still. Wann würde sie begreifen, daß sie ihm gehörte? Wann würde sie aufhören, sich gegen ihn zur Wehr zu setzen?

Sie hob den Kopf und blickte ihn nachdenklich an. Dann sagte sie langsam: »Ich hatte vergessen, wie gut du schmeckst.« Er fürchtete, bei ihren Worten seinen Samen zu ergießen, so sehr erregte sie ihn. Sie küßte ihn wieder, dann schmiegte sie sich an ihn und bettete ihre Wange an seine Schulter.

»Wenn du mich das nächste Mal küßt, Zarabeth, werde ich dich wieder küssen und dich liebkosen und in dich eindringen.«

Er spürte ihr Zittern. »Vielleicht wirst du in Zukunft ein bißchen verrückt sein und lachen, wenn wir uns lieben. Es muß nicht immer eine so ernste Angelegenheit sein.«

Doch diese Vorstellung war ihr fremd. Es war doch eigentlich eine sehr ernste Angelegenheit.

Die Männer drehten sich unter ihren Decken um und wurden gähnend wach. Magnus drückte sie noch einmal an sich, bevor er sich aufsetzte. Dann stand er nackt vor ihr, reckte und streckte seinen schlanken, muskulösen Körper im sanften Morgenlicht. Er schaute auf sie hinunter und freute sich über ihr freimütiges Interesse an ihm. Sie sah ihn ohne Scham an. »Ich bring dir eine Tunika von mir, die du anziehen kannst.«

Er lächelte, als sie Orms breiten Ledergürtel um die Mitte band, aber er schwieg. Vermutlich fühlte sie sich mit dem Schwert an der Seite besonders stark, das bei jedem Schritt klirrend gegen ihre wohlgeformten Schenkel schlug. Sie versuchte, ihr Haar mit den Fingern zu entwirren. Er hätte ihr gern gesagt, daß sie aussah wie eine herrliche Kriegsgöttin, behielt es aber für sich. Bevor sie aufbrachen, schlug Zarabeth sich den Bauch tüchtig mit Grütze voll.

Der Tag war heiß, der Himmel wolkenlos. Sie ritten nahe am Wasser, den Wald zur Linken, das Meer zur Rechten. Dies war der schnellere Weg nach Malek. Magnus hatte Zarabeth vor sich im Sattel sitzen. Sie lehnte den Kopf an seine Schulter und döste. Sie fühlte sich geborgen, Frieden war eingekehrt. Ein neues Gefühl, das sie nicht mehr missen wollte. Bald war sie tief eingeschlafen.

Ragnar brachte seinen Hengst neben Thorgell. Magnus bemerkte die finsteren Blicke seiner Schwester. Sie sagte: »Ich möchte wissen, was du unserem Vater erzählst.«

»Mutter war bereits in Malek, um sich zu erkundigen, ob jemand von uns dich gesehen hat. Nun wissen alle, daß du vom Hof unseres Vaters weggelaufen bist, um mit ihm zu gehen, Ingunn. Was soll ich ihm sagen? Alle wissen, daß du ihm deine Ehre verpfändet hast.«

»Ich habe deiner Frau das Leben gerettet.«

»Das ist richtig. Aber nicht, weil dir etwas an ihrem Wohlergehen liegt; tu also nicht so. Du konntest den Gedanken nicht ertragen, daß Orm sich eine andere Frau nimmt. Du hast befürchtet, er will sie und nicht dich. Hab ich recht?«

Ingunn schwieg, doch Ragnar warf ein: »Du sprichst hart, Magnus.«

»Und du sprichst wie ein Blinder. Sieh sie dir gut an, sprich lange mit ihr, und höre die Gefühle hinter ihren Worten, bevor du sie wirklich nimmst.«

Ingunns Augen weiteten sich. »Was soll das heißen? Mich nehmen? Was willst du damit sagen, Magnus?«

Magnus hielt den Blick zwischen Thorgells Ohren geradeaus gerichtet. »Ragnar will dich zur Frau nehmen.«

Ingunn blieb die Luft weg. »Ich will ihn nicht! Er ist ein Rüpel und ein Bauer. Er betatscht jede Frau, die in seine Nähe kommt. Ein Floh ist treuer als er.«

Magnus Zorn war nun voll entfacht, und Ingunn zuckte unter seinen funkelnden Augen und seinen harten Worten zusammen: »Du wagst es, einem anderen Menschen Treulosigkeit vorzuhalten? Du, die sich an Orm weggeworfen hat. Du wagst es, Ragnar anzugreifen? Er ist ein Mann, keine Jungfrau, deren wertvollstes Gut ihre Unberührtheit ist.«

»Ist deine liebreizende Zarabeth etwa zu dir als Jungfrau gekommen? Sie war mit einem alten Mann verheiratet und . . .«

»Hüte deine Zunge, Ingunn! Oder ich erteile Ragnar die Erlaubnis, dir den Hintern zu versohlen. Wir sprechen von dir, und warum nennst du Ragnar einen Rüpel und einen Bauernlümmel? Warum?«

Ingunn wußte, daß Magnus schnell in Zorn geriet, sich aber auch ebenso schnell wieder beruhigte. Schließlich war er ihr Bruder. »Er ist gemein zu mir«, lamentierte sie. »Er behandelt mich grob und lacht mich ständig aus.«

»Du klingst wie ein verzogenes, kleines Mädchen. Du verdienst es, schlecht behandelt zu werden.«

»Er hört nicht auf mich. Es ist ihm egal, welche Qualen ich ausgestanden habe.«

»Er ist ein weiser Mann. Du hast dir all dein Leiden selber zuzuschreiben. Du drehst einem das Wort im Mund herum, und du schiebst immer anderen die Schuld zu.«

»Ragnar liegt gar nichts an mir. Er möchte nur in unserer Familie aufgenommen werden. Er ist eitel und ehrgeizig.«

»Ich verstehe nicht, was er an dir finden kann, aber ich zweifle nicht an seinen Worten. Ich glaube, er hat keine gute Menschenkenntnis. Aber seine Geduld wird auf die Probe gestellt, wenn er dich nimmt, nicht meine — Odin sei Dank. Und was unsere Familie betrifft: Ich sehe nichts Verwerfliches darin, wenn jemand mit uns verwandt sein möchte.«

»Ich will ihn nicht haben! Vater kann mich nicht zwingen, ihn zu nehmen. Das darf er nicht tun.«

»Diesmal wirst du tun, was man von dir verlangt, denn du hast unserer Familie große Schmach zugefügt. Ich werde unserem Vater zureden, daß er dich Ragnar überläßt. Ich habe dir keine Zucht und Ordnung beigebracht, Narr, der ich war. Doch Ragnar wird dich Gehorsam lehren. Er wird dich so lange züchtigen, bis du dein loses Mundwerk zu zügeln weißt.«

Ragnar fing plötzlich an zu lachen. Und Bruder und Schwester sahen ihn beide mit dem gleichen verblüfften Ausdruck an, so daß er noch mehr lachen mußte. Zarabeth wurde unruhig und wachte auf.

»Was ist los, Magnus?«

Ihre heisere Stimme machte ihm Sorgen. Er küßte sie aufs Ohr. »Ragnar meint, er kann Ingunn so lange verprügeln, bis sie sich unsterblich in ihn verliebt.«

»Das kann ich mir wahrhaftig nicht vorstellen, Magnus.«

»Ich will ihn nicht haben!« zeterte Ingunn.

Ragnar hörte auf zu lachen. Er ließ die Zügel los, packte Ingunn um die Mitte und drehte sie zu sich um. »Hör mir gut zu, dummes Frauenzimmer. Sag, wer will dich noch haben, abgesehen von mir?«

Ingunn schlug hart zu, und er war nicht darauf gefaßt.

Beide stürzten fast vom Pferd. Nur mühsam erlangte er das Gleichgewicht wieder. Er starrte sie schweigend an. Dann lächelte Ragnar. Und mit einem flinken Griff hatte er sie aus dem Sattel gehoben und sich über die Schenkel gelegt. Seine flache Hand schlug klatschend auf ihre Hinterbacken, und Ingunn schrie gellend auf und versuchte sich strampelnd zu entwinden. Er lachte bloß, sein Hengst scherte seitwärts aus. Ragnars Schläge trafen weiter klatschend ihren Hintern, und mit jedem Schlag sprach er ein Gebot aus. »Ingunn hör gut zu: Du sollst mir nie widersprechen. Du sollst mir stets gehorchen. Du sollst mich nicht beschimpfen. Du sollst dich mir nicht widersetzen. Du sollst mich küssen, wann immer ich es wünsche. Du sollst mir stets ein süßes Lächeln schenken. Und nur sanfte Worte sollen aus deinem Mund kommen.«

Magnus trieb Thorgell zur Eile an. Zarabeth vergrub ihr Gesicht in seinem Wams. Das Leben schwankte doch erstaunlich schnell zwischen Entsetzen und Lachen, von bitteren Kränkungen zu Zärtlichkeiten. Ingunn zeterte immer noch, und Ragnar versohlte ihr weiterhin den Hintern und gab ihr Verhaltensmaßregeln. Zarabeth spürte Magnus' warmen Körper und wußte, daß sie zum Leben zurückfinden würde, mit all seinem Leiden und seinem Lachen. Sie durfte sich dem Leben nicht länger verschließen, sich nicht länger absondern und von außen zusehen, unberührt, einsam und verloren.

Sie ritten einige Zeit schweigend und entfernten sich von den anderen. Gelegentlich drang Ingunns schrille Stimme und Ragnars Lachen zu ihnen herüber, begleitet von den anspornenden Zurufen der Männer.

Magnus brachte das Pferd an einem kleinen, blauen See zum Stehen, ließ die Zügel hängen, damit Thorgell trinken konnte. »Hast du Durst, Zarabeth?«

Ja, sie hatte Durst. Sie stiegen vom Pferd, und sie kniete am Ufer nieder und schöpfte Wasser mit der hohlen Hand. Es schmeckte wunderbar erfrischend.

»Besser?«

»Ja«, sagte sie im Aufstehen, und das Schwert schlug klirrend gegen ihren Schenkel.

Magnus ließ den Blick über den Viksfjord schweifen. »Egill ist am Leben. Es ist merkwürdig, daß ich, ein Mann ohne große Einbildungskraft und Fantasie davon träumte, er lebt, und daß er in die Sklaverei verkauft wurde. Orm muß mir Rede und Antwort stehen.«

»Ich komme mit dir.«

Unwirsch drehte er sich herum und sah sie an. Sie stand vor ihm, in seiner Tunika, den lächerlich breiten und viel zu langen Gürtel um ihre Hüften gebunden, das schwere Schwert umgegürtet, das beinahe bis zur Erde hing. Er lächelte: »Nein.«

Sie achtete nicht auf seine Absage, reckte nur das Kinn vor.

Er nahm ihre Hand und zog sie an sich. »Diesmal sorge ich für deine Sicherheit. Du wirst in der Obhut meiner Eltern bleiben, bis ich zurückgekehrt bin.«

»Willst du mich wie ein Kind oder eine Gefangene bei deinen Eltern zur Aufbewahrung geben? Ich war feige, Magnus, aber ich bin es nicht mehr. Ich muß mit dir nach York fahren. Dort willst du doch hin.«

Er hob die Schultern.

»Ich weiß, wo Orm sein Land gekauft hat.«

»Wo?«

»Das sage ich dir nur, wenn du mir versprichst, daß du mich mitnimmst.«

»Du wirst mich nicht zwingen, Zarabeth. Ich brauche nur Ingunn zu fragen.«

Zarabeth log ihm unverschämt ins Gesicht. »Sie weiß es nicht. Orm hat es nur mir gesagt.«

»Ich frage sie trotzdem. Komm, wir haben noch einen langen Ritt vor uns, bevor wir das Nachtlager aufschlagen können.«

Zarabeth blickte sehnsüchtig ins Wasser. »Ich würde gern noch mal ins Wasser springen.«

»Vielleicht heute abend«, meinte er. Er gab ihr einen

Kuß. »Wenn du nett zu mir bist, wasche ich dich vielleicht höchstpersönlich.«

Er küßte sie wieder und hob sie in den Sattel. Thorgell rupfte noch rasch ein paar Büschel von dem saftigen Gras am Seeufer.

Ihre Rückkehr nach Malek am frühen Nachmittag des nächsten Tages wurde mit großem Jubel begrüßt. Magnus erlaubte Ingunn, die Nacht auf seinem Hof zu verbringen. Am Morgen sollte Ragnar sie zu seinen Eltern bringen. Sie war verschlossen und stumm. Zarabeth fragte sich, ob die Frau sich je ändern würde, ob sie je ihre schlechte Laune ablegen und ein freundliches Gesicht zeigen würde.

Zarabeth nahm ihre gewohnten Arbeiten wieder auf. Ein reichliches Mahl wurde bereitet, ein frisches Faß Bier aus dem Viksfjord geholt, wo es in Netzen in der kühlen Tiefe hing. Die Frauen servierten gebratenen Hirsch und Wildschwein auf blank gescheuerten Brettern, dazu gab es gekochte Erbsen, geschmorte Rüben und Zwiebeln. Zarabeth saß bei den Frauen, besprach mit ihnen Haushaltsbelange, während Magnus mit den Männern Bier trank und über die Reise nach Danelagh redete. In drei Tagen sollte es losgehen. Die *Seewind* war beinahe instandgesetzt, Vorräte mußten verstaut werden, und das Steuerruder war noch nicht ganz fertig. Zarabeth sagte nichts mehr zu Magnus. Sie würde mit ihm nach Danelagh reisen. Sie wußte nur noch nicht, wie sie ihr Vorhaben durchsetzen würde.

Zarabeth schlief über ihrer Näharbeit auf dem Stuhl sitzend ein. Magnus trat an sie heran, betrachtete das Tuch, an dem sie nähte. Allem Anschein nach arbeitete sie an einer Tunika aus hellblauem Leinen für ihn, die sie mit kunstvollen, kleinen Nadelstichen nähte. In diesem Augenblick liebte er sie über die Maßen und hätte es laut hinausschreien mögen. Vorsichtig nahm er die Näharbeit von ihrem Schoß, hob sie in seine Arme und trug sie in die Schlafkammer. Er machte kein Licht.

Er zog die Schlafende behutsam aus und legte sie aufs Bett. Seufzend legte er sich neben sie und deckte beide zu. Er schlief schließlich ein, in Gedanken bei seiner Frau, die in einer Männertunika vor ihm stand, Orms Schwert um die Hüften gegürtet. »Ich habe es erobert, und ich werde es behalten.«

Er schlief tief und fest, bis ihre Stimme leise und eindringlich an seinem Ohr raunte.

»Kannst du dich daran erinnern, was du mir in York gesagt hast, Magnus? Du warst hochmütig und schroff und wagemutig, und du hast mir sehr gut gefallen. Du hast mich zum Lachen gebracht, und du hast mich erschreckt, und ich habe mich so sehr nach dir gesehnt. Du hast mir erzählt, wie du Cyra behandelst, und ich hielt dich für verrückt. Du hast sehr ernst gesagt, daß du mir niemals weh tun würdest, selbst wenn ich den Wunsch hätte. Du warst so feierlich, als würdest du mir eine große Gunst erweisen. In meinen Augen warst du sehr tapfer und kühn und wunderbar. Das bist du noch immer.«

»Ich habe dir auch versprochen, dir Freude zu bereiten, Zarabeth, aber bisher habe ich damit noch nicht viel Erfolg gehabt.«

»Ja, das hast du versprochen, aber dafür kannst du nichts. Du wolltest, daß ich zum Leben zurückkehre. Und du kannst dir keinen anderen Weg vorstellen, als mich zu zwingen.« Sie war keineswegs erstaunt, daß er wach war. »Ich habe viel nachgedacht, Magnus. Es ist Zeit, daß ich gehe . . .«

Ihm stockte der Atem. Er war jetzt völlig wach und Unmut packte ihn. »Ich werde nicht zulassen, daß du mich verläßt . . .«

». . . oder wirklich deine Frau werde.«

»Ah«, sagte er, und ein Schauder durchfuhr ihn. Er zog sie an sich, ihr nackter Körper schmiegte sich an seinen. Er küßte ihre Nase, ihre Augen. Seine Fingerspitzen glitten über ihre Augenbrauen, strichen ihr das Haar aus dem Gesicht: »Ich werde dich nie wieder zu etwas zwingen. Ich könnte es nicht ertragen, wenn du weinend unter mir liegst, deine Hände zu Fäusten geballt, während ich in dir bin. Das würde ich nicht mehr ertragen, Zarabeth.«

»Dann solltest du auf dem Rücken liegen und ich lege mich auf dich.«

Wieder einmal versetzte sie ihn in Erstaunen. »Bald. Erst möchte ich dich ganz spüren.« Er legte sich auf sie, auf die Ellbogen gestützt, den Rücken leicht durchgedrückt, sein erregtes Geschlecht pochte heiß und stark an ihrem Bauch.

Er küßte sie und streichelte ihre Brüste. Sie öffnete sich ihm, ihre Hände liebkosten seinen Rücken, glitten über seine Hinterbacken, sie erbebte beim Ertasten der Glätte und Wärme seiner Haut, der Wölbungen seiner Rückenmuskulatur.

Sie öffnete die Beine, fühlte seine Schenkel auf ihr, das Kitzeln seiner behaarten Beine.

Er fand ihre Öffnung, ihren letzten Rest Widerstand gegen ihn. Er lag reglos auf ihr, küßte sie leidenschaftlich, seine Hände krallten sich in ihr Haar, seine Erregung pulsierte an ihrem Bauch. »Öffne deine Beine, Zarabeth«, raunte er in ihren Mund. Er kniete zwischen ihren Schenkeln, und seine Hände liebkosten ihre Brüste, strichen nach unten, umfingen ihre Mitte, glitten nach hinten und umfingen ihre Hinterbacken. Er hob sie hoch zu seinem Mund. Diesmal wollte er ihr Lust verschaffen und sie zum Höhepunkt bringen, bevor er sich in sie ergoß. Als seine feuchten, warmen Lippen sie berührten, schrie sie auf. Lächelnd liebkoste er sie mit der Zunge. Sie zuckte atemlos unter ihm, und er hielt einen Augenblick inne und flüsterte: »Ich will, daß du für mich schreist, Zarabeth. Ich will dein Beben spüren, wie du deine Beine anspannst, wie du dich öffnest und dich mir ganz hingibst.« Er legte sie wieder auf das Laken und schob seinen Mittelfinger in sie. »Ich möchte spüren, wie deine Muskeln sich an meinem Finger festsaugen.« Sein Finger kreiste tief in ihr, und sie schrie und stöhnte und bäumte sich zuckend auf.

Ihre Hände griffen nach seinen Schultern, ihre Finger gruben sich in sein Fleisch, und sie schrie erneut. Und in ihre Schreie mischten sich andere Schreie . . . diese Schreie waren tief in ihm, er sehnte sich verzweifelt danach, sein Geschlecht in sie zu stoßen.

Zarabeth wurde still, doch die Schreie hörten nicht auf, wurden lauter, und Magnus hörte seinen Namen rufen. Er zitterte vor Verlangen nach ihr, doch wieder erreichte ihn ein Schrei, verzweifelt diesmal. Er schüttelte den Kopf, versuchte zu begreifen.

»Magnus!« Es war Tostigs Stimme, die nun ganz nah schrie. Im nächsten Augenblick wurde die Tür aufgerissen.

»Bei Thor, Magnus! Wir werden angegriffen!«

25

Magnus sprang aus dem Bett, griff nach seiner Hose und sprang hinein: »Rasch, Zarabeth, zieh dich an und warte hier, bis ich weiß, was passiert ist.«

Er war weg, und Zarabeth hörte aufgeregte Rufe und Schreie. Dann roch sie Rauch. Das Langhaus brannte.

Sie war im Nu angezogen und rannte in den großen Raum. Die Rauchschwaden wurden dichter, das Dach stand in Flammen. Die dicken Balken hielten noch stand, aber wie lange noch?

»Zarabeth! Rasch, bring alle hier raus. Rette, was zu retten ist!«

Sie konnte nicht klar denken, sie handelte. Sie gab Anweisungen, versuchte die Menschen zu beruhigen, bewegte sich rasch, versuchte möglichst flach zu atmen, um den immer dichter werdenden Rauch nicht tief einzuatmen. Männer, Frauen und Kinder, jeder trug Sachen, Töpfe und Schalen, Stühle und Kisten, Decken und Kleidung nach draußen. Zwei Frauen schleppten den hohen

Webstuhl hinaus und sämtliche Webschiffchen und Eldrids Spinnrocken.

Eldrid! Wo war sie?

Zarabeth rannte zurück in die Schlafkammern. Alle waren leer. Bis auf eine. Eldrid lag vom Rauch bewußtlos auf dem Lehmboden. Zarabeth packte sie unter den Achseln und schleifte sie hinaus in den Hauptraum. Dort traf sie zum Glück auf einen Mann, rief ihm zu, er solle mit anpacken. Er warf sich die alte Frau über die Schulter wie einen Sack Rüben. Zarabeth griff die restlichen Kochtöpfe, spornte die anderen an zu tragen, was sie schleppen konnten. Alles Tragbare wurde nach draußen geschafft. Der Rauch war nun sehr dicht geworden und ihr schmerzender Hals entzündete sich und brannte wie Feuer. Sie hustete, ihre Augen tränten. Magnus war plötzlich an ihrer Seite und packte ihren Arm. »Komm, du mußt dich in Sicherheit bringen.«

»Dein Stuhl!«

Einer der Männer rief herüber, er werde ihn holen.

Da entdeckte sie die neue Tunika für Magnus über ihrem Stuhl hängen, entwand sich seinem Griff und rannte los, um sie zu retten.

Magnus war ungehalten, doch als er das triumphierende Lächeln auf ihrem rauchgeschwärzten Gesicht sah, mit dem sie den blauen Stoff hochhielt, konnte er nur den Kopf schütteln.

Sie waren nun alle im Freien. Die Bewohner von Malek standen in kleinen Gruppen herum und sahen fassungslos zu, wie das Langhaus in Flammen aufging. Die kleineren Hütten im Umkreis waren aus Lehm oder Stein erbaut, doch auch ihre Strohdächer hatten schnell Feuer gefangen. Die Hitze wurde immer stärker.

Zarabeth blickte in die Runde, versuchte Köpfe zu zählen, um sich zu vergewissern, daß alle Bewohner gerettet waren. Eldrid hustete, nach frischer Luft ringend. Gott sei Dank, sie war am Leben. Dann entdeckte Zarabeth den alten Hollvard, den Torwächter. Er lag seitlich zusammengesackt, aus seinem Rücken ragte ein Pfeil. Zwei andere Männer, ebenfalls Wachtposten, lagen in seiner Nähe, auch sie ermordet.

Nun erst wurde ihr klar, was passiert war. Sie wandte sich an Magnus, der gerade Anweisungen erteilte. Als er damit fertig war, packte sie ihn am Ärmel.

»Hollvard«, keuchte sie, »er wurde umgebracht! Mit ihm noch zwei andere Männer.«

»Ja. Bleib hier in der Umzäunung. Wir holen Wasser vom Viksfjord herauf. Es wird nicht viel nützen, aber vielleicht können wir das Vorratslager und das Badehaus retten.«

Im nächsten Augenblick war er weg, und Zarabeth stand da, hilflos und schwach. Hollvard war ermordet worden! Aber von wem? Der alte Mann, der von Anfang an gut zu ihr gewesen war, auch zu der Zeit, als sie noch das Sklavenband trug.

Und dann wußte sie es und begann vor Wut zu zittern. Langsam ging sie durch die Menge, prüfte die Gesichter, sprach den Leuten Mut zu, beschwichtigte sie.

Ingunn war nicht da, und Zarabeth hatte es geahnt.

Kurz darauf fand sie Ragnar neben einer der Vorratshütten. Er hatte einen tiefen Schwerthieb in der Schulter, und sein Wams war blutgetränkt. Sie schrie vor Entsetzen und Wut auf und fiel auf die Knie neben ihm. Er war am Leben, hatte aber durch den tiefen Hieb viel Blut verloren. Sie rannte zum Brunnen, hob im Laufen Magnus neue Tunika auf. Einer der Männer zog gerade einen vollen Eimer hoch. Sie tauchte das weiche Tuch ein und wrang es im Laufen aus. Wieder bei Ragnar angekommen, säuberte sie die Wunde, so gut sie es vermochte, und preßte den Stoff darauf, um die Blutung zu stillen.

Sie war sich ihrer Tränen nicht bewußt, als Magnus ihr seine Hand sanft auf die Schulter legte und beruhigend sagte: »Komm, Zarabeth. Die Männer sollen Ragnar weiter weg tragen, wo weniger Rauch ist.«

Eine Stunde später standen die Bewohner von Malek immer noch in kleinen Gruppen herum und starrten in die rauchenden Trümmer des Langhauses und auf die Ruinen der Lehmhütten ohne Dächer. Die Palisadenumzäunung war unversehrt. Doch alles andere war zu rauchendem Schutt verkohlt.

Fünf Tote waren zu beklagen. Ragnar war am Leben, und Eldrid kümmerte sich um ihn.

Die Tiere waren in Sicherheit gebracht worden, und die Felder waren nicht beschädigt, doch das Anwesen innerhalb der Umzäunung war nahezu restlos zerstört. Zarabeth suchte mit Blicken ihren Ehemann. Er sprach ruhig mit einem Sklaven, einem jungen Mann, dessen Augen vom Rauch gerötet waren. Magnus redete mit anderen Leuten, dann sonderte er sich ab und stieg zum Föhrenwald hinauf. Dort blieb er stehen und sah sich die Vernichtung von oben an.

Er stand lange dort vor den Trümmern seines Besitzes. Viele Jahre fleißiger Arbeit und Sorgfalt waren zunichte gemacht. Sie hätte ihm gerne gesagt, daß nur Häuser und Balken zerstört waren. Sie hatten fast alle Gegenstände aus dem Langhaus retten können, sogar seine schwere Truhe. Sie würde ihm helfen, alles wieder aufzubauen. Die Ernte war unversehrt, sie waren am Leben, sie hatten ihren Besitz gerettet. Und sie hatten einander.

Zarabeth wandte den Kopf. Sein Ausdruck von Ohnmacht und hilfloser Wut war ihr unerträglich. Es war kurz nach Tagesanbruch, und bald würden die Leute hungrig sein. Sie befahl einigen Männern, Steine zu einer Feuerstelle aufzuschichten. Dann ließ sie lange Holzpfosten in den Boden rammen, an deren Spitze tiefe Kerben eingeschlagen wurden. In diese Kerben wurde eine Querstange gelegt und Ketten daran befestigt. Nun konnte Zarabeth ihre Töpfe an den Ketten aufhängen. Sie konzentrierte sich ganz auf die Arbeit, um nicht nachdenken zu müssen.

Ragnar war am Leben, doch jeder wußte, daß es schlecht um ihn stand. Eldrid blieb bei ihm, wischte ihm das Gesicht mit nassen Tüchern, gab ihm schluckweise Wasser zu trinken und wartete auf Helgi und ihre Arzneien.

Am frühen Nachmittag kamen Magnus Eltern, mit kaum einem halben Dutzend Leuten. Mattias und Glyda waren nicht mitgekommen. Bald wußte man den Grund. Die Gehöfte mußten streng bewacht werden. Dafür hatte Mattias zu sorgen. Niemand wollte einen Überfall Orms auf sein unbewachtes Anwesen riskieren.

Zarabeth wurde Zeuge eines Gesprächs zwischen Magnus und seinem Vater. Der alte Mann raufte sich die Haare.

»Bei Thor, daß meine eigene Tochter uns das antun konnte! Wie konnte sie so etwas tun? Hat Orm eine solche Macht über sie?« Er erwartete keine Antwort. Er fluchte kopfschüttelnd vor sich hin.

Helgi fragte Zarabeth mit leiser Stimme: »Hat niemand Verdacht geschöpft? Hat keiner etwas bemerkt?«

Zarabeth dachte nach. »Nein«, sagte sie schließlich. »Seit unserer Rückkehr war sie in sich gekehrt, blieb meist für sich. Sie hat keine bösen Reden mehr gegen mich geführt. Sie machte keine spitzen Bemerkungen. Ragnar war hinter ihr her, hänselte sie, gab ihr Anordnungen, aber sie schien sich nicht dagegen aufzulehnen. Wenn ich jetzt nachdenke, war sie zu still, als warte sie auf etwas.«

»Aber warum?« Helgi schlug sich mit der flachen Hand auf den Oberschenkel. »Wenn sie bei ihm bleiben wollte, wenn sie Norwegen mit ihm verlassen wollte, hätte sie dich doch nicht zu retten brauchen! Sie hätte nicht vortäuschen müssen, daß sie ihn zusammenschlägt, um mit dir zu fliehen.«

»Ich war überzeugt, daß sie ihn heftig geschlagen hat, Helgi. Jetzt bin ich mir nicht mehr so sicher. Aber sie schien völlig aus dem Häuschen zu sein, als er vortäuschte, er begehre mich und nicht sie. Er hat sie damit gequält. Ich glaubte, sie schlug ihn, um ihn zu strafen, nicht um mich zu retten. Sie wollte ihm damit heimzahlen, daß er sie gedemütigt hat. Aber das habe ich wohl zu dem Zeitpunkt nicht durchschaut.«

»Aber warum diese Täuschungsmanöver, um nach Malek zurückzukehren? Warum?«

»Ich sage dir den Grund, Mutter.« Magnus stand mit versteinertem Gesicht vor seiner Mutter. »Orm kam zu der Überzeugung, daß Zarabeth ihm zu große Scherereien machte. Sie würde sich ihm nie freiwillig ausliefern. Er hätte sie töten müssen. Und es ging ihm eigentlich darum, Rache an mir zu nehmen, nicht, sie zu vergewaltigen oder zu töten. Er wollte auch mehr Reichtum, bevor er Norwegen verließ. Er muß uns knapp auf den Fersen geblieben sein. Ich habe mir keine großen Gedanken gemacht, warum er nicht gegen mich gekämpft hat, denn er hatte schließlich nur zwei Männer bei sich und ich fünf. Er mag verrückt sein, aber er ist kein Dummkopf. Er hatte nie den Plan, gegen mich zu kämpfen. Entweder er hat Kontakt zu Ingunn aufgenommen, als wir bereits wieder in Malek waren — oder es war alles ein Täuschungsmanöver und im voraus sorgfältig geplant.«

»Aus welchem Grund nahm er nicht den direkten Weg zum Fjord und zu seinem Boot? Ich weiß es nicht. Zarabeth sagte, daß Ingunn ihn ständig drängte, sich zu beeilen, weil ich hinter ihm her sei. Es gibt zu viele Fragen und keine Antworten. Noch nicht. Aber ich weiß, daß all meine Juwelen gestohlen sind. Mein Gold- und Silberschmuck und sämtliche Münzen sind verschwunden. Ich hatte sie in einer Schatulle hinter einem ausgehöhlten Balken im Langhaus aufbewahrt. Ingunn brauchte nur so lange abzuwarten, bis bei der Feuersbrunst allgemeine Panik ausgebrochen war, um dann seelenruhig die Schatulle aus ihrem Versteck zu holen. Hätte jemand sie gefragt, was sie dort zu schaffen habe, hätte sie nur antworten müssen, sie bringe die Schatulle für mich in Sicherheit.«

»Aber ihr hättet alle zu Tode kommen können!« Helgi wandte sich ab, Scham und Zorn waren ihr deutlich ins Gesicht geschrieben.

»Und Orm wartete draußen vor der Umzäunung auf die Juwelen und Münzen, die sie ihm brachte. Er tötete

Hollvard und hat auch die anderen ermordeten Männer auf dem Gewissen.«

Seine Mutter stand immer noch fassungslos da, und Magnus nahm sie in die Arme. »Wir können von Glück sagen, daß Orm nicht versuchte, Zarabeth ein zweites Mal zu entführen. Vielleicht wartete er auf einen günstigen Augenblick, als die Häuser lichterloh brannten, ob sie sich von mir entfernte. Doch das geschah nicht. Der Schweinehund hat in aller Ruhe zugesehen, wie mein Anwesen in Schutt und Asche sank. Ingunn muß dafür bestraft werden. Sie ist nicht mehr meine Schwester. Sie ist ebenso mein Feind, wie Orm es ist. Den Göttern sei Dank, mein Boot haben sie nicht in Brand gesteckt. Etwa ein Dutzend Männer arbeiten immer noch daran. Deshalb hatte Orm keine Chance, das Schiff zu zerstören. Ich schwöre, daß ich die Bestie umbringe, ehe der Sommer zur Neige geht.«

Zarabeth fühlte sich bedrückt von seinem Haß, seinem Schwur, der unerschütterlichen Ausdauer, die er bei den Aufräumarbeiten an den Tag legte. Er packte zu wie kein Zweiter.

Am Abend eines sehr langen Tages, als alle um die Feuerstelle im Freien saßen, warm eingepackt in die Decken, die Helgi mitgebracht hatte, fühlte Zarabeth sich so erschöpft wie nie zuvor in ihrem Leben. Sie konnte nicht reden vor Müdigkeit. Sie legte sich hin, den Kopf auf Magnus' Oberschenkel gebettet und hörte den Gesprächen zu.

Sie spürte seine starken Muskeln unter ihrer Wange und dachte daran, was er vor wenigen Stunden mit ihr gemacht hatte. Er hatte ihr die Lust einer Frau verschafft, und ihre Gefühle loderten wild auf, rissen alle Schranken ein, die sie gegen ihn aufgebaut hatte. Doch in ihre Lustschreie hatten sich die Angstschreie der Menschen gemischt . . . Sie schauderte. Magnus streichelte ihr sanft den Arm, während er seinem Vater zuhörte.

»Ein solches Leid dürfen Kinder ihrem Vater nicht antun«, sagte Harald. »Wie viele Männer wirst du nach Danelagh mitnehmen, Magnus?«

»Ich kann die Verfolgung noch nicht aufnehmen. Zuerst müssen wir Malek wieder aufbauen. Es muß alles gesichert sein, bevor der Winter kommt. Sonst haben wir keine Überlebenschance.«

»Mattias, ich und viele unserer Männer werden dir beim Wiederaufbau helfen.«

»Dafür danke ich dir, Vater.«

Zarabeth wachte auf, steifgelegen auf dem harten Untergrund. Doch Magnus Körper wärmte sie. Seine Hand wölbte sich um ihre Brust, ihr Kopf ruhte auf seinem Oberarm. Sie schmiegte sich enger an ihn, er küßte ihre Schläfe und flüsterte: »Nein, mach das nicht. Ich kann dich jetzt nicht nehmen.«

Lächelnd wandte sie ihm ihr Gesicht zu. »Wie wird es weitergehen, Magnus?«

»Wir werden alles wieder neu aufbauen. Ich verspreche dir, daß es dir im Winter an nichts fehlen wird, Zarabeth.«

»Ich wünsche mir nur, daß du im Winter bei mir bleibst.«

Sein Geschlecht schwoll vor Freude über die Worte. Er drückte sie an sich, seine Arme schlangen sich zärtlich um sie. »Wenn der Schnee dir über den Kopf reicht, wirst du mehr wünschen als nur meine Wärme.«

»Vielleicht. Ich bete auch, daß Egill dann wieder bei uns ist. Magnus, es tut mir so leid. Wenn ich nicht hierher gekommen wäre, wenn Ingunn mich nicht so schrecklich gehaßt hätte . . .«

»Ich bezweifle, daß das irgendeinen Unterschied gemacht hätte«, sagte er scharf. »Blöke nicht herum, Zarabeth. Ich erlaube nicht, daß du dir Schuld daran gibst, was hier geschehen ist.«

»Und ich erlaube nicht, daß du mich mit einer Ziege vergleichst, Magnus.«

»Ja, mein Schäfchen.« Er küßte sie auf den Mund und drückte sie an sich. »Ich habe großes Verlangen nach dir, das spürst du auch, denn ich kann meine Gefühle schlecht verbergen. Wir werden alles Versäumte nachholen, das verspreche ich dir, Zarabeth.«

Die Männer begannen sich zu regen. Magnus stützte sich auf die Ellbogen und blickte auf das abgebrannte Langhaus, und wieder kochte der Zorn in ihm hoch. Sein Großvater hatte das Haus gebaut und es bei seinem Tod an Magnus weitergegeben. Nun lag es in Schutt und Asche. Aber es war nur Holz, Lehm, Sand und Stroh. Das alles war zu ersetzen, ein Menschenleben nicht.

Magnus sagte laut zu Zarabeth: »Ich bete darum, daß Ragnar überlebt.«

Ragnars Zustand verschlimmerte sich trotz Helgis heilsamer Kräuterumschläge. Sein Körper wurde vom Fieber geschüttelt, und er redete wirres Zeug. Zarabeth wachte an seinem Lager, kühlte ihm Gesicht und Hände mit nassen Tüchern und betete unentwegt. Am nächsten Abend wurde er ruhig, sein Atem ging flach, und Helgi sagte: »Er schläft. Ich glaube, er wird es überstehen.«

Zarabeth erhob sich, unendliche Erleichterung überkam sie. Gleichzeitig hob sich die Erde ihr entgegen, sie wankte, als würde sie von unsichtbaren Händen gestoßen. Alles drehte sich um sie, und sie sank bewußtlos zu Boden.

Als es um sie dunkel wurde, hörte sie Magnus schreien. Sie konnte nicht antworten, denn die Finsternis hüllte sie ein.

»Das muß die Erschöpfung sein«, sagte Harald und blickte auf seine Schwiegertochter, die leblos in den Armen seines Sohnes lag. Magnus saß in seinem Stuhl und hielt Zarabeth auf dem Schoß.

»Ich hätte nicht zulassen dürfen, daß sie so schwer arbeitet, nach dem, was sie in Orms Gefangenschaft durchgemacht hat.«

»Unsinn«, warf Helgi ein. »Zarabeth ist kein empfindliches Pflänzchen. Das ist sie bei Gott nicht.«

»Was ist es dann, Frau?«

Helgi lächelte über den unwirschen Ton ihres Gatten. »Du erträgst es wohl nicht, nicht alles zu wissen, stimmt's Harald?« entgegnete sie und tätschelte Zarabeths Stirn mit einem feuchten Tuch. »Ihr Männer müßt immer das letzte Wort haben, wollt immer alles besser wissen. Diesmal irrt ihr euch beide.«

»Bei den Göttern, Frau, ich werde dich züchtigen, wenn du deine Zunge nicht hütest!«

Wäre Magnus nicht so besorgt gewesen, hätte er gelacht. Der Gedanke, daß sein Vater die Hand gegen seine Frau erhob, war geradezu kläglich. Helgi lächelte, sie kannte ihren Ehemann ebenso gut wie Magnus.

»Was stimmt mit dem Mädchen also nicht?« fragte Harald schließlich. »Wenn du schon eine alleswissende Hexe bist.«

»Sie trägt Magnus Kind.«

Magnus ließ Zarabeth beinahe fallen. Er glotzte seine Mutter an. »Ist sie schwanger?«

»Ja, ich denke schon. Wenn sie wieder zu sich kommt, werde ich sie fragen. Es gibt ganz einfache Anzeichen, weißt du, mein Sohn.«

Er saß da, drückte seine bewußtlose Frau an die Brust, versuchte sich zu erinnern, wann sie ihre letzte Monatsblutung gehabt hatte. Das war noch nicht lange her. Damals, als Lotti ertrunken und Egill verschwunden war. Er hob den Kopf und schaute seine Mutter an, die ihren Ehemann angrinste.

Er sagte langsam: »Ich habe Angst.«

Helgi vergaß das Geplänkel mit ihrem Mann. Sie kniete neben Magnus' Stuhl und strich Zarabeth das wirre Haar aus dem Gesicht. Was für eine wunderbare Farbe und so seidig und voll. Zarabeths Augenbrauen waren einen Ton dunkler, ein sattes Rotbraun, und ihre Wimpern waren lang und dicht und von gleicher Farbe. Ihre Wangenknochen waren ausgeprägt, ihre Haut glatt und sehr hell. Helgi dachte an ein kleines Mädchen, das aussah wie ihr Sohn und auch wie Zarabeth, und sie schüttelte den Kopf über ihre dummen Gedanken. »Warum? Sie ist anders gebaut als Dalla, Magnus. Sie hat ein breites, gebärfreudiges Becken.«

»Ich weiß nicht. Wenn ich sie ansehe, denke ich nicht ans Kinderkriegen.«

Sein Vater lachte. »Das verstehe ich sehr gut. Wärst du mit dieser alten Hexe verheiratet, würdest du anders reden.«

»Pah! In deinem Haar sind mehr graue Strähnen als in meinem, alter Mann!«

Magnus blickte auf die rauchenden Überreste seines Heims, das Lachen seiner Mutter klang ihm in den Ohren. Was im Leben auch geschah, wieviel Haß, wieviel Trauer, wieviel Schrecken das Leben auch vorzuweisen hatte, es gab immer etwas Neues, wofür es sich zu kämpfen lohnte. Er lehnte seine Stirn an Zarabeths Stirn. Er hatte sie gesehen, hatte sie begehrt, hatte kaum einen Gedanken an ihre Wünsche verschwendet. Er war ein Ausbund an Selbstvertrauen und Selbstsicherheit. Er hatte ihr deutlich zu verstehen gegeben, was er sich vom Leben wünschte, er hatte nie daran gezweifelt, daß er sie bekommen würde. Wenn sie ihn mit Absicht betrogen hatte, so hatte er nichts anderes verdient. Und er hatte ihr bislang nur Schmerz und Demütigungen zugefügt.

Nun wuchs sein Kind in ihrem Leib heran. Das war ein furchterregender Gedanke, und gleichzeitig erfüllte er ihn mit unbändiger Freude. Er spürte die Nässe seiner Tränen auf seinem Gesicht.

Zarabeth wachte auf, und sein Gesicht war ganz nah bei ihr. Er blickte sie forschend und besorgt an. »Was ist passiert? Wo bin ich? Ich liege hier auf deinem Schoß und —«

»Du bist in Ohnmacht gefallen.«

Langsam hob sie die Hand, und ihre Finger berührten seine Wange. »Sind das Tränen?«

»Ja.«

»Aber wieso? Ich war nur müde, einfach erschöpft.

Sonst nichts.« Sie lächelte dünn. »Das Leben war in letzter Zeit ein wenig aufregend und nicht sonderlich vorhersehbar.«

Er küßte sie sanft auf den Mund. »Bist du früher schon mal in Ohnmacht gefallen, Zarabeth?«

Sie schüttelte den Kopf. »Unsinn, Magnus, ich bin kein zerbrechliches Püppchen.«

»Das sagt meine Mutter auch.«

»Und warum hast du geweint? Stimmt etwas nicht mit mir? . . . O nein! Was ist mit Ragnar?«

»Er wird wieder gesund. Hast du ein breites Becken?«

»Wenn du mich aufstehen läßt, kann ich mal nachsehen.«

»Halt still.« Er zog sie ein wenig höher und legte seine gespreizte Hand auf ihren Bauch. Bis zu den Beckenknochen blieb reichlich Abstand. »Ich glaube, das genügt. Ich werde meiner Mutter von meinen Nachforschungen berichten und sie fragen, was sie davon hält.«

Zarabeth versuchte, seine Hand wegzuschieben. »Magnus, überall sind Leute! Sie beobachten uns!«

»Ich bin dein Ehemann. Sollen sie ruhig zuschauen.«

»Laß mich aufstehen. Mir geht es gut, und es ist kindisch, auf deinem Schoß zu sitzen in diesem Stuhl . . .« Sie hatte sich beim Sprechen aufrecht hingesetzt. Sie sah ihn an, und plötzlich wurde ihr Gesicht sehr bleich. »O jeh«, sagte sie schwach und sank in seinen Arm zurück. Plötzlich stand Angst in ihren Augen. »Was ist mit mir los? Beinahe wäre ich wieder in Ohnmacht gefallen. Mir ist ganz mulmig . . .«

»Du trägst mein Kind.«

». . . und übel ist mir auch. Diese Übelkeit hatte ich schon mal, und ich dachte, das käme, weil ich solchen Hunger hatte, oder wegen meiner Angst vor Orm, oder weil . . . *Was?*«

Er grinste. »Nein, rühr dich nicht. Das macht mir zu große Angst. So ist es brav, halt schön still. Du bekommst ein Kind von mir.«

Sie starrte ihn mit offenem Mund an, fassungslos.

Nein, das hier war unwirklich. Wirklichkeit war, daß Lotti ertrunken und Egill verschwunden war; Wirklichkeit war auch, daß sie nackt auf der Erde lag und Orm über ihr . . . »Ich bekomme ein Kind? Bist du sicher?«

»Ja.«

Seine Augen funkelten vor Vergnügen, das Blau so strahlend, daß sie den Blick nicht wenden konnte.

»Ich habe noch nie ein Kind gehabt.«

Sie klang so hilflos und furchtsam und seltsam verloren.

»Nur Lotti. Sie war mein Kind.«

»Zarabeth, wir werden Lotti nie vergessen. Ihr Platz bleibt in unserem Herzen. Sie war ein besonderer Mensch, und wir werden sie nie vergessen. Sie wird immer bei uns bleiben.« Er holte tief Luft. »Ich kann nicht mit Sicherheit davon ausgehen, daß Egill noch am Leben ist. Ich wäre ein Narr zu versprechen, daß wir ihn finden und zurückbringen. Wenn er wie Lotti gestorben ist, werden beide Kinder in unserem Herzen bleiben. Dieses Kind . . . Wir werden beten, daß es zu einem starken Mann heranwächst und gesund und glücklich wird wie seine Eltern.«

Sie bettete ihre Wange an seine Brust, er legte sein Gesicht an ihren Kopf.

»Was wird geschehen?« fragte sie mit gedämpfter Stimme.

Magnus öffnete den Mund, als hinter ihm ein wütendes Gebrüll laut wurde. Er fuhr herum, hielt Zarabeth an sich gedrückt und sah, wie Ragnar versuchte, auf die Beine zu kommen. Eldrid versuchte, ihn auf das Lager zu drücken. Doch er brüllte und fluchte und fuchtelte mit den Armen in der Luft herum. Er stieß Eldrid unsanft von sich, richtete sich auf und stand auf schwankenden Beinen.

26

Zarabeth konnte Ragnars Schmerzen nicht ertragen. Hätte sie Ingunns Hals zwischen den Fingern gehabt, hätte sie mit Sicherheit so lange zugedrückt, bis alles Leben aus ihr gewichen wäre. Ragnar schlotterte vor Schmerz und Wut darüber, was Ingunn ihm, was sie Magnus und Malek angetan hatte.

»Orm hat mir den Schwerthieb versetzt«, wiederholte er ein ums andere Mal. »Sie hat zugesehen. Sie stand neben ihm und hat zugeschaut. Sie sagte ihm, daß ich sie geprügelt habe. *Geprügelt,* Magnus!« Ragnar hielt keuchend inne, sein Gesicht war grau vor Schmerz und schweißnaß. »Sie sagte ihm, er solle mich nicht töten, ich verdiente es, lange zu leiden dafür, was ich ihr angetan habe. Ich solle mein weiteres Leben als elender Krüppel zubringen.«

Eldrid versuchte, ihn zu beschwichtigen; ihre Hand tätschelte seinen Arm. Er wischte sie ungeduldig weg.

»Leg dich hin, Ragnar«, befahl Magnus, wartete die Antwort des Freundes jedoch nicht ab. Er hob ihn einfach von den Füßen und legte ihn flach auf den Rücken. »Nun bleibst du liegen. Was hast du vor? Willst du Orm verfolgen? In deinem Zustand? Spar dir deine Wut auf oder benutze sie, um gesund zu werden. Wir brechen alle bald auf, und du wirst dabei sein. Nein, Ragnar, zügle deinen Zorn, und gehorche Eldrid. Keiner von uns möchte dich unter der Erde haben. Am wenigsten ich.«

Zufrieden, daß sein Freund endlich wieder Frieden gab, wandte Magnus sich an seine Frau. »Wie fühlst du dich?«

Sie fühlte sich schwach und schwindlig, und ihr Magen drohte sich umzudrehen. »Mir gehts gut«, sagte sie mit einem tapferen Lächeln. Magnus schüttelte den Kopf und nahm sie in die Arme. »Ihr beide ruht euch aus. Ich denke, Ragnar wird früher wieder auf den Beinen sein als du. Nein! Ruhig, Zarabeth. Ich möchte dich gesund und guter Dinge sehen.«

Mit diesen Worten packte er sie in ein paar Decken und legte sie unter einen Baum. In wenigen Minuten war sie eingeschlafen.

Es war wirklich merkwürdig, dachte Zarabeth später, die Sklavenhütte war als einzige von den Flammen verschont geblieben. Harald schickte weitere Männer von seinem Hof herüber, und die Aufbauarbeiten begannen. Es war ein langsamer Prozeß, weil aus den rauchenden Holztrümmern gelegentlich noch die Flammen hochschlugen.

Das Geräusch fallender Bäume war ihr mittlerweile vertraut. Das entrindete, saftige Holz roch würzig nach frischem Harz. Für die Dachbalken konnte nur Eiche verwendet werden, und da es nur wenige Eichen gab, dauerte es eine Zeit, bis Suchtrupps die richtigen Bäume ausfindig gemacht hatten. Alles dauerte seine Zeit.

Helgi blieb, um Zarabeth zu helfen, Essensvorbereitungen und andere häuslichen Arbeiten zu überwachen. Die Männer errichteten strohgedeckte Hütten für den Übergang. Bald würde es regnen, und die Leute brauchten einen trockenen Unterschlupf.

Während des Wiederaufbaus zog Magnus einige Männer ab, die sich um die Fertigstellung der Reparaturarbeiten auf der *Seewind* kümmerten. Der Zorn rumorte in seinem Innern und wuchs jedesmal, wenn er die Zerstörung seines Hofes überblickte. Sein Großvater hatte den Namen Malek für das Gehöft ausgesucht, doch niemand wußte, woher der Name stammte, nicht einmal Magnus. Malek gehörte ihm, und so würde es bleiben.

Am vierten Tag nach dem Brand kam Haftor Ingolfsson zusammen mit zwei seiner Söhne vorbei.

Sie begutachteten die Zerstörungen und blieben, um mit anzupacken. Sie erkundigten sich, ob Magnus etwas über Orms Aufenthaltsort wisse. Er verneinte, und Zarabeth behielt ihre Gedanken für sich. Die Ingolfssons waren großgewachsene Männer, blond und kräftig. Ihr Zorn gegen Orm war sehr groß. Sie hatten keinen sehnlicheren Wunsch, als ihn zwischen die Finger zu kriegen.

»Warum hast du ihnen nicht die Wahrheit gesagt?« fragte Zarabeth eines Abends, als sie neben Magnus unter dem Sternenhimmel lag. Die Nacht war warm, und es bestand keine Notwendigkeit, unter dem Strohdach zu schlafen.

»Ich will den Kerl selber.«

Das sah sie ein. Seufzend schmiegte sie sich enger an ihn und spürte ein sanftes Pulsieren in ihrem Bauch. Magnus hatte sie seit der Brandnacht nicht geliebt.

»Und ich will dich.«

Lächelnd schmiegte sie sich an ihn, seine Worte erfüllten sie mit einem beseligenden Glücksgefühl.

»Aber ich habe Angst, dir weh zu tun.«

Sie richtete sich auf, ihr Gesicht nur wenige Zentimeter von seinem entfernt. Sie biß ihn in die Nase und grinste. »Was geschieht, wenn du deine männliche Lust nicht befriedigst?«

»Ich werde ein alter, gebeugter Greis, mein Bauch wird fett, meine Haare werden weiß, und die Zähne fallen mir aus.«

Ihr Lachen klang fröhlich und unbeschwert. Er hörte es beglückt.

»Aber Magnus, das ist ja furchtbar, wenn das wirklich so ist ... Sehe ich hier etwa ein weißes Haar?« Lachend zupfte sie an seinem blonden Haar, untersuchte jedes einzelne sorgfältig. »Nein, kein einziges weißes Haar. Nun zeig mir deine Zähne.«

Willig öffnete er den Mund, und sie studierte seine weißen Zähne und küßte ihn. »Eigentlich müßtest du jetzt aufstehen, damit ich prüfen kann, ob du schon gebückt gehst. Ach, Magnus, wir werden schon dafür sorgen, daß du nicht vorzeitig zum Tattergreis wirst.« Ihre Hand glitt über seinen flachen Bauch. »Nein, auch dein Bauch wölbt sich nicht unansehnlich.«

»Aber dein Bauch wird sich bald wölben.«

Er küßte sie, war sich bewußt, daß einige seiner Leute in der Nähe noch nicht eingeschlafen waren, doch es kümmerte ihn nicht. Er flüsterte ihr ins Ohr: »Wenn ich dich nehme, schreist du, wenn deine Lust dich übermannt? Sag mir Zarabeth, soll ich meine Hand über deinen Mund legen?«

»Ja«, sagte sie kichernd. »Gib mir nur nicht die Schuld, wenn du Dinge mit mir anstellst, daß ich jaule wie eine liebestolle Wölfin.«

Er legte sie sanft auf den Rücken. Dann lag er über ihr und blickte in ihr lachendes Gesicht. »Vermutlich entgehe ich dem Spott meiner Männer nur auf diese Weise. Nein, sag nichts. Ich bin dein Ehemann, und ich tue die Dinge so, wie es mir paßt.«

Er küßte sie, bis er spürte, daß sie sich tief im Innern ergab, daß sie ihn nicht nur als Ehemann, sondern als Geliebten anerkannte. Er achtete nicht darauf, wie sehr ihr Körper sich unter seinem wand, hielt sie fest, bis sie ihn in den Arm zwickte.

»Schon gut«, sagte er und küßte sie wieder, diesmal liebkoste er ihre Brust, knetete sie zärtlich mit seiner Hand. »Deine Brüste werden größer«, flüsterte er zwischen den Küssen. »Sag mir, wenn ich dir weh tue.«

Sie sehnte sich nach ihm. Doch er ließ nicht zu, daß sie ihn berührte. Er wollte das Tempo bestimmen.

Schließlich versuchte sie, ihn in die Zunge zu beißen. Er lachte, seine Stimme klang tief und warm in ihrem Mund, und seine Finger schoben ihr Nachthemd hoch, um ihre Scham zu liebkosen.

Als er sie rhythmisch streichelte, verlor sie die Beherrschung, die Lust ergriff Besitz von ihr, und sie stöhnte leise auf.

»Das machst du sehr gut, Zarabeth. Deine Lust macht mich glücklich.«

Und als sie sich aufbäumte wie ein gespannter Bogen, beschleunigte er seine Liebkosungen und erstickte ihre Schreie mit seinem Mund.

Er genoß ihre Zuckungen, die dem Höhepunkt ihrer Lust folgten. Sanft legte er sie zur Seite und drang hungrig in sie ein. Er knabberte an ihrem Ohr. »Halt still«, raunte er. »Laß mich tiefer in dich kommen . . . ja, so ist es gut. Ich will dich spüren . . .«

Zarabeth schob ihm ihr Becken entgegen, und er stöhnte auf. Er nahm ihre Hüften in seine großen Hände, stieß in rhythmischen Stößen in sie, bis er es nicht mehr ertragen konnte. Dann vergrub er sein Gesicht in ihrem Haar, und sein Stöhnen drang bis in ihre Seele. Das war Geben und Nehmen, dem anderen Lust bereiten und lustvoll geliebt werden. Beide verspürten gegenseitiges tiefes Vertrauen und eine wunderbare Zugehörigkeit.

Tostig fand es und brachte es Zarabeth. Sie saß über einer Näharbeit gebeugt, eine der wenigen häuslichen Tätigkeiten, die Magnus ihr gestattete. Der Tag war heiß, und die Luft war erfüllt vom Lärm der Bauarbeiten, vom Lachen und Fluchen der Männer. Sie hob den Kopf und lächelte. »Ja, Tostig, geht's gut?«

»Ja, Herrin, es ist bloß . . .« Er hielt ein Stück Stoff hoch, einen etwa dreißig Zentimeter langen Wollfetzen, ehemals blau, nunmehr von Sonne und Regen zu einem unansehnlichen Grau ausgebleicht.

Sie hob den Kopf. »Was ist das? Wo hast du das gefunden?«

»Unter einer Föhre dort drüben auf der Landzunge. Wir müssen es total übersehen haben, als wir nach Egill suchten.«

Zarabeths Herz schlug laut wie ein Hammer. Ihre Finger befühlten das Tuch. Sie sprang auf die Füße, rief gellend: »Magnus! Magnus!«

Tostig packte ihren Arm. »Es gehörte dem kleinen Mädchen, hab ich recht, Herrin?«

Sie schaute ihn mit irrem Blick an. »Ja, so muß es sein . . . Magnus!«

Er hörte seinen Namen schreien und stürzte los. Sie stand neben Tostig, bleich und schwankend.

»Zarabeth!«

Beim Klang seiner Stimme fuhr sie herum, raffte die

Röcke und rannte auf ihn zu: »Das ist von ihr, Magnus. Es ist von ihr!«

Sie blieb vor ihm stehen, wurde totenbleich und sank zu Boden. Tostig versuchte, sie aufzufangen; doch er verlor das Gleichgewicht, und sie riß ihn mit sich zu Boden.

Sie erwachte auf dem Schoß ihres Ehemannes liegend, der in seinem Stuhl saß, den man unter einer Tanne aufgestellt hatte. »Es gehört ihr, Magnus, es ist von ihrem Kleid, ich weiß es! Sie haben es nicht im Wasser gefunden, sondern an Land, unter einem Baum . . .«

»Es ist möglich, aber du darfst nicht . . .«

»Hat Tostig nicht gesagt, wo er es gefunden hat? Es war nicht am Wasser. Lotti ist nicht ertrunken!«

»Bist du sicher, daß der Wollstreifen von dem Kleid stammt, das Lotti an diesem Tag trug?«

Er sah, daß sie nicht ganz sicher war. Sie atmete schwer, war immer noch zu schwach, um aufrecht zu sitzen. Er hielt sie zärtlich umfangen. »Langsam, ganz langsam.«

»Ich glaube schon. Eldrid muß es wissen. Wenn es Lotti gehörte, hat sie es genäht.«

»Hat sie nicht aus dem gleichen Tuch auch Kleider für die anderen kleinen Mädchen genäht?«

So war es, und Zarabeth nickte zögernd.

»Wir werden sehen. Bring sie her.«

Eldrig kam. Keiner der Wollstoffe, aus denen sie Kleider schneiderte, glich dem anderen genau. Sie besah sich den Wollstreifen genau, schlug die Hände vor das Gesicht und schrie.

Zarabeth blickte in Magnus' Gesicht. »Wo ist sie? In Danelagh mit Egill? Hat Orm sie beide gefangengenommen? Glaubst du, Orm hat sie vor dem Ertrinken gerettet? Glaubst du, er hat damals alles gesehen und sie aus dem Wasser gezogen? Oder vielleicht hat Egill sie gerettet, und Orm hat sie beide dort auf der Landzunge gefangengenommen, wo du und deine Männer es nicht sehen konnten. Aber warum hat er die Zeichnung hinterlassen, auf der nur Egill zu sehen ist, und keine Spur von Lotti? Warum?«

York, Hauptstadt von Danelagh
in einem Seitenflügel der Burg von König Guthrum

Die Wikingerkinder belustigten sie. Der Junge, der das kleine Mädchen so sehr beschützte; beide stolz und verschlossen. Sie redeten kaum und wenn, dann nur Egill. Das kleine Mädchen sprach nur den Namen des Jungen. Dieses Wort schien mehrere Bedeutungen für ihn zu haben, je nach Betonung und Aussprache. Sie verständigten sich mit seltsamen Handzeichen, schienen ihre eigene Zeichensprache zu haben, und Cecilia fand das sehr klug. Sie behandelte die Kinder sanft und freundlich, damit sie keine schlechte Meinung von ihr hatten.

Guthrum hatte sie ihr zu ihrem zwanzigsten Geburtstag geschenkt. Lächelnd hatte er gesagt: »Für meine schöne Cecilia zwei sanfte Kinder, die dir zu Diensten sind. Klein und unauffällig, so wird niemand auf dumme Gedanken kommen, wenn sie deine Anweisungen ausführen.«

Sie hatte Juwelen als Geburtstagsgeschenk erwartet und hatte zwei Tage geschmollt, bis sie erkannte, daß ihr Onkel und Geliebter, der König von Danelagh, ihr zwei ausgezeichnete Botengänger geschenkt hatte, die ihre Wünsche jederzeit übermitteln konnten. Niemand achtete auf einen kleinen Jungen oder ein kleines Mädchen, noch dazu Sklavenkinder. Sie konnten Liebesbeweise oder Botschaften in die Gemächer des Königs bringen, und niemand würde sich etwas dabei denken, nicht einmal Sigurd, Guthrums Gemahlin, die eifersüchtige, alte Hexe.

Cecilia seufzte. Sie langweilte sich. Guthrum müßte längst hier sein. Er verspätete sich. Vermutlich trank er mit seinen Männern, die ihm lachend von den letzten Überfällen und Plünderungen in König Alfreds Wessex erzählten. Oder er arbeitete mit seinen Ratgebern Strategien für Alfreds endgültige Niederwerfung aus, denn der Sachsenkönig hatte ihm vor einigen Jahren einen Waffenstillstand aufgezwungen, und ihn zugleich genötigt, dem

Christengott zu huldigen. Ja, falls erforderlich, konnte Guthrum so fromm tun wie einer von Alfreds Bischöfen.

Cecilia nahm eine in Honig getauchte Mandel. Natürlich stritt Guthrum jede Kenntnis über Plünderungen im Reich König Alfreds vehement ab. Wenn Alfred ihm empörte Botschaften sandte, runzelte er betrübt die Stirn, schüttelte den Kopf, gab seinem höchsten Bedauern Ausdruck und schickte den Boten mit einer Handvoll Silbermünzen auf den Rückweg.

Cecilia blickte wieder zu den Kindern hinüber. Es war ein ausgesprochen gutaussehender Wikinger namens Orm Ottarsson, der Guthrum den Knaben und das Mädchen gebracht hatte, gemeinsam mit mehr Silbermünzen als Cecilia zählen konnte, als Gegengabe für die Vertreibung einer Sachsenfamilie von fruchtbarem Ackerland am Ufer des Flusses Thurlow, deren Landbesitz dieser Orm sich erbeten hatte. Sie war beeindruckt vom Wuchs und der hochmütigen Haltung des Mannes aus dem Norden. Sie war interessiert, ihn näher kennenzulernen. Aber er hatte York bald wieder verlassen, um nach Norwegen zurückzukehren. Cecilia tröstete sich mit dem Gedanken an seine Wiederkehr. Dann würde sie sehen, wie die Dinge sich entwickelten.

Sie erhob sich und betrat den kleinen, ummauerten Garten vor ihrem Schlafgemach. Die Steinmauer war sehr hoch, Kletterrosen wuchsen bis oben hin, bedeckt von roten und weißen, duftenden Blüten. In der Mitte des Gartens plätscherte ein kleiner Brunnen, umgeben von einem alten, römischen Mosaik in Form eines Achtecks. Es war gut erhalten und zeigte fremdartige, mit Seetang drapierte Geschöpfe aus dem Meer, die sich mit kraftvollen Kelten paarten. Egill und Lotti spielten am Brunnen, und er redete auf sie ein, wobei er seine Hände benutzte, um seinen Worten Nachdruck zu verleihen. Lotti sah ihn aufmerksam an.

»Sag es noch einmal, Lotti. Komm, sag es.«

Lotti gab einige undeutliche Laute von sich, aber Cecilia verstand. Das kleine Mädchen sagte: »Guten Morgen«.

»Guten Morgen, ihr beiden«, sagte Cecilia munter und ging auf die Kinder zu. Der Junge erbleichte und trat einen Schritt näher an das kleine Mädchen.

Sie trugen beide weiße Wolltuniken, in der Mitte mit einem hellblauen, geflochtenen Lederband gegürtet. Die Tuniken waren ärmellos und reichten den Kindern bis zu den Knien. An der Kleidung erkannte man sie als Sklaven, doch die edle Qualität des Wolltuchs ließ auch erkennen, daß ihr Herr ein großzügiger Edelmann war. Die Kinder sahen hübsch aus, und das gefiel Cecilia. Das Haar des kleinen Mädchens glänzte rötlich braun, und ihre Augen hatten einen eigenartigen goldenen Schimmer. Sie versprach einmal eine große Schönheit zu werden, und das störte Cecilia nicht im geringsten. Sie verabscheute Häßlichkeit, selbst bei kleinen Sklavenmädchen.

»Lotti«, sagte Cecilia zu dem Kind, »pflück mir eine rote Rose. Der König wird bald hier sein, und ich möchte mein Haar damit schmücken.« Dabei tätschelte sie ihr volles, braunes Haar.

Lotti warf Egill einen Blick zu, und er bewegte rasch seine Hände und deutete auf den Rosenstrauch.

Cecilia bemerkte es nicht. Sie studierte eine kleine Kratzwunde auf ihrem Handrücken, von der sie nicht wußte, woher sie rührte.

Egill wartete in der Hoffnung, Lotti möge eine rote Rose und keine weiße pflücken. Sie hatten noch keine Zeichen für Farben vereinbart. Er beobachtete sie gespannt.

Sie brach eine rote Rose, und er atmete erleichtert auf. Er hatte keine Ahnung, was passieren würde, wenn die Frau herausfand, daß Lotti nicht hören und nur sehr wenig sprechen konnte. Lotti reichte Cecilia die Rose und wurde von ihrer Herrin mit einem zerstreuten Tätscheln auf den Kopf belohnt, wie ein Hund, der etwas apportiert hatte.

Egill empfand für die Frau und ihre lächerliche Eitelkeit

nur Verachtung. Was er von König Guthrum halten sollte, wußte er nicht. Der Mann war älter als Egills Großvater, gab sich aber jung und energiegeladen, tauschte Zärtlichkeiten mit Cecilia aus, als wäre er ein leidenschaftlicher, junger Liebhaber. Und Cecilia trieb ihr Spiel mit ihm. Egill hatte zunächst vorgehabt, dem König zu sagen, wer er war, doch dann hatte er gehört, wie Guthrum zu einem seiner Berater sagte, der Cecilia hinter dem Rücken des Königs schöne Augen machte, er freue sich, daß die Kinder von Wikinger-Abstammung seien. Er wollte beobachten, ob Kinder von Wikingern in Gefangenschaft zu ebenso kriegerischen Menschen wie ihre Vorfahren heranwachsen würden. Ihn kümmerte es nicht. Er lachte nur darüber.

Er fragte sich, ob der König seinen Vater kannte. Bislang hatte sich noch keine passende Gelegenheit ergeben, um ihn anzusprechen. Guthrum war ein launenhafter Mensch, und Egill war nicht dumm. Er hatte nicht die Absicht, den Mann zu verärgern, der die Macht über seines und Lottis Leben in Händen hielt.

Egill brütete vor sich hin. Er dachte an Orm Ottarsson, der Lotti und ihn gefangengenommen hatte, als sie beide triefend naß und keuchend am steinigen Strand der spitzen Landzunge lagen. Egill hatte Lotti entdeckt, als sie mit dem Gesicht nach unten im seichten Wasser trieb, und sie an Land gezogen. Dann hatte er sie von den Schlingpflanzen befreit, die sie umschlungen hielten. Er wäre bei der Rettungsaktion selbst beinahe ertrunken, doch er hätte nichts für sein Leben gegeben, wenn das kleine Mädchen ertrunken wäre. Er hatte ihr den Brustkorb zusammengedrückt, sie umgedreht und den Rücken eingedrückt, bis sie endlich Wasser spie und wieder zu atmen anfing und erneut große Mengen Wasser spie. Dann hatte er den Kopf gehoben, und Orm Ottarsson hatte lächelnd auf die Kinder heruntergeblickt. Einen Augenblick hatte Egill geglaubt, er würde sie zu seinem Vater zurückbringen. Er hatte die Kinder in warme Decken gepackt und fortgebracht. Egill fragte Orm, was er vorhabe, doch der Mann hatte ihn nur geschlagen und höhnisch dabei gelacht. Später hatte er die Kinder dem König als Bestechungsgeschenk übergeben. Und da lag eine weitere Schwierigkeit. Der König würde gewiß Orms Worten glauben und nicht den Worten eines kleinen Sklavenjungen. Egill war ratlos. Er sehnte sich nach seinem Vater. Er sah ihn in seinen Träumen, groß und grimmig, seine Augen verdunkelt vor Trauer um seinen einzigen Sohn. Egill wußte, daß sein Vater ihn für tot hielt. Der Junge hatte alle Möglichkeiten in Betracht gezogen, stellte sich vor, wie sein Vater mit seinen Männern vergeblich nach ihm suchte. Irgendwann kamen sie zum Schluß, daß er, wie Lotti, umgekommen sein mußte oder von wilden Tieren getötet und verschleppt worden war.

Er sah, daß Lotti auf den Knien lag und aufmerksam das römische Mosaik studierte. Die Bildergeschichte faszinierte sie, und ihre kleinen Finger zogen die bunten Figuren auf den Steinfliesen nach. Cecilia, die sich die Rose ins Haar gesteckt hatte, blickte sich nach einer Beschäftigung suchend um. Egill sah in ihr ein völlig nutzloses Geschöpf. Selbst Cyra, die Geliebte seines Vaters, hatte sich irgendwie nützlich gemacht.

»Egill.«

Lotti betrachtete begeistert eine Darstellung. Egill ging mit einem nachsichtigen Lächeln zu ihr und ging neben sie in die Hocke.

Das Bild stellte einen stolzen Krieger dar, der ein kurzes Faltengewand trug, das in der Mitte von einem breiten Ledergürtel gehalten war. Auf dem Kopf trug er einen goldenen Helm. Er war hochgewachsen, muskulös und wirkte sehr selbstbewußt. Er stand im Bug eines Schiffs, schwang ein Schwert über dem Kopf und blickte siegesgewiß in die Ferne. Hinter ihm legten seine Männer sich in die Ruder.

Der gutaussehende Krieger sah aus wie sein Vater.

Lotti gab einen Laut von sich, Egill fuhr herum und legte seine Hand auf ihren Arm.

Sie nickte ihm lächelnd zu. Auf der nächsten Darstellung stand der Mann an Land, sein Schwert wies immer noch auf den unsichtbaren Feind, er stand in Kampfposition da.

Auf der letzten Darstellung war der Feind abgebildet, ein Drache, in dunkle Rauchschwaden gehüllt, der sich wand und Feuer spie. Der Krieger trennte dem Monster mit einem Schwertstreich den Kopf vom Rumpf.

»Mein Vater wird uns retten«, flüsterte Egill. »Das ist ein gutes Omen.« Er hörte Schritte und drehte sich rasch um. König Guthrum näherte sich, und Egill fühlte Angst und Hoffnung in sich keimen. Der König schien wohlwollender Stimmung zu sein. Egill blickte dem König entgegen, dessen Gesicht wie gegerbtes Leder war von einem langen Leben im Freien bei Wind und Wetter; seine Schultern waren leicht gebeugt, sein dichtes, dunkles Haar und sein Bart waren von grauen Strähnen durchzogen. Er trug rote Kleidung, mit kostbaren Goldfäden durchwirkt.

Lotti starrte den König stumm an. Ihre Hand glitt in Egills Hand. Die Kinder warteten, ängstlich und wachsam.

König Guthrum nickte ihnen zu, ohne eigentlich auf sie zu achten. Er sprach mit einem zweiten Mann, der wie ein Soldat gekleidet war. Guthrum rief plötzlich: »Bring uns Rheinwein, Junge.«

Egill wollte nicht fortgehen. Er wollte hören, was die Männer sprachen. Rasch wandte er sich an Lotti und gab ihr durch Zeichen zu verstehen, sie solle die Männer beobachten und versuchen zu verstehen, was sie sagten. Dann entfernte er sich rasch in einen der Vorräume, wo er einen von Cecilias Hausdienern anzutreffen hoffte.

Aslak, einer der Heerführer des Königs, sprach mit grimmiger Stimme: »Und ich sage Euch, Sire, wir müssen diesem weibischen Gezänk ein Ende machen. Ihr müßt Eure Heere sammeln und Alfred angreifen. Und ich verspreche Euch, die Sachsen laufen kopflos in alle Richtungen davon, wie die Hasen. Der Waffenstillstand mit König Alfred ist ohne Belang. Das habt Ihr selbst oft genug betont.«

Der König strich sich den Bart. »Ja, es ist wahr. Was schlägst du vor, Aslak?«

»Ich würde ein Heer direkt nach Chippenham führen, bis vor die Tore des Königspalasts. Wir können im Schutz der Nacht schnell vorwärtskommen und den Vorteil eines Überraschungsangriffs nutzen. Wir nehmen alles Gold und Silber, das wir tragen können. Ihr müßt Alfred zeigen, daß ein Wikinger sich vor keinem Mann beugt, schon gar nicht vor einem Sachsenkönig. Es ist Zeit, ihm den Todesstoß zu versetzen.«

Guthrum hörte diese hochmütigen Worte gern, denn er selbst hatte ähnliche Worte oftmals gesprochen. Aber er war kein Narr, obgleich die Worte sein Blut in Wallung versetzten. Doch sein Blut war träger geworden, sehr viel träger. »Gib mir Zeit, um darüber nachzudenken, Aslak. Wir gehen ein großes Wagnis damit ein. Alfred ist kein kleiner Lehensherr. Er ist ein kluger Mann und ein tapferer Kämpfer. Ich werde darüber nachdenken.«

»Eines Tages, Sire, werden wir England beherrschen. Wollt Ihr der Sieger über England sein. Der Herrscher, der alle Zügel in der Hand hält?«

Der König lachte und blickte auf seine von der Gicht knorrig gewordenen Finger. »Ah, Egill bringt den Wein.«

Aslak sagte unvermutet: »Der Junge kommt mir bekannt vor. Seine Gesichtszüge erinnern mich an jemand.«

Guthrum nickte. »Ja, mir kommt er auch irgendwie bekannt vor.« Er krümmte den Finger. »Egill, komm mal her, mein Junge. Ist dein Vater noch am Leben?«

Egill wußte nicht, was er sagen sollte. Jetzt war der Augenblick gekommen, und er stand stumm und steif da wie ein Dummkopf. Stand Orm beim König in hohem Ansehen? Es schien so, wie Egill aus dem Umgang der beiden Männer miteinander entnommen hatte. Der König glaubte ihn zu kennen. Ob er Magnus Haraldsson kannte? Was hielt er von ihm? Würde Orm dafür Sorge tragen, daß er und Lotti getötet würden, wenn er die Wahrheit sagte? Egill blickte zu Lotti. Er trug die Verantwortung für die Kleine, und wenn ihr etwas zustieß, würde er sich das nie verzeihen. Er hatte sie schon einmal beinahe verloren. Er wollte sie nie wieder verlieren. Er schüttelte den Kopf und sagte: »Nein, Sire, mein Vater ist tot.«

König Guthrum hatte sich bereits abgewandt. Egills Antwort erreichte seine Ohren nicht mehr. Der Junge seufzte halb erleichtert, halb besorgt.

Die Männer tranken Wein aus kostbaren Glaskelchen. Guthrum sagte nach einer Weile: »Dein Vorschlag eines Überraschungsangriffs auf Chippenham stammt ursprünglich von mir, Aslak. Ja, und er gefällt mir. Wir haben so etwas schon einmal gewagt und Tod und Verderben über die Sachsen gebracht. Warum soll es nicht wieder gelingen? Sie haben Zeit gehabt, neue Vorräte anzulegen und Reichtümer anzuhäufen. Ein Raubzug würde sich für uns wieder lohnen. Laß mich darüber nachdenken.«

»Wartet nur nicht zu lange, Sire.«

»Nein, das werde ich nicht. Ah, da kommt Cecilia.«

Aslak brummte und starrte sie mit offenkundigem Verlangen an, daß selbst Egill wußte, was seine Blicke bedeuteten.

Egill blickte Lotti an in der Hoffnung, ihr sei nichts aufgefallen. Sie lächelte, und er trat neben sie. Plötzlich erschien ein Kammerdiener des Königs. Hinter ihm wartete eine Frau mit weißblondem Haar. Die junge Frau war seine Tante Ingunn, die Schwester seines Vaters.

Lotti sah sie und stöhnte erschrocken auf.

27

Der Morgen war strahlend schön; die Nordsee lag ruhig und glatt. Das große Segel hing flach, um sich in der nächsten Bö der unsteten westlichen Brise jäh mit lautem

Knall aufzublähen. Zarabeth strich sich das Haar aus dem Gesicht und legte die Hand schützend gegen das gleißende Licht und den Sprühnebel der salzigen Gischt an die Augen. Sie glaubte, in der Ferne York zu erkennen, doch die Umrisse stellten sich als graue Wolkenbank heraus, die sich am Horizont erstreckte. Die *Seewind* glitt vorwärts, näherte sich mit jedem Ruderschlag der Stadt York, begleitet von kreischenden Seevögeln, die hungrig nach Abfällen Ausschau hielten.

Eine Möwe stieß herab, ließ sich auf der Reling nieder und plusterte laut kreischend das Gefieder auf. Zarabeth achtete nicht auf den Vogel. Sie erinnerte sich an Ragnar, der an der Spitze der Malekbewohner stand, die den gewundenen Pfad vom langen Holzsteg bis hinauf zu den Palisadentoren säumten. Sie glaubte beinahe, den harzigen Duft der frischen Holzbalken der neu erbauten Häuser in der Morgenluft zu riechen. Alle Leute winkten ihnen zu, riefen Segenswünsche und gute Ratschläge herüber. Ragnar, beinahe wieder hergestellt — nur sein linker Arm lag noch in einer losen Schlinge — stand stumm wie eine Statue. Nach langem Überreden hatte er sich damit einverstanden erklärt, in Magnus' Abwesenheit die Aufsicht über Malek zu führen. Eldrid oblag die Aufsicht über die Arbeiten der Frauen im Langhaus, obwohl sie zeterte und klagte, sie sei zu alt und zu schwach für eine solche Verantwortung. Doch Magnus hatte sie barsch unterbrochen: »Unsinn, Tante. Du bist klug und gerecht. Führe mein Haus in unserer Abwesenheit und halte alles zu unserer Rückkehr bereit.«

Sie würden Egill und Lotti gesund und wohlauf vorfinden, davon war Zarabeth überzeugt. Ihr starrköpfiger und übertrieben vorsichtiger Ehemann würde sich schon an ihre Gegenwart gewöhnen. Irgendwann würde er aufhören zu schmollen. Er hatte sich schließlich zähneknirschend ihrem Wunsch gebeugt, ihn zu begleiten.

Am letzten Abend vor seiner Abreise hatte sie ihm fest in die Augen geblickt und ihm dabei feierlich geschworen, daß sie in seiner Abwesenheit Malek verlassen und auf eigene Faust nach York reisen würde.

Er hatte wütend geknurrt und geflucht und zwei Holzschalen zertrümmert, war wie ein gefangener Bär in der Umzäunung hin und her gestapft, hatte sogar gedroht, sie einzusperren. Schließlich hatte er sich an seine Mutter um Beistand gewandt, die wenige Tage zuvor angereist war. Zu seinem maßlosen Erstaunen hatte Helgi Zarabeths Partei ergriffen. »Es ist ihr gutes Recht«, hatte sie gesagt und dem Sohn sanft mit ihrer schwieligen Hand über die Wange gestrichen. »Das mußt du verstehen, mein Sohn. Lotti ist ihre Schwester, und sie hat den verständlichen Wunsch, das Kind zu suchen und es selber nach Hause zu bringen. Es wäre falsch, ihr das zu verbieten. Sie ist jetzt eine Wikingerfrau, Magnus.«

Darauf hatte er nichts entgegnet, obgleich wütende Worte und Drohungen ihm beinahe die Kehle zuschnürten. Schließlich hatte er ärgerlich geknurrt: »Aber sie bekommt ein Kind von mir!« worauf die beiden Frauen ihn mit einem nachsichtigen Stirnrunzeln bedachten.

Nun war ihre Reise bald zu Ende. Ein halber Tag noch, hörte sie Tostig sagen. Vielleicht noch ein ganzer, wenn der Wind ungünstig stand. Zarabeth spürte Magnus' Nähe. Nach einem kurzen Augenblick legten seine Arme sich um sie, und er zog sie an seine Brust.

»Bald sind wir da«, sagte er und zog sie näher an sich. »Wie fühlst du dich?«

»Ich fühle mich wunderbar.«

»Ich habe beschlossen, dir nicht mehr böse zu sein. Es macht mich einsam und bringt mir nur verachtende Blicke der Männer ein. Ich bin es leid, so zu tun, als wärst du nicht bei mir, Zarabeth. Es bringt mir nichts.«

Sie wandte sich ihm lächelnd zu. »Nein, das tut es nicht, und ich bin froh, daß du mich wieder sehen möchtest. Du hast mir gefehlt, Mann. Ich habe mich nach der Berührung deiner Finger auf meinen Lippen gesehnt — und nach deiner Fülle in mir.«

Magnus küßte sie zart auf den Mund, dann blickte er ihr forschend ins Gesicht. »Hör mir zu, Zarabeth. Auch wenn wir unserer Sache sicher sind, können wir nicht wissen, ob Egill und Lotti noch am Leben sind. Vielleicht hat Orm gelogen. Er macht sich gern auf Kosten anderer lustig. Er sieht auch gern, wenn andere leiden. Wir müssen auf das Schlimmste gefaßt sein, aber wir tragen es gemeinsam.«

»Die Kinder sind am Leben.«

»Ich habe zwar diesen Traum gehabt, es wäre aber töricht, fest daran zu glauben.«

»Die Kinder sind am Leben.«

Er drückte sie fester an sich, sagte aber nichts mehr. Er war beinahe so sicher wie sie, daß Egill und Lotti lebten, fürchtete jedoch, die Worte auszusprechen, fürchtete, das Schicksal könnte sich irgendwie gegen ihn wenden, wenn er seiner Sache zu sicher wäre.

Ingunn stand vor Egill in einer Ecke des Gartens, unsicher, was zu tun sei. Die Geliebte des Königs, seine Nichte Cecilia, hatte die beiden achselzuckend alleine gelassen. »Ich verstehe dich nicht«, sagte Ingunn im höchsten Maße verärgert, daß sie ihn am liebsten geohrfeigt hätte. »Ich bin bekommen, um dich zu retten, und du weigerst dich, wegen der kleinen Mißgeburt mit mir zu kommen!«

»Wo ist Orm Ottarsson? Weiß er, daß du hier bist? Kennt er dein Vorhaben?«

Ingunn blickte ihren Neffen forschend an. Der Junge hatte sich verändert. Seine Stimme klang beinahe wie die von Magnus — gebieterisch und fest, als sei er daran gewöhnt, Befehle zu erteilen, und sie, eine Frau, habe ihm zu gehorchen. Sie war wütend. Sie wollte ihn retten — bei Thor, sie hatte ihre wertvollste Brosche verkauft, um die nötigen Silbermünzen aufzubringen — und nun führte er sich auf, als sei ihr nicht zu trauen. Dabei war sie von seinem Fleisch! »Das ist unwichtig«, sagte sie. »Du wirst mit mir kommen, und ich bringe dich wohlbehalten nach Malek zurück.«

»Es ist sogar sehr wichtig«, entgegnete Egill unbeirrt. »Orm Ottarsson hat Lotti und mich entführt. Wir waren beide halbtot. Ich fürchtete, Lotti würde sterben, so viel Wasser hatte sie geschluckt und es literweise erbrochen. Aber er kümmerte sich nicht darum, bis ihm der Gedanke kam, daß er uns für seine Zwecke benutzen könnte. Er brachte uns nach York und machte mit uns ein Tauschgeschäft mit dem König, um das Land zu bekommen, das er haben wollte. Er war sehr stolz auf seine Tat. Wenn du mich zu ihm zurückbringst, wird er sehr wütend sein.«

»Nein, das wird er nicht. Außerdem wirst du ihn gar nicht zu Gesicht bekommen.«

»Er haßt meinen Vater. Ich habe gehört, wie er darüber sprach, daß er dafür sorgen werde, daß mein Vater für seinen Stolz und seinen Hochmut bezahlen muß, daß es ihm noch leidtun wird, daß er meine Mutter geheiratet hat. Er prahlte damit, Zarabeth zu entführen und mit ihr zu machen, was er will. Er brüstete sich damit, daß er ihr ein Kind macht und sie zu meinem Vater zurückschickt. Er haßt uns alle, außer dich. Ich verstehe das nicht.«

»Orms Haß gegen deinen Vater hat nichts mit mir zu tun. Orm liebt mich. Bald bin ich seine Ehefrau. Mehr brauchst du nicht zu verstehen. Komm jetzt, wir müssen fort. Ein Boot wartet auf uns.«

Egill baute sich breitbeinig vor ihr auf, ballte die Fäuste und lächelte seine Tante standhaft an. »Ich habe dir bereits gesagt, ohne Lotti gehe ich nirgendwo hin. Kaufe sie frei, und wir werden beide mit dir fortgehen.«

»Dieses verdammte Idiotenkind! Sie ist nichts wert, ein wertloses Sklavenbalg. Du hast sie von Anfang an nicht gemocht! Sie hat dir die Zuneigung deines Vaters gestohlen. Sie kann nicht mal richtig sprechen, gibt nur dieses Lallen von sich. Du kommst jetzt mit mir, Egill. Vergiß sie.«

Sie packte seinen Arm; der Junge rührte sich nicht von der Stelle. Sie schüttelte ihn, doch er gab nicht nach. Er war stärker geworden. Er war kein kleiner Junge mehr. Ihr Atem ging fauchend, als sie den Zorn in seinen Augen sah, die Augen seines Vaters. Sein Blick war kalt und voller Eigensinn.

»Du hast meinen Vater verraten. Du hast auch Zarabeth verraten. Du hast sie gequält und ausgepeitscht, dabei hatte sie dir nichts getan. Ist sie hier? Hat Orm auch sie entführt?«

Ingunn trat einen Schritt zurück. »Nein, du dummer Junge! Das Luder lebt in Saus und Braus auf Malek. Malek gehört nun ihr! Sie ist mit deinem Vater verheiratet! Wie gefällt dir das — jetzt ist sie deine *Mutter!* Bei allen Göttern, sie ist am Ziel ihrer Wünsche!« Ingunn rieb sich die Stirn. »Ich war eine törichte Närrin, hierher zu kommen, mein Leben für deine Rettung aufs Spiel zu setzen. Du undankbarer, ungezogener Bengel. Wenn Orm wüßte, daß ich hier bin, würde er mich töten!«

»Wenigstens bin ich kein Verräter. Wenn ich sterben muß, so habe ich wenigstens keine Schmach und keine Schuld auf mich geladen.«

»Du eingebildeter Dummkopf!« Sie schlug hart zu. Egills Kopf schnellte nach hinten, aber er wich nicht von der Stelle. Er griff sie auch nicht an. Seine Haltung wurde nur noch fester, und er blickte sie voll Verachtung an.

»Verdammt noch mal, du bist frei. Ich habe dem König ein Vermögen an Silbermünzen für dich bezahlt. Es ist mir gleichgültig, ob du mit mir kommst oder nicht. Ich habe meine Pflicht getan.« Sie fuhr herum, hielt inne und drehte sich langsam wieder ihm zu. »Hör zu, Junge: Ich war die Gefährtin deines Vaters, ich habe sein Haus geführt, er konnte mir unbesorgt die Verwaltung von Malek überlassen. Es war mein Hof ebenso wie seiner! Ich war ihm mehr als eine Ehefrau sein konnte, denn ich bin sein Fleisch und Blut. Ich habe mich um alles auf Malek gekümmert, selbst um seine Frauen, und dennoch hat er mich für die dreckige Hure weggeworfen. Und dann noch die Schwester der Hure, diese erbärmliche Mißgeburt! Da hockt sie hinter dir, genau wie ihre Schwester sich hinter Magnus versteckt und ihm Lügen über mich erzählt hat!

Und dann hat sie mich auch noch beschuldigt, ich hätte sie verprügelt und schlecht behandelt. Alles Lügen, alles, was sie gesagt hat, war gelogen. Bleib bei ihrer schwachsinnigen Schwester, Egill! Mir ist es egal.« Sie trat einen Schritt auf Lotti zu und hob die Hand.

»Tu das nicht«, sagte Egill. »Faß sie nicht an, oder du wirst dafür bezahlen. Ich bin kein Kind mehr. Mein Vater hat mich gelehrt, Menschen zu beschützen, die schwächer sind als ich. Lotti ist nicht nur in meiner Obhut, sie gehört zu mir.«

Ingunn starrte den Jungen an. Ihm war ernst mit dem, was er sagte. Er würde sie sogar angreifen, sie, die sich nach Dallas Tod seiner angenommen hatte, die ihn wie ihren eigenen Sohn behandelt hatte. Plötzlich ertrug sie das alles nicht mehr. Tränen stürzten ihr aus den Augen, sie schluchzte laut auf, drehte sich auf dem Absatz um und verließ das Haus. Abrupt blieb sie stehen, unfähig weiterzugehen. Bei Thor, würde das nie aufhören? Wieder war sie unschlüssig, zornig auf den Jungen, wußte aber, was sie zu tun hatte, ja, sie wußte es. Sie hatte keine Wahl.

König Guthrums Finger glitten über die reich geschnitzten Armlehnen seines Stuhles. Vor ihm stand Magnus Haraldsson, den er ohne Zögern vorgelassen hatte. Der Mann hatte sein Vertrauen, soweit irgendein Mann sein Vertrauen genoß. Außerdem war er höchst neugierig, welches Anliegen er vorzubringen hatte.

»Soso«, meinte er gedehnt, die Augen auf seine Hände und die Eichenschnitzereien gerichtet. »Der Junge ist dein Sohn. Er kam mir irgendwie bekannt vor; Aslak erging es nicht anders. Ja, er sieht dir ähnlich. Seine Tante hat ihn mir abgekauft und hat ihn mitgenommen. Das war erst gestern. Ich nehme an, er ist bereits außer Landes.«

»Und das kleine Mädchen? Ihr Name ist Lotti.«

»Ja, ich erinnere mich an die Kleine. Die Frau wollte sie nicht haben, obgleich selbst meine liebe Cecilia wußte, daß die beiden Kinder unzertrennlich waren. Sie waren beinahe wie Zwillinge. Vermutlich hat meine, ehm, Nichte Cecilia sie behalten.«

Guthrum hörte Zarabeths scharfes Einatmen und wandte sich an sie.

»Jetzt erkenne ich dich. Du bist die Frau, der Magnus vor einigen Monaten das Leben gerettet hat, die Frau, von der wir glaubten, sie habe Olav den Eitlen vergiftet. Merkwürdig, ja, sehr merkwürdig.«

»Was meint Ihr, Sire? Ich habe meinen Ehemann nicht vergiftet.«

»Ja, alle wissen jetzt, daß man dich zu Unrecht dieses Mordes beschuldigt und verurteilt hat. Toki hat ihn umgebracht. Keiths Frau. Sie lebt nicht mehr.« Er rieb die Hände aneinander, sichtlich zufrieden mit dieser Lösung.

Magnus blickte dem König forschend ins Gesicht, nachdenklich über die Launen des Schicksals. Wäre er damals nicht zurückgekehrt, wäre Zarabeth für ein Verbrechen hingerichtet worden, das sie nicht begangen hatte. Toki war die Schuldige, und nun war sie tot. Bei den Göttern, das war mehr, als ein Mann sich erklären konnte.

Zarabeth brachte einige seiner Gedanken zum Ausdruck, als sie mit ungläubiger Stimme fragte: »Tot? Hat Toki ihre Untat gestanden?«

König Guthrum schüttelte den Kopf. »Nein. Ihr Ehemann berichtete dem Ältestenrat, daß sie die Mörderin seines Vaters war, nicht du, Zarabeth. Sie hatte es Keith eines Nachts im Rausch gestanden. Er hat sie dafür zu Tode geprügelt.«

Zarabeth rückte näher an Magnus heran. Er spürte ihr Zittern, ihr Entsetzen über die Gefühlskälte des Königs.

»Keith sagte, sie sei ein zänkisches Weib, voller Neid und Mißgunst. Er sagte, sie habe verdient, durch seine Hand zu sterben, denn als ihr Ehemann sei er teilweise für ihre Untat verantwortlich.« Guthrum nickte würdevoll, im vollen Bewußtsein seiner Güte und Weisheit. »Ich habe ihm zugestimmt und mit mir der Rat von York. Sein Handelsgeschäft blüht neuerdings, und er hat Ansehen gewonnen. Er wird seinem Vater jeden Tag ähnlicher. Er stolziert herum, mit Silber und Goldketten behangen, an jedem Finger einen kostbaren Ring. Und er trägt nur die feinsten Kleider. Er hat sich eine neue Frau genommen, ein hübsches Mädchen von vierzehn Jahren; sie wird ihm viele Söhne gebären. Er hat mir reiche Geschenke gebracht.«

Schicksal, dachte Magnus wieder. Seine Wege blieben Magnus und allen anderen Menschen verschlossen. Er nahm Zarabeths Hand, während der König weitersprach mit dem Gebaren eines Herrschers, der Gerechtigkeit walten ließ. »Ich hatte vergessen, daß Olav der Eitle bestimmte, daß du nach seinem Tod seinen gesamten Besitz erben sollst. Da du an seinem Tod unschuldig bist, hast du Anspruch auf eine Entschädigung.«

»Ja, das halte ich für gerecht, Sire«, sagte sie und blickte ihren Ehemann mit einem Lächeln an. »Ich hätte gern die Münzen wieder, die Magnus an Keith in Danegeld für den Tod seines Vaters bezahlt hat.«

»Du wirst sie bekommen.«

»Sire, wir wollen meinen Sohn und Zarabeths Schwester abholen. Wenn meine Schwester Ingunn den Jungen fortgebracht hat, muß ich wissen, wo ich Orm Ottarsson finde, denn sie ist mit großer Wahrscheinlichkeit zu ihm gegangen.«

Der König schwieg lange. Dann sagte er bedächtig: »Wenn das kleine Mädchen noch bei meiner Nichte ist, werde ich sie dir aushändigen, denn Ingunn Haraldsson hat mir reichlich Gold für den Jungen gegeben. Orm Ottarsson findest du am Nordufer des Flusses Thurlow. Dort lebt er auf einem Gehöft namens Skelder, das etwa drei Hektar groß ist. Er ist ein guter Lehnsmann, der mir seine Kampfkraft zur Verfügung stellt und pünktlich seine Abgaben bezahlt.«

Der König blickte Magnus forschend ins Gesicht, doch der nickte nur lächelnd. Seine Stimme war ohne Ausdruck. »Orm hat viele Talente, Sire. Meine Frau und ich danken Euch für Eure Güte und Großherzigkeit. Wir bleiben Euch in Treue verbunden.«

Magnus blickte seinen Landsmann an, der Besitzer des Boots *Wasserpfad*. Grim Audunsson war ein Riese, rauh und brutal; der stärkste Mann, mit dem Magnus je einen Ringkampf ausgetragen hatte. Bislang hatte er drei Kämpfe gegen ihn verloren. Grim war außerdem verschlagen und habgierig und mit geringem Verstand gesegnet. Grim spuckte und schüttelte seinen struppigen Blondschopf. Die beiden Männer standen auf dem Steg im Hafen neben *Wasserpfad*, der Geruch, den der Wind vom Hafenbecken hereintrug, zog in ihre Nasen.

»Ja, Orm war hier, und er war voll Zorn wie der weiße Tod. Er hat nicht versucht, seinen Zorn vor mir zu verbergen. Früher hat er seinen Zorn verborgen. Möglicherweise war er als junger Mann auch nicht so zornig. Doch jetzt ist er zum Berserker geworden, Magnus. Seine Augen funkelten wie glühende Kohlen, ständig ballte er die Fäuste, als wolle er alles umbringen, was sich ihm in den Weg stellt. Er war wie ein wildes Tier. Nein, er ist gefährlicher als ein Berserker, weil sein Zorn durch ein Lächeln, ein spöttisches Wort entfacht werden kann. Er ist völlig unberechenbar. Er spricht ganz ruhig mit dir, und im nächsten Moment schlitzt er dir die Kehle auf. Ja, ich habe ihm die Frau und die Kinder ausgehändigt. Was hätte ich tun sollen?« Grim schüttelte den Kopf und spuckte ins Wasser. »Ich vermute, er bringt die Frau um. Er sah ganz danach aus, das kann ich dir sagen.«

»Die Frau ist meine Schwester Ingunn. Die Kinder gehören zu mir. Orm hat sie entführt, gefangengenommen und mein Anwesen in Brand gesetzt.«

Grims Augen verengten sich. Achselzuckend meinte er: »Das ist bedauerlich. Aber was hätte ich tun können?«

»Du hättest ihn töten können. Du bist der stärkste Mann, den ich kenne.« Magnus begutachtete das Muskelspiel des Riesen. »Oder zehrt bereits das Alter an dir, Grim?«

Grims Gesicht verzog sich zu einem Grinsen, wobei eine breite Lücke zwischen seinen Vorderzähnen sichtbar wurde. »Ich könnte ihm mit einer Hand den Hals brechen, das ist wohl wahr. Aber er hat mich bezahlt. Magnus, er hat mir zehn Silberstücke gegeben. Die Frau hatte mir bereits Silbermünzen gegeben, um den Jungen nach Malek zurückzubringen. Jetzt bin ich reich genug, um meiner Frau eine neue Brosche zu kaufen. Sie ist ein anspruchsvolles Weib. Ich habe sie aus einem Dorf im Rheinland geholt. Sie lief von mir fort, aber ich habe sie eingefangen, und sie mir über die Schulter geworfen. Vor sechs Wochen habe ich sie geheiratet. Sie hat schönes schwarzes Haar, wie ich es noch nie zuvor gesehen habe. Und ihre Augen sind wie Kohlen, und erst ihr süßes, weiches Nest zwischen den Schenkeln . . . Ich denke an den Goldschmied hier in York, den alten Gunliek. Was meinst du dazu, Magnus?«

»Ich meine, daß ich dich töten werde.«

Grim lachte, ein wenig unsicher und verschlagen. Magnus wußte, Grim hatte sich innerlich auf Kampf eingestellt. Er war kein Narr. Er spürte Zarabeths Hand, die sich leicht auf seinen Rücken legte. Ein Ringkampf mit Grim würde ihn jetzt nicht weiterbringen. Zarabeth war eine kluge Frau. Außer ein paar gebrochenen Rippen und eingeschlagenen Zähnen würde ihm diese Auseinandersetzung nichts einbringen. Er hatte Wichtigeres zu tun.

»Hat Orm gesagt, daß er auf seinen Hof zurückkehrt?«

»Ja. Er sagte, er müsse Vorbereitungen treffen. Er erwarte Besuch auf Skelder, und er wollte dem Besucher ein standesgemäßes Willkommen bereiten.«

Magnus nickte und wandte sich zum Gehen. Über die Schulter sagte er: »Ich würde nicht zum alten Gunliek gehen. Er betrügt dich mit dem Goldgewicht. Geh zu Ingolf auf dem Micklegate.«

Er nahm Zarabeths Arm.

»Orm weiß, daß wir hier sind. Er weiß, daß du kommen wirst.«

»Ja, er weiß es.« Er drückte sie an sich. »Wir müssen jetzt vorsichtig sein, Zarabeth. Alles hängt davon ab, wie geschickt wir vorgehen.«

»Wenn nur Ingunn Egill und Lotti in Frieden gelassen hätte! Hätte sie sich doch bloß nicht eingemischt! Wir könnten die Kinder jetzt schon in die Arme schließen.«

»Allem Anschein nach hat meine Schwester endlich begriffen, was sie angerichtet hat. Sie versuchte, die Kinder zu retten, sogar Lotti . . . Und ihre eigene Haut dazu, wie mir scheint.« Er sah seiner Frau in die Augen und sagte: »Du sprichst kluge Worte. Trotzdem haben wir Orm immer noch nicht in den Fingern. Und ich werde ihn in die Finger bekommen, Zarabeth.«

Ingunn konnte sich nicht bewegen. Sie hatte zweimal versucht, sich zu bewegen, doch der Schmerz war so groß, daß sie beinahe wieder das Bewußtsein verloren hätte. Sie lag auf dem Lehmboden, die Kälte kroch durch ihr dünnes Hemd, ihr zerschundenes, blaugeschlagenes Fleisch zuckte, ihr Gesicht lag auf der kalten Erde. Mehrere Rippen und ihr linker Arm waren gebrochen. Ihr Gesicht mußte total verschwollen sein, er hatte sie mehrmals mit der Faust geschlagen. Sie schmeckte Blut und Tränen in ihrem Mund.

Und Egill hatte versucht, sie zu beschützen. Bei Thor, er war wie sein Vater.

Sie wimmerte leise. Alles, was sie gemacht hatte, war falsch. Sie war schwach und boshaft und blind gewesen, und nun würde sie hier alleine sterben, eingesperrt in dieser stinkenden Hütte. Und Egill würde ebenfalls sterben. Oder Orm würde ihn als Sklaven weiter verkaufen, ihn und Lotti.

Sie hatte gesehen, wie sehr der Junge das kleine Mädchen liebte, wie er es beschützte, ihr alles mitteilte, seine Gedanken, seine Eindrücke. Sie verstanden einander besser als Geschwister. Und dann dachte sie über sich selbst nach, wie sehr sie das Kind haßte, weil es Zarabeth gehörte. Sie haßte Zarabeth und wollte alles zerstören, was ihr gehörte. Das war der Grund, warum sie zurück in den Palast geeilt war, um beide Kinder auf Grims Boot zu bringen.

Sie mußte ihre Untaten wiedergutmachen. Sie mußte etwas richtig machen, etwas Gutes tun, etwas Versöhnliches.

Orm hatte auf sie gewartet. Sie war nicht sonderlich erstaunt, als er breitbeinig auf dem Steg stand, sie mit kalten, dumpfen Augen anstarrte. Die Erinnerung verursachte ihr Übelkeit. Die Galle kam ihr hoch, sie erbrach die bittere gelbe Flüssigkeit. Er hatte sie nicht angefaßt, bis sie nach Skelder zurückgekehrt waren, dem Gehöft, das er der Sachsenfamilie gestohlen hatte, mit König Guthrums Segen.

Ihre Niederlage schmeckte bitterer als Galle. Sie versuchte, sich wieder aufzurappeln, doch als sie versuchte, sich auf dem Ellbogen abzustützen, knickte ihr Arm mit einem stechenden Schmerz ein, und sie fiel erneut mit dem Gesicht auf den festgestampften Lehmboden.

Sie durfte nicht sterben. Sie durfte Egill nicht Orms Gewalt und Willkür überlassen. Langsam, sehr langsam, bewegte sie ihren linken Arm.

Orm saß grübelnd im Langhaus, das Kinn in die Hand gestützt. Das Haus war erfüllt mit beißendem Rauch, denn das Abzugsloch im Dach war verstopft. Sachsenschweine! Wieso hatten sie das nicht gesäubert? Es gab nicht einmal ein Badehaus. Er hatte die Sklaven sogleich damit beauftragt, eine Badehütte zu bauen. Er wandte den Kopf zu dem Jungen und dem kleinen Mädchen. Sie kauerten nebeneinander in einer Ecke. Der Junge sprach leise auf das Mädchen ein. Die beiden schienen die Menschen um sie herum nicht wahrzunehmen.

Magnus' Sohn! Ah, wie gut er schmeckte, dieser Sieg über seinen Feind. Es war dumm von ihm gewesen, die Kinder an Guthrum zu verkaufen. Der König hatte sie zu gut behandelt, ihnen nicht gezeigt, was es hieß, Sklave zu sein, das Eigentum eines Herrn, der über Leben und Tod bestimmte. Er dachte kurz an die Geliebte des Königs, Cecilia, und lächelte. Sie hätte gerne einen jungen Mann in ihrem Bett. Vielleicht würde er ihr den Gefallen tun. Er fand sie kindisch und geziert, doch ihr Körper reizte ihn. Jetzt mußte er auch keine Rücksicht mehr auf Ingunn nehmen, die treulose Schlampe.

»Egill! Komm her!«

Die Männer und Frauen im Langhaus verstummten beim barschen Ton seiner Stimme. Der Junge hob den Kopf und blickte quer durch den großen Raum zu Orm hinüber. Langsam erhob er sich, tätschelte Lottis Schulter, um sie zu beruhigen, denn ihre Augen hatten sich angstvoll geweitet.

»Komm her, oder du bekommst die Peitsche zu spüren!«

Die Männer und Frauen blickten verstohlen zu dem Jungen hinüber. Sie nahmen ihre Arbeiten wieder auf aus Angst, ihr neuer Herr könne sie beim Nichtstun ertappen.

Egill blieb vor Orm stehen, aufrecht, stumm, abwartend.

Orm überlegte, ob er den Jungen nicht einfach totschlagen sollte. Doch er sagte: »Ich habe beschlossen, dich an die Sachsen in König Alfreds Wessex zu verkaufen. Was hältst du davon?«

»Wirst du Lotti nach Malek zurückschicken?«

Orm lachte. »Vielleicht.«

Egill spürte einen Hoffnungsschimmer, dann krallte sich eine kalte Faust um sein Herz. Orm war wahnsinnig. Man durfte ihm kein Wort glauben. Er würde Lotti töten. Er würde sie nie freilassen.

Wieder sah er Orm vor sich, wie er Ingunn verprügelte, wie seine Fäuste ihr Gesicht bearbeiteten. Der Mann war eiskalt und blutrünstig.

»Vielleicht aber auch nicht. Dein Vater wird bald kommen, Junge. Dann werden wir weiter sehen. Schau mich nicht so ungläubig an. Ich habe ihm Zeichen hinterlassen. Er ist nicht dumm. Er wird sie verstehen, und er wird ihnen folgen. Und den Fetzen vom Kleid des Mädchens, den habe ich für Zarabeth zurückgelassen, damit sie Bescheid weiß. Ich hätte ihr Gesicht gern gesehen. Sie hat ein sehr ausdrucksvolles Mienenspiel, in dem all ihre Gefühle und Gedanken zu lesen sind. Wahrscheinlich hat sie vor Freude geweint.

»Ich will Magnus nun schon seit langer Zeit. Seit langem möchte ich ihn langsam töten, möchte seine Schmerzensschreie hören, sein Flehen, ich möge ihn von seinen furchtbaren Leiden erlösen. Wie seine Schwester, das treulose Miststück, mich angefleht hat. Wahrscheinlich hängt sie aber immer noch am Leben. Vielleicht sollte ich mal nach ihr sehen. Vielleicht braucht sie noch eine Lektion in gutem Benehmen.«

»Warum haßt du meinen Vater? Er hat dir nie etwas Böses getan.«

Orm hob den Arm, ließ ihn langsam wieder sinken, und dachte mit gefurchter Stirn über die Frage des Jungen nach. »Wieso ihn hassen? Nein, ich möchte ihn nur töten, weil er ist, wie er ist, wie er denkt, wie er handelt. Er ärgert mich nun seit langer Zeit, dieser selbstgerechte und stolze Herr, dein Vater. Und deine Mutter Dalla war verrückt und eitel, aber er hat sie bekommen. Es war nicht recht, daß nicht ich sie bekommen habe; es war nicht recht, daß Magnus der Sieger war. Ich mag keine Niederlagen. Ich nehme sie nicht hin.«
Egill blieb stumm. Orm Ottarsson war ein furchterregender Mann, mit ihm konnte niemand vernünftig reden, das erkannte Egill ganz deutlich. Nein, die einzige Möglichkeit war Flucht. Er mußte seinen Vater warnen. Und er mußte Lotti retten.

Er fühlte sich sehr alt für seine acht Jahre und sehr klein. Aber er mußte es versuchen.

Orm baute sich vor Egill auf. Der Junge wich nicht von der Stelle und blickte ihm standhaft ins Gesicht. Er würde dem Jungen Gehorsam beibringen, aber nicht jetzt.

»Ich sehe mal nach deiner Tante, ob sie immer noch um ihr Leben wimmert.«

28

Ingunn wußte, daß er kam. Im nächsten Augenblick würde er in der Tür der Hütte erscheinen, würde eine Weile ins Dunkel blinzeln, bis seine Augen sich an das Dämmerlicht gewöhnt hatten, und dann würde er sie sehen. Er würde grinsen, und sie würde nicht in der Lage sein, ihren Schmerz vor ihm zu verbergen. Es gab kein Entrinnen für sie, das wußte er, und das machte ihm Spaß.

Er würde sie wieder schlagen und dabei lachen, seine Augen würden dumpf und kalt sein, und er würde solange auf sie einschlagen, bis kein Leben mehr in ihr war. Dann würde er sie auf dem Lehmboden liegen lassen und die Kinder töten.

Ingunn schleppte sich zum grob gezimmerten Holzverschlag. Langsam, bei jeder Bewegung vor Schmerz ächzend, zog sie sich auf die Füße. Sie keuchte, kämpfte gegen das schwarze Schwindelgefühl an, das sie zu übermannen drohte. In der Hand hielt sie ein schweres Ackergerät, einen langen Holzstiel, an dessen Ende ein Eisenhaken befestigt war, womit man Steine aus dem Boden holte und harte Erde auflockerte. Sie wußte nicht, wie sie die schwere Hacke heben und damit zuschlagen sollte. Aber sie mußte es tun. Sie wollte nicht sterben.

Orm entfernte sich vom Langhaus, schlenderte den schmalen, zerfurchten Pfad entlang, der an einigen Hütten vorbeiführte, die das Haupthaus umgaben. Der Lehmboden war vom Regen am frühen Morgen aufgeweicht. Die Feuchtigkeit verstärkte den Gestank nach verwesendem Fleisch und Fäkalien. Voller Ekel beäugte er die Abfallhaufen. Verfluchte Sachsenschweine! Er mußte auch noch ihren Dreck wegschaffen.

Die Nacht war schwarz und still, der Mond am Himmel nur eine schmale Sichel. Das Land lag flach, bevor es sanft zum Ufer des Flusses Thurlow abfiel. Wie fremd ihm dieses Land war, so anders als seine Heimat Norwegen mit dem nächtlichen Dämmerlicht, das geheimnisvolle Schatten über die Landschaft warf. Dieses Land war zu sanft, zu weich; aber er würde sich daran gewöhnen, wie seine Männer auch. Alle seine neuen Sklaven würden sich an ihn, ihren neuen Herrn und Meister gewöhnen. Gestern mußte er einen dieser aufsässigen Kerle auspeitschen, einen Sachsen, der vor ihm ausgespuckt hatte. Wahrscheinlich war er mittlerweile an seinen Wunden verendet.

Orm lächelte. Bald war Magnus da. Er war für ihn bereit. Seine Männer lagen im Hinterhalt am Rand des Weges, der zum Gehöft führte. Sie würden ihm eine Botschaft zukommen lassen, wenn Magnus und seine Männer auftauchten. Orm pfiff leise vor sich hin, strich sich über die Oberarme, es war kühl geworden. Stirnrunzelnd blickte er auf seine Hände. Er hatte sich die Knöchel verstaucht, als er Ingunn immer wieder die Faust ins Gesicht schlug. Seine Finger schmerzten, wenn er die Faust ballte. Er hätte zu Ende bringen sollen, was er begonnen hatte. Jetzt wollte er es tun. Sie hatte ihn verraten. Er konnte sie nicht mehr gebrauchen.

Er schob den Riegel der schmalen Holztür hoch, stieß den Verschlag auf, starrte ins Dunkel, um seine Augen daran zu gewöhnen. Er sah nichts, nur die Umrisse der Ackergeräte. Er hatte schnelle Reflexe; doch diesmal war er nicht schnell genug. Er hörte ihr Keuchen, hörte das Sausen in der Luft, und gerade als er sich umdrehte, spürte er den Schmerz, der wie ein Messer durch seinen Schädel fuhr. Dann spürte er nichts mehr.

Ingunn beobachtete, wie er zu Boden ging. Er war nur ohne Bewußtsein, nicht tot, Fluch den Göttern! Sie hob die schwere Hacke, um erneut zuzuschlagen, diesmal mit den gebogenen Eisenhaken, doch ihr gebrochener Arm versagte ihr den Dienst. Hilflos sah sie, wie die Waffe ihren Fingern entglitt.

Erst jetzt bemerkte sie, daß auch ihr Bein gebrochen war; es knickte leblos unter ihr ein. Sie taumelte, schlenkerte den gesunden Arm wild durch die Luft, dann fiel sie neben Orm auf die Knie, sackte zur Seite und lag da, mit pfeifendem Atem, verzweifelt dagegen ankämpfend, das Bewußtsein zu verlieren.

Erst als sie neben dem Mann lag, der sie betrogen und geschlagen hatte, wußte sie genau, was zu tun war. Sie schleppte sich kriechend zur offenen Tür, Zentimeter um Zentimeter. Noch ein wenig . . . Sie konnte es schaffen.

Orm grunzte.

Sie schloß die Augen und flehte zur Göttin Freya. Das schien ihr Kraft zu geben. Sie bekam den Türriegel zu fassen und zog sich daran hoch.

Orm schüttelte nun stöhnend den Kopf, versuchte sich aufzusetzen.

Rasch schob sie sich nach draußen, schlug die Tür zu und lehnte am Pfosten, eine zerlumpte, blutüberströmte, zusammengesackte Gestalt, ihr rechter Arm hing leblos an ihrer Seite. Sie schwankte wie betrunken auf dem gesunden Bein, konnte kaum atmen, so stark war der Schmerz in ihrer Brust. Sie mußte den Riegel vorschieben. Wenn sie das nicht schaffte, würde er jeden Moment wie ein verwundeter, wilder Keiler aus der Tür rasen, und alles wäre verloren. »Freya«, betete sie, »hilf mir!« Sie stieß die Worte halblaut ächzend hervor. »Hilf mir!«

Sie hob den schweren Riegel und schob ihn in die Eisenhalterungen. Sie hatte es geschafft. Nun brauchte sie eine Fackel. Sie wußte nicht, wo Orms Leute waren. Einige hielten sich vermutlich im Langhaus auf, bewachten Egill und Lotti. Andere lagen irgendwo im Hinterhalt, um Magnus aufzulauern. Im Umkreis um das Langhaus brannten etwa ein Dutzend kleiner Feuerstellen, um die einige Männer lagerten.

Sie brauchte nur eine Fackel. Langsam humpelte sie los, den linken Arm stützend um die Rippen gelegt.

Plötzlich tauchte ein Mann im rauchigen Schein des Lagerfeurs auf. »Halt! Wer seid Ihr? Was geht hier vor?«

Ingunn spürte, wie sie jede Kraft und Hoffnung verließ. Es war einer von Orms brutalen Schlägern, der auf sie zukam. Dann blieb der riesenhafte Kerl abrupt stehen, horchte wie ein Tier auf ein fremdes Geräusch.

Jetzt hörte auch Ingunn das Geräusch. Es war Orm, der wie ein Stier brüllte und gegen den Verschlag der Hütte hämmerte. Der Mann ließ sie stehen und rannte los.

Nein! Sie war ihrem Ziel so nahe. Tränen brannten in ihren Augen. Sie hob den abgebrochenen Zweig einer Ulme vom Boden auf und humpelte weiter. Das Lagerfeuer war verlassen. Ingunn drückte den Zweig in die Glut und sah zu, wie die Flammen im dürren Laub hochzüngelten. Dann trug sie die brennende Fackel vor sich her, alle Schmerzen waren vergessen, sie wankte nicht und stolperte nicht. Sie marschierte wie ein Soldat geradewegs in den Kampf auf die Hütte zu. Dort stand der Mann und versuchte, den Riegel zu heben.

Der Riegel klemmte, rührte sich nicht.

Ingunn trat von hinten an ihn heran und hielt die brennende Fackel an sein Haar und danach an seine Tunika. Er fuhr herum, starrte sie an, als sei sie eine Höllenerscheinung. Dann stieg ihm der Brandgeruch in die Nase, er spürte das Feuer im Rücken. Schreiend rannte er auf und davon und schlug sich mit den flachen Händen auf den Hinterkopf.

Ingunn hörte Orms Gebrüll: »Öffne sofort den Riegel, du Idiot! Ich muß die Frau kriegen. Bei allen Göttern, dafür wird sie mir büßen. Mach die Tür auf! Worauf wartest du? Schieb den Riegel hoch!«

Ingunn lächelte. »Orm . . .«

Es entstand eine tödliche Stille.

Dann seine Stimme, weich und einschmeichelnd: »Laß mich raus, Ingunn. Du hättest mich nicht schlagen dürfen, Liebes. Ich dachte, du spaltest mir den Schädel. Ich bin gekommen, um dich freizulassen. Ich wollte dich ins Langhaus bringen und deine Wunden selbst versorgen. Ich wollte dir nicht so furchtbar weh tun. Aber ich mußte dich bestrafen für das, was du getan hast. Aber ich tu es nicht wieder, Ingunn, nie wieder. Du wirst meine Frau, und ich will dich lieben und dich beschützen.«

»Versprichst du mir das, Orm?«

»Ja, mein Liebe.«

Seine Stimme klang sehr ehrlich und vertrauenserwekkend. Und Ingunns Lächeln wurde breiter. »Wirst du mich morgen heiraten?«

»Ja. Nun öffne die Tür, Schatz.«

»Bald, Orm. Dir muß kalt sein, die Nachtluft ist frisch geworden. Bald kommt der Herbst und dann schneit es. Doch dann wirst du nicht mehr hier sein.«

»Ingunn, was meinst du damit? Komm, sprich nicht solchen Unsinn. Mach die Tür auf, sonst . . .«

»Sonst was, Orm?« Ihre Fackel berührte die Holzwand, die allerdings das Feuer nicht fangen wollte. Ingunn hob den Arm, leise stöhnend vor Schmerz, und hielt die brennende Fackel an das Dach. Das Stroh fing sofort Feuer, gelbrot züngelnd, dunkler Rauch quoll auf.

Sie wußte genau, in welchem Moment Orm erkannte, daß es für ihn kein Entrinnen mehr gab. Panik schwang in seiner Stimme. Und Angst. Er brüllte: »Mach die Tür auf, du blödes Weib! Bei Thor, dafür wirst du mir bezahlen, du Miststück . . .«

Sie unterbrach ihn mit sanfter, wenn auch fester Stimme, als schelte sie ein ungehorsames Kind: »Sei nicht so ungeduldig, Liebster. Bald laß ich dich frei, Orm. Aber zuvor soll dir ein wenig warm werden. So warm wie es Magnus und Zarabeth haben sollten, und allen Leuten auf Malek, als du den Hof meines Bruders in Brand gesteckt hast. Ich hätte dir nicht glauben dürfen, ich hätte dir nicht verzeihen dürfen, daß du Malek niedergebrannt hast. Aber ich habe dir vertraut. Ich habe deinen Worten geglaubt, es sei ein Unfall gewesen, es sei nicht deine Absicht gewesen, einer deiner Männer habe es getan. Ich wußte natürlich, daß du lügst, aber ich wollte es mir nicht eingestehen. Sonst hätte ich mir auch eingestehen müssen, daß ich eine Närrin war, daß ich auf dich hereingefallen bin, daß ich meine Familie verraten und belogen habe. Spürst du, wie warm es wird, Orm? Das Dach brennt jetzt richtig lustig. Bald, mein Geliebter, bald wirst du es so warm haben, daß du vor Glück jauchzen wirst.«

Jetzt wußte er, was sie getan hatte. Sie lächelte still vergnügt in sich hinein, als sie sein Brüllen und sein gotteslästerliches Fluchen hörte, und wie er an der Türverriegelung riß, mit dem Eisenhaken gegen die Holzwand trommelte. Nein, es gab kein Entrinnen für ihn. Sie trat ein paar Schritte zurück, denn die Hitze war nun unerträglich geworden, und die Flammen züngelten seitlich aus der Holzverschalung. Funkenregen fuhr prasselnd hernieder. Dann knackten die Balken, die das Strohdach trugen. Kurz darauf stürzten die durchgebrannten Balken krachend ein und begruben die gellenden Wahnsinnsschreie des Gefangenen.

Egill stand neben ihm, seine Hand lag auf dem Arm des Vaters. Diese einfache Berührung machte ihn froh; nun wußte er, daß alles gut war. Lotti lag schlafend in Zarabeths Schoß, den Daumen im Mund.

»Ingunn lebt, aber ich weiß nicht, ob sie je wieder zu Verstand kommt.«

Magnus nickte bei Tostigs Worten. Tostig ließ sich erschöpft auf der Holzbank nieder und legte die Ellbogen auf den Tisch. Diejenigen von Orms Männern, die sich ihnen im Kampf entgegengestellt hatten, waren besiegt und totgeschlagen. Die Männer, die ihre Äxte und Schwerter weggeworfen hatten, hatten sie laufen lassen.

Magnus' Schwester lag in einer Kammer im hinteren Teil des Langhauses, schwerverletzt mit Knochenbrüchen, aufgeplatzten Fleischwunden und verwirrten Geistes. Magnus hatte ihr den Tod gewünscht für all das Grauen, das sie ihm und den Seinen angetan hatte. Jetzt war er sich nicht mehr so sicher. Schaudernd dachte er an Orm Ottarssons Tod. Als sie die Hütte erreichten, lag Ingunn auf Knien vor den eingestürzten Trümmern, die letzten züngelnden Flammen spiegelten sich im Wahnsinn ihrer irren Augen. Sie sprach mit Orm, gurrte zärtliche Liebesworte, versprach, ihn nie zu verlassen. Lange kauerte sie vor dem Scheiterhaufen, lange, nachdem seine qualvollen Todesschreie verstummt waren.

Ingunn hatte zu Magnus hochgeblickt: »Orm wußte, daß du kommst. Es hat ihm Spaß gemacht, dich zu verhöhnen. Das Spiel gefiel ihm außerordentlich. Ich bin froh, daß du hier bist.« Dann war sie verstummt. Seither hatte sie nicht wieder gesprochen.

Zarabeth küßte Lottis Stirn. Dann lächelte sie Egill an. »Du hast ihr das Leben gerettet. Allen Göttern sei Dank, daß du sie aus dem Meer gezogen und alles Wasser aus ihrem Körper gepreßt hast. Du hast ihr das Leben gerettet, und danach hast du sie mit deinem eigenen Leben beschützt. Dafür danke ich dir aus tiefstem Herzen, Egill. Du bist ein sehr tapferer Junge.«

»Sie braucht mich«, sagte Egill. »Sie wird jeden Tag sicherer, aber sie braucht mich immer noch. Sie sagt jetzt schon viele Wörter, Zarabeth. Ich hatte befürchtet, sie gibt auf, als Orm uns wieder gefangennahm, als wir mit Tante Ingunn zum Hafen kamen. Aber sie war sehr tapfer. Sie hat mir gesagt, daß alles wieder gut wird. Sie hat meine Hand gehalten. Ich war sehr stolz auf sie.«

Magnus kam aus dem Staunen nicht heraus, als er die erwachsenen Worte seines Sohnes hörte. Die Veränderungen der letzten Monate in dem Knaben waren verblüffend. Er hatte geglaubt, Egill so wiederzufinden, wie an dem Tag, an dem er verschwand. Doch der Junge war stark verantwortungsbewußt und fürsorglich geworden. Magnus stand auf, hob Egill hoch und stellte ihn wieder auf die Beine. Dann drückte er ihn an sich, bis Egill protestierte, er breche ihm sämtliche Rippen. Magnus lockerte den Griff und flüsterte an seiner Wange: »Bei Thor, du hast mir gefehlt. In Zukunft werde ich besser auf dich aufpassen.«

Zarabeth lachte, wurde aber gleich wieder ernst. Sie

machte ein fragendes Gesicht: »Wie hat sie dir zu verstehen gegeben, daß alles wieder gut wird? Das begreife ich nicht.«

Egill zeigte es ihr, sprach die Worte langsam und begleitete sie mit flinken Handbewegungen.

Lotti wurde in Zarabeths Armen unruhig und streckte sich gähnend. Sie lächelte verschlafen und sagte im Befehlston: »Egill! Komm her!«

Der Junge grinste seinen Vater an. »Sie wird mit jedem Tag mehr zur Frau, Vater.«

Magnus sah zu, wie sein Sohn zu Lotti ging. Der Junge strich sanft über das Gesicht des Kindes. Dann sprach er leise und betont mit ihr, begleitet von Handzeichen. Lotti nickte zur Antwort und kuschelte sich wieder in Zarabeths Arme. Wenige Augenblicke später war sie fest eingeschlafen.

»Zarabeth ist jetzt deine Mutter, Egill.«

»Ich weiß. Und es ist gut.«

»Sie bekommt ein Kind von mir.«

Der Junge schwieg lange. Zarabeth bemerkte, daß er kaum atmete. Dann sagte er: »Auch das ist gut. Lotti und ich wünschen uns viele Geschwister. Ich bin müde, Vater. Bleiben wir heute nacht hier?«

»Ja. Morgen reiten wir nach York zurück.«

Zarabeth fügte mit großer Erleichterung hinzu: »Und dann segeln wir heim nach Malek.«

»Ja«, meinte Egill. »Das wünschen Lotti und ich uns auch.«

Stolz und Leidenschaft

1. Kapitel

Philip Everett Desborough Hawksbury, Graf von Rothermere, übergab Shippe, dem Butler des Marquess, seine Handschuhe und das Reitcape, blickte kurz zu der Gruppe von Dienern, die sich in der großen Vorhalle von Chandos Chase aufhielten, und fragte leise: »Wie geht es meinem Vater?«

»Seine Lordschaft ruht sich aus, mein Lord«, erwiderte Shippe seinem jungen Herrn. »Ich weiß, er möchte Sie sofort nach Ihrem Eintreffen sehen.«

Hawk nickte und blickte sich einen Moment um. In dem großen Haus herrschte Grabesstille, selbst die livrierten Diener wirkten wie Statuen. Es war, als hätte es hier tatsächlich einen Todesfall gegeben. Energisch verdrängte Hawk diesen grausigen Gedanken und wandte sich wieder an Shippe: »Mein Gepäck ist in der Kutsche.«

»Ich werde mich unverzüglich darum kümmern, mein Lord.«

»Bitte sorgen Sie auch dafür, daß Grunyon, mein Kammerdiener, etwas zu essen bekommt.« Die Andeutung eines Lächelns huschte über Hawks Gesicht. »Nach einer solchen Reise ist er meist ziemlich unwirsch.«

»Selbstverständlich, mein Lord.«

Mit langen Schritten eilte Hawk nun durch die schier endlose Halle. Seine Stiefelabsätze klickten laut auf den schwarzen italienischen Marmorplatten. An der breiten Treppe aus Eichenholz angekommen, nahm er gleich zwei Stufen auf einmal und erinnerte sich daran, wie er als Junge diese Treppe hinauf- und hinuntergestürmt war. Einmal war er dabei gestürzt und hatte sich den rechten Arm gebrochen. Sein älterer Bruder Nevil, der ihn gejagt hatte, stand damals auf dem oberen Treppenabsatz und lachte. Heute lachte er nicht mehr. Nevil war tot.

Wieder fiel Hawk die Stille im Hause auf. Sein Blick streifte kurz die großen Porträts der früheren Hawksburys, die an den Wänden neben der Treppe hingen, und die alle in Chandos Chase, dem Sitz des Marquess von Chandos seit über dreihundert Jahren, gelebt hatten.

Dies war Hawks erster Besuch seit mehr als vier Monaten. Der Gedanke, daß sein Vater krank war und vielleicht sogar sterben würde, ließ sein Herz vor Angst schneller schlagen. Am oberen Ende der Treppe wandte er sich zum Ostflügel und ging rasch den mit Teppichen ausgelegten Korridor entlang zu der großen Doppeltür vor dem Schlafzimmer seines Vaters. Hawk hob schon die Rechte, um anzuklopfen, schüttelte jedoch den Kopf und trat leise in den großen überheizten Raum. Die Vorhänge aus Goldbrokat vor den Fenstern waren geschlossen.

Hawk blickte zu dem reich verzierten Bett, das auf einem dreifüßigen Podest stand. Er konnte die Figur seines Vaters erkennen, nicht aber sein Gesicht, auf das der Schatten des schwachen Kerzenlichts fiel.

»Mein Lord, Sie sind hier«, stellte Trevor Conyon aufatmend fest und trat vor. Conyon, ein dicker, glatzköpfiger Mann mit gütigem Herzen und scharfem Verstand, war schon seit vielen Jahren Sekretär des Marquess. Hawk kannte seine unabänderliche Treue zu seinem Vater, hatte Conyons Abneigung gegen Nevil gespürt und fragte sich, was der Mann wohl von ihm dachte. Wahrscheinlich war er für ihn noch ein unbeschriebenes Blatt, abgesehen von der Tatsache, daß Nevil vor fünfzehn Monaten gestorben und er, Hawk, nun seines Vaters Erbe war.

»Ja«, erwiderte er leise und setzte fragend hinzu: »Mein Vater?«

»Hält die Stellung, mein Lord.«

Hawk wußte nicht recht, wie er diese Antwort deuten sollte, doch Conyon nickte nur in Richtung Bett und sagte nichts mehr. Leise ging Hawk auf das Podest und beugte sich über die reglose Gestalt. »Vater, ich bin hier.«

Charles Lindley Beresford Hawksbury, Marquess von Chandos, zog seine magere Hand unter der Bettdecke hervor und umfaßte die Finger seines Sohnes. »Es wurde Zeit, Junge«, sagte er mit schwacher Stimme.

»Ich kam, so schnell ich konnte«, erwiderte Hawk und schob behutsam eine silbergraue Haarsträhne aus der Stirn des Kranken. »Ich erhielt Conyons Nachricht letzte Nacht. Wie fühlst du dich, Vater?«

»Könnte sein, daß es mit mir zu Ende geht.« Die Stimme des Marquess klang noch schwächer als vorher. »Aber das macht nichts. Ich hatte ein erfülltes Leben und habe einen Sohn, auf den ich stolz sein kann, und der meine Linie fortsetzen wird.«

Hawk zuckte schuldbewußt zusammen und dachte: Ein Sohn, der in London allen Vergnügungen nachjagt, als ob die bald verboten würden, und der nichts verpassen will, bevor das geschieht. »Du wirst nicht sterben, Vater. Wo ist dein Arzt?«

»In der Küche. Zweifellos stopft er sich den Mund mit Alberts Speck voll.« Der Marquess wandte den Kopf ab und hustete in das Kissen.

Es war ein trockener, rauher Husten. In Hawk wuchs die Angst und trieb ihm die Tränen in die Augen. Zärtlich streichelte er die Hand seines Vaters und wünschte sich, ihm Kraft geben zu können. »Was sagt Trengagel?«

Langsam drehte der Marquess den Kopf zurück und schloß einen Moment erschöpft die Augen. Als er sie wieder öffnete, blickte er seinen Sohn durchdringend an. »Er gibt mir vielleicht noch zwei oder drei Wochen. Es ist diese Stauung in meiner Lunge. Der Dummkopf will mich zur Ader lassen, aber da mache ich nicht mit.«

»Recht so, Vater. Dabei habe ich manchen Mann nach der Schlacht sterben sehen.«

Der Marquess hörte die tiefe Qual in der Stimme seines Sohnes und sagte sanft: »Du hast zu viel gesehen, mein Junge. Aber du bist stark, hast überlebt. Das Entsetzen wird mit der Zeit geringer werden, glaube mir. Aber jetzt muß ich mit dir reden, Hawk.«

»Du bist müde, Vater«, wehrte sein Sohn ab.

»Nein! Hör mir zu: Ich will leben, bis ich deine Ehefrau gesehen und mich davon überzeugt habe, daß du die Wahl trafst, die du versprochen hast.«

Hawk erstarrte bei diesen Worten. Dieser verdammte Eid! Er hatte ihn vergessen, ihn vielleicht auch vergessen wollen.

Langsam setzte er sich auf die Bettkante. Die Zeit war gekommen, und es gab keinen Ausweg, das wußte er. Fast ein Jahr lang war er vor dieser unvermeidlichen Tatsache geflüchtet und hatte sich in das wilde Londoner Leben gestürzt, gespielt, getrunken und gekämpft. Nicht gehurt. Das unterließ er aus Angst vor der Französischen Krankheit. Er hatte so manchen Soldaten gesehen, der an der Syphilis zugrunde gegangen war. Hawk dachte an Amalia, seine fröhliche und leidenschaftliche Mätresse, und schloß einen Moment die Augen. Eine Frau! Er wollte keine verdammte Ehefrau, jedenfalls nicht jetzt. Aber da gab es wenig Hoffnung.

»Geh nach Schottland, Sohn, und suche dir deine Frau aus, dann bringe sie zu mir.«

Ich will keine kleine Halbwilde aus Schottland heiraten, will mich nicht an eine Frau binden, die ich noch nie gesehen habe, nur wegen deiner verdammten Ehre! Deinen lächerlichen Eid hast du geschworen, als ich neun Jahre alt war! dachte Hawk verbittert, sagte jedoch: »Ja, Vater. Ich werde bald aufbrechen. Ich halte es für richtig, den Grafen von Ruthven durch einen Diener über mein Kommen zu informieren.«

»Das hat Conyon schon veranlaßt. Er sandte vor zwei Tagen einen Boten nach Schottland. Du kannst also am Morgen losfahren.«

Hawk dachte an die Auseinandersetzung vor einem Jahr, als ihm sein Vater von seinem Eid erzählt und von ihm verlangt hatte, diesen Schwur zu erfüllen. Er hatte seinen Vater angeschrien, er solle doch selbst eines der Mädchen heiraten. »Du verdankst dem Grafen von Ruthven dein Leben, nicht ich. Warum machst du nicht eine seiner greinenden Töchter zu deiner Frau? Warum willst du mich an ein unbekanntes Mädchen binden? Ich tat nichts, außer daß ich dein verdammter Sohn bin! Warum hast du nicht Nevil dazu getrieben, die schmutzige Arbeit für dich zu tun?« Und sein

Vater hatte nur sehr ruhig erwidert: »Ich hätte Nevil nicht einmal zu einer Hure in Soho getrieben.«

»Es ist nicht so, daß du die Katze im Sack kaufen mußt, Hawk«, sagte der Marquess, der das wechselnde Mienenspiel seines Sohnes aufmerksam beobachtete. »Du hast die Wahl zwischen drei jungen Ladies. Eine davon wird dir sicher gefallen. Arthur Kilbracken ist ein gutaussehender Mann und hat gewiß keine häßlichen Töchter gezeugt. Du kannst von Glück sagen, daß noch keins der drei Mädchen bisher geheiratet hat.«

»Das hast du mir schon oft gesagt«, erwiderte Hawk seufzend.

»Du bist fast siebenundzwanzig, Sohn. Es ist Zeit für dich, Kinder in die Welt zu setzen und die Nachfolge zu sichern.« Ein Hustenanfall schüttelte erneut den Körper des Kranken.

»Ja, ich verspreche es dir, Vater«, stimmte Hawk beim Anblick des qualvoll keuchenden Marquess rasch zu und überwand seinen Groll. Er dachte an Lady Constance, die schöne und wohlhabende Tochter des Grafen von Lumley, die noch immer auf seinen Heiratsantrag wartete, den er ihr nie machen würde. Verdammte Ehre! Hawk konnte sich nicht vorstellen, daß er einen Niemand ohne Besitz, ohne Vermögen, ohne Verbindungen nur deshalb heiraten würde, weil Arthur Kilbracken, Herzog von Ruthven, verarmter Gutsbesitzer, seinem Vater vor siebzehn Jahren in Schottland das Leben gerettet hatte.

Und ich bin der Preis dafür, dachte Hawk. Hätte doch der verdammte Nevil eine der Kilbracken-Töchter geheiratet, bevor er starb! Hawk schüttelte den Kopf über seine Gedanken, die alles andere als gütig waren. Er wußte, daß sein Vater ihn für die Erfüllung seines Eides erwählt hatte, und nicht etwa deshalb, weil er der zweite Sohn war. Womit hatte Nevil die Abneigung seines Vaters herausgefordert? Hawk wußte es nicht. Er hatte seinen älteren Bruder die letzten drei Jahre vor seinem Tod nicht mehr gesehen. »Das Leben kann sehr überraschend sein«, sagte er plötzlich laut.

»Das stimmt«, stellte der Marquess fest. »Du bist müde,

mein Junge, und mußt dich vor der Reise ausschlafen. Du kannst dich morgen früh von mir verabschieden.« Er sah die Furcht, daß er bis dahin gestorben sein könnte, in Hawks Gesicht und fügte beruhigend hinzu: »Nein, mein Sohn. Es wird mir gutgehen — noch für einige Wochen. Ich will leben, um deine Frau zu sehen. Das ist ein Versprechen!«

Hawk fühlte die Tränen aufsteigen. »Du hast noch nie ein Versprechen gebrochen, Vater. Niemals.«

»Und ich habe nicht die Absicht, jetzt damit anzufangen. Geh jetzt, mein Junge. Ich wünsche dir alles Gute für deine Werbung.«

Das war eine Verabschiedung, und Hawk stand genauso rasch auf, wie er es in jüngeren Jahren getan hatte, um die Anordnungen seines Vaters zu befolgen. »Ich komme mit meiner Braut so schnell wie möglich zurück.«

»Ich werde darauf warten«, erwiderte der Marquess leise. »Hawk ...«

Hawk blickte auf seinen kranken Vater nieder und versuchte, die Tränen zurückzuhalten.

»Du bist ein Sohn, auf den ich stolz sein kann.«

Hawk konnte nur nicken. Er wandte sich um und verließ das Schlafzimmer.

Am nächsten Morgen um sieben Uhr verabschiedete sich Hawk von seinem Vater. Er hatte eine anstrengende Fünf-Tage-Reise zum nördlichen Ende von Loch Lomond vor sich, wo der Graf von Ruthven im Castle Kilbracken lebte. Eine Woche blieb ihm, sich für eine der Töchter zu entscheiden. Ein paar Tage mußte er der Braut für ihre Vorbereitungen zur Hochzeit lassen, dann ging es fünf Tage lang zurück. Mit einer Lady würde die Rückfahrt wahrscheinlich noch länger dauern. Verdammte schwache Frauen! Verdammte jämmerliche Situation! Hawk seufzte, während die Kutsche an entlaubten Ulmen vorbeifuhr.

Grunyon beobachtete die Gegend. »Wir fahren nach Schottland«, stellte er fest, nachdem sie schon eine ganze Strecke schweigend zurückgelegt hatten.

»Ja«, preßte Hawk zwischen zusammengebissenen Zähnen hervor, »um mich zu verheiraten.«

»Glückliches Mädchen«, meinte Grunyon. Als er jedoch die Miene seines Herrn sah, bezweifelte er, daß das Leben in der nächsten Zeit erfreulich sein würde.

Frances Kilbracken stand am nordwestlichen Rand des Loch Lomond und blickte auf das ruhige, klare Wasser. Eine Wolke schob sich vor die Sonne, die Märzluft wurde plötzlich kühler. Frances zog ihren Schal fester um die Schultern und verknotete ihn über der Brust. Es herrschte absolute Stille. An den vom Winter noch kahlen Bäumen raschelte kein Laub, selbst die Vögel schwiegen heute.

An anderen Tagen, wenn Frances allein hierherkam, erfüllte sie stets tiefer Frieden, doch heute waren ihr Nerven durcheinander. Ein Zustand, unter dem ihre jüngere Schwester Viola sehr oft litt. Wenn Frances sie dann aufforderte, sich nicht so töricht zu benehmen, antwortete Viola höchstens: »Aber Frances, ich las, daß Ladies, richtige Ladies natürlich, sehr empfindsam sind.«

Frances lächelte, schloß die Augen und lauschte auf das Wasser, das leicht an die Ufersteine schwappte. Langsam setzte sie sich, wickelte ihren wollenen Rock fest um ihre Beine und schlang die Arme um die Knie. Sie blickte zu den großen, zerklüfteten Gipfeln des Ben Lomond und des Ben Vorlich, sah den wilden Sturzbach am oberen Ende des Sees, die rauhen Felsenklippen und die dichten Kiefern. Eine richtige Hochlandschlucht, dachte sie, ungezähmt und unberührt. Ihr Lieblingsplatz in der ganzen Welt. Nie würde sie von hier fortgehen. Niemals! Sie schauderte, als sie an die unglaubliche Szene mit ihrem Vater vor einer Stunde dachte. Eine ihrer Schwestern würde ihre Heimat verlassen müssen. Frances wollte gar nicht daran denken, aber sie konnte es nicht verhindern.

Frances, ihre ältere Schwester Clare und die siebzehnjährige Viola hatten zusammen in dem schlicht eingerichteten Wohnzimmer gesessen. Ihr Vater war mit Sophia, ihrer Stiefmutter, hereingekommen, mit ihnen Adelaide, die

Gouvernante und Gesellschafterin der Töchter und jetzt die inoffizielle Lehrerin von Alexander, dem einzigen Sohn des Grafen.

Arthur Kilbracken war vor seinen Töchtern stehengeblieben und hatte jede prüfend gemustert.

»Papa, was ist los?« wollte Viola wissen und rutschte ungeduldig auf der Stuhlkante herum. »Kenard kommt zu Besuch, und ich muß mich noch umziehen.«

Frances sah die kaum verborgene Erregung in den grauen Augen ihres Vaters, Augen von der gleichen Farbe wie ihre, und sagte: »Ich glaube, wir werden gleich ein Familiendrama erleben.«

Ruthven lächelte und wandte sich an seine Älteste: »Hast du nichts hinzuzufügen, Clare?«

»Nein, Papa«, erwiderte Clare mit ihrer ruhigen, wohlklingenden Stimme, »höchstens, daß ich das Morgenlicht verpassen werde.«

»Du kannst dich mit deiner Malerei zu jeder Zeit beschäftigen«, bemerkte Sophia etwas scharf, und Clare sagte nichts mehr.

Der Graf ging zum Kamin und lehnte sich mit der Schulter gegen die Einfassung. »Ich habe drei ganz reizende Töchter«, begann er. »Du, meine liebe Clare, bist nun einundzwanzig, alt genug, um Frau und Mutter zu werden. Abgesehen von deinem gelegentlichen Abirren in künstlerische Bereiche und deinen Träumereien bist du eine gute Seele.« Clare blickte ihren Vater erstaunt an, doch der wandte sich bereits an Viola. »Und du, Kind, bist zwar erst siebzehn, aber dennoch eine erwachsene Frau. Du bist lebhaft, eitel, vielleicht hübscher, als es gut für dich ist, und verwöhnt.«

»Papa!«

»Jawohl, das ist wahr, Mädchen, und du weißt es. Doch auch du würdest eine passable Ehefrau abgeben, wenn sich dein Mann die Zeit nimmt, dir deine Torheiten auszutreiben.«

»Ich bin bereit«, erklärte nun Frances, grinste und kreuzte die Hände in der Pose einer Märtyrerin über der Brust. »Schieße dein Artilleriefeuer ab.«

»Du, Frances Regina«, erwiderte Ruthven gelassen, »kannst einem ganz schön zu schaffen machen. Du bist eigenwillig, zu selbständig, hast ein Mundwerk, das kaum zum Schweigen gebracht werden kann, und bist ein verdammt guter Tierheiler. Unsere Leute hier würden dich sehr vermissen, falls man dich erwählt.« Er fügte nicht hinzu, daß er selbst es war, der Frances am meisten vermissen würde. Er brauchte es nicht auszusprechen, sie wußte es.

»Erwählt wofür?« wollte Viola wissen. »Bitte, Papa! Kenard wird gleich hier sein, und ich muß ...«

»Zur Ehe«, unterbrach Ruthven seine jüngste Tochter. »Eine von euch wird in Kürze heiraten.«

Einem Augenblick verblüffter Stille folgte eine Flut von Erklärungen.

»Was meinst du, Vater?« fragte Clare erstaunt.

»Ach, du meine Güte, was muß ich dazu anziehen?« Viola überdachte schnell ihre Garderobe.

»Das ist ein absolut lächerliches Schauspiel«, empörte sich Frances.

»Der Mann, der seine Wahl treffen wird, ist ein englischer Edelmann. Um es genau zu sagen: der Graf von Rothermere. Er wird bald eintreffen.«

Wieder folgte den Worten Arthur Kilbrackens völlige Stille. Dann lachte Frances. »So ein Unsinn, Papa! Was sollte wohl ein stolzer Engländer mit uns anfangen? Hör auf mit deinem Scherz, ich möchte ausreiten.«

»Frances«, entgegnete Ruthven mit gefährlicher Ruhe, »halte deinen Mund! Und jetzt hört mir alle aufmerksam zu. Ihr habt doch den Boten gesehen, der uns besuchte, nicht wahr? Er ist ein Diener des Marquess von Chandos.«

»Wer ist das, Papa?« erkundigte sich Viola und neigte den Kopf zur Seite, wie sie es stundenlang vor dem Spiegel probiert hatte. Sie wußte, daß dann ihr volles Haar über die rechte Schulter fiel und man ihren schlanken Hals sehen konnte. »Ist das ein Verwandter, von dem wir nichts wußten?«

»Nein, noch nicht, aber er wird es bald sein«, erklärte ihr Vater, ohne auf ihre weibliche Wirkung zu achten.

Frances rutschte auf ihrem Stuhl nach vorn. »Erzähle uns.« Sie wußte, wann ihr Vater etwas ernst meinte und wann nicht. Jetzt meinte er, was er sagte, und sie fror plötzlich.

»Das alles begann vor siebzehn Jahren, kurz nachdem eure Mama im Kindbett gestorben war. Ich hatte im Tiefland in der Nähe von Lockerbie einen Freund besucht und den alten Angus gerade wieder verlassen und mich auf den Heimweg gemacht. Es war spät und eine dunkle Nacht ohne Mondschein, und es fing an, zu regnen. Ich suchte eine Schutzhütte. Statt dessen fand ich einen Schlupfwinkel voller Banditen. Sie hatten den Marquess von Chandos überfallen und gefangengenommen und wollten ihn ermorden, sowie sie das Lösegeld für ihn bekommen hatten. Jedenfalls rettete ich seine Haut. Er war sehr dankbar, wie ihr euch vorstellen könnt. Er vermochte gar nicht zu glauben, daß ein Schotte einen Engländer retten würde. Na, was eben Engländer so von uns Schotten denken. Ich sagte ihm, daß ich Oxford besucht hatte. Kurz und gut, er bot mir etwas an — er dachte wohl an Geld.«

Ruthven schwieg einen Moment und blickte Sophia an. Dann räusperte er sich und fuhr fort: »Ich hatte gerade eure Mutter verloren und fühlte mich als Mann miserabel. Deshalb riskierte ich meine Haut für den Burschen. Ich dachte an nichts. Jedenfalls beabsichtigte ich damals nicht, wieder zu heiraten. Und ich besaß drei Töchter, deren Zukunft mehr als unsicher war. Deshalb sagte ich Chandos, ich wünschte einen Ehemann für eine meiner Töchter. Er war einverstanden. Und das, meine Lieben, ist es.«

»Das war vor langer Zeit«, unterbrach Frances die Stille, »vor sehr langer Zeit. Es fällt mir schwer zu glauben, daß dieser Chandos tatsächlich seinen Sohn hergeben will, besonders für einen schottischen Niemand. Das ist nicht die Art, wie Ehen vereinbart werden, vor allem nicht in England, wie Adelaide und Sophia uns oft genug erzählten.«

»Lord Chandos ist ein Mann von Ehre«, erwiderte ihr Vater und blickte zu Adelaide. »Was glaubst du wohl, warum sie seit sechzehn Jahren hier ist?«

Zum ersten Mal sprach Adelaide, und in ihren Augen saß der Schalk. »Nun, Sir, weil Sie nicht wollten, daß Ihre Töchter einen derben Dialekt sprechen.«

Frances horchte auf und fragte sich, ob ihr Vater deshalb eine Engländerin geheiratet hatte. Sophia stammte aus gutem Hause und war gebildet. Ihr Vater betrieb in Newscastle eine Eisenwarenhandlung. War das der Grund, daß es keinem der Kilbracken-Kinder erlaubt war, ein derbes Wort auszusprechen? Ein ernüchternder Gedanke!

»Stimmt«, bestätigte Ruthven. »Nun, Mädels, habt ihr noch irgendwelche Fragen?«

»Fragen!« rief Frances empört und sprang auf. »Du hast uns niemals auch nur ein Wort von alledem gesagt! Fragen? Das ist geradezu lächerlich! Einen Mann heiraten, den keiner von uns je gesehen hat Was hast du dir dabei nur gedacht? Wenn er nun ein Ekel ist? Oder ein Tunichtgut? Was ist, wenn wir alle ihn hassen? Ich kann mir nicht vorstellen, daß er auch nur einen Funken von Zuneigung für uns empfindet!«

»Zuneigung hat damit überhaupt nichts zu tun«, mischte sich jetzt Sophia streng ein. »Er wird in Kürze hier sein und ... benehmt euch entsprechend, das erwarte ich! Der Graf ist reich, er erbt den Besitz seines Vaters und den Titel. Die eine, die er wählt, wird in der Lage sein, den anderen zu helfen. Eine Saison in London, neue Kleider, Gesellschaften, passende Gentlemen und das alles.«

»Das ist barbarisch!« schimpfte Frances.

»Hör auf, Frances!« schalt Viola. »Wir sind schließlich drei! Wieso glaubst du, daß der Graf gerade dich wählen wird?«

Weil Frances schön ist, intelligent, liebenswert und nur gelegentlich dickköpfig. Sie ist mir ähnlicher als du, dachte Ruthven, sagte aber nichts, sondern blickte nur von einer Tochter zur anderen.

»Es ist gewissenlos«, erwiderte Frances. «Clare, du bist auch entsetzt, nicht wahr?«

»Clare«, unterbrach Sophia sie, »wird ebenso wie du, Frances, und du, Viola, den Grafen heiraten, wenn er sich für sie entscheidet. Ich brauche dir wohl nicht zu sagen, daß wir nicht gerade in glänzenden Verhältnissen leben. Der arme Alex wird wenig genug besitzen, wenn er großjährig wird, jedenfalls, wenn es bei uns so weitergeht, trotz aller Anstrengungen deines Vaters. So geht es ganz Schottland, wie ihr alle sehr gut wißt.«

Ein warnender Blick ihres Ehemannes brachte Sophia zum Verstummen. Ich werde schon für meinen Sohn sorgen, trotz der scharfen Zunge seiner Mutter, dachte Ruthven.

Laut sagte er: »Ich korrespondierte all die Jahre mit Chandos. Er will zehntausend Pfund — ja, ganz richtig: zehntausend Pfund — für die Heirat stiften. Und da ist noch ein weiterer Vorteil: die Schwester, die der Graf erwählt, wird imstande sein, den beiden anderen zu helfen.« Obwohl Sophia das bereits erwähnt hatte, wiederholte er es absichtlich, weil er Frances' störrische Miene gesehen hatte. »Unnötig zu sagen, daß er gutsituiert ist. Eine Saison in London wird nicht fehlen, eine Gelegenheit für alle, sich gut zu verheiraten.«

»Wie sieht der Graf aus, Papa?« erkundigte sich Viola.

»Ein hübscher, junger Mann, wie Chandos mir mitteilte«, erwiderte ihr Vater. »Er ist der zweite Sohn, aber seitdem sein Bruder vor über einem Jahr starb, wurde er zum Erben des Marquess. Er war Lord Philip Hawksbury, doch jetzt ist er der Graf von Rothermere. Er ist etwa siebenundzwanzig und war bis zum Tode seines Bruders beim Militär.« Ursprünglich wollte Chandos seinen ältesten Sohn mit einem der Mädchen verheiraten. Das hatte er bis vor etwa vier oder fünf Jahren vorgehabt, fiel Ruthven plötzlich ein. Dann hatte er seine Meinung geändert, aus welchem Grunde auch immer.

»Hmm«, meinte Viola, »hast du ein Bild von ihm?«

»Das ist doch lächerlich«, fuhr Frances dazwischen. »Ich habe genug über Bilder gehört. Adelaide erzählte uns von dem angeblich perfekten Porträt der Anne von Cleves, das Henry VIII. übersandt wurde. Es zeigte sich, daß sie in Wirklichkeit eine dicke, kurzsichtige ...«

»Ich möchte wissen, ob er interessant genug aussieht, um gemalt zu werden«, unterbrach Clare ihre Schwester.

»Weißt du, Papa, welche Art von Lady er bevorzugt?« mischte sich Viola ein und spielte mit einer roten Haarlocke, die über ihre Schulter fiel.

Ruthven überlegte einen Moment und erinnerte sich an Chandos' letzten Brief. »Ja, ein bißchen. Er mag vor allem Ladies, die charmant, geistreich und sehr lebhaft sind. Und natürlich schön.«

Viola lachte. »Das ist ja wunderbar!« rief sie fröhlich.

»Ihr seid alle hübsch genug, um seine Aufmerksamkeit zu erregen«, erklärte Sophia. »Darüber brauchen wir uns also keine Sorgen zu machen. Es wird sicher nur eine Sache seines persönlichen Geschmacks sein, und keine von euch Mädchen — ich wiederhole: keine von euch — wird eifersüchtig auf die sein, die er wählt.«

Fragen und Antworten gingen noch lange hin und her, bis Frances den Tränen nahe war. Sie flüchtete sobald als möglich aus Castle Kilbracken und ging zum See. Sie war nicht so eingebildet, zu glauben, daß der Graf sich für sie entscheiden würde. Viola, wenn auch sehr jung, war so hübsch, charmant und fröhlich, wie es sich ein Mann nur wünschen konnte. Und Clare besaß mit einundzwanzig noch die Frische unschuldiger Jugend und die Sanftheit einer nachgiebigen Frau, trotz ihrer künstlerischen Neigungen. Männer wünschten sich sanftmütige Frauen.

»Eine scheußliche Geschichte!« stieß Frances laut hervor. Sie blickte über den ruhigen See, und plötzlich kam ihr eine Idee: Ich werde dafür sorgen, dachte sie, daß er mich nicht haben will! Er wünscht sich eine geistreiche, charmante, fröhliche Lady. Gut, ich werde eine graue Maus sein — langweilig, schüchtern, eine Null.

Frances strich mit einer Hand über ihr volles Haar, das ihr in wilden Locken über den Rücken fiel. Ihr Vater hatte ihr einmal gesagt, daß es die Farbe des Herbstes im Hochland besaß, eine Mischung aus blond, rot und braun. Das mußte sie unbedingt verbergen. Sie würde die Haarfülle straff nach hinten kämmen und in einem festen Nackenknoten bändigen. Sicher war es zweckmäßig, noch eine Haube darüber zu stülpen. Dazu noch ihr altes, graues, hochgeschlossenes Musselinkleid — das würde wohl genügen, um den Grafen abzuschrecken.

Frances beabsichtigte nicht unbedingt, die Pläne ihres Vaters zu untergraben, doch der Graf würde sicher mit Clare oder Viola glücklich werden. Sie wollte sozusagen nur das Feld etwas einengen und dem armen Mann Zeit und Mühe ersparen.

Lächelnd verließ Frances den See und ging heimwärts. Und, dachte sie, gewissermaßen als Krönung ihrer Idee, ich werde dem Grafen außerdem noch Geld sparen. Ich werde mir nie wünschen, nach London zu einer dieser albernen Saisons zu gehen. Niemals!

2. Kapitel

»Das erinnert mich ein bißchen an die rauhen Hügel von Portugal«, meinte Grunyon. »Sehen Sie dort, Major Hawk, in einiger Entfernung: das muß Loch Lomond sein, und das da, auf der Anhöhe, Castle Kilbracken.«

Der junge Graf von Rothermere überhörte Grunyons militärische Anrede, die sein Diener nur in Momenten voller Streß oder Erregung benützte, und blickte zu dem Kastell aus grauen Steinen mit seinen Zinnen. »Es sieht bröckelig aus.« Er schloß kurz die Augen. »Mein Vater muß vor siebzehn Jahren senil gewesen sein.«

»Seine Lordschaft hat das Kastell nie gesehen«, erwiderte Grunyon und fügte hinzu: »Armes Land.«

Hawk hätte es sicher als ein schönes, wildes und sauberes Land bezeichnet, aber er war müde, irritiert, schmutzig und deprimiert. Er hatte einige Leute gesehen, und die Dörfer, an denen sie vorbeigefahren waren, schienen aus dem vorigen Jahrhundert zu stammen. Es erinnerte ihn auch an Portugal, nicht zuletzt wegen seiner Armut, und er wünschte sich, wieder Major Hawk zu sein. Selbst die Armut von Portugal war dem vorzuziehen, was vor ihm lag. Nicht einmal der Anblick von Loch Lomond, dem größten Frischwassersee in Britannien, konnte ihn aufmuntern.

Grunyon musterte seinen Herrn von der Seite. Er tat ihm leid. Grunyon war vier Jahre lang bei der Armee Bursche des Grafen gewesen, als dieser noch Lord Philip Hawksbury hieß, ein Offizier, auf den Lord Wellington auch in den schlimmsten Zeiten zählen konnte. Sie hatten gemeinsam Schlachten erlebt, hatten mehr Leid und Tod gesehen, als erlaubt sein dürfte, und jetzt steckte der arme Hawk, wie ihn all seine Freunde aus der Armee noch heute nannten, ohne sein Zutun in einer scheußlichen Situation. Und dann war da noch sein Vater, der vielleicht im Sterben lag.

»Ich fühle mich genauso wie nach der Schlacht von Talavera de la Reina«, seufzte der Graf. »Zumindest ebenso schmutzig und müde. Von der damaligen Hochstimmung empfinde ich nichts.«

»Nein, nicht genauso«, erwiderte Grunyon. »Schließlich, junge Ladies sind junge Ladies, mein Lord, und Sie erzählten mir, daß der Marquess sagte, sie wären alle ganz reizend.«

»Senil und vielleicht auch noch blind«, knirschte Hawk. »Wahrscheinlich sind sie genauso reizend wie Macbeths Hexen. Letzten Endes weiß mein Vater nur von Lord Ruthven etwas über ihre angebliche Schönheit. Verdammt noch mal, ich kann es einfach nicht glauben!«

Grunyon versuchte, seinen Herrn abzulenken. Außerdem waren sie beide tatsächlich reichlich schmutzig. »Sie könnten im See baden, mein Lord«, schlug er vor. »Das Wasser sieht gut aus.«

Hawk kratzte sich unwillkürlich an den Rippen. »Das sollte ich tun. Im letzten Gasthaus — wenn man dieses modrige Ding überhaupt als Gasthaus bezeichnen kann — waren Flöhe, davon bin ich überzeugt.«

»Seife habe ich dabei, mein Lord.«

»Ich müßte mich auch rasieren«, überlegte der Graf laut und fügte mit galligem Humor hinzu: »Damit ich mich so ansehnlich wie möglich für meine Hinrichtung präsentieren kann.«

Hawk lenkte seine Kutsche durch das Unterholz, das den See einfaßte. Für den März war der Tag recht warm, die Sonne schien, und das Wasser sah einladend aus.

Frances hatte die letzten drei Stunden Cadmus' einziger Kuh beim Kalben geholfen. Gottlob war alles gutgegangen. Cadmus und Mary brauchten Milch für ihr neues Baby.

Frances war verschwitzt und hatte die Ärmel ihres alten Kleides fast bis zu den Schultern aufgekrempelt. An einem Arm war noch immer getrocknetes Blut.

Sie kniete neben dem See nieder und badete ihren Arm im Wasser. Sophia würde einen Anfall bekommen, wenn sie ihre Stieftochter schmutzig wie eine Bauernmagd sähe.

Frances wollte die Rückkehr ins Haus lieber noch etwas hinausschieben.

Sie rollte die Ärmel herunter, setzte sich auf die Hacken und dachte daran, wie sich ihre Schwestern in den letzten vier Tagen verändert hatten. Viola hatte nur noch ihre Garderobe im Kopf. Am vergangenen Abend trug sie ihr neues, grünes Samtkleid, dessen Farbe zu ihren Augen paßte, und das in den letzten zwei Tagen hastig geschneidert worden war. Selbst Clare schien eitler geworden zu sein, drückte fortwährend an ihren blonden Haaren herum und sprach von der Gurkenlotion, die sie für ihr Gesicht benützte. Nun, wenigstens schien sie nicht mehr das Gefühl zu hegen, daß Frances sie betrogen hätte. Es war schließlich nicht Frances' Schuld, daß Ian Douglas sie und nicht Clare gebeten hatte, ihn zu heiraten. Selbstverständlich hatte sie ihn schnell genug zurechtgewiesen, und jetzt war sein jüngerer Bruder hinter Viola her. Doch nach Vaters Ankündigung sprach Viola natürlich nicht mehr von Kenard. Dafür um so mehr von dem Grafen, bis es Frances zuviel wurde.

»Du willst tatsächlich diesen Mann, diesen Fremden, heiraten?« fragte sie ungläubig ihre Schwester. »Du möchtest Castle Kilbracken und Schottland verlassen?«

»Ja, das will ich.« Viola warf den Kopf zurück. »Ich werde ihn heiraten, Frances, und ja, ich werde Schottland verlassen.«

»Ich würde nicht schon jetzt meine Pläne machen«, warnte Sophia.

»Vielleicht möchte der Graf lieber eine etwas reifere Lady«, warf Clare ein, »eine, die ihre Zunge besser im Zaum hält.«

»Aber Papa sagte, daß der Graf geistreiche und charmante Ladies bevorzugt«, erwiderte Viola selbstbewußt. »Und natürlich schöne. Bin ich nicht mit all diesen Eigenschaften gesegnet, Clare?«

»Diese Feststellung würde ich besser anderen überlassen, anstatt sie selbst zu treffen«, rügte Adelaide.

Viola ignorierte diese milde Kritik und sagte vollkommen ernsthaft zu ihren Schwestern: »Ich werde ihn heiraten, aber ihr braucht euch deshalb keinen Kummer zu machen. Ich werde für euch beide Ehemänner finden, und zwar reiche. Es gibt doch so viele reiche Engländer, nicht wahr, Papa?«

»Wesentlich mehr jedenfalls als in Schottland«, erwiderte Ruthven. Er blickte zu Frances. Sie sah verwirrt aus und tat ihm leid. Er war ja selbst ein wenig durcheinander. Wenn der Graf sich für Frances entschied, würde er das Kind verlieren, das ihm im Temperament am ähnlichsten war, das ihm am nahesten stand, das frei und leicht wie ein Junge neben ihm ritt, mit ihm jagte und schwamm, das Kind ... Er runzelte die Stirn und dachte daran, daß Frances' Verhalten höchstwahrscheinlich einen Gentleman abschrecken könnte. Das durfte er nicht zulassen! Er nahm an, daß der Graf Frances wählen würde und wußte, daß sie sich um ihre Schwestern kümmern würde. Ach, zum Teufel, er war sich wirklich nicht klar darüber, was schwerer war: Frances zu verlieren oder für ihre Zukunft zu sorgen.

»Ich denke, Viola«, unterbrach Clare mit ungewohnt schriller Stimme ihres Vaters Überlegungen, »du solltest nicht so voreilig deinen Sieg verkünden, wie Sophia bereits sagte.«

»Sieg?« wiederholte Frances heftig. »Wir kennen diesen Mann doch gar nicht! Er könnte gräßlich sein, gemein, kleinlich — er könnte alles mögliche sein!«

»Frances!« donnerte Ruthven und blickte seine Tochter erzürnt an. »Das genügt!«

Frances senkte unverzüglich den Blick. Hätte sie doch nur den Mund gehalten, aber ihre verdammte schnelle Zunge ... Sie wünschte keine Diskussion und auch keine Fragen über ihre Gefühle für diesen unbekannten Grafen. Aber jetzt würde sie vom Vater und von ihrer Stiefmutter eine Strafpredigt bekommen.

Doch keiner von beiden hatte ein Wort zu ihr gesagt. Frances seufzte und blickte auf den See. Plötzlich bemerkte, daß die Vögel laut und aufgeregt zwitscherten. Sie musterte prüfend ihre Umgebung. War vielleicht ein wandernder Kesselflicker in der Nähe? Nein, es war keiner. Frances' Augen weiteten sich beim Anblick eines Mannes — nackt wie eine Statue, aber ohne das übliche Feigenblatt —, der über einige Felsbrocken am Seeufer kletterte. Lieber Himmel, er wollte ins Wasser steigen! Sie könnte ihm erzählen, daß das Wasser, so einladend es auch aussah, kalt genug war, um einiges an ihm gefrieren zu lassen ... Frances verschluckte sich fast bei diesem Gedanken.

Wenn Clare ihn sehen würde! Falls sie nicht schockiert in Ohnmacht fiele, würde sie ihn mit Begeisterung malen. Er war schön, groß und muskulös, seine Beine lang und gut geformt. Sein rabenschwarzes Haar, die olivfarbene Haut und die dunklen Haarbüschel auf seiner breiten Brust hatten etwas Erregendes an sich.

Frances hatte schon früher nackte Männer gesehen — nein, das waren eigentlich Jungen gewesen, die im See schwammen. Dieser Mann jedoch war kein Junge mehr. Sie sah, wie er ins Wasser tauchte, aber schnell und prustend wieder an die Oberfläche kam. Doch anstatt rasch aus dem kalten See zu flüchten, fing er ein Stück Seife auf, das ihm ein anderer, etwas plumper Mann vom Ufer aus zuwarf.

Frances bekam eine Gänsehaut, als er sich wieder in das eisige Wasser duckte. Wer war dieser Mann? Und plötzlich wußte sie es. Er drehte sich in dem Moment um und watete zum Ufer. Sie sah den langen, kräftigen Rücken, den festen Hintern. Sie hörte ihn etwas zu dem anderen Mann am Ufer, der ein Handtuch hielt, sagen. Dann vernahm sie sein volles, tiefes Lachen, und es klang, als amüsierte er sich über sich selbst.

Der Graf von Rothermere war also angekommen! Frances lief rasch zum Castle zurück und wußte, daß sie keinen Kobold gesehen hatte.

Hawk und Grunyon erreichten Castle Kilbracken eine Stunde später. Hawk brachte die müden Pferde vor dem großen, grauen Steinbau zum Stehen und blickte sich suchend nach den Ställen um. Er entdeckte seitlich ein langes, schmales Gebäude mit einem Schieferdach, das im Sonnenschein glänzte. Etwa ein Dutzend Küken piepsten und flatterten aufgeregt umher, als die Kutsche ankam, zwei Kühe sahen sich ein wenig interessiert danach um, und eine Gruppe von Schweinen grunzte unmutig über den durch die Wagenräder aufgewirbelten Staub.

Hawk stieg von der Kutsche herunter und sah zwei Frauen in groben Wollkleidern, die ihn musterten. Dann sagte die eine hinter vorgehaltener Hand etwas zu der anderen, worauf die kicherte.

»Kümmern Sie sich um die Kutsche, Grunyon«, ordnete der Graf an. »Hier scheint niemand aufzutauchen, der helfen würde.« Verdammt, dachte er, das sieht ja alles recht unzivilisiert aus!

Plötzlich kam ein großer Mann, der zweifellos Autorität ausstrahlte, durch die große Eingangstür des Kastells. Er trug grobe, anscheinend oft benützte Reitkleidung, seine schwarzen Stiefel waren staubig.

Sie blickten einander einen Moment an, dann rief der Mann laut: »Rothermere?«

Das ist also der Graf von Ruthven, dachte Hawk und bemühte sich, ein freundliches Lächeln zu zeigen. »Ja«, erwiderte er, ging vorwärts und ergriff Ruthvens ausgestreckte Hand. Eine starke Hand, stellte er fest.

»Ihr Mann?« Der Hausherr blickte fragend zu Grunyon.

»Ja.«

Darauf schrie Ruthven: »Ethelard!« Ein struppiger Junge kam hinter dem Stall hervorgestürzt. »Kümmere dich um die Pferde, Junge! Sie, mein Lord, und Ihr Mann kommen mit mir.«

Hawks folgte dem Grafen von Kilbracken durch die große Eichentür in eine weitläufige, alte Halle, deren hohe Decke aus vollkommen schwarzen Balken bestand. In dem riesigen Kamin hätte man einen ganzen Ochsen braten können. Antike Rüstungen standen umher, an den Wänden hingen Waffen zwischen großen Leuchtern. Hawk fühlte sich direkt in die Vergangenheit versetzt. Er zeigte mit der Hand rundum und fragte: »Wie alt ist Kilbracken?«

»Es wurde im sechzehnten Jahrhundert, zur Zeit James IV., erbaut«, erklärte Ruthven und wandte sich an einen triefäugigen Mann, der vollkommen still hinter ihnen aufgetaucht war. »Tottle, kümmere dich um den Mann Seiner Lordschaft. Gib ihm zu essen, und zeige ihm das Zimmer seines Herrn.«

»Jawohl«, erwiderte Tottle.

»Hat wieder getrunken, verdammt noch mal«, brummte Ruthven, bevor er Hawk aufforderte: »Kommen Sie, mein Lord, die Ladies sind alle im Wohnzimmer.« Er führte seinen Gast zu einer weiteren Doppeltür, öffnete sie und verkündete: »Der Graf von Rothermere.«

Hawk sah drei weibliche Augenpaare auf sich gerichtet. Eine der Frauen stand auf und kam lächelnd auf ihn zu. »Ich bin Lady Ruthven. Willkommen im Castle Kilbracken und in Schottland, mein Lord.« Eine Engländerin, dachte Hawk, und hoffte inständig, daß die Töchter ebenfalls ein klares Englisch sprechen würden.

Er küßte die dargebotene Hand und sagte irgend etwas Höfliches. Die Lady war wesentlich jünger als Ruthven, etwa Mitte Dreißig, vermutete er, und recht hübsch. Sie hatte braunes Haar, große, braune Augen, und, wie er anerkennend bemerkte, einen sehr eindrucksvollen Busen.

Er wurde Clare vorgestellt und fand sie ausgesprochen liebenswürdig. Clares künstlerisch interessierte Augen sahen einen großen Mann vor sich, mit einer sehr energischen Kinnpartie. Kein einfacher Mann, dachte sie, aber hübsch. »Mein Lord«, begrüßte sie den Gast, und Hawk küßte auch ihre schmale, durch die Gurkenlotion besonders weiß gewordene Hand.

Hawk mußte ein kleines Lachen unterdrücken, als er Viola vorgestellt wurde, einem kleinen Racker mit leuchtenden, grünen Augen. »Mein Lord«, säuselte sie mit schmeichelnder Stimme, »ich — wir — haben Ihre Ankunft mit großem Interesse erwartet. Ich möchte gern alles über die gute Gesellschaft erfahren.« Viola sah, daß der Graf etwas zurückschreckte und dachte selbstzufrieden: Ich habe ihm gezeigt, daß ich kein provinzieller Niemand bin. Er wird erkennen, daß ich perfekt in sein Leben passe.

»Ich werde Ihnen alles, was ich weiß, erzählen«, erwiderte

Hawk und lächelte unwillkürlich über dieses charmante Bündel aufblühender Weiblichkeit.

»Und hier ist Frances«, schaltete sich Sophia wieder ein und wandte sich zu ihrer mittelsten Stieftochter um, die gerade in den Raum geschlüpft war. Erschrocken blickte sie auf Frances und hörte einen unterdrückten Laut von ihrem Ehemann. Fast hätte sie lachen müssen.

Der Graf von Rothermere zeigte nicht, was er dachte, als er die dritte Tochter betrachtete. Aber als er ihre braune, etwas rauhe Hand sah, war er froh, daß wenigstens zwei Töchter einen zweiten Blick wert waren. Lieber Himmel, diese eine sollte ins Klosett eingesperrt werden, am besten in ein Wasserklosett. »Erfreut«, sagte er nur kurz.

Frances nickte lediglich, schwieg und hob nicht einmal den Kopf, um ihn anzusehen.

Wie ist diese Erscheinung nur möglich, fragte sich Hawk, als er Frances beobachtete, die von ihm weg ging. Ihr Haar war straff zurückgekämmt und im Nacken zu einem festen Knoten zusammengepreßt. Ihre Augen sahen wie kleine Rosinen hinter den entstellenden Gläsern ihrer häßlichen Brille aus. Und ihr Kleid war unförmig und von schrecklicher, brauner Farbe.

Sowie Hawk ihre Hand losließ, ging Frances zu dem Stuhl, den sie vorsorglich schon am frühen Morgen in eine Ecke gestellt hatte. Sie setzte sich, nahm ihre Stickerei auf und blickte verstohlen zu dem Grafen von Rothermere. Er sprach mit ihrem Vater, und Viola und Clare blickten ihn an, als wäre gerade ein griechischer Gott auf die Erde gekommen.

Plötzlich stand Sophia vor ihr. »Das ist nicht im geringsten amüsant, Frances«, tadelte sie.

Frances schwieg.

»Du siehst aus wie eine ...« Sophia fehlten die Worte. »Was hast du dir dabei eigentlich gedacht?«

»Bei was?« erkundigte sich Frances und versuchte, mutig auszusehen. Sie streckte das Kinn hoch. »Adelaide hat uns immer gesagt, gute Lords lieben uns wegen unserer inneren Werte, nicht wegen unseres Äußeren.«

»Wir sprechen nicht über Theologie, Frances!« schnaubte Sophia. »Dein Vater wird dich für das verprügeln, junge Lady, darauf kannst du dich verlassen!«

Sophia erinnerte sich an ihre Aufgabe als Gastgeberin und ging von Frances weg. Sie sah, daß Viola und Clare zu ihrer Schwester blickten und hörte Viola kichern. Mit einem strafenden Blick brachte Sophia die Jüngste zum Verstummen. Sie schloß einen Moment die Augen. Was war nur in Frances gefahren? Wo, zum Teufel, hatte sie diese entsetzliche Brille gefunden? Und was hatte sie nur mit ihrem Haar angestellt! Die alte Spitzenhaube, die sie darüber gestülpt hatte, mußte sie aus der Truhe ihrer Mutter gestohlen haben, ebenso das Kleid, das mindestens zwanzig Jahre alt war. Sophia bemerkte, daß ihr Gatte ebenfalls verständnislos und ärgerlich zu Frances blickte.

Den Tee servierte Tottle, der nach Hawks Ansicht ein Relikt aus dem vorigen Jahrhundert zu sein schien. Er dachte an Shippe, den vornehmen Butler seines Vaters, und schauderte. Er konnte kaum glauben, was sich hier tat, und brachte es nicht fertig, die beiden anderen Töchter näher zu betrachten, außer Viola. Es war unmöglich, sie zu übersehen. Sie war jung, so schön wie andere junge Ladies in London, blickte ihn bewundernd und fast ehrfürchtig an.

Die Unterhaltung verlief ziemlich steif und formell. Hawk antwortete zwar höflich, aber kaum mit dem Charme, für den er bekannt war. Irgendwie kam er sich wie ein Tier auf dem Hackklotz vor, das seinem Schlachter zulächelte.

Erstaunlicherweise sprachen die Ladies alle ohne schottischen Akzent. Nur der Graf von Ruthven mischte schottische Ausdrücke in sein Englisch.

»Entschuldigen Sie bitte, was sagten Sie?« fragte Hawk, als er plötzlich merkte, daß ihn die Gräfin von Ruthven angesprochen hatte.

»Bitte, nennen Sie mich Sophia, mein Lord. Ich erwähnte gerade, daß Clare so etwas wie eine Malerin ist.«

Nun, das ist wenigstens etwas, dachte Hawk und stellte fest, daß Clare bei näherem Hinsehen noch hübscher wirkte. »Was malen Sie denn?« erkundigte er sich.

»Meistens Menschen, mein Lord.«

»Ah«, meinte Hawk.

Frances blickte zu dem Gast, aber durch die schreckliche Brille konnte sie ihn nur verschwommen sehen. Deshalb ließ sie die Gläser auf ihre Nasenspitze hinunterrutschen und schielte darüber hinweg. In diesem Moment sah Hawk zu ihr herüber, und sie bemerkte, wie er bei ihrem Anblick zusammenzuckte. Sie schielte daraufhin noch bewußter und lächelte still vor sich hin.

Hawk tat das arme, häßliche Mädchen, das sein ganzes Leben von Schönheiten umgeben war, irgendwie leid.

»Erzählen Sie uns von Seiner Lordschaft«, bat jetzt der Hausherr. »Geht es ihm gut?«

»Nein, Sir«, berichtete Hawk mit gequältem Gesichtsausdruck, »er ist im Moment sehr krank.«

»Verdammt.« Ruthven war sichtlich bestürzt und fuhr sich mit den Fingern durch sein dichtes Haar. Dann blickte er Hawk lange schweigend an und nickte. Ihm war klar, warum der junge Mann hier war. Der Marquess von Chandos wollte seine Ehrenschuld bezahlen, bevor er starb. Aber irgend etwas daran kam ihm doch merkwürdig vor, sehr merkwürdig sogar. Er stand auf und wandte sich an Sophia: »Ich werde jetzt Seiner Lordschaft sein Zimmer zeigen. Außerdem habe ich Alex versprochen, daß er unseren Gast begrüßen darf«, sagte er.

Bereitwillig erhob sich Hawk, bedankte sich bei seiner Gastgeberin, nickte jeder der Töchter zu und folgte dem Grafen von Ruthven aus dem Wohnzimmer. Während sie die Treppe hinaufgingen, erkundigte sich der Hausherr ohne Umschweife: »Sie sind hier, weil Sie schnell heiraten wollten?«

»Ja. Mein Vater möchte meine Braut noch unbedingt sehen, bevor er stirbt. Die Hochzeit muß so bald wie möglich stattfinden.«

»Ah«, erwiderte Ruthven. »Es tut mir sehr leid, mein Lord. Ich hege große Zuneigung für Ihren Vater.« Er schwieg einen Moment, bevor er fragte: »Kam seine Krankheit sehr plötzlich?«

»Ja, sehr schnell. Eine Stauung in seiner Lunge.«

Ruthven sagte nichts und wunderte sich ein wenig. Der Bote, den Chandos vor fünf Tagen schickte, hatte nichts von irgendeiner Krankheit gesagt, und der Marquess hatte nur geschrieben, daß sein Sohn bald nach Schottland kommen würde. Das alles war doch recht sonderbar. Schließlich wollte er wissen: »Sie sind also, da Ihr Vater erkrankte, in einer gewissen Eile?«

»Ich fürchte, ja.« Hawk atmete tief ein. »Ich habe nicht die Absicht, Sie, mein Lord, oder Ihre Familie zu kränken, aber ich muß meine Wahl schnell treffen, damit mein Vater seine Schwiegertochter noch sieht, bevor er ... Ja. Ich gab mir für meine Wahl drei Tage, weitere vier für die Hochzeitsvorbereitungen, dann geht es zurück nach England.«

»Ihr Vater ist sehr stolz auf Sie. Er schrieb mir von all Ihren Heldentaten. Sie waren mit Wellington auf der Pyrenäenhalbinsel, nicht wahr?«

»Das stimmt. Als ich ausmusterte, war da noch ein ziemliches Chaos. Gerüchte tauchten auf, daß Napoleon einen Einmarsch in Rußland plant.«

»Hier ist mein Sohn Alex«, unterbrach Ruthven seinen Gast, als sie zu der offenen Tür des Kinderzimmers kamen. Der Junge, der dort stand, sah seinem Vater sehr ähnlich und blickte Hawk mit seinen grauen, klaren Augen offen an. »Tu dein Bestes«, ermahnte der Vater seinen Sohn und lächelte auf ihn hinunter.

»Wie geht es Ihnen?« erkundigte sich Alex sehr formell und streckte seine etwas schmutzige Hand aus.

»Ich lebe, Alex«, erwiderte Hawk lächelnd und schüttelte die Kinderhand.

»Wie ich sehe, hat Adelaide dich doch nicht gesäubert, Alex. Zweifellos vor lauter Aufregung wegen der Mädchen«, stellte Lord Ruthven fest.

»Violas neues Kleid hat Adelaide fast blind gemacht«, erwiderte der Junge nun mißbilligend. »Sie hätten Violas Getue vor dem Spiegel sehen sollen . . . So ein albernes Ding!«

»Ich denke, das genügt«, meinte der Vater. »Verabschiede

dich jetzt. Adelaide will sicher mit dem Unterricht beginnen. Du kannst Seine Lordschaft später besser kennenlernen.«

»Jawohl.«

Hawk beobachtete Alex, der den langen Korridor entlanglief. »Sie sind sehr glücklich zu schätzen, Sir. Ein feiner Junge.«

»Ja, das ist er«, bestätigte Ruthven. »Und das hier ist Ihr Zimmer. Marta hat es für Sie hergerichtet.«

»Nennen Sie mich Hawk.« Als Ruthven ihn fragend ansah, erklärte der junge Graf: »Ein Name, der mir noch von der Armee her blieb. Rothermere war so lange meines Bruders Name, daß ich mich noch nicht an ihn gewöhnen kann.«

»Ach ja, Nevil. Ein Jammer.« Der Hausherr ging in das Zimmer und trat zur Seite, um Hawk einzulassen.

Das ist ein wunderschöner Raum, dachte Hawk, und blickte auf die dunkel getäfelten Wände, den dunklen Kamin und das riesige Bett, das mitten im Zimmer stand. Sonst gab es nur noch eine alte Rüstung an einer Wand, einen Lehnsessel vor dem Kamin und einen schmalen, schon etwas ausgeblichenen roten Wollteppich auf dem Fußboden.

»Das ist Frances' Zimmer.« Ruthven beobachtete aufmerksam die Wirkung seiner Erklärung.

Hawk wandte sich um und blickte seinen Gastgeber verblüfft an.

Nichts in dem Raum wies darauf hin, daß er von einer jungen Lady benutzt wurde. Natürlich, dachte Hawk, Frances ist ein so bedauernswertes, armes Ding. Wahrscheinlich will sie gar keinen Spiegel, damit sie sich nicht ansehen muß.

»Ich verlasse Sie jetzt und sehe zu, daß Ihr Mann heraufgeschickt wird. Abendessen ist hier früh, um sechs Uhr.« Ruthven nickte und ging aus dem Zimmer. Er hatte sehr wohl in Hawks Gesicht lesen können, was er dachte.

Ich bringe Frances um, nahm er sich vor, während er die Treppe hinunterstieg. Ich drehe ihr den Hals um und schüttle sie, bis ihre Zähne klappern! Ich verprügle sie, bis sie nicht mehr sitzen kann!

Plötzlich mußte er laut lachen. Bei Frances wußte man wirklich nie, was man von ihr zu erwarten hatte. Zumindest langweilte sie einen nicht, das verdammte Mädchen!

3. Kapitel

Frances hatte bereits die Küchentür erreicht und die Freiheit in Sicht, da hörte sie den lauten Ruf ihres Vaters: »Frances!«

Ihre Hand umspannte den Türgriff, und ein Fuß bewegte sich vorwärts.

»Frances, wenn du noch einen einzigen Schritt machst, bringe ich dich um!« brüllte Ruthven.

Angus, ihr Förster, Donald, der Stalljunge, und Doris, die Köchin, sagten keinen Ton, beobachteten jedoch verstohlen Vater und Tochter.

»Ja, Papa?« erkundigte sich Frances unschuldig und drehte sich um. »Wünschst du etwas?«

»Wünschst du etwas?« äffte Ruthven sie nach und kam vorwärts. »Komm mit mir, Mädchen.«

»Also, Papa, ich ...«

»Halt die Klappe, Frances!« fauchte der Graf, packte ihren Arm und zog sie zur Tür hinaus. Erst, als sie den Stall bereits hinter sich hatten, ließ er Frances' Arm los und sah sie wütend an. »Was, zum Teufel, glaubst du eigentlich, was du da tust?« Er blickte auf die schreckliche Brille und schauderte.

Frances streckte das Kinn hoch. »Ich will diesen Engländer nicht heiraten, Papa, und ich werde ihn nicht heiraten! Ich will nur sichergehen, daß er keinen zweiten seiner arroganten Blicke auf mich richtet.«

»Arrogant? Rothermere?« protestierte Ruthven. »Er ist ein prächtiger Bursche! Sicher, ein bißchen steif, aber das kann ich ihm nicht verübeln. Schließlich ist er nicht aus eigenem Antrieb hergekommen, um sich eine Frau zu suchen. Außerdem, du dummes Ding, ist sein Vater todkrank. Wie würdest du dich da fühlen? Fröhlich und überschäumend vor Temperament?«

Frances seufzte. Die Erkrankung von Rothermeres Vater

tat ihr gewiß leid, aber das hatte schließlich nichts mit ihr zu tun. Sie hob den Kopf, so daß die Brille auf die Nasenspitze rutschte. »Papa, ich will nicht heiraten. Ich wünsche weder dich noch Kilbracken zu verlassen. Ich gehöre hierher. Bitte, Papa!«

Das brachte Ruthven etwas aus dem Konzept, aber nur für einen Moment. »Wieso glaubst du überhaupt, daß er dich noch ein zweites Mal ansehen würde? Du bist ganz schön eingebildet, mein Mädchen, und auch nicht besser als Viola.«

»Ich weiß.« Frances setzte sich mitten in einen Heuhaufen. »Aber ich will es einfach gar nicht erst darauf ankommen lassen.« Sie fühlte sich unbehaglich, weil ihr Vater lange Zeit nichts erwiderte. Ein Wutanfall wäre ihr lieber gewesen. Dann zeigte sie mit der Hand auf die Umgebung. »Würdest du das alles verlassen wollen, Papa?«

»Ich wünsche mir das Beste für dich, Frances.«

»Na, dieser Mann ist das bestimmt nicht!« entgegnete sie mit unterdrücktem Ärger. »Oh, er sieht gut aus, das gebe ich zu, aber er ist ein Engländer, Papa. Ein Engländer! Bestimmt hält er uns alle für Barbaren.«

»Mit eurer vorzüglichen britischen Aussprache? Kaum, mein Mädchen. Ich wünsche jedenfalls, daß du so, wie du wirklich bist, zum Abendessen erscheinst.«

»Nein!«

Ruthven hatte selten Widerspruch von seiner Lieblingstochter in all ihren neunzehn Jahren erlebt und blickte sie prüfend an. Dann sagte er: »Weißt du überhaupt, wie gräßlich du aussiehst?«

»Natürlich. Ich habe es ja vor dem Spiegel ausprobiert, bevor ich ihn aus meinem Schlafzimmer schaffte.«

»Und du weigerst dich tatsächlich, mir zu gehorchen, Frances?«

»Bitte, Papa!« Frances stand auf und ergriff seine Hände. »Bitte, bestehe nicht darauf! Er würde mich ohnehin nicht wollen. Hast du nicht gesehen, wie er Viola anblickte? Sie ist jung, schön und lebhaft, und du sagtest doch, daß der Graf solche Ladies bevorzugt. Ich würde ihn ganz elend machen, das weißt du. Sogar Clare wäre für ihn erfreulicher als ich. Sie wäre ein Gewinn, sie könnte all seine Freunde malen. Denk doch an den armen Mann, Papa.«

Ruthven dachte an den armen Grafen. Er liebte auch seine beiden anderen Töchter, aber sie waren nicht Frances. Sie würden Hawk nicht im entferntesten glücklich machen, und wenn er nicht glücklich war, wie könnten sie es dann sein? Im Gegensatz zu Frances kannte Ruthven den Charakter des Grafen von Rothermere, zumindest aus der Sicht des Marquess. Nun, er wollte darüber nachdenken. Zu Frances sagte er: »Zieh wenigstens etwas anderes an, und nimm diese fürchterliche Brille ab.«

»Gut, Papa.«

»Und benimm dich, wie es sich gehört.«

»Ja, Papa.«

Ruthven blickte seine Tochter mißtrauisch an und seufzte. Frances war normalerweise nicht so unterwürfig. Er kannte sie viel zu gut und befürchtete, daß sie wieder irgend etwas im Sinn hatte. »Ich sehe dich später, Frances.« Damit verabschiedete er sich und ging davon. Was sollte er tun? Nach zwei Gläsern seines besten Sherry nahm er sich vor, Graf von Rothermeres Benehmen sehr genau zu beobachten und dann zu entscheiden, ob er es wert war, Frances zu bekommen. Wenn ja, dann würde er handeln.

Beim Abendessen saß Ruthven in seinem hochlehnigen Stuhl am Kopf der Tafel. Während Viola und Clare bezaubernd aussahen in ihren hübschen Garderoben, hatte sich Frances ein fahlgelbes Kleid angezogen, das sie so blaß machte, als würde sie krank werden. Ruthven konnte nur den Kopf schütteln.

Der Graf von Rothermere wirkte in seinem schwarzen Abendanzug sehr elegant. Viola hielt bei seinem Eintritt förmlich die Luft an, und Clare wünschte sich, ihn in diesem Aufzug malen zu können.

Hawk setzte sich rechts neben Ruthven und ließ das Essen, das nicht unbedingt nach seinem Geschmack war und von dem nicht gerade blitzsauber angezogenen Tottle serviert wurde, höflich über sich ergehen. Er konnte sich noch immer nicht dazu entschließen, die drei Mädchen genauer zu betrachten, blickte schließlich zu dem farbigen Ruthvenschen Wappenschild, das an der Wand angebracht war, hoch und las: Vivit Post Funera Virtus.

Ruthven, der ihn beobachtet hatte, erklärte: »Ein gutes Motto: ›Tugend überlebt das Grab.‹ Natürlich ein Unsinn, aber unsere Vorfahren hatten hohe Ideale. Die Löwen mit den mehrfach gespaltenen Zungen bewachen die Krone. Sie sehen zwar edel und stark genug aus, doch unsere Geschichte widerlegt das.«

Hawk nickte nur höflich.

»Was ist denn Ihr Familienmotto, mein Lord?« erkundigte sich Clare.

»›Mit einer starken Hand‹ — manu forti.«

»Das sieht den Engländern ähnlich«, brummelte Frances vor sich hin. »Richtiger wäre: ›Mit einer starken Faust‹.«

»Was sagtest du, Frances?« wollte Ruthven wissen, erfreut darüber, daß sie endlich einmal den Mund aufmachte.

Frances beschäftigte sich weiter mit ihrer Suppe und erwiderte nur: »Nichts, Papa.«

Hawk blickte zu dem Mädchen. Sie trug zwar nicht mehr diese fürchterliche Brille, aber ihr Haar sah wie ein Vogelnest unter dieser gräßlichen Haube aus. Er fragte sich, ob sie überhaupt ihre Suppe sehen konnte, und bemerkte verwundert, daß Adelaide recht amüsiert Frances betrachtete. Er wußte, daß er endlich anfangen mußte, sich intensiver mit den drei Töchtern zu beschäftigen. Die Zeit drängte. Morgen wollte er mit jedem der Mädchen einzeln sprechen.

Höflich beantwortete er eine Frage Violas und wandte sich dann an Clare: »Ich würde gern Ihre Bilder sehen.«

Clare stimmte bereitwillig zu. Um Frances nicht völlig zu ignorieren, erkundigte er sich: »Was macht Ihnen denn besonderen Spaß, Lady Frances?«

Frances war ärgerlich.

Dieser arrogante Bursche spielte eine Schwester gegen die andere aus! »Nichts«, erwiderte sie fast schnippisch und sah ihn dabei an.

Rasch erklärte ihr Vater: »Frances spielt sehr gut auf dem Piano und singt auch recht hübsch.«

»Ich würde Sie gern hören, Lady Frances. Vielleicht nach dem Essen?« Man sah Hawk nicht an, daß er gelangweilt dachte: Himmel, das ist ja schlimmer als eine ganze Londoner Saison mit all diesen törichten, kleinen Debütantinnen, die versuchen, einen guten Eindruck auf die Gentlemen zu machen.

»Eine großartige Idee«, stimmte Sophia zu und blickte Frances durchdringend an.

Nachdem das Essen beendet war, forderte Ruthven seinen Gast freundlich auf: »Gehen wir mit den Ladies ins Wohnzimmer, Hawk.«

Hawk? Frances hätte gern gewußt, wie er zu diesem Spitznamen kam.

Clare brachte verschiedene ihrer Bilder, die Hawk wirklich gut fand und ehrlich loben konnte. Ein hübsches Porträt, das erst kürzlich gemalt worden war, zeigte eine lachende Viola mit Blumen im Schoß, doch es gab kein Bild von Frances. Wahrscheinlich würden die Ölfarben gerinnen, dachte Hawk, wenn sie dazu benützt werden sollten, dieses Mädchen zu malen.

Viola unterhielt den Gast charmant mit amüsanten Lokalgeschichten. Hawk lachte. Das Mädchen hatte Witz und war recht drollig. Er hätte lieber ihr noch ein wenig länger zugehört als Frances, die nun von ihrem Vater mit so strenger Stimme zum Spielen aufgefordert wurde, daß Hawk ihn erstaunt ansah.

Frances ging mit gesenktem Kopf zum Piano, setzte sich und ließ die Schultern nach vorn hängen. Im nächsten Moment zuckte Hawk zusammen. Ihre Stimme war entsetzlich hölzern, und wenn sie hohe Töne zu singen hatte, klang das derart schrill, daß er befürchtete, einige der herumstehenden Gläser würden zerspringen. Außerdem sang sie teilweise auch noch falsch.

Trotzdem applaudierte er pflichtschuldig, als Frances aufhörte, aber weder Ruthven noch Sophia zollten ihr irgendeinen Beifall.

Viola kicherte, und Clare sah Frances sehr merkwürdig an. Keiner bat um eine Zugabe.

Hawk stand auf und sagte mit ausdruckloser Stimme: »Vielen Dank, Lady Frances.« Dann wandte er sich an Sophia. »Madam, ich bedanke mich für den charmanten Abend und das vorzügliche Essen. Ich fürchte nur, ich bin von der langen Reise sehr erschöpft. Darf ich Ihnen allen eine gute Nacht wünschen?«

Grunyon wartete im Schlafzimmer seines Herrn und erkundigte sich neugierig: »War es ein unterhaltsamer Abend, mein Lord?«

»Es war entsetzlich!« Hawk ging zu einem der Fenster, zog die Brokatvorhänge zurück und blickte deprimiert hinaus in die Dunkelheit.

Frances, die in Violas Schlafzimmer einquartiert war, versuchte einzuschlafen, aber es gelang ihr nicht. Viola zündete die Kerzen auf ihrem Toilettentisch an, trug den Leuchter zum Bett und stellte ihn auf den kleinen Nachttisch.

»Komm, Frances, ich weiß, daß du wach bist. Oh, da kommt Clare.«

Frances gab auf und setzte sich, sowie Clare die Schlafzimmertür leise hinter sich geschlossen hatte.

»Papa ist wütend auf dich, Frances«, berichtete Clare, »und Stiefmama ebenfalls. Nur Adelaide sitzt bloß da und lächelt.«

Viola und Clare setzten sich auf das Bett, wie sie es als Kinder getan hatten, wenn sie ihre heiße Schokolade tranken. Aber jetzt war alles anders. Frances seufzte.

»Warum hast du das getan?« fragte Viola. Da Frances nicht gleich antwortete, fuhr sie fort: »Ich versteh dich nicht. Der Graf sieht blendend aus, das konntest du bestimmt trotz deiner schrecklichen Brille sehen.«

Frances zog ihren dicken Zopf über die Schulter und begann, ihn aufzuflechten. »Ja, das stimmt«, erwiderte sie schließlich, »doch das hat nichts damit zu tun, Viola.«

Clare zog ihren Morgenrock enger um den Körper. »Ich weiß, du warst entsetzt, als Papa uns von der Ehrenschuld und alledem erzählte, aber ich dachte, du wärst vernünftig geworden.«

»Ich bin vernünftig.«

Viola schwärmte weiter. »Er ist reich, besitzt einen Titel und hat alles, was sich ein Mädchen von einem Ehemann erhoffen kann.«

»Er will nichts mit uns zu tun haben, Viola«, wandte Frances ärgerlich ein. »Er muß einer von uns seinen Antrag machen. Wie kannst du dir wünschen, einen Mann zu heiraten, der dich nicht liebt und sich überhaupt nicht um dich kümmert!«

»Du bist eine dumme Romantikerin«, tadelte Clare. »Lieber Himmel, ich bin die einzige, die Poesie liebt, aber ich sehe ein, daß eine Ehe mit all diesen hochfliegenden, träumerischen Sentimentalitäten nichts zu tun hat.«

»Papa liebte unsere Mutter«, beharrte Frances.

»Frances, das hat nichts mit uns zu tun! Nun, ich habe nichts dagegen, daß du dich wie eine Hexe zurechtmachst«, erwiderte Viola. »Das erleichtert dem Grafen die Entscheidung. Er braucht jetzt nur noch zwischen Clare und mir zu wählen.«

»Er ist schrecklich groß und dunkel.« Clare schauderte.

»Wenn du mit deinem Kichern aufhören würdest, Viola, dann würdest du begreifen, daß er auch kalt und arrogant ist«, behauptete Frances hitzig.

»Er ist eben nicht gern hier, das ist es«, erklärte Viola leichthin. »Wenn er einmal verheiratet ist, wird sich das alles ändern. Außerdem: was haben wir für eine Wahl? Keine, sage ich dir! Da sind auch noch die tausend Pfund vom Vater des Grafen, die Papa für die Heirat erhält.«

»Das ist gemein!« protestierte Frances.

»Gut, ich will dir deinen Abscheu gar nicht ausreden.« Viola lächelte. »Ich will einen reichen Mann heiraten, will jemand sein. Was kann eine Frau sonst noch erwarten?«

Das stimmt schon, dachte Frances, aber es war nicht fair. »Das ist nicht fair«, wiederholte sie laut. »Wir sollten das tun dürfen, was wir selbst wollen.«

Clare schüttelte den Kopf. »Ich verbringe meine Zeit mit

meiner Malerei und der Poesie. Viola hat Spaß am Flirten und an ihrer Stickerei. Du, Frances, vertreibst dir den Tag mit Tieren, mit Schwimmen, mit Wanderungen über die Hügel. Aber das ist nicht genug. Eine Frau muß heiraten, oder sie gilt von Jahr zu Jahr immer weniger. Man bemitleidet sie, und sie wird eine Belastung für ihre Familie. Ich bin durchaus deiner Ansicht, Frances, daß das nicht fair ist, aber etwas anderes gibt es nicht.«

»Und der Graf von Rothermere ist der vornehmste Gentleman, der uns zur Verfügung steht«, ergänzte Viola die Ausführungen Clares. »Ich weiß, Papa hat nicht genug Geld, um uns nach Edinburgh oder gar nach London schicken zu können, damit wir verschiedene Männer kennenlernen können.« Plötzlich kicherte sie und warf ein Kissen nach Frances. »Wir sollten dir deine Ansichten nicht ausreden. Himmel, der arme Mann hätte eine schwere Zeit, wenn er sich zwischen drei gleich schönen Töchtern entscheiden müßte.«

Frances musterte ihre beiden Schwestern. »Clare, würdest du den Grafen gern heiraten, wenn er dich wählte?«

»Ja. Ja, das würde ich. Ich würde sogar das — das andere ertragen. Vor allem Gentlemen mit einem Titel brauchen einen Erben.«

»Und wozu ist eine Frau sonst noch gut?« fragte Frances erbittert.

»Ich habe Kenard geküßt, aber das bedeutete mir nichts«, erzählte Viola. »Ich wette, der Graf mit seinen Erfahrungen ist bestimmt besser als Kenard. Und noch etwas anderes, ihr zwei: vornehme Gentlemen sind dazu erzogen, behutsam mit den Gefühlen ihrer Frauen umzugehen bei gewissen Dingen, von denen Adelaide sprach. Sie sind nicht wie Tiere zu ihren Ehefrauen.«

»Das paßt doch nicht zusammen, Viola«, schalt Frances. »Willst du nun, daß dich der Graf leidenschaftlich küßt, oder willst du, daß er ein behutsamer Ehemann ist?«

»Ich weiß nicht«, gab Viola zu. »Jedenfalls sieht er fabelhaft aus. Und denke doch nur an all den Spaß! Gesellschaften, Feste, Bälle! Ich hoffe nur, ich rede dir deine Brille nicht aus.«

»Nein, Viola, das kannst du gar nicht.« Frances schlug mit der Faust auf ihr Kissen. »Das alles ist einfach gräßlich! Ich wünschte ...«

Viola und Clare blickten sie erwartungsvoll an. Frances atmete tief durch und fuhr dann fort: »Ich wünschte, ich könnte einem Mann begegnen, den ich respektieren und gern haben kann ... vielleicht sogar lieben.«

Ein leises Klopfen an der Tür ließ die drei auseinanderfahren. Adelaide spähte ins Zimmer und lächelte. »Wie hübsch du aussiehst, Frances«, meinte sie hintergründig. »Ich höre den Grafen im Zimmer hin- und hergehen. Das kann ja alles noch interessant werden, sogar sehr interessant. Jetzt gute Nacht, ihr Mädchen. Komm, Clare.«

Clare schlüpfte gehorsam aus dem Bett und folgte Adelaide aus dem Schlafzimmer.

»Gut«, meinte Viola und gähnte. »Ich möchte keine Ringe unter die Augen bekommen. Laß uns schlafen, Frances. Und ich wäre dir dankbar, wenn du in der Nacht nicht um dich schlagen würdest.«

Innerhalb von fünf Minuten war Viola eingeschlafen. Frances lag noch lange wach und starrte in die Dunkelheit. Etwas mehr, dachte sie, da muß noch etwas mehr sein.

Der Graf von Rothermere war an diesem Vormittag früh mit dem Hausherren durch die Gegend und zum See geritten, hatte mit dem kleinen Alex, der ihnen auf seinem Pony begegnete, ein paar freundliche Worte gewechselt und stand nun vor der unangenehmen Pflicht, einzeln mit den Mädchen zu sprechen, wozu ihm Ruthven die Erlaubnis gegeben hatte. Selbstverständlich mußte er mit der ältesten Tochter beginnen.

Eine halbe Stunde nach dem Frühstück, an dem alle außer Frances teilgenommen hatten, wartete Hawk im Wohnzimmer auf Clare und dachte mit Unbehagen an das bevorstehende Gespräch. Es war für ihn und die Ladies demütigend, aber was sollte er anderes tun? Eine Frau bedeutete Verantwortung, eine lebenslange Verantwortung. Etwas in ihm rebellierte dagegen, doch ebenso schnell sah er das blasse Gesicht seines Vaters vor sich und hörte den rauhen, quälenden Husten. Er vernahm das Rascheln von Stoff und wandte sich um.

»Lady Clare«, begrüßte er Ruthvens Älteste und verbeugte sich.

»Mein Lord.«

Er nahm ihre Hand in seine. Sie ist hübsch, dachte er. Er bevorzugte bei Frauen blondes Haar und helle Haut, und sie besaß beides. Er räusperte sich. »Diese Situation ist ein bißchen schwierig für uns beide.«

»Ich verstehe, mein Lord. Natürlich vor allem für Sie.«

»Das bezweifle ich, meine Lady.«

Clares Hand zitterte ein wenig, und sie kämpfte gegen ihre Nervosität. Er war so verwirrend groß! »Haben Sie die Marmorstatuen in Elgin gesehen?« fragte sie abrupt.

»Ja«, erwiderte Hawk und bemerkte, daß Clare sich interessiert vorneigte. Die verdammten Kerle aus Marmor! Was kümmerten sie ihn! »Sie kamen aus Griechenland«, setzte er hinzu und ließ dann Clares weitschweifige Erklärungen über den ursprünglichen und gegenwärtigen Zustand der Skulpturen über sich ergehen. Das dauerte fünfzehn Minuten.

Hawk bekam fast das Grausen, als Clare ihn anschließend nach seiner Meinung über George Gordon fragte.

»Er ist über Nacht eine Berühmtheit geworden«, erwiderte er. »Soviel ich hörte, sind die Ladies ganz begeistert von Lord Byrons Dichtkunst.«

»Ich bin es auch, mein Lord«, versicherte Clare und rezitierte prompt einen Vers von Byron.

Hawk wußte nicht, ob er applaudieren oder sich verbeugen sollte. Beides blieb ihm erspart, da Clare weitersprach: »Ich würde ihn gern malen! Ja, mein Lord, ich würde tatsächlich gern Ihre Familie und Ihre Freunde malen.«

»Das könnte etwas schwierig werden.«

»Warum? Würden wir nicht in London leben und jeden treffen?«

Hawk sah plötzlich das Bild vor sich, wie er Clare vorstellte: »Das ist meine Frau. Sie würde Sie gern malen — nach

Lord Byron natürlich. Sie gehören zwar nicht zur Familie, aber Sie sind ein Freund oder zumindest ein Bekannter. Sie wird Lord Byrons Loblied singen, während Sie still dasitzen und keinen Muskel rühren.«

»Ich bin nicht ganz sicher«, antwortete er schließlich Clare.

Sie fuhr fort: »Und all die Museen! Wie gern würde ich Turner kennenlernen!«

»Ich mag Turners Werke nicht«, bekannte Hawk ehrlich.

Clare schwieg einen Moment, dann sagte sie: »Wie merkwürdig. Aber Sie sind natürlich ein gelehrter Gentleman.«

»Ich bin eher ein Soldat als ein Gelehrter, Clare.«

»Noch«, beharrte sie sanft. »Papa sagte uns, daß Ladies immer von ihren Ehemännern geführt werden.«

»Ich frage mich«, überlegte Hawk laut, »was Sophia dazu sagt.«

Clare errötete. »Meine Stiefmutter ist sehr klug«, brachte sie schließlich heraus.

Hawk blickte sie prüfend an. Das Letzte, was er sich wünschte, war eine Frau. Das Nächstletzte war eine Frau, die von ihm geführt werden wollte. Das bedeutete Abhängigkeit und dauerndes Beisammensein. Hieß das zugleich, daß er dafür verantwortlich sein würde, daß Clare glücklich war? Würde sie ihn lieben?

Er sah verstohlen nach der Uhr, die auf dem Kaminsims stand. Die dreißig Minuten waren erfreulicherweise vorbei. Damit hatte er gottlob das erste Gespräch hinter sich.

»Nun, mein Lord«, erkundigte sich Grunyon wenige Minuten später in Hawks Schlafzimmer.

Sein Herr seufzte. Er hätte am liebsten gesagt, daß Clare wie ein sechsfingriger Handschuh zu ihm paßte, aber das war ungerecht. Er wollte wenigstens fair sein.

»Sie ist hübsch und talentiert. Und außergewöhnlich gefügig.«

»Ach, du liebe Zeit!« brummte Grunyon.

»Sie erzählte mir alles über die Marmorstatuen in Elgin.«

»Großer Gott, nein!« stieß sein Diener entsetzt hervor.

»Hölle und Teufel«, fluchte Hawk. »Gieße mir ein Glas mit

etwas Starkem ein, Grunyon. In zehn Minuten muß ich Lady Viola treffen.«

Ein Unterschied wie Tag und Nacht, dachte Hawk, als er kurze Zeit später in Violas Gesellschaft war, die sich alle Mühe gab, ihm zu gefallen, und unaufhörlich plapperte.

»Bitte, erzählen Sie mir von Almacks, mein Lord«, bat sie jetzt kokett. »Ich kann es gar nicht erwarten, Almacks zu besuchen und all diese wunderbaren Leute kennenzulernen.«

»Es ist ein langweiliger Platz, und die Erfrischungen, die dort angeboten werden, sind kümmerlich.«

Er ist nicht gerade sehr hilfreich, dachte Viola. »Eine Lady muß auf ihre Figur achten«, erwiderte sie. »Dort wird auch getanzt, nicht wahr?«

»O ja«, meinte Hawk und fügte gleich hinzu: »Aber ich tanze nicht gern.«

»Nicht einmal den neuen deutschen Tanz, von dem ich hörte? Den Walzer?«

Hawk bekam fast ein Schuldgefühl bei ihrem sehnsüchtigen Ton. Sie war jung, so lebenshungrig. Er seufzte und gab schließlich zu: »Doch, den Walzer mag ich, aber er wird selten in der Öffentlichkeit getanzt. Die Schirmherrinnen von Almacks erlauben das nicht.«

Viola blickte ihn mit großen Augen an und schenkte ihm ein Lächeln, das sie oft genug vor dem Spiegel ausprobiert hatte.

Bei Kenard hatte das immer die erhoffte Wirkung erzielt und ihn stets so verwirrt, daß er errötete und nur noch stammeln konnte.

Hawk musterte sie amüsiert, ohne sich etwas anmerken zu lassen. Der kleine Racker versuchte es mit weiblichen Tricks! Fast hätte er lachen müssen, aber selbstverständlich hatte er seine guten Manieren nicht verlernt. Er dachte plötzlich, daß Viola in einem Jahr, mit mehr Praxis, gewiß hervorragend flirten könnte. Ein abschreckender, ernüchternder Gedanke. »Lieben Sie die Dichtkunst?« klopfte er unerwartet in Erinnerung an Clare auf den Busch.

»Lieber Himmel, nein!« wehrte Viola entsetzt ab. »Natürlich hat Adelaide uns gezwungen, gute Werke zu lesen, Predigten, Psalmen und so etwas.«

»Frances auch?« erkundigte er sich und fragte sich, ob das arme Mädchen mit seinen schlechten Augen überhaupt lesen konnte.

Viola lächelte ihn bezaubernd an. »Oh, Frances tut, was ihr Spaß macht.«

»Aha.« Hawk spähte zu der Uhr auf dem Kaminsims und sah, daß die Zeit um war. Das zweite Gespräch war erledigt.

Für den Nachmittag hatte Lord Rothermere versprochen, mit Viola und Clare in seiner Kutsche zu einem Nachbarschaftsbesuch zu fahren. Frances saß auf einem Hügel, von dem aus sie das Kastell überblicken konnte, und beobachtete heimlich, wie die Kutsche den Hof verließ. Befriedigt stand sie auf und warf übermütig den Abfahrenden noch eine Kußhand hinterher. Eins wußte sie sicher: weder Clare noch Viola würden irgend etwas über das merkwürdige Benehmen und das schreckliche Aussehen ihrer Schwester zum Grafen sagen.

Frances hatte noch viel zu tun, bevor sie zurückkehrten. Sie lief zu Roberts kleinem Bauernhof, behandelte den erkrankten Fuß seines einzigen Pferdes und ließ sich von Robert versprechen, daß er in Zukunft die Hufe immer sauberhalten würde. Dann eilte sie ins Kastell zurück und hoffte, in Violas Zimmer, ihr momentanes Quartier, schlüpfen zu können.

»Frances!« Der wütende Ruf ihres Vaters hielt sie auf.

Sie spürte plötzlich eine merkwürdige Ruhe in sich aufsteigen und drehte sich zu ihm um. »Ja, Papa?«

»Hör mit deinem ›Ja, Papa‹ auf, Mädchen! Ich habe lange genug Geduld mit dir gehabt, aber jetzt ist Schluß damit, Frances!« Er kam auf sie zu.

Frances blieb unbeweglich stehen. »Dann schlage mich, Papa. Ich werde mein Verhalten trotzdem nicht ändern. Ich will Kilbracken nicht verlassen, und dabei bleibe ich. Tu, was du willst.«

»Verdammt, Frances, er hat sogar bei deiner miserablen Vorstellung gestern nacht applaudiert!«

»Ja, das hat er. Was hast du denn erwartet? Daß er zu lachen anfängt oder sich die Ohren mit seinen aristokratischen englischen Händen zuhält?«

Ruthven schwieg sehr lange, und dabei fühlte sich Frances immer unbehaglicher. Wenn er doch schreien würde! Statt dessen sagte ihr Vater schließlich ganz ruhig: »Sehr gut, Frances«, drehte sich auf dem Absatz herum und ging davon.

Frances blickte ihm irritiert nach. Was hatte er vor?

4. Kapitel

»Lieber Himmel, ist das nicht Ihre Schwester?«

Hawk hielt die Gardine vor dem Kutschenfenster zur Seite, damit Viola hinaussehen konnte. Er spürte, daß sie einen Moment zusammenzuckte, doch dann lachte sie trillernd. »O nein, das ist nicht Frances. Das ist eine von den Bauersfrauen.« Den raschen Blick, den die beiden Schwestern miteinander tauschten, konnte Hawk nicht sehen.

Er sagte nichts, spähte jedoch noch einmal hinaus. Das war keine Bauersfrau, das war Frances! Sie trug ein beschmutztes, zerknittertes, ausgeblichenes, graues Wollkleid, hatte die Ärmel bis zu den Ellbogen hochgekrempelt und stapfte tatsächlich in Männerstiefeln durch die Gegend! Hawks Gesicht zeigte deutliche Mißbilligung, als er sich zurücklehnte.

»Hat es Ihnen bei den Campbells gefallen, mein Lord?« erkundigte sich Viola. Ihre Stimme klang, als ob sie ein Kichern unterdrückte.

»Ja, natürlich«, log Hawk. Er hatte sich zu Tode gelangweilt.

»Wir besuchen so gern geistreiche, charmante Leute«, zwitscherte Viola. »Und London, wo man an so vielen Gesellschaften teilnehmen kann! Wie aufregend wird — muß das sein!«

Hawk sah plötzlich seine Zukunft deutlich vor sich: Sowohl Clare als auch Viola würden als seine Ehefrauen Gastgeberinnen für eine endlose Reihe von langweiligen Festen, Gesellschaften und Bällen sein, würden kichern, schwatzen, seine Zeit in Anspruch nehmen und mit seinen Freunden flirten. Das Leben, das er jetzt führte, wäre mit einem Schlag zu Ende. Hätte er doch die Armee nicht verlassen! Wäre er lieber unter Wellingtons Kommando geblieben! Verdammt, er wollte frei sein, und das hieß auch, daß er sich keine Ehefrau wünschte. Er wollte sein neues Leben, das er seit fünfzehn Monaten führte, fortsetzen, wollte Amalia, seine Geliebte, behalten und ihr in leidenschaftlichen Stunden in die Augen sehen und ihre zärtlichen Hände spüren. In diesen Monaten in London hatte er erfahren, daß die meisten Gentlemen, ob verheiratet oder ledig, sich Mätressen hielten.

Aber wie könnte er weiter so leben, wie er wollte, wenn er eine Ehefrau am Halse hatte? Weder Viola noch Clare würden dafür Verständnis aufbringen.

»O ja«, hörte er Clare begeistert sagen, »da gibt es soviel zu sehen und zu tun.«

»Ja, wirklich«, fügte Viola lebhaft hinzu, »ich kann es kaum erwarten, all Ihren Freunden und den vielen schönen, eleganten Ladies zu begegnen.«

Beim Nachmittagstee war auch Frances anwesend, sagte aber kein einziges Wort, während Viola den Grafen von Rothermere mit pikantem Klatsch unterhielt und mit ihm flirtete und Clare ihn sehnsüchtig ansah. Lady Ruthven füllte seine Teetasse immer wieder voll, bis er dachte, er würde überlaufen.

Hawk wollte sich gerade entschuldigen, als Frances aufstand und zur Tür ging. Er mußte es tun! Schnell erhob er sich und bat: »Lady Frances, darf ich einen Augenblick Ihrer Zeit in Anspruch nehmen?«

Aha, dachte Frances, jetzt bin ich an der Reihe. Aber es blieb ihr wohl nichts anderes übrig. Sie drehte sich zum Grafen um und erwiderte: »Gut. Im Jagdzimmer?«

»Ja, sehr gern.«

»Dann werde ich Sie in zehn Minuten dort erwarten.« Frances schlüpfte aus dem Raum, eilte ins Jagdzimmer, zog die Brille aus der Tasche und setzte sie sich auf die Nase. Eine Haarsträhne, die sich gelockert hatte, ließ sie an ihrer Wange herunterhängen. Ihr Herz klopfte merkwürdigerweise heftig. Sie wußte, daß sie sich nicht schlecht benehmen durfte, jedenfalls nicht übermäßig. Sie mußte ...

»Lady Frances?«

Frances wirbelte herum und sah den Grafen in der offenen Tür stehen. »Ja«, sagte sie nur.

»Ich hatte bisher kaum Gelegenheit, mit Ihnen zu sprechen.«

»Nein.«

Schrecklich primitives Frauenzimmer, dachte Hawk, bekam aber sofort Gewissensbisse. Das arme Mädchen konnte ja nichts dafür, daß sie neben ihren hübschen Schwestern so unvorteilhaft wirkte.

»Clare zeigte mir einige ihrer Bilder. Hat sie auch eins von Ihnen gemalt?«

Frances blickte zum ersten Mal zu ihm hinüber. Sie schielte absichtlich und mußte sich das Grinsen verbeißen, als sie sah, wie er fast zusammenzuckte. »Ja.«

»Ich würde es gern sehen.«

Verdammt noch mal, er versuchte, freundlich zu sein! »Ich weiß nicht, wo es ist.«

»Oh, schade. Lesen Sie gern?«

Frances hörte den Widerwillen in seiner Stimme. Clare mußte ihm wohl von Lord Byron vorgeschwärmt haben. Ihre Schwester hätte doch wissen müssen, daß englische Gentlemen ein Brett vor dem Kopf haben! Wie konnte sie ihre schöne Poesie an einen Hornochsen verschwenden! »Ja«, erwiderte sie. »Ich las selbstverständlich die Klassiker. In Griechisch und Latein. Und an langen Winterabenden lese ich sehr gern aus Chaucers Werken vor — laut.« Zufrieden sah sie, daß der Graf allem Anschein nach nicht sehr erfreut darüber war.

»Besuchen Sie gern Bälle und Gesellschaften?«

Er mag Munterkeit, Witz und Charme, überlegte Frances blitzschnell und erwiderte: »Nein. Ich bin lieber allein.«

»Mit Ihrem Griechisch und Latein?«

»Ja.«

»Und Sie sind gern im Freien, nicht wahr?«

»Ja, allein.«

»Ah.«

Es folgten einige Minuten völliger Stille. Frances fühlte keine Veranlassung, irgend etwas zu sagen. Schließlich war es auch sein Interview. Sie blickte weiter auf ihre Schuhspitzen.

Hawk räusperte sich. »Vielen Dank, Lady Frances.« Im nächsten Moment hatte er das Zimmer verlassen.

Der Graf von Rothermere ging nachdenklich die Treppe zu seinem Schlafzimmer hinauf. Als er die Tür öffnete, war seine Entscheidung gefallen.

Grunyon war nirgends zu entdecken, doch Hawk fand ihn schließlich im Nordturm, von wo aus er sich die Gegend ansah.

»Tottle sagte mir, daß Sie hier sind. Ich glaube, der verdammte Butler war betrunken.« Nach kurzem Zögern setzte Hawk hinzu: »Ich habe mich entschieden.«

Grunyon blickte seinen Herrn prüfend an, der ruhig, fast krankhaft ruhig wirkte.

»Wenn ich Lady Viola oder Lady Clare heirate, ändert sich mein Leben. Dann habe ich eine ewig plappernde Frau am Rockzipfel, die mir meine Zeit stiehlt, Gedichte rezitiert, malt, kichert und flirtet.«

»Ich weiß«, meinte Grunyon bedächtig, »aber da ist noch immer die Sache mit dem Eid, Major Hawk.«

»Himmel, ja, das weiß ich. Ich werde Lady Frances heiraten.«

»Wa-was, m-mein Lord?« stotterte Grunyon völlig verblüfft.

Der Graf von Ruthven stand ungesehen unter ihnen und lauschte interessiert. Er beabsichtigte, noch heute abend bei einem Glas Brandy in seiner Bibliothek mit Hawk über die ganze Angelegenheit zu sprechen. Jetzt lehnte er sich vor, sperrte die Ohren auf und lächelte still vor sich hin.

»Ja, Lady Frances«, wiederholte Hawk. »Sie ist hausbakken und reizlos, das ist ihr einziger Fehler. Andererseits mag sie keine vielen Menschen und Gesellschaften und redet wenig. Sie wird mich in Ruhe lassen, und die Diener werden sich an ihr schreckliches Singen und Spielen gewöhnen.«

»Das kann stimmen, aber ich verstehe noch immer nicht.«

»Ich werde sie nach Desborough Hall bringen, Grunyon, ihr ein Kind machen und dann allein nach London zurückkehren. Sie wird damit einverstanden sein. Der Himmel weiß, wenn ich sie nicht heirate, wird sie eine alte Jungfer werden.«

»Sie haben also vor, ihr einen Gefallen zu tun?«

»Seien Sie nicht so verdammt sarkastisch, Grunyon! Ich sage Ihnen, das ist die Lösung.«

Ruthven hielt sich die Hand vor den Mund, um nicht über Hawks falschen Eindruck von Frances zu lachen. Seine listige Tochter war überlistet worden! Und was den Grafen anging — der hatte keine Ahnung, was ihm noch bevorstand!

»Es sieht trotzdem nicht sehr fair aus«, wandte Grunyon ein. Ihm tat Lady Frances leid.

»Das ist mir gleichgültig, verdammt noch mal! Mein Vater ist für dieses Debakel verantwortlich, nicht ich. Ich mache das Beste daraus. Ich wäre weder für Viola noch für Clare ein guter Ehemann, selbst wenn ich mich darum bemühte. Es würde entsetzlich. Ich wäre nie mehr allein, könnte Amalia nicht mehr besuchen. Frances hingegen wird in Yorkshire glücklich wie eine Lerche sein. Sie wird nur den See vermissen, aber sie kann nach Herzenslust durch die Moore streifen, kann Chaucers Gedichte den Dienern laut vorlesen und im Grunde tun, was sie auch hier tut.«

Ruthven verließ vorsichtig seinen Lauscherposten auf dem Balkon und ging in sein Schlafzimmer zurück. Die Entscheidung des Grafen von Rothermere war äußerst kaltblütig, doch Frances würde ihn nicht so kaltblütig lassen. Sie würde ihm die Fäuste zeigen. Seine Frances war nicht imstande, ihre Zunge sehr lange im Zaum zu halten. »Es wird gut ausgehen«, sagte er laut zu dem leeren Raum, »es wird bestimmt gut ausgehen! Ich muß unverzüglich dem Marquess schreiben.« Am liebsten wäre er im Zimmer herumgetanzt.

Frances wunderte sich ein wenig, als sich die Familie am Abend zum Essen zusammenfand, daß ihr Vater sie freundlich begrüßte, obwohl sie wieder schrecklich aussah.

»Guten Abend, meine Liebe. Wie fühlst du dich?«

»Was ist los?« fragte sie mißtrauisch.

»Aber, mein Mädchen, was soll denn los sein?«

»Du benimmst dich so merkwürdig. Hat der Graf Viola oder Clare einen Antrag gemacht?«

»Nein, Frances, noch nicht. Aber ich nehme an, daß er mich bald sprechen will.« Ruthven klopfte seiner Tochter auf die Schulter und ging zu seinem Platz.

Frances blickte ihm nachdenklich hinterher. Was hatte er nur? Im Grunde war sie zufrieden mit der Vorstellung, die sie am Nachmittag gegeben hatte. Der Graf fühlte sich gewiß von ihrem Aussehen und ihren kurzen Antworten abgestoßen. Sie fühlte sich jetzt absolut sicher vor ihm. Sie merkte nicht einmal, daß der Graf sie während des Essens verstohlen beobachtete.

Beruhigt stellte er fest, daß sie wenigsens bei Tisch die Manieren einer Lady besaß und im Gegensatz zu ihren beiden Schwestern kein Wort sagte. Die Zeit, die er in Zukunft mit Frances verbringen mußte, würde gewiß in friedlicher Ruhe verlaufen. Notfalls konnte er ja das Piano aus Desborough Hall wegschaffen lassen, wenn er zu Besuch kam.

Als er später am Abend wieder Frances' fürchterliches Singen und Spielen über sich ergehen lassen mußte, wünschte er sich allerdings eine Axt, um das Piano zertrümmern zu können. Er durfte schließlich nicht zulassen, daß seine treuen Diener mit zugehaltenen Ohren ihren Herrn verließen. Trotzdem zwang er sich, zu applaudieren, und wunderte sich, daß diesmal sogar Ruthven und Sophia Beifall klatschten, während Viola und Clare sich allem Anschein nach zwingen mußten, nicht über ihre arme Schwester zu lachen.

Am nächsten Morgen lief Frances vergnügt die große Treppe hinunter und durch die Halle. Die drei Tage waren um! Glückliche Clare oder glückliche Viola. Plötzlich hörte sie die Stimme ihres Vaters.

»Frances!«

Sie wandte sich um und sah, daß ihr Vater ihr zuwinkte. »Ja, Papa?«

»Komm her, Kind.« Frances ging zu ihm. Ruthven schloß

sie in seine Arme und drückte sie an sich. »Ich bin sehr froh, Frances.« Er ließ sie wieder los und fügte hinzu: »Geh jetzt ins Jagdzimmer.«

»Soll ich eins von deinen Gewehren reparieren?«

»Nein, nein. Blamiere mich nicht, Frances. Geh jetzt.« Er gab ihr einen kleinen freundlichen Schubs, und Frances ging ins Jagdzimmer. Ihn blamieren? Warum, zum Teufel, sagte er so etwas? Sie würde für ihn töten, würde alles für ihn tun!

»Guten Morgen, Lady Frances.«

Verwirrt blickte Frances den Grafen von Rothermere an. »Muß eines Ihrer Gewehre repariert werden?« erkundigte sie sich. »Papa schickte mich her. Gibt es da ein Problem?«

»Nein.« Bringe es hinter dich, dachte er, bevor du die Nerven verlierst. Er musterte Frances von Kopf bis Fuß. Das Kleid, das sie trug, war unelegant, zu groß, altmodisch und zu kurz für sie. Aber ihr schlanker Körper war gar nicht übel. Er würde es fertigbringen, zu ihr ins Bett zu steigen.

Frances versteifte sich bei seinem prüfenden Blick, fischte flink die Brille aus ihrer Tasche, setzte sie auf und schielte nach ihm. Wie dieser Wüstling sie ansah! Sie ballte die Hände zu Fäusten. »Was wünschen Sie, mein Lord?«

»Ich habe Sie erwählt, Lady Frances.«

Frances verstand ihn sofort, konnte ihn aber nur anstarren. War er blind? Ohne jeden Geschmack? Dabei sah er aus, als ob ihre Gegenwart ihm Qual bereitete. Ohne nachzudenken, erwiderte sie kalt: »Dann wählen Sie mich wieder ab!«

Hawk blinzelte. Er konnte doch wohl nicht richtig gehört haben? »Lady Frances«, wiederholte er, »ich habe ... Sie zu meiner Frau gewählt.«

»Sind Sie wahnsinnig?« Frances blickte ihm nun direkt in die Augen und schielte nicht länger durch die Brille, die ihr jetzt auf der Nasenspitze hing. »Warum?«

Ihre schneidende Stimme, ihre Worte erschreckten ihn. Er hatte ihre unverzügliche, freudige Zustimmung erwartet. Wie oft siegte schließlich dieses unansehnliche Mädchen über ihre Schwestern? Vielleicht dachte sie, er meine es nicht ernst. Das arme Ding konnte wahrscheinlich sein Glück gar nicht begreifen. Hawk lächelte und erwiderte: »Ich glaube nicht, daß ich wahnsinnig bin. Ich denke eher, daß wir gut miteinander auskommen werden. Nun, Ihr Vater und ich haben die Einzelheiten der Hochzeit besprochen. Ich fahre jetzt nach Glasgow und komme Freitag zur Vermählung zurück. Wie Sie wissen, ist mein Vater sehr krank. Nach der Zeremonie fahren wir sofort nach England. Hier, das ist für Sie.«

Er ging drei Schritte vorwärts, nahm Frances' Hand und schob den wunderschönen Smaragdring seiner Großmutter über ihren Finger.

Frances stand ungläubig, sprachlos da, doch das war ihm nur recht. Wenn sie immer schwieg, sollte ihn das nur freuen. Er zwang sich, sie leicht auf die Stirn zu küssen und blickte ihr ins Gesicht. Sie hatte die Brille zurückgeschoben, und ihre Augen sahen klein und verzerrt aus hinter den dicken Gläsern. Nun, er brauchte sie ja nachts im Bett nicht anzusehen. Er würde keine einzige Kerze anzünden, sonst war er womöglich nicht imstande, seine Pflicht im Hochzeitsbett zu erfüllen.

»Ich sehe Sie Freitag wieder, Lady Frances«, erklärte er kurz und verließ den Raum. Er schloß die Tür hinter sich und ging durch die große Halle ins Wohnzimmer, wo Ruthven ihn voller Ungeduld erwartete.

Frances stand wie angewurzelt, konnte nichts denken und auch nicht glauben, was eben geschehen war. Dann blickte sie auf den Ring und schrie: »Nein! Das ist einfach lächerlich! Nein!«

Hier mußte ein Mißverständnis vorliegen. Was war mit Viola, mit Clare? Der Mann war verrückt, ganz bestimmt sogar. Nun, sie mußte dem Ganzen sofort ein Ende bereiten. Sie riß die Tür auf, lief durch die Halle und fragte Sophia, die eben aus dem Wohnzimmer kam: »Wo ist Papa? Wo ist dieser Mann?«

»Komm mit mir, Frances«, befahl Sophia. »Du hast einen guten Fang gemacht, mein Mädchen. Komm!«

»Nein, ich muß mit Papa sprechen«, beharrte Frances mit

schriller Stimme. »Es ist ein Irrtum, Sophia, ein Mißverständnis!«

»Das denke ich auch«, erwiderte ihre Stiefmutter, »aber der Graf hat seine Wahl getroffen, und du hast dich damit abzufinden.« Sie hielt Frances, die an ihr vorbeigehen wollte, fest.

»Nein, Sophia!« Panik ergriff Frances. »Nein, das kann nicht geschehen!«

»Du hörst jetzt auf mich, Frances Kilbracken«, erwiderte Sophia gefährlich leise und packte Frances' Arm noch fester. »Du hast dich für sehr clever gehalten, nicht wahr, als du dich wie eine kleine, graue Maus zurechtmachtest? Der Graf hat, aus welchem Grunde auch immer, dich herausgepickt, nicht Viola, nicht Clare. Und du, du verschlagene Kreatur, wirst dich darein fügen!«

Frances versuchte, sich loszureißen. »Das ergibt doch alles keinen Sinn! Ich muß Papa sprechen. Ich werde das nicht tun!«

»O ja, du wirst! Sieh dich doch um, du Dummkopf, sieh dir die ganze Herrlichkeit von Kilbracken an! Das Kastell bricht bald über uns zusammen, und was wird für deinen Bruder bleiben? Du hast gehört, daß der alte Marquess zehntausend Pfund für die Heirat stiftet. Zehntausend Pfund! Dem Grafen darf kein Korb gegeben werden!«

»Aber was ist mit Viola? Mit Clare?« Frances fühlte sich wie eine Ertrinkende.

Sophia blickte ihre Stieftochter herrisch an. »Ich wünschte mir, daß er Viola wählt, das gebe ich offen zu. Sie ist ein hübsches Mädchen und verdient es, reich zu werden. Sie braucht Gesellschaften, Feste und männliche Aufmerksamkeit. Für Clare gilt im Grunde das gleiche, aber es soll nun einmal nicht sein. Du wirst den Grafen heiraten, Mädchen, und danach für deine Schwestern sorgen.« Sie schüttelte Frances' Arm. »Hast du mich verstanden?«

Frances blickte ihre Stiefmutter an und brachte keinen Ton heraus.

»Wenn du einmal die Gräfin von Rothermere bist«, fuhr Sophia streng fort, »wirst du alles für deine Schwestern tun.

Du wirst mich darin nicht enttäuschen, Frances! Und wenn du es wagen solltest, in Gegenwart des Herzogs einen Wutanfall zu kriegen, wird dein Vater nie mehr mit dir reden. Habe ich mich klar genug ausgedrückt?«

Frances taumelte wie benommen aus dem Kastell. Sie merkte erst nach einiger Zeit, daß ein kalter Regen fiel. Sie nahm die Brille und die Haube ab und steckte beides in die Tasche. Frierend lief sie in den Stall, kletterte die Leiter hinauf und warf sich ins Heu. Immer wieder fragte sie sich nur eines: Warum? Sie fand keine Erklärung.

Plötzlich setzte sie sich auf, schlang die Arme um ihre Knie und zwang sich, langsam und klar nachzudenken. Warum wollte ein zugestandenermaßen gutaussehender Junggeselle eine graue Maus heiraten, wenn zwei sehr hübsche und freundliche Mädchen zur Verfügung standen? Welcher Mann wünscht sich eine Frau, die ihn ganz offensichtlich nicht mochte? Außerdem hatte sie doch selbst gesehen, daß sie ihn anwiderte! Wie war das alles nur möglich, nachdem er sie auch noch singen und spielen gehört hatte?

Eine Bemerkung Violas fiel ihr ein: ›Der Graf ist bestimmt bei den Frauen in London sehr beliebt. Er sagte Clare und mir, daß er die meiste Zeit dort verbringt. Wegen der vielen Vergnügungen, nehme ich an. Ich wette, er hat eine Geliebte. Was kann ich wohl dagegen tun? Nun, sicher wird er sie aufgeben, und dann werden wir sehr glücklich miteinander sein.‹

Frances konnte sich gut vorstellen, daß die Ladies sich um den hübschen Grafen von Rothermere rissen, und die Mätressen ebenfalls. Warum hatte er dann sie gewählt? »Mein Gott«, seufzte sie ungläubig, »das kann er doch nicht wirklich wollen!«

Plötzlich kam ihr ein Gedanke: Hatte er sich etwa eine graue Maus ausgesucht, damit er ungestört sein lasterhaftes Leben weiterführen konnte?

Das mußte sie herausfinden! Frances stand auf, schüttelte das Heu aus ihrem Rock, kletterte die Leiter hinunter und öffnete die Stalltür. Es regnete nicht mehr. Bestürzt sah sie

Grunyon in die Kutsche steigen. Der Graf hatte die Zügel in der Hand und ließ die Pferde anlaufen. Frances rannte aus dem Stall, winkte und rief, doch es war nutzlos. Schmutziges Wasser spritzte unter den Wagenrädern hervor, die Pferde wieherten, und der Graf achtete auf nichts anderes als auf sein Gespann.

Frances beobachtete, wie die Kutsche die gewundene Landstraße hinunterfuhr. Wie lange war sie im Stall gewesen? Lange genug jedenfalls, damit dieser Bastard entfliehen konnte!

Frances straffte die Schultern und ging ins Haus zurück.

5. Kapitel

»Steck sofort den Ring wieder an, Frances!«

Der schwere Smaragdring prallte auf den Tisch und rollte quer darüber. »Nein«, weigerte sich Frances, »das werde ich nicht tun, Papa.«

Ruthven wollte gerade in voller Lautstärke losbrüllen, da stürmten Viola und Clare, gefolgt von Sophia, ins Jagdzimmer.

»Das glaube ich einfach nicht!« Zornig stampfte Viola mit dem Fuß auf.

Ach, Viola, dachte Frances, du bist noch so ein kleines Mädchen. Der Graf würde dich entsetzlich unglücklich machen.

»Wie hast du das geschafft, Frances?« wollte Clare nun wissen. »Was hast du ihm denn versprochen? Stiefmama sagte uns, daß der Graf dir einen Antrag gemacht hat, aber das ist doch völlig unmöglich! Du siehst schrecklich aus, du ...«

»Schluß jetzt!« donnerte Ruthven.

Frances sah ihre wütenden Schwestern ruhig an. »Hört mir zu, ihr zwei: Ich möchte den Grafen genauso wenig heiraten wie er mich.«

»Aber warum dann?« bohrte Clare weiter. »Er brachte es kaum fertig, dich anzusehen, genau wie du es auch geplant hast.«

»Ich glaube, ich weiß, warum«, erwiderte Frances und sah ihren Vater an. »Der Graf wählte mich, weil er sein Leben nicht ändern will. Ich nehme an, er hat vor, mich irgendwohin zu verfrachten, vielleicht auf eins seiner verkommenen Güter, damit er seinen Geschäften nachgehen kann, als hätte sich überhaupt nichts in seinem Leben geändert.«

Ruthvens Finger umklammerten die Tischkante. Wie war sie so schnell darauf gekommen?

»Und das ist die Wahrheit«, setzte Frances hinzu und

blickte ihren Vater herausfordernd an. »Oder etwa nicht, Papa?« Doch Ruthven schwieg.

»Das verstehe ich nicht«, jammerte Viola.

»Dann will ich es dir erklären«, erwiderte Frances. »Du, Viola, und du, Clare, ihr besitzt genau das, was der feine Graf an Frauen liebt. Ihr seid beide sehr schön, charmant und unterhaltsam. Doch der Graf will gar keine Ehefrau. Seiner Ansicht nach würde eine Frau alles verändern, und er hat nicht im geringsten die Absicht, etwas in seinem Leben zu verändern. Verstehst du jetzt?«

»Er ist ein Schurke, ein Schuft!« empörte sich Clare.

»Ich möchte ihn noch immer«, beteuerte Viola. »Ich könnte ihn ändern, ihn glücklich machen, ich würde ...«

»Sei kein Dummkopf, Viola«, unterbrach Frances ihre jüngste Schwester. »Er würde dich zum Frühstück verspeisen und ausspucken. Der Mann ist selbstsüchtig, rücksichtslos und wertlos. Aber natürlich«, fügte sie hinzu und sah ihren Vater wütend an, »er bietet Geld. Vielmehr sein Vater.«

»Frances, du wirst einen Mann nicht einfach verurteilen, weil er sich bemüht ...«

»Worum, Vater?« fauchte Frances zornig, als Ruthven zögerte. »Ich bin diejenige, die geopfert wird!«

»Geopfert, ha!« rief Viola schrill. »Du wirst eine Gräfin sein, reich, wirst alle Kleider bekommen, die du dir wünschst — was macht es da schon, wenn dein Ehemann seine eigenen Wege geht? Du weißt eben nicht, wie Ladies und Gentlemen eine Ehe führen. Das sind angenehme, bequeme Ehen. Du solltest erschossen werden, Frances, gehängt ...«

»Das reicht«, fuhr ihre Stiefmutter dazwischen. »Nachdem das ganze Drama vorüber ist und jeder seine verrückten Ansichten geäußert hat, kommst du mit mir, Frances. Wir haben nur drei Tage, um deine Aussteuer herzurichten, und es gibt viel zu tun.«

»Papa ...« begann Frances sehr ruhig.

»Eines Tages wirst du mir dafür dankbar sein, mein Mädchen.«

»Bis dieser Tag kommt, sind wir beide schon längst tot, Papa.« Niedergeschlagen ging Frances mit Sophia aus dem Zimmer und versprach, in einer Stunde ins Schlafzimmer ihrer Stiefmutter zu kommen.

Frances ging in ihr eigenes Schlafzimmer. Sie schnupperte und stellte wütend fest, daß es nach dem Grafen von Rothermere roch. Angewidert riß sie die Bettwäsche herunter und stand mitten in dem weißen Haufen, als Adelaide durch die offene Tür ins Zimmer schlüpfte.

»Himmel, was hast du für einen Aufruhr angezettelt, mein Liebes!«

»Ich weiß.«

»Es ist zum Besten, Frances.«

»Ja, ich denke, das ist es. Zumindest rette ich Viola und Clare davor, unglücklich zu werden.« Es ist schwer, edel zu sein, dachte Frances, furchtbar schwer.

»Ein Ehemann ist ein Ehemann, meine Liebe, und meiner Ansicht nach scheint der Graf mehr zu versprechen als die meisten. Er war immerhin in einer schrecklichen Situation. Wenn er dich, aus welchen Gründen auch immer, wählte, wird er bald seinen Irrtum erkennen.«

Erschrocken blickte Frances auf. »Daran habe ich überhaupt noch nicht gedacht, Adelaide. Was soll ich nur machen?«

Adelaide klopfte ihr beruhigend auf den Arm. »Du wirst die Bettücher wieder aufheben, Liebes. Ich könnte mir vorstellen, daß du noch ein bißchen über die verschiedenen Möglichkeiten nachdenken willst.«

Frances dachte endlos und oft wütend über ihre sehr beschränkten Möglichkeiten nach. In vielen Stunden stellte sie sich den Gesichtsausdruck des Grafen vor, wenn sie auf einmal hübsch, charmant und unterhaltsam wäre und von ihm verlangen würde, daß er sie mit nach London nehmen sollte. Bei diesem Gedanken mußte sie lächeln und fragte sich, ob er sie wohl dafür schlagen würde, daß sie ihn getäuscht hatte. Bei Männern wußte man vorher nie genau, wie sie reagieren würden.

Am Abend vor ihrer Hochzeit traf Frances ihre Entscheidung. Sie stand vor ihrem Schlafzimmer und blickte in die undurchdringliche Finsternis hinaus.

»Frances?«

»Ja? Komm herein, Sophia.«

Ihre Stiefmutter trug einen seidenen Morgenrock, ihre hübschen, langen Haare hingen ihr lose über den Rücken und ließen sie jünger aussehen.

»Gibt es ein Problem?« erkundigte sich Frances. »Dreht Doris durch? Oder hat Reverend MacLeod eine Auseinandersetzung mit Papa?«

Zu ihrer Überraschung blickte Sophia sie nicht direkt an und ging auch nicht auf ihre Scherze ein.

»Papa!« rief Frances daraufhin erschrocken. »Geht es ihm etwa nicht gut?«

»Doch, doch. Setz dich, Frances. Ich muß mit dir über einige Dinge sprechen.«

»Dinge?« Frances ging zu ihrem Bett und setzte sich im Schneidersitz darauf.

»Deine Pflichten als Ehefrau.«

»Ich versichere dir, Sophia«, reagierte Frances etwas widerspenstig, »daß ich durchaus fähig bin, das Essen auf den Tisch bringen zu lassen, wann immer der Graf es wünscht.«

»Darum geht es nicht, Frances. Ich spreche von deinen intimen Pflichten als Ehefrau.«

»Oh!« Im ersten Moment sah Frances verwirrt aus, dann schalt sie sich selbst einen Dummkopf. Sie hatte nicht daran gedacht, daß der Graf, ein Fremder, sie berühren würde und ... Sie schluckte.

»Ja«, sagte Sophia zögernd. »Weißt du, was Ehemänner und Ehefrauen miteinander tun? Ich meine, im Bett?«

Frances wußte genug und war schrecklich verlegen. Sie senkte den Kopf und nickte nur.

»Dein Vater glaubt, wie auch ich, daß der Graf rücksichtsvoll deinen Gefühlen gegenüber sein wird.«

»Rücksichtsvoll ... Was bedeutet das, Sophia? Was meinst du damit?«

»Es bedeutet, daß er dich mit dem Respekt behandeln

wird, den er seiner Ehefrau schuldig ist. Natürlich, wenn er entdeckt, wie du wirklich aussiehst, wird er zweifellos sehr erfreut sein und mehr ... aufmerksamer, trotz seiner ... nun, ich bin mir nicht ganz sicher ...« Sophia wußte nicht recht weiter.

»Ich verstehe«, flüsterte Frances.

Sophia tat das Mädchen im Moment leid, und sie erklärte freundlich: »Schau, er wird sich natürlich einen Erben wünschen, Frances. Das ist die wichtigste Pflicht für dich als seine Frau.«

»Einen Erben«, wiederholte Frances.

Sophia suchte nach einigen beruhigenden Worten und war völlig überrascht, als Frances den Kopf hob und ganz ruhig sagte: »Ich danke dir, daß du mir das alles gesagt hast, Sophia. Ich habe begriffen, wirklich. Wie dumm von mir, daß ich nicht daran dachte ... Nun, jetzt weiß ich es.«

Nachdem Sophia gegangen war, kuschelte sich Frances unter die Bettdecke und zog die Knie bis zur Brust hinauf. Sie sah den Grafen vor sich, wie er nackt aus dem See stieg. Sie wußte, daß dieses männliche Zubehör schrecklich groß werden konnte und zwischen ihre Beine geschoben werden würde. Das war ein gräßlicher, abstoßender Gedanke, so schmutzig und gemein. Aber er könnte — nein, er würde es tun, weil es sein Recht war. Wenn sie sich wehrte, würde er sie womöglich schlagen. Auch das war sein Recht. Sie selbst schien überhaupt kein Recht zu haben, nicht ein einziges.

Frances merkte erst jetzt, daß sie weinte. Ärgerlich über sich selbst wischte sie mit dem Handrücken die dummen Tränen ab und setzte sich auf. Sie erinnerte sich genau, wie angewidert der Graf sie angesehen hatte, als er ihr seinen Antrag machte — nein, fügte sie verdrossen hinzu, als er ihr seine Entscheidung mitteilte. Was ihre eigene Entscheidung anging, die hatte sie jetzt ebenfalls getroffen. Sie würde sich so dumm und so ängstlich benehmen, wie es ihr nur möglich war, bis er sie verließ. Und das würde er tun, sobald er es einrichten konnte. Davon war sie überzeugt. Sie wünschte sich, daß er sie verließ, am liebsten, ohne sie auch nur mit der Hand zu berühren. Nein, eine Hand könnte sie gerade noch aushalten, aber das andere konnte sie nicht einmal in Gedanken ertragen.

Es wird gar nicht so schlimm sein, redete sie sich ein. Ich werde in meinem eigenen Haus leben und tun, was mir beliebt. Und er kann nach London gehen und sich mit all diesen charmanten, unterhaltsamen Ladies amüsieren.

Der Graf von Rothermere lag auf dem Rücken, befriedigt und schläfrig. Georgina Morgan, eine voll erblühte Frau, kuschelte sich neben ihn, einen Oberschenkel über seinem Bauch. Sie war eine Witwe, einige Jahre älter als Hawk, und sehr zärtlich.

»Du bist ein wunderbarer Liebhaber!« versicherte sie.

»Du auch.« Hawk küßte sie leicht aufs Haar. »Ich muß dich vor dem Morgengrauen verlassen und nach Loch Lomond und Castle Kilbracken zurückkehren.«

»Hast du Geschäfte mit dem Grafen von Ruthven?«

Hawk hätte ihr eigentlich sagen sollen, daß das nicht ihre Angelegenheit war, aber er hatte keine Lust dazu. »Ja, allerdings«, erwiderte er. »Ich heirate morgen eine seiner Töchter.«

Georgina hielt bei dieser unerwarteten Neuigkeit den Atem an. Sie hatte sehr gehofft, daß der Graf eine Weile länger in Glasgow und in ihrem Bett bleiben würde. »Schade.«

»Dem stimme ich zu.« Hawk fühlte, wie sie ihr Knie langsam über seiner Männlichkeit bewegte. »Du willst mich wohl völlig auslaugen, wie?«

»Das ist nicht mehr, als du verdienst.«

Hawk ließ seine Hand über ihren nackten Körper gleiten. »Und was verdienst du?«

»Frances, du verflixtes Mädchen, das erlaube ich nicht!« Ruthven streckte die Hand nach der Brille aus, doch Frances wich ihm aus.

»Nein, Papa. Ich heirate deinen feinen Hawk, aber das ist alles, was du von mir verlangen kannst.«

»Du siehst wie eine verdammte Hexe aus!«

»Nein, mein Lord, nicht wie eine Hexe«, stellte Adelaide, die ins Schlafzimmer kam, ruhig fest, »eher wie ein Mädchen, das sehr große Angst hat, so zu sein, wie es wirklich ist.«

»Stimmt das, Frances?«

»Laß sein, Papa. Der Graf erwählte sich eine graue Maus, und die will er heiraten. Ich werde ihn nicht desillusionieren.«

Ruthven sah seine Tochter prüfend an. »Gut, Frances. Ich werde nichts mehr darüber sagen.«

»Und du wirst auch nichts zum Grafen sagen, Papa?«

»Nein.«

Nachdem der Vater das Schlafzimmer verlassen hatte, wandte sich Frances an Adelaide. »Ist es Zeit?«

»Ja, Liebes. Bringe dich nicht selbst um das, was rechtmäßig dein ist.«

Frances nickte nur. »Ich komme gleich, Adelaide.« Als Frances endlich allein war, ging sie zum Fenster und blickte hinaus. Der Tag war grau, kalt und es hatte zu nieseln begonnen.

Wenn ich romantisch veranlagt wäre, dachte sie, würde ich Tagebuch führen. Und heute sollte ich hineinschreiben, daß ich ein neues Leben beginne und wahnsinnig glücklich bin.

Sie wollte über ihre Dummheit lachen, aber es wurde nur ein Schluchzen.

Reverend Mr. George MacLeod, seit langen Jahren ein Freund des Grafen von Ruthven, leitete die Zeremonie. Er hielt den englischen Bräutigam für einen höflichen, gut erzogenen, jungen Gentleman. Als Frances endlich ins Wohnzimmer kam, sah er, daß sich der Gesichtsausdruck des jungen Grafen veränderte. Jetzt sieht er so glücklich wie eine tote Forelle aus, dachte der Reverend, blickte zu Frances und stutzte. Du liebe Güte, sie wirkt wie ein Schreckgespenst, stellte er erstaunt fest. Was, zum Teufel, ging hier vor?

Was war mit seiner strahlenden, lachenden Frances geschehen?

MacLeod wußte, daß das eine arrangierte Hochzeit war, aber er hatte keine Ahnung, daß ... Fragend blickte er zu Ruthven, doch der lächelte freundlich.

Die Worte waren gesprochen, und er segnete das Paar.

Das Hochzeitsfrühstück glich eher einer Beerdigung.

Reverend Mr. MacLeod, der Frances auf den Knien gehalten hatte, als sie zwei Jahre alt war, richtete es so ein, daß er Frances allein abfangen konnte, nachdem sie ihre Reisekleidung angezogen hatte. Sie sah verstört und blaß aus. Woher hatte sie nur diese entsetzliche Brille? Was sollte er zu ihr sagen?

»Auf Wiedersehen, meine Liebe.« Er küßte sie leicht auf die Stirn. »Ich werde für dich und deinen Ehemann beten.«

»Das würde ich sicher sehr zu schätzen wissen, Sir.« Frances blickte zu ihm auf. »Ein gutgezielter Blitzschlag wäre mir in diesem Augenblick wirklich sehr willkommen.«

»Heiratest du gegen deinen Willen, Frances?«

»Nein«, erwiderte sie, als sie sah, daß der Reverend sich ihretwegen Sorgen machte. Aus dem Augenwinkel erkannte sie, daß ihr Vater stirnrunzelnd zu ihr blickte, und ihr Ehemann schlug ungeduldig seine Handschuhe gegen den Oberschenkel. »Auf Wiedersehen, Sir.« Sie stellte sich auf die Zehenspitzen und küßte MacLeod auf die Wange.

Frances war dankbar für die Brille, die ihre tränenfeuchten Augen verbarg. Viola, Clare, Sophia und Adelaide umarmten sie nacheinander, dann kam ihr Vater an die Reihe.

»Frances«, sagte er sehr ruhig, »vertrau mir, mein Mädchen. Und vertraue dir. Du bist stark.«

»Ja, Papa.« Sie blickte sich ein letztes Mal in der Halle um und fragte sich, ob sie Kilbracken wohl je wiedersehen würde.

Dann folgte sie ihrem Gatten aus dem Kastell. Voller Angst betrachtete sie einen Augenblick die geschlossene Kutsche. Dann drehte sie sich um und winkte all den Menschen, mit denen sie neunzehn Jahre lang zusammengelebt hatte. Doris, die den Hochzeitskuchen gebacken hatte, tupfte sich die Augen mit dem Schürzenzipfel ab.

»Frances«, mahnte nun Hawk scharf und hielt die Kutschentür auf, »wir müssen uns auf den Weg machen!«

6. Kapitel

Hawk hob seine silberne Taschenflasche an die Lippen und nahm einen großen Schluck. Er spürte, wie sich sein Magen erwärmte, genoß dieses Gefühl und bewegte sich nicht. Erst nach einer Weile drehte er sich im Sattel um und blickte zu der schlingernden Kutsche, die näher kam.

Seine Frau saß in dieser Kutsche. Seine Frau!

Er konnte kaum glauben, daß es geschehen war, und schloß die Augen. Er fühlte sich alles andere als verheiratet. Reverend Mr. MacLeods Worte hatte er gar nicht richtig wahrgenommen, obwohl seine Antwort ihm bewiesen hatte, daß alles Wirklichkeit war.

Es nieselte wieder, der Himmel war grau. Die verdammte Straße erwies sich mehr als ein zerklüfteter Weg mit Steinbrocken und tiefen Wasserlöchern. Gelegentlich sah man kleine Bauernhöfe, Rauchfäden aus Schornsteinen aufsteigen, aber keine Menschen. Nur Dummköpfe würden ihre Gesichter an einem solchen Tag wie diesem zeigen. Er war ein solcher Dummkopf, doch alles war ihm lieber, als in der Kutsche mit ihr zu sitzen — mit Frances Hawksbury, Gräfin von Rothermere.

Hawk dachte an seinen Vater, wie er es oft tat, ein automatisches Gebet auf den Lippen, daß der alte Autokrat noch lebte.

Plötzlich kam ihm der Gedanke, daß sein Vater beim ersten Blick auf Frances einen Schock bekommen und sterben könnte. Er mußte, bevor er seine Frau ins Schlafzimmer seines Vaters führte, dafür sorgen, daß sie die Brille abnahm und die Haube, die sie möglicherweise tragen würde. Es machte nichts, wenn sie dann seinen Vater nicht deutlich sehen konnte. Aber es durfte nicht geschehen, daß sein Vater tot umfiel, wenn er ein lebendes Schreckgespenst sah, das seine Schwiegertochter war.

Er hätte Clare heiraten sollen. Nein, er hätte Viola heiraten sollen! Sie war jünger, gefügiger. Er mußte geisteskrank gewesen sein, als er sich an Frances band!

Es war nicht fair, das wußte Hawk, doch diese Erkenntnis verursachte in ihm nur ein sehr geringes Schuldgefühl. Schließlich hatte er die vergangene Nacht mit einer sehr zärtlichen, leidenschaftlichen Frau verbracht, und auch das bereitete ihm kaum Gewissensbisse. Bei dieser Erinnerung kam ihm der Gedanke an seine Hochzeitsnacht. Er umklammerte die Zügel so fest, daß sich Ebony, sein Hengst, aufbäumte und dann mit den Vorderhufen mitten in einer schmutzigen Wasserpfütze landete. Hawk fluchte, als der braune Schlamm auf seine Stiefel spritzte.

Er hörte Grunyon rufen, drehte Ebony um und ritt zur Kutsche zurück. »Was ist, Grunyon?«

Grunyon fühlte sich miserabel. Ihm war so kalt, daß er glaubte, seine Beine wären erfroren. »Es wird bald dunkel werden. Ich habe auf der Karte nachgesehen. Wir müßten in der Nähe einer kleinen Stadt sein, die Airdrie heißt. Dort sollte es wohl ein anständiges Gasthaus geben.«

Hawk blickte auf den sich verfinsternden Himmel. Er wollte noch nicht anhalten, noch nicht, sondern weiterreisen, bis sie England erreichten.

»Ich möchte mich auch ein wenig erleichtern«, erklärte Grunyon und deutete mit dem Kopf rückwärts auf die Kutsche. »Ihre arme Frau, mein Lord, wird in ähnlichen Schwierigkeiten sein.«

Hawk, der seinen körperlichen Bedürfnissen vor mehr als einer Stunde nachgekommen war, sah das schuldbewußt ein. »Gut. Suchen wir uns in Airdrie eine passende Unterkunft.«

Frances lehnte sich in die bequemen Polster zurück, die Lippen wütend aufeinandergepreßt. Dieser miserable Bastard! Sie fror, war hungrig und hätte am liebsten durch das Kutschenfenster ihren Ehemann angeschrien, daß sie es höchst nötig hatte, sich zu erleichtern.

Die Kutsche schlingerte weiter.

Airdrie. Frances hatte die kleine Stadt vor einem Monat mit ihrem Vater besucht, um Futter zu kaufen. Dort gab es ein ausgezeichnetes Gasthaus mit dem Namen »Devil's Lair«. Des Teufels Versteck. Passend, dachte sie, sehr passend!

Sie wünschte sich, einiges Ungeziefer von der beißenden Sorte zu haben, das sie ihm ins Bett legen konnte. Sein Bett! Lieber Himmel, er würde doch nicht etwa?

Frances straffte die Schultern. Nein, er würde nicht. Sie würde es ihm nicht erlauben! Sie hoffte, daß ihr Schuft von einem Ehemann sich auf dem Ritt eine Erkältung zugezogen hatte. Nein, er sollte doch besser widerlich gesund bleiben. Um so eher würde er sie verlassen.

Plötzlich fiel ihr auf, daß der Ärger über ihren Ehemann ihren Abschiedsschmerz von Kilbracken verdrängte.

Das Gasthaus »Devil's Lair« sah durch das regengetrübte Abendlicht so einladend wie eine alte Klosterruine aus. Hawk stieg vom Pferd und rief nach einem Stallknecht. Ein stämmiger Mann, der wie ein Faß aus Eichenholz wirkte, kam vor die Gasthaustür und schrie: »Was wünschen Sie?«

»Zimmer, Essen und einen warmen Stall für meine Pferde!« donnerte Hawk mit einer Lautstärke zurück, die all seine Soldaten bei der Armee hätte strammstehen lassen.

»Ein Engländer«, grunzte der alte Harmon. »Kümmere dich um die Pferde des Gentleman, Enard«, sagte er zu einem schlacksigen Jungen, der einen zerrissenen Schal um den Kopf gewickelt hatte.

Die Kutschentür wurde geöffnet. Grunyon lächelte in das halbdunkle Innere. »Mylady?«

Frances, steifbeinig, durchgefroren und in miserabler Stimmung, gab ihm ihre behandschuhte Rechte und stieg über das heruntergeklappte Treppchen.

Langsam kam Hawk auf sie zu und erklärte kurz: »Wir bleiben über Nacht hier.«

Frances hielt den Kopf gesenkt. Sie hatte vergessen, die Brille aufzusetzen. »Sehr gut«, erwiderte sie genauso kurz angebunden.

»Ich kümmere mich darum, daß ein Zimmer für dich hergerichtet wird.«

»Sehr gnädig.«

Frances' Stimme klang etwas scharf, und Hawk wunderte sich. Nein, dachte er, nicht scharf, und schüttelte den Kopf. Er mußte sich ein wenig bücken, als er ins Gasthaus ging, um nicht an die dunklen Deckenbalken anzustoßen. Nein, nicht scharf, überlegte er weiter. Sie war schüchtern, scheu. Es lag sicher daran, daß sie müde und sicher auch sehr erschöpft war. Er seufzte und nahm sich vor, beim Essen liebenswürdiger zu sein.

Im »Devil's Lair« gab es kein privates Gesellschaftszimmer, aber wegen des schlechten Wetters waren die üblichen Gäste weggeblieben. Nur ein alter Mann saß in der Nähe des Kamins und schnarchte. Der Wirt rüttelte ihn schnell wach und brachte ihn in die Schankstube hinaus.

Frances drehte ihren Haarknoten noch fester, setzte die Brille auf und ging ins Gastzimmer. Dort roch es appetitlich, und ihr Magen knurrte auf einmal vernehmlich.

Hawk blickte auf und lächelte bei diesem Geräusch. Er stand auf, zog einen Stuhl für Frances vom Tisch zurück und sagte freundlich: »Mylady.«

Frances ließ den Kopf gesenkt und setzte sich. Sie schwieg.

Nicht viel für eine höfliche Begrüßung, dachte Hawk, nahm wieder auf seinem Stuhl Platz und erkundigte sich: »Ein Glas Wein vielleicht?«

»Ja, bitte.«

»Schau, es tut mir leid, daß du müde bist. Es geht mir nur darum, so schnell wie möglich zu meinem Vater zu kommen.«

»Ich verstehe.« Frances verschwieg, daß sie gar nicht müde war, sondern gelangweilt von der langen Fahrt allein in dieser schrecklichen Kutsche, und daß sie den Grafen nicht leiden konnte.

Hawk schenkte ihr Wein ein und beobachtete, wie sie ihre Finger um den Stiel des Kelches legte. Ihre Hand war schlank, die Finger lang und graziös, die Fingernägel kurz und poliert. Ohne zu denken, nahm Hawk ihre Hand in seine und drehte sie um. Er sah einige Schwielen und ein paar Kratzer. Es war eine starke, eine tüchtige Hand.

Frances zog die Hand weg und blickte Hawk erstaunt an. Für einen Augenblick vergaß sie sogar zu schielen.

»Du hast schöne Hände«, stellte Hawk fest.

»Oh?«

In diesem einen Wort lag so viel Sarkasmus, daß es Hawk überraschte. Wieder dachte er daran, daß sie gewiß müde war, und unterließ eine scharfe Bemerkung.

Nedda, die Frau des Wirtes, kam mit drei schwerbeladenen Tabletts ins Gastzimmer. Prompt knurrte Frances' Magen wieder laut, und Hawk mußte lachen.

»Oh«, freute sich Frances, als eins der Tabletts vor sie hingestellt wurde, »Apfelküchlein! Wunderbar!«

»Sind Sie das, Lady Frances?«

Frances drehte sich zu Nedda um, die sie einigermaßen entsetzt ansah. So ruhig wie möglich erwiderte sie: »Ja, ich bin es, Mrs. Rapple.«

»Was tun Sie mit diesem Mann?«

Frances lächelte. Die Schotten waren bekannt für ihre schonungslose Offenheit und dafür, daß sie keine Klassenunterschiede machten.

»Er ist mein Gatte, Mrs. Rapple. Ich verlasse Schottland.«

»Und was haben Sie mit sich selbst gemacht? Sie sehen aus wie ...«

»Lachs mit Reisbällen! Ich bin überzeugt, alles wird, wie immer, wohlschmecken.« Frances sah Mrs. Rapple flehentlich an, und die gute Frau, verwirrt durch diesen eindringlichen Blick, nickte nur und verließ das Gastzimmer.

»Du kennst die Wirtin?« erkundigte sich Hawk, während er für Frances einen Teller füllte.

»Natürlich. Wir sind ja noch nicht sehr weit weg von Kilbracken. Ich hätte gern recht viel von allem, mein Lord, wenn Sie so freundlich sein würden.«

Hawk erfüllte ihr den Wunsch, probierte dann die Fleischpastete und nickte. »Ganz akzeptabel.«

»Wo ist denn Grunyon?« wollte Frances wissen.

»Er ißt in der Küche sein Abendessen. Übrigens: du solltest mich Philip oder Hawk nennen, ganz, wie du willst.«

»Wo bekamen Sie den Spitznamen Hawk?«

»Als ich bei der Armee war — in Spanien, um es genau zu sagen.«

Frances hätte gern mehr erfahren, aber sie war so hungrig, daß sie sich nicht selbst beim Essen unterbrechen wollte. Wie gütig von ihm, dachte sie ironisch, während sie an einem Fleischbissen kaute. Seine Lordschaft gibt die Erlaubnis, ihn mit seinem Vornamen anzureden oder mit seinem dummen Spitznamen. »Ich glaube, ich bevorzuge Philip«, erklärte sie nach einer ganzen Weile.

»Ich werde versuchen, auf diesen Namen zu reagieren«, meinte Hawk. »Es ist schon einige Zeit her, seit mich jemand so nannte. Möchtest du mit Frances angesprochen werden?«

Das ist besser als ›häßliche Hexe‹, wofür du mich ja hältst, dachte Frances. Laut sagte sie: »Ja, Frances ist mir recht.«

Wieder schwiegen beide. Frances leckte sich gerade mit der Zungenspitze den Zucker, mit dem die Apfelküchlein üppig bestreut waren, von den Lippen, da sagte Hawk: »Sowie wir meinen Vater gesprochen haben, werden wir einige Kleider für dich kaufen.«

Frances setzte sich kerzengerade auf. So, jetzt war sie also die arme, kleine Maus, deren Ehemann nicht in Verlegenheit kommen wollte, falls jemand sie mit ihm sehen würde! Sie hatte schon eine scharfe Antwort im Sinn, entschloß sich dann aber, nichts zu sagen.

»Clare und Viola waren immer so hübsch angezogen«, wunderte sich Hawk. »Ich bin direkt neugierig, warum du ...«

»Ich bin sehr müde«, unterbrach ihn Frances und schob den Teller zurück. Auf diesem Wege durfte es nicht weitergehen! Sie überlegte fieberhaft, wie sie am besten antworten sollte. Schließlich erwiderte sie kühl: »Ich finde schöne Kleider nicht begehrenswert. Es ist sündhaft, sich so herauszuputzen. Das geht gegen ... gegen meine religiöse Überzeugung.«

Du lieber Himmel, dachte Hawk entsetzt und blickte Frances verblüfft an, ich habe mich an eine bigotte Frömmlerin gebunden! Er fühlte sich auf einmal ganz elend und wußte nicht, ob das von den Apfelküchlein kam, oder von der fürchterlichen Erkenntnis, wen er da geheiratet hatte.

Das geschieht dir recht, du Schuft! Frances stand langsam auf und erklärte: »Ich gehe jetzt in mein Zimmer. Sie wollen doch sicher morgen sehr früh aufbrechen, mein Lord?«

Es war nahezu qualvoll, sie anzusehen, aber Hawk riskierte es. Schrecklich, dachte er, während seine Augen Frances' Kleid musterten. Doch ihr Körper war wirklich akzeptabel. Sie war schlank, er könnte ihre Taille mit den Händen umspannen, und ihre Brüste sahen voll und gutgeformt aus.

Frances war weder dumm noch unwissend. Sie verstand diesen Blick, den sie schon einmal bei Ian gesehen hatte, und hielt den Atem an. Dann trat sie einen Schritt zurück. »Gute Nacht, mein Lord!«

Hawk sah die Furcht, die Panik in ihrem Gesicht und sagte freundlich: »Frances, wir sind Mann und Frau. Ich weiß auch, daß wir einander noch fremd sind. Trotzdem werden wir die Ehe vollziehen und ...«

Seine gelassen ausgesprochene Anordnung brachte Frances aus der Fassung. »Warum? Ich kann mir keinen Grund für Sie vorstellen, der Sie wünschen läßt, zu ... Nun, Sie verstehen, was ich meine.«

»Ich sagte bereits: wir sind Mann und Frau.«

»Nein! Ich werde es nicht erlauben! Ich ...«

»Frances, hör auf damit. Wir werden die Ehe vollziehen, aber nicht heute nacht. Du bist müde und ich ebenfalls.« Hawk sah, wie erleichtert sie war und bedauerte sich selbst. Noch nie in seinem Leben hatte sich eine Frau geweigert, mit ihm das Bett zu teilen, wenn er es wünschte.

Ohne ein weiteres Wort zu sagen, wandte sich Frances abrupt um und lief zur Tür. Sie hörte nicht auf, zu laufen, bis sie ihr kleines Schlafzimmer im zweiten Stock des Gasthauses erreicht hatte. Sie verschloß die Tür von innen und war in wenigen Minuten im Bett.

Hawk drehte das Brandyglas zwischen den Fingern. Er wußte, daß Frances Angst vor der körperlichen Vereinigung hatte. Das war von einer jungen Braut letzten Endes zu erwarten. Nun, er würde sehr behutsam mit ihr umgehen und es schnell hinter sich bringen, damit sie nicht mehr als nötig in Verlegenheit kam. Er hatte mit genügend verheirateten Männern gesprochen und von allen gehört, daß Frauen, die wirkliche Ladies waren, zart behandelt werden wollten und nicht leidenschaftlich. Man mußte mit ihnen rücksichtsvoll und fürsorglich umgehen, bis sie schwanger waren, und sie dann allein lassen. Er wollte Frances noch einen weiteren Tag Zeit lassen, sich an den Gedanken zu gewöhnen, und selbst nicht mehr davon sprechen. Er würde es einfach tun.

Nachdenklich trank Hawk den Rest seines Brandys. Er konnte sich nicht vorstellen, Frances in einem erleuchteten Raum zu lieben. Der Gedanke daran, wie sie zu ihm aufschielte, ließ ihn schaudern. Trotzdem fragte er sich, wie sie wohl vom Hals an abwärts nackt aussah.

Der Graf von Ruthven zog seine Frau näher an sich, und Sophia fühlte, daß er ein Lachen unterdrückte.

»Was ist los?« fragte sie und zupfte zärtlich an seinen Brusthaaren.

»Ich dachte gerade daran, wie lange es wohl dauern wird, bis Frances ihre wahre Natur zeigt. Himmel, den Gesichtsausdruck von Hawk in dem Moment möchte ich gern sehen. Der arme Busche tut mir direkt leid.«

»Du hältst sie für sehr stark, nicht wahr?«

Ruthven schwieg einen Moment und lachte nicht mehr. Sophia brachte es doch immer wieder fertig, ihn auf den Boden der Tatsachen zurückzuholen. »Ja«, erwiderte er schließlich, »sie muß es sein.«

»Aber jetzt machst du dir Sorgen um sie, stimmt's, Arthur? All deine Pläne —, o ja, ich weiß, daß du dem Marquess geschrieben und ihm mitgeteilt hast, wie sehr du hoffst, daß Frances diejenige sein wird, die sein Sohn erwählt. Doch dieser junge Mann macht sich nichts aus ihr, nicht das geringste, Arthur. Dafür hat ja deine Frances gesorgt. Es ist also durchaus möglich, daß er grausam zu ihr sein könnte.«

»Nein! Verdammt, Sophia, das wird er nicht! Der Junge ist ein Gentleman!«

»Frances ist dafür bekannt, daß sie sogar dich wütend machen kann«, erwiderte Sophia trocken, »und du bist auch ein Gentleman.«

»Ich bin ihr Vater, das ist etwas ganz anderes.«

Sophia konnte nahezu hören, welche Gedanken ihrem Ehemann durch den Kopf gingen. Sie umarmte ihn und meinte freundlich: »Warum versuchst du jetzt nicht, zu schlafen, Arthur?«

»Du glaubst doch nicht, daß er sie verletzen wird?«

»Nein«, gab sie ehrlich und völlig gelassen zu, »das tue ich nicht. Wenn sie ihre Täuschung fortsetzt, gibt es ja auch keinen Grund dafür. Wer will schon eine ängstliche Maus schlagen?«

»Hmm!« brummelte Ruthven. »Heute nacht ist ihre Hochzeitsnacht.«

»Wie ich Frances kenne«, erwiderte Sophia, »wird sie den Grafen irgendwie davon überzeugt haben, daß eine Liebesnacht mit ihr das letzte ist, was er sich wünscht.«

»Ich hörte ihn sagen, daß er sehr rasch einen Erben zeugen will«, warf Ruthven ein.

»Aber bestimmt nicht heute nacht.«

Frances' Vater fand noch lange keinen Schlaf.

Wenigstens regnet es nicht, dachte Frances, während sie durch das Kutschenfenster die Gegend betrachtete. Sie hätte alles dafür gegeben, reiten zu können, statt Gefangene in dieser schrecklichen Kutsche zu sein. Sie spürte schon, daß die Kopfschmerzen begannen.

Hol ihn der Teufel! Er hätte sich zumindest erkundigen können, was sie zu tun wünschte. Frances vermutete, daß nach seinen vielen Erfahrungen — und sie zweifelte nicht eine Sekunde daran, daß er zahlreiche Erfahrungen besaß — eine Lady vor den Naturgewalten geschützt werden mußte, selbst wenn die Elemente erfreulich und sonnig waren.

Beim Frühstück hatte Hawk zu ihr gesagt: »Ich möchte weiterreisen, bis es dunkel wird. Grunyon glaubt, wir haben gute Aussichten, noch heute Peebles zu erreichen, falls uns kein Mißgeschick passiert.«

Wie viele Stunden würde sie wohl noch in der Kutsche eingeschlossen sein? Frances' Kopfschmerzen wurden immer heftiger.

Es war bereits dunkel, als die müden Pferde in Peebles ankamen und vor dem Gasthaus »Flying Duck« stehenblieben.

Frances fühlte sich richtig krank und hätte sich fast übergeben. Nur die laute Stimme ihres Gatten, die vom Hof des Gasthauses zu ihr schallte, hielt sie davon ab.

Sie fühlte sich wie benommen, als Grunyon ihr aus der Kutsche half. »Mylady?« fragte er, besorgt über ihre Blässe.

»Ich bin in Ordnung«, erwiderte Frances mit Mühe.

Ihr Ehemann hingegen kam verdammt gesund zu ihr und erklärte mit einer schon widerlich begeistert klingenden Stimme, daß er ein gutes Abendessen bestellt habe.

»Ich weiß nicht recht, ob ...« begann Grunyon und wurde von Frances unterbrochen.

»Ich möchte in meinem Zimmer essen.«

»Fühlst du dich krank.«

»Ja. Ich habe Kopfweh.«

Hawks Lippen wurden schmal. Das war eine verdammt fadenscheinige Entschuldigung für eine Frau in der zweiten Nacht ihrer Ehe. Nun, das würde ihr nicht gut bekommen. »Fein«, sagte er nur und ging ins Gasthaus.

Einige Augenblicke später beobachtete er, wie Frances mühsam die Treppe hinaufging, gefolgt von einer schwatzenden Magd.

»Sie verlangen zu viel, mein Lord«, stellte Grunyon gereizt fest.

»Was erwarten Sie von mir? Daß ich jede Stunde anhalte und sie an den Gänseblümchen, die am Straßenrand stehen, schnuppern lasse?«

»Da steht kein einziges Gänseblümchen.«

»Verdammt, Grunyon, Sie wissen, was ich meine! Haben Sie meinen Vater so rasch vergessen?« Er sah, daß sein Diener weitere Einwände erheben wollte, ließ ihn aber nicht zu Wort kommen. »Nein, nichts mehr! Ich esse jetzt, und danach gehe ich zu meiner Frau. Wahrscheinlich weiß sie gar nicht, daß ihr Schlafzimmer auch meins ist.«

Grunyon blickte seinen Herrn nur an, und Hawk merkte plötzlich, daß eine solche Bemerkung höchst unpassend war. Er wandte sich um und ging leise vor sich hinfluchend ins Gastzimmer.

Frances sah auf das Tablett mit dem Essen und deckte es rasch wieder zu. Die Kopfschmerzen waren fürchterlich. Allerdings hatte man sie auch noch nie vorher gezwungen, stundenlang in einer geschlossenen Kutsche zu sitzen.

Sie nahm nicht gern Medizin, aber ein wenig Laudanum hielt sie doch für angebracht, damit sie wenigstens schlafen könnte. In ihrer Reisetasche fand Frances nach längerem Suchen ein kleines Fläschchen des Schlafmittels, schüttelte einige Tropfen in die Tasse und trank den inzwischen lauwarmen Tee in einem Zug hinunter. Dann zog sie sich aus, schlüpfte rasch in ihr Nachthemd und stieg ins Bett.

Frances merkte erst, als sie in der Bettmitte war, daß das Bett und das Zimmer viel größer waren als in der letzten Nacht. Sie sank in die weichen Kissen zurück und fühlte sich zu elend, um darüber nachzudenken.

Hawk aß in gewohnter, eleganter Art seine Abendmahlzeit, konnte jedoch nicht verhindern, daß er alle paar Minuten an die Frau im oberen Stockwerk dachte. Er mußte es diese Nacht tun. Hawk hatte keine Ahnung, wie oft man miteinander schlafen mußte, bis eine Frau schwanger war, aber wahrscheinlich hatte er nicht das Glück, daß es schon beim ersten Mal gelang. Nun, er mußte jedenfalls heute nacht damit anfangen.

Hawk trank noch drei Gläser Brandy leer, und es war schon fast zehn Uhr, als er sich endlich auf den Weg zu seinem Schlafzimmer machte. Er war ein wenig angeheitert, aber nicht zu betrunken, um seiner Pflicht nicht nachkommen zu können. Und seine Pflicht würde er erfüllen!

Ein Lichtschimmer drang unter der Schlafzimmertür durch. Hawk blieb fast verblüfft stehen. So, seine Frau lag wach und wartete auf ihn! Er wollte gerade den Türknauf herumdrehen , da hielt er nochmals inne. Was, zum Teufel, war das für ein Geräusch? Er überlegte einen Moment, dann drehte er den Knauf entschlossen herum und stieß die Tür auf.

Hawk ging einen Schritt ins Zimmer und blieb entsetzt stehen.

Frances kniete auf dem Fußboden und erbrach sich in den Nachttopf. Ihr weißes Nachthemd wallte um sie herum, ein dicker Zopf fiel über ihre Schulter und baumelte gefährlich nahe am Nachtgeschirr.

Hawk kam sich wie ein Ungeheuer vor. Er hatte geglaubt, ihr Kopfweh wäre nur vorgetäuscht gewesen.

»Mein Gott, was ist mit dir?« stieß er hervor.

7. Kapitel

Frances hörte Hawks Stimme, fühlte sich aber zu elend und viel zu krank, um sich bewegen oder gar ihm antworten zu können.

»Frances«, Hawk beugte sich zu ihr hinunter, »was fehlt dir?«

Sie fühlte seine Hand auf ihrer Schulter, spürte, wie seine Finger den Zopf zurückzogen.

»Ich bin gleich wieder in Ordnung«, brachte sie zwischen zusammengebissenen Zähnen hervor und bewies prompt das Gegenteil. Ihr Körper hob und senkte sich, aber es kam nichts mehr aus ihrem Magen.

»Einen Augenblick«, bat Hawk, ernstlich besorgt, »ich hole Grunyon.«

Doch Grunyon stand bereits im offenen Türrahmen und sah erschrocken zu Frances hin. Die Nachtmütze hing schief auf seinem kahlen Kopf.

»Mylord ...«

»Sie ist krank. Können Sie ihr helfen?«

»Lassen Sie mich allein«, forderte Frances. Sie brachte es zustande, sich etwas aufzurichten. Im nächsten Moment bekam sie einen Krampf, stöhnte und preßte die Arme gegen den schmerzenden Magen.

Grunyon kniete sich neben Frances. »Mylady, haben Sie irgend etwas eingenommen? Eine Medizin gegen Ihr Kopfweh?«

Frances nickte.

»Was war es?«

»Laudanum, dachte ich, aber jetzt bin ich überzeugt, daß es etwas anderes war. Ich bin wieder in Ordnung ... Nein, ich möchte sterben.« Sie blickte kurz zu Hawk, der nahe bei ihr stand und sehr besorgt aussah. »Gehen Sie, bitte.«

»Sei kein Dummkopf«, erwiderte Hawk kurz, zog sie behutsam auf die Füße und dann in seine Arme. »Grunyon, holen Sie Wasser und ein sauberes Handtuch. Sie schwitzt wie ein Schwein.«

Frances fühlte sich viel zu elend, um seine Worte richtig wahrzunehmen. Ein weiterer Krampf quälte sie, und sie wand sich in seinen Armen.

»Sch!« sagte Hawk beruhigend, »es wird dir bald besser gehen, Frances.« Er legte sie aufs Bett und deckte ihren zitternden Körper mit der Bettdecke zu. Wenn jemand bleich und zugleich grün aussehen konnte, dann war es Frances. Ihre Augen waren fest geschlossen, die Lippen aufeinandergepreßt.

»Mylord«, ließ sich Grunyon vernehmen, »hier ist das Fläschchen, aber ich kann den Inhalt nicht feststellen.«

Frances vermochte es nicht zu ertragen, daß dieser Fremde, dieser Ehemann, auf sie niederblickte als ob sie eine Mißgeburt wäre. Sie zwang sich, die Augen zu öffnen und sah, daß er Grunyon das Fläschchen abnahm und daran roch. Frances wandte den Kopf zur Seite und erklärte: »Ich glaube, es war eine Medizin, die ich gegen Koliken einpackte.«

»Gegen Koliken?« fragte Hawk bestürzt. »Warum, zum Teufel, wolltest du so etwas mitnehmen?«

»Die Pferde können krank werden. Es ist eine spezielle Kräutermischung, die ich nicht vergessen wollte.«

Lieber Himmel, dachte Hawk erschrocken, was konnte das nur gewesen sein? Ohne zu überlegen, erklärte er: »Wir müssen es aus deinem Körper entfernen. Komm, wir müssen ...«

»In meinem Körper ist nichts mehr drin«, protestierte Frances und biß die Zähne zusammen, weil schon wieder ein neuer Krampf sie schüttelte.

»Ich denke, Tee wäre das beste, mein Lord«, schlug Grunyon vor, »Mengen von starkem, heißen Tee.«

»Holen Sie welchen«, ordnete Hawk an und sah, daß Grunyon die Nachtmütze vom Kopf rutschte, als er zur Tür eilte.

Hawk fuhr fort, Frances' Gesicht mit dem dampfenden Tuch abzuwischen. Mehr zu sich selbst als zu ihr sagte er auf einmal: »So, du bist also tatsächlich krank vor Kopfschmerzen.«

In Frances kämpften Ärger auf Hawk und Übelkeit gegeneinander, doch der Ärger siegte. »Glaubten Sie, das wäre nicht der Fall? Hielten Sie mich für eine Lügnerin?«

»Ja«, gab Hawk offen zu. »Nun, nicht direkt für eine Lügnerin. Ich dachte nur, du wolltest mich durch irgend etwas davon abhalten, zu dir ins Bett zu kommen.«

»Da haben Sie vollkommen recht«, erwiderte Frances. Die Übelkeit verging, und sie konnte sich erleichtert wieder ausstrecken. Ein tiefer Seufzer entrang sich ihrer Brust, aber sie hielt noch immer das Gesicht abgewandt, weil sie die Brille nicht trug. Das hätte ihm den letzten Schlag versetzt, dachte sie ironisch. Sie konnte sich gut vorstellen, wie sie aussah. Himmel, mit Brille hätte er sie wahrscheinlich über dem Nachttopf hängen lassen und wäre aus dem Zimmer geflüchtet, ohne ein Wort zu sagen.

Hawk merkte, daß Frances sich ein wenig besser fühlte und erinnerte sich, daß Ablenkung für einen kranken oder verwundeten Soldaten immer eine gute Sache gewesen war. Hilfreich für jedermann, nahm er an. »Aber warum?« fragte er deshalb Frances, teils, um sie abzulenken, doch auch, weil er es wirklich wissen wollte.

Ihm ist gar nicht klar, wie arrogant und eingebildet er ist, stellte Frances im stillen fest.

»Wir sind verheiratet, Frances. Du weißt, daß wir miteinander schlafen müssen und — und intim sein.«

Es klang so ehrlich verwirrt, daß Frances am liebsten gelacht hätte. »Ich habe Sie schon nackt gesehen, müssen Sie wissen«, erwiderte sie.

»W-was?« Hawk legte ihr rasch eine Hand auf die Stirn, um zu prüfen, ob sie fantasierte.

»Als Sie im See badeten«, fuhr Frances fort, »an dem Tag, an dem Sie in Kilbracken eintrafen. Ich war dort. Ich wußte nicht, wer Sie sind, jedenfalls zuerst nicht.«

»Ach so.« Hawk grinste. Er erinnerte sich sehr genau an den Schock durch das eiskalte Wasser. »In diesem Fall weißt du also aus erster Hand, daß ich nicht deformiert bin.«

»Nein.« Frances seufzte. »Nein, das sind Sie nicht, jedenfalls nicht übermäßig, abgesehen vielleicht von Ihrem Haar. Sie haben eine Menge davon, und es ist schwarz.«

Amüsiert blickte Hawk auf Frances nieder. Nur, um sie weiter abzulenken, sagte er sanft: »Immerhin gab ich dir die Gelegenheit festzustellen, was für einen Ehemann du bekommst. Ich wünschte, ich hätte dieselbe Möglichkeit und Garantie gehabt.«

Frances blieb fast die Luft weg.

»Mylord, hier ist der Tee.«

»Vielen Dank, Grunyon. Ich werde darauf achten, daß sie alles trinkt. Wenn ich Sie brauche, rufe ich Sie.«

Grunyon blickte noch einen Moment auf seine Herrin, die in der Mitte des großen Bettes lag. Armes, kleines Ding, dachte er und schüttelte den Kopf. Dann betrachtete er sie noch einmal genauer. Ohne Brille sah sie nicht so gräßlich aus, nein, überhaupt nicht. Obwohl ihr Haar verschwitzt und in einem Zopf gebändigt war, hatte es eine wunderschöne Farbe. War der Graf blind? Beim Hinausgehen beobachtete Grunyon, wie sein Herr Frances behutsam zum Sitzen aufrichtete und ihr die Teetasse an die blassen Lippen hielt.

»Es ist nicht zu heiß«, beruhigte Hawk die Patientin, als sie etwas zurückwich. »Komm, trink.«

Frances fühlte sich zu schwach, um mit ihm zu diskutieren. Sie trank, wenn auch widerwillig, die Tasse leer. Dann ließ Hawk sie vorsichtig auf den Rücken gleiten, wandte sich um und füllte eine weitere Tasse.

»Bitte, bitte, gehen Sie!« flehte Frances. Sie empfand es als entsetzlich demütigend, daß er sie so krank sah.

»Das kann ich nicht. Dies ist genauso mein Schlafzimmer, wie deins. Komm, Mädchen, trink noch etwas.«

»Nein, nicht noch mehr!«

Ihre Weigerung verfehlte bei ihm jede Wirkung, und so trank sie zwei weitere Tassen voll heißen, bitteren Tees. »Gut gemacht«, lobte Hawk.

Er muß unbedingt aus dem Zimmer verschwinden, dachte Frances. Wie soll ich mich sonst erleichtern? »Sir«, begann sie, »ich bitte Sie, lassen Sie mich eine Weile allein. Bitte!«

»Sir? Warum? Also wirklich, Frances, ich bin schließlich kein kaltblütiges Untier, das dich allein läßt, wenn du krank bist.«

»Ich brauche den Nachttopf«, erklärte Frances in ihrer Verzweiflung unverblümt.

»Schon wieder? Ah, gut. Grunyon hat ihn ausgeleert. Komm, ich helf dir.«

»Sir ... Philip ... Hawk, bitte! Geh jetzt!«

»Frances, hör auf, ein Dummkopf zu sein!« Hawk wurde langsam ungeduldig mit ihr. »Um Himmels willen, meine Gefühle werden bestimmt nicht unziemlich verletzt, wenn du dich übergeben mußt.«

»Ich brauche den Nachttopf nicht für meinen Mund ...«

Jetzt mußte Hawk doch lachen. »Ich verstehe«, erwiderte er und stand rasch auf. »Kannst du es allein schaffen?«

»Geh bitte!«

»Du hast fünf Minuten Zeit. Ich möchte nicht das Risiko eingehen, dich ohnmächtig auf dem Fußboden wiederzufinden.« Hawk ging aus dem Zimmer und schloß die Tür hinter sich.

»Mylord, warum verlassen Sie die Patientin?«

»Du bist noch auf, Grunyon? Ach, natürlich bist du noch wach. Ich werde langsam blöd. Ja, ich ließ sie allein, weil sie das Nachtgeschirr benutzen muß.«

»Aber in diesem Fall ...« Grunyon eilte auf die Tür zu. »Ich helfe ihr, mein Lord, ich ...«

Hawk lachte. »Sie muß die drei Tassen Tee loswerden.«

»Oh.« Grunyon überraschte seinen Herrn damit, daß er rot bis zu den Ohren wurde.

»Glauben Sie, daß wir einen Arzt holen müssen?« Hawk wirkte nun doch sehr besorgt.

Grunyon schüttelte den Kopf. »Wenn sie den Tee los ist, wird es ihr besser gehen, denke ich.«

Hawk fuhr sich mit den Fingern durch sein dichtes Haar. »Das waren die zwei merkwürdigsten Tage meines Lebens. Ich hatte wirklich angenommen, sie benützte das Kopfweh nur als Vorwand, um zu verhindern ... um mich abzuhalten ...«

»Ich verstehe«, fiel Grunyon rasch ein.

»Die fünf Minuten sind um, glaube ich. Gehen Sie schlafen, Grunyon, ich werde es auch tun.« Hawk lächelte etwas schief. »Teufel, es gibt für alles ein erstes Mal. Mit einer Frau im Bett sein, ohne mit ihr zu schlafen ...«

»Mylord!«

Hawk blickte seinen Diener kurz an, dann ging er rasch ins Schlafzimmer zurück. Es war tatsächlich das erste Mal, daß er mit einer sehr kranken Frau im gleichen Bett liegen würde. Nur eine Kerze brannte auf dem kleinen Nachttisch. Frances hatte sich auf die Seite gedreht, wandte ihm den Rücken zu, die Bettdecke bis zur Nasenspitze hochgezogen.

»Wie fühlst du dich?«

»Gut«, erwiderte sie kurz, ohne sich zu rühren.

Er wäre am liebsten aus dem Zimmer gegangen, aber das konnte er nicht. »Schau, Frances, ich bleibe diese Nacht bei dir. Du wirst sicher nicht gern allein sein, falls du wieder erkrankst.«

»Ich werde nicht wieder krank.«

»Du wirst nicht, ha? Wenn du so klug bist, warum hast du dann diese Medizin gegen Pferdekoliken getrunken?«

»Geh zum Teufel«, erwiderte sie sehr deutlich.

Für einen Moment war Hawk verblüfft. So, sie war also nicht völlig matt und absolut schüchtern. Sie konnte sogar ein wenig bissig werden, wenn sie sich angegriffen fühlte.

»Schlaf jetzt«, sagte er. »Du kannst sicher sein, daß ich dich heute nacht nicht vergewaltigen werde.«

Heute nacht.

Hawk wandte sich ab, zog sich aus und legte seine Sachen sorgfältig über eine Stuhllehne. Als er sich wieder umdrehte, sah er, daß Frances in die entfernteste Ecke des Bettes gerückt war. Sie konnte jeden Moment auf den Fußboden fallen. Das geschähe ihr ganz recht, dachte Hawk plötzlich völlig mitleidslos. Dummes Ding! Fand sie seine Behaarung so widerlich? Nun, wenn sie wirklich gegen männliches Haar war, hätte sie einmal seinen alten Sergeanten, Dickie Hobbs, sehen sollen. Himmel, der Mann hatte förmlich eine Haarmatte auf seinem Rücken! Seine Männer hatten Hobbs oft damit aufgezogen, daß Frauen mit ihren Händen durch diese Haarpracht fahren könnten und nicht aufzuhören brauchten, bis sie seine Fußsohlen erreicht hatten.

Frances fühlte, wie die Matratze nachgab, als Hawk ins Bett kam. Sie hielt den Atem an, doch er blieb auf seiner Seite.

Wie merkwürdig, dachte sie einige Minuten später, endlich sicher, daß er sein Wort halten würde. Sie lag tatsächlich mit einem Mann im Bett! Sie war so nervös, daß sie einige Zeit brauchte, um zu merken, daß ihr Magen in Ordnung und ihr Ehemann eingeschlafen war.

Er drehte sich auf den Bauch.

Er fing zu schnarchen an.

Frances biß die Zähne zusammen und hielt sich das Kissen an die Ohren.

Frances erwachte und war allein. Erleichtert stellte sie fest, daß ihr Körper wieder normal reagierte. Keine Krämpfe, keine Übelkeit mehr. Doch die Aussicht auf einen weiteren endlosen Tag in dieser schlingernden Kutsche machte sie nachdenklich. Wenigstens hatte ihr Ehemann in einem Anflug von gutem Benehmen sich angezogen und sie allein gelassen.

Sie blickte zu der kleinen Uhr auf dem Kaminsims. Es war erst sechs Uhr morgens.

Frances setzte sich im Bett auf und seufzte. Er wollte bestimmt bald weiterreisen. Ich bin ein egoistischer Dummkopf, schalt sie sich im nächsten Moment. Sein Vater ist sehr krank, und er will rasch zu ihm.

Sie fand die Wasserschüssel, die Hawk am vergangenen Abend benützt hatte, um ihr Gesicht abzureiben, und wusch sich schnell. Innerhalb von zehn Minuten hatte sie sich angezogen, ihr Haar in einen festen Knoten gezwängt, die Brille aufgesetzt und ging die Gasthaustreppe hinunter.

Plötzlich hörte sie die Stimme ihres Ehemannes und blieb stehen.

»Ich vermute, es wäre abscheulich von mir, sie zu wecken und zu bitten, aufzustehen«, sagte Hawk. »Verdammt, ich möchte nicht noch einen Tag verlieren!«

»Leider sehe ich keine andere Wahl, Mylord«, erwiderte Grunyon.

»Nein. Sie haben recht.«

Er kann sogar meinetwegen ein wenig beunruhigt sein, dachte Frances und kniff die Lippen zusammen. Er zeigt ja direkt etwas Sorge um mich. Sie straffte die Schultern und ging die Treppe weiter hinunter.

»Ich würde gern frühstücken, bevor wir weiterreisen, mein Lord«, erklärte sie.

»Frances! Warum, zum Teufel, bist du schon aufgestanden?«

»Ich ... ich meine, wir ... nun, ich denke, wir sollten weiterreisen, mein Lord.«

»Philip«, mahnte er.

»Ja gut, Philip.«

»Bist du sicher?«

Frances zuckte ein wenig zurück, als sie sah, daß er sie genau beobachtete, und erinnerte sich daran, daß sie ihn anschielen mußte. »Natürlich.«

Sie frühstückten schweigend. Dreißig Minuten später stand Frances vor der offenen Kutschentür.

Hawk, der gerade Ebony bestiegen hatte, sah ihren angespannten Gesichtsausdruck, ihre Furcht. Doch bevor er etwas sagen konnte, kletterte Frances in die Kutsche.

Sie ist nicht von der schlechtesten Sorte, dachte Hawk, keine willensschwache, empfindliche Lady. Sie hat Mumm. Trotzdem ließ er Grunyon während der Fahrt alle zwei Stunden anhalten.

Frances erkannte seine Fürsorge, brachte es aber nicht über sich, etwas Versöhnliches zu ihm zu sagen.

Als sie am Abend in Jedburgh anhielten, um dort zu übernachten, spürte Frances nicht den leisesten Kopfschmerz. Das bedauerte sie außerordentlich und überlegte fieberhaft, was sie tun konnte, um ihren Ehemann in der Nacht fernzuhalten. Sie dachte an die Medizin gegen Pferdekoliken, die sie nun nicht mehr besaß.

Während des Abendessens schwieg Frances und benahm sich, wie es ihrer Ansicht nach eine graue Maus tut. Schließlich meinte Hawk: »Diese Schafsinnereien habe ich langsam satt.«

Daraufhin nahm Frances sich einen extra großen Bissen.

Hawk beobachtete einen Moment ihren gesenkten Kopf, dann erkundigte er sich: »Fühlst du dich jetzt etwas wohler?«

Erschrocken richtete Frances sich auf. Sie konnte einfach nicht anders. Hawk sah den Widerwillen in ihrem Gesicht. Sie schielte zu ihm herüber, und er sagte scharf: »Um Himmels willen, Frances, das ist keine Frage, die mich zu dir ins Bett bringen soll!«

»Ja«, erwiderte sie und blickte wieder auf ihren Teller. »Ich fühle mich wesentlich besser. Vielen Dank, daß Sie mehrmals am Tage die Kutsche anhalten ließen. Ich bin es nicht gewöhnt, in einer geschlossenen Kutsche zu sitzen.

»Was bist du denn gewöhnt?«

»Mein eigenes Pferd zu reiten, natürlich. Oder zu Fuß zu gehen.«

»Ich habe kein Extrapferd, und du kannst auch nicht bis York laufen.«

»Nein, das kann ich nicht.«

Hawk betrachtete sie mit wachsender Frustration. Warum, zum Teufel, konnte sie mit ihm keine normale, höfliche Unterhaltung führen? Er hätte am liebsten über sich selbst gelacht, kannte er doch genau die Gründe, warum er sie erwählt hatte, und nicht ihre Schwestern. Sie plapperte nicht unaufhörlich. Sie war ruhig und unscheinbar wie eine Maus. Sie würde ihn nicht belästigen, seine Zeit nicht in Anspruch nehmen und keine Aufmerksamkeit von ihm verlangen.

Plötzlich fragte er: »War ich der erste Mann, den du je gesehen hast?«

Frances verstand ihn sehr wohl, erwiderte jedoch langsam: »Vielleicht glauben Sie, Kilbracken liegt sehr abgeschieden, mein Lord, aber von Zeit zu Zeit sind beide Geschlechter dort anwesend.«

»Philip«, mahnte er wieder.

Frances sagte nichts, sondern spielte nur mit ihrem Weinkelch.

»Nackt, meine ich.«

»Natürlich.«

Das verblüffte ihn sichtlich. »Du hast schon viele nackte Männer gesehen?«

»Nein, einige Jungen, das ist alles. Und meinen kleinen Bruder Alex selbstverständlich. Sie hatten kein einziges Haar am Körper.«

Für einen Moment glaubte Hawk, sie wollte ihn verspotten, aber nein, das konnte doch nicht wahr sein. Dazu war sie zu schüchtern, zu verdammt dumm. Und viel zu häßlich. Nein, eigentlich nicht direkt häßlich, nur ... »Frances, du wirst dich früher oder später an mich gewöhnen müssen.«

»Ich vermute, das ist sehr wahr.«

»Genauso, wie ich mich an dich gewöhnen muß.«

Aha, dachte sie und wünschte sich, ihm ins Gesicht schlagen zu können, der Gedanke legt sich dir auf den Magen, wie? »Ich hoffe, das werden Sie nicht«, entgegnete sie schnippisch.

»Nun, darüber brauchst du dir wenigstens für heute nacht keine Sorgen zu machen. Du hast dein eigenes Schlafzimmer.«

»Wunderbar«, stellte Frances fest und schielte ihn an. Sie sah, wie ihr Anblick Hawk förmlich zusammenzucken ließ und senkte rasch den Kopf, um ihr triumphierendes Lächeln zu verbergen.

Zwei Tage später erreichten sie gegen zehn Uhr abends York. Die Pferde waren erschöpft. Hawk ebenfalls. Er wäre gern nach Desborough Hall, das noch fünfzehn Meilen entfernt lag, weitergereist, war dazu aber nicht mehr imstande.

Frances, die sich derart gelangweilt fühlte, daß sie hätte schreien können, war mehr als hungrig. Englische Hausmannskost, dachte sie eine halbe Stunde später geringschätzig, als sie auf das gekochte Rindfleisch und die geschmacklosen Tomaten, die auf ihrem Teller lagen, blickte. Doch sie aß.

Hawk faßte seinen Entschluß. Er hatte Frances die letzten zwei Nächte in Ruhe gelassen. Heute nacht wollte er die Ehe vollziehen. Die Diener in Desborough Hall durften auf keinen Fall Blut auf dem Bettlaken finden und daran erkennen, daß er vorher noch nie mit seiner Frau geschlafen hatte. Sie waren schließlich schon fünf Tage verheiratet. Es war Zeit.

Er nahm sich vor, Frances zunächst zu beruhigen, und sagte: »Morgen vor dem Mittagessen werden wir mein Gut Desborough Hall erreichen.«

»Hmmm.« Frances blickte nicht auf.

»Es gehörte meinem älteren Bruder Nevil, wie du weißt. Er war bis zu seinem Tode vor fünfzehn Monaten der Herzog von Rothermere.«

»Das tut mir leid«, erwiderte Frances.

»Es war sehr merkwürdig«, fuhr Hawk fort. »Ein Yacht-Unfall, nahe bei Southampton. Er ertrank. Ich war erst dreimal in Desborough Hall, seit ich nach England zurückkehrte.«

»Warum?«

Eine Frau von wenigen Worten, dachte Hawk und drehte das Brandyglas zwischen seinen Fingern. »Ich weiß nicht. Vielleicht, weil mir Desborough Hall nie gehörte und es auch so aussah, als würde es nie mein werden. Ich habe mich noch immer nicht daran gewöhnt, meines Vaters Erbe und der Graf von Rothermere zu sein. Es ist übrigens ein sehr schöner Besitz.«

So, dort soll ich also eingeschlossen werden, dachte Frances. Sicher ist es da gräßlich.

»Die Gentlemen in London werden mich mit Rothermere anreden, und ich werde nicht antworten. Ich komme mir wie ein Eindringling vor. Wie ich dir schon sagte, nennen mich die meisten Hawk.« Er lächelte, und Frances bemerkte verdrossen, daß er schöne, weiße Zähne besaß. »Ich bin sehr dankbar, daß ich noch eine Anzahl Freunde aus der Armee habe. Sie gaben mir den Namen Hawk.«

Er klang ausgesprochen menschlich, und das bereitete Frances einiges Unbehagen. Solange er sich arrogant und eingebildet benommen hatte, konnte sie ihn wenigstens widerlich finden.

Sie tat, als ob sie zuhörte, und Hawk fuhr fort: »Ich setzte immer voraus, daß die Armee mein Leben sein würde und fand es ziemlich schwierig, mich mit der Rolle eines müßigen Gentleman abzufinden.«

Aber du hast dich damit abgefunden, nicht wahr? Sogar sehr gut! dachte Frances, nickte jedoch nur und unterdrückte eine sarkastische Bemerkung.

»Desborough Hall wird dir gefallen, Frances«, redete Hawk weiter, während er eine Walnuß aufknackte. »Wir bleiben allerdings nur einen Tag dort. Dann müssen wir nach Chandos Chase, dem Landsitz meines Vaters in Suffolk. Es tut mir leid, daß dir nicht mehr Zeit zum Ausruhen bleibt, Frances, aber ...«

»Ich verstehe, mein Lord. Sie möchten Ihren Vater so bald wie möglich sehen.«

»Philip.«

»Ja. Wenn Sie wollen, hätte ich nichts dagegen, direkt zu Ihrem Vater zu fahren.«

»Nein, wir müssen eine Pause einlegen. Die Pferde sind zu erschöpft. Außerdem wird es dir sicher sehr angenehm sein, für eine Weile nicht in der geschlossenen Kutsche sitzen zu müssen.«

Eine arg kurze Weile, dachte Frances. Sie sah, daß Hawk müde war, faltete ihre Serviette sorgfältig und legte sie neben ihren Teller.

»Ich möchte Ihnen eine gute Nacht wünschen, mein Lord.«

»Philip.«

»Ja, jedenfalls bin ich müde. Ich sehe Sie dann am Morgen wieder.«

Hawk betrachtete ihren Körper, als sie aufstand. Es wird nicht zu schlimm werden, dachte er, zog es jedoch vor, nichts zu Frances zu sagen. Er würde einfach zu ihr ins Zimmer gehen und die verdammte Sache hinter sich bringen.

»Gute Nacht«, erwiderte er nur und sah ihr nach, bis sie das private Gastzimmer verlassen hatte.

Zu ihrer Freude stand in Frances' Badezimmer eine Wanne mit heißem Wasser bereit. Wenigstens etwas Gutes in England!

Margaret, das Zimmermädchen, wartete bereits auf Frances, die nach wenigen Minuten erleichtert aufseufzend ins Wasser glitt.

Margaret wusch ihr das Haar. Ich bin gestorben und befinde mich im Himmel, dachte Frances. Noch nie zuvor hatte ihr jemand das Haar gewaschen, ausgenommen in der Zeit, als sie mit zwölf Jahren krank war und Adelaide ihr half.

Während sie dann vor dem Kamin saß und Margaret ihr Haar kämmte, dachte Frances an Desborough Hall, ihr künftiges Heim. Sie versuchte, sich ihr Leben dort vorzustellen, wo sie keine Seele kannte, und schauderte.

»Ist Ihnen kalt, Mylady?«

»Nein, Margaret. Ist mein Haar jetzt trocken?«

»Fast, nur noch ein paar Minuten. Sie haben wundervolles Haar, Mylady.«

»Danke.« Ich bin in England, dachte Frances und schauderte wiederum.

Ein fremdes Land. Ein fremder Ehemann. Sie hätte am liebsten geweint, tat es aber nicht.

»Gehen Sie jetzt schlafen, Margaret.« Sie begann, ihr Haar zu flechten, hielt jedoch inne, als sie Margarets Gesichtsausdruck sah.

»Ich sollte noch nicht gehen, Mylady. Ich will Ihr Haar noch für morgen kämmen.«

»Sehr gut«, stimmte Frances zu.

Zehn Minuten später lag sie in der Mitte ihres Bettes, ihr Haar lag ausgebreitet auf den Kissen, das Zimmer war schrecklich dunkel.

Sie hörte plötzlich Schritte im Korridor und erschrak. Dann wurde der Türknopf herumgedreht.

Frances setzte sich abrupt auf und zog die Decke bis zur Nasenspitze hoch. Ihr Herz hämmerte wild.

Ihr Gatte kam in ihr Schlafzimmer.

8. Kapitel

»Was tun Sie hier? Was wollen Sie?«

Frances' Stimme klang vor lauter Angst fast schrill. Hawk sah in dem Dämmerlicht, das vom Korridor ins Zimmer fiel, ihre Umrisse. Sie saß im Bett, die Decke bis ans Kinn hochgezogen. Er schloß die Tür und kam in den Raum.

»Gehen Sie sofort hinaus, mein Lord. Das ist nicht Ihr Schlafzimmer!«

Er hörte, wie erregt ihr Atem ging. »Frances«, sagte er und versuchte, beruhigend zu klingen, »ich bin hier, um unsere Ehe zu vollziehen. Es wird nicht lange dauern, das verspreche ich dir. Alles, was du zu tun hast, ist ...«

»Nein! Gehen Sie!«

»... ruhig zu liegen. Ich werde mich bemühen, dich nicht zu verletzen.«

Frances erkannte die Entschlossenheit in seiner Stimme. Sie hörte, wie er sich auszog, und steckte eine Faust in den Mund. Als seine Stiefel auf den Fußboden fielen, schrie sie fast: »Ich wünsche es nicht, mein Lord, ich ...«

»Philip«, erwiderte er ruhig. »Du bist meine Frau, Frances, und du wirst mir gehorchen. Laß mich dich daran erinnern, daß das deine Pflicht als Ehefrau ist.«

Frances wußte alles über ihre Pflicht, aber sie hatte gehofft, daß er sie so gräßlich finden würde, daß er noch eine Weile auf dieses Was-immer-es-auch-War verzichten würde. »Ich fühle mich wirklich nicht wohl«, fing sie an, hörte jedoch erschrocken auf, als er leise lachte.

»Hast du noch mehr Pferdekoliken-Medizin getrunken?«

»Nein, aber ich wünschte, ich hätte es getan.«

Plötzlich setzte er sich auf die eine Seite des Bettes. Frances wich sofort weiter zurück. Hawk streckte eine Hand aus und berührte sanft eine Haarsträhne. Er fragte sich, alles andere als amüsiert, ob sie wohl eine dieser schrecklichen Hauben im Bett trug.

Er hörte ihr stoßweises Atmen, fühlte nahezu ihre Furcht. Wenn doch wenigstens eine Kerze brennen würde! Aber wahrscheinlich wäre er nicht imstande, seine Pflicht zu erfüllen, wenn er sie ansah.

»Frances, du mußt mir vertrauen«, begann er noch immer ruhig und freundlich. »Ich weiß, daß du Angst davor hast« — das erschien ihm als riesige Untertreibung —, »aber es wird nicht so schlimm, ich schwöre es dir. Ich weiß, was ich tue, und wenn du mitmachst, wird es viel leichter für dich. Wehre dich nicht gegen mich, Frances.«

Frances dachte plötzlich an die Träume, die sie als Mädchen gehabt hatte. Träume von einem Mann, der sie lieben, respektieren und sich alles von ihr wünschen würde. Hawks kalte Beratung, seine entsetzliche Sachlichkeit waren fast zuviel für sie.

Sie schloß die Augen und wußte nur zu gut, daß es für etwas anderes keine Hoffnung gab.

»Gut«, wisperte sie.

»Lieg still.«

»Ja.« Und sie tat es, lag auf dem Rücken, die Augen fest geschlossen. Sie fühlte, wie er die Bettdecke zurückschlug, fühlte, wie er mit den Fingerspitzen leicht ihre Wange berührte und zuckte zurück.

Ich hätte mehr Spaß an einer Schlacht, dachte Hawk. Er griff nach Frances' Nachthemd und schob es bis zu ihrer Taille hoch. »Halt still«, sagte er und berührte mit der Hand ihren Körper. Ihre Haut war sehr weich, seine Hand glitt tiefer. Er spürte das Nest von Haarlocken zwischen ihren Oberschenkeln und hielt einen Moment inne. Er hörte, wie sie den Atem anhielt und brach rasch ihre Beine auseinander.

»Frances, du weißt doch, was wir tun werden, nicht wahr?«

Wir? Sie hätte ihn am liebsten angespuckt, ihm gesagt, daß er zum Teufel gehen solle, aber sie brachte keinen Ton hervor.

Hawk wartete einige Augenblicke auf ihre Antwort, dann fragte er: »Du bist noch Jungfrau, nicht wahr?« Natürlich ist sie es, ich verdammter Dummkopf! »Frances, ich begreife, daß es natürlich ist, Angst vor etwas zu haben, das man nicht kennt und ...«

»Ich verstehe«, flüsterte Frances und wünschte sich, daß es vorüber wäre und er gehen würde.

»Gut«, erwiderte er. Seine Finger suchten ihre Scham, und in diesem Augenblick fiel ihm ein, daß er sie verletzen würde, wenn er den Akt vollzog. Nicht wegen ihrer Jungfräulichkeit, aber sie war nicht bereit für ihn. Zwar kämpfte sie nicht gegen ihn, aber ihr Körper tat es sicher. Wie machte man eine Ehefrau bereitwillig? Natürlich konnte er sie nicht so liebkosen, wie er es mit seiner Geliebten tat. Das würde sie wahnsinnig erschrecken und die Sache nur noch schlimmer machen. Er schüttelte den Kopf. Hätte er sich doch wenigstens eingecremt, damit er leichter in sie gleiten konnte!

Behutsam suchte er den Eingang, doch da zuckte Frances mit einem kleinen, ängstlichen Aufschrei zurück. Ich kann es nicht tun, nicht auf diese Weise, dachte Hawk und bat: »Lieg still, Frances. Ich bin rasch zurück.«

Er zog sich schnell die Hose an und ging aus dem Zimmer.

Frances schob ihr Nachthemd wieder zurück und blieb dann still liegen. Wohin war er gegangen? Was tat er? Sie blickte verstört in die Richtung, wo das Fenster sein mußte und überlegte, ob sie hinunterspringen sollte. Dummkopf! schalt sie sich. Ihr Körper war angespannt, die Gedanken wirbelten ihr im Kopf herum.

Du kannst nichts anderes tun, als es zu ertragen. Benimm dich nicht weiter wie ein dummes Ding! Er hat gesagt, ich soll stilliegen, dann wäre es schnell vorüber.

Aber wohin war er gegangen?

Die Schlafzimmertür wurde geöffnet und wieder geschlossen.

»Frances?«

»Ja?« hauchte sie.

»Bleib ruhig liegen.«

Was hatte er erwartet? Daß sie in die Zimmerecke geflüchtet war? Oder aus dem Fenster gesprungen? Daß sie eine

Pistole hätte und ihn erschießen würde? Sie sah es plötzlich vor sich, wie er sie unter dem Bett hervorzog.

Hawk hatte sich eingecremt und kam wieder ins Bett. Zum Teufel, dachte er, als er merkte, daß sie das Nachthemd heruntergezogen hatte. Er schob es wieder bis zur Taille. »Hab keine Angst, Frances.« Überrascht spürte er, daß er erregt war, obwohl sie doch die letzte Frau war, mit der er zu schlafen wünschte. »Halt einfach still.«

Er hatte noch nie zuvor eine Frau im Dunkeln geliebt. Behutsam drang er in sie ein und hielt sofort inne, als Frances aufschrie. Hatte er ihr tatsächlich so weh getan? Er bewegte sich mit aller Vorsicht, fühlte, wie schmal sie war. Es war nicht einfach, eine Jungfrau zu lieben. Nein, sie war nicht nur eine Jungfrau, sie war eine Lady und seine Frau, und sie verdiente es, so zart wie nur möglich behandelt zu werden. Er wollte ihr jede unnötige Qual ersparen.

Frances fühlte seinen nackten Körper. Ihre Nerven waren aufs äußerste angespannt, die Hände hatte sie zu Fäusten geballt.

»Frances?«

»Ja?« Ihre Stimme klang ruhig und resigniert.

»Du wirst dich gleich ein wenig ... unbehaglich fühlen, aber ich muß dein Jungfernhäutchen durchstoßen. Entspanne dich, ja?«

»Nein!« Sie sagte es klar und deutlich. »Nein! Bitte, hören Sie auf! Bitte, gehen Sie fort!«

»Ich kann nicht.« Im nächsten Moment war er durch die schmale Barriere.

Frances schrie bei dem plötzlichen, heftigen Schmerz auf und versuchte, sich von ihm zu befreien, doch Hawk hielt sie mit seinem Gewicht fest. »Ruhig, Frances, sei ganz ruhig.« Seine Stimme war sanft, und er preßte sein Gesicht an ihre Wange. »Der Rest ist nicht schlimm, das verspreche ich dir.«

Frances fühlte sich verletzt, auf rohe Weise verletzt. Er war schuld daran, und er war in ihr, so tief. Sie hatte nicht gewußt, daß ihr Körper so etwas zulassen würde. Sie wollte nicht weinen, doch außer dem Schmerz fühlte sie sich beschmutzt, benützt. Und hilflos. Sie steckte die Faust in den Mund, konnte jedoch ihr Schluchzen nicht zurückhalten. Sie versuchte, Hawk wegzuschieben, aber dabei kamen ihre Hände mit seinen nackten Schultern in Berührung. Sofort zuckte sie zurück, legte die Arme wieder neben ihren Körper und krampfte die Hände in das zerwühlte Bettlaken.

Sie fühlte, wie er sich wieder in ihr bewegte. Es tat noch weh, aber jetzt nicht mehr so sehr.

»Frances«, stöhnte Hawk plötzlich zwischen zusammengepreßten Zähnen. Ein tiefer Seufzer entrang sich seiner Brust. Dann spürte sie Feuchtigkeit und wußte, sie kam von ihm.

Sie bewegte sich nicht. Sie haßte ihn. Was er ihr angetan hatte, war gemein und unverzeihlich.

Hawk gab sie frei. Er fühlte, wie sie zusammenzuckte, und es tat ihm leid, daß er ihr Schmerzen zugefügt hatte. Aber, verdammt noch mal, er hatte es so schnell wie möglich, so behutsam wie möglich getan. »Beim nächsten Mal tut es nicht mehr weh«, versicherte er beruhigend, rollte sich zur Seite und stand auf.

»Bist du in Ordnung, Frances?« erkundigte er sich, besorgt über ihr Stillsein.

»Ja.« Ihre Stimme klang wie betäubt und leblos.

Hawk blickte in ihre Richtung und seufzte. Er wunderte sich, wie wenig sie wußte. Freundlich erklärte er: »Bitte, erschrick nicht, wenn du morgen Blut entdeckst. Das ist beim ersten Mal so. In nächster Zeit wirst du weder Schmerzen haben noch Blut sehen.« Zumindest hoffte er das. Er hatte noch nie mit einer Jungfrau geschlafen und war unsicher.

Hawk zog sich rasch an und ging zur Tür. »Ich sehe dich morgen früh, Frances. Schlaf gut.« Dann verließ er sie.

Jetzt werde ich aus dem Fenster springen, dachte Frances, blieb aber bewegungslos liegen. Ihr ganzer Körper schmerzte.

Beim nächsten Mal tut es nicht mehr weh, hatte er gesagt. Beim nächsten Mal! Wie lange dauerte es wohl, bis sie schwanger wurde? Sie war überzeugt, daß dies der einzige Grund dafür war, daß er ihr so etwas angetan hatte. Wie oft mußte sie sich noch wie ein Tier mißbrauchen lassen?

Frances war böse auf sich selbst, als sie die salzigen Tränen auf den Lippen schmeckte. »Ich hasse dich!« flüsterte sie in die Dunkelheit. Sie war sich nur nicht sicher, ob sie ihren Ehemann haßte oder sich selbst.

Langsam stand sie auf und taumelte zu der Waschschüssel auf der Kommode. Sie wollte nichts sehen, gar nichts, und preßte schnell das nasse Handtuch gegen ihren Körper.

Hawk, wieder in seinem eigenen Bett, streckte die Arme über den Kopf. Alles in allem war er mit sich zufrieden. Er hatte seine Frau mit allem Respekt behandelt, den er ihr schuldete. Zwar hatte er ihr weh getan, aber das war beim ersten Mal zu erwarten gewesen. Schließlich war sie Sex nicht gewöhnt.

Mußte sie sich trotzdem benehmen, als ob er sie umbringen wollte? Oder mißbrauchte?

Frances hatte die Hand auf dem Knauf ihrer Schlafzimmertür und dachte: Ich kann ihm nicht ins Gesicht sehen. Ich kann es einfach nicht!

Was willst du denn sonst tun, du dummes Ding? Wie ein Feigling hier in diesem schrecklichen Zimmer bleiben?

Frances holte tief Luft und öffnete die Tür. Sie rannte in den Korridor und stolperte direkt gegen ihren Ehemann.

»Frances!« Hawk hielt sie am Oberarm fest. »Bist du in Ordnung?«

Himmel, nein, das bin ich nicht! Sie schwieg. Sie wünschte sich, daß er plötzlich wie durch Magie von der Erde verschwinden würde. Zu ihrem Ärger blickte sie, als er ihren Arm losließ, an ihm herunter. Es war so groß gewesen in der Nacht. Wo war es jetzt? War es bei ihm etwa genauso wie bei einem Hengst? Wuchs er nur, wenn ...

Hawk mußte lachen, er konnte nicht anders. Ihre Gedanken waren deutlich in ihrem Gesicht zu lesen.

Frances blickte zu ihm auf. Etwas verspätet schielte sie.

Doch Hawk war viel zu amüsiert, um auf ihre Augen hinter den dicken Gläsern zu achten. Noch immer lachend, sagte er: »Du hast doch gesagt, du hättest mich nackt im See gesehen.«

»Das habe ich.« Frances kämpfte gegen ihre Verlegenheit.

»Nun, du hast doch sicher erkannt, daß das Wasser verdammt kalt war, sogar eisig.«

Was hatte das mit irgend etwas zu tun? »Natürlich ist das Wasser in dieser Jahreszeit kalt«, erwiderte sie und hoffte, daß ihre Stimme so eisig war wie das Wasser. »Es hat mich gefreut, daß Sie zitterten.« Nun, das klang sicher boshaft genug.

Statt dessen blieb dieses gräßliche Lächeln in seinem Gesicht. »Dann wirst du ja wissen, daß Männer nicht jederzeit bereit sind zu, nun, zu, ah ...«

»Ich sah nicht auf diesen Körperteil von Ihnen! Oh, hören Sie auf!« Frances hob abwehrend beide Hände, um nicht noch weitere Kommentare von ihm zu vernehmen. Sie drehte sich rasch auf dem Absatz herum, flüchtete die Treppe hinunter und hörte hinter sich sein Lachen.

»Du elendes Tier ... Hengst«, schimpfte sie vor sich hin. Am Ende der Treppe traf sie Grunyon und errötete bis zu den Haarwurzeln.

Grunyon lächelte sie verständnisvoll an. »Guten Morgen, Mylady. Frühstück wird im privaten Gastzimmer serviert.«

Wenige Minuten später kam Hawk. Er lachte nicht mehr, sondern blickte sehr ernst. »Frances, bist du wirklich in Ordnung?« erkundigte er sich mit schlechtem Gewissen, weil er sie so in Verlegenheit gebracht und gequält hatte. »Keine ... keine Nachwirkungen?«

»Nein«, erwiderte sie kalt. »Ich badete. Im Dunkeln. Nachdem Sie verschwunden waren.«

Nicht sehr freundlich, wo ich mir doch Sorgen um sie mache, dachte er und setzte sich. Zufrieden musterte er die Speisen auf dem Tisch. Ah, ein dickes Lendensteak! Nicht ganz durchgebraten, genau, wie er es liebte.

Während er an dem köstlichen Fleisch kaute, betrachtete er die schreckliche Haube, die Frances' Haar fast völlig bedeckte. Er konnte sich gut vorstellen, wie seine Dienerschaft in Desborough Hall darauf reagieren würde, von seinem Vater ganz zu schweigen. Hawk räusperte sich und überlegte, wie er Frances klarmachen könnte, daß sie jämmerlich aussah. Dann schüttelte er den Kopf. Er brachte es nicht fertig, sie zu kritisieren, jedenfalls nicht ausgerechnet jetzt.

»Wir fahren unverzüglich nach Desborough Hall«, begann er nach einer ganzen Weile. »Ich werde dich bald nach York zurückbringen. Es ist eine hübsche Stadt mit vielen Bauwerken, die dir gefallen werden.«

Frances sagte nichts und verteilte das Rührei auf ihrem Teller.

Hawk nahm ihr Schweigen als gutes Zeichen und fuhr fort. »Dort gibt es auch viele gute Geschäfte. Du weißt, was ich meine. Die Damenschneiderinnen sind ausgezeichnet.«

Frances schwor sich im stillen, ihr Kleid zu tragen, bis es an ihrem Körper verrottete.

»Sehr wahrscheinlich finden wir auch kompetente medizinische Fachleute, bei denen wir für dich eine neue Brille kaufen können. Ist deine Sehfähigkeit sehr schlecht?«

»Ja, furchtbar«, erwiderte Frances und bemühte sich, besonders stark zu schielen.

Hawk wurde langsam ungeduldig. Erkannte sie denn nicht, wie freundlich er zu ihr gewesen war, wie rücksichtsvoll? Er hatte ihr möglichst jede Verlegenheit erspart. Sicher, vorhin im Korridor war er etwas rauh mit ihr umgegangen, aber verdammt noch mal, warum sagte sie nicht, was sie dachte? Konnte sie sich nicht wenigstens ein bißchen kultivierter benehmen?

Er trank sein Bier aus und knallte den Krug auf den Tisch. »Bist du fertig?« fragte er barsch.

»Sicher.« Frances hätte auch gern etwas gehabt, was sie auf den Tisch knallen könnte.

Die Reise ging in südlicher Richtung weiter, dicht am River Ouse entlang. Sie rasteten kurz nahe beim Nabun Moor, das in krassem Gegensatz zu der hübschen, ländlichen Umgebung stand, und von dem Frances fasziniert war.

»Desborough Hall liegt nahe bei Stillingfleet«, erklärte ihr Hawk, »um genau zu sein: östlich davon, dicht am River Ouse. Die nächste Stadt ist dann Acaster Selby.«

Eine weitere halbe Stunde ging es durch landwirtschaftliches Gebiet und einige kleine Dörfer, dann kam Desborough Hall in Sicht.

Die Kutsche fuhr durch die lange, von Bäumen begrenzte Einfahrt, und Frances erkannte verblüfft, daß Desborough Hall ein Gestüt war. Sie sah die großen Ställe, deren rote Dächer in der Morgensonne glänzten.

Nicht nur Gestüt, sondern auch Rennstall, dachte sie erstaunt, als sie die großen, weiß umzäunten Pferdekoppeln für das Training entdeckte. Zum ersten Mal, seit Frances Kilbracken verlassen hatte, kam ein wenig Freude in ihr auf. Sie hatte zwar gehört, daß Nordengland für seine Gestüte und Rennställe berühmt war, aber nicht angenommen, daß Desborough Hall dazugehörte. Warum, zum Teufel, hatte ihr feiner Ehemann nichts davon erwähnt?

Gut, dachte Frances. Wenn ich schon irgendwo abgestellt werden soll, dann ist das hier der richtige Platz.

9. Kapitel

»Vater! Was tust du denn hier? Du bist doch krank ... Ich denke, du ...« Hawk brach völlig verwirrt ab.

Der Marquess stand vor der Eingangshalle und blickte strahlend auf seinen fassungslosen Sohn. »Ich freue mich, daß du wieder zu Hause bist, mein Junge.« Er ging die Marmorstufen hinunter und klopfte Hawk auf die Schulter.

»Du siehst wie die leibhaftige Gesundheit aus«, brachte Hawk mit Mühe hervor. »Du bist ja direkt aufgeblüht.«

»Das klingt enttäuscht, mein Sohn«, meinte der Marquess und lächelte. »Hast du erwartet, daß ich noch im Bett liege? Nein, das konnte ich nicht tun. Es gibt zuviel Arbeit, wie du weißt.«

»Natürlich bin ich nicht enttäuscht, Vater. Ich bin glücklich, begeistert und erstaunt.«

»Dann bin ich beruhigt, Hawk. Nun, wo ist deine Frau?«

Grunyon ließ gerade das Kutschentreppchen herunter. Frances kam zum Vorschein und sah die alte Ausgabe ihres Ehemannes. Nein, keine direkte Kopie, stellte sie rasch fest, seine Nase war von beachtlicher Größe. Sein Haar war weiß, und sehr dicht und seine scharfblickenden Augen eine Schattierung dunkler als die seines Sohnes. Er wirkte schlanker und nicht so kräftig gebaut wie Hawk.

»Das ist Frances, nicht wahr?« Der Marquess kam vorwärts und umarmte sie.

»Ja, mein Lord, Frances Kilbracken.«

»Nein, Mädchen«, korrigierte sie der Marquess und blinzelte ihr freundlich zu, »du bist die Gräfin von Rothermere, Frances Hawksbury. Ich bin überzeugt, du hast deinen Vater, diesen netten Schurken, ziemlich niedergeschlagen zurückgelassen.«

»Vater trägt es, so gut er kann«, erwiderte Frances. Woher wußte der Marquess, wer sie war? Was, zum Teufel, ging hier vor? Ihr Gatte hatte ihr gesagt, daß sein Vater sterbenskrank sei. Noch vor einer Stunde, während einer kurzen Rast, hatte er wieder mit betrübter Stimme erklärt, daß sie morgen in aller Frühe nach Chandos Chase aufbrechen würden.

»Ich verstehe nicht, Sir«, stammelte sie.

»Ich schon«, stellte Hawk erbittert fest. »Oh, ich fange sogar an, alles recht gut zu verstehen.«

Frances blickte zu ihrem Ehemann. Seine Stimme klang wütend, als ob er sich ... betrogen fühlte. Jetzt knirschte er tatsächlich mit den Zähnen!

Der Marquess ignorierte seinen Sohn, legte einen Arm um Frances' Schulter und drückte sie noch einmal an sich. »Die gesamte Dienerschaft erwartet dich, meine Liebe. Komm. Du auch, Hawk. Ich hoffe, das Personal hat nicht vergessen, wer du bist! Nur dreimal im vergangenen Jahr hier zu erscheinen, war nicht sehr viel. Grunyon, strapazieren Sie nicht Ihren Rücken! Ralph wird Ihnen beim Gepäck helfen.«

Frances sank das Herz, als sie etwa zwanzig Diener vor der großen Doppeltür von Desborough Hall in einer Reihe stehen sah, die Frauen auf der einen Seite, die Männer auf der anderen. Vage bemerkte sie das Hawksbury-Wappen über der Tür. Sie erinnerte sich an das Motto: »Mit einer starken Hand« und auch daran, daß sie dabei eher an eine Faust gedacht hatte. Wessen Faust war wohl stärker, fragte sie sich und blickte von ihrem Ehemann zu ihrem Schwiegervater.

Woher wußte der Marquess, welche Tochter sie war, wunderte sie sich wiederum, während sie neben ihm auf die Gruppe der hübsch gekleideten Diener zuging. Englische Diener. Sie würden sie hassen, verachten.

Frances wußte sehr gut, daß sie abscheulich aussah. Doch der Marquess schien das nicht bemerkt zu haben, und wenn, so ließ ihn das anscheinend kalt. Sie hob die Hand, um die Brille abzunehmen.

»Meine verdammten Diener sind besser angezogen als du«, hörte sie Hawk ärgerlich sagen. »Himmel, ich kann es nicht glauben!«

Frances ließ die Brille auf der Nase und streckte das Kinn

hoch. Was glaubte er nicht? Warum freute er sich nicht, daß sein Vater nicht gestorben war? Weshalb benahm er sich wie ein ungehobelter Flegel?

Leutselig erklärte der Marquess: »Diese freundliche Person, meine Liebe, ist Otis, der Butler von Desborough Hall. Otis, das ist Ihre neue Herrin, Lady Frances.«

Nicht ein Muskel bewegte sich in seinem ernsten Gesicht, aber Frances sah doch, wie die Lippen des Mannes unangenehm berührt einmal zuckten. Ein englischer Butler, dachte sie, die schlimmsten von Gottes Kreaturen!

»Freut mich, Otis«, sagte sie mit klarer Stimme.

Otis verbeugte sich tief. »Mylady, willkommen in Desborough Hall.«

»Und das, Frances, ist Mrs. Jerkins, das Juwel einer Haushälterin. Wir beide werden langsam altersschwach.«

Mrs. Jerkins sah unerschütterlich und schrecklich tüchtig aus in ihrem schwarzen Kleid und knickste. Sie wirkte alles andere als altersschwach. »Mylady.« Ihre Stimme klang ein bißchen rauh.

»Es ist mir ein Vergnügen, Mrs. Jerkins.« Frances' Mut sank, und sie dachte: Die Haushälterin sollte bei Wellingtons Armee sein. Sie sah furchterregend aus und besaß offensichtlich einen eisernen Willen.

»Ich werde Ihnen das Personal morgen vorstellen, Mylady«, sagte Mrs. Jerkins und klatschte in die Hände. Sofort verschwanden die Frauen. Otis, dem der Marquess zunickte, entließ die Männer.

»Ich weiß nicht, warum wir das ›Mrs.‹ benützen«, flüsterte der Marquess Frances ins Ohr. »Sie war nie verheiratet. Ich nehme an, sie hält es für würdevoller.«

Plötzlich räusperte sich Hawk. Er war mehr als wütend. Seine Diener wurden Frances von seinem Vater vorgestellt, als ob Desborough Hall ihm gehörte! »Otis«, sagte er überlaut, »lassen Sie Ralph von einem weiteren Diener beim Gepäck helfen.«

»Sehr wohl, Mylord«, erwiderte Otis und schnippte mit den Fingern.

Frances blickte kurz zu ihrem Ehemann und erzählte dann

ihrem Schwiegervater: »Er hat mir nicht gesagt, daß Desborough Hall ein Gestüt ist. Es ist zugleich ein Rennstall, nicht wahr, Sir?«

»Ja, das ist es«, bestätigte der Marquess. »Zumindest war es das, bis Nevil starb. Leider — und das ist ein Jammer — hat Hawk kein Interesse daran. Es zerfällt allmählich. Nun, meine Liebe, was denkst du über dein neues Heim? Die alte Halle wurde unter Königin Anne vom Feuer zerstört. Die gegenwärtige Halle wurde etwa siebzehnhundertfünfzehn von einem Burschen namens Sir John Vanbrugh gebaut, ist also nicht sehr alt. All dieser klassische Unsinn, wie du sehen wirst. Es heißt, glaube ich, Palladian. Ich habe nicht die leiseste Ahnung, was das bedeutet.«

»Palladian«, erklärte Hawk grimmig, »weist auf den klassischen römischen Stil von Palladio hin.«

»Unsinn«, meinte der Marquess und zwinkerte Frances zu.

»Wer war Palladio?« wollte sie wissen.

»Ein italienischer Architekt«, erwiderte Hawk schroff.

»Den Burschen sollte man vergessen«, wandte der Marquess ein. »Komm, Frances, ich zeige dir ein wenig von Desborough Hall, dann mußt du dich ausruhen.« Er blickte seinen Sohn vielsagend an und fügte hinzu: »Ich kann mir vorstellen, daß deine Reise von Loch Lomond bis hierher ein bißchen — hastig vor sich ging.«

»Genau«, ließ Hawk sich hören. »Ankunft, kurzer Aufenthalt, Rückfahrt.«

»Der Name ›Desborough Hall‹ führt in die Zeit von Königin Anne zurück«, erklärte der Marquess und ignorierte seinen Sohn. »Charlotte Desborough war eine reiche Erbin. Sie brachte dieses prächtige Haus als Mitgift in die Ehe.«

Und ich bringe keinen einzigen Sou, dachte Frances, während sie auf den gewaltigen, zweigeschossigen, rechteckigen Bau sah.

»Es gehört immer dem ältesten Sohn«, fuhr der Marquess fort. »Der Sohn aus der zweiten Generation gründete das Gestüt und die Rennställe. Das Desborough-Gestüt produzierte fabelhafte Rennpferde, viele Jahre lang. Ich werde niemals Fortune vergessen, einen prächtigen Hengst, der alle anderen Pferde besiegte. Das war siebzehnhundertfünfundachtzig, wie ich mich erinnere. Fortune war ein richtiger Teufel.«

Frances hört, wie Hawk mit den Zähnen knirschte.

Sie wurde in die große Eingangshalle geführt, die wie ein riesiges Wohnzimmer eingerichtet war und bis zur Decke des Herrenhauses reichte, mit einem Kamin und einem Balkon, der von schmiedeeisernen Gittern eingefaßt war, und zahlreichen weißen Säulen.

Sie folgte dem Marquess durch das Rauchzimmer in den Westkorridor und schließlich in das westliche Wohnzimmer, an dessen Wänden viele Bilder von Pferden hingen. Sie sah die eleganten Möbel und die weißen Wände, die nahezu blendeten.

»Sieh dir die Stützpfeiler genauer an«, forderte der Marquess Frances auf, und sie betrachtete die unzähligen Bildhauerarbeiten daran. »Natürlich sind auch die Fenstergewölbe sehr hübsch«, fuhr ihr Schwiegervater fort.

»Wunderschön, mein Lord, einfach prächtig«, bestätigte Frances immer wieder und war sich völlig bewußt, daß ihr Ehemann wütend schwieg.

Der Marquess blieb plötzlich stehen. »Frances, meine Liebe, du möchtest dich jetzt sicher ausruhen, nicht wahr?« Frances nickte, und er setzte hinzu: »Ich habe Mrs. Jerkins gebeten, dir ein Mädchen zuzuweisen.« Er zog an einer Klingelschnur.

Kurz darauf kam eine junge Frau herein, die scheu lächelte und vor Frances tief knickste. »Mein Name ist Agnes, Mylady.«

Der alte Schurke besitzt die Unverfrorenheit, meiner Frau eine Magd zuzuweisen, ohne mich zu fragen! Hawk war aufs tiefste empört.

Frances nickte dem Mädchen zu und wandte sich an ihren Schwiegervater. »Vielen Dank, Sir.«

Der Marquess lächelte befriedigt. »Ruh dich bis zum Abendessen aus, meine Liebe«, sagte er freundlich und tätschelte ihr die Wange.

Frances blickte zu ihrem Ehemann, doch der stand mit finsterem Gesicht da und schwieg.

Sie folgte Agnes in die Haupthalle und hörte, wie Hawk wütend aufbrauste: »Du verdammter, alter Schurke! Du hast das alles geplant, nicht wahr? Du wolltest, daß ich heirate! Deshalb hast du diese wirkungsvolle tödliche Krankheit vorgetäuscht! Ich kann es kaum glauben!«

»Du wirst diesen frommen Betrug doch wohl verzeihen, Sohn?«

Frances erschrak über Hawks Worte, folgte jedoch Agnes über die breite Treppe in den riesigen Ostkorridor.

»Ihre Zimmer ... nun, sie werden ›Lady Dawnay's Zimmer‹ genannt — aber natürlich grenzen sie an die Suite Seiner Lordschaft.«

»Wunderbar«, flüsterte Frances vor sich hin. Sie hatte das Gefühl, in ein Tollhaus geraten zu sein, und jetzt war sie wohl oder übel einer der Insassen.

Wenigstens hielt Agnes ihr keinen Vortrag über Bauweisen und Stützpfeiler.

Im Rauchzimmer hatte sich Hawk noch immer nicht beruhigt. »Das ist die Wahrheit, oder etwa nicht?« fauchte er. »Deine ganze verdammte Krankheit war nur eine Täuschung, eine List!«

»Ein Sohn sollte seinen Vater niemals unterschätzen«, erwiderte der Marquess, wenig beeindruckt von der Schimpfkanonade seines Sohnes.

»Und jetzt zitierst du eine armselige Phrase!«

»Nicht unbedingt. Vielleicht sind diese Worte es wert, von zukünftigen Generationen beachtet zu werden. Aber, Hawk, du hast keinen Grund, so aufgebracht zu sein. Wirklich, mein Junge ...«

»Keinen Grund?« Hawk bohrte die Hände in die Taschen und stapfte zornig durch den Raum. »Du hast mich verschaukelt!«

»Ja, so könnte man es vielleicht nennen«, gab der Marquess zu, »aber es geschah in guter Absicht, Hawk, es war Zeit für dich, zu heiraten und eine Familie zu gründen. Du wirst schließlich nicht jünger.«

»Ich bin sechsundzwanzig! Also bestimmt noch nicht altersschwach!«

»Fast siebenundzwanzig«, korrigierte sein Vater.

»Und noch etwas«, fuhr Hawk fort, »woher wußtest du, daß sie Frances war? Es gibt immerhin drei Töchter. Niemand sagte mir, ich sollte eine bestimmte heiraten.«

Der Marquess betrachtete das zorngerötete Gesicht seines Sohnes. Mit Frances' herzlicher Begrüßung hatte er sich selbst ein Problem geschaffen. Langsam erwiderte er: »Nun, ich wußte, daß Frances die Lieblingstochter von Ruthven ist und dachte, daß er dich vielleicht etwas mehr in ihre Richtung gedrängt hat.«

»Ja, hast du sie denn nicht gesehen, Vater? Sie sieht fürchterlich aus! Wie eine Hexe! Ich hatte Angst, du könntest vor Schreck sterben, wenn ich sie an dein Krankenbett bringe!«

Der Marquess überlegte, ob er seinem Sohn verraten sollte, daß er eine Miniatur von Frances kannte. Das Porträt war erst vor einem Jahr gemalt worden. Er hatte inständig gehofft, daß sein Sohn sich von den drei Schwestern Frances aussuchen würde. Interessant, dachte er. Warum verkleidete sich Frances als Hexe — wie eine solche sah sie tatsächlich aus. »Warum hast du sie geheiratet, wenn sie dich anwidert?« erkundigte er sich. Vielleicht würde Hawks Anteil an dieser sonderbaren Geschichte das Rätsel lösen.

Hawk wurde rot und entfernte zunächst ein Stäubchen von seinem blauen Rockärmel. Er war wütend auf sich, daß er geheiratet hatte, und wütend auf seinen Vater, der schuld daran war.

»Warum, Hawk?« wiederholte der Marquess.

Hawk fuchtelte mit den Händen herum und erwiderte: »Gut, ich werde es dir sagen. Ihre Schwestern Clare und Viola sind beide sehr hübsch, charmant und unterhaltsam. Und sie wünschten, wie nicht anders zu erwarten war, daß ich sie nach einer Heirat in die Londoner Gesellschaft einführe und dauernd mit ihnen zusammen bin. Ich habe aber gerade angefangen, mein Leben, wie es jetzt ist, zu lieben, Vater. Deshalb zog ich Frances trotz ihres gräßlichen Aussehens vor. Sie ist sehr scheu, sie redet nicht fortwährend.

Kannst du dir nicht die wundervolle Stille am Frühstückstisch vorstellen! Sie mag keine Menschenansammlungen, keine Vergnügungen. So schlimm sie auch aussieht, sie paßt perfekt, und sie wird nicht ...« Hawk zögerte.

»Und du willst sie hier allein lassen, nicht wahr?« erkundigte sich sein Vater. »Und du willst dein Londoner Leben weiterführen?«

Hawk schwieg.

Der Marquess hätte am liebsten laut über die Torheit und die Blindheit seines Sohnes gelacht. Frances war nach Ruthvens Beschreibung schön, charmant und intelligent. Allerdings sah sie jetzt wirklich schrecklich aus. Gut, er würde sich darum kümmern ... eventuell. Zuerst mußte er von seiner Schwiegertochter den Grund für ihre Verkleidung erfahren.

Dann würde er sich mit seinem Sohn befassen.

An diesem Abend fand der Marquess keine Gelegenheit zu einem Gespräch mit Frances. Sie hatte durch Agnes ausrichten lassen, die Mrs. Jerkins informierte, welche Otis unterrichtete, der dann schließlich seinem Herrn verkündete, daß Ihre Lady sich nicht wohl fühle und bitte, sie zu entschuldigen.

»Gut«, sagte Hawk. Er würde das Abendessen genießen können, ohne dieses gräßliche Geschöpf auch nur einmal ansehen zu müssen, dachte er.

»Schade«, meinte der Marquess. »Ich hoffe, Frances ist nicht krank?«

»Kein bißchen«, erwiderte sein Sohn. »Nun, sie war allerdings während unserer Fahrt von Schottland her krank, weil sie versehentlich statt Laudanum eine Medizin gegen Pferdekoliken einnahm. Du liebe Güte, war das ein Aufruhr!«

Der Marquess blieb während des Essens recht nachdenklich, und Hawk, noch immer ärgerlich auf seinen Vater, sagte wenig, um eine Unterhaltung in Gang zu bringen.

Nach drei Gläsern mit Brandy, die Hawk allein im Rauchzimmer trank, war er auf dem besten Weg, Frances alle Schuld an seinem Unglück zu geben. »Ich wünschte mir nichts sehnlicher, als von hier flüchten zu können!« sagte er laut in den leeren Raum hinein. »Aber ich kann nicht. Nicht, bevor sie schwanger ist.«

Er mußte es wieder tun. Hawk stand auf, löschte die Kerzen und ging zum Ostkorridor. In seinem eigenen Schlafzimmer zog er sich aus, schlüpfte in seinen Morgenrock aus Samt und ging zielstrebig zu der Verbindungstür, öffnete sie und trat ein.

Der Raum war dunkel.

»Wer ist es? Wer ist da?«

Hawk hörte Frances' ängstliche Stimme, hörte, wie sie sich aufsetzte, und erwiderte: »Ich bin es nur.«

»Was wollen Sie?« Frances' Herz fing an, wild zu schlagen. Der Angstschweiß brach ihr aus.

»Sei still, Frances. Es geht schnell vorüber.«

»Nein!«

»Du hast dich mit meinem Vater angefreundet, nicht wahr? Wollte er etwas von dir wissen?«

»Mein Lord ...«

»Philip.«

»Bitte lassen Sie mich allein!« Wie sie sich haßte wegen dieses Bittens, nein, Bettelns! »Gehen Sie!«

Doch Hawk stand bereits an ihrem Bett. Sie hörte seinen Atem, und jetzt sagte er auch noch: »Es wäre sehr hilfreich, wenn du dein Nachthemd hochziehen würdest.«

Bastard! Kalter, gefühlloser, egoistischer Flegel!

»Nein!« widersetzte sich Frances und flüchtete in die entfernteste Ecke des Bettes.

Hawk dachte nicht mehr daran, sie rücksichtsvoll zu behandeln. »Das macht mir wenig Spaß, Frances! Es muß getan werden!«

»O Gott, wie ich Sie hasse!« schluchzte Frances hilflos. Sie fühlte, wie das Bett unter seinem Gewicht nachgab, fühlte seine Hände, die sie um die Taille packten.

»Verdammt!« fluchte Hawk leise. Er hatte die Creme vergessen. Er blickte in die Dunkelheit, verspürte jedoch keine Lust, noch einmal in sein Schlafzimmer zu laufen. Ohne ein weiteres Wort schob er Frances' Nachthemd zurück. Er spürte, wie sie zitterte, und das ließ ihn langsamer vorgehen.

»Halt nur still«, sagte er, glitt mit der Hand zwischen ihre Oberschenkel und streichelte Frances. »Beweg dich nicht«, flüsterte Hawk und drang in sie ein.

Frances schrie auf und schlug mit den Fäusten gegen seine Brust.

Er konnte ihre Qual fühlen und verfluchte sich einen Moment selbst, weil er sie so schlecht behandelte. Sie war ungewöhnlich eng. Hoffentlich verletzte ich sie nicht. Er hielt inne und wartete.

»Ich hasse dich!« keuchte Frances.

Er ignorierte ihre Worte und begann, sich wieder zu bewegen.

»Du Tier!«

Kurz darauf war es vorüber. Frances lag wie ein Stein unter Hawk. Sein Atem wurde allmählich ruhiger. Schließlich gab er sie frei und stand auf.

»Wasche dich jetzt nicht gleich«, mahnte er. »Ich sehe dich morgen früh, Frances.«

Er hatte die Verbindungstür noch nicht ganz hinter sich geschlossen, da hörte er, wie sie aus dem Bett kletterte, und wußte, daß sie zu der Waschschüssel auf der Kommode zurannte.

Weiblicher Gehorsam, dachte er ärgerlich, sagte aber nichts.

Hawk war müde, sehr müde, und noch immer wütend über die Falschheit seines Vaters. Und Frances war das Ergebnis dieser Falschheit!

Er seufzte und legte sich in sein kühles Bett. Es war nicht Frances' Schuld.

Er hatte sich wie ein brünstiger Bastard benommen! Morgen durfte er die Creme nicht wieder vergessen. Er wollte sie nicht noch einmal quälen.

Ich hasse dich, hatte Frances gesagt.

Sicher meinte sie das nicht wirklich. Dennoch ärgerte es Hawk. Eine Ehefrau sollte so etwas nicht zu ihrem Ehemann sagen und noch viel weniger meinen. Eine Frau schuldete ihrem Gatten Respekt und Gehorsam.

Das Leben war außerordentlich schwierig geworden.

Als Hawk endlich eingeschlafen war, träumte er von schattenhaften Frauen, die vor ihm zurückschreckten, wann immer er sie erreichte. Er konnte ihre Gesichter nicht erkennen, aber er wußte, daß sie sich vor ihm fürchteten, daß sie ihm entfliehen wollten.

10. Kapitel

»Du besitzt den Verstand einer verdammten Schildkröte! Nein, das stimmt nicht ganz — eine Schildkröte verbirgt ihren Kopf, während du, Philip Hawksbury, deinen aus dem Kragen streckst!«

Hawk beobachtete seinen Vater ohne großes Interesse.

»Ich habe einen Dorftrottel gezeugt!« tobte der Marquess weiter.

»Vater, hör auf, mich zu beleidigen. Ich reite jetzt aus.«

»Du verdammter Junge, was hast du ihr angetan?«

Hawk blickte seinen Vater mit jenem Gesichtsausdruck an, den er sich bei der Armee angewöhnt hatte. Das wirkte nahezu immer, besonders auf widerspenstige Truppen. »Ich habe meiner Frau nichts angetan«, erwiderte er schließlich eisig.

»O doch, das hast du!« behauptete der wütende Marquess. »Ihr Mädchen sagte es Mrs. Jerkins, die es Grunyon mitteilte, von dem ich es, wie es sich gehört, erfuhr, daß heute morgen Blut auf den Bettüchern und deine Frau bleich wie ein Geist war!«

Hawk fluchte leise vor sich hin.

»Deine Frau war doch sicher nicht bis zur letzten Nacht Jungfrau?«

Hawk schwieg.

»Nein, das kann ich nicht glauben, nicht bei dir, du scharfer, junger Bock!«

Aufgestachelt erwiderte Hawk: »Nein, das war sie nicht mehr!«

»Warum dann Blut, verdammt noch mal? Was hast du mit ihr gemacht, du Schwachkopf?«

»Es ist das, was ich getan habe«, entgegnete Hawk und fragte sich, ob ein Dorftrottel schlimmer als ein Schwachkopf war.

»Und was war das?«

Hawk ging langsam zu den großen Wohnzimmerfenstern und sagte über die Schulter: »Ich benützte keine Creme. Ich vergaß es.«

Der Marquess sah zu seinem Sohn hinüber. Da stand er nun, groß und kräftig, den Blick auf die mächtigen Ulmen vor den Fenstern gerichtet. Seine Stiefel glänzten in der Morgensonne, die ins Zimmer strahlte. Die Wildlederhose und das graue Sportjackett betonten seine stattliche Erscheinung.

»Ein Ehemann sollte seiner Frau niemals weh tun«, sagte der Marquess etwas ruhiger.

»Das wollte ich auch nicht«, verteidigte sich Hawk und drehte sich zu seinem Vater um. »Ich dachte nur, wenn ich die Creme holen gehe, wird sie sich inzwischen in diesem Grabmal von Haus irgendwo verstecken, um mir zu entfliehen.«

»Gut, das ist deine Wahrheit. Und was wirst du dagegen tun?«

»Ich reite aus.«

Der Marquess blickte seinen Sohn unheilvoll an. In dem Moment erkannte Hawk, daß er diesen Gesichtsausdruck von seinem Vater geerbt hatte, und fragte sich plötzlich, ob sein Sohn einmal genauso blicken würde. »Das solltest du nicht, wie du weißt«, kritisierte der Marquess.

»Schau, Vater, ich habe diese Idiotie mehr als satt. Wenn du dir solche Sorgen um Frances machst, warum hast du sie dann nicht geheiratet?«

»Das habe ich durchaus in Erwägung gezogen«, bekannte der Marquess offen.

Hawk blickte seinen Vater völlig überrascht an.

»Aber Hawk«, fuhr der Marquess fort, »ich sah ein, daß es nicht fair sein würde. Welches junge Mädchen wünscht sich, an einen alten Mann gebunden zu werden?«

Hawk hob beide Hände hoch. »Immerhin ein sehr reicher, alter Mann. Ich bin überzeugt, Ruthven wäre sehr erfreut gewesen.«

Nahezu ungläubig musterte der Marquess nach diesen Worten seinen Sohn. »Ich habe nie geglaubt — bis zu diesem

Augenblick —, daß du mehr vom Verstand deiner Mutter geerbt hast, als von meinem«, erwiderte er bitter und verließ den Raum.

Hawk ritt aus, kehrte erst am späten Nachmittag heim und zog sich sofort mit Marcus Carruthers, seinem neuen Verwalter, ins Arbeitszimmer zurück.

Marcus, der Sohn eines Pfarrers, war ein intelligenter, junger Mann. Er hatte allen Klatsch gehört, seit der Graf mit seiner unansehnlichen Frau in Desborough Hall eingetroffen war.

»Nun?« fragte Hawk schroff und setzte sich hinter den großen Mahagonischreibtisch.

Marcus räusperte sich. Warum benahm sich dieser junge Mann, der jünger als er selbst war, so einschüchternd, fragte er sich im stillen. Er legte die Ausgabenbelege aufeinander. »Mylord«, begann er, »es geht um das Gestüt.«

»Was ist damit?«

»Es wird nicht richtig genützt. Der Besitz verliert ziemlich viel Geld. Da sind drei ausgezeichnete Hengste, ihre Abstammung ist nahezu königlich, und sie verkommen auf den Feldern. Zwei von ihnen sind reinrassig, einer ist ein Araber. Ihre Fohlen wären einmalig.«

»Sprechen Sie mit Belvis darüber, wenn Sie wollen«, erwiderte Hawk kurz, ohne selbst den einen oder anderen Weg zu überlegen.

»Jawohl, Mylord«, erwiderte Marcus nur. Es war nicht seine Sache, den Grafen darüber zu informieren, daß Belvis, ein barscher, alter Mann und ein großartiger Trainer, Desborough Hall bereits vor drei Monaten verlassen hatte mit der Begründung, dieses Gestüt sei nichts mehr für ihn.

Nach einer weiteren Stunde mit dem Grafen von Rothermere hätte Marcus seinen jungen Herrn am liebsten in eine der Schreibtischschubladen eingestampft. Der Mann machte ihn wütend mit seinem Desinteresse für seinen eigenen Besitz! Nein, berichtigte Marcus sich selbst, es war nicht direkt fehlendes Interesse. Der Graf war überhaupt nicht bei der Sache, sondern anscheinend in Gedanken meilenweit entfernt bei wichtigeren Problemen.

»Es ist Teezeit«, erklärte Hawk schließlich und stand auf. »Ich sehe Sie dann morgen wieder, Carruthers.«

Der Marquess und Frances saßen bereits in dem gemütlichen Zimmer, das »Double Cube« genannt wurde. Frances sah unverändert aus, vielleicht sogar noch schrecklicher, als sie bei Hawks Eintreten kreideweiß wurde.

»Guten Tag.« Hawk nickte beiden zu, ging zum Kamin und lehnte sich mit der Schulter gegen den Sims.

»Tee, mein Lord?« erkundigte sich Frances.

»Philip«, korrigierte er laut.

»Mit oder ohne Milch?«

»Hawk trinkt den Tee am liebsten stark und pur, Frances«, erklärte der Marquess. »Zweifellos gab es in Portugal nicht genügend Ziegen, die man melken konnte.«

»Genau«, bestätigte Hawk ironisch.

»Ich sprach gerade mit Frances über Brautbesuche. Eure Nachbarn wollen sie natürlich kennenlernen.«

Frances sah den entsetzten Blick ihres Gatten und streckte das Kinn hoch.

»Ich würde mich freuen, mit allen Bekanntschaft zu schließen, mein Lord.«

»Nicht, bevor du etwas für dich getan hast«, erwiderte Hawk langsam und sehr deutlich.

Frances schielte ihn einige Augenblicke an, dann stand sie auf und ging mit hoch erhobenem Kopf aus dem Zimmer.

»Sie trägt noch immer den gleichen, scheußlichen Fetzen, der schon mindestens seit zwanzig Jahren aus der Mode ist«, schimpfte Hawk vor sich hin. »Und diese Haube — die sollte verbrannt werden!«

Der Marquess hätte seinem Sohn am liebsten eine Ohrfeige verpaßt. Einfältiger Trottel! Dickköpfiger Idiot! Er hatte versucht, mit Frances zu sprechen, bevor Hawk hinzukam, hatte aber nichts von ihr erfahren können, weil er nicht recht wußte, was er sagen sollte. »Was hast du nun vor?« erkundigte er sich und streckte seinem Sohn eine Tasse Tee entgegen.

Hawk kam zu seinem Vater, nahm die Tasse und trank sie

in einem Zuge aus. »Was ich vorhabe, Vater? Meine Frau so schnell wie möglich zu schwängern.«

»Und dann?«

»Dann kehre ich nach London zurück, wo ich hingehöre.«

»Das hast du mehr oder weniger bereits gestern schon gesagt.«

»Stimmt.« Hawk goß sich die Tasse noch einmal voll.

»Belvis ist vor einigen Monaten gegangen.«

Überrascht blickte Hawk seinen Vater an. »Davon hat Marcus mir nichts gesagt.«

»Möglicherweise hast du den jungen Mann so eingeschüchtert, daß er vor dir zittert. Ich kann es dir mitteilen, weil mich nichts, was du sagst oder tust, erzittern läßt. Belvis ist jemand, den man nicht gern verliert.«

Hawk hob die Schultern. »Ich sagte Marcus, er kann mit dem Gestüt machen, was er will. Wenn er Belvis zurückhaben möchte, kann er ihn holen.«

Der Marquess erhob sich und gestand sich selbst ein, daß er sich in Sachen einmischte, die ihn nichts angingen. Vielleicht wäre es das beste, er ließ die beiden miteinander allein und kehrte nach Chandos Chase zurück.

Nein, das konnte er nicht tun! Zuerst mußte er von Frances die Wahrheit erfahren.

Frances zog den großen Schal enger um ihre Schultern und verließ die große Bibliothek durch die Tür zum Garten. Um all die Bücher lesen zu können, müßte man dreimal so lange leben, dachte sie und atmete tief die klare Frühlingsluft ein. Die Bäume waren voller Knospen, einige Blumen blühten bereits. Im Sommer mußte es hier in Desborough Hall wunderschön sein.

Während der nächsten zehn Minuten versuchte Frances, sich die Vorzüge von Desborough Hall vor Augen zu halten. Schließlich war es jetzt ihr Zuhause. Plötzlich überfiel sie Heimweh nach Kilbracken. Sie setzte sich unter einer knorrigen, alten Eiche nieder und lehnte sich gegen seine rauhe Rinde.

Frances schloß die Augen, sah ihren Gatten vor sich und

hörte seine abscheulichen Worte. Doch er hatte nur die Wahrheit ausgesprochen. Sie sah wirklich schauderhaft aus. Wie konnte sie also erwarten, daß er sie gern als seine Frau vorstellte?

Sie wollte sich gerade die Brille und die Haube abnehmen, da sah sie Hawk auf den Zierteich zugehen. Allem Anschein nach war er in Gedanken versunken. Sein dichtes, schwarzes Haar glänzte in der Nachmittagssonne. Frances musterte ihn und stellte wieder einmal fest, daß er sehr gut aussah und eine stattliche Erscheinung war.

Als ob er ihre Gegenwart gespürt hätte, drehte er sich in ihre Richtung und blickte sie an. »Frances.«

»Mein Lord.«

»Philip.«

»Ja. Ein hübscher Anblick, nicht wahr? Wissen Sie, wann der Teich angelegt wurde?«

»Anfang des letzten Jahrhunderts.« Er schwieg einen Moment und fuhr sich mit den Fingern durch das Haar. »Schau, Frances, ich möchte mich für das, was ich zu dir sagte, entschuldigen. Es war nicht fair von mir, schließlich ist es nicht deine Schuld, daß du ...«

»Ja?«

»Nun, ein bißchen ist es auch meine Schuld.«

»Ich würde sagen, es ist alles meine Schuld, aber das ändert nichts.« Sie sah ihn nicht an.

»Schau, Frances, es tut mir leid wegen letzter Nacht. Ich werde es nicht wieder tun ...«

»Sie werden mich nicht mehr anrühren?« Frances schien sichtlich erleichtert. »Sie verlassen also Desborough Hall?«

»Noch nicht. Was ich sagen wollte, ist, daß ich die Creme nicht mehr vergessen werde. Ich wollte dir wirklich nicht weh tun.«

Creme, dachte Frances wie benommen. Ihr Blick fiel auf seinen Mund. Er hatte sie noch nicht einmal geküßt.

»Würdest du morgen früh gern mit mir ausreiten?«

Aha, ein Friedensangebot. »Ja, das würde ich gern tun, mein Lord.«

»Philip.«

»Ich habe aber kein Reitkleid.«

Hawk schwieg nach dieser entmutigten Neuigkeit eine Weile und überlegte. »Morgen kommen Lord und Lady Bourchier zum Abendessen zu uns. Wenn ich mich recht erinnere, hat Alicia deine Größe. Vielleicht leiht sie dir ein Reitkleid, bis du dir einige anfertigen läßt.«

»Morgen kommen Gäste? Zum Abendessen?« erkundigte sich Frances erstaunt.

»Warum nicht? Wir sind Freunde seit Kindertagen. Ich nehme an, du solltest mit Mrs. Jerkins das Menü besprechen.« Hawk sagte ihr nicht, daß dieses verdammte Essen nicht seine Idee war. Sein Vater hatte sich die Freiheit genommen, die Gäste einzuladen.

»Ja, das sollte ich wohl.« Frances stand auf. »Eine weitere weibliche Pflicht.«

»Kommst du heute abend zum Essen herunter?«

»Ich habe mich noch nicht entschieden«, erwiderte Frances und ging ins Haus zurück. Pflichtschuldigst läutete sie Mrs. Jerkins.

»Ja, Mylady?« Die Haushälterin klang sehr energisch.

»Mr. Jerkins, mein Gatte sagte mir, daß wir morgen zum Abendessen zwei Gäste bekommen.«

»Ja, Mylady, Seine Lordschaft — ich meine, der Vater des jungen Grafen — informierte mich über die Einladung. Ich habe das Menü bereits zusammengestellt. Hier ist es.«

So, der Marquess hat die Gäste eingeladen, dachte Frances überrascht und blickte auf das Papier. Zum ersten Mal versuchte sie, mit der Brille zu lesen, doch die Buchstaben verschwammen vor ihren Augen. Sie konnte sie nicht entziffern. Aber sie durfte vor Mrs. Jerkins schließlich nicht auf einmal die Brille abnehmen, um lesen zu können. Frances seufzte, tat, als ob sie das Menü studierte, und erklärte: »Sehr gut, Mrs. Jerkins. Vielen Dank!«

Mrs. Agatha Jerkins nickte und nahm das Papier zurück. Erst, nachdem sie das Zimmer verlassen hatte, erkannte sie, daß sie ihrer Herrin gar nicht das Menü gezeigt hatte, sondern versehentlich die Wäscheliste. Sie erzählte es Otis und meinte: »Das ist wirklich sehr merkwürdig, James.

Glauben Sie, daß die Leute in Schottland gar nicht lesen lernen?«

»Es ist ein primitives, unzivilisiertes Land«, behauptete der Butler.

»Unser armer, junger Herr.« Mitleidig schüttelte Mrs. Jerkins den Kopf. »An eine Frau gebunden zu sein, die ...« Plötzlich brach sie ab. Es schickte sich nicht, so etwas zu sagen, schon gar nicht zu Otis, diesem halsstarrigen, alten Ziegenbock. »Ich muß an die Arbeit«, erklärte sie hastig und eilte davon.

Beim Abendessen sagte Frances kein Wort. Sie lauschte den Erzählungen ihres Schwiegervaters über vergangene Zeiten, über Skandale aus der Guten Gesellschaft und über Gewinne und Verluste am Spieltisch.

Hawk schwieg ebenfalls. Ihm hatte ein Blick auf Frances genügt, als sie eingetreten war, um ihm die Stimmung zu verderben. Nur der Marquess redete.

Bei der ersten Gelegenheit entschuldigte sich Frances und kehrte in ihr Zimmer zurück. Agnes saß am Kamin und nähte an den unmöglichen Kleidern ihrer Herrin.

»Das ist nicht nötig, Agnes. Du kannst gehen.«

Agnes strahlte. »Erwarten Sie neue Kleider, Mylady?«

»Nein. Bitte, geh jetzt schlafen, Agnes.«

Frances lag noch wach, als einige Stunden später die Verbindungstür geöffnet wurde.

»Frances?«

»Ja. Bitte, einen Augenblick, mein Lord. Erlauben Sie mir, daß ich erst mein Nachthemd für Sie hochziehe. So.«

Hawk fühlte einen Schauder bei diesen Worten und fuhr sich mit den Fingern durchs Haar. »Frances, schau, ich ...«

»Ich habe verstanden, Mein Lord. Sie wünschen, daß ich schwanger werde. Bitte, bringen Sie es hinter sich.«

Hawk tat es. Frances bewegte sich nicht, noch sagte sie ein Wort. Als Hawk bald darauf wieder in seinem eigenen Bett lag, fiel ihm ein, daß er noch immer nicht ihre Brüste berührt hatte.

Die kleine Abendgesellschaft mit Lord und Lady Bourchier von Sandbury Hall hätte schlimmer werden können, dachte Hawk, als er sich von seinem Vater verabschiedet hatte und in seine Suite zurückkehrte. Alicia mit ihrem guten Herzen war, nachdem sie den ersten Schock überwunden hatte, sehr freundlich zu Frances gewesen, ebenso John, der mit seinem Charme sogar Termiten aus ihrem Bau locken konnte. Und der Marquess hatte sich in bester Verfassung gezeigt.

Frances verhielt sich so still, als ob sie überhaupt nicht anwesend wäre. Hawk hatte sich während des Abendessens so manches Mal gefragt, wie Clare oder Viola sich benommen hätten. Sicher wären sie sehr charmant gewesen, gut angezogen und hübsch.

Aber er war nun einmal mit Frances verheiratet, und die verabscheute ihn. Offensichtlich wünschte sie sich, daß er Desborough Hall recht bald verließ. Gut, dieser Wunsch sollte ihr erfüllt werden!

Warum konnte sie nicht wenigstens ein bißchen versuchen, besser auszusehen?

Wie gut, daß sie es abgelehnt hatte, sich ans Piano im Wohnzimmer zu setzen, nachdem Alicia mit ihrer gepflegten Stimme und ihrer Fingerfertigkeit alle erfreut hatte. Es wäre eine üble Blamage geworden!

Hawk seufzte, entließ Grunyon und zog sich aus. Als er die Verbindungstür öffnete, hörte er Frances' müde, verdrossene Stimme: »Schon wieder, mein Lord? Sind Sie nicht zu erschöpft?«

»Ja«, erwiderte er, »aber das macht nichts.«

»Also gut.«

»Frances, du hättest wirklich etwas liebenswürdiger zu meinen Freunden sein können«, rügte Hawk, während er näher kam. »John und Alicia sind beide sehr nett.«

»Davon bin ich überzeugt.«

Hawk hörte, wie Frances sich im Bett bewegte und konnte sich vorstellen, wie sie sich das Nachthemd hochzog. Plötzlich fühlte er sich ganz elend. Nein, so konnte das Leben nicht sein!

Er setzte sich auf die Bettkante, die Hände zwischen den Knien ineinander verkrampft. »Ich wünschte«, begann er zögernd, »die Dinge zwischen uns wären nicht so schwierig, Frances.«

»Ich wünschte, daß es überhaupt keine Dinge gäbe«, erwiderte Frances. »Zwischen uns, meine ich.«

»Hast du Heimweh?«

»Ja.«

»Das tut mir leid, aber ...«

»Ja«, unterbrach ihn Frances, »bei allem gibt es ein ›Aber‹, nicht wahr? Ich bin müde. Können Sie es nicht rasch hinter sich bringen?«

»Gut.« Hawk war erleichtert, daß er seine eheliche Pflicht unverzüglich erfüllen konnte, verspürte er doch zunehmend die schreckliche Furcht, durch Frances' Verhalten bei ihr impotent zu werden.

Frances lag wiederum völlig unbeweglich da. Sie hörte Hawk aus dem Zimmer gehen und die Tür hinter sich schließen.

Es ist nicht mehr ganz so schlimm, dachte sie, es tut nicht mehr weh. Aber es ist so entsetzlich unerfreulich, so kalt und unmenschlich.

Plötzlich sah sie ihr Leben vor sich, voller Einsamkeit und Dunkelheit. Da gab es einen Mann, der ihr Ehemann war und der sie nur besuchen würde, wenn man ihn dazu drängte.

Frances verbarg ihr Gesicht in dem großen, weichen Kopfkissen.

Sie sehnte sich verzweifelt nach ihrem Zuhause, sehnte sich danach, frei zu sein, zu lachen, all die Kilbracken-Bauern zu besuchen, im See zu baden und im Sommer mitten in der Heide im Sonnenschein zu liegen.

Törichtes, armseliges Geschöpf! Deine ganze Verkleidung sollte ihn abschrecken, und das tut sie auch. Er kann es nicht ertragen, dich anzusehen, und noch weniger, in deiner Gesellschaft zu sein.

Bald wirst du wieder frei sein, bald wird er gehen. Und was willst du dann tun?

Frances erwachte am nächsten Morgen, ohne eine Antwort auf ihre Frage gefunden zu haben.

Rasch genug mußte sie erkennen, daß sie heute nicht ausreiten würde. Ihr Gatte hatte sich bei Lady Bourchier nicht nach einem Reitkleid für sie erkundigt.

11. Kapitel

»Das ist alles Unsinn, mein Sohn«, erklärte der Marquess verärgert. »Du willst einen Geschäftsfreund in London treffen? Das ist doch absurd! Ich verbiete dir, Desborough Hall jetzt zu verlassen!«

»Nicht jetzt. In der Morgendämmerung«, korrigierte Hawk.

»Und was wird deine Frau davon denken? Weiß sie überhaupt, daß du sie verlassen willst?«

»Nein, noch nicht. Ich werde es ihr sagen, wenn ich sie finde — was sehr schwierig ist, seitdem sie sich versteckt, wann immer ich in der Nähe bin.«

»Besonders nachts«, ergänzte der Marquess vielsagend.

»Das stimmt.«

Der Marquess schüttelte den Kopf. »Ich gehe jetzt frühstücken.«

Zu Hawks Überraschung saß Frances bereits am Tisch, als er und sein Vater ins Frühstückszimmer kamen. Sie trug das scheußlichste ihrer drei Kleider, das aus braunem Wollstoff genäht war und nie modern gewesen sein konnte, und auf dem Kopf eine fahlgelbe Haube.

Frances blickte nur kurz auf, nickte und beschäftigte sich wieder mit dem Rührei auf ihrem Teller.

Der Marquess sah von einem zum anderen und verkündete schließlich: »Ich denke, ich werde etwas später frühstücken.« Damit ging er aus dem Zimmer.

Frances sah sehr blaß aus, und Hawk fühlte sich irgendwie schuldig. Nachdem Otis und Rosie den Raum verlassen hatten, begann er: »Guten Morgen, Frances.«

»Guten Morgen, mein ... Philip.«

»Es freut mich, daß du in dieser Richtung Fortschritte machst.«

»Danke.«

Am liebsten hätte er sie geschüttelt, bis ihre Zähne klapperten. Statt dessen erkundigte sich Hawk: »Glaubst du, daß du schwanger sein könntest?«

Frances ließ die Gabel sinken. Sie hätte jetzt gern ihre Tasse genommen, ihm den heißen Tee ins Gesicht geschüttet und ihm sämtliche Schimpfworte, die sie kannte, an den Kopf geworfen, erwiderte jedoch nur leise: »Das kann schon möglich sein. Sie haben ja schließlich Ihre Pflicht sehr eifrig erfüllt.«

»Das sind immerhin eine ganze Anzahl von Worten, die du herausgebracht hast«, stellte Hawk fest. »Es freut mich, daß du endlich erkennst, daß ich mehr als nur ein Nicken oder ein Schulterzucken von dir verdiene.«

»O ja«, bestätigte Frances. »Sie verdienen viel mehr.«

Hawk war sich nicht ganz sicher, ob in Frances' Antwort Sarkasmus lag, obwohl ihre Stimme unbeteiligt geklungen hatte. Nach kurzem Zögern erklärte er: »Ich fahre morgen früh weg.«

»Dann wünsche ich Ihnen eine gute Reise.«

»Kümmert es dich nicht, wann ich zurückkommen oder wohin ich reise?« erkundigte er sich gereizt.

»Nein.« Frances bestrich eine Scheibe Brot mit Butter und war vollauf damit beschäftigt.

Hawk ballte die Hände zu Fäusten und sagte böse: »Heut nacht werde ich dich wieder besuchen. Ich möchte schließlich meine Pflichten nicht vernachlässigen.«

Frances erschrak. Sie hatte ihre Periode bekommen. Was sollte sie jetzt tun? Sie mußte endlich zum Angriff übergehen, das wußte sie. Die Maus konnte nicht nur stillhalten. Das war ihre einzige Hoffnung. Kühl entgegnete sie: »Warum lassen Sie nicht eine Liste mit den Namen passender Gentlemen aus der Nachbarschaft hier? Falls Sie tatsächlich keinen Erfolg mit Ihren … Ihren Bemühungen als Ehemann hatten, vielleicht gelingt es einem von ihnen.«

Hawk blickte sie einen Moment vollkommen verblüfft an, dann bog er den Kopf zurück und brach in schallendes Gelächter aus. »Schau, Frances«, brachte er endlich heraus, nachdem er sich etwas beruhigt hatte, »selbst wenn einer der Gentlemen dazu gebracht werden könnte, zu dir ins

Bett zu steigen, würde er dich nicht mit soviel — äh — Respekt behandeln, wie ich es tue. Himmel, er könnte sogar erwarten, nein, darauf bestehen, deinen Körper zu sehen. Das würdest du doch verabscheuen, nicht wahr? Er würde sicher auch verlangen, daß du ihn berührst. Eine entsetzliche Vorstellung, meinst du nicht? All diese widerlichen Haare.«

Es fiel Frances äußerst schwer, an sich zu halten. Was war er doch für ein eingebildetes, selbstsüchtiges Untier! Ein Schurke, ein ... »Warum fahren Sie nicht schon heute weg, mein Lord? Das Wetter ist doch genau richtig für eine Reise.«

Hawk beobachtete sie nachdenklich. Er nahm an, daß eine unansehnliche, sehr schlecht gekleidete Frau über ihr Aussehen verbittert sein könnte, aber dieser flinke Sarkasmus? Das paßte irgendwie nicht zu ihrem Charakter, sagte er sich.

Frances merkte, daß sie einen Fehler begangen hatte. Sie biß sich auf die Zunge und nahm sich vor, ihm keinen Grund zu irgendwelchen Fragen zu geben, die sie ärgerten, und vor allem keinen Grund, daß er blieb. Sie legte die Serviette neben ihren Teller und stand rasch auf. »Vielleicht sehe ich Sie, bevor Sie abreisen, mein Lord«, sagte sie und rannte fast aus dem Raum.

Hawk blieb sitzen und blickte vor sich hin, ohne etwas Bestimmtes anzusehen. Was, zum Teufel, war mit Frances los? Verdammt, er hatte sie gewählt statt eine ihrer Schwestern, hatte ihr Titel, Heim und Ansehen gegeben, und sie verabscheute ihn! Er hatte sie nachts gut behandelt, hatte nichts von ihr gefordert, was sie in Verlegenheit bringen könnte! In diesem Moment entschloß er sich, noch heute abzureisen.

Doch es kam anders. Zwei Stunden später unterbrach Grunyon seinen Herrn bei den Reisevorbereitungen im Schlafzimmer. »Mylord, Otis informierte mich, daß Sie Besuch bekommen haben. Es ist Lord Saint Leven.«

»Ach, du meine Güte! Was macht denn Lyonel hier?« entfuhr es Hawk. »Ich dachte, er ist in London.«

»Ich hörte, wie er zu Ihrem Vater, Mylord, sagte, daß er seine Großtante in der Nähe von Esrick besucht hat.«

»Ah ja, wahrscheinlich seine Großtante Lucia. Ein alter Haudegen, aber er hängt sehr an ihr«, erinnerte sich Hawk und traf kurz darauf Lyonel Ashton und seinen Vater im Rauchzimmer.

»Hawk, alter Junge«, begrüßte ihn Lyonel und schlug ihm auf die Schulter, »du bist also jetzt ein verheirateter Mann. Herzlichen Glückwunsch! War aber auch Zeit, würde ich sagen.«

»Das sagst du, Lyonel? Soweit ich mich erinnere, bist du ein Jahr früher auf diese Erde gekommen als ich.«

»Manche von uns Burschen reifen eben schneller, Hawk.« Lyonel zwinkerte mit seinen dunkelblauen Augen. »Wo ist deine Gattin? Ich muß doch diesen Edelstein kennenlernen, der dich in die Ehefalle lockte.«

Lyonel wunderte sich über die plötzliche Stille. Hawk schwieg, und der Marquess räusperte sich nur. Endlich fragte Hawk seinen Vater: »Wo ist Frances?«

»Das weiß ich nicht. Ich habe nach ihr geschickt, aber keiner hat sie gesehen«, erwiderte der Marquess.

»Frances«, wiederholte Lyonel. »Ein sehr hübscher Name. Aus welcher Familie, Hawk?«

»Ihr Vater ist der Graf von Ruthven, ein Schotte. Bis vor einer Woche lebte sie in der Nähe des Loch Lomond.«

Lyonel hätte gern eine Menge Fragen gestellt, aber die Gegenwart des Marquess hinderte ihn daran. Irgend etwas war hier recht geheimnisvoll.

»Brandy, Lyonel?«

In diesem Moment schlitterte Frances ins Rauchzimmer. Anders kann man ihr Hereinkommen nicht bezeichnen, dachte Hawk und blickte sie ärgerlich an. Verdammt, sie sieht aus, daß man sie auspeitschen sollte! Er räusperte sich. »Meine Liebe«, sagte er erstaunlich freundlich, »bitte, komm herein. Ich freue mich, daß du einen meiner besten Freunde kennenlernst, Lyonel Ashton, Graf von Saint Leven. Lyonel, meine Frau, Frances.«

Lyonel war nicht anzusehen, was er dachte. »Es ist mir ein

Vergnügen, Madam«, sagte er mit sanfter Stimme und hob ihre Hand an seine Lippen.

Frances starrte auf seinen gebeugten Kopf. Himmel, sie hatte Hawk für den schönsten Mann gehalten, der ihr je begegnet war, aber dieser elegante Gentleman konnte leicht mit ihm konkurrieren. Sein dichtes, braunes Haar hatte fast die Farbe von Hawks Mahagonischreibtisch im Arbeitszimmer. Als Lyonel sich aufrichtete, erkannte sie, daß er sogar Hawks Größe besaß. Aber in seinen Augen entdeckte sie keinen Widerwillen, sondern nur Fröhlichkeit und Intelligenz. Sie feuchtete ihre plötzlich trocken gewordenen Lippen mit der Zungenspitze an und stammelte: »Ja, es ist wirklich ein Vergnügen, Sie kennenzulernen, Sir.« Dann blickte sie hilfesuchend zu ihrem Schwiegervater, der prompt verkündete: »Laßt uns jetzt unseren Brandy trinken.«

»Entschuldigen Sie mich, bitte«, wandte Frances ein, »ich trinke keinen Brandy, wirklich, ich . . .« Sie war aus dem Zimmer verschwunden, bevor irgend jemand etwas sagen konnte.

Nachdenklich sagte Lyonel, nachdem ihm der Marquess ein Glas gereicht hatte: »Trinken wir auf deine Ehe, Hawk.«

Das taten sie. Eine halbe Stunde später waren die beiden Freunde allein. Lyonel lehnte sich in dem bequemen Ledersessel zurück und streckte seine langen Beine aus. »Das ist ja alles sehr interessant, Hawk.«

»Geh zum Teufel!«

»Immer kurz und bündig«, stellte Lyonel fest und lachte. »Ich bin wirklich mit meinen Freunden gesegnet.«

»Wie geht es deiner Großtante Lucia?« lenkte Hawk ab.

»Danke, ausgezeichnet. Gesund wie ein Wiesel, und ihre Zunge ist flinker als deine Kutschenräder.«

»Ich dachte, ich würde dich in London treffen«, meinte Hawk.

»Aha. Bald? Du willst deine Frau in die Gesellschaft einführen?«

»Nein. Frances bleibt hier. Das heißt, sie will hierbleiben, auf dem Lande — sie fühlt sich hier wohler, weißt du.«

»Ich verstehe.« Lyonel wartete.

Doch es dauerte eine ganze Weile, bevor Hawk barsch erklärte: »Verdammt noch mal, es ist keine Liebesheirat. Du bist ja nicht blind, du bist ihr doch begegnet, hast sie gesehen.«

Lyonel blickte ihn merkwürdig an, bevor er fragte: »Dann ist sie wohl eine reiche Erbin?«

»Überhaupt nicht.«

»Keine zwanzigtausend Pfund im Jahr?«

»Nicht einen verdammten Sou.«

Lyonel beobachtete seinen Freund einige Augenblicke und sagte dann: »Ich wollte an sich bei dir übernachten, Hawk, aber wenn es dir lieber ist, fahre ich zu Tante Lucia zurück.«

»Nein, bleib. Wir können morgen zusammen nach London zurückkehren, falls das in deine Pläne paßt.«

»Ja, eine gute Idee. Ich nehme an, mein lieber Junge, daß du eure Hochzeit in der ›Gazette‹ bekanntgegeben hast?«

»Das wird mein Vater sicher getan haben, denke ich.«

Lyonel schwieg einen Moment, bevor er fragte: »Wie wird Constance diese Nachricht wohl aufnehmen?«

»Ich hätte sie nie geheiratet«, erklärte Hawk, »nicht einmal, wenn ich gewollt hätte, weil ...«

»Ja, ich verstehe. Dein schottisches Mädchen. Was Amalia angeht, so ist sie jetzt wohl abgemeldet, nicht?«

»Nein, keinesfalls«, erklärte Hawk. »Warum auch?«

»Ach, so ist die Sache«, meinte Lyonel leichthin. »Merkwürdig, aber ich habe immer geglaubt, wenn ich einmal heirate — falls ich eine Frau finde, die es mit mir aushält —, dann würde ich meiner Geliebten die Tür weisen. Natürlich, Amalia ist bezaubernd ...« Er hielt inne, weil Hawk ihn völlig überrascht anblickte. »Habe ich etwas gesagt, was dein Verstand nicht begreifen kann?«

»Ich habe es nie für möglich gehalten«, bekannte Hawk, »daß irgendein Gentleman auf sein Vermögen verzichten würde wegen einer Ehefrau. Besonders, wenn diese Frau nur eine ... Pflicht ist.«

»Vielleicht trifft das auf viele deiner Bekannten zu«, entgegnete Lyonel, »obgleich ich mir vorstellen kann, daß es unter ihnen auch Liebesheiraten gibt. Jedenfalls hoffe ich, einmal dieses Glück zu haben.« Er lachte plötzlich. »Jetzt habe ich aber genug gequasselt. Komm, alter Junge, laß dir mein neues Gespann zeigen! Meine beiden Braunen werden deinen Grauen mit Leichtigkeit davonlaufen.«

»Da irrst du dich gewaltig!« protestierte Hawk. »Meine Grauen sind unschlagbar!«

Frances ließ sich zum Abendessen entschuldigen und blieb in ihrem Zimmer. Unruhig lief sie hin und her. »Ich lasse es ihn nicht wieder tun!« sagte sie laut in den leeren Raum hinein. »Genug ist genug!« Doch wenn sie in ihrem Schlafzimmer blieb und Hawk sie besuchte, mußte sie ihm sagen, daß sie weit entfernt davon war, schwanger zu sein. Die Konsequenzen dieser Mitteilung erschreckten sie schon jetzt.

Entschlossen knüllte sie ein dickes Kopfkissen zusammen und steckte es unter die Bettdecke. Dann flüchtete sie in die kleine Nähstube.

Als Hawk drei Stunden später in Frances' Schlafzimmer kam, hatte er mehr als üblich getrunken, war aber fest entschlossen, seine eheliche Pflicht zu erfüllen. Er brauchte einige Minuten, bis er begriff, daß das Kissen unter der Decke keine Frau war.

Wütend blickte er in die Dunkelheit. Verdammt noch mal, er hatte nichts von ihr verlangt, hatte ihr aber alles gegeben, was eine Frau sich wünschen konnte! Seine eheliche Pflicht beanspruchte nicht mehr als zehn Minuten ihrer kostbaren Zeit! Und wo war sie jetzt?

Sein Ärger wurde immer größer, bis ihm einfiel, daß Lyonel und sein Vater im Hause waren. Er durfte jetzt keine Szene machen. Hawk hörte förmlich Lyonels Stimme: »Wie merkwürdig, alter Junge! Du hast ein Kissen für deine Frau gehalten? Sie hat sich vor dir versteckt?«

Erbost ging Hawk in sein eigenes Schlafzimmer. Doch als er im Bett lag und der Raum sich zu drehen schien, als er die Augen schloß, mußte er sich eingestehen, daß Frances ihm heute unwissentlich möglicherweise eine männliche Blamage erspart hatte.

Beide Männer verließen am folgenden Morgen Desborough Hall, jeder hatte einen ziemlichen Kater, der ihnen sicher noch bis Nottingham zu schaffen machen würde.

Hawk verabschiedete sich nicht von seiner Ehefrau, sie war nirgends zu finden.

Vom Fenster der kleinen Nähstube aus beobachtete Frances heimlich die Abreise der beiden Gentlemen. Erleichtert verließ sie den Raum und traf am Fuß der Treppe auf ihren Schwiegervater.

»Guten Morgen, Frances«, begrüßte er sie freundlich.

»Sir.«

»Hast du gut in deinem Versteck geschlafen?«

Woher wußte er das? Frances hob das Kinn. »Ja, sehr gut.«

»Hawk ist fort, auch Lyonel.«

»Ja, ich habe ihre Abreise beobachtet.«

»Und deshalb zeigst du dich endlich wieder?«

»Ich bin hungrig.«

»Und auch ein bißchen feige, hm? Komm einen Moment mit mir, meine Liebe, ich möchte dir etwas zeigen.«

Frances blickte den Marquess prüfend an, folgte ihm aber in die Bibliothek. Er schloß die Tür und drehte sich zu ihr um. »Sieh dir das an, Mädchen.«

Frances nahm die kleine Miniatur, die er ihr entgegensteckte. Sie blickte in ihr eigenes, lächelndes Gesicht. »Mein Vater ... Warum hat er Ihnen das geschickt? Ich nehme an, er tat es.«

»Ja«, bestätigte der Marquess. »Er hoffte, mir damit das Bild meiner zukünftigen Schwiegertochter zu senden. Er hoffte inständig, daß Hawk sie erwählen würde.« Er zeigte auf das kleine Porträt. »Doch statt dessen suchte sich Hawk dich aus. Nun, mißverstehe mich nicht, Frances, ich bin kein altersschwacher Dummkopf und weiß sehr gut, warum Hawk dich wählte statt eine deiner Schwestern. Er ist nicht fähig, mich anzulügen. Das hat er noch nie fertiggebracht, weder als Junge, noch als Mann. Meine Frage, meine Liebe, ist nun: Warum deine Maskierung? Ich nehme an, Hawk hat dich so kennengelernt, wie du jetzt aussiehst.«

Frances, am Ende ihrer Beherrschung, drohte mit der Faust und rief: »Das ist alles Ihre Schuld! Wenn Sie nicht so dumm gewesen wären, sich von Banditen gefangennehmen und von meinem Vater retten zu lassen, wäre nichts von alldem geschehen! Ich wollte den Grafen von Rothermere nicht heiraten, wollte Kilbracken und Schottland nicht verlassen! Ich wollte nicht einmal, daß Ihr feiner Sohn mich überhaupt ansieht!«

»Es scheint, daß er tatsächlich nicht — dich angesehen hat«, erwiderte der Marquess sanft, höchst erfreut über diese Ruthvensche Leidenschaftlichkeit. »Ich fange an, dich zu verstehen, Frances. Aber ich wundere mich, warum du ihm nicht einfach dein wahres Gesicht gezeigt hast, als er dich bat, ihn zu heiraten.«

»Weil er sofort weglief! Er fuhr, so schnell er konnte, nach Glasgow! Ich sagte meinem Vater, daß ich ihn nicht haben wollte, aber mein Vater erklärte mir, ich hätte keine andere Wahl. Es war alles eine Geldangelegenheit, wie Sie sehr gut wissen, seit Sie diese verdammten zehntausend Pfund angeboten haben!«

Der Marquess rieb sich das Kinn. Das war ja eine sehr interessante und amüsante Verwicklung. »Dann hast du, meine Liebe, diese Maskierung also beibehalten, um Hawk derart abzustoßen, daß er dich recht schnell verläßt?«

»Genau«, erwiderte Frances bissig. »Und es hat gewirkt!« Plötzlich barg sie das Gesicht in den Händen und schluchzte.

»Frances!«

»Oh, seien Sie doch still!« schrie sie und wischte mit dem Handrücken über die Augen. »Er ist tatsächlich gegangen, und ich hocke hier in einem fremden Land, von Dienern umgeben, die mich für einen entsetzlichen Dummkopf und meiner gerühmten neuen Stellung für nicht würdig halten — und ich hasse das alles! Hier gibt es keinen See, keine Heide, kein ... Oh, ich weiß einfach nicht, was ich tun soll!«

»Natürlich weißt du das, meine Liebe«, erwiderte der Marquess gütig.

Frances nahm die Brille ab und blickte ihn verständnislos an.

»Das ist ein Anfang«, erklärte der Marquess.

»Wie bitte?«

»Du, meine liebe Frances, bist die Gräfin von Rothermere. Niemand ist hier, der dir das streitig machen kann, keine Mutter, kein Vater. Du bist die Herrin hier. Das ist dein Heim, es sind deine Diener. Du kannst also, und das ist eine Tatsache, genau das tun, was dir beliebt.«

Frances sah ihn erstaunt an. Allmählich begriff sie seine ruhigen Worte. Sehr langsam sagte sie: »Ja, Sie haben vollkommen recht. Ich kann genau das tun, was ich möchte, nicht wahr?«

»Ohne jeden Zweifel«, bestätigte der Marquess und schöpfte Hoffnung.

Frances lächelte ihn plötzlich an.

Sie riß sich die Haube vom Kopf, schleuderte sie zu Boden und trat darauf. Dann zog sie die Nadeln aus ihrem schrecklichen Knoten und schüttelte ihr üppiges Haar frei. Sie lachte glücklich.

»Ich glaube, mein Lord, die armselige Maus ist gerade gestorben.« Sie warf die Brille in die Luft, und als sie auf den Fußboden fiel, zertrat sie die Gläser. »Mein Lord, kennen Sie einige gute Schneiderinnen in York?«

»Wir werden Lady Alicia Bourchier zum Tee einladen, Frances. Sie wird zweifellos die Adressen der drei besten Damenschneiderinnen wissen. Was Geld anbelangt, so kannst du als Herrin über jede Summe verfügen, die du brauchst. Und jetzt, meine Liebe, glaube ich, würdest du gern ausreiten, nicht wahr? Ich denke, wir können unter Nevils Sachen eine Hose für dich finden.«

Frances schlang plötzlich die Arme um den Nacken ihres Schwiegervaters. »Sie sind ein schlimmer alter Mann, Sir!«

»Und du, meine liebe Tochter, bist ein kleines Biest!«

Während der Marquess wenig später neben einer lachenden, unbekümmerten Frances einherritt, überlegte er, wie lange er Hawk erlauben sollte, wegzubleiben. Nun, er wollte erst einmal abwarten, wie Frances sich hier zurechtfand. Dann würde er seine Entscheidung treffen, wie er seinen Sohn zurückholen konnte.

12. Kapitel

Agnes hatte die Luft angehalten, als sie ihre veränderte Herrin sah, doch Mrs. Jerkins blieb sogar der Mund offenstehen, als sie ungläubig auf die Erscheinung hinter dem Schreibtisch blickte. »Ich … Mylady, was …?« stammelte sie verwirrt.

Frances lächelte ihr freundlich zu. »Bitte, setzen Sie sich, Mrs. Jerkins. Ich glaube, wir beide haben einiges zu besprechen.«

»Hier? Im Arbeitszimmer Seiner Lordschaft?« Nach Mrs. Jerkins' Ansicht hatte eine Lady in diesem männlichen Bereich nichts zu suchen.

Frances verstand nur zu gut, lächelte jedoch weiter. Mrs. Jerkins war es gewohnt, als Autorität für weibliches Benehmen in Desborough Hall zu gelten. Doch Frances setzte sich über diese Autorität hinweg, ohne zu zögern. »Bitte, nehmen Sie Platz«, wiederholte sie, und Mrs. Jerkins folgte endlich ihrer Aufforderung. Der Schlüsselbund, der an ihrer Taille baumelte, klimperte laut.

»Zunächst«, begann Frances, »möchte ich mit Ihnen jeden Montag früh die Menüs für die Woche besprechen …«

»Aber«, stotterte die Haushälterin, »Sie — Sie können doch gar nicht lesen!«

Frances lachte. »Da habe ich Ihnen einen völlig falschen Eindruck vermittelt, Mrs. Jerkins. Ich versichere Ihnen, ich kann lesen. Es lag nur an meiner Brille. Die Gläser waren blind. Das Menü, das Sie mir zeigten, war wohl nicht für ein Abendessen gedacht?«

»Es war die Wäscheliste.«

»Ah. Ich nehme an, die besitzen Sie noch. Ich möchte sie mir heute morgen ansehen. Dann gehen wir einmal durch das ganze Haus.«

Mrs. Jerkins sah noch immer reichlich verstört aus. Frances beugte sich vor und legte die Hände flach auf die Tischplatte. »Ich glaube, wir beide werden sehr gut miteinander auskommen. Ich kann mir vorstellen, daß es sicher sehr schwierig war, keine Herrin hier zu haben. Ein Haushalt voller Männer hat Ihr Leben gewiß nicht gerade einfach gemacht.«

Das stimmte zwar nicht unbedingt, aber Mrs. Jerkins war nicht dumm. Sie dachte plötzlich an das angeschlagene Geschirr, an die zerrissenen und mottenzerfressenen Leinentücher und an die Vorhänge im Crimson Room, die auch schon einmal bessere Tage gesehen hatten. »Ja, sicher«, begann sie widerwillig. Schließlich saß da noch immer ein primitives, kleines Schottenmädchen ... nun, vielleicht nicht gerade primitiv. Dieser Wandel kam so plötzlich, es ging alles so schnell. Mrs. Jerkins konnte nur noch nicken.

Der Gang durch das weitläufige Haus brachte für Frances eine Überraschung. Mrs. Jerkins führte sie durch die lange, schmale Gemäldegalerie im Westkorridor, und Frances entdeckte das Bild einer jungen Frau, die wie das weibliche Gegenstück zu ihrem Gatten aussah. Sie blieb vor dem Gemälde stehen und betrachtete es.

»Das ist Lady Beatrice, Mylady«, erklärte Mrs. Jerkins, »die ältere Schwester Seiner Lordschaft.«

Ich kann ihr doch nicht sagen, daß ich nie etwas von einer Schwester hörte, dachte Frances, und sagte: »Erzählen Sie mir von ihr, Mrs. Jerkins. Ich habe sie noch nicht kennengelernt.«

Mrs. Jerkins preßte einen Augenblick die Lippen aufeinander, bevor sie berichtete: »Sie wissen natürlich, daß Lord Nevil der älteste Sohn war. Er wäre jetzt einunddreißig Jahre alt geworden, wenn er nicht den tödlichen Unfall erlitten hätte. Lady Beatrice ist achtundzwanzig und Seine Lordschaft sechsundzwanzig. Lady Beatrice war eine sehr temperamentvolle, junge Lady und heiratete mit neunzehn gegen den Willen ihres Vaters einen Lord Dunsmore, der älter war als ihr Vater. Er war ein sehr reicher Mann, und Lady Beatrice wollte ihre eigene Herrin sein. Vor zwei Jahren starb Lord Dunsmore. Lady Beatrice lebt in London und ist jetzt, glaube ich, mit einem viel jüngeren Gentleman, einem Vicomte Chalmers, verlobt.«

Frances dachte erbittert daran, daß Hawk weder seine Schwester erwähnt, noch ihr überhaupt irgend etwas über seine Familie erzählt hatte. Sie zwang sich zu einem Lächeln. »Gehen wir weiter, Mrs. Jerkins.«

Die Verwandlung ihrer Herrin war Thema Nummer eins bei der gesamten Dienerschaft von Desborough Hall. Selbst Mr. Otis berichtete Mrs. Jerkins, als sie gemeinsam in der Küche Tee tranken: »Sie informierte mich, daß ihr die Livree der Diener nicht gefällt. Sie hätte das Rothermeresche Wappen studiert. Die Farben stimmten nicht.«

»Ich kann mir gar nicht vorstellen, was Seine Lordschaft sagen wird«, meinte Mrs. Jerkins mitleidsvoll. »Ihre Veränderung ist einfach erstaunlich.« Und als wäre es eine Todsünde, fügte sie hinzu: »Sie kann sogar lesen!«

»Das ist wenigstens eine Beruhigung«, stellte Otis fest.

»Heute morgen ist noch mehr Garderobe für sie von York eingetroffen, sogar Reitkleider.« Mrs. Jerkins blickte plötzlich auf die kleine Uhr, die neben ihr auf dem Tisch stand. »Himmel, Lady Bourchier wird gleich eintreffen! Unsere Lady möchte, daß ihr ein Spezialtee serviert wird.«

Lady Alicia Bourchier, eine hübsche Frau, war vor sechs Jahren sehr verliebt in Lord Philip Hawksbury gewesen, der damals mit einer Armverwundung einige Zeit im Stadthaus ihrer Familie in London weilte. Er hatte mit ihr geflirtet und sie, als sein Arm geheilt war, wieder verlassen. Zwei Jahre später traf Alicia ihren Freund aus Kindertagen, John, wieder, bald liebten sie einander und heirateten. Die beiden blieben Philip Hawksbury weiterhin in Freundschaft verbunden.

Alicia blickte über ihre Teetasse zu Philips Frau hinüber. Er hatte ihr leid getan, als sie Frances zum ersten Mal begegnete, aber im Augenblick hatte sie das Gefühl, daß er ihr jetzt noch viel mehr leid tun müßte.

»Alicia, wenn du deinen Tee ausgetrunken hast, zeige ich dir noch die neuen Kleider, die angekommen sind. Ich bin dir so dankbar für all deine Hilfe! Oh, ich muß Mrs. Jerkins sagen, daß der Tee viel zu schwach ist!«

»Frances«, sagte Alicia plötzlich, »weißt du, ich verstehe das Ganze nicht recht.«

»Ach, das macht nichts. Offen gestanden: ich möchte auch gar nicht darüber sprechen. Aber du hast mir noch nicht gesagt, wie dir dieses Kleid gefällt.«

»Du siehst wunderschön aus«, gab Alicia ehrlich zu. Das Musselinkleid mit Spitzenbesatz wirkte sehr elegant und brachte Frances' Figur voll zur Geltung. Alicia hätte gern gewußt, warum Frances am Anfang die graue Maus gespielt hatte. »Hast du von Philip gehört?« erkundigte sie sich.

»Nein«, erwiderte Frances völlig unbekümmert.

»Es sind doch schon fast zwei Wochen, Frances! Was macht er denn in London?«

Frances lächelte. »Ich bin überzeugt, er amüsiert sich.«

»Das würde ich nicht zulassen, wenn ich an deiner Stelle wäre!«

»Du bist aber nicht an meiner Stelle, Alicia«, entgegnete Frances freundlich. »Ah, da ist mein Schwiegervater und Marcus. Kommen Sie herein, Gentlemen!«

In den nächsten Minuten wurden nur Höflichkeiten ausgetauscht. Schließlich übergab der Marquess seiner Schwiegertochter einen recht zerknittert aussehenden Umschlag. »Du hast einen Brief von deinem Vater bekommen, Frances.«

»Vielen Dank, Sir. Hier ist Ihr Tee. Marcus, Sie nehmen Milch dazu, nicht wahr?«

»Ja, Mylady«, bestätigte Marcus Carruthers, der die Verwandlung der neuen Gräfin von einer grauen Maus in eine Prinzessin noch immer nicht recht fassen konnte. Und sie war charmant zu ihm! Was sie allerdings demnächst mit ihm besprechen wollte, konnte er sich einfach nicht vorstellen.

»Dein Kleid gefällt mir, Frances. Es steht dir gut«, lobte nun der Marquess.

Das ist eine Untertreibung, dachte Marcus.

»Oh, danke, Sir!« Frances lächelte ihren Schwiegervater

an. »Ach, da fällt mir gerade ein: ich habe ein Porträt von Lady Beatrice in der Galerie gesehen. Sie ist sehr schön.«

Der Marquess schwieg lange, bevor er zu Frances' Verwunderung nur bemerkte: »Das kann schon sein.«

»Ich habe Beatrice schon seit einigen Jahren nicht mehr gesehen. Geht es ihr gut, Sir?« erkundigte sich nun Alicia. Als der Marquess schwieg, wandte sie sich an Frances: »Sie ist seit kurzem mit Edmund Lacy verlobt, einem sehr charmanten Gentleman, wie man sagt, der ein beachtliches Gestüt und einen Rennstall besitzt. Liegt das nicht in Evonshire, Sir?«

»So hörte ich«, erwiderte der Marquess anscheinend unwillig.

Frances war nicht blind. Sie sah, daß ihrem Schwiegervater das Gespräch unangenehm war und wechselte rasch das Thema, so daß die Unterhaltung leicht dahinplätschern konnte.

Nachdem Alicia sich verabschiedet hatte, kehrte Frances ins Wohnzimmer zurück und wandte sich an den Butler. »Otis, morgen hätte ich gern, daß Sie mich nach York begleiten. Ich möchte Ihre Hilfe bei der Auswahl der neuen Livreen für die Männer.«

Eine solche Einladung hatte Otis noch nie bekommen. Er fühlte sich enorm geschmeichelt, das sah man sogar seinem sonst immer unbeweglichen Gesicht an.

»Es wäre mir eine große Freude, Ihnen behilflich sein zu dürfen, Mylady«, erwiderte er. Seine Meinung über die neue Herrin hatte sich schlagartig geändert, obwohl ihm das im Moment selbst noch nicht klar war.

Mrs. Jerkins platzte fast vor Eifersucht, als Otis ihr erzählte, daß er seine Herrin begleiten und beraten sollte, bis Frances sie rufen ließ und um ihren Rat für die neuen Leinentücher bat. »Sie wissen, wir müssen alles ein bißchen aufpolieren, Mrs. Jerkins. Sie haben die ganze Zeit über großartig gewirtschaftet, aber nun sollten wir einiges neu anschaffen. Ich vertraue da ganz auf Ihre Erfahrung.« Mrs. Jerkins blühte förmlich auf bei diesen Worten. »Ach, und noch etwas: Das Geschirr für das Personal ist in keinem guten Zustand. Sie und ich, wir werden neues aussuchen, etwas, das haltbar und doch hübsch ist. Was meinen Sie?«

Zum ersten Mal lächelte Mrs. Jerkins ihre Herrin an.

So, dachte Frances, nachdem die Haushälterin gegangen war, und morgen ist Mr. Carruthers an der Reihe.

Hawk lächelte Lady Constance an und hielt sie noch ein wenig fester, während sie durch den Ballsaal tanzten. Er hatte völlig vergessen, wie schön sie war.

»Ich würde gern mit Ihnen über etwas sprechen, mein Lord.«

»Bitte. Ich stehe Ihnen zu Diensten.«

»Anscheinend nicht! Die Frage, mein Lord, ist: warum sind Sie ohne Ihre Gattin hier?«

»Dazu möchte ich nichts sagen, Constance. Sonst noch etwas?«

»Nun, Sie wissen sicher, daß die wildesten Gerüchte im Umlauf sind.«

»Das ist doch immer so, Constance. Da meine Angelegenheiten jedoch kaum interessant genug sind, wird sich das auch wieder legen.«

Constance ließ ihr Kinn ein bißchen zittern, was nach ihrer Erfahrung immer sehr wirkungsvoll war. »Ich hatte gedacht, nein, sogar gehofft, mein Lord ... Hawk, daß zwischen uns etwas mehr wäre, etwas, das ...«

»Ah«, unterbrach Hawk sie, »die Musik hat aufgehört. Möchten Sie gern ein Glas Champagner, Constance? Ein alter, verheirateter Mann wie ich wäre sehr erfreut darüber.«

Constance seufzte so tief, daß Hawks Blick auf ihren üppigen Busen fiel. Er wollte sie noch immer, das wußte sie. Warum dann diese merkwürdige Hochzeit? Und warum hatte er seine Frau in Yorkshire zurückgelassen?

Sie nippten am Champagner, als Lyonel zu ihnen kam. »Ist das ein Gedränge hier«, stellte er fest und beobachtete Lady Bellingham's Tanzsaal. »Ihr Diener, Lady Constance. Hawk — aber dein Diener bin ich nicht, alter Junge.«

Constance überlegte, ob sie es mit Saint Leven versuchen

sollte. Es war ihre zweite Saison, und ihre Eltern wünschten, daß sie heiratete. Sie wurde erst durch Lyonels Worte aus ihren Gedanken gerissen: »Ich glaube, Frances würde hier viel Spaß haben. Mag sie den skandalösen Walzer, Hawk?«

Frances! Das ist also der Vorname seiner Frau, dachte Constance. Und Lord Leven kennt sie!

»Ich habe keine Ahnung«, erwiderte Hawk und war erleichtert, daß Lord Bellamy zu ihnen trat und Constance um den nächsten Tanz bat.

»Vermißt du Frances nicht?« bohrte Lyonel weiter.

»Was ich vermisse, ist Amalia«, erwiderte Hawk schroff. »Entschuldige mich bitte, Lyonel, ich fahre zur Curzon Street. Im Gegensatz zu anderen erwartet mich Amalia ohne Zweifel sehnsüchtig.«

»Sehnsüchtig«, spottete Lyonel amüsiert. »Eine etwas merkwürdige Bezeichnung dafür. Na dann, viel Spaß, alter Junge!«

Kurz darauf erreichte Hawk Amalias hübsches Haus, das sie sich in der Curzon Street auf seine Kosten hatte aussuchen und einrichten dürfen, und wurde von Marie, ihrer französischen Zofe, begrüßt.

»Madame erwartet Sie, Monseigneur.«

Hawk spürte, wie erregt er wurde, während er die Treppe zu ihrem Schlafzimmer hinaufging.

»Mon faucon!« jubelte Amalia, als er die Tür öffnete, sprang aus ihrem Bett und eilte in seine ausgebreiteten Arme.

»Ich kann mich noch immer nicht daran gewöhnen, ein Falke in französisch zu sein, Amalia«, sagte er lächelnd. Seine Hand glitt über ihren Rücken bis zu ihren Hüften. Er atmete den Duft von Rosenöl ein und flüsterte: »Ich möchte zu dir kommen, Amalia. Jetzt.«

Amalia preßte sich an ihn und spürte seine Erregung.

»Ja, das möchtest du wirklich, mon amour«, wisperte sie, stellte sich auf die Zehenspitzen und küßte Hawk zärtlich.

»Und du, Amalia, willst du mich haben?«

Sie legte den Kopf zur Seite und blickte ihn vielversprechend an. »Was für eine lächerliche Frage!«

Seine Hand glitt unter ihren Morgenrock, spürte ihre seidige, weiche Haut, tastete sich vor in die Wärme, die Feuchtigkeit ihres Schoßes. Frances wäre dabei kalt und steif gewesen, nicht aber Amalia, seine Geliebte, die er jetzt auf seine Arme hob und zum Bett trug.

Er war so schnell ausgezogen, daß Amalia kaum Gelegenheit hatte, seinen schönen Körper zu bewundern. Dann lag er neben ihr und streifte den rosaseidenen Morgenrock von ihren Schultern. »Wie habe ich dich vermißt!« stieß Hawk hervor und barg den Kopf an ihre Brust.

»Und ich dich«, flüsterte Amalia und schlang ihre Arme um ihn.

»Ich fürchte, ich kann nicht warten, Amalia.«

»Dann komm. An mich kannst du später denken.« Sie schloß die Augen, als er tief in sie drang, ihre Hüften wölbten sich ihm entgegen.

Hawk fühlte ihre Oberschenkel an seinen Weichen, ihre Hände, die seinen Unterleib umklammerten, und warf im nächsten Augenblick den Kopf zurück und stöhnte befriedigt auf. Dann ließ er sich auf ihren Körper fallen, den Kopf neben ihrem auf das Kissen.

Amalia lächelte, während sie ihm über das Haar streichelte. »Ich gebe dir dreißig Minuten, mein Hawk. Dann mußt du wieder mein Liebhaber sein.«

»Und nicht dein Ehemann«, murmelte er und unterdrückte ein plötzlich aufkommendes Schuldgefühl.

»Ich verstehe dich nicht«, meinte Amalia.

»Später.«

»Dein Vater?«

»So gesund wie du, meine Liebe.«

»Oh, das freut mich.«

Im nächsten Moment war Hawk eingeschlafen. Amalias Finger strichen zart über seinen Rücken. Wie sollte sie diesem wunderbaren Mann beibringen, daß sie nach Grenoble zurückkehren wollte, daß sie einen Heiratsantrag von einem Mann bekommen hatte, den sie schon seit Jahren kannte, und der jetzt ein wohlhabender Gutsbesitzer war? Sie hatte genügend gespart und wollte nun eine Familie gründen. Sie wünschte sich Robert und Kinder.

Aber es war keine leichte Entscheidung. Es würde keinen Luxus mehr geben wie hier. Robert würde sie bestimmt lieben, dessen war sie sicher, aber er würde nie ein Liebhaber sein wie Hawk.

Doch sie würde Respekt und Ansehen genießen. Amalias französische Seele wünschte sich das mehr als alles andere auf der Welt. Und Robert Gravinier brauchte niemals zu erfahren, daß sie die Mätresse irgendeines Mannes gewesen war.

Hawk erwachte erst zwei Stunden später und erschrak. »Oh, das tut mir leid, Amalia. Du hättest mich wecken sollen.«

»Aber nein«, erwiderte Amalia und küßte ihn. »Ich habe auch geschlafen«, beteuerte sie, obwohl das nicht stimmte.

Hawk stand auf und streckte sich. »Erlaube mir, daß ich ein Bad nehme, Amalia. Dann werde ich dich lieben, bis du schreist.«

»Ich hätte nichts dagegen.« Amalia zwinkerte ihm voller Vorfreude zu.

Hawk liebte es, einer Frau Vergnügen zu bereiten, sie zu befriedigen. Es war für ihn die größte Genugtuung, wenn er die kleinen, fast schon atemlosen Schreie einer Frau hörte und ihr Körper sich vor Lust aufbäumte. Einer Frau, nicht einer Ehefrau, dachte er, als er Amalia liebkoste und sie zum Höhepunkt führte, bevor er sich nochmals mit ihr vereinte.

Es war fast zwei Uhr morgens, als beide nackt auf Amalias Bett saßen, Gebäck knabberten und Tee tranken.

»Ich bin verheiratet«, erklärte Hawk plötzlich.

Amalia fiel der Keks aus der Hand.

Sie sah ihn erschrocken an und war fest überzeugt, daß sie ihn mißverstanden hatte. Ihr Englisch war zwar recht gut, aber ...

»Ich bin verheiratet«, wiederholte Hawk nochmals und seufzte tief.

»Ich verstehe nicht.« Amalias dunkle Augen waren fest auf Hawks Gesicht gerichtet.

Da sie ihn so ernst, ja nahezu besorgt ansah, und da Hawk wußte, daß sie nie klatschte, erzählte er ihr alles, was sich ereignet hatte, von der Reise zu seinem Vater bis zur Reise nach Schottland und seiner Rückkehr. Danach fühlte er sich wie ausgepumpt.

»Du hast deine Gattin einfach in Yorkshire zurückgelassen?«

Er nickte.

»Sie wird dich bald lieben, mon faucon. Keine Frau kann dir lange widerstehen.«

»Ha! Sie verabscheut, sie haßt mich! Sie spuckt auf den Boden, über den ich gegangen bin, sie ...«

»Unsinn! Du bringst ihr Vergnügen, und sie wird hinschmelzen, ist es nicht so? Schließlich bist du ein großartiger Liebhaber und kein Tier.«

Hawk fand es zwar etwas eigenartig, mit seiner Geliebten über seine Ehefrau zu sprechen, aber nun waren die Schleusen geöffnet. »Amalia, du darfst nicht vergessen, daß ein Gentleman seine Ehefrau nicht wie eine Geliebte behandelt.«

»Das tut er nicht? Wie merkwürdig.«

»Dabei gibt es nichts Merkwürdiges, Amalia. Eine Ehefrau ist eine Lady und keine ... Nun, sie wünscht nicht, mit Sex belästigt zu werden. Ich habe ihre Gefühle wirklich respektiert, das versichere ich dir.«

Amalia blickte ihn fassungslos an. »Du hast sie nicht zum Hinschmelzen gebracht, Hawk?«

Hawk schauderte.

»Ich habe sie noch nicht einmal richtig gesehen und sie noch nie oberhalb der Taille berührt. Wie ich dir sage, Amalia, zwischen einem Gentleman und seiner Ehefrau ist alles ganz anders.«

Amalia schwieg nachdenklich. Sie war ein bißchen enttäuscht, aber was machte das schon? Sie sah, wie Hawk ihre

Brüste betrachtete, räumte rasch die Reste des Gebäcks und des Tees weg und sagte sanft: »Komm.«

Hawk verließ seine Geliebte in der Curzon Street erst, als bereits die Morgendämmerung begann, die Londoner Dunkelheit aufzuhellen.

13. Kapitel

Der Blick, mit dem Marcus Carruthers seine Herrin ansah, erinnerte Frances stark an die anfänglichen Reaktionen von Mrs. Jerkins.

»Aber, Mylady, ich ...« stammelte er, »nun, ich denke, ich würde ... nein, es ist völlig unmöglich ... Seine Lordschaft, was will ...«

»Ich komme zwar aus Schottland, Sir, aber immerhin bin ich imstande, einen logischen Satz zusammenhängend auszusprechen«, neckte ihn Frances.

Marcus Carruthers tupfte sich die Stirn mit seinem weißen Taschentuch ab.

»Nun, hören Sie mir einmal zu, Marcus. Sie sind neu hier, ich bin neu hier. Ich informiere Sie über meine sämtlichen Ausgaben, nicht nur für meine eigene Garderobe, sondern auch für den Haushalt, und Sie haben gar keine andere Wahl, als einverstanden zu sein. Schließlich ist mein Gatte nicht anwesend, das haben Sie sicher schon bemerkt, und außerdem interessiert er sich nicht besonders für diesen Besitz.«

»Wir waren eine ganze Zeit zusammen, bevor Seine Lordschaft abreiste«, verteidigte sich Marcus, dachte jedoch im stillen: Der junge Graf interessiert sich keinen Pfifferling um Desborough Hall. Was soll ich nur tun?

»Ich verstehe. Aber jetzt ist er fort, Marcus. Welche Anordnungen hinterließ er Ihnen?«

»Er, äh, nun, er sagte, ich sollte so weitermachen.«

»Was weitermachen?«

»Daß der Betrieb läuft, nehme ich an.«

»Das genügt nicht, Marcus.« Frances richtete sich kerzengerade in ihrem Stuhl auf und legte die Hände im Schoß zusammen. »Ich übernehme die Leitung des Desborough Gestüts und des Rennstalles. Ich habe lange mit meinem Schwiegervater darüber gesprochen und erfahren, daß Nevil, der vorherige Herr von Desborough und Bruder Seiner Lordschaft, die Tradition bis zu seinem Tode aufrechterhalten hat. Der jetzige Zustand läßt sehr zu wünschen übrig, und ich werde nicht erlauben, daß Desborough Hall verkommt.«

»Aber Sie sind eine Lady«, wandte Carruthers ein.

»Vielen Dank, daß Sie das bemerkt haben, Marcus. Nun, ich habe letzthin vier drei- oder vierjährige Fohlen gesehen, reinrassige Vollblüter, die über die Koppel laufen, kein Training absolvieren, uns viel Geld kosten, aber keinen Gewinn bringen. Die Stalljungen reiten sie zu ihrem Vergnügen! Hinzu kommt, daß wir zwei prächtige Araber und drei Berber besitzen, alle mit tadelloser Abstammung, die uns für die Zucht respektable Summen einbringen könnten.«

»Ich weiß«, bestätigte Marcus schon etwas zugänglicher, »und ich habe Seiner Lordschaft auch darauf aufmerksam gemacht.«

»Und was sagte er?«

»Er ... nun, er war nicht sehr daran interessiert.«

»Nicht? Gut, ich bin es aber, und Sie sind es auch. Als erstes müssen wir dafür sorgen, daß Mr. Belvis zurückkehrt. Seine Erfahrung ist, wie ich meinen Schwiegervater verstand, sehr eindrucksvoll, und er kennt den Desborough-Bestand.«

»Das stimmt.« Marcus senkte den Blick. »Da ist etwas, das ich Ihnen sagen wollte, Lady Frances. Seine Lordschaft erwähnte mir gegenüber, daß er ein Angebot für den gesamten Desbourough-Bestand — für die Rennpferde und das Gestüt — erhalten hat. Keine unserer Stuten hat bisher gefohlt.«

Frances hielt den Atem an. »Was? Er will die Tradition zerstören, nur weil er die Verantwortung nicht übernehmen will? Oh, ich könnte ihn umbringen!«

»Seine Lordschaft, hm, sagte mir, daß er darüber nachdächte. Er hat bisher noch keine Entscheidung getroffen, Mylady.«

Frances stand auf und begann, mit großen Schritten, nicht mit damenhaften kleinen, durch das Wohnzimmer zu gehen. Marcus beobachtete sie dabei mit etwas argwöhnischem Interesse.

Sie blieb stehen, die Hände zu Fäusten geballt, ihre grauen Augen voller Erregung. »Ich denke, es ist Zeit, daß ich mit meinem Schwiegervater über Geld spreche. Es wird viel kosten, die Ställe wieder in einen guten Zustand zu bringen, und ich glaube nicht, daß ich selbst eine solche Ausgabe allein verantworten kann.«

»Nein, es tut mir leid, aber das können Sie nicht. Seine Lordschaft sagte ...«

»Oh, hören Sie auf!« Frances griff nach der Klingelschnur und zog energisch daran.

Otis erschien so schnell und still wie ein allgegenwärtiges Genie.

»Ist Seine Lordschaft irgendwo?« erkundigte sich Frances.

»Ich werde mich bemühen, ihn zu finden, Mylady.« Otis sah ihr gerötetes Gesicht und fragte sich, was sie jetzt wieder vorhatte.

Der Marquess, erfrischt durch ein Schläfchen, kam wenige Minuten später ins Wohnzimmer. »Nun, meine Liebe, welche Grille summt dir jetzt unter der Haube?«

»Keine Grille, Sir. Wußten Sie, daß Hawk daran denkt, den gesamten Desborough-Bestand zu verkaufen?«

»Zum Teufel, was sagst du da?«

»Wer der Teufel ist, das steht im Moment noch nicht fest«, entgegnete Frances. »Immerhin habe ich einen Vorschlag für Sie.«

»Ich glaube, da sollte ich lieber erst einen Brandy trinken. Carruthers, halten Sie mit?«

»Und was ist mit mir?« wandte Frances ein. »Ich habe einen Brandy viel nötiger als Sie beide. Schließlich hat es den Anschein, daß ich nun für Desborough Hall verantwortlich bin.«

Edmund Lacy, Vicomte Chalmers, beobachtete ruhig seine Verlobte Beatrice, Lady Dunsmore.

»Nicht ein einziges Wort davon hat man mir gesagt!« schimpfte Beatrice mit hochrotem Gesicht. »Das ist das Werk meines Vaters, dessen kannst du sicher sein, Edmund. Sagtest du nicht, daß mein lieber Bruder hier in London ist, und zwar allein?«

»Ja, das habe ich gesagt«, erwiderte Edmund und wirbelte das Monokel am schwarzen Samtband herum. »Er amüsiert sich selbst recht gründlich, sollte ich noch hinzufügen.«

»Ist er zu seiner Mätresse zurückgekehrt?«

»Ja, so sieht es aus.«

»Er könnte wenigstens den Anstand besitzen, mich zu besuchen!« Da Edmund nur mit den Schultern zuckte, fügte sie mit glitzernden Augen hinzu: »Ich möchte nur wissen, was Constance zu all diesem Unsinn sagt.«

»Die Lady ist ... bestürzt. Ich sah sie gestern mit ihrem verdammten Pekinesen und ihrer ängstlichen Zofe. Ihre Unzufriedenheit war nicht zu überhören.«

Beatrice sorgte sich im Grunde nicht ein bißchen um Lady Constance, die älteste Tochter des Grafen von Lumley. Das Mädchen war irgendwie langweilig, besonders in Damengesellschaft. Aber daß Hawk heiratete, noch dazu eine Fremde, von der niemand etwas wußte, das war einfach zuviel für Beatrice. Und sie stand dicht vor der Erfüllung ihres sehnlichsten Wunsches! Sie fragte sich, ob die neue Frau irgendeine Macht über ihren Ehemann besaß, und wenn das der Fall sein sollte, was sie wohl über Desborough Hall dachte.

Beatrice schüttelte den Kopf. Wenn diese windige Heirat die Idee ihres Vaters war, dann erklärte Hawks Gegenwart in London ohne seine Frau, daß er ihren Anblick ganz einfach nicht ertragen konnte!

»Hast du ihn noch einmal wegen des Desbourough-Bestandes gefragt, Edmund?«

»Unsereins drängt nicht wie ein Händler, meine Liebe«, erwiderte Edmund freundlich. Er sah, daß sie errötete, und lächelte. »Bald, Beatrice! Hawk kann sehr halsstarrig sein, und ich will ihn nicht ungebührlich belästigen.«

»Ach, wäre ich doch als Mann geboren! Es ist nicht fair, Edmund! Alles würde mir gehören! Und Hawk hat nicht für einen Pfifferling Interesse an dem Geschäft oder dem Rennstall!«

»Aber dann, meine Liebe, wären wir nicht verlobt — wenn du ein Mann wärst, meine ich.«

Beatrice schwieg, aber nur einen Moment. »Oh, das«, sagte sie und wedelte mit ihrer weißen, eleganten Hand. Offensichtlich wollte sie ihren zukünftigen Ehemann nicht kränken. »Wenn mein Bruder mit dem Verkauf einverstanden ist, werde ich es in jedem Fall bekommen.«

»Ja, das ist wahr.«

»Du weißt, Hawk hat sich immer nur für die Armee interessiert, und jetzt ist er wie ein Vogel, den man aus seinem Käfig gelassen hat. Vor einigen Monaten sagte er mir noch, daß er niemals Nevils Titel und Besitz haben wollte. Glaubst du, daß er oft spielt?«

»Er ist kein Dummkopf, Beatrice. Selbst, wenn er einer wäre, müßte er riesige Summen am Spieltisch verlieren, bevor er sich zum Verkauf des Desborough-Bestandes entschließen würde.«

Beatrice wurde still, und Edmund beobachtete sie amüsiert. Sie war eine Hexe, ganz ohne Zweifel, aber er würde sie schon unter Kontrolle bekommen, wenn sie erst einmal verheiratet waren. Und sie brauchte niemals zu erfahren, daß er ihr Vermögen benötigte, um die Desborough-Pferde bezahlen zu können, wenn Hawk sich zum Verkauf entschließen würde. Nun gut, sie würden beide bekommen, was sie sich wünschten.

Edmund liebte Beatrice nicht, aber er wollte sie in sein Bett bekommen, und zwar bald. Schließlich war sie eine Witwe, und er rechnete damit, daß ihr verstorbener, alter Ehemann ihr wenig Befriedigung hatte geben können, wenn er überhaupt dazu imstande gewesen war. Sie war außerdem hübsch, sah ihrem Bruder sehr ähnlich, wenn auch auf feminine Art. Ihr glänzendes, schwarzes Haar stand in apartem Gegensatz zu ihren leuchtenden grünen Augen. Sie war groß, vollbusig und würde ihre körperlichen Reize noch für eine Anzahl von Jahren behalten.

Ihm fiel ein, daß keine große Liebe zwischen Bruder und

Schwester bestand, und er hoffte, daß er sich nicht verkalkuliert hatte. Er setzte voraus, daß Beatrice ihm helfen würde, Hawks Einverständnis zum Verkauf zu gewinnen.

»Warum lädst du deinen Bruder nicht zum Essen ein, Beatrice? Ich wäre natürlich auch dabei. Das gäbe uns eine gute Gelegenheit, das Thema nochmals anzuschneiden.«

Ihre Augen strahlten. »Ein ausgezeichneter Vorschlag, Edmund! Würdest du ihn aufsuchen?«

»Ich kann ihn doch nicht bei seiner Mätresse besuchen«, protestierte Edmund.

»Er wird doch nicht die ganze Zeit bei ihr sein!«

Edmund lächelte nur, dann nahm er ihre Hand, hob sie an seine Lippen und küßte ihre Handfläche. »Ah«, bemerkte er befriedigt, als er spürte, daß ihr Puls schneller schlug. Er blickte ihr direkt in die Augen und strich mit der Hand langsam über ihren Busen. Er fühlte, wie ihre Brustwarzen unter dem dünnen Musselin hart wurden. »Bald«, versprach er, wandte sich um und verließ sie ohne ein weiteres Wort.

Er konnte im Weggehen ihr erregtes Atmen hören. Sie ist eine Hexe, dachte er wiederum, aber sie wird im Bett eine leidenschaftliche Hexe sein.

Edmund Lacy spürte seinen zukünftigen Schwager bei White's auf, nicht im Spielzimmer, sondern in dem riesigen Lesesaal, dessen übliche Besucher zwei Generationen älter waren als er.

Die Ruhe war verwirrend. Nur gelegentlich hörte man das Rascheln von Papier.

»Hawk.« Edmund berührte den Grafen leicht an der Schulter.

Hawk las die Nachrichten in der »Gazette« und blickte verärgert auf das Blatt. »Sieht nicht gerade gut aus«, murmelte er vor sich hin und schreckte auf. »Oh, Edmund! Wie geht es Ihnen? Und wie Bea?«

»Es geht ihr gut, genauso gut wie mir. Ich bin eigentlich als ihr Absender hier. Würden Sie heute abend mit uns im Dunsmore-Haus essen?«

Noch mehr unverschämte Fragen wegen meiner Heirat, dachte Hawk, ließ sich jedoch nichts anmerken. Ihn plagte ein etwas schlechtes Gewissen, weil er seine Schwester noch nicht besucht hatte. Obwohl sie ihm ähnlich war, empfand er nicht viel für sie, hatte es noch nie getan. Während sie in Desborough Hall aufwuchs, waren sie wenig zusammen, und als sein Großvater starb und sein Vater mit seiner Familie nach Chandos Chase übersiedelte, sah er sie noch seltener, weil er in Sandhurst war. Plötzlich fiel ihm ein, daß er noch nicht geantwortet hatte, und er erklärte rasch: »Es würde mich freuen, Edmund.«

Sie sprachen dann noch über den Krieg, und Hawk war vom Wissen seines zukünftigen Schwagers beeindruckt. Edmund war, wie Hawk befriedigt feststellte, kein Dummkopf.

Schließlich verabschiedete sich Edmund und versicherte freundlich: »Hawk, Sie brauchen wirklich nicht zu befürchten, daß Beatrice Sie wegen Ihrer Heirat ausfragen wird. Ich habe ihr klargemacht, daß das nicht ihre Angelegenheit ist, natürlich auch nicht meine.«

»Sie beweisen Mut«, erwiderte Hawk und grinste. »Ich hörte, daß man von dem armen, alten Lord Dunsmore sagt, seine letzte und einzige selbständige Handlung wäre gewesen, ins Gras zu beißen.«

»Aber Hawk!« tadelte Edmund lächelnd, »wie können Sie so von Ihrer Schwester sprechen! Sie ist temperamentvoll, das ist alles. Sie denken doch nicht etwa, daß sie mich in ein ähnliches Schicksal treiben wird?«

Hawk lachte, hörte jedoch sofort auf, als er die mißbilligenden Laute der alten Mitglieder von White's vernahm.

Hawk setzte sich wieder in seinen gepolsterten Ledersessel und blickte Edmund Lacy nach. Ein feines Exemplar von einem Mann, dachte er, elegant und gut aussehend. Er wird Beatrice ein guter Ehemann sein.

Plötzlich mußte er an Frances denken. Verdammt noch mal, er wollte nicht an sie denken! Unwillig stand er auf. Während er auf die Straße hinausging, fragte er sich, ob sein Vater wohl noch in Desborough Hall weilte. Wahrscheinlich war er noch dort, hielt Frances' kleine Hand und versuchte die Diener dazu zu bringen, sie als so etwas wie eine Herrin zu betrachten. Vielleicht brachte sein Vater sie dazu, sich einige neue Kleider zu kaufen. Hawk entschloß sich, einen Brief zu schreiben.

Er kehrte in das Stadthaus der Familie Hawksbury am Portland Square zurück. Außer Grunyon waren nur noch zwei Diener im Haus, aber das machte nichts. Er aß ohnehin nicht hier.

Rolland, sein Haushofmeister, war älter als Otis in Desborough Hall, und Shippe in Chandos Chase wirkte gegen ihn wie ein junger Bursche. Außer, daß er die Haustür öffnete, hatte er kaum noch Pflichten zu erfüllen. Deshalb brachte Grunyon seinem Herrn Feder und Papier in die Bibliothek.

»Atmet Rolland noch?« scherzte Hawk.

»So schlecht und recht«, erwiderte Grunyon.

»Ich hätte ihn gern in den Ruhestand versetzt, aber er besitzt überhaupt keine Verwandten. Er hat sie wohl alle überlebt, und er war, wie mein Vater erzählte, das neunte von zwölf Kindern.«

»Ein Fall von Langlebigkeit«, meinte Grunyon und erkundigte sich dann: »Schreiben Sie an Lady Frances, Mylord?« Als langjähriger Vertrauter seines Herrn wußte er sehr gut, daß ihn diese Frage nicht den Kopf kosten würde.

»Ja, verdammt«, fluchte Hawk und tauchte die Feder ins Tintenfaß. »Heute abend soll ich mit meiner Schwester und Lord Chalmers zusammen essen. Kümmern Sie sich um meine Garderobe, Grunyon?«

»Selbstverständlich, Mylord. Bitte, richten Sie Lady Frances meine — äh — besten Wünsche aus.«

»Unverschämter Bursche!«

»Hochelegant!« stellte Grunyon am Abend fest, als er seinen Herrn betrachtete.

»Was?«

»Ich wies nur darauf hin, wie elegant Sie in Ihrem Abendanzug wirken.«

»Pff!« Hawk nahm sein Cape entgegen, die Handschuhe und den Spazierstock, und verließ das Haus.

Für die kurze Entfernung zum Grosvenor Square nahm er eine Mietkutsche.

Im Dunsmore-Haus begrüßte ihn eine charmante, fröhliche Schwester, die voller Begeisterung über sein Kommen war und ihn auf die Wange küßte. Edmund schüttelte den Kopf über die Schau, die sie abzog, ließ Beatrice jedoch gewähren.

Zum Abendessen gab es vorzüglich zubereitete französische Speisen — Kalbfleisch in delikater Weinsoße, Rebhuhn, das mit Rosinen, Kastanien und Reis gefüllt war, und Lammfleisch, das auf der Zunge zerging.

»Wir beide sollten morgen Gentleman Jackson besuchen, Edmund«, schlug Hawk vor und lehnte sich gesättigt im Stuhl zurück.

»Einverstanden.« Edmund nickte Beatrice zu, die daraufhin pflichtschuldigst aufstand.

»Ich sehe euch dann wieder, wenn ihr euren Portwein getrunken habt«, erklärte sie und verließ das Zimmer.

»Nochmals meinen Glückwunsch!« Hawk toastete lächelnd Edmund zu.

»Vielen Dank! Wir werden gut miteinander auskommen, davon bin ich überzeugt.« Edmund schwieg einen Moment, dann setzte er hinzu: »Ich habe das Gefühl, Ihr Vater ist ... erleichtert.«

Der Marquess sprach kaum von seiner Tochter, und als er von ihrer Verlobung hörte, hatte er nur bemerkt: »Vielleicht wird das Mädchen jetzt vernünftig und bekommt endlich Kinder.« Und dann hatte er etwas gesagt, was Hawk mißfiel: »Das einzige, was mir bei Lord Chalmers Sorgen macht, ist, daß er einer von Nevils engsten Freunden war.« Merkwürdig. Etwas, das man von seinem Vater eigentlich nicht erwartete.

»Vielleicht«, erwiderte Hawk und grinste plötzlich Edmund an. »Ich gratuliere Ihnen außerdem zu Ihrem starken Charakter. Beatrice hat nicht ein Wort über meine unglückliche Heirat gesagt.«

Unglücklich? überlegte Edmund. Er goß Hawk ein weiteres Glas mit dem köstlichen Portwein ein, lehnte sich im

Stuhl zurück und erkundigte sich nachdenklich: »Haben Sie gehört, was einem der preisgekrönten Rennpferde des Grafen von Egremont passierte?«

Hawk interessierte sich nicht sonderlich dafür, schüttelte jedoch den Kopf und beugte sich vor.

»Der Name des Pferdes war ›Falcon‹. Es wurde vor einem sehr wichtigen Rennen von seinem Trainer so überanstrengt, daß es lahmte. Der Trainer ist auf und davon, man nimmt an, er flüchtete auf den Kontinent.«

»Bedauerlich.«

»Ich erwähne das nur, um Sie daran zu erinnern, daß die Rennwelt nicht gerade von makellosem Charakter ist. Man muß wirklich sehr vertraut damit sein, um Erfolg zu haben, wie zum Beispiel der Herzog von Portland und der Herzog von Richmond. Diese Männer leben für ihre Pferde und ihre Rennen. Das ist der einzige Weg.« Er schwieg einen Moment, bevor er hinzufügte: »Nevil ging diesen Weg. Er lebte nur für seine Pferde. Es gab nichts anderes, was seine Aufmerksamkeit erregte.«

Hawk antwortete darauf, aber zu Edmunds Ärger nicht so, wie er das gehofft hatte. »Es ist merkwürdig, aber Sie kannten meinen Bruder besser als ich. Ich sah ihn kaum in den letzten sechs oder sieben Jahren seines Lebens. War er in Newmarket und Ascot erfolgreich?«

Edmund lag es auf der Zunge, zu erwidern, daß Nevils Rennpferde nicht die besten waren, aber das würde unlogisch klingen. Warum würde dann er, Edmund, den gesamten Desborough-Bestand kaufen wollen? »Ja«, sagte er deshalb, »er war erfolgreich.«

»Und Sie, nehme ich an, begeistern sich ebenfalls für Rennen?«

Edmund nickte und suchte verzweifelt nach den richtigen Worten, um zum Thema zu kommen. »Deshalb möchte ich gern Ihre Pferde mit meinen kreuzen«, begann er. »Das ist mein sehnlichster Wunsch. Nebenbei gesagt, Ihre Schwester ist auch eine leidenschaftliche Anhängerin des Pferdesports. Sie teilt meinen Wunsch.«

»Ah.« Hawk erkannte auf einmal, daß er nicht mehr so begierig war, die Desborough-Pferde zu verkaufen, wie vor zwei Monaten. Er war nun ein verheirateter Mann, und als solcher mußte er normalerweise mit Kindern rechnen. Was sollte sein Sohn denken, wenn er erfuhr, daß sein Vater sein Erbe verkauft hatte?

Das war ein erschreckender und unwillkommener Gedanke, jedenfalls im Moment. Hawk mochte Edmund und wollte ihn nicht derart enttäuschen. Deshalb beschloß er, die Sache noch etwas hinauszuschieben. »Ich bin noch am Überlegen«, erwiderte er. »Wie Sie wissen, war mein Leben in den letzten Monaten nicht ganz einfach. Darum bin ich mir noch nicht sicher, was ich tun werde.« Er lächelte Edmund entschuldigend an und schlug vor: »Wollen wir Bea bitten, uns auf dem Piano vorzuspielen?«

Hawk bemerkte wenig später den kurzen, fragenden Blick, mit dem seine Schwester ihren Verlobten ansah, und wußte nicht recht, was er machen sollte. Er hörte nur mit halbem Ohr zu, als Beatrice ihre talentierten Finger über die Tasten des Pianos gleiten ließ und dachte mit Schaudern an Frances' Spielen und Singen.

»Belvis, er ist wirklich prächtig, nicht wahr?«

»Ja, das ist er, Mylady«, erwiderte Belvis, erfreut über die Begeisterung in Frances' Augen, während sie Flying Davies geschmeidigen Hals streichelte. »Ein schöner Brauner. Sie wissen, daß die meisten reinrassigen Vollblüter braun sind, manche kastanienbraun. Sie werden kaum einen Grauen oder einen Schwarzen unter ihnen finden. Nach seiner eleganten Nackenlinie und seinem feinen Kopf zu schließen, hat Flying Davie viel arabisches Blut in sich. Woher er allerdings den weißen Stern auf seiner Stirn und das weiße Haarbüschel hat, ist unerklärlich.«

»Wer war sein Erzeuger und wer seine Mutter?«

»Tja, das ist schon merkwürdig«, erwiderte Belvis und fuhr sich mit der Hand durch seine grauen Locken. »Seine Papiere scheinen verschwunden zu sein, als er vor etwa vier Jahren hierher gebracht wurde. Aber er ist ein Sieger, Sie brauchen ihn nur anzusehen.« Er fügte nicht hinzu, daß

Flying Davie in keinem der Gestütsbücher verzeichnet war, was seiner Vermutung nach durch die vergeßliche Art des früheren Grafen gekommen war.

»Warum hat der Eigentümer die Papiere nicht ersetzt?« fragte Frances, während sie den Hengst mit einer Karotte fütterte.

»Der Eigentümer ist nach Indien gegangen und dort auch gestorben, wie ich den früheren Grafen damals verstand.«

Frances wischte ihre Hand an ihrem alten Wollrock ab. »Werden Sie zurückkommen, Belvis?«

»Ich bin nicht mehr so jung, wie ich sein müßte«, wich er aus.

»Das ist keiner von uns. Haben Sie durch die Jahre Ihr Wissen und Ihr Können verloren?«

»Nein, gewiß nicht!«

Aha, dachte Frances, er wird schwach.

Bevor sie ihn noch drängen konnte, fuhr Belvis fort: »Aber Sie wissen, Mylady, der Grund für mein Weggehen ist das Desinteresse Seiner Lordschaft. Er erwähnte sogar, daß er am liebsten alles verkaufen würde.«

»Das wird er nicht!« widersprach Frances.

»Gut, es sieht so aus, als wären Sie eine sehr willensstarke Lady, Madam. Dennoch, es ...«

»Bitte, Belvis!« Frances musterte den älteren Mann. Er mußte über sechzig sein, war aber anscheinend genauso gesund wie sie.

Seine Gesichtshaut war ledern und durchfurcht von dem jahrelangen Aufenthalt im Freien. Er war klein, hager und drahtig, besaß jedoch enorm starke Arme. Das fahle Blau seiner Augen wirkte, als habe die Sonne die Farbe ausgebleicht. Und die Pferde schienen ihn zu kennen und ihm zu vertrauen. Er verkörperte das, was ihr Vater ein Naturlalent nannte.

Sie holte tief Atem und versicherte: »Ich zahle Ihnen jährlich dreihundert Pfund, Belvis.«

Seine Augen weiteten sich erstaunt. Dann fing er zu lachen an, hörte aber rasch wieder auf und wischte sich mit dem Ärmel über die Augen. »Tommy sagte mir, daß Sie Springers verletzten Hinterlauf kuriert haben, und daß er jetzt wieder in prächtiger Verfassung ist.«

»Er hinkt auch nicht mehr«, berichtete Frances. »Ich ... nun, ich wuchs in Schottland auf und lernte alles über Pferde und worauf man bei ihnen achten muß. Ich habe sogar bei der Geburt von Fohlen mitgeholfen. Bei Springer brauchte ich nur Salbe gegen die Schwellung aufzutragen.«

»Das klingt nicht sehr nach einem damenhaften Hobby, Mylady.«

»Ich bin eine Schottin, Belvis«, erwiderte Frances und ihre Augen wurden einen Schimmer dunkler. »Ich bin keine nutzlose Kreatur, die man verhätschelt und ...«

»Ich weiß, Mylady«, unterbrach sie Belvis.

»... und es war kein Hobby!«

»Offensichtlich nicht.« Belvis rieb sich das Kinn. »Mylady, mißverstehen Sie mich nicht. Es ist nicht so, daß ich nicht gern nach Desborough zurückkäme. Nur, wie gesagt, es gehört alles Seiner Lordschaft.«

»Seine Lordschaft ist nicht hier, Belvis.«

»Ja, aber ...«

»Ich habe keine Ahnung, ob er in den nächsten sechs Monaten zurückkommen wird.«

»Ah, und für seine Rückkehr planen Sie so etwas wie eine Überraschung für ihn?«

Frances strahlte. »Ja«, versicherte sie, »o ja, das habe ich tatsächlich vor!«

»Und wenn er verkauft, bevor er zurückkommt?«

Einen Augenblick dachte Frances nach, dann erwiderte sie:

»Ich werde ihm nach London schreiben.« Ich werde ihn bitten, nein, ich werde ihn anflehen, nicht zu verkaufen! dachte sie.

Flying Davie stieß seine Nase gegen Belvis' Ärmel. Der alte Mann lächelte.

»Gut, ich bleibe, bis wir Bescheid wissen, wie es weitergeht — so oder so.«

»Ausgezeichnet.« Frances schüttelte ihm die Hand.

Sie lächelte, bis sie im Arbeitszimmer saß, die Feder in der Hand hielt und ein weißes Blatt Papier vor ihr auf dem Schreibtisch lag. »Oh, verdammt sollst du sein, mein Lord«, murmelte sie und setzte die Feder auf das Papier.

14. Kapitel

Hawk schlug mit seinen langen Fingern gegen den Bogen Papier. Er hatte nicht damit gerechnet, an Frances' Existenz erinnert zu werden, und jetzt hatte sie ihm einen Brief geschrieben. Und was für einen!

Seltsam, dachte er, während er ihre klare Schrift betrachtete. Warum, zum Teufel, kümmert sie sich um das Gestüt? Sie wußte nichts von Pferderennen, zumindest nahm er das an. Einen Augenblick war er völlig verwundert, dann lächelte er, steckte das Blatt in den Umschlag zurück und schob ihn in die Schreibtischschublade. Nein, er würde nichts verkaufen, aber nicht deshalb, weil sie ihm diesen Brief geschrieben hatte.

Eine solche Begeisterung und Leidenschaft von einem so kleinen, unscheinbaren Wesen! Er schüttelte den Kopf. Er konnte sich einfach nicht vorstellen, daß sich Frances für seine hochgezüchteten Rennpferde interessierte. Sicher hatte sie Angst, von ihnen gebissen zu werden. Einen Moment überlegte Hawk, ob sein Vater sie zu diesem Brief veranlaßt habe, verwarf diesen Gedanken aber. Das war nicht, wie er genau wußte, die Art und Weise seines Erzeugers.

Hawk spielte mit dem Gedanken, ihr in einem Brief zu versichern, daß er den Verkauf nicht mehr plante. Durch die Erinnerung an ihre Kälte, ihr schlechtes Benehmen ihm gegenüber stieg Ärger in ihm hoch. Nein, er würde es ihr nicht mitteilen. Sollte sie doch in ihrem eigenen Saft schmoren.

Am Abend ging er wieder zu einem Ball, tanzte mit Constance und einer Anzahl anderer Ladies, flirtete schamlos mit seiner Gastgeberin, Aurelia Markham, und verließ um elf Uhr das Fest.

An sich wollte er zu White's gehen, änderte aber seine Absicht. Er wünschte, nein, er brauchte Amalia.

Amalia hatte es sich in ihrem Lieblingsstuhl in dem kleinen Wohnzimmer bequem gemacht und las Voltaires »Candide«. Sie lachte erfreut, als sie den Türklopfer hörte. Das konnte nur Hawk sein. Rasch versteckte sie das Buch unter dem Stuhlkissen.

Marie war bereits im Bett, so daß Amalia selbst die Tür öffnete. »Guten Abend, mon faucon«, begrüßte sie lächelnd Hawk und breitete die Arme aus.

»Ich bin ein erregter Bock«, scherzte er und knabberte an ihrem Ohrläppchen.

»Das bist du doch immer«, stimmte sie zu und strich mit der Hand über seinen Unterkörper.

Weil er ein vorzüglicher Liebhaber war, brachte er erst Amalia zum Höhepunkt, bevor er an sein eigenes Vergnügen dachte.

»Sehr akzeptabel für einen Bock«, neckte ihn danach Amalia und streichelte seinen Rücken. Er atmete noch schwer, sein Gesicht neben ihr ins Kissen gepreßt.

»Vielen Dank«, erwiderte Hawk trocken und rollte sich auf den Rücken. Er legte die Arme unter seinen Kopf und blickte vor sich hin.

»Ist etwas passiert, das dich beunruhigt?« wollte Amalia wissen.

Hawk erschrak über diese Frage, schüttelte jedoch heftig den Kopf.

»Komm, mon cher«, fuhr Amalia fort. »Du weißt, daß die famose Corneille recht hat mit ihrem Ausspruch: Wenn man über sein Mißgeschick redet, fühlt man sich danach wesentlich erleichtert.«

»Corneille?« wiederholte Hawk erstaunt. Er wandte sich zu Amalia um und sah, daß sie errötete. Tatsächlich errötete! Er lächelte und zeichnete mit den Fingerspitzen ihre vollen Lippen nach. »Eine allwissende Dame? Ein Blaustrumpf? Wie erfreulich!«

»Ich bin kein Blaustrumpf«, konterte Amalia, »aber auch keine unwissende Person.«

Das machte ihn ein wenig nachdenklich. Eine Person. Er hatte Amalia immer gern gehabt. Sie war hübsch, sie war lebhaft und erfüllte jeden seiner Wünsche. Sie war weder habsüchtig noch machtgierig, sondern liebevoll. Aber sie war eine Mätresse. Hatte er das übersehen?

»Und da ist noch etwas«, fuhr Amalia fort. »Voltaire sagt, wir sollten unseren Garten bestellen. Ein vortrefflicher Gedanke. Aber du, mein Lord, hast deinen Garten im Norden verlassen ... vernachlässigt.«

»Was, zum Teufel, sagst du da?« erwiderte Hawk langsam. »Das ist unglaublich ... Eine Geliebte als Fürsprecherin für eine Ehefrau?«

Amalia blickte ihn weiterhin vorwurfsvoll an.

Hawk strich mit den Fingern durch ihr Haar. »Schau, Amalia, laß uns nicht von ihr sprechen, ja? Ich möchte wirklich in diesem Moment nicht über all das reden.«

Sie sah das Leuchten in seinen Augen und fühlte, wie ihr Herz trotz aller Vorsätze schneller schlug. »Gut«, stimmte sie zu. Sie setzte sich auf, küßte ihn und preßte ihren Busen gegen seine behaarte Brust.

In Hawk wuchs erneutes Verlangen, und er nützte die Zeit. Er wollte die Frau, seine Geliebte, zurückhaben, nicht die Person. Er küßte ihren nackten Körper und streichelte Amalia, bis sie vor Lust aufstöhnte.

Plötzlich sagte sie: »Das solltest du auch mit deiner Gattin tun.«

Hawk blieb die Sprache weg. Er hob den Kopf und blickte in ihr Gesicht. Schließlich stieß er hervor: »Mein Gott, ich habe meine Frau noch nicht einmal geküßt! Das sagte ich dir bereits. So etwas tut man nicht mit seiner Ehefrau! Um Himmels willen!« Er drückte einen raschen Kuß auf ihr lockiges Dreieck. »Sie würde ohnmächtig werden, hysterische Anfälle bekommen! Ihre Gefühle wären verletzt, und sie würde vor Verlegenheit auf der Stelle ihren Geist aufgeben!«

»Unsinn«, protestierte Amalia. »Was haben Männer doch für eine lächerliche Vorstellung von Frauen! Ist der Körper deiner Gattin wesentlich anders als meiner?«

»Das weiß ich nicht«, erwiderte Hawk fast bissig. »Ich habe ihn noch nicht gesehen.«

»Es ist also die Ansicht eines Gentlemans, daß eine Lady nur geboren wurde, um Kinder zur Welt zu bringen, und daß sie den Gedanken an die Paarung haßt?«

»Dein Englisch hat sich rapide verbessert«, erklärte Hawk sarkastisch. Sein Verlangen war tot wie ein drei Tage alter Aschenhaufen auf dem Rost.

»Natürlich. Ich sagte dir ja, daß ich nicht unwissend bin. Wie kannst du nur so dumm sein, mon faucon?«

»Ich bin nicht dumm, vielen Dank! Ich habe sie mit dem größten Respekt behandelt. Ich habe ...«

»Dumm«, wiederholte Amalia streng. »Du bist kein häßlicher Mann. Du verstehst es sehr geschickt, einer Frau Vergnügen zu bereiten. Und das sollte eine Ehefrau einschließen.«

»Sie ist schrecklich, wirklich«, beharrte er. »Sie ...«

»Ist sie dick?«

»Nein, im Gegenteil sehr schlank. Aber ihre Brille, ihr Haar, ihre Kleider ...«

»So, mon cher, Tatsache ist also, daß du gar nicht wünscht, deiner Frau das Vergnügen zu bereiten, das du mir gibst! Du fühlst dich von ihr abgestoßen! Das versteckt sich hinter dieser lächerlichen Absicht, daß Ladies vor dem niedrigen Begehren eines Gentlemans geschützt werden müssen!«

»Verdammter Philosoph«, knurrte Hawk. »Ich brauche dich nicht, um mir Moralpredigten zu halten, Amalia!«

»Eine Brille kann abgenommen werden«, erklärte sie freundlich. »Und Kleider kann man auch auswechseln.«

»Aber ihr Haar! Sie sieht wie eine Nonne aus mit ihren lächerlichen Hauben.«

»Hauben kann man ebenfalls abschaffen.«

Hawk sagte auf einmal vor sich hin: »Ich möchte wissen wie ihre Brüste aussehen ...« Er brach ab und schalt: »Jetzt siehst du, wohin du mich gebracht hast! Hör sofort auf damit! Ich möchte diesen hübschen Garten hier bestellen, wenn du nichts dagegen hast.«

Er liebte Amalia noch einmal, aber sie wußte, daß seine Gedanken abwesend waren. Eine Mätresse nimmt einen

Ehemann ins Gebet, dachte sie und hätte am liebsten gelacht. Doch das würde ihn natürlich wütend machen, Männer waren so empfindlich. Trotzdem begann sie erneut, da sie wußte, daß er noch nicht schlief: »Hawk, du solltest sie nicht wie eine Nonne behandeln, du ...«

»Amalia«, unterbrach er sie ungeduldig, »ich möchte nicht von ihr sprechen! Sie kann mich absolut nicht leiden und würde nie wollen, daß ich sie berühre, selbst, wenn ich mich dazu überwinden könnte.«

»Mon cher, wenn du wirklich willst, kannst du sogar den dicken Regenten mit deinem Charme bezaubern, und eine Ehefrau ...«

»Schluß damit!« Hawk war nahezu wütend. »Es ist deine Pflicht, Amalia, dich um mein Vergnügen zu kümmern, mich glücklich zu machen, aber nicht, mir Predigten zu halten!« Er stand auf, stützte die Hände auf die Hüften und blickte auf sie nieder. »Warum tust du das, Amalia?«

Sie zog die Bettdecke über ihren Körper. »Weil es nicht recht ist«, erwiderte sie schließlich, sah ihn dabei aber nicht an.

Hawk musterte sie noch einen Augenblick, dann erklärte er: »Ich glaube, ich sollte jetzt gehen.« Er sprach kein Wort mehr, bis er angezogen war. Dann ging er zum Bett, beugte sich nieder und küßte Amalia.

»Hawk«, sagte sie zärtlich, »du bist ein guter Mann.«

»Vielen Dank.« Seine Stimme klang kühl. »Ich sehe dich bald wieder, Amalia. Gute Nacht.«

Hawk ging die St. James Street hinunter, nickte automatisch Bekannten zu und sprach nur, wenn es unvermeidlich war. Er befand sich in einem Zustand, den er sich selbst nicht recht erklären konnte.

Mit Unbehagen sah er, daß Lady Constance ihm aus ihrer Kutsche zuwinkte. Er fand ihre Reize auf einmal zweifelhaft, und das überraschte ihn. Er wußte, daß er sie nie geheiratet hätte, selbst wenn sein Vater nicht diesen lächerlichen Eid geschworen hätte, aber er war gern in ihrer Gesellschaft gewesen. Sie war ein amüsanter Flirt.

»Mein Lord«, rief sie ihm jetzt zu und befahl ihrem Kutscher, neben ihm anzuhalten.

»Guten Morgen, Constance. Machen Sie Einkäufe?« Hawk betrachtete den Berg von Paketen, mit dem die Zofe überhäuft war, und für einen Augenblick sah ihn das Mädchen an.

Betroffen entdeckte Hawk in ihrem Blick Müdigkeit und eine Art stumpfer Hinnahme.

Er mußte sich zwingen, Constance zuzulächeln.

»Ja, wie Sie sehen. Teresa, laß die Pakete nicht auf die Straße fallen, du dummes Ding! Ah, Hawk, werden Sie heute abend zu Lady Esterhazy's Ball kommen?«

Er hatte kein Verlangen nach einem anderen verdammten Ball. »Ich weiß noch nicht. Sie sehen bezaubernd aus, wie immer, Connie, aber unglücklicherweise muß ich auf das Vergnügen Ihrer Gegenwart verzichten. Ich habe eine Verabredung.« Das war eine Lüge, aber er fühlte sich irgendwie verzweifelt.

»Ich freue mich darauf, mit Ihnen zu tanzen«, erwiderte Constance mit etwas schriller Stimme.

Hawk mußte noch eine Weile Constances Blicke ertragen, da die Straße sehr belebt war und der Kutscher Mühe hatte, sich in den Verkehr einzureihen.

Endlich war Hawk frei und setzte seine ziellose Wanderung fort.

»He, alter Bursche! Du siehst wie ein Gewitter aus, das nicht weiß, ob es regnen oder hageln soll.«

»Ah, du bist es, Saint Leven.« Hawk zwang sich zu lächeln.

Lyonel musterte prüfend seinen Freund. »Ich bin auf dem Weg zu Jackson. Hast du Lust, mitzukommen?«

Das ist genau das Richtige für mich, dachte Hawk. Er wünschte sich leidenschaftlich, auf irgend etwas oder irgend jemand einzuschlagen. Das würde ihn vom Denken abhalten.

Deshalb nahm er wenig später bereitwillig die Herausforderung des jungen Canterley, eines großsprecherischen, bulligen Schlägers aus Suffolk, an, der fast seine ganze Zeit bei Jackson's verbrachte, die Ankömmlinge zum Kampf aufforderte und dann besiegte.

Innerhalb weniger Minuten war Hawk umgezogen und stand im Ring. Canterleys gewaltige Muskeln erschreckten ihn nicht. Er selbst war stark, und seine Wut machte ihn zu einem gefährlichen Gegner. Sein kräftiger Körper glänzte in kurzer Zeit schweißnaß, als er dabei war, den jungen Canterley zu vernichten.

»Mylord, aufhören!«

Hawk wurde gewaltsam zurückgezogen und keuchte. Gentleman Jackson beobachtete ihn überrascht, blickte dann zu Canterley, dem das Blut aus der Nase strömte, und schüttelte den Kopf.

»Gut gemacht, Hawk«, rief Sir Peter Graven. »Ich habe fünf Guineas auf Sie gewettet.«

»Komm«, forderte Lyonel ruhig.

»Du hast den widerlichen Burschen ja ganz schön fertiggemacht«, meinte Lyonel, nachdem sie sich gebadet und umgezogen hatten. »Ist dir jetzt wohler?«

Hawk fuhr sich mit der Hand über die Rippen. »Er hat auch kräftig zugeschlagen.«

»Wann fährst du weg?« erkundigte sich Lyonel abrupt.

Hawk blickte ihn verblüfft an. »Was, zum Teufel, soll das heißen?«

»Ich meine, daß du nun schon fast zwei Monate in London bist. Wann kehrst du nach Yorkshire zurück?«

»Ich habe nicht die Absicht, dorthin zurückzukehren. Es gibt für mich keinen Grund dazu. Ich ...«

»Du bist ja ein verdammt unglücklicher Bastard!« unterbrach Lyonel ihn freundlich.

»Bis vor kurzem war ich das nicht. Im übrigen wäre ich dir sehr dankbar, wenn du den Mund halten würdest, Saint Leven!«

»Freunde sollten wenigstens für etwas gut sein.« Lyonel schnippte ein nicht vorhandenes Stäubchen von seinem eleganten Ärmel. »Du hast jetzt eine Frau, wie du weißt.«

»Warum, verdammt noch mal, ist jedermann so bekümmert um Frances?« brauste Hawk auf. »Du hast sie doch gesehen, Lyonel. Himmel, würdest du zu so etwas zurückkehren?«

»Ja«, erwiderte Lyonel vollkommen ruhig, »ich sah sie, und zwar völlig klar, das ist eine Tatsache.«

»Was soll diese rätselhafte Bemerkung denn nun wieder bedeuten?«

»Fahr nach Hause, Hawk«, erwiderte Lyonel. »Das ist alles, was ich damit sagen wollte.« Er erwartete, daß sein Freund wütend wurde, ihm vielleicht sogar die Faust ins Gesicht knallen würde, doch Hawk tat nichts davon. Schweigend gingen sie durch Piccadilly.

»Es wird bald regnen«, bemerkte Lyonel schließlich und blickte zu dem sich verdunkelnden Himmel hoch.

Hawk gab nur einen undefinierbaren Laut von sich und kickte einen Stein aus dem Weg.

»Hast du irgend etwas von deinem Vater gehört?«

»Nicht ein einziges Wort«, erklärte Hawk und überlegte im nächsten Moment, daß das recht merkwürdig war. Sein Vater müßte ihn doch eigentlich zur Rückkehr drängen, ihn mit Vorwürfen überschütten, aber er ließ nichts von sich hören.

Und Lyonel dachte: Der Marquess spielt ein wohlüberlegtes Spiel.

»In Ordnung«, sagte Hawk plötzlich. Seine Stimme klang etwas erleichtert.

»Was ist in Ordnung?«

»Ich werde morgen früh abreisen«, erklärte Hawk und dachte im stillen: Und ich werde meine entsetzliche Frau hofieren, ihr die Brille, die schreckliche Haube und die gräßlichen Kleider wegnehmen. Ich werde sie küssen und ihre Brüste sehen ... Er schüttelte sich.

»Sie mag mich nicht«, sagte er mehr zu sich selbst, als zu seinem Freund.

»Nein, das möglicherweise nicht«, stimmte Lyonel zu, »aber, mein Freund ...«

Abwehrend hob Hawk beide Hände. »Nein, sage es nicht! Amalia hat schon behauptet, ich könnte mit meinem Charme sogar eine Person wie unseren dicken Regenten bezaubern.«

»Gut, ich sage kein Wort mehr. Nur soviel: diese Person ist etwas anderes als der Regent. Ich vertraue darauf, daß sie noch in Desborough Hall ist.«

»Wo sollte sie denn sonst sein?«

»Wer weiß?« meinte Lyonel leichthin. »Vielleicht wieder in Schottland?«

»Nein. Sonst hätte mir mein Vater nämlich so schnell eine Nachricht geschickt, wie du es dir gar nicht vorstellen kannst. Ich habe noch viel zu tun, Lyonel, und es sieht tatsächlich nach Regen aus.«

»Gehe es behutsam an, Hawk.« Lyonel schüttelte ihm die Hand und schritt davon, ein leichtes Lächeln auf den Lippen.

Gehe es behutsam an, dachte Hawk ein wenig entrüstet. Was erwartete Lyonel denn von ihm? Daß er seine Frau zu Boden schleuderte und sie vergewaltigte?

Was für ein seltsamer Gedanke, fand er, während er geistesabwesend Smallpiece beim Packen seiner Sachen beobachtete. Seine eigene Frau verführen ...

15. Kapitel

»Mylord! Wir erwarteten Sie nicht! Sie haben ...«

»Guten Tag, Otis. Wo ist meine Frau?«

Hawk schlug seine grauen Lederhandschuhe gegen die linke Hand und wartete auf eine Antwort, aber die kam nicht sofort, und er blickte erstaunt in das unglaublich verstörte Gesicht seines Butlers.

»Nun, mein Lord«, begann Otis endlich und wünschte sich, die Schweißtropfen von seiner Stirn abwischen zu können.

»Ja, Otis?« Was ging hier vor? Otis schwitzte?

Der Butler nahm sich zusammen. »Ich glaube, Mylord, daß Lady Frances im Arbeitszimmer ist. Sie ...«

»Im Arbeitszimmer? Wie ungewöhnlich. Nun, das macht nichts. Kümmern Sie sich bitte um mein Gepäck, Otis!«

Was, zum Teufel, tat Frances in seinem Arbeitszimmer? Versteckte sie sich vor der Dienerschaft? Benutzte sie den Raum als Zufluchtsstätte? Und warum benahm sich Otis so merkwürdig? Hawk ging durch die große Eingangshalle zum rückwärtigen Trakt des Hauses. Vage bemerkte er, daß in jeder Vase frische Blumen steckten, deren Duft den Frühling verkündeten.

Die Tür zum Arbeitszimmer war geschlossen. War der kleine Dummkopf so scheu, so ängstlich? Hawk griff nach dem Türknauf und erwartete fast, daß abgeschlossen war, doch er konnte die Tür leise öffnen. Hawk ging ins Zimmer und blieb plötzlich wie angewurzelt stehen. Sein Mund blieb vor Staunen offen.

Hinter seinem Schreibtisch saß eine Frau, eine wunderschöne Frau, und Marcus Carruthers stand neben ihr, sprach ruhig und zeigte mit dem Finger auf ein Blatt Papier, das vor ihr auf der Tischplatte lag. Hawk blinzelte verständnislos. Er begriff überhaupt nichts mehr. Die Frau ... ihr üppiges Haar war kastanienbraun, einige Locken fielen ihr über den hübschen Nacken. Ihr blaßgelbes Kleid, das ihren reizvollen Busen zur Geltung brachte, war von erlesenem Geschmack.

»O mein Gott!«

Frances blickte auf und sah ihren Ehemann im Zimmer stehen. Seine Miene drückte Verwirrung und Unglauben aus. Früher oder später hätte er ja kommen müssen, dachte sie und bemühte sich, Haltung zu bewahren. Sie hatte sich sehnlichst gewünscht, daß er seine Rückkehr ankündigen würde, damit sie gewarnt war. Aber Hawk tat ja nie, was man von ihm erwartete. O Himmel!

Ruhig grüßte sie: »Guten Tag, mein Lord. Sind Sie gerade angekommen?«

»Frances?«

»Ja, mein Lord.«

Hawk starrte sie weiterhin staunend an. »Wo ist deine Brille?« fragte er töricht.

Sie zuckte mit den Schultern und lächelte ein wenig.

In diesem Moment wurde Hawk erst richtig die Anwesenheit Marcus Carruthers' bewußt. Der Verwalter war noch etwas näher hinter Frances getreten, als ob er sie beschützen wollte. Sein Blick, seine Haltung wirkten sehr vertraut. Wut stieg in Hawk hoch. »Verdammt, was geht hier vor?«

Frances blinzelte bei seinem Ausbruch. War er etwa eifersüchtig? Das war doch wohl zu absurd. Sehr langsam stand sie auf. »Nichts Ungehöriges, das versichere ich Ihnen, mein Lord. Marcus, vielen Dank. Wir werden später über diese Sache entscheiden.«

Marcus sah den ungläubigen Ausdruck auf dem Gesicht des Grafen und machte sich Sorgen um Lady Frances. Konnte er sie allein mit ihm lassen? Dummkopf, mahnte er sich, der Graf war schließlich ihr Ehemann. Er räusperte sich. »Willkommen daheim, Mylord.« Es klang wie ein Krächzen. »Ich sehe Sie später«, fügte er hinzu, ohne genau zu sagen, wen er damit ansprach. Er schlüpfte aus dem Raum, sah noch, daß der Graf die Hände zu Fäusten geballt hatte, und dachte, daß er unbedingt Verstärkung holen müßte.

»Wie ich schon sagte, willkommen zu Hause, mein Lord«, wiederholte Frances und blieb unbeweglich hinter dem Schreibtisch stehen.

»Wo ist mein Vater?«

»Er fuhr letzte Woche nach Chandos Chase.« Ruhig fügte sie hinzu, daß der Marquess mit der Abreise gewartet hatte, bis sie sich mit allem in Desborough Hall zurechtfand.

»Ich glaube, Frances, du bist mir eine Erklärung schuldig.« Hawks Stimme klang sehr sanft und freundlich, doch Frances ließ sich nicht eine Sekunde täuschen. Er war wütend, möglicherweise würde er sie am liebsten umbringen. Er konnte sein Temperament zügeln.

»Einer mußte sich schließlich hier um alles kümmern, mein Lord«, erklärte sie. »Sie waren nicht hier, aber ich.«

»Verdammt noch mal, du weißt genau, daß ich das nicht meine!« Hawk kam auf sie zu, und seine Augen weiteten sich, als er sich ihr näherte. »Was ist denn mit dir passiert?« Er konnte es einfach nicht glauben. Sie war schön genug, um Verlangen in einem Mann zu wecken. Ihre großen, von dichten, dunklen Wimpern umrahmten Augen waren grau und kalt wie die Nordsee im Winter. Sie stand da, das zierliche Kinn hochgestreckt. Nein, verbesserte er sich im stillen, nicht zierlich, sondern eigensinnig wie der Teufel. Wen und was hatte er da geheiratet?

»Ich sehe, daß irgend jemand dich an die Hand genommen hat«, grollte er.

»Ja«, erwiderte Frances ruhig, »ich tat es, obwohl da nicht sehr viel in die Hand zu nehmen war.« Sie lächelte ihn an, und Hawk blieb die Luft weg.

Sein Blick wanderte über ihr Gesicht, die hohen Backenknochen, die wunderschön gewölbten Augenbrauen, die hohe Stirn. Wie konnte er gedacht haben, daß ihre Augen wie kleine Rosinen wirkten? Wie konnte er geglaubt haben, ihr Teint sei bläßlich? Er blickte auf ihre straffen, vollen Brüste und stieß hervor: »Warum, verdammt noch mal?«

Frances neigte den Kopf fragend zur Seite, obwohl sie genau wußte, was er meinte. Ihr war längst klar gewesen, daß er sie fragen würde, wenn er sie wiedersah, und ihre

Antwort war gut einstudiert: »Weil ich keinen Engländer heiraten wollte.«

Das verblüffte ihn, er vermochte es nicht recht zu begreifen. Verwirrt wandte er ein: »Aber ich bin ein englischer Edelmann, bin nicht arm, weder alt noch häßlich. Ich besitze noch all meine Zähne. Es kann keine Frau geben, die mich nicht gern geheiratet hätte.«

Frances mußte lachen, sie kam nicht dagegen an. »Sie haben eine großartige Meinung von sich, mein Lord, was ich im übrigen nie bezweifelte.«

»Philip«, mahnte er wütend.

»Gut, ja, ganz wie Sie wünschen. Sie haben recht: Sie besitzen sehr schöne Zähne, weiß und gerade.« Sie lächelte ironisch und zeigte ihm ihre eigenen weißen, geraden Zähne.

»Wieso hing Carruthers fast über dir? Ist er dein verdammter Liebhaber?«

Das war geradeheraus gesagt, aber nicht mehr als verletzte männliche Eitelkeit, die er reichlich besaß.

»Nein«, erwiderte Frances nun spöttisch, noch immer lächelnd.

»Du hast einen Narren aus mir gemacht!« Jetzt sagte er, was er wirklich dachte. Er war mehr als wütend.

»Das war nicht schwer«, erklärte sie und machte ihn damit noch zorniger. Er ging einen Schritt auf sie zu, und sie trat einen Schritt zurück.

Jetzt sah er sie in ihrer vollen Größe, und sein Gesicht wurde vor Ärger noch blasser.

Himmel, hätte er sie in London so gesehen, wie sie jetzt aussah, er wäre hinter ihr her gewesen wie ein brünstiger Hirsch, und alle Gentlemen aus seinem Bekanntenkreis ebenfalls.

»Sie haben nicht mehr in mir gesehen, als Sie zu sehen wünschten«, erwiderte Frances rasch, alarmiert von seinem Blick.

Ja, ich sah sie, hatte Lyonel gesagt. »Verdammt«, entgegnete Hawk laut, »noch keine Frau hat mit mir falsches Spiel getrieben!«

»Ich sagte Ihnen doch, daß Marcus Carruthers nicht mein Liebhaber ist.« In Frances' Stimme lag jetzt ein bißchen Hohn.

»Und du bist nicht die scheue, kleine Maus, nicht wahr? Keine Spur von Ängstlichkeit in diesem Körper! Hast du ein Freudenfeuer angezündet, Frances? Sind all deine schrecklichen Kleider und Hauben in Flammen aufgegangen? Und hast du über mich gelacht, während du sie verbranntest?«

»Nein. Ich übergab alle Kleider dem Pfarrer. Er war dafür sehr dankbar, das versichere ich Ihnen.«

»Ich bin kein Blinder«, stellte er plötzlich fest und wußte doch, daß er blind gewesen war, nicht nur blind, sondern auch noch ein elender Dummkopf.

»Nein, natürlich sind Sie nicht blind, zumindest nicht bei normalem Ablauf der Dinge.« Frances war bereit, nun etwas versöhnlicher zu sein. »Daß sie gezwungen wurden, nach Kilbracken zu kommen, war nicht gerade normal, aber Sie sehen ...« Sie brach abrupt ab, als Otis auf der Türschwelle erschien.

»Mylady, haben Sie irgendeinen Wunsch? Tee vielleicht?«

Hawk schwang herum und sah Otis groß und uneingeschüchtert in der offenen Tür stehen, den Blick auf Frances gerichtet.

Lächelnd erwiderte sie: »Das wäre sehr nett. Vielen Dank, Otis. Mein Lord, möchten Sie jetzt Tee?«

Hawk konnte es nicht fassen. Da stand sein Butler, stur wie ein Fels, und sprach zu ihr! Beschützte sie!

»Ja!« schrie er fast. Dann fügte er etwas ruhiger hinzu: »Ja, ich hätte gern Tee. Im Wohnzimmer, Otis.«

Zu seinem weiteren Ärger blickte Otis zu Frances. Hawk sah, wie sie nickte. Der verdammte Butler, sein verdammter Butler, wartete auf ihre Genehmigung! Er hätte niemals weggehen dürfen, niemals ... »Im Wohnzimmer«, wiederholte Hawk eisig.

»Sehr wohl«, sagte Otis und verließ dann würdevoll den Raum.

Hawks Würde hingegen war in Fetzen, und er wußte es.

Plötzlich lächelte er. Es war ein böses Lächeln. »Komm her«, forderte er Frances auf.

Frances fror, ihre Augen wurden groß. Sie bewegte sich nicht.

»Ich sagte, du sollst herkommen! Sofort!«

»Nein«, widersprach Frances und trat noch weiter zurück. »Aber wenn Sie es wünschen, werde ich mit Ihnen jetzt Tee trinken.«

»Bevor ich Tee trinke, möchte ich ... meine Frau etwas näher betrachten. Komm her, Frances.«

Sie ging langsam zu ihm, aber im letzten Moment duckte sie sich und rannte fast aus dem Zimmer. Er wirbelte herum, aber sie war zu schnell. Seine Hand fing Luft, nicht ihren Arm. »Frances!« schrie er. Doch sie war bereits fort. Er hörte das Rascheln ihres Rockes und das Klicken ihrer Absätze auf dem Korridor.

Vom Arbeitszimmer ging Hawk ins Wohnzimmer und blieb abrupt stehen, als er den Raum betrat. Beide, Otis und Mrs. Jerkins, flankierten seine Frau. Er hatte plötzlich das Gefühl, auf einer Bühne in einer sehr schlechten Komödie zu stehen. Der blinde Ehemann, der seine Richtung nicht wußte.

»Mylord, willkommen daheim«, begrüßte ihn Mrs. Jerkins mit etwas gequältem Lächeln. »Der Tee ist fertig. Möchten Sie sich nicht setzen?«

»Wenn der General seine Soldaten entläßt«, entgegnete Hawk unwirsch und sah, daß Frances ein Lächeln unterdrückte.

Dann sagte sie in dem verdammt ruhigen Ton, der ihn bis zur Weißglut reizte: »Vielen Dank, Otis, Mrs. Jerkins. Ich werde Seiner Lordschaft servieren.«

Die beiden alten Bediensteten brauchten ziemlich lange, bis sie endlich den Raum verlassen hatten. Otis schloß nicht einmal die Tür. Hawk ging zur Tür und schlug sie krachend zu. Als er sich umdrehte, sah er, daß Frances seelenruhig Tee eingoß.

»Das Gebäck ist wirklich ausgezeichnet«, erklärte sie, während sie sich auf die Teetassen konzentrierte. »Die Köchin hat es genau richtig gebacken. Und da ist süße Erdbeermarmelade. Ich glaube, sie wird Ihnen bestimmt schmekken.«

»Frances, hör auf.«

»Gut«, willigte sie ein, ohne ihn anzusehen. Nachdem Hawk sich ihr gegenüber hingesetzt hatte, reichte sie ihm die Tasse.

Er nippte an dem Tee und versuchte, ruhiger zu werden. Nach einer Weile meinte er: »Ich wollte keine schöne, leichtsinnige Frau.«

»Das weiß ich. Als Otis mich unterbrach, wollte ich Ihnen gerade sagen: Hätten Sie die Höflichkeit gehabt, mich zu warnen, dann hätte ich wieder so ausgesehen, wie Sie es — erwarteten.«

»Du sagtest doch, du hättest deine Kleider dem Pfarrer gegeben.«

»Ich log.« Frances schüttelte bedauernd den Kopf, und er sah ihre hübschen Ohren, von Locken eingerahmt. »Eigentlich wollte ich nicht wieder die schüchterne, graue Maus werden, wie Sie mich nannten. Ich hätte eine Warnung wegen Ihres Eintreffens vorgezogen. Dann hätte ich darüber nachgedacht.«

»Du wirst diese verdammte Brille nie wieder aufsetzen!«

»Nein, das sollte ich wirklich nicht tun. Die arme Mrs. Jerkins glaubte, ich könnte nicht lesen, aber mit den Gläsern auf der Nase konnte ich tatsächlich nicht mehr klar sehen.«

»Wie ich bereits sagte, ich wünschte mir keine Frau von deiner Art.«

»Von meiner Art?«

»Du weißt verdammt gut, was ich meine, Frances!«

»O ja, ich denke schon. Sie wollten nicht an eine Frau gebunden werden, die Ihre Zeit in Anspruch nimmt, Ihre Aufmerksamkeit fordert, die sogar darauf besteht, mit Ihnen nach London zu gehen und all Ihre ... Vergnügungen ruiniert. Aber ich habe es nicht getan, mein Lord — ich verlangte nicht, mit Ihnen nach London zu fahren, um Ihnen den Spaß zu verderben.«

»Ich verabscheue Lügner und Betrüger.«

»Und ich verabscheue eingebildete, arrogante, dickköpfige Idioten!« Frances stand mit einem Ruck auf und begann, im Zimmer hin- und herzulaufen. Hawks Blick folgte ihr. Sehr hübsche, schlanke Fesseln, dachte er. Lange, elegante Beine. Frances wirbelte herum und sah ihn an. »Ich habe das alles zu spät erkannt!«

»So, deine ganze Maskerade erreichte genau das Gegenteil von dem, was du wolltest, nicht wahr?«

»Ja, so sollte ich wohl sagen. Ich wollte Ihnen die Wahrheit erzählen, aber Sie brausten von Kilbracken so schnell auf und davon, als sei Ihnen der Teufel auf den Fersen. Deshalb fand ich keine Gelegenheit dazu. Mein Vater und Sophia hätten mir nie erlaubt, ein Wort zu sagen.«

»Warum hast du die Verkleidung fortgesetzt?« wollte er von ihr wissen.

»Weil ich, wie gesagt, keinen Engländer heiraten wollte. Ich hatte auch nie den Wunsch, mein Zuhause in Schottland zu verlassen. Da ich das aber nicht verhindern konnte, wußte ich zumindest, daß Sie mich so bald wie nur möglich allein lassen würden, wenn ich so schrecklich aussah. Und das haben Sie ja auch getan.«

Hawk schwieg eine ganze Weile. Er streckte die Arme über den Kopf und lehnte sich im Stuhl zurück. Schließlich sagte er: »Du bist sehr schön.«

»Vielen Dank!«

»Und du bist all das, was ich mir von einer Ehefrau nicht wünsche.«

»Und Sie, mein Lord ...«

»Philip.«

»... sind all das, was ich mir von einem Ehemann nicht wünsche.«

»Dann scheinen wir ja quitt zu sein. Ich kann mir vorstellen, daß es für dich sehr schwer war, deine scharfe Zunge im Zaum zu halten, wenn ich in der Nähe war.«

»Sehr schwer sogar, da haben Sie vollkommen recht.«

»Ich nahm also die Schwester, die am schlimmsten ist, nicht wahr?«

»Am schlimmsten? Würden Sie das bitte genauer ausdrücken?«

»Ich würde sagen«, erwiderte Hawk nachdenklich, »daß du eigensinnig und willensstark bist und Männer es mit dir nicht einfach haben.«

Zu seinem Ärger lächelte sie nur ironisch. »Sie reden genauso wie mein Vater.«

»Frances, du weißt, ich kann dich schlagen, und ich sollte es tatsächlich tun, wenn du deinen Sarkasmus nicht zügelst.«

»Nein, das können Sie nicht!« protestierte Frances heftig. »Wenn Sie das versuchen sollten, würde ich Sie umlegen, das schwöre ich Ihnen!«

»Da bin ich aber neugierig, wie du das anstellen willst. Gegen mich bist du nur eine halbe Portion.«

»Ich würde mir schon etwas ausdenken!«

O ja, das würde sie, und er wußte es.

Hawk suchte nach etwas, das sie einschüchtern und wieder auf den Platz zurückbringen würde, wohin sie als Frau gehörte. Plötzlich setzte er sich auf und lächelte sie boshaft an. »Möchtest du gern wissen, warum ich unangemeldet zurückkam?«

»Nein. Aber ich nehme an, Sie wollen es mir gleich sagen.«

»Ich kam zurück, um meine Frau zu verführen. Ich wollte endlich deine Brüste sehen.« Mit großer Genugtuung sah er, daß sie zusammenzuckte.

»Meine Mätresse sagte mir«, fuhr er fort, »daß man Brillen, schreckliche Hauben und Kleider entfernen kann. Und das habe ich auch vor, und ich werde es bald tun, sehr bald.«

Frances fuhr sich mit der Zungenspitze über die bebenden Lippen. »Nein«, erwiderte sie kläglich und schüttelte den Kopf.

»Du bist meine Frau. Du wirst mir gehorchen, und zwar im Bett und außerhalb des Bettes.«

»Gehen Sie zu Ihrer Mätresse zurück, mein Lord! Ich will nichts mit Ihnen zu tun haben!«

»Wie merkwürdig. Die schüchterne, kleine Maus lag still wie eine Märtyrerin und ließ meine Angriffe auf ihren Körper über sich ergehen. Aber die schöne Frau jetzt glaubt, mir meine Rechte als Ehemann streitig machen zu können?«

Frances schwieg. Warum hatte sie nicht erkannt, daß Hawk an ihr, so wie sie jetzt aussah, sexuell viel stärker interessiert sein würde? Was würde er tun? Würde er sie weiterhin so behandeln wie vorher — schnell und ohne ein Wort zu sagen, abgesehen von ein paar kurzen Anweisungen?

»Ich weiß es nicht«, erwiderte sie, und zum ersten Mal sanken ihre Schultern herab.

Hawk lächelte. Er hatte gewonnen. Er hatte sie jetzt dort, wo er sie haben wollte. Am liebsten hätte er sie noch in diesem Augenblick hinauf ins Schlafzimmer gebracht, sie ausgezogen und aufs Bett geworfen. Statt dessen sagte er: »Ich lasse dir bis zum Abend Zeit, darüber nachzudenken, Frances. Ich hatte noch nie eine Ehefrau. Vielleicht wird es mir Spaß machen, mit dir zu schlafen, vielleicht kann ich dich zur Liebe erwecken ...«

»Hören Sie auf! Ich brauche mir Ihre ... Grausamkeiten nicht anzuhören!«

»Grausamkeiten? Mit einer Frau Liebe zu machen, ist grausam?«

»Liebe machen!« Sie schrie ihn fast an. »Wollen Sie es jetzt so nennen? Jetzt, nachdem Sie es nicht mehr für unter Ihrer Würde halten, mich zu beachten? Jetzt, wo Sie nicht mehr glauben, daß Sie krank werden könnten, wenn Sie mich berühren? Sie, mein Lord, sind ein verabscheuungswürdiges Tier!« Sie sah, daß Hawk aufstehen wollte und trat schnell einige Schritte zurück. »Ich habe zu tun. Entschuldigen Sie mich, mein Lord. Wir bekommen ... Gäste zum Abendessen. Ich muß noch mit der Köchin sprechen, ich muß ...«

Es war eine Lüge, das sah Hawk ihr auch an, sagte aber nichts. Er blickte ihr nach, als sie rasch das Wohnzimmer verließ und wußte, daß sie als nächstes eine Nachricht zu

Alicia und John schicken würde mit der dringenden Bitte, nach Desborough Hall zu kommen. Er wollte, er konnte nicht mehr länger warten.

Der Abend würde sich wahrscheinlich zum zweiten Akt der schlechten Komödie entwickeln, aber diesmal kannte er die Richtung, Frances hingegen nicht.

16. Kapitel

»Oh, warum ist er zurückgekommen, Alicia? Ich hatte gedacht, er würde bis Weihnachten fortbleiben! Meine ganzen Pläne sind über den Haufen geworfen!«

»Frances, nun beruhige dich erst einmal.« Alicia klopfte Frances aufmunternd auf den Arm. »Ich bin nur froh, daß du dich nicht in die graue Maus zurückverwandelt hast. Du siehst bezaubernd aus! Ich könnte fast eifersüchtig werden. John sieht dich genauso an, wie er seine Lieblingsnachspeise betrachtet.«

»Das tut Hawk auch.« Frances schlug mit den Fäusten so kräftig auf ihren Toilettentisch, daß die Haarbürste hochsprang. »Er sagte etwas von Schuldgefühlen, die ihn zurückgetrieben hätten. Das kann er mir doch nicht weismachen!«

»Komm, Frances, wir müssen hinuntergehen!« mahnte Alicia. »Die Gentlemen warten. Du willst sicher nicht, daß Hawk heraufkommt und dich mit Gewalt ins Wohnzimmer schleppt.«

»Das brächte er fertig! Alicia, hör auf zu lachen! Das Ganze ist alles andere als lustig! Also gut, gehen wir zu den feinen Herren.«

John Bourchier stand in der Nähe des Kamins und sprach in seiner ruhigen Art über seinen Landsitz. Er hatte noch nichts wegen Frances' Verwandlung gesagt, schließlich war er ein Gentleman. Doch er konnte es kaum erwarten, Frances und Hawk zusammen zu sehen. Er redete über Entwässerungsprobleme in seinen nördlichen Feldern, und Hawk, den das wenig interessierte, trank noch ein Glas Sherry.

»Guten Abend allerseits«, grüßte Alicia lebhaft und kam ins Wohnzimmer. »John, mein Lieber, können Frances und ich auch ein Glas Sherry bekommen?«

»Selbstverständlich«, versicherte John und wagte nicht, Hawk ins Gesicht zu sehen.

Frances sah so schön aus, daß man meinen konnte, man blicke direkt in die Sonne.

Hawk spürte, wie sich tief in ihm etwas zusammenzog, ließ sich aber nichts anmerken. Er entdeckte zwei rote, hektische Flecken auf ihren Wangen und ihren argwöhnischen, irritierten Blick. Waren ihre Augen mehr blau als grau?

»Wie bezaubernd, meine Liebe«, sagte er mit honigsüßer Stimme und sah von ihrem hübschen Busen in ihr Gesicht. Frances nickte nur und ließ ihn ihre Hand hochnehmen. Er drückte einen Kuß auf ihr Handgelenk und hielt es fest, worauf ihn Frances mit einem Blick ansah, der töten konnte.

»Einfach entzückend«, stimmte John zu.

»Ich fürchte, Frances stellt mich heute vollkommen in den Schatten«, stellte Alicia fest und blickte herausfordernd zu Hawk.

»Sie stellt uns alle in den Schatten, wie es scheint«, erwiderte er.

Frances atmete erleichtert auf, als der Butler ins Zimmer kam und verkündete: »Es ist angerichtet, Mylady.«

Hawk bot ihr seinen Arm, doch Frances sah ihn an, als ob er eine Schlange wäre. »Frances«, sagte er ruhig, aber sie hörte sehr gut den warnenden Unterton. Sie streckte das Kinn hoch und legte ihre Hand leicht auf seinen dargebotenen Arm.

»Meine liebe Frau hat zweifellos meine Lieblingsgerichte zubereiten lassen«, meinte Hawk, nachdem alle an der Tafel Platz genommen hatten. »Sie war so sehr erfreut über meine Heimkehr.«

Im Raum wurde es totenstill, selbst Otis bewegte sich geräuschlos, und die Diener verzogen keine Miene. Otis hatte sie gut gedrillt, ganz besonders für diesen Abend.

»Bist du das nicht, meine Liebe?« sprach Hawk kurz weiter. Da sie schwieg, fügte er hinzu: »Erfreut, mich zu sehen, meine ich.«

»Die Suppe bitte, Otis«, wandte sich Frances an den Butler und ignorierte Hawk. »Gemüsesuppe«, ergänzte sie, als die Diener servierten.

»Meine Lieblingssuppe«, erklärte Hawk begeistert. »Was für eine fürsorgliche Ehefrau.«

»Es ist Johns Lieblingssuppe«, widersprach Frances.

»Ja, das stimmt«, pflichtete ihr Alicia bei und aß rasch einen Löffel voll, um ein Kichern zu unterdrücken. Arme Frances!

Nur das Klappern der Löffel unterbrach die Stille, bis Hawk wieder begann: »Meine liebe Frau hat die gesamte Dienerschaft bezaubert. Mir bleibt nur, mich an ihrer Verehrung zu wärmen.«

Frances fiel der Löffel aus der Hand, und etwas von der Suppe schwappte auf die weiße Tischdecke. Sofort eilten ein Diener und Otis herbei, um den Schaden zu beheben. »Es ist nichts passiert«, meinte sie rasch. »Es ist alles in Ordnung.«

»John erzählte mir von seinen Entwässerungsproblemen«, berichtete nun Hawk.

»Eine Sache, die Ihnen zweifellos zu Herzen geht«, entgegnete Frances eisig.

»O ja, ich bin an allen Problemen interessiert«, antwortete ihr Ehemann vieldeutig. »Es gibt die verschiedenartigsten Lösungen. Man muß nur die richtige finden. Meinst du nicht auch, Frances?«

Frances preßte die Lippen zusammen. Sie merkte nur zu gut seine Absicht und wollte ihn in dieser Weise nicht fortfahren lassen.

Sie hob den Kopf und blickte ihm direkt in die Augen. »Das stimmt tatsächlich, besonders bei der Verwaltung dieses Gutes. Marcus« — ihre Stimme wurde hörbar weicher — »ist eine solche Hilfe! Soviel Verständnis bei einem so jungen Mann!«

Alicia sah, wie sich Hawks Gesicht verdüsterte, und erkundigte sich schnell: »Wie geht es Beatrice und ihrem Verlobten?«

»Gut, wie immer, vielleicht sogar noch besser«, erwiderte Hawk, legte die Gabel nieder und blickte seine Ehefrau an. »Ich glaube, Edmund Lacy wird gut mit ihr zurechtkommen, besonders, wenn sie erst einmal verheiratet sind. Ein

Ehemann ist letzten Endes dafür verantwortlich, daß seine Frau seine Wünsche beachtet und er für ihr Wohlergehen sorgt. Meinst du nicht auch, Frances?«

Sie hob ihr leeres Weinglas, und Otis füllte es unverzüglich.

»Frances?« wiederholte Hawk.

»Ich denke«, entgegnete sie hart, »daß Ehemänner im allgemeinen Verlauf der Dinge ...« Sie brach ab. Ihr war eingefallen, daß sie ihre Zunge hüten mußte, vor allem in Gegenwart der Diener und ihrer Gäste.

»Ja, meine Liebe?« bohrte Hawk weiter.

»Ehemänner sind Ehemänner.«

»Ist das eine Anklage oder ein Kompliment?«

John, der das Interesse des Personals bemerkte, brachte das Gespräch geschickt wieder auf seine Entwässerungsgräben.

Nachdem Otis die Diener angewiesen hatte, die Lammkoteletts, Frikadellen, gebratenen Rinderrippchen, Kalbfleisch in Bechamelsoße und die verschiedenen Gemüse zu servieren, nickte ihm Hawk zu, daß er gehen könnte.

Er preßte die Zähne aufeinander, als er sah, daß Otis sich zu Frances wandte. »Vielen Dank, Otis«, sagte sie ruhig, obwohl sie den Blick ihres Ehemannes sah, »wir kommen jetzt allein zurecht.« Sie kannte Hawk noch nicht gut genug und wußte nicht, ob er jetzt eine Szene machen würde. Doch nichts dergleichen geschah. Hawk ließ sich das Essen gut schmecken.

»Gibt es bei euch in Schottland auch Kalbfleisch, Frances?«

»Nur Weihnachten, mein Lord, und dann natürlich nur kleine Portionen.«

»Merkwürdig«, meinte Alicia. »Wachsen in Schottland keine Kälber?«

John lachte und tätschelte ihr die Hand. »Eine Städterin! Kälber sind nicht wie Kartoffeln, meine Liebe, es sind junge Rinder, mußt du wissen.«

»Du siehst, wie lehrreich Ehemänner sein können«, wandte sich Hawk an Frances. »Wir können tatsächlich sehr nützlich sein, das versichere ich dir, und zwar auf vielen Gebieten.«

Frances hatte seine versteckten Anspielungen langsam gründlich satt. Er benimmt sich nicht wie ein Gentleman, also brauche ich mich auch nicht wie eine Lady aufzuführen, dachte sie empört und begann: »Ich habe soviel über die Vergnügungen in London gehört und würde sie gern mit Ihnen besuchen, mein Lord. Denken Sie doch nur an die vielen Feste, die Bälle und Abendgesellschaften — so nennt man sie doch, nicht wahr?«

»Ja«, bestätigte Hawk kurz angebunden. Verdammte, kleine Hexe!

»Mein Schwiegervater erzählte mir alles über das Hawksbury-Haus«, fuhr Frances fort. »Ich bin ganz begierig darauf, es für den Rest der Saison herzurichten und neues Personal zu engagieren. Natürlich, mein Lord, möchte ich auch all Ihre Freunde kennenlernen.«

Hawk blickte sie einige Augenblicke amüsiert an, dann ging er zum Gegenangriff über. »Vielleicht erlaubt deine Gesundheit eine Reise nach London nicht, meine liebe Frances. Ist dir morgens nicht sehr übel?«

»Frances!« rief Alicia begeistert. »Du hast mir noch nichts davon gesagt! Das ist ja wunderbar!«

»Ich bin nicht schwanger, Alicia«, preßte Frances hervor. »Mein Gatte meint sicher das ... Schottische Fieber, unter dem ich gelegentlich leide.«

»So? Nicht schwanger, meine Liebe? Wie deprimierend. Tja, wie ich schon sagte, ein Ehemann hat so viele Pflichten, so viel Verantwortung.«

John sah Alicia verzweifelt an. Er fühlte sich absolut unbehaglich, wäre am liebsten gegangen und hätte die beiden ihren Streit allein austragen lassen.

Auch Frances hatte genug. »Alicia, wollen wir uns ein wenig zurückziehen? Der Zitronenpudding und die Rhabarbertörtchen sind nicht nach deinem Geschmack, wie ich weiß.«

Kein Diener und kein Otis zog ihr den Stuhl zurück. John stand rasch auf und half seiner Frau, Hawk jedoch blickte

Frances über den Tisch hinweg nur an. Sie warf den Kopf zurück und rauschte aus dem Eßzimmer.

»Meine Güte«, meinte Alicia, als die beiden Frauen im Wohnzimmer angekommen waren, »Hawk ist ja ganz aus dem Häuschen.«

»Er ist ein entsetzlicher Rohling!« erwiderte Frances so wütend, daß sie kaum klar zu denken vermochte.

»Du hast ihn ja auch ganz schön getäuscht, Frances«, wandte Alicia ein.

»Ich hoffe, er erstickt an dem Pudding!« brauste Frances auf.

»Er sieht außergewöhnlich hübsch aus in seinem Abendanzug. Findest du das nicht auch, Frances?«

»Verdammt noch mal, Alicia, auf wessen Seite bist du überhaupt?«

»Ich glaube, ich spiele am besten einige Balladen, und du hörst nur zu, Frances. Das wird dich ein wenig beruhigen.«

Die Gentlemen kamen viel zu rasch nach. Hawk schlenderte zu Frances und stellte sich hinter ihren Stuhl. Sie fühlte seine Hand auf ihrer Schulter und seine Finger, die mit ihren Locken spielten.

»Lassen Sie mich allein!« zischte sie durch die Zähne.

John und Alicia flüchteten, anders konnte man ihren hastigen Aufbruch nicht bezeichnen. An der Haustür umarmte Alicia eilig Frances, dann fuhren sie ab. Sofort erschien zu Hawks Ärger Otis.

Hawk nahm Frances an der Hand und zog sie ins Wohnzimmer zurück.

Er schloß nachdrücklich die Tür und lehnte sich mit dem Rücken dagegen. »Jetzt sind wir endlich allein«, stellte er lächelnd fest.

»So?«

»Du verkörperst ein hübsches Bild, Frances. Ich bin begierig darauf, mehr von diesem Bild zu sehen, vielleicht mit weniger ... Farbe.«

Er sprach in normalem Ton, doch Frances erkannte sofort, was er meinte.

»Ich kann Sie absolut nicht leiden!« fauchte sie. »Sie sind kein Gentleman!«

»Ich glaube ebenfalls, daß du, meine Liebe, obwohl die Tochter eines Grafen, keine Lady bist. Eine Wilde, vielleicht.«

»Ich gehe zu Bett!« Frances straffte die Schultern und ging energisch auf ihn zu.

»Genau das habe ich auch vor. Komm, meine Liebe, ich möchte nun die wirkliche Frances Hawksbury kennenlernen.«

Was sollte sie jetzt tun? Hawk stand vor der Tür und versperrte ihr den Weg. Täusche ihn, dachte Frances, verstelle dich! Mit scheuer Stimme erwiderte sie: »Ich ... gut, mein Lord.«

»Philip«, korrigierte er und lächelte auf sie nieder. Endlich gehorchte sie ihm! Er trat zur Seite. »Ich komme in Kürze nach, Frances.«

»Ja, gut, mein ... Philip.« Ihre Stimme klang noch immer scheu und sie warf ihm einen kurzen, verlegenen Blick zu.

Hawk legte die Hände leicht auf ihre Schultern. »Frances, diesmal wird es anders sein, das verspreche ich dir.« Sie schwieg. Er beugte sich nieder und küßte sie rasch. »Du bist sehr schön. Ich freue mich über dich.« Da sie noch immer nichts sagte, gab er ihr den Weg frei. »Bald, Frances«, rief er sanft hinter ihr her.

Hawk ging in die Halle und blickte ihr nach, wie sie die Treppe hinaufging. Wie hatte er nur so blind sein können? Er schüttelte den Kopf. Hätte er sie doch schon in ihrer Hochzeitsnacht so gesehen! Vielleicht wäre alles ganz anders gekommen. Heute nacht jedenfalls wollte er Amalias Vorschläge befolgen. Bei dem Gedanken spürte er, wie die Lust in ihm erwachte.

Er trank einen Brandy und eilte dann rasch in sein Schlafzimmer. Grunyon wartete bereits und machte keine Anstalten, den Raum zu verlassen. Selbst, als Hawk ihn dazu aufforderte, blickte er zur Verbindungstür mit einer Besorgnis, die nicht seinem Herrn galt.

Verdammt noch mal, dachte Hawk aufgebracht, steht denn keiner zu mir? »Gehen Sie schlafen!« befahl er schroff, doch Grunyon ging langsam wie eine Schnecke zur Schlafzimmertür. Dann drehte er sich noch einmal um, sah den kalten Blick seines Herrn und verließ kopfschüttelnd den Raum.

Hawk zog sich in Windeseile aus, schlüpfte in seinen Morgenrock und klopfte leise an die Verbindungstür. Seine Hand am Türknauf zitterte ein wenig, als er ihn herumdrehte.

Im Zimmer flackerte nur eine einzige Kerze auf Frances' Toilettentisch, und er wünschte sich doch so, sie zu sehen. »Frances?« Hawk blickte zum Bett und lächelte. Sie hatte sich unter die Bettdecke verkrochen in ihrer Verlegenheit und vielleicht aus Furcht. Er würde sie beruhigen, würde dafür sorgen, daß sie sich mit ihm wohl fühlte.

»Frances«, sagte er nochmals sanft und setzte sich auf das Bett neben sie. Seine Hand berührte ihre Schulter, und im nächsten Moment brüllte er vor Wut. Er riß die Bettdecke zurück und blickte auf das gleiche, verdammte, zusammengerollte Kissen.

»Frances!« Er sprang hoch und lief suchend durch das Zimmer, doch auch unter dem Bett war sie nicht zu finden. Hawk nahm sich mühsam zusammen. Er konnte unmöglich durch das Haus rennen und nach ihr schreien. Das hätte die gesamte Dienerschaft geweckt, und den darauf folgenden Klatsch konnte er sich gut vorstellen. »Ich bringe dich um, Frances!« grollte er zornig vor sich hin. Wo konnte sie sich versteckt haben? Er würde jedes Zimmer durchsuchen, o ja, und wenn er sie fand ...

Hawk nahm den Kerzenhalter, verließ Frances' Schlafzimmer und wurde nach jedem Raum, aus dem er erfolglos wieder herauskam, wütender. Schließlich gelangte er zu einem sehr kleinen Raum, der etwas versteckt an der Korridorbiegung in der Nähe des Haupteingangs von Desborough Hall lag. Er öffnete die Tür, hob den Leuchter und spähte hinein.

Plötzlich entdeckte er Frances, die sich hinter einem Stapel verschiedener Stoffe zusammengekauert hatte. Ein Webstuhl stand in der Nähe und Tische. Es war das verdammte Nähzimmer! Hatte sie sich hier vor ihm in letzter Zeit versteckt?

Das Licht der Kerze fiel auf Frances' Gesicht, und sie blickte ihn aus großen Augen an.

17. Kapitel

»Diesmal bist du zu weit gegangen, Frances! Jetzt ist Schluß!«

»Ich hätte in den Stall gehen sollen«, erwiderte sie. »Ich war dumm.«

Hawk lächelte bei dieser Feststellung und überlegte, ob sie sich vielleicht gewünscht hatte, daß er sie fände. Doch Frances zerstörte seine Hoffnung laut und deutlich und verlangte: »Verschwinden Sie, mein Lord!«

»Nein.« Hawk ging auf sie zu, und im gleichen Moment sprang Frances auf und wich bis an die Wand zurück. Hawk blieb stehen. »Komm ins Bett, Frances, sofort!«

Sie schüttelte den Kopf derart heftig, daß ihr schönes Haar um ihr blasses Gesicht wirbelte. »Nein«, wisperte sie, »nein.«

»Diesmal hast du es wirklich übertrieben, Frances. Bist du jetzt bereit, mir zu gehorchen?«

»Dazu bin ich nicht bereit!«

»Du willst also weiterhin ungehorsam bleiben?«

»Ich will nur, daß Sie mich allein lassen, daß Sie morgen wieder von Desborough Hall fortgehen und nach London zu Ihrer Geliebten zurückkehren.«

»Du bist aber noch nicht schwanger«, erwiderte Hawk sanft.

»Ich wünsche Ihre Versuche nicht!« Frances schrie fast, und Hawk ging rasch zur Tür und schloß sie.

»Wenn du nicht leiser sprichst, werde ich dich knebeln«, versicherte er. »Ich will keinen Klatsch unter dem Personal, hast du mich verstanden?«

»Gehen Sie!« Frances sah, wie er nachdrücklich auf einige Stoffstreifen blickte, die auf einem der Tische lagen, und senkte die Stimme. »Bitte, gehen Sie!«

»Ah, etwas Gehorsam steckt also doch in dir«, stellte Hawk fest und streckte ihr eine Hand entgegen. »Komm.«

Doch sie bewegte sich nicht. Hawk stellte kurz entschlossen den Leuchter auf einen Tisch und ging langsam auf Frances zu. Sie versuchte, sich hinter ihm wegzuducken, doch diesmal war er darauf vorbereitet, packte sie und hielt sie fest. Er spürte, wie sie mit den Fäusten an seine Brust hämmerte und schüttelte sie, bis ihr Kopf zurückfiel. »Hör auf! Soll ich dich fesseln?«

Frances schüttelte den Kopf.

Im nächsten Moment blies Hawk die Kerze aus, hievte Frances über seine Schultern, verließ den Nähraum und brachte sie in sein Schlafzimmer. Frances zitterte, und Hawk fragte sich, ob Furcht oder Wut der Grund dafür war. Er sagte nichts mehr, kickte die Tür zu seinem Schlafzimmer mit dem Absatz zu, trug Frances zu seinem Bett und ließ sie auf den Rücken fallen. Sie war noch immer in ihrem schönen, blauen Kleid.

»Zieh dich aus«, forderte er und blickte auf sie nieder. »Sofort.« Als Frances zögerte, fügte er kalt hinzu: »Ich reiße dir die Sachen vom Leibe, wenn du mir nicht sofort gehorchst!«

Doch Frances war nicht imstande, die lange Knopfreihe rasch zu öffnen. Hawk zog sie auf die Füße, drehte sie um und befreite sie schnell von ihrem Kleid.

»Bitte«, flüsterte sie, »können Sie ... würden Sie bitte die Kerze löschen?«

»Ich will dich sehen«, erklärte er kurz. »Zieh dich weiter aus.« Er trat einige Schritte zurück.

Es war zuviel. Ihr tief ausgeschnittenes Spitzenhemd bedeckte kaum ihre Brüste, außerdem war es fast durchsichtig, und Frances sah, wie Hawks Blick über ihren Körper glitt. Sie griff nach ihrem Kleid, blies blitzschnell das Licht aus und eilte in der Dunkelheit zur Verbindungstür.

Mit drei Schritten hatte Hawk sie eingeholt. »Gut«, schnaubte er, »dann soll es so sein, wie du es verlangst.« Er trug sie zum Bett zurück, hielt sie mit einer Hand fest und zog sie mit der anderen aus. Als sie nackt war, hob er sie auf und warf sie auf das Lager. Im nächsten Moment hatte er seinen Morgenmantel abgelegt und kam ins Bett.

Frances erkannte, daß es keine Hoffnung für sie gab. Sie war ein solcher Dummkopf gewesen! Hatte sie tatsächlich erwartet, daß er sie vergessen würde? Sie schalt sich eine Idiotin.

Leise sagte sie: »Ich werde stilliegen. Tun Sie, was Sie wollen, aber bringen Sie es bald hinter sich.«

»Gut«, erwiderte er nur.

Frances empfand keine Schmerzen mehr, als er sich in ihr bewegte. Sie lag vollkommen ruhig und hoffte, daß es rasch vorübergehen würde, wie früher. Sie hörte, wie sein Atem schneller ging, wie er heftiger wurde, plötzlich aufstöhnte und einen Augenblick wie kraftlos auf sie niedersank. Dann rollte Hawk sich auf den Rücken. Seine Lust war vergangen und seine Wut. Er empfand nichts.

»Geh in dein Zimmer, Frances«, sagte er enttäuscht und müde.

Frances sprang fast aus dem Bett, und er vernahm ihre schnellen Schritte, mit denen sie zur Verbindungstür eilte. Sie schlug die Tür nicht krachend zu, sondern schloß sie leise.

»Verdammt!« fluchte Hawk laut in den leeren Raum. O Amalia, ich habe mich wie ein brünstiger Bastard benommen! Er fühlte sich schuldig, und das hatte er gar nicht gern. Schließlich war es auch Frances' Schuld. Sie hatte ihn angelogen und versucht, ihn zum Narren zu machen. Sie hatte diese Behandlung verdient. Und doch ... Er fühlte noch immer ihren zarten Körper, seine Gedanken wurden verschwommen, Lust und Ärger schlugen über ihm zusammen.

In ihrem Schlafzimmer schrubbte sich Frances, bis ihre Haut fast wund wurde. Sie zog sich ein Nachthemd über und kroch ins Bett.

Ich hätte bei meiner Brille, meinen schrecklichen Hauben und den unförmigen Kleidern bleiben sollen, dachte sie. Dann hätte er sich ehrenhalber verpflichtet gefühlt, wenigstens weiterhin freundlich zu mir zu sein, obwohl seine Freundlichkeit eine merkwürdige Mischung aus Herablassung, Abneigung und Langeweile war. Frances barg ihr Gesicht in dem weichen Kissen. Er hatte sie nicht berührt, sie war sicher vor ihm. Gegen das andere konnte sie nichts tun, das mußte sie wohl oder übel über sich ergehen lassen. Daß sie versucht hatte, ihm zu entfliehen, war dumm von ihr gewesen. Sie hätte ihn akzeptieren sollen wie die früheren Male.

Ihr war durchaus klar, daß ihr Benehmen ihn wütend gemacht hatte und daß logischerweise zu erwarten gewesen war, was er getan hatte.

Frances zog die Knie bis zur Brust hoch. Sie würde schon mit ihm fertig werden, ganz bestimmt sogar. Sie brachte es sogar fertig, kurz aufzulachen, und sagte laut ins Kissen: »Eher will ich dich beim Teufel sehen, als daß ich dir erlaube, mich zu berühren!« Und leise wiederholte sie: »Nie, niemals wirst du mich berühren.«

Hawk blieb abrupt stehen, als er am nächsten Morgen ins Frühstückszimmer kam. Frances saß bereits am Tisch, frühstückte in aller Ruhe und las die »Gazette«.

Hübsch sieht sie aus, dachte er. Sie trug ein blaßgrünes Musselinkleid und im Haar das passende Band. Im Grunde hatte er erwartet, daß sie sich vor ihm verstecken und ihn um jeden Preis meiden würde.

Plötzlich stieg Verlangen nach ihr in ihm auf, und er wurde auf sich selbst wütend. Zum Teufel, ein Ehemann sollte so etwas nicht für seine Ehefrau empfinden. Es war absurd, lächerlich ...

»Ah, guten Morgen, mein Lord«, begrüßte ihn Frances lächelnd und faltete die Zeitung zusammen.

Lächelnd, als ob sie nicht die geringste Sorge hätte! Hawk sah ihre unschuldige Miene. Welches Spiel trieb sie jetzt wieder mit ihm?

»Guten Morgen, Frances«, erwiderte er und setzte sich ans Kopfende des Tisches. Nachdem Rosie, das Hausmädchen, ihn bedient hatte und er sie mit einem Nicken entließ, erlebte er zu seinem Ärger dasselbe, was er schon mit Otis erfahren hatte: Rosie lächelte erst noch Frances an und erkundigte sich: »Wünschen Sie noch irgend etwas, Mylady?«

»Nein, Rosie, vielen Dank. Du kannst gehen«, erklärte Frances, und erst danach knickste Rosie und verließ das Zimmer.

»Ist das Steak, wie Sie es wünschen, mein Lord?« fragte sie ihn.

Himmel, sie klang so verdammt fröhlich! »Ich habe noch keinen Bissen probiert, also weiß ich es auch noch nicht!« murrte er.

»Ah, dann werde ich den Mund halten.« Frances nahm die Zeitung wieder auf und verbarg sich dahinter.

»Was liest du denn da so Interessantes?« wollte Hawk nach längerem Schweigen wissen.

Frances las überhaupt nicht. Sie hatte alle Mühe, weiterhin eine fröhliche Unbekümmertheit zur Schau zu stellen. Viel lieber hätte sie ihm das dicke Steak an den Kopf geworfen. Doch sie lachte sehr charmant und erwiderte: »Ich lese den Klatsch aus der guten Gesellschaft. Das ist faszinierend. Hier steht, daß eine Lady H. im Gespräch mit Lord R. im Park gesehen wurde, und Lady H.'s Ehemann stand ganz in der Nähe! Wie angenehm aufregend, nicht wahr?«

»Ich kenne keine Lady H.« brummte Hawk.

»Aber Sie haben doch einen so großen Bekanntenkreis, mein Lord.«

Hawk legte langsam die Gabel nieder. »Frances, willst du endlich aufhören, mich mit ›mein Lord‹ anzureden? Mein Name ist Philip oder Hawk, verstanden?«

»Ganz wie Sie wünschen«, antwortete Frances leichthin. Sie legte die »Gazette« auf den Tisch, blickte zur Uhr auf der Anrichte und erklärte: »Du meine Güte, wie die Zeit vergeht! Es ist schon fast acht Uhr! Wollen Sie mich bitte entschuldigen?«

»Wohin gehst du?«

»Ach, es gibt so vieles zu erledigen. Desborough Hall läuft nicht von allein, wie Sie wissen.« Und schon war sie gegangen.

Hawk entdeckte erst jetzt, daß sie kaum etwas gegessen hatte. Seine Stimmung war miserabel. Erst nahm er sich vor, auszureiten, änderte aber seine Absicht. Wenn er schon hier war, konnte er sich auch mit den geschäftlichen Dingen des Landsitzes befassen.

Doch im Arbeitszimmer war wieder Frances hinter seinem Schreibtisch, und Marcus Carruthers saß neben ihr. »Ich weiß nicht recht, Marcus«, sagte sie gerade, »ob wir soviel Geld in die Rodung dieses Waldstückes investieren sollen ...«

»Welcher Wald?« fragte Hawk, der durch die offene Tür hereingekommen war, scharf.

Frances erstarrte, doch nur einen winzigen Augenblick. Dann sah sie ihren Ehemann lächelnd an und erklärte freundlich: »Marcus und ich diskutierten gerade über die Zäune, die wir brauchen. Bauholz ist gegenwärtig sehr teuer, und wir haben ein ausgezeichnetes Waldgebiet im Osten ...«

»Ich wünsche nicht, daß auch nur ein einziger Baum gefällt wird!« schnitt Hawk ihr das Wort ab.

Frances stand auf. »Natürlich wird keiner gefällt. Wenn das alles ist, Marcus, dann habe ich noch anderes zu tun.«

Marcus sah den Gesichtsausdruck seines Herrn und wäre am liebsten Frances aus dem Raum gefolgt. Er zerrte an seinem Kragen, ordnete einige Papiere auf dem Schreibtisch und versuchte, sehr beschäftigt auszusehen. Zu seiner großen Erleichterung ordnete der Graf nur kurz an: »Machen Sie weiter!« und verließ ebenfalls das Arbeitszimmer. Marcus hörte noch, wie er im Korridor laut rief: »Frances!«

Hawks Ruf verhallte ergebnislos, Frances war nirgends zu finden. Er erschien sogar zur Verblüffung des Personals in der Küche, wo ihn Otis mit einer Verbeugung begrüßte. »Mylord.«

»Ich sehe, daß die Diener eine neue Livree tragen«, sagte er unwirsch, »und würde gern erfahren, wer das angeordnet hat.«

»Wenn ich das erklären dürfte«, erwiderte Otis sehr

freundlich, als spräche er zu einem Schuljungen. »Ihre Ladyschaft fand das Aussehen der Diener verbesserungswürdig und fuhr mit mir deshalb nach York, um die neuen Stoffe auszusuchen, hoffentlich zu Ihrer Zufriedenheit, Mylord. Die Frauen wurden ebenfalls neu eingekleidet. In dieser Angelegenheit begleitete Mrs. Jerkins Ihre Ladyschaft nach York.«

»Sonst noch etwas, was Ihre Ladyschaft zu verbessern wünschte?« erkundigte sich Hawk sarkastisch.

»Wenn Eure Lordschaft darüber mit Mrs. Jerkins sprechen wollten«, erwiderte Otis mit unbeweglichem Gesicht.

Hawk fluchte vor sich hin, während er ins Wohnzimmer ging. Dort mußte er sich von Mrs. Jerkins anhören:

»... und natürlich, Mylord, neues Besteck, neues Geschirr und neue Leinentücher. Die alten waren in jämmerlichem Zustand und ...«

»Vielen Dank, Mrs. Jerkins«, unterbrach Hawk sie schroff.

Doch Mrs. Jerkins, die Lord Philip schon von Kindesbeinen an kannte, fuhr unerschrocken fort: »... und sie ist sehr freundlich zum Personal, Mylord, aber natürlich erlaubt sie keine Nachlässigkeit.«

Hawk ließ sie weiterreden, bis er endlich Gelegenheit zu der Frage fand: »Können Sie mir auch sagen, wo Ihre Lady ist?«

»In den Ställen, nehme ich an. Um diese Zeit ist sie immer dort«, informierte ihn die Haushälterin. »Sie arbeitet viel zu hart. Das Gestüt und die Entscheidungen mit Mr. Belvis über die Rennpferde und ihr Training ...«

»Wo ist sie?« fuhr Hawk die Haushälterin an.

»Im Stall, Mylord. Mit Mr. Belvis, wie ich Ihnen bereits sagte.«

Hawk ließ die Haushälterin stehen, eilte aus dem Zimmer, hastete die Stufen vor der Eingangshalle hinunter und lief zu den Ställen.

Dort angekommen, schrie er: »Frances!« in einer Lautstärke, daß die Stallburschen wie vom Donner gerührt aufschreckten.

»Wo ist die Gräfin?« brüllte er.

»Wahrscheinlich im Trainerbüro mit Mr. Belvis, Mylord«, brachte Dan, der älteste Stallknecht, heraus.

Das Trainingsgelände lag etwas entfernt von den Ställen, nahe bei den Koppeln. Es hatte angefangen zu regnen, und bald spürte Hawk die Wassertropfen in seinen Nacken rinnen.

Die Bürotür war nur angelehnt, und er trat ein. Der angenehme Geruch von Leder, Leinsamen und verschiedenen Salben schlug ihm entgegen.

»Belvis, was zum Teufel geht hier vor? Ich dachte, Sie sind weggegangen?«

Die Stunde der Abrechnung, dachte Frances und bemühte sich, ihre Nervosität zu verbergen. Sie hätte es ihm sagen müssen, vielleicht beim Frühstück, als er den Mund voll hatte. »Ah, mein Lord! Wünschen Sie etwas?«

Hawk blickte noch zu Belvis, der jünger wirkte, als er ihn in Erinnerung hatte. Dann erwiderte er nicht nur ruhig, sondern lächelte sogar dabei: »Ja, Frances, ich möchte dich gern sprechen, wenn es dir recht ist. Wir können in die Gerätekammer gehen.«

Das war Frances überhaupt nicht recht, doch sie erwiderte: »Wie Sie wünschen, mein Lord. Ich komme zurück, Belvis. Bitte, machen Sie weiter.«

Was weitermachen? wollte Hawk am liebsten fragen, schwieg aber.

Die Gerätekammer war anders, als Hawk sie kannte. Jetzt war es hier blitzsauber, und das Pferdegeschirr, das Zaumzeug und die Sättel glänzten und hingen ordentlich an ihren Plätzen.

Hawk deutete auf einen alten Stuhl. »Setz dich«, forderte er Frances kurz auf.

Sie setzte sich.

»Und nun, Madam, wirst du mir erzählen, was, zum Teufel, hier vorgeht.« Er stand mit gespreizten Beinen da, die Arme über der Brust verschränkt, und sah, wie Frances im stillen feststellte, kampfbereit aus.

Sie schwieg.

»Also, Frances?«

18. Kapitel

Frances wußte, es gab kein Entweichen. »Desborough Hall ist hochgeschätzt als Rennstall und Gestüt, mein ... Hawk«, begann sie und war froh, daß ihre Stimme nicht zitterte. »Es gelang mir, Belvis zurückzuholen, wie Sie sahen, damit er den Zustand wiederherstellt, der bis zum Tode Ihres Bruders hier herrschte.«

»Und woher hattest du das Geld für deine ehrgeizigen Pläne?«

Frances atmete erleichtert auf. Anscheinend wollte er sich nur über alles informieren. Offen bekannte sie: »Das Geld habe ich mir von Ihrem Vater geliehen.«

»Was hast du?«

Schon aus mit seiner Ruhe, dachte Frances und wiederholte: »Ihr Vater hat mir — uns — das Geld geliehen.«

Hawk hätte am liebsten losgebrüllt, bezwang sich aber. »Ich vermute, mein edler Vater hat dir auch das Geld für all den verschwenderischen Aufwand im Haus geliehen? Für Geschirr, Leinentücher, Uniformen?«

»Natürlich habe ich mir kein Geld für den Haushalt von Ihrem Vater geliehen! Ein Haushalt kostet eben, und Marcus stimmte mir zu, daß über diese Anschaffungen ich zu entscheiden habe. Der Haushalt liegt schließlich in meiner Verantwortung.«

»Und wieviel schulde ich nun meinem Vater? Wieviel Geld gab er dir für den Wiederaufbau?« erkundigte sich Hawk gefährlich leise.

Frances schluckte und blickte auf ihre Hände nieder. »Fünftausend Pfund«, erwiderte sie.

Hawk fluchte, was das Zeug hielt, und brauchte einige Zeit, um sich zu beruhigen. »Ich nehme an, du bist der Ansicht, daß die Rennpferde und das Gestüt ebenfalls unter deine Verantwortung fallen?«

Frances errötete. »Nein, nicht direkt, aber mein ... Philip, ich ... ich konnte einfach nicht dabeistehen und zusehen, wie alles verkam.«

Hawk rieb sich die Wange. Er hatte sich wieder unter Kontrolle. »Marcus informierte dich, daß ich über den Verkauf nachdachte. Das wußtest du, es stand ja in deinem Brief.«

»Ja, aber ich glaubte nicht, daß Sie es wirklich meinten ... vorhaben ...«

»Woher willst du wissen, was ich meine oder vorhabe?« brauste Hawk wieder auf. »Du hast dir verdammt viele Entscheidungen herausgenommen, Frances!«

»Einer mußte es tun«, erwiderte sie und sah ihn noch immer nicht an.

»Dann übernimm es auch, Belvis zu informieren, daß seine Dienste nicht länger gebraucht werden.«

»Aber ich habe die fünftausend Pfund bereits ausgegeben!«

»Wofür? Neue Uniformen für die Pferde? Neue Behälter für ihr Futter? Was, frage ich dich, verstehst du als Frau von Pferden?«

Frances sprang auf und schüttelte die Fäuste gegen ihn. »Ich verstehe viel mehr davon als Sie! Und im Gegensatz zu Ihnen kümmere ich mich um sie! Sie wollen Ihre Zeit und Ihr Erbe doch nur bei Ihren verdammten Vergnügungen in London verschwenden!«

»Ah, sind wir wieder bei meiner Mätresse, wie?«

»Oh, ich wünschte, Sie wären wieder dort!« Frances atmete erregt und sah, daß Hawk auf ihre Brust blickte, die sich hob und senkte. Sofort trat sie zurück, stolperte aber unglücklicherweise über einen Sattel, der zum Reparieren auf dem Boden lag. Sie fiel auf den Rücken, ihr Rock flog hoch.

»Wie hübsch«, bemerkte Hawk anzüglich, nachdem er sah, daß ihr nichts passiert war. »Willst du mich ausgerechnet hier verführen? Kannst du nicht bis zum Abend warten?«

Frances schlug rasch den Rock zurück, kam auf die Knie und stand auf. Der Sattel lag zwischen ihnen. Sie wußte, sie mußte eine andere Taktik versuchen, und begann: »Bitte, Philip ... es bedeutet mir so viel! Ich weiß, daß wir Desborough wieder hochbringen können. Wenn Sie nicht daran interessiert sind, bitte, lassen Sie mich weitermachen. Ich kann damit Geld schaffen, ich weiß es. Ihr Vater weiß es ebenfalls, er vertraut mir. Bitte, bitte, verkaufen Sie nicht!«

»Du willst damit Geld machen? Bis jetzt hast du nichts anderes getan, als Geld auszugeben und zu verschwenden!«

»Das tat ich nicht! Das ist doch alles ein Investment!« protestierte Frances.

»Weißt du eigentlich, daß meine Schwester und ihr Verlobter, Lord Chalmers, mir ein Kaufangebot unterbreiteten?«

»Nein, das wußte ich nicht, aber was hat das mit allem zu tun?«

Das wußte Hawk auch nicht, gab es jedoch nicht zu, sondern fragte zu Frances' Überraschung: »Was verstehst du von Pferden?«

Frances' Gesicht erhellte sich. »Ich bin mit Pferden aufgewachsen und besitze anscheinend eine Art Naturbegabung, mit der ich spüre, wenn bei ihnen etwas nicht in Ordnung ist. Ich kann sie auch behandeln, wenn sie krank sind. Ich bin nicht dumm, Hawk.«

Hawk ging nicht darauf ein und erkundigte sich: »Wie hast du die fünftausend Pfund angelegt?«

»Drei neue Trainer, neue Ausrüstung, Belvis, Reparatur der Koppeln ...«

»Aha«, schnitt Hawk ihr das Wort ab und ging im Raum umher. Frances hoffte schon, daß er ihren Plänen zugänglich wäre. Da wandte er sich um und wollte wissen: »Warum bist du noch hier? Ich sagte dir, du sollst mit Belvis reden. Seine Dienste werden nicht mehr gebraucht.«

Alle Gedanken an ein Übereinkommen verflogen im Nu, Frances sah rot. »Sie ... Bastard!« Sie hob den schweren Sattel und versuchte, ihn nach Hawk zu schleudern, doch er erreichte sein Ziel nicht. Hawk blickte auf den Sattel vor seinen Füßen und dann auf seine Ehefrau.

Plötzlich lachte er laut heraus. »Ein Glück, daß Frauen nicht zur Armee dürfen! Wenn du die Kanone abgeschossen hättest, würden dir deine Feinde mit Champagner zutoasten!«

Frances sah sich suchend nach etwas anderem um, das sie nach ihm werfen konnte, doch er kam rasch auf sie zu, packte sie an den Armen, hielt sie fest und zog sie an sich. »Nun, was gibst du mir, um Belvis zu behalten und deine Pläne durchführen zu können?« fragte er.

Frances wollte ihn anschreien, doch im nächsten Moment verschlossen seine Lippen ihr den Mund. Es war das erste Mal, daß er sie küßte, und es war für ihn eine Offenbarung. Ihre Lippen waren weich und leicht geöffnet. Obwohl Frances sich heftig gegen ihn sträubte, wollte er sie nicht loslassen. Sein Kuß wurde sanfter, seine Zungenspitze fuhr leicht über ihre Unterlippe. Doch als sie in ihren Mund eindringen wollte, zog er sie blitzschnell zurück, weil sie plötzlich die Zähne zusammenbiß. Trotzdem küßte er sie weiter, bis sie ruhig wurde. Dann hob er den Kopf, blickte auf sie hinunter und fragte: »Bist du noch nie zuvor geküßt worden, Frances?«

»Nein, verdammt noch mal! Es ist feucht und eklig und erniedrigend!«

»Du wirst dich an mein Küssen gewöhnen, Frances. Heute nacht werde ich jeden Zentimeter von dir küssen.«

Sie blickte ihn erschrocken an. »Das können Sie nicht! Das ist ... unmöglich!«

»Bestimmt nicht, ich verspreche es dir.«

»Sie sind widerlich!«

»Das werden wir ja sehen, Frances. Ich glaube, wir werden heute abend nicht zum Tee hinuntergehen.« Frances war bereits an der Tür, öffnete sie und flüchtete. »Frances«, rief er ihr nach, »lade ja keine Nachbarn zum Abendessen ein!«

Sie blieb stehen und drehte sich um. »Die ... die Melchers kommen um fünf Uhr.«

»Der Pfarrer, Frances? Dann sage ihnen sofort ab. Benachrichtige sie, daß du krank bist oder irgend so etwas. Wenn sie tatsächlich kommen, werde ich ihnen erklären, daß meine schöne Frau und ich begierig darauf sind, in unser Ehebett zu gehen. Bezweifle das nicht, Frances!«

Sie floh. Hawk ging zur offenen Tür und beobachtete, wie sie durch den Regen zum Herrenhaus rannte. Er lächelte vor sich hin. Der Kuß hatte ihn wirklich überrascht.

Am frühen Nachmittag hörte der Regen auf. Hawk besuchte John und Alicia und erfuhr von seinem stolzen Freund, daß Alicia schwanger war. Hawk wurde bei dieser Nachricht merkwürdig warm ums Herz.

»Hawk«, rief Alicia, die leicht errötet war, »du grinst wie ein Dummkopf! Das ist schließlich nicht dein Kind!«

Hawk lächelte noch immer, als er nach Desborough Hall zurückritt. Er summte sogar vor sich hin, während ihm später Grunyon in den Abendanzug half.

»Sehr erfreulich«, meinte Grunyon und reichte Hawk das Halstuch.

»Was ist?«

»Nun, wie sich Lady Frances verändert hat«, erwiderte der Diener. »Die drei neuen Trainer, die sie engagierte, scheinen übrigens tüchtige Männer zu sein.« Hawk schwieg, und Grunyon fuhr fort: »Es wurde Zeit, daß Desborough Hall wieder eine Herrin bekam, eine, die sich um alles kümmert. Ich sprach mit Mr. Carruthers — ein erstaunlich intelligenter junger Mann —, und er erzählte mir ...«

»Ich gebe keinen Heller für das, was dieser junge Mann sagt!« erwiderte Hawk und eilte beschwingt ins Wohnzimmer, doch der Raum war leer. »Otis!« rief er ungeduldig. Der Butler erschien im nächsten Moment. »Wo ist Lady Frances?«

»Sie fuhr diesen Nachmittag nach York«, berichtete Otis und wäre am liebsten aus dem Zimmer geflüchtet. »Agnes und ein Diener begleiteten sie selbstverständlich. Sie wollte Besorgungen erledigen, und ich glaube, daß sie erst morgen zurückkommt, Mylord, ... wie Sie sicher wissen«, fügte er hinzu.

Otis hatte durchaus begriffen, daß seine Herrin geflohen war und wäre liebend gern jetzt an der Stelle des mitfahrenden Dieners gewesen. Der Graf sah direkt brutal aus, obwohl er äußerlich ganz ruhig fragte: »Wo wird sie übernachten?«

Otis holte tief Luft. »Ich weiß es nicht, Mylord.«

»Wie viele Gasthäuser gibt es in York?«

»Das kann ich leider nicht genau sagen, Mylord, aber sicher eine ganze Anzahl, nehme ich an.«

»Da haben Sie zweifellos recht«, erwiderte Hawk sogar freundlich. »Bitte, holen Sie mir Marcus. Ich möchte mit ihm gemeinsam zu Abend essen. Oder hat er meine Gattin begleitet?«

»Nein, Mr. Carruthers ist hier. Er — äh — hatte ohnehin vor, mit Ihnen zu speisen, Mylord.«

»Ist das eine Anweisung von Lady Frances?«

»Ich glaube, Mylord.«

Marcus gefiel das absolut nicht, weil er fast befürchtete, daß der Graf ihn entlassen würde. Zu seiner Überraschung und Beruhigung begrüßte ihn sein Herr freundlich und bemerkte, nachdem sie beide am Tisch Platz genommen hatten: »Ein Jammer, daß Frances wegfahren mußte.«

»Ja, Mylord«, stimmte Marcus zu. Er konnte das reichhaltige und vorzügliche Essen nicht recht genießen und verschluckte sich fast an einem Bissen, als Hawk sagte: »Meine Gattin hat mir von all ihren Plänen erzählt, Marcus. Ist mein Vater ärgerlich auf mich wegen der fünftausend Pfund?«

Marcus schluckte und räusperte sich. »Nein, Mylord, nicht daß ich wüßte. Er war eher — äh — begeistert über alles.«

»Ich verstehe.« Hawk drehte das Weinglas zwischen seinen Fingern. »Meine Gattin berichtete mir von all ihren Ausgaben — Reparaturen der Koppeln, die neuen Trainer ... ah, das andere habe ich anscheinend vergessen.«

Dafür konnte Marcus jeden Ausgabeposten präzise nennen. Der Graf nickte ihm mehrmals zu fortzufahren. »Und natürlich entschied sich Lady Frances, eine Anzeige wegen des Gestüts aufzugeben, und ...«

Der Stiel des Weinglases zerbrach in Hawks Hand. »Was will sie?«

»Nicht in der ›Gazette‹ oder einer Lokalzeitung, Mylord«, fügte Marcus rasch hinzu und blickte auf den roten Wein, der sich über das weiße Tischtuch ergoß. Der Diener, der sofort herbeieilte, blieb abrupt stehen, als er das Gesicht des Grafen sah. »Im ›Racing Calendar‹ und der ›Turf‹ ...«

»Ich kann es einfach nicht glauben!« unterbrach Hawk ihn so wütend, daß der Diener hastig zurücktrat. »Sie hat mich zu einem verdammten Händler erniedrigt?« Seine Faust krachte auf die Tischplatte, daß ein Stück Kalbfleisch mit Soße von seinem Teller hüpfte. Hawk sprang auf und warf dabei nahezu den Stuhl um. Plötzlich nahm er sich zusammen, als ihm bewußt wurde, daß ein Diener anwesend war. Zu Otis, der eben eintrat, sagte er erstaunlich ruhig: »Sie können gehen, Otis, und den Diener mitnehmen. Ich werde läuten, wenn ich Sie brauche.«

Otis schickte einen mitleidigen Blick zu dem armen Marcus und wurde beim Hinausgehen von dem Diener fast umgerannt.

Hawk beugte sich über den Tisch, die Hände flach aufgestützt. »Werden Sie mir jetzt bestätigen, daß Sie sich bemüht haben, ihr diesen Unsinn auszureden?«

Marcus fuhr sich mit der Zungenspitze über die Lippen. Er hatte plötzlich Magenschmerzen. Schließlich brachte er mühsam hervor: »Tatsächlich wird Lord Danvers morgen mit seiner Stute hier erwartet. Er will sie von unserem Hengst Gentleman Dan decken lassen.« Hoffnungsvoll fügte er hinzu: »Gegen eine Gebühr von 200 Pfund, Mylord. Er schrieb Lady Frances sofort, als er erfuhr, daß Desborough wieder ein Gestüt ist. Er war sehr erfreut, wirklich! Ich glaube, Lady Frances hat noch weitere Anfragen für die nächsten zwei Wochen erhalten.«

»Ich verstehe.« Hawk blieb danach eine ganze Weile still. Plötzlich sagte er nachdenklich: »Ich frage mich, ob ich tatsächlich an den Galgen komme, wenn ich sie umbringe.«

»Mylord!«

»Ja, Marcus?«

»Lady Frances ist eine sehr gütige Lady, sie kümmert sich um alles und ...«

»Sie, mein lieber Marcus, sind ja nicht mit der Lady verheiratet«, unterbrach Hawk ihn und fuhr fort: »Ich könnte ihren Tee vergiften oder ihr Teegebäck. Das mag sie nämlich besonders gern, wissen Sie.«

»Mylord! Sicher ...«

»Sie glauben, ich scherze? Ich denke, ich könnte sie erwürgen und vortäuschen, sie wäre vom Pferd gestürzt. Nein, dem würde der Bluterguß an ihrem Hals widersprechen, nicht wahr? Ah, da gibt es noch viel zu überlegen.«

Marcus hätte gern gewußt, ob der Graf das alles wirklich ernsthaft meinte. Er sah den entschlossenen Ausdruck im Gesicht seines Herrn und war im Moment sehr dankbar, daß er nicht an Lady Frances' Stelle stand.

»Ja«, sagte Hawk einige Augenblicke später, »morgen wird sie zurückkommen. Dann sehe ich weiter.«

19. Kapitel

»Guten Morgen, Frances. Wie hübsch du aussiehst! War deine kurze Reise nach York erfolgreich?«

Frances, die mit Belvis bei Flying Davie stand, wandte langsam den Kopf und blickte ihren Ehemann an, der seine Reitkleidung trug. Es war zehn Uhr morgens. Um acht Uhr war sie zurückgekommen, hatte sich rasch umgezogen, gefrühstückt und war dann sofort zu den Koppeln gegangen.

»Ja, mein Lord«, erwiderte sie, »sehr erfolgreich.«

Flying Davie schnaubte, und Belvis lachte. »Das Biest ist von der eifersüchtigen Sorte, Mylord. Er will Lady Frances' ungeteilte Aufmerksamkeit.«

»Nur, weil er bloß nach mir zu blicken braucht, und schon füttere ich ihn schamlos«, meinte Frances und lächelte.

»Das macht nichts«, versicherte ihr Belvis. »Ich habe ihm das Futter schon gekürzt, darauf können Sie sich verlassen. In einem Monat wird er fit und unser schnellster Renner sein und Sie in Newmarket sehr stolz machen.«

Newmarket! Hawk blickte von Belvis zu Frances. »Darf ich mich nach deinem Erfolg in York erkundigen?«

Frances holte tief Luft. »Nun, ich hatte von Belvis gehört, daß ein Schmied dort eine geniale Idee habe. Belvis hat mir erklärt, wie schwierig es ist, Pferde nach — sagen wir: Newmarket oder Ascot oder Doncaster zu bringen. Das braucht Tage, und die Pferde sind nach einer so langen Strecke natürlich müde. Dieser Schmied in York nun glaubt, daß er so etwas wie einen geschlossenen Stall auf Rädern konstruieren kann, in dem die Rennpferde transportiert werden, so daß sie nicht laufen müssen.«

»Wirklich genial, Mylord«, fügte Belvis hinzu. »Der Bursche — sein Name ist Cricks — hat Lady Frances die gesamten Konstruktionspläne mitgegeben. Möchten Sie sie studieren?«

»Ja, das würde ich gern tun«, erwiderte Hawk. »Übrigens: habe ich richtig verstanden, daß Lord Danvers heute mit seiner Stute hier erwartet wird, Belvis?«

»Ja, Mylord. Gentleman Dan ist bereit, das kann ich Ihnen versichern.«

»Davon bin ich überzeugt. Würden Sie uns einen Augenblick entschuldigen?« Hawk nahm Frances' Arm und führte sie von der Koppel weg.

Sie wartete auf die Explosion, statt dessen sah Hawk sie nur spöttisch an. Sie wußte diesen Blick nicht recht zu deuten und fragte nervös: »Das werden Sie doch erlauben, Hawk, nicht wahr? Es bringt zweihundert Pfund und deckt die Stallkosten.«

»Oh, natürlich erlaube ich Gentleman Dan seinen Spaß, meine Liebe.« Er betrachtete Frances mit merkwürdigem Lächeln. »Ich glaube, du solltest dir diesen Prozeß ansehen. Er ist sehr aufschlußreich. Vielleicht kannst du davon einiges lernen.« Da Frances ihn nur ungläubig ansah, wollte er wissen: »Hast du noch nie gesehen, wie ein Hengst eine Stute deckt?«

Sie schüttelte stumm den Kopf. So etwas war ihr nicht erlaubt.

»Du wirst dabei sein, meine Liebe.«

»Ich kann nicht, und das wissen Sie! Es schickt sich nicht! Nur Männer sollten ...«

»Nanu! Und ich dachte mir, du wärst an jeder Seite dieses Unternehmens interessiert. Es stört dich doch nicht, daß nur Männer diesen Vorgang beobachten? Vielleicht könntest du verlangen, daß der Hengst die Stute im Dunkeln besteigt, um die Gefühle der armen Stute zu schonen und ...«

»Hören Sie auf!«

Seine Stimme wurde hart. »Du wirst anwesend sein, meine Liebe, und ich werde an deiner Seite stehen! Wenn du Fragen hast, werde ich sie dir mit Freuden beantworten. Du wirst dich zum Beispiel wundern, was der Hengst alles tut, um ein Fohlen zu zeugen. Vielleicht entdeckst du einige Parallelen, wer weiß?«

Frances' Gesicht hatte jede Farbe verloren. Es war unmöglich! Sie konnte sich überhaupt nicht vorstellen, zwischen Männern zu stehen und das zu beobachten ... »Ich kann nicht«, stieß sie hervor. Sie streckte das Kinn hoch. »Und ich werde nicht!«

»Wenn du dich weigerst, werde ich dich fesseln und dich herbringen«, drohte Hawk. »Was die Männer dann wohl denken werden?«

»Das ist meine Strafe«, sagte Frances leise und blickte zu den Koppeln.

»Eine Lektion, sicherlich. Wann trifft deine Stute denn hier ein?«

»Bald«, erwiderte Frances, »sehr bald. Lord Danvers wird selbstverständlich hier übernachten. Er möchte, daß die Stute so lange hierbleibt, bis ...« Die Stimme versagte ihr.

»Bis sie schwanger ist«, ergänzte Hawk. »Und du wirst anwesend sein. Falls du flüchtest, schwöre ich dir, daß du es bereuen wirst. Hast du mich verstanden?«

»Ich habe verstanden«, stieß Frances hervor. »Sie elender Bastard!«

Lord Danvers und sein Gefolge trafen eine Stunde später ein. Er war ein rauher, aber herzlicher Mann in den frühen Fünfzigern. Nachdem er Frances begrüßt hatte, wandte er sich an Hawk: »Ich freue mich sehr, daß Sie wieder mit dem Gestüt angefangen haben. Und ich habe mir schon immer ein Fohlen für meine Miss Margaret von Ihrem Gentleman Dan gewünscht. Er soll ja ein sehr tüchtiger Bursche sein.«

»Ja, das ist er«, bestätigte Hawk und fügte hinzu: »Erlauben Sie Otis, daß er Ihnen Ihr Zimmer zeigt, mein Lord. Danach werden wir einen Imbiß zu uns nehmen. Ist Ihre Stute für heute nachmittag bereit?«

»Jederzeit«, erklärte Lord Danvers und folgte dem Butler aus dem Wohnzimmer.

»Wir gehen jetzt ins Dachgeschoß«, verlangte Hawk von Frances. »Da ich nicht zulassen kann, daß du morgen als Frau im Stall erscheinst, werden wir in den Truhen sicher

Knabenkleidung von Nevil oder mir finden, die du anziehen kannst, und auch eine Mütze.«

Zu Frances' Leidwesen fanden sie eine reiche Auswahl.

Frances sprach und aß wenig, als sie später mit Lord Danvers speisten, und blieb den ganzen Nachmittag im Haus.

Zum Abendessen kamen Nathan Melchers, der Pfarrer, und seine Frau Rosalie nach Desborough Hall. Frances merkte sehr wohl, daß Hawk sie laufend beobachtete und wußte, daß es kein Entrinnen für sie gab.

Ein kleiner Trost für ihre deprimierte Stimmung war Rosalie, eine mütterliche, humorvolle Frau, mit der sie sich gut verstand. Als sie aufstand, lächelte Rosalie freundlich zu den Gentlemen und folgte Frances ins Wohnzimmer. Dort waren sie eine gute Stunde allein.

Als Hawk mit Lord Danvers und Melchers durch die Halle zum Wohnzimmer schlenderte, hörte er erstaunt, daß drinnen meisterhaft eine Mozart-Sonate gespielt wurde. Er konnte sich kaum vorstellen, daß Rosalie mit ihren molligen Fingern so geschickt war.

Er öffnete die Tür und blieb überrascht stehen. Natürlich spielte nicht Rosalie! Seine eigene Ehefrau saß graziös vor dem Instrument. Ihr schönes, kastanienbraunes Haar leuchtete im Kerzenlicht, ihr weißer Hals war lang und anmutig geneigt. Er hätte am liebsten ihren Nacken geküßt und blieb einen Augenblick still stehen. Der Beifall, den sie plötzlich vernahm, ließ sie fast zusammenzucken. Sie wandte sich um und blickte Hawk in die Augen. Sie hatte ganz vergessen, welch schlechte Vorstellung sie ihm in Kilbracken am Piano gegeben hatte, und schalt sich selbst ärgerlich einen Dummkopf.

»Wunderbar, meine liebe Lady Frances«, lobte Rosalie begeistert. »Eine solche Begabung und diese Fingerfertigkeit! Sie sind sicher sehr stolz auf sie, mein Lord.«

»Das bin ich auch«, erwiderte Hawk und lächelte verbindlich. »Ich erinnere mich, wie ich sie das erste Mal in ihrem Heim in Schottland spielen hörte. Schon damals fand ich, daß sie ein unglaubliches Talent besitzt. Hat meine Gattin schon für Sie gesungen? Sie können sich nicht vorstellen, daß es eine solche Stimme überhaupt gibt. Frances, meine Liebe, bitte, bereite unseren Gästen doch das Vergnügen.«

Frances wußte nur zu gut, wie schrecklich sie absichtlich in Kilbracken gesungen hatte. Glaubte er, ihre Stimme würde das Kristall auf dem Kaminsims zerspringen lassen? Verdammter Kerl! »Gern, mein Lord«, erwiderte sie und lächelte ihn an, »wenn es unsere Gäste tatsächlich wünschen ...«

Alle wollten sie hören. Frances neigte einen Moment den Kopf und betrachtete ihre Finger, die auf den Tasten ruhten. Ich bin eine Schottin! flüsterte sie sich zu. Sie schlug die ersten Akkorde an und sang mit ihrer weichen, gepflegten Altstimme ein schottisches Volkslied:

»O, meine Liebe ist wie eine rote, rote Rose,
die jüngst im Juni erblühte.
O, meine Liebe ist wie eine Melodie,
die süß erklingt.
So bist auch du, mein schönes Mädchen.
Ich liebe dich von ganzem Herzen
und werde dich lieben, mein Schatz,
bis die Meere ohne Wasser sind.«

Hawk beobachtete ihr Gesicht, lauschte ihrer Stimme und den schönen Worten. Er erschrak, als die Gäste begeistert applaudierten. Er hätte Frances gern gesagt, wie hübsch sie gesungen hatte, aber die Erinnerung an ihren Vortrag in Kilbracken verärgerte ihn, und er meinte: »Wie gut du deine Mittel gebrauchen kannst, meine Liebe. Du bist wirklich wie ein Chamäleon. Vielleicht verwandelst du dich demnächst in eine Schlange und beißt, wenn ich überhaupt nicht darauf gefaßt bin.«

Nur Frances verstand, was er damit sagen wollte. Langsam nahm sie die Hände von den Tasten und legte sie in ihren Schoß. Während die Gäste sich unterhielten, blickte sie ihren Ehemann an und erwiderte ruhig: »Ich bin keine

Schlange, aber falls ich eine wäre, dann hoffentlich eine sehr giftige.«

Seine Augen glitzerten. »Wohin würdest du mich denn beißen?« erkundigte er sich anzüglich.

Frances sagte nichts mehr und stand auf.

»Mein Lord, wie wäre es mit einem Kartenspiel?« dröhnte nun Lord Danvers' Stimme durch den Raum. »Vielleicht kann ich die Gebühr für meine Stute damit zurückgewinnen, wie?«

»Er ist ein ausgezeichneter Spieler«, versicherte ihm Frances rasch in der Hoffnung, bald den Raum verlassen zu können. »Ich kann mir vorstellen, daß ein Spiel sehr interessant sein würde.«

Ihre Hoffnung erfüllte sich bald. Der Pfarrer und seine Frau verließen nach dem Tee das Haus, und Lord Danvers drängte Hawk zum Spiel. Frances konnte kaum ihr triumphierendes Lächeln verbergen, nickte nur und ging in ihr Schlafzimmer.

Sie lag wie ein Stein im Bett, bis sie endlich einschlafen konnte, und träumte von schnaubenden Hengsten, wiehernden Stuten und vom Gesicht ihres Ehemannes.

Es war fast ein Uhr nachts, als Hawk ruhig in ihr Schlafzimmer kam. Er ging zum Bett, hob den Kerzenleuchter und blickte auf Frances' schlafendes Gesicht. Nein, dachte er, ich werde noch warten. Das wird es wert sein, ganz bestimmt.

Er lächelte.

Lord Danvers verließ am folgenden Morgen nach dem Frühstück Desborough Hall. Beim Abschied informierte er Frances gutmütig, daß ihr Ehemann ihm bei dem Kartenspiel den Wind aus den Segeln genommen hatte. »Er ist ein verdammter Gauner!« setzte er hinzu.

Frances lächelte. »Gelegentlich habe ich Ähnliches von ihm gedacht.«

Während sie mit Hawk auf der Vordertreppe stand und Lord Danvers nachwinkte, sagte sie: »Ich sehe, daß es für Sie sehr einträglich ist, so viel Zeit in London zu verbringen. Wieviel von dem Geld des armen Mannes haben Sie denn gewonnen?«

»Fünfhundert Pfund«, erwiderte Hawk und betrachtete sie eingehend. »Du siehst übrigens im Schlaf völlig unschuldig und vertrauensvoll aus. Ein Mann könnte sich vorstellen, daß du sehr anschmiegsam und charmant sein kannst — wenn dein Mund geschlossen ist.«

Frances konnte daraufhin nicht verhindern, daß sie hervorsprudelte:

»Aber Sie haben mich nicht berührt!«

Hawk schüttelte langsam den Kopf.

»Nein, Frances. Es tut mir sehr leid, daß ich dich damit enttäuschte, aber, weißt du, ich war gestern abend sehr müde.«

»Sie haben mich nicht enttäuscht!«

»Meine Liebe, du weißt nichts von Enttäuschungen«, wies er sie zurecht und fügte hinzu: »Am Nachmittag wirst du pünktlich um zwei Uhr im Stall sein.« Er sah, daß sie protestieren wollte, und fuhr fort: »Ich sah dich in Schottland durch die Gegend laufen, als ich mit deinen Schwestern in der Kutsche saß. Also nehme ich an, daß du es fertigbringst, heute glaubhaft in der Knabenkleidung aufzutreten.«

»Das werde ich«, versicherte sie.

Trotzdem war Frances nicht überrascht, als Hawk kurz vor zwei Uhr an die Verbindungstür klopfte und in ihr Schlafzimmer kam. Sie war fertig umgezogen, und er stellte zufrieden fest: »Sehr hübsch. Jetzt noch die Mütze.«

Er beobachtete, wie Frances ihr Haar flocht und den Zopf auf der Kopfmitte feststeckte. Dann nahm er die wollene Mütze und stülpte sie ihr bis über die Ohren. Hawk trat zurück und musterte sie prüfend.

Die Hose war etwas zu weit, und auch das Jackett hing ziemlich lose um sie herum. Wenn jemand nicht direkt und sehr nah in ihr hübsches, feminines Gesicht sah, würde sie unentdeckt bleiben. Er lächelte.

»Gut, Frances. Bist du bereit für den Unterricht?«

Frances brachte kein Wort heraus, ihre Zunge war wie

gelähmt. Sie zog die Mütze noch weiter in die Stirn bis fast an ihre Augenbrauen.

»Großartig«, meinte Hawk. »Jetzt halte den Mund, und keiner wird erfahren, wer wirklich unter diesem Gewande steckt. Selbst, wenn es jemand entdecken würde, so würde er niemals wagen, ein Wort zu sagen.«

20. Kapitel

Die beiden Trainer Henry und Tully hielten Miss Margaret fest am Halfter. Die Stute wieherte und schnaubte, ihre Flanken zitterten, ihr schönes, kastanienbraunes Fell war schweißnaß.

Gentleman Dan konnte kaum zurückgehalten werden. Seine Augen rollten, und vier Männer hatten alle Mühe, ihn zu bändigen.

Hawk beobachtete Frances, als der Hengst hinter die Stute geführt wurde. Er hörte, wie Belvis ein scharfes Kommando gab. Das war jetzt der schwierigste Teil. Um zu verhindern, daß die Stute verletzt wurde, waren die Hufe des Hengstes dick mit weißer Wolle umwunden. Gentleman Dan schnaubte und warf seinen prächtigen Kopf zurück beim Anblick und dem Geruch der Stute. Frances glaubte schon, daß er jeden Augenblick ausbrechen würde, und hielt den Atem an. Plötzlich wurde dem Hengst erlaubt, auf den Rücken der Stute zu steigen. Frances schluckte.

»Er wird sie verletzen«, flüsterte sie.

»Vielleicht«, erwiderte Hawk leise, »aber wir unternahmen alles, damit es nicht geschieht.«

Der Hengst war jetzt über der Stute und versuchte, ihr in den Nacken zu beißen. Miss Margaret bemühte sich, ihn abzuschütteln, ihr Hinterteil zitterte.

»Jetzt sieh genau hin, meine Liebe«, flüsterte Hawk. Er entdeckte, daß Frances die Augen geschlossen hatte, und schüttelte sie rauh. »Schau hin, Frances!«

Sie öffnete die Augen. Beide Tiere stießen Urschreie aus. Der Hengst war gewaltig, doch die Stute schubste rückwärts gegen ihn, reckte den Kopf hoch und schnaubte ängstlich. Ein Anblick, den sich Frances niemals hätte vorstellen können. Die Pferde schienen außer sich zu sein. Plötzlich stieß die Stute ihre Hinterläufe aufwärts, und der Hengst drang in sie. Die Stute schrie wild auf, und Frances wußte tief im

Innern, daß es ein Lustschrei war. Ihre Handflächen wurden feucht, ihr Atem ging stoßweise. Eine merkwürdige Erregung, ein Gefühl, das sie nicht verstand, erfaßte ihren ganzen Körper.

Sie merkte nicht, daß Hawk sie beobachtete und ihren heftigen Pulsschlag am Hals sah. Sie wußte nicht, daß Hawk ihre Hand ergriffen hatte und daß ihre Finger krampfartig gegen seine zuckten. Ein tiefer, zitternder Atemzug entrang sich ihrer Brust, als Gentleman Dan noch einmal wie wild aufschrie, erbebte und dann auf den Rücken der Stute sank.

Plötzlich wurde ihr bewußt, daß Hawk sie wegführte. Sie fühlte sich wie betäubt, außer sich, und war nicht imstande, ihre Erregung zu meistern. Sie hielt mit ihm Schritt, ohne ihn anzusehen. Er brachte sie in die Gerätekammer und schloß die Tür.

»Frances«, sagte er sehr sanft.

Sie blickte ihn mit glasigen Augen an. Hawk drehte sie rasch um, so daß ihr Rücken sich gegen seine Brust preßte. Im nächsten Augenblick war seine Hand an ihrem Schoß. Sie schrie auf. Sie fühlte durch die Knabenkleidung, wie seine andere Hand an ihre Brüste faßte und sie streichelte. Sie stöhnte auf, ohne das alles zu begreifen. Sie hörte seinen heftigen Atem an ihrem Ohr und sah plötzlich die Stute vor sich, wie sie sich gegen den Hengst drängte. Das Blut stieg Frances zu Kopf. Seine Finger bewegten sich rhythmisch, und sie wünschte sich mehr, viel mehr ...

»Mylord! Belvis muß Sie unbedingt sprechen, Mylord!«

Das laute Klopfen an der Tür und die Stimme des Stallknechtes brachten Frances jäh auf die Erde zurück. Sie fühlte, daß Hawk sie losließ, hörte ihn tief ausatmen und fluchen.

»Einen Augenblick«, rief er laut und sagte dann sanft: »Frances.« Er drehte sie zu sich herum, sah ihren verwirrten Blick und zog sie an sich. Seine Hand strich beruhigend über ihren Rücken. »Es ist alles gut«, flüsterte er ihr ins Ohr. »Die verdammte Unterbrechung tut mir leid. Du warst so nah.«

Nahe zu was?

Er schob sie behutsam von sich. »Bist du in Ordnung?«

Frances war plötzlich verlegen. Sie brachte es nicht fertig, ihn anzusehen und nickte nur.

»Ich muß gehen. Bleib hier, bis du wieder — zu dir gefunden hast«, sagte Hawk und verließ rasch die Gerätekammer.

Frances sank langsam, die Augen geschlossen, auf den Fußboden. Was war nur mit ihr geschehen? Warum hatte sie so reagiert? Sie wußte es nicht. Sie fühlte sich schwach und wie ausgewrungen.

»Was ist nur los mit mir?« fragte sie in den leeren Raum hinein. Sie rollte sich zusammen, hielt ihre Knie umschlungen und wartete darauf, daß ihr Atem ruhiger wurde. Sie bewegte sich minutenlang nicht.

Beim Abendessen saß Frances am Tisch Hawk gegenüber. Sie hatte alle Energie gebraucht, um nicht eine Krankheit oder irgend etwas anderes vorzutäuschen, damit sie ihm nicht ins Gesicht sehen mußte. Hawk hatte ihr jedoch eine Nachricht geschickt, daß er mit ihr in ihrem Zimmer essen würde, falls sie nicht herunterkäme.

Sie war heruntergekommen und auf unverschämte, zweideutige Anspielungen und andere Quälereien gefaßt, aber bis jetzt hatte er nichts derartiges gesagt.

»Möchtest du von dem Lachs, Frances?« erkundigte sich Hawk überaus freundlich.

Frances schüttelte den Kopf. Sie hatte keinen Appetit.

»Oder vielleicht etwas gekochten Kapaun?«

»Ja«, erwiderte sie endlich. Sofort eilte ein Diener zum Servieren herbei. Natürlich, dachte Frances, er kann mich nicht quälen, solange wir nicht allein sind.

Aber er entließ die Diener nicht. Auch Otis blieb in der Nähe.

Nachdem Hawk sein Essen mit Plumpudding beendet hatte, schob er seinen Stuhl zurück. »Ich glaube, ich werde ein Glas Portwein trinken. Sollen wir ins Wohnzimmer gehen, Frances?«

Was konnte sie schon anderes tun? Wenigstens hatte er nicht verlangt, daß sie mit ihm ins Schlafzimmer ging.

Im Wohnzimmer brannte das Kaminfeuer. Frances setzte sich in die Nähe, legte die Hände in den Schoß und blickte in die orangeroten Flammen.

»Wie fühlst du dich?« wollte Hawk plötzlich wissen.

Frances zitterte. Mit Mühe brachte sie heraus: »Ich bin ganz in Ordnung, mein Lord. Wieder völlig ich selbst.«

»Schade«, erwiderte Hawk, noch immer freundlich.

Sie blickte ihn an und sah in seinen Augen etwas, das sie nicht verstand.

»Würdest du für mich spielen, Frances?« bat Hawk.

Sie konnte kaum glauben, daß er ihr anbot, aus seiner unmittelbaren Nähe zu flüchten. »Ja, sicher«, erklärte sie mit so jämmerlich unsicherer Stimme, daß Hawk ein Lächeln unterdrücken mußte.

Frances begann sofort mit einer sehr schwierigen Haydn-Sonate, aber ihre Finger wollten ihr nicht recht gehorchen. Sie verpatzte verschiedene Passagen und nahm schließlich die Hände von den Tasten.

»Ich würde etwas Leichteres vorziehen«, meinte Hawk, der hinter sie getreten war. »Vielleicht eine andere schottische Ballade?«

»Ich weiß nicht, ob ich es kann«, stieß Frances hervor und hätte am liebsten geweint.

Hawk lächelte auf sie nieder, sah ihre weißen Schultern und wünschte sich, sie berühren und liebkosen zu können. Er schloß einen Moment die Augen. Sie war heute nachmittag so nah gewesen, und in diesen Minuten hatte er erkannt, wie recht Amalia gehabt hatte. Man konnte eine Ehefrau verführen, sie empfand wirklich die gleiche Lust wie eine Mätresse. Plötzlich merkte er, daß er viel zu lange geschwiegen hatte, und schlug rasch vor: »Warum spielen wir nicht eine Partie Pikett? Würdest du das gern tun?«

Frances, die schon mit zehn Jahren dieses Kartenspiel von ihrem Vater gelernt hatte, war eine ausgezeichnete Pikett-Spielerin. Bereitwillig erwiderte sie: »Ja«, und fragte sich im stillen, warum Hawk so liebenswürdig zu ihr war.

Ein Diener brachte den Kartentisch, und Otis, der ihm folgte, zwei Packen neue Karten.

Hawk entließ die Diener, nachdem sich Frances gesetzt hatte. »Gehen Sie zu Bett, Otis. Ich sorge dafür, daß alle Kerzen hier gelöscht werden.«

»Wie Sie wünschen, Mylord.« Otis blieb stehen und blickte Frances an. Sie benahm sich heute höchst merkwürdig, sagte kaum etwas, aß wenig, und ihr Gesicht war blaß. »Mylady?« sagte er sehr freundlich.

Die beiden Worte enthielten eine Anzahl von Fragen, doch Frances zwang sich zu einem Lächeln. »Es geht mir gut, Otis. Ich wünsche Ihnen eine gute Nacht.«

Otis verbeugte sich und ging aus dem Wohnzimmer.

»Mische du die Karten und teile sie aus, meine Liebe«, forderte Hawk seine Ehefrau auf, »ich hole uns inzwischen etwas Brandy.«

Wenigstens steht er nicht hinter mir und beobachtet mich, dachte Frances. Als Hawk die gefüllten Gläser auf den Tisch stellte, waren die Karten verteilt. Hawk nahm seine auf und sortierte sie. Dabei fragte er: »Magst du Brandy, Frances? Vielleicht möchtest du etwas anderes?«

»N-nein, es ist recht so.« Frances hob ihr Glas und trank einen Schluck. Der Brandy floß ihr wärmend durch die Kehle und landete in ihrem fast leeren Magen. Dann ordnete sie ihre Karten und hörte nur mit halbem Ohr auf das, was Hawk ihr erzählte: »Ich wurde durch die Armee ein recht erfolgreicher Spieler. Es gab Zeiten, in denen wir keine Einsätze hatten, weißt du, und uns Offizieren blieb nach dem Exerzieren mit unseren Männern nicht viel zu tun übrig. Meistens spielten wir nicht um Geld, und das war sicher gut so, wenn ich an meine Gewinne und auch die Verluste denke.« Er blickte noch einmal auf seine Karten, dann lächelte er Frances an und meldete: »Vier.«

Das Spiel begann.

Hawk war beeindruckt von Frances' Geschicklichkeit, aber im weiteren Verlauf des Spiels verlor sie rapide, und er merkte, daß sie allmählich betrunken wurde.

»Noch Brandy?«

Frances schüttelte etwas benommen den Kopf, legte die Herzzehn auf den Tisch und beobachtete verblüfft, wie Hawk ihre Karte mit seiner Herzkönigin bedeckte. »Du hast nicht gezählt«, stellte er fest.

Trotzdem mußte er am Schluß der Partie zugeben: »Du spielst ausgezeichnet, meine Liebe.« Er lehnte sich im Stuhl zurück. »Es war ein langer Tag. Sollen wir hinaufgehen, Frances?«

Hawk sah, wie sich die verschiedensten Gefühle in ihrem Gesicht wiederspiegelten. Was blieb, war eine gewisse Vorsicht, mit der sie fragte: »Was haben Sie vor?«

»Ich würde gern ein Bad nehmen«, erwiderte er ruhig auf ihre Frage.

»O ja, das möchte ich auch!«

»Ich glaube, da wird nicht genügend Platz für uns beide sein. Wie schade«, bedauerte Hawk.

Frances sah ihn argwöhnisch an, doch er sagte nichts mehr. Er stand auf und streckte sich. Sie konnte nicht verhindern, daß sie ihn betrachtete. Er sah wirklich sehr gut aus, aber das wußte er natürlich. Frances blickte auf ihre Hände nieder und sah ihn plötzlich vor sich, wie er aus dem See stieg und das Wasser von seinem muskulösen Körper tropfte.

Sie schluckte. Er war ihr Ehemann. Sie konnte nicht mehr fortlaufen, sie mußte es ertragen. »Werden Sie mich besuchen?« fragte sie.

Hawk blinzelte überrascht. War das eine direkte Aufforderung? Nun, vielleicht war Frances noch im Bann ihrer nachmittäglichen Erfahrung, möglicherweise mit Hilfe des Brandys.

»Ich werde es mir überlegen«, antwortete er, nickte ihr kurz zu und verließ den Raum. Sein Körper war voller Verlangen, und er befürchtete, daß er sie hier im Wohnzimmer auf dem Teppich vergewaltigen würde, wenn er noch länger blieb.

Frances betrachtete die glühenden Holzstücke im Kamin. Sie konnte nicht recht denken und fühlte sich merkwürdig leicht und matt zugleich. Schließlich stand sie auf, löschte alle Kerzen bis auf eine, die sie für den Gang hinauf in ihr Schlafzimmer mitnahm.

Agnes hatte ihr ein Bad hergerichtet, das angenehm duftete. »Seine Lordschaft sagte mir, daß Sie baden möchten, Mylady«, berichtete sie.

»Wie freundlich von ihm«, erwiderte Frances etwas unklar.

Agnes brauchte nicht lange, um zu erkennen, daß ihre Herrin beschwipst war, und lächelte im Gedanken daran, daß Lady Frances wohl eine erfreuliche Nacht vor sich hatte. Als der Graf ihr seine Anweisungen gab, hatten seine Augen so verräterisch geleuchtet. Plötzlich bemerkte Agnes, daß ihre Herrin in der Badewanne nahe am Einschlafen war. »Mylady«, sagte sie sanft und schüttelte Frances behutsam an der Schulter.

Frances lächelte ihre Zofe an, bewegte sich jedoch nicht.

»Kommen Sie, Mylady«, mahnte Agnes, »ich werde Sie abtrocknen.«

Allerdings weigerte sich Agnes, das schöne Haar ihrer Herrin in einen Zopf zu flechten. Daraufhin kicherte Frances plötzlich und erzählte: »Ich habe gerade eine Partie Pikett verloren.«

»Kein Wunder«, bemerkte die Zofe trocken.

»Ich spielte nicht, wie ich sonst spiele«, fuhr Frances fort und blickte angestrengt auf ihre nackten Zehen.

»Wahrscheinlich nicht, Mylady. Kommen Sie, lassen Sie mich Ihnen ins Bett helfen.«

Frances war schon dabei, ins Bett zu steigen, hielt jedoch inne und drehte sich herum. »Ich habe Hunger, Agnes.«

Die Zofe verdrehte die Augen zur Zimmerdecke.

»Ja, tatsächlich«, fuhr Frances nachdenklich fort. »Ich glaube, ich werde in die Küche gehen. Sicher hat die Köchin irgend etwas zurückgelassen.«

Agnes sah gequält zur Verbindungstür. Dann schlug sie vor: »Wenn Sie wollen, kann ich Ihnen etwas heraufschikken lassen, Mylady.«

»Nein«, protestierte Frances und suchte nach ihren Pantöffelchen. »Ich will mir mein Essen selbst holen.«

Agnes atmete erleichtert auf, als in diesem Augenblick an

die Verbindungstür geklopft wurde. Sie eilte hin, um zu öffnen und sagte, als sie den Grafen sah: »Ihre Ladyschaft ist hungrig.«

Hawk blickte zu Frances und lächelte amüsiert. Sie war mit der größten Konzentration bemüht, ihren rechten Pantoffel über den linken Fuß zu streifen. »Ich kümmere mich um sie«, versicherte er der Zofe und entließ sie. Er bewegte sich nicht, bis Agnes das Schlafzimmer verlassen hatte.

»Habe ich Agnes richtig verstanden, daß du hungrig bist?« fragte er dann und ging auf Frances zu.

»Warum tut dieser blöde Pantoffel nicht, was er soll?« war ihre Antwort.

Hawk beobachtete, wie Frances, die sich auf den Fußboden gesetzt hatte, ihren Fuß ausstreckte und versuchte, in den widerspenstigen Pantoffel zu schlüpfen. »So!« erklärte sie schließlich triumphierend. »Aber es sieht so merkwürdig aus. Meine Zehen sind verkehrt.«

Hawk hätte am liebsten gelacht, vermochte es im Moment jedoch nicht, als er sie im Nachthemd vor sich sah. Ihr schönes Haar hing ihr lose über den Rücken. Er blickte auf ihre schlanken Fesseln und die angeblich verkehrten Zehen. »Laß mich dir helfen«, bot er Frances an und kniete vor ihr nieder.

»Vielen Dank«, erwiderte sie mit größter Ernsthaftigkeit.

Hawk nahm das Pantöffelchen und warf es über seine Schulter. Dann hob er Frances' Fuß hoch und küßte jede einzelne Zehenspitze.

Erst blickte sie ihn beschwipst an, und plötzlich fing Frances zu kichern an. Sie wackelte mit den Zehen vor seinem Gesicht herum und kicherte immer mehr. Hawk biß sie in die kleine Zehe, worauf Frances auf den Rücken fiel und sich die Seiten hielt, weil sie so lachen mußte.

Etwas unwillig sah Hawk, was er angerichtet hatte. Schließlich war er es ja gewesen, der Frances aufgefordert hatte, den verdammten Brandy zu trinken. Seine Finger begannen, an ihrem Bein entlang zu gleiten.

»Das kitzelt!« schrie Frances und versuchte, ihm ihr Bein zu entziehen.

Hawk hielt mit einer Hand das Bein fest, und mit der anderen schob er ihr Nachthemd hoch. Plötzlich sah er zwei lange Beine, schlanke Fesseln und gut geformte Waden. Selbst ihre Knie waren hübsch. Frances, die noch immer beschwipst lachte, hob auf einmal das andere Bein und stemmte den Fuß gegen seine Brust. Hawk verlor das Gleichgewicht und fiel zur Seite.

Jetzt setzte Frances sich mit einiger Anstrengung auf und blickte ihn mutwillig an. »Bist du kitzelig?« wollte sie wissen.

»Ich ... ja ...«

Er konnte nicht weitersprechen. Frances kniete plötzlich vor ihm, warf ihn auf den Rücken, lachte hellauf über sein erstauntes Gesicht und ließ ihre Finger über seine Rippen tanzen.

Hawk war sehr kitzelig, und sie fand blitzschnell die empfindlichsten Stellen. Er lachte und lachte, bis es ihm endlich gelang, ihre Hände einzufangen und von sich wegzuhalten.

Im gleichen Moment wurde Hawk bewußt, daß Frances zwischen seinen gespreizten Beinen lag, und daß sich sein Morgenmantel geteilt hatte. Die beiden nackten Körper berührten einander bis zur Taille. Hawk blickte in ihr lachendes Gesicht.

»Frances«, sagte er zart, schlang seine Arme um sie und zog sie fester an sich, »küß mich.«

»Gut«, stimmte sie zu und spitzte die Lippen.

»Nicht so.« Hawk mußte nun doch lächeln. Mit den Fingerspitzen einer Hand öffnete er behutsam ein wenig ihre Lippen. »Halte den Mund offen, aber sprich nicht. So macht man das, weißt du.«

Frances tat, wie ihr geheißen, und als ihre Lippen seinen Mund berührten, durchfuhr Hawk ein bisher unbekanntes Glücksgefühl. Er hielt sie fest in seinen Armen und zog sie näher an seine Brust.

Plötzlich hob Frances den Kopf und fragte vollkommen ernsthaft: »Und was tun wir jetzt? Das Küssen ist ja sehr leicht.«

»Hmmm.« Hawk spielte mit einer ihrer Locken, die ihm

ins Gesicht gefallen war. »Du möchtest jetzt außer dem Küssen noch etwas anderes tun?«

Frances' Gesichtsausdruck veränderte sich jäh, und Hawk wußte, daß sie an die Minuten in der Gerätekammer dachte. Ihre Pupillen verengten sich.

»Hawk?« sagte sie mit unsicherer Stimme.

»Ja?«

»Ich ... das ist alles sehr merkwürdig, denke ich.«

»Überhaupt nicht, das versichere ich dir. Komm jetzt ins Bett, Frances.«

Ihre Augen blickten verwirrt, ratlos, aber sie lächelte. Ah, dachte Hawk, die Folge des Brandys, und rollte mit ihr auf die Seite, damit er aufstehen konnte. Dann griff er Frances unter die Arme und stellte sie auf die Füße. Frances hatte offensichtlich Schwierigkeiten, das Gleichgewicht zu halten, und so hievte er sie über die Schulter und trug sie zum Bett.

»Weißt du«, begann Frances sehr nachdenklich, als sie auf dem Rücken lag, »ich fühle mich ganz seltsam ...«

21. Kapitel

Hawk zog sich rasch den Morgenmantel aus, legte sich neben sie und stützte seinen Kopf mit der Hand, damit er Frances' Gesicht betrachten konnte.

»Ich sah dich«, sagte sie auf einmal sehr klar und blickte zu ihm auf. »Du bist nicht annähernd so ... groß wie Gentleman Dan.«

»Ein Glück für dich«, erwiderte er und zwickte sie mit der anderen Hand liebevoll in die Nasenspitze. »Wenn du nichts dagegen hast, würde ich das dumme Nachthemd entfernen.«

»In Ordnung«, stimmte Frances zu und fing wieder zu kichern an, als der dünne Batist beim Hinaufziehen ihr Gesicht bedeckte.

»Du siehst schrecklich ernst aus, Hawk, sogar durch meinen Salome-Schleier.«

Weil mein Verlangen nach dir so übermächtig ist, daß es mich selbst verlegen macht, dachte er, sagte jedoch, während er das Nachthemd wegzog und zu Boden fallen ließ: »So, du hast dich also endlich für ›Hawk‹ entschieden?«

»Ich fange an zu glauben, daß Hawk — der Falke — ein sehr hübscher Vogel ist«, erklärte Frances. Zu seiner größten Verwunderung richtete sie sich etwas taumelig auf, nahm sein Gesicht zwischen ihre Hände und küßte ihn. Dann bat sie: »Darf ich dich ansehen, Hawk?«

Hawk blinzelte. Er war derart stark verwirrt über diese neue Frances, daß er nicht klar zu denken vermochte.

»Bitte, leg dich hin«, fügte Frances hinzu.

Hawk kam ihrem Wunsch nach. Ihm war ganz eigentümlich zumute. Eigentlich sollte er sie liebkosen und ihr zärtliche Worte ins Ohr flüstern. Statt dessen lag er jetzt auf dem Rücken, und Frances, die an seiner Seite kniete, studierte ihn ernsthaft vom Kopf bis zu den Zehenspitzen.

Er sah den intensiven Blick ihrer grauen Augen, ihre

vollen Brüste, die fast zu schwer waren für ihren schlanken Körper, ihre biegsame Taille. Er befürchtete, die Kontrolle über sich zu verlieren, als sein Blick über ihre Hüften hinunterglitt, und zwang sich, wieder in ihr Gesicht zu sehen. Er beobachtete, wie ihre Hand leicht zitterte und dann langsam niedersank, bis sie ihn zart berührte.

»Oh, wie merkwürdig«, sagte sie, »du fühlst dich weich wie Seide an.«

»Frances«, preßte er zwischen zusammengebissenen Zähnen hervor. »Bitte!«

»Möchtest du, daß ich dich wieder küsse?« fragte sie unschuldig.

»Ja.« Hawk schluckte. Dieses schottische Kind war dabei, ihn zu verführen!

Er kam rasch hoch und legte Frances mit einer schnellen Bewegung auf den Rücken. Liebevoll strich er ihr das Haar aus dem Gesicht. Er legte einen Oberschenkel über ihren und schloß für einen Moment die Augen, um sie voll und ganz zu spüren.

Frances beobachtete ihn und fing wieder an zu kichern, so daß er über sich selbst lachen mußte.

Schließlich legte er seine Rechte über ihre Hand und fragte behutsam: »Erinnerst du dich daran, wie du dich heute vormittag gefühlt hast, als ich dich berührte?«

»Ja, ich erinnere mich«, erwiderte Frances nun etwas verwirrt.

»Hast du so etwas je zuvor empfunden?«

Frances schüttelte den Kopf. »Nein. Wie sollte ich auch? Du hast es ja nie zuvor getan.«

»Das stimmt«, gab er zu. Statt dessen habe ich ihr weh getan, warf er sich im stillen vor. Er ließ seine Finger besonders zärtlich über ihre samtweiche Haut gleiten und liebkoste ihren Körper von oben bis unten.

»Hawk«, bat Frances, »ich möchte, daß du das weiter tust.«

»Darauf kannst du dich verlassen«, versicherte er und dachte dankbar an Amalia. Endlich machte er es richtig!

Er vertiefte den Druck seiner Finger und Frances schrie auf: »Ich ... ich kann nicht mehr denken!«

»Nicht denken, Frances, nur fühlen.«

»Ich . . . explodiere gleich«, flüsterte sie, warf den Kopf zurück und stöhnte auf.

Hawk las alles, was sie empfand, in ihrem Gesicht. Es war der schönste Anblick, den er je in seinem Leben gesehen hatte.

Frances' Körper zitterte noch, und Hawks Herz schlug laut, als er sich mit ihr vereinte. Frances' Arme umschlangen ihn, sein Mund fand ihre Lippen.

»Mein Gott!« sagte er laut, überwältigt von ihrem Einssein und einem Gefühl der Lust, wie er es noch nie erfahren hatte.

Frances spürte seinen Herzschlag, als er erschöpft auf sie niedersank. Sie lächelte glücklich und verwirrt zugleich und war im nächsten Moment eingeschlafen.

Behutsam löste sich Hawk von ihr und schob ihre feuchten Haarsträhnen aus der Stirn. »O Frances«, seufzte er leise, »ich glaube, ich sollte dir jeden Abend Brandy einschenken.«

Wie recht hatte Amalia gehabt! Allerdings durfte er nicht vergessen, daß Frances beschwipst war, und Alkohol schwemmte Hemmungen hinweg, das wußte er.

Hawk stand rasch auf, blickte noch einmal auf seine schöne Frau, dann löschte er die Kerzen und stieg wieder ins Bett. Er zog die Bettdecke über beide und schmiegte sich an Frances.

Agnes sagte kein Wort. Ihr war durchaus klar, daß sie nicht in das Schlafzimmer ihrer Herrin gehen sollte, aber die Neugier ließ ihr keine Ruhe. Sie blickte kurz auf den Mann und die Frau im Bett, die schlafend dicht beieinander lagen, und lächelte. Lady Frances' Kopf ruhte in der Achselhöhle ihres Gatten. Agnes verließ leise das Zimmer, und ihr vielsagendes Lächeln gab dem Klatsch unter dem Personal neue Nahrung.

»O du meine Güte!« stöhnte Frances, die plötzlich aufgewacht war. Sie setzte sich und wiederholte: »O du meine

Güte!« Dann blickte sie auf ihren schlafenden Ehemann. Auf seinen Wangen und am Kinn sprossen dunkle Bartstoppeln, sein schwarzes Haar war zerzaust, und er sah dennoch sehr hübsch aus. Sie streckte eine Hand in seine Richtung, um sein Gesicht zu berühren, und stöhnte wieder. In ihrem Kopf hämmerte es, als ob sie ein ganzes Faß Wein ausgetrunken hätte. Brandy, du Trottel, korrigierte sie sich selbst. Plötzlich erinnerte sie sich an das, was geschehen war, und errötete.

»O du meine Güte«, sagte sie noch einmal leise, aber diesmal hörte es Hawk.

»Guten Morgen, Frances.« Hawk lächelte über ihr verdrießliches Gesicht und fragte: »Wie fühlst du dich?«

»Mein Kopf tut scheußlich weh.«

»Das kann ich mir vorstellen. Ich werde dir von Grunyon eins seiner speziellen Zaubermittel herstellen lassen. Diese Getränke sind sehr wirkungsvoll, weißt du.« Und ohne Übergang fügte er hinzu: »Du hast wunderschöne Brüste.«

Frances zog sofort die Decke bis zum Hals hoch. Bei der abrupten Bewegung drehte sich wieder alles in ihrem Kopf.

»Unglücklicherweise hatte ich letzte Nacht gar nicht die nötige Zeit für sie«, fuhr Hawk lächelnd fort. »Du warst so stürmisch. Ich möchte gern wissen, ob deine Brüste genauso empfindlich sind wie dein übriger Körper.«

»Hör auf!« schalt Frances.

Ihr Ehemann grinste unverschämt vergnügt.

»Hättest du mich für so schrecklich gehalten, wie du es gewöhnlich tatest, dann hättest du dich nicht mit mir befaßt«, brummelte Frances weiter.

»Ts, ts, ts«, spöttelte er amüsiert, schließlich kannte er die Kopfschmerzen am Morgen nach einer Nacht mit reichlich Brandygenuß gut genug. »Es sagt nicht allzuviel über meine Intelligenz aus, daß ich genau verstehe, was du meinst.«

»Du bist ein Mann und ...«

»Natürlich bin ich ein Mann, und letzte Nacht hattest du auch absolut nichts dagegen.«

Frances blickte mit gerunzelter Stirn zur Wand. »Da war ich auch nicht ich selbst.«

»Ah, dann muß ich wohl die verführerische Kombination fortsetzen, wie? Pferdepaarung und Brandy ...«

»Bitte, geh jetzt«, unterbrach ihn Frances verlegen.

»Warum? Wir unterhalten uns doch gerade so nett.«

»Mein Kopf ist am Zerspringen.«

»Dann werde ich jedes Argument gewinnen, falls du törichterweise jetzt eine Diskussion beginnen solltest.«

Frances hätte am liebsten geheult oder in sein selbstgefälliges Gesicht geschlagen, doch sie sagte nur: »Ich wünsche nicht, daß du das wieder tust.«

»Warum nicht?« erkundigte er sich interessiert und blickte auf ihren weißen Rücken. Frances' Haar war zerzaust und hing ihr fast bis zur Taille herunter. Er hob eine Hand, um darüber zu streichen, aber Frances sah ihn nur ärgerlich an.

»Ich bin es nicht gewöhnt«, erklärte sie.

»Das glaube ich dir. Aber du wirst dich bald daran gewöhnt haben, das verspreche ich dir.«

Hawk streckte sich und legte seine Arme unter den Kopf. Er erkannte nur zu gut, daß Frances ihn gern allein gelassen hätte, doch zu verlegen war, um sich unbekleidet vor ihm zu zeigen.

Nachdem sie störrisch schwieg, fuhr Hawk nach einigen Augenblicken fort: »Möchtest du eine weitere Lektion, Frances? Männer lieben gern morgens, mußt du wissen.«

Diese Vorstellung ließ Frances hastig aus dem Bett schlüpfen, die Decke zog sie gleich mit sich fort. Als sie sich umdrehte, sah sie ihren Ehemann nackt daliegen und grinsen.

»Oh«, stieß sie töricht hervor, hüllte sich wie eine Mumie in die Decke und verschwand hinter ihren Wandschirm.

Hawk richtete sich auf den Ellenbogen auf und rief: »Möchtest du, daß ich dir helfe, Frances?«

»Was ich möchte, ist eins von Grunyons Zaubergetränken!«

Hawk seufzte tief. »Gut«, erwiderte er und stand auf. »Ich

habe es dir versprochen, nicht wahr?« Er blickte hoffnungsvoll zum Wandschirm, seufzte noch einmal und ging dann in sein eigenes Schlafzimmer.

Knapp zehn Minuten später kam Agnes und brachte Frances den Trank.

»Mr. Grunyon sagt, das wird Ihnen guttun, Mylady«, erklärte sie ihrer Herrin.

Frances trank das volle Glas aus, ohne abzusetzen und schüttelte sich dann. »Das war ja schrecklich!« Sie setzte sich auf einen Stuhl, lehnte den Kopf zurück und schloß die Augen.

Es dauerte fast noch eine ganze Stunde, bis der Hunger Frances ins Frühstückszimmer trieb. Zu ihrem Ärger saß Hawk bereits am Tisch, einen gefüllten Teller vor sich, die »Gazette« in den Händen. Konnte er nicht schon fertig und gegangen sein?

Hawk lächelte ihr zu, sah, daß sie mit dem Näherkommen zögerte, und legte langsam die Zeitung zusammen. »Fühlst du dich jetzt besser, meine Liebe?«

»Ja«, erwiderte Frances, ergab sich in ihr Schicksal und setzte sich. »Es war wirklich schrecklich, aber irgendwie fühle ich mich wieder mehr wie ich selbst.«

Hawk aß ein Stück Toast mit Himbeermarmelade, sah Frances an, während er genüßlich mit der Zungenspitze etwas Marmelade aus dem Mundwinkel schleckte, und meinte: »Ich frage mich, ob deine Brüste genausogut schmecken wie alles andere an dir.«

Frances hielt den Atem an.

»Keine Sorge, meine Liebe«, fuhr Hawk beruhigend fort, »nur du und ich sind hier.« Anzüglich setzte er hinzu: »Darf ich dich bedienen? Du hast sicher einen Riesenhunger.«

Sie schwieg und bediente sich selbst. Ihre Bewegungen waren matt. Hawk wartete, bis sie den Mund voller Rührei hatte, und begann wieder: »Deine Haut duftet einmalig. Das macht mich ganz wild.«

»Hör auf!« brachte Frances hervor, obwohl sie den Mund noch voll hatte.

»Entschuldige, meine Liebe, sagtest du etwas?«

Frances kaute das Ei zu Ende, schluckte es hinunter und erwiderte klar und deutlich: »Ich sagte, du sollst damit aufhören.«

»Ah, wie entmutigend«, bedauerte Hawk. »Ein guter Liebhaber erwartet am Morgen danach kleine, erfreute Seufzer.«

Frances blitzte ihn mit einem wütenden Blick an und wandte dann ihre ganze Aufmerksamkeit dem Speck auf ihrem Teller zu. Hawk beobachtete sie und mußte im stillen lachen bei dem Gedanken, daß sie sich möglicherweise vorstellte, ihn statt des Specks mit dem Messer zu zerstükkeln.

»Ich werde mich jetzt mit Marcus treffen«, verkündete er, als er aufstand. »Ich kann mir denken, daß es einige Zeit dauern wird, bis ich die Zügel der Verwaltung deinen weißen Händen entwunden habe.«

Zu seiner Überraschung reagierte Frances auf seinen Scherz mit einem gequälten Blick, und Hawk setzte hinzu: »Du hast doch sicher nicht erwartet, daß ich ein nutzloser Schoßhund bin?«

Frances schluckte. Sie sah nur, daß ihr alles genommen wurde, sah sich allein gelassen und wertlos.

»Du weißt, es ist mein Besitz«, mahnte Hawk.

»Warum gehst du nicht nach London zurück? Nach der letzten Nacht bin ich gewiß schwanger.«

»Wenn das Vergnügen, das eine Frau zeigt, ein Zeichen für Empfängnis ist, dann könnte ich in gutem Glauben annehmen, daß du Zwillinge zur Welt bringen wirst.«

Frances fiel die Gabel aus der Hand. Sie stand auf, stemmte die Hände in die Hüften und blickte ihn zornig an. Hawk betrachtete ihren schweratmenden Busen mit größtem Interesse. Bevor Frances ein Wort sagen konnte, meinte er: »Ich kann es kaum erwarten, deine Brüste zu liebkosen. Sie sehen in diesem Moment besonders einladend aus. Ist es das, was du dir mit dieser Pose wünscht?«

Wütend schleuderte Frances ihre leere Teetasse nach ihm. Hawk duckte sich und lachte. Daraufhin packte sie mit beiden Händen ihren Teller, hob ihn hoch und stellte ihn im nächsten Augenblick wieder hin, weil Otis gerade ins Zimmer kam.

Hawk erklärte lachend seinem Butler: »Na, was ist denn? Wir sind gerade mitten in einer höchst anregenden Morgenunterhaltung.«

»Ein Brief, Mylord«, berichtete Otis. »Er folgte Ihnen von London und ist von Ihrem Vater.«

»Entschuldige mich bitte.« Frances verließ den Raum ohne ein weiteres Wort, und Hawk dachte bei sich: Ich werde dir bis zum Abend Zeit lassen, dich wieder zu fangen.

»Was machst du denn hier, Frances?«

Frances blickte hoch und sah Hawk an der Stalltür. Behutsam bandagierte sie das Fußgelenk des kastanienbraunen Hengstes zu Ende, bevor sie langsam aufstand. »Wie du siehst, behandle ich Clancy. Er hat sich einen Schnitt zugezogen, was natürlich nicht passieren sollte, aber er verletzte sich selbst mit dem anderen Fuß. Möglicherweise geschah das beim Galoppieren, da neigt er nämlich dazu, sich mit den Füßen ins Gehege zu kommen. Ich muß unbedingt mit Belvis darüber sprechen.« Sie sah, daß Hawk sie geduldig beobachtete und fragte: »Was wünschen Sie, mein Lord?«

Hawk überhörte diese formelle Anrede und hielt einen Umschlag hoch. »Der Brief von meinem Vater ...«

»Er ist doch hoffentlich gesund«, erkundigte sich Frances rasch.

»Mein Vater überlebt uns alle«, erwiderte Hawk fast bissig. »Er hat erwartet, daß mich dieser Brief in London antrifft. Sein Inhalt ist sehr interessant, meine Liebe. Er informierte mich, daß ich mich schnell zur Heimreise entschließen sollte, weil darüber geredet wird, daß meine Frau und mein Verwalter einander näher stehen, als schicklich ist.«

»Was? Was hat er geschrieben?«

Hawk beobachtete Frances' entsetzten Gesichtsausdruck und sah, wie sich die Farbe ihrer Augen verdunkelte. Er hatte schnell genug erkannt, daß dieser Brief nur eine weitere List seines Vaters war, um ihn nach Desborough Hall zurückzuholen, aber es reizte ihn, seine Frau damit wenigstens ein bißchen aufzuziehen.

»Nun, was haben Sie dazu zu sagen, Madam? Erinnere dich, ich sah am Tage meiner Ankunft, wie Marcus sich im Arbeitszimmer über dich beugte.«

Frances wünschte sich sehnlichst, ihren Frühstücksteller hier zu haben, um ihm den an den Kopf werfen zu können. Wie konnte er so etwas glauben! Dann entdeckte sie den Schimmer spöttischen Amüsements in seinen Augen und erkannte die Absicht ihres Schwiegervaters. Hawk glaubte es nicht, nicht ein einziges Wort, aber er machte sich einen Spaß auf ihre Kosten! Sie senkte den Kopf und rang die Hände.

»Frances?«

Sie senkte den Kopf noch tiefer, hörte die aufkeimende Unsicherheit in seiner Stimme und hatte große Mühe, nicht zu lächeln. Elender, spottender Kerl! Zögernd und anscheinend sehr schuldbewußt erwiderte sie: »Oh, wie konnte er nur! Ich dachte nicht wirklich daran, zu ... Nun, du weißt ja, wie reizend und hübsch Marcus ist und ...«

Clancy schnaubte, und Frances verließ schnell seine Box.

»Was hast du gesagt?« bohrte Hawk weiter.

Frances hörte die beginnende Entrüstung in seiner Stimme und ließ ihr Kinn zittern. Voller Schuld und Scham bekannte sie: »Ich dachte nicht, daß es geschehen könnte, wirklich nicht — aber ich war so einsam und ...«

Hawk packte sie an den Schultern und schüttelte sie. »Was, zum Teufel, redest du da?«

»Nun, ich spreche von meinem unschicklichen Benehmen gegenüber Ihrem Verwalter, mein Lord.«

Hawks Augen glitzerten. Er erkannte, daß sie den Spieß umgedreht hatte.

Frances ließ ihre langen Wimpern flattern und schwelgte anscheinend in süßer Erinnerung. »Ah, was für ein Jammer, aber ...«

»Ich werde dich gleich verprügeln«, drohte Hawk und schüttelte sie noch heftiger.

Frances konnte nicht anders, sie fing an zu lachen, lachte

so übermütig und voller Spott, daß Hawk rotsah. »Frances«, grollte er unheilverkündend, »hör auf, verdammt noch mal, oder ich erwürge dich!«

Sofort hörte Frances auf, entzog sich im nächsten Moment seinen Händen und rannte zur offenen Stalltür. Von dort blickte sie zurück und sah Hawk neben Clancys Box stehen, das Gesicht finster wie eine Gewitterwolke, die Hände zu Fäusten geballt.

»Ah, ja, Marcus ist solch ein großartiger Liebhaber ... so rücksichtsvoll ...«, flötete Frances.

Hawk ging einen Schritt auf sie zu, und Frances rannte davon. Ihr Lachen hallte bis in den Stall zurück.

Als der Marquess am frühen Nachmittag in Desborough Hall eintraf, begrüßte ihn eine tränenreiche Frances, die sich in seine Arme warf und verzweifelt klagte: »Oh, mein Lord, warum haben Sie es ihm gesagt? Hawk, meine ich, Marcus und ich fühlten uns so sicher, bis dieser Brief ...«

Hawk kam gerade auf die Vordertreppe und wurde Zeuge der hervorragenden Schauspielkunst seiner Ehefrau. Er beobachtete den verwirrten Ausdruck in seines Vaters Gesicht, der schuldbewußt wurde, als ihm aufging, was er angerichtet hatte.

»Bravo!« rief Hawk und applaudierte laut.

Der Marquess befreite sich aus Frances' Armen, die ihn umschlungen hielten, und dröhnte: »Genug jetzt, Mädchen!« Er sah, wie Frances zu kichern anfing, dann blickte er seinen Sohn an. In Hawks Blick lag eine mörderische Ironie.

Der Marquess ärgerte sich über sich selbst. Er war todmüde. Da war er nun in ununterbrochener Fahrt von Chandos Chase hierher gefahren, nur, um zu entdecken, daß sein Sohn gar nicht mehr in London und sein Brief ihm hierher gefolgt war.

»Ich glaube«, sagte er langsam, »ich habe eine Fehlkalkulation gemacht.«

»Sie, Sir, sind ein gewissenloser, alter Schwindler«, erklärte Frances und lächelte ihn an. »Aber kommen Sie. Sie müssen müde sein. Ihr Zimmer ist vorbereitet.«

»Du hast wohl mit meiner Ankunft gerechnet, hmmm?«
»Natürlich.« Frances legte ihre Hand auf seinen Arm und flüsterte schalkhaft: »Marcus kann es kaum erwarten, Sie zu sehen, mein Lord.«
»Frances!«
Wie merkwürdig, dachte sie, die Stimme des Marquess klingt genauso wie die seines Sohnes.

22. Kapitel

Frances setzte sich in ihrem Stuhl zurück und beobachtete die zwei schweigsamen Gentlemen. »Ich nehme an«, sagte sie heiter, »daß Sie beide Ihre Dummheit erkannt haben.«

»Warum hältst du nicht für eine Weile deinen Mund, Frances?« knurrte Hawk, fast am Ende seiner Geduld.

Sie blinzelte überrascht und erwiderte vollkommen unschuldig: »Aber du warst es doch, der wütend ohne Grund in den Stall gerannt kam und mich umbringen wollte.« Sie kicherte und wandte sich an ihren Schwiegervater: »Der betrogene Ehemann — ein wundervoller Auftritt, mein Lord.«

»Sei still, Frances!« mahnte der Marquess.

Doch Frances dachte gar nicht daran und redete munter weiter. »Die Köchin hat Ihre Lieblingsspeise gekocht, mein Lord«, versicherte sie ihrem Schwiegervater. »Hammelfleisch mögen Sie doch gern, stimmt's? Dazu diese delikate Soße — das schmeckt, nicht wahr? Und das Kartoffelpüree ist wieder richtig flockig. Das Geheimnis dafür ist sehr frische Sahne, wissen Sie, und ...«

»Frances, wenn du nicht aufhörst, auf meinen Vater einzureden, bringe ich dich hinauf und binde und kneble dich!«

Aha, die beiden Herren, Vater und Sohn, halten zusammen, dachte Frances. Vielleicht zum ersten Mal seit vielen Monaten. Sie lächelte beiden zu und kaute genüßlich an einem Bissen Hammelfleisch.

»Belvis sagte, daß Lord Danvers' preisgekrönte Stute hier ist«, begann der Marquess nach einigen Minuten friedvoller Stille zu Hawk. »Lady Margaret, ein Berberpferd?«

»Ja, das stimmt«, bestätigte sein Sohn. »Gentleman Dan glaubt zweifellos, daß er in den Pferdehimmel gekommen ist. Natürlich ist die Stute in der gleichen Verfassung«, fügte er hinzu und blickte anzüglich zu Frances.

Der Marquess dachte einen Moment über diese ironische Bemerkung nach, bevor er weitersprach: »Frances schrieb mir, daß Belvis besonders große Hoffnungen in Flying Davie setzt, der seiner Ansicht nach in Newmarket alle anderen Pferde schlagen kann, trotz der Tatsache, daß er erst vier Jahre alt ist.«

»So?« meinte Hawk lediglich.

»Belvis ließ mich bei Flying Davie's Training assistieren«, berichtete nun Frances.

»Ich habe dich noch nie reiten gesehen«, stellte Hawk fest.

»Gewöhnlich reite ich im Herrensitz.« Frances streckte das Kinn hoch. »Das ist viel sicherer, wie du weißt.«

»Ja, ich glaube, das sagte ich schon einmal.« Hawk stellte sich Frances in Reithosen vor, ein Bild, das ihn erregte. Wie würde er sie heute abend verführen? überlegte er. Ihre Leidenschaft aus der letzten Nacht schien sich ihm gegenüber ziemlich abgekühlt zu haben. Es war verblüffend. Nach seinen bisherigen Erfahrungen als Liebhaber gehörte eine Frau nach einer solchen Nacht ihm. Bei Frances war das offensichtlich nicht der Fall.

»Wo ist denn dein reizender Marcus heute abend, meine Liebe?« erkundigte er sich anzüglich.

Frances lächelte. »Er interessiert sich anscheinend für Colris Melchers.«

»Die älteste Tochter des Pfarrers?« fragte der Marquess. »Ist das nicht das Mädchen mit dem blonden Haar und den Grübchen?«

»Das ist sie«, bestätigte Frances.

»Dann hast du es also nicht fertiggebracht, ihn zu halten, Frances?« stichelte Hawk.

Frances ließ sich nicht unterkriegen. Sie seufzte dramatisch und sagte weich: »Ich bin zu alt, wie mir Marcus mitteilte. Er war in dieser Richtung zwar sehr höflich, aber ...«

Hawk stöhnte. »Es tut mir leid, dieses Thema angeschnitten zu haben. Entschuldige bitte, Vater.« Er blickte in Frances' selbstzufriedenes Gesicht und fügte hinzu: »Nach der letzten Nacht hatte ich gehofft, daß meine Frau voller Liebe für mich sein wird.«

Frances schnappte nach Luft, und Hawk fragte sich, ob sie irgend etwas nach ihm werfen würde.

Der Marquess lächelte in sein Weinglas. Wie hübsch, dachte er. Die beiden kamen anscheinend einander näher. Beide waren stolz, aber er hatte den Eindruck, daß sein Sohn tatsächlich mit seiner Frau geschlafen hatte.

»Wir hoffen, daß Frances bald gute Nachrichten verkünden kann«, bemerkte Hawk.

»Ja, mein Lord«, stellte Frances mit eiskalter Stimme fest, »dann kann Ihr Sohn nach London zurückkehren, wohin er zweifellos gehört. Es sollte mich wundern, wenn er bis zum Wochenende in Desborough Hall bleibt.«

»Die Woche ist bereits in zwei Tagen zu Ende.« Hawk lehnte sich im Stuhl zurück. »Du verletzt mich, Frances. Ja, das tust du wirklich.«

»Ich würde gern noch viel mehr als das tun, mein Lord!«

»Hawk«, korrigierte er sanft.

Ich bin zu alt für diese Streitereien, dachte der Marquess und sagte: »Ah, Otis, ich glaube, ich werde mich jetzt zurückziehen. Richten Sie der Köchin mein Kompliment für das köstliche Essen aus.« Sein Stuhl wurde zurückgeschoben, und der Marquess stand auf. »Ich wünsche euch eine gute Nacht, Kinder.«

Hawk begleitete seinen Vater höflich bis zur Tür und fragte, als er zurückkam: »Spielen wir eine Partie Pikett, Frances?«

»Das nehme ich an.« Frances legte den Kopf zurück und blickte zu ihm auf.

»Oder möchtest du vielleicht mit mir zu Bett gehen?«

»Ich möchte nicht einmal in den Himmel mit Ihnen gehen, mein Lord!« Frances fühlte seine warme Hand auf ihrer Schulter und versuchte, sie abzuschütteln, doch Hawk hielt sie nur um so fester. »Hawk«, sagte sie kläglich.

»Ja, meine Liebe?« Seine Fingerspitzen glitten zu ihren Brüsten hinunter.

Frances spürte verwirrt, daß diese Berührung sie erregte und wehrte sich kaum.

»Komm, Frances«, bat Hawk. Sie schüttelte den Kopf. »Ich habe die Ingwercreme noch nicht probiert.«

»Wenn du noch hungrig bist, werde ich mich bemühen, deinen Hunger zu stillen.«

Frances gab ihre Abwehr noch nicht auf. »Ich will es nicht!«

»Dir bleibt gar keine andere Wahl«, beharrte Hawk und zog ihren Stuhl zurück. »Möchtest du lieber, daß ich dich über meine Schulter lege und dich so die Treppe hinauftrage? Das Personal hat sicher auch ohne ein solches Schauspiel schon genug zu klatschen.«

»Ich will Pikett spielen.«

»Wir können im Bett alles spielen, was du dir wünscht.«

»Ich möchte etwas Brandy.«

»Du kannst meinen Körper auch ohne Brandy attackieren und kitzeln. Außerdem gibt es genügend andere Vorspiele, wenn man eine nüchterne Frau hat. Morgen früh kann ich dann mit dir herumtollen, ohne auf deine Kopfschmerzen achten zu müssen.«

Frances stieß einen tiefen Seufzer aus, stand so würdevoll, wie es ihr nur möglich war, auf, drehte sich um und blickte ihrem Ehemann ins Gesicht. »Ich komme mit dir«, erklärte sie, »aber es wird sich nichts ändern, mein Lord, überhaupt nichts! Das weiß ich!«

»Du wirst morgen nicht voller Liebe für mich sein?«

»Im Gegenteil: erfüllt mit Abscheu!« Den Kopf hoch erhoben rauschte Frances aus dem Wohnzimmer.

Hawk rief ihr leise nach: »Denk daran, daß ich kein Verlangen danach habe, dich wieder in irgendeinem Versteck suchen zu müssen!«

Frances ging unruhig in ihrem Schlafzimmer hin und her, nachdem sie die recht merkwürdig lächelnde Agnes weggeschickt hatte. Sie blickte zu der Verbindungstür und sagte zu sich: »Er ist ein Teufel!« Vor lauter Angst konnte sie kaum noch klar denken, als schließlich die Tür geöffnet wurde und Hawk siegessicher hereinkam.

Er blieb stehen und betrachtete sie. »Wie schön du bist!«

Widerwillig mußte sich Frances eingestehen, daß er selbst sehr hübsch aussah. Sein Morgenmantel war dunkelblau, und sie wußte, daß er darunter nackt war.

Hawk erkannte sofort, daß Frances trotz ihrer zur Schau

getragenen beherrschten Kühle in Wirklichkeit ängstlich war und sich irgendwie fürchtete. Er ging zu dem großen Lehnstuhl, setzte sich und blickte Frances freundlich an. »Komm zu mir, Frances. Laß uns ... reden.« Er klopfte einladend auf seine Oberschenkel.

Nach einigem Zögern setzte sie sich und hielt den Oberkörper steif wie ein Brett aufgerichtet.

»Mein Vater ist ganz begeistert von dir«, begann Hawk.

»Das bin ich auch von ihm, diesem schlimmen, alten Mann. Ich hätte nie gedacht, daß er einen solchen Brief schreiben würde!«

Hawk schlang seine Arme um ihre Taille und drehte Frances' Rücken gegen seine Brust. Langsam wurde sie ruhiger.

»Hawk?«

»Ja, mein Liebes?«

»Wünscht sich ein Mann, das jede Nacht zu tun?«

»Mindestens. Tatsächlich bist du so reizvoll, daß ich glaube, ich könnte dich leicht mehrmals in einer Nacht lieben, bevor ich erschöpft zusammenbrechen würde.«

»Oh.«

»Was ich brauche, ist ein bißchen Ermutigung, Frances.«

»Früher hast du das aber nicht gebraucht.«

»Sicher, doch da war es eine Pflicht, kein Vergnügen.«

Frances fühlte, wie seine Finger zärtlich ihren Nacken streichelten. Nach einigen Augenblicken fuhr Hawk fort: »Unsere erste gemeinsame Nacht tut mir sehr leid, Frances, ebenso die anderen Nächte.«

»Du meinst, daß es für dich nicht schön war, wenn ich nicht ... reagierte?«

Seine Hand wanderte von ihrer Taille aufwärts und umschloß zart ihre linke Brust. Frances schnappte nach Luft und wollte sich ihm entziehen, doch er bat: »Tu das nicht, Frances. Lehne deinen Kopf gegen meine Schulter. So ist es recht. Und jetzt bemühe dich, ein bißchen Vertrauen zu deinem Ehemann zu haben.«

Behutsam knöpfte er ihren Morgenrock auf und berührte ihre bloße Haut. Frances war, als ob Flammen über ihren Körper strichen.

Hawk fühlte, wie sie erzitterte, als er ihre Brüste liebkoste und küßte.

»Komm«, sagte er zärtlich, hob sie auf und trug sie zum Bett. Dort stellte er sie auf die Füße und zog ihr den Morgenrock und das Nachthemd aus, dann trat er zurück, um sie anzuschauen.

Ihr volles Haar flutete über ihren weißen Rücken. Sein Blick folgte den Linien ihres schönen, verheißungsvollen Körpers. »Frances«, flüsterte er sehnsüchtig, nahm sie wieder in die Arme, drehte sie herum, daß ihr Rücken an seiner Brust lehnte, und brachte mit seinen zärtlichen Händen Frances zum Erbeben. Er küßte ihre kleinen Schreie von ihren Lippen, als ihr Kopf sich zurückbog, küßte ihre Augen, ihre Wangen, ihren Hals, bis sein Verlangen übermächtig wurde.

Frances flüsterte wie benommen immer wieder den Namen ihres Ehemannes, als er sie ins Bett hob und sich mit ihr vereinte.

Hawk schloß die Augen, überwältigt von einem Glücksgefühl, das er bisher noch nie gekannt hatte, als er auf Frances niedersank und seinen Kopf an ihre Wange legte. »Frances«, stieß er, noch atemlos, hervor.

Erstaunt merkte Frances, daß sie sein Gewicht ganz leicht ertragen konnte. Sie fühlte Hawks Herz gegen ihres schlagen und streichelte mit den Händen beruhigend über seinen Rücken. Wie seltsam ist doch diese Art von Liebe, dachte sie vage, die zwei Menschen zu einem werden läßt, die Gefühle in ihr weckte, die sie sich nie hätte vorstellen können.

Plötzlich lächelte sie. Wie lange dauerte es wohl, bis eine Frau schwanger wurde, wenn das jede Nacht geschah? Sicher nicht sehr lange. Frances seufzte, umarmte Hawk fest und schlief ein.

Hawk fand allmählich auf die Erde zurück. Frances schlief, und er wußte, daß er zu schwer für sie war. Behutsam rollte er sich zur Seite und spürte verärgert, daß er sie gern noch einmal geliebt hätte. Das durfte er ihr nicht antun! Schließlich war sie seine Frau und nicht seine Mätresse. Er stand auf, zwang sich, Frances zuzudecken, löschte die Kerzen und ging in sein eigenes Schlafzimmer.

Zum ersten Mal kam ihm sein Bett kalt und leer vor.

Frances erwachte erst, als die Sonne bereits in ihr Zimmer strahlte. Ein kleines Lächeln lag auf ihren Lippen, und sie streckte die Hand nach Hawk aus, stieß jedoch nur gegen ein Kissen.

Sie setzte sich rasch auf und blickte suchend im Zimmer umher. Er war gegangen!

Er hatte sie verlassen, nachdem sie eingeschlafen war! Warum? Frances fühlte sich unsagbar enttäuscht, ja, sogar verletzt.

Sie erinnerte sich an ihre letzte Überlegung vor dem Einschlafen, ob sie jetzt vielleicht, wie Hawk gesagt hatte, voller Liebe für ihn sein würde.

»Verdammt!« fauchte sie gegen die Verbindungstür, ließ sich von Agnes ein heißes Bad richten, schrubbte sich wütend und stieg erst aus der Wanne, als das Wasser ungemütlich kalt wurde.

Während Agnes die lange Knopfreihe auf dem Rücken ihres blauseidenen Hauskleides schloß, fiel Frances ein, was sie tun würde.

Lächelnd ging sie ins Frühstückszimmer und sah verärgert, daß nur der Marquess anwesend war.

»Guten Morgen, meine Liebe«, begrüßte sie ihr Schwiegervater und musterte prüfend ihr Gesicht.

Frances nickte nur und erkundigte sich ohne Umschweife: »Wo ist Hawk?«

»Schon in der Morgendämmerung aufgestanden und ausgeritten, wie mir Grunyon sagte.«

Frances nickte Rosie zu und setzte sich. Oh, er wird mir nicht entkommen, dachte sie und griff nach dem Messer.

»Ist Hawk langsam vernünftig geworden, Frances?« wollte der Marquess wissen.

Frances brauchte einen Augenblick, bis sie seine Frage verstand. »Ich weiß es nicht«, erwiderte sie. »Er war sehr verstimmt wegen der fünftausend Pfund. Trotzdem hat er erlaubt, daß wir Gentleman Dan als Deckhengst vermieten, und er sagte auch nichts gegen das Training von Flying Davie.«

»Du bist eine starke Frau«, bemerkte der Marquess. »Ich war sehr erfreut, als ich hörte, daß Hawk heimgekehrt ist.« Er schwieg einen Moment. »Ich wüßte nur gern, warum er zurückkam«, fuhr er dann fort.

»Schlechtes Gewissen«, erklärte sie dem Marquess kurz und bündig.

»Das hat sich gewiß zu etwas anderem entwickelt, als er sah, wie du wirklich bist, denke ich«, schmunzelte der Marquess.

»O ja, da haben Sie recht«, stimmte sie ironisch zu.

»Ausgezeichnet.« Ihr Schwiegervater schien äußerst zufrieden zu sein. »Ich wußte, daß mein Junge zu sich kommen wird.«

»Junge?« Frances blickte ihn verärgert an. »Du lieber Himmel, er ist alles andere als ein kleiner Junge! Er ist der dickköpfigste, eingebildetste, arroganteste ...«

»Es ist so bemerkenswert erfreulich, geliebt zu werden«, fiel der Marquess ihr ins Wort. Er stand auf, ging zu Frances, küßte sie leicht auf die Wange und verließ das Frühstückszimmer.

»Anscheinend bin ich in einer Irrenanstalt«, sagte Frances in den stillen Raum hinein.

23. Kapitel

Hawk ließ Ebony über einen Zaun springen und dachte wieder einmal: Alles, was ich kann, ist Krieg führen, Frauen lieben und am Spieltisch gewinnen. Der Hengst landete elegant auf der anderen Seite, und Hawk hielt ihn an.

Dieses Fleckchen Erde mit den schattenspendenden Eichen am River Ouse war einer seiner Lieblingsplätze. Hier hatte er als Junge einmal an einem Ast geschaukelt und war ins Wasser gefallen. Beatrice war damals dabei gewesen und war auch auf Bäume geklettert. Wo aber hatte sich Nevil in dieser Zeit aufgehalten?

Merkwürdigerweise konnte Hawk sich nicht mehr klar an seinen Bruder erinnern. Das kam sicher daher, daß Nevil sich nur für Pferde interessiert und seine Zeit in den Ställen verbracht hatte, um alles zu lernen, vom Training der Pferde angefangen bis zu ihren Rennerfolgen. Das war sicher auch richtig für den ältesten Sohn, dachte Hawk. Ein jüngerer Sohn ging üblicherweise zur Armee, und so war er Offizier geworden und hatte seine Aufgabe gut gemeistert.

Auch er hatte Pferde geliebt und den Stallgeruch, aber dieses Gefühl bewußt unterdrückt, seit er erkannte, daß ihm Desborough nie gehören würde. Nach dem Recht des Erstgeborenen stand es Nevil zu und war dessen Angelegenheit.

Ich könnte alles Notwendige lernen, dachte Hawk, genau wie Frances es lernte.

Frances — was sollte er mit ihr machen?

Himmel, war er ein Dummkopf gewesen, als er nicht erkannte, daß die kleine, graue Maus einem Kind von Arthur Kilbracken sehr unähnlich sah! Und nun entpuppte sie sich auch noch als eine Freude im Bett. Beim bloßen Gedanken daran wurde Hawk erregt und deshalb wütend auf sich selbst.

»Sie macht mich wahnsinnig«, sagte er laut zu seinem

Pferd. »Ich werde nach London zurückkehren, und zwar bald. Soll doch mein Vater ihr die Zeit vertreiben, mit ihrer scharfen Zunge fertig werden und mit ihren geschäftlichen Unternehmungen.«

Und Desborough ... Was soll ich mit Desborough tun?

Unwillig schüttelte Hawk den Kopf, verbannte Frances und Desborough energisch aus seinen Gedanken und ritt weiter.

»Wo ist Seine Lordschaft, Belvis?« fragte Frances, als sie in das Trainingsbüro kam. Sie liebte diesen kleinen Raum mit seinem Geruch nach Leinsamen und Leder.

»Ich glaube, Lady Frances, er erwähnte, daß er in York etwas erledigen wollte«, erwiderte Belvis. Da Frances schwieg, fuhr er kurz darauf fort: »Diesen Nachmittag trafen zwei weitere Stuten hier ein. Lord Burghley hat sich Ebony als Zuchthengst gewünscht, und da Seine Lordschaft das weiß, nehme ich an, daß er nicht mehr lange ausbleiben wird.«

Frances zwang sich zu einem Lächeln. »Ich habe noch eine Menge zu tun. Wenn wir im August nach Newmarket reisen wollen, muß ich noch die Papiere von Flying Davie und Clancy's Pride finden.«

»Tamerlane wird möglicherweise auch ein ausgezeichneter Kämpfer«, meinte Belvis. »Soviel ich weiß, bewahrte der frühere Graf die Papiere in seinem Arbeitszimmer auf. Mr. Carruthers weiß sicher Bescheid.«

Frances blieb an der östlichen Koppel stehen und beobachtete Tully beim Training mit Flying Davie. Der reinrassige Vollblüter hatte prächtige, starke Schultern, lange Beine und eine tiefe, kräftige Brust. Und den Willen zu gewinnen. Frances liebte es, den weißen Stern auf seiner Stirn zu streicheln. Seine Farbzeichnung war einmalig, und sie stellte sich vor, daß der Hengst das wußte. Er war ein Gewinner und bereit, sich von der Rennwelt bewundern zu lassen. »Du bekommst deine Chance«, sagte sie in seine Richtung.

Tully blickte auf und winkte. Frances hob grüßend eine Hand, dann wandte sie sich um und ging ins Haus zurück.

Den Nachmittag verbrachte Frances damit, alle möglichen Schubladen nach den Papieren mit den Stammbäumen der Rennpferde zu durchsuchen. Sie war voller Staub und müde, als sie sie endlich entdeckte. Hawk war noch immer nicht zurückgekommen, und die Zeit für das Abendessen war nahe, doch Frances eilte zu den Ställen, um Belvis zu zeigen, was sie gefunden hatte.

»Bist zu zu deiner Maus-Fassade zurückgekehrt, meine liebe Frances?« fragte der Marquess und beobachtete das ruhige, nachdenkliche Gesicht seiner Schwiegertochter. Er vermißte die Wortgefechte zwischen seinem Sohn und ihr, und Marcus speiste wieder mit den Melchers' im Pfarrhaus.

Frances lächelte und schüttelte den Kopf. »Nein, mir geht nur so viel durch den Kopf. Möchten Sie noch etwas von dem Hackbraten, mein Lord?«

»Vielen Dank, ich habe mich schon mit Kalbsleber vollgestopft«, erwiderte der Marquess und fügte hinzu: »Ich möchte bloß wissen, was Hawk in York macht. Glaubst du, daß er sein Vermögen verspielt?«

»Seien Sie doch nicht albern«, entgegnete Frances scharf und errötete im nächsten Augenblick über ihre Unverschämtheit. »Ich bitte um Entschuldigung, Sir. Aber Sie wissen genauso gut wie ich, daß Hawk nie so dumm sein würde. Er ...«

»Nun, meine Liebe?«

»Er ist vieles, aber bestimmt kein Tunichtgut oder Verschwender.«

»So gut kennst du meinen Sohn, Frances?«

Sie überlegte einen Augenblick, bevor sie antwortete: »Nein, Sir, ich kenne ihn nicht sehr gut, aber ich vermute, daß er bald nach London zurückkehren wird.«

»Und das Gestüt und die Rennställe?«

»Keine Ahnung. Er hat sich mir nicht anvertraut.«

»Ja, ich weiß, er schreit dich nur an und quält dich, bis du ihm den Kopf herunterreißen möchtest.« Der Marquess sah, daß Frances etwas mühsam lächelte und forschte weiter: »Warum glaubst du, daß er bald abreisen wird?«

»Er ... er mag mich nicht.«

»Ich würde eher sagen, daß er heute geflüchtet ist, weil er seine eigene Meinung nicht kennt. Männer sind sehr leicht zu verwirrende Kreaturen, Frances.«

»Haben Sie Ihre Frau angeschrien, mein Lord?«

»Kaum. Sie war viel zu beherrscht, um etwas zu tun, was als schlecht erzogen angesehen werden könnte. Sie war die Tochter eines Herzogs, weißt du, und kannte ihren eigenen Wert sehr genau.«

»Ich wollte niemals heiraten«, erzählte nun Frances. »Meine Erfahrungen mit Männern machte ich hauptsächlich mit meinem Vater. Ich liebe ihn von Herzen, mißverstehen Sie mich nicht. Es geht nur darum, daß er und er allein Kilbracken regiert, und die arme Sophia muß sehr geschickt und außerordentlich listenreich vorgehen, um ihre Ziele zu erreichen.«

»Ich denke, daß viele Frauen in der gleichen Lage sind.«

»Das Leben ist sehr kurz, Sir, für solche albernen Listen.«

»Ist deine Stiefmutter unglücklich, meine Liebe?«

»Nein, sicher nicht. Sie und mein Vater kommen gut miteinander aus, wirklich.« Frances grinste plötzlich. »Sophia weiß schon, wie sie meinen Vater behandeln muß. Er braust auf, tobt und befiehlt, und sie sagt nur: ›Ja, mein Lieber, selbstverständlich, mein Lieber, ganz wie du wünscht‹ und tut dann, was sie will.«

»Sie scheint eine intelligente Frau zu sein.«

»Das ist sie auch, im Gegensatz zu mir.«

In diesem Augenblick kam Otis herein, und der Marquess schlug vor: »Wollen wir ins Wohnzimmer gehen, meine Liebe?«

Dort führte er Frances zu einem bequemen Sessel, ging selbst zum Kamin und lehnte sich an den Sims. »So, du hältst dich also für unintelligent, Frances?« begann er wieder.

»Sie sind sehr hartnäckig, Sir! Sie vergessen wohl nichts, was gesagt wurde?«

Der Marquess lächelte. »Wenn ich recht verstanden habe, hast du letzte Nacht ein wenig zuviel getrunken, Frances.«

Sie blickte ihn an, errötete, sagte aber nichts. »Mein Sohn nutzt eine solche Gelegenheit gern aus, nehme ich an«, fuhr ihr Schwiegervater schmunzelnd fort. »Tat er das?«

»Er ... Ich hoffe, er verläßt Desborough Hall bald, sehr bald!«

Der Marquess lachte sie genau wie Hawk an, ein wissendes Leuchten in seinen grünen Augen.

»Ich bin Alkohol nicht gewöhnt!«

»Und was ärgert dich heute abend, meine Liebe?« fragte der Marquess so abrupt, daß Frances blinzelte.

Sie schwieg einen Moment und spielte mit den Fransen ihres Kaschmirschales. Ihr ging vieles durch den Kopf, aber zuerst wollte sie Hawk sehen. Vorsichtig erwiderte sie: »Ich vermisse meine Familie.«

»Deinen Vater und seine Wutanfälle?«

»Ja. Ich kam gut mit ihm zurecht, allerdings nicht auf die Art wie Sophia. Ich schrie ihn ebenfalls an. Er war ein wunderbarer Vater für mich.«

»Ah, ein großartiges Training, scheint mir.«

»Kaum«, erwiderte Frances trocken. Plötzlich hörte sie Fußtritte in der Eingangshalle und wurde sehr still. Hawk!

»Guten Abend, mein Junge«, begrüßte der Marquess seinen eintretenden Sohn, der noch seine Reitkleidung und seine verstaubten Stiefel trug. Er sah sehr müde aus.

»Sir.« Hawk nickte seinem Vater zu und blickte dann etwas unsicher zu seiner Ehefrau. »Entschuldige, daß ich schmutzig bin, Frances.«

»Möchtest du etwas essen?« erkundigte sie sich in völlig neutralem Ton.

Hawk schüttelte den Kopf. »Nein, danke, ich wollte nur gute Nacht sagen.« Im nächsten Moment war er aus dem Wohnzimmer gegangen.

Frances ärgerte sich. Dieser miserable Kerl! Ob er wohl eine Frau in York besucht hatte? Sie stand hastig auf und erklärte ihrem Schwiegervater: »Ich bin auch müde, mein Lord. Morgen werde ich mehr ich selbst sein.«

Der Marquess beobachtete, wie sie mit gestrafften Schultern und hochgestrecktem Kinn den Raum verließ und schmunzelte vor sich hin. Das entwickelt sich ja alles recht hübsch, dachte er, wünschte sich allerdings nicht, im Augenblick an Hawks Stelle zu sein. Er zog an der Klingelschnur und bestellte seinen Brandy.

Frances badete lange und ließ sich danach von Agnes ausgiebig das Haar bürsten. Dann schickte sie ihre Zofe weg und legte sich ins Bett. Sicher würde Hawk heute nacht zu ihr kommen. Eine Stunde verging. Ich sollte froh sein, daß er mich allein läßt, dachte Frances. Aber wenn nun etwas nicht in Ordnung ist? Vielleicht wollte er in Gegenwart seines Vaters nicht darüber sprechen, und ich habe ihm soviel zu sagen.

Sie argumentierte mit sich selbst, und als die Korridoruhr Mitternacht schlug, kletterte sie schließlich aus dem Bett, zog sich den Morgenrock über und ging zur Verbindungstür. Sie wollte schon klopfen, unterließ es aber. Vielleicht schlief er bereits. Leise öffnete sie die Tür und schlüpfte in sein Schlafzimmer. Das Feuer im Kamin war die einzige Lichtquelle im Raum. Sie blickte zum Bett, doch Hawk war nicht darin zu entdecken. Langsam ging sie zum Kamin und dem hochlehnigen Stuhl, der davor stand.

Plötzlich sah sie ihn und hielt den Atem an. Er saß völlig nackt in dem Stuhl, das Kinn in eine Hand gestützt, und sah in die Flammen. Sie hörte ihn tief seufzen und sah, wie er seine langen Beine ausstreckte.

Während sie seinen schönen Körper betrachtete, verspürte Frances Sehnsucht nach ihm. Sie streckte die Hand aus, und in diesem Augenblick bemerkte Hawk ihre Gegenwart.

Er bewegte sich nicht, sondern sagte nur: »Hallo, Frances.«

Seine Nacktheit schien ihn nicht zu stören. Frances schluckte und erwiderte: »Hallo.«

»Was möchtest du?«

»Ich wollte mit dir sprechen und nahm an, daß du mich besuchen würdest, aber du kamst nicht.«

»Nein«, meinte er zerstreut, »nein, das tat ich nicht.«

Verdammt noch mal, er sah sie nicht einmal an! Warum, zum Teufel, war sie überhaupt hierhergekommen?

»Worüber wolltest du mit mir sprechen?« fragte er ruhig.

Frances ging zum Kamin und sank graziös auf die Knie. Er spürte plötzlich das Verlangen, sie zu berühren, unterließ es jedoch und fragte nur: »Nun?«

Frances holte tief Luft, blickte ihn aber nicht an. »Ich habe heute die Papiere der Rennpferde gefunden. Belvis sagte mir, wir brauchen sie für das Rennen in Newmarket.«

»So«, stellte er jetzt sarkastisch fest, »du hast beschlossen, daß wir an den Rennen teilnehmen. Du vergißt dich, Frances! Ich habe mich noch nicht entschieden, ob ich alles verkaufen werde oder nicht.«

»Bitte«, sagte Frances und zügelte ihr Temperament, »bitte, hör mir einen Augenblick zu. Es gibt da etwas sehr Merkwürdiges.«

Jetzt wurde Hawk aufmerksam, und ihre Blicke trafen sich. »Ich ging mit den Papieren zu Belvis«, fuhr Frances fort. »Er las laut die Namen des Erzeugers und der Mutter von Flying Davie vor und rieb sich das Kinn. Du erinnerst dich sicherlich, daß Belvis jedes Rennpferd nahezu von Anfang an kennt.«

»Ja und?«

»Als Flying Davies Mutter steht eine Pandora aus den Belson-Ställen in seinen Papieren. Belvis sagt aber, daß Pandora schon ein Jahr tot war, bevor sie angeblich mit Flying Davie niederkam.«

»Was?«

»Ich sagte, daß Flying Davies Mutter ...«

Hawk winkte ab. »Das ist nichts weiter als ein irrtümlicher Eintrag.«

»Belvis sagte mir auch, daß er, als Flying Davie nach Desborough Hall gebracht wurde, selbstverständlich erwartet hatte, seine Papiere zu sehen, damit er wußte, wer sein Erzeuger und seine Mutter waren, und nach seiner Abstammung seine Kraft und seine Schwächen einschätzen konnte. Nevil zeigte ihm jedoch die Papiere nicht. Er hat ihm auch nie die Papiere verschiedener anderer Fohlen gezeigt.«

»Merkwürdig«, überlegte Hawk, »sehr merkwürdig. Dabei ist das so wichtig.«

»Belvis ist ganz verstört deswegen«, berichtete Frances.

»Ich werde die Angelegenheit mit ihm besprechen«, versicherte Hawk. Er stand auf und streckte sich, und Frances konnte nicht verhindern, daß sie jede seiner Bewegungen verfolgte. »Ich gehe jetzt ins Bett«, erklärte Hawk. Plötzlich blickte er auf ihre feuchten Lippen. »Würdest du gern mitkommen, Frances?«

»Sicher sind Sie zu müde, mein Lord.«

»Kaum«, erwiderte er und setzte hinzu: »Selbst, wenn ich es wäre, wünsche ich einen Erben und muß meine Pflicht erfüllen.«

Frances fühlte sich von seinen Worten derart verletzt, daß sie einige Augenblicke lang kein Wort herausbrachte. Schließlich fragte sie: »Und wenn du deine Pflicht getan hast, wirst du dann Desborough Hall wieder verlassen?«

Er blickte sie spöttisch an. »Mir war gar nicht bewußt, daß du ein besonderes Verlangen nach meiner Anwesenheit hier hast.« Trotz seines abweisenden Tones wuchs seine Sehnsucht nach ihr, und da er nackt war, konnte er es nicht einmal verbergen. Verdammt noch mal, warum sah sie auch so schön und verlockend aus! »Kamst du nicht her, um mich zu verführen, Frances?«

Sie stand auf. »Nein! Ich ... ich wollte mit dir sprechen, und nun, da ich es getan habe, werde ich ...«

»Zu spät, meine Liebe«, unterbrach er sie und zog sie an sich. »Der kleine Vogel hätte davonfliegen sollen, als er noch die Möglichkeit dazu hatte. Jetzt ist es viel zu spät dazu.« Er nahm ihr Gesicht in seine Hände und küßte sie.

Frances merkte gar nicht, daß sie die Arme um ihn schlang und sich auf die Zehenspitzen stellte, um sich näher an ihn schmiegen zu können. Sie fühlte seine Hände an ihren Schultern, und im nächsten Augenblick fiel ihr Morgenrock zu Boden. Sie protestierte auch nicht, als kurz darauf ihr Nachthemd ebenfalls von ihrem Körper glitt. »Ja«, bekannte sie, »ich kam hierher, um dich zu verführen.« Vorwurfsvoll fügte sie hinzu: »Du hast mich letzte Nacht verlassen.«

»Ja«, erwiderte er, »aber diese Nacht bleibe ich bei dir.« Er hob sie hoch, trug sie zum Bett und ließ sie auf den Rücken gleiten. »Du wolltest verführt werden, Frances, und ich werde deinen Wunsch erfüllen.« Plötzlich senkte er seinen Kopf auf ihren Schoß.

»Hawk!« Frances stöhnte auf, als seine Lippen sie berührten. Ihr Schaudern, ihre kleinen Schreie machten ihn nahezu verrückt. Und als ihr Körper sich aufbäumte, dachte er, er müsse sterben vor Lust.

Er blickte auf, sah ihre Ekstase und drang in sie. Frances' Körper kam ihn entgegen. Hawk spürte ihre Hingabe, ihre Leidenschaft und konnte nur eines denken: Ich bin verloren!

Wie benommen lagen sie später erschöpft nebeneinander, und Frances wisperte: »Verlaß mich nicht, Hawk!«

»Du kleine Hexe«, flüsterte er zärtlich und zog sie näher an sich. Er küßte ihre Stirn, und beide fielen in einen tiefen, erlösenden Schlaf.

24. Kapitel

Im Frühstückszimmer betrachtete der Marquess erst seinen finster blickenden Sohn, dann seine ebenso düster dreinblickende Schwiegertochter. Es lag eine Spannung in der Luft, die man fast mit Händen greifen konnte.

»Heute ist ein schöner Tag«, sagte er freundlich.

Hawk brummte nur irgend etwas Unverständliches, und Frances spießte ein Stück Ei auf ihre Gabel. Sie war so wütend, daß sie ihren Ehemann am liebsten umgebracht hätte! Vor zwei Stunden war sie lächelnd aufgewacht und mußte feststellen, daß sie in ihrem eigenen Bett lag, in ihrem Nachthemd, und allein war. Verdammter Kerl! Sie hatte sich so glücklich gefühlt, so sanftmütig, aber das war ein für allemal aus!

Und er empfand offensichtlich nichts, überhaupt nichts! Warum hätte er sie sonst in ihr Bett zurückgebracht? Und ihr das Nachthemd ausgezogen ... sie angesehen, ohne daß sie es wußte! Sie hatte allem Anschein nach törichte, weibliche Träume gehabt, Dummkopf, der sie war.

»Wann reist du ab?« fragte sie ihren Ehemann eisig.

Hawk biß in seinen Toast.

»Abreisen?« Der Marquess sah erschrocken auf. »Wovon, zum Teufel, sprichst du, Frances?«

Sie erwiderte, als sie sah, daß Hawk sich ganz auf die Butter, die neben seinem Teller stand, konzentrierte: »Warum sollte er denn nicht nach London zurückkehren? Schließlich kümmert er sich doch nicht für einen roten Heller um Desborough Hall oder das Gestüt oder die Rennpferde ... oder um sonst irgend etwas!«

»Vater«, sagte Hawk ruhig und legte sein Toastbrot hin, »ich habe einen Scheck über fünftausend Pfund an deinen Sekretär Conyon geschickt. Ich vertraue darauf, daß du in Zukunft nichts mehr von deinem oder meinem Geld verschwenden wirst.«

Es war zuviel! Frances stieß ihren Stuhl zurück und warf die Serviette auf ihren noch gefüllten Teller. »Du kümmerst dich um nichts, außer um dein eigenes Vergnügen«, stieß sie wütend hervor.

»Das würde ich nicht unbedingt als die reine Wahrheit bezeichnen«, erwiderte Hawk und blickte sie spöttisch und so anzüglich an, daß sie errötete, aber nicht aus Verlegenheit, sondern aus Ärger.

»Du scherst dich um nichts! Verkaufe den verdammten Pferdebestand! Geh zurück nach London! Ich bin sicher, daß ich mich auch um nichts mehr kümmern werde!« fauchte sie.

»Ich glaube, ich sollte erst dieses Geheimnis mit Belvis überprüfen«, meinte Hawk völlig ruhig.

»Was für ein Geheimnis?« wollte der Marquess wissen.

»Es scheint, daß Flying Davies Mutter starb, bevor sie die Möglichkeit hatte, ihn zur Welt zu bringen«, erklärte Hawk. »Ich denke, ich sollte mir die Rechnung über den Verkauf einmal ansehen.« Er schüttelte den Kopf. »Soviel Verantwortung, so viele Pflichten, soviel Inanspruchnahme meiner Zeit und ... Energie.«

»Du verdienst nicht, in deinem Bett zu sterben! Du verdienst, ausgepeitscht zu werden ...«

»Von dir, meine liebe Frau?«

»Das würde ich mit Begeisterung tun!«

»Ich wünsche, daß ihr zwei wenigstens einen Moment mit eurer Streiterei aufhört«, verlangte der Marquess. »Ah, Rosie, bitte noch etwas Tee.«

Nicht ein Wort wurde mehr von ihnen gesprochen, bis Rosie, die ihre Ohren aufsperrte, sehr langsam das Frühstückszimmer wieder verließ.

»Dafür gibt es doch sicher eine ganz einfache Erklärung«, fuhr der Marquess fort. »Was sagt denn Belvis?«

»Er versteht es nicht«, erwiderte Frances nun ruhiger. »Er ist ganz verstört.«

»Zweifellos wird sich alles aufklären, wenn ich die Verkaufspapiere durchsehe.« Damit beendete Hawk das Thema.

Einige Stunden später mußte er feststellen, daß es keine Erklärung gab. Kein Verkaufspapier wurde gefunden. Er und Marcus hatten jeden denkbaren Platz durchsucht. Es gab auch keine Verkaufsunterlagen für Tamerlane oder Clancy's Pride. Merkwürdig, dachte Hawk, schüttelte es aber ab. Er hatte keine Ahnung, was Nevil mit den Papieren getan haben konnte, doch irgendwo mußten sie ja sein.

Er schlenderte zu den Koppeln und beobachtete Frances, die Flying Davie ritt. Sie war ohne Zweifel eine vorzügliche Reiterin, und sie hatte auch recht gehabt, daß sie ein Naturtalent im Umgang mit Pferden war. Flying Davie befolgte bereitwillig jede ihrer Anweisungen. Sie schien sich auch in ihrem Reitdreß wohl zu fühlen, wenn man ihren Aufzug so bezeichnen konnte. Sie trug einen weiten, braunen Wollrock, der ihr die gleiche Freiheit beim Reiten ließ wie Reithosen.

Als Hawk sie das nächste Mal sah, war sie schmutzig, roch nach Schweiß und Pferden, und ihr Haar hing in feuchten Locken um ihr Gesicht. Er fragte sich, ob sie ein Wurfgeschoß in Händen hielt, und blickte sie alarmiert an. Aber sie stürmte ins Wohnzimmer, in der einen Hand einen schmutzigen Briefumschlag, in der anderen ein Blatt Papier.

»Von meinem Vater und Sophia«, verkündete sie mit leuchtenden Augen. Sie hatte im Moment vergessen, daß sie ihren verdammten Ehemann weder sehen noch sprechen wollte.

»Ja?« brummte Hawk uninteressiert.

»Sie sind alle wohlauf, und Sophia bittet, daß sie meine Schwestern herschicken kann. Natürlich brauchen sie dafür neue Garderobe, und Sophia fragt, ob ich sie beschaffen kann. Vielleicht in einem Monat ...«

Hawk blickte sie an, dann brüllte er: »Ich mußte dich heiraten, Frances, dein Hiersein ist notwendig, aber ich will zur Hölle verdammt sein, bevor mir deine Schwestern hier am Bein hängen! Außerdem habe ich nicht die geringste Absicht, Madam, dir noch weitere Verschwendung meines Geldes zu erlauben! Teile deinem Vater mit, daß er gefälligst selbst für alles zu sorgen hat!«

Frances schnappte sprachlos nach Luft.

»Und falls Sophia glaubt«, fuhr er fort, »daß ich euch drei mit mir nach London nehme und euch zu Bällen und ähnlichem ausführe, dann irrt sie sich gewaltig!«

Frances vermochte ihren Zorn nicht länger zurückzuhalten. »Du Bastard!« schrie sie Hawk an, und es kümmerte sie nicht im geringsten, daß Otis und Mrs. Jerkins erschrocken in der Halle stehenblieben und jedes Wort durch die offene Tür hörten. »Du gemeiner, kleinlicher, selbstgerechter Bastard! Du bist abscheulich! Und ich hasse dich!«

Hawk sah, wie sie wütend mit dem Fuß aufstapfte, sich dann abrupt umdrehte und aus dem Zimmer eilte. Se ließ ihn einfach stehen. Ich sollte sehr bald nach London zurückkehren, dachte er bei sich.

Aufgebracht lief Frances ins Arbeitszimmer und fluchte auf Hawk mit sämtlichen Schimpfwörtern, die sie von den Wutanfällen ihres Vaters in Erinnerung hatte.

»Nanu, was ist denn das?« fragte der Marquess, der kurz darauf ins Zimmer kam und von seinem treuen Otis über alles unterrichtet worden war.

»Ihr verdammter Sohn!« schrie Frances.

»Ja?« erkundigte sich der Marquess aufmunternd.

»Er weigert sich, etwas von seinem kostbaren Geld für meine Schwestern auszugeben! Er weigert sich sogar, sie hierherkommen zu lassen oder etwa nach London mitzunehmen! Ich hoffe, daß seine Zehen verrotten, ich hoffe, er zerschlägt sich seinen Dickschädel an einem ... einem ...« Sie hielt inne, weil ihr im Moment kein passendes Hindernis für Hawks Kopf einfiel.

»Es wäre mir eine große Freude, Geld für deine Schwestern zur Verfügung stellen zu dürfen, Frances«, erklärte der Marquess liebenswürdig. »Und wenn es dir recht ist, ich habe da einen etwas verwandten Cousin, der sich gewiß gern um deine Schwestern kümmern wird. Du siehst, meine Liebe, es besteht kein Grund für dich, so ... besorgt zu sein.«

Die Großzügigkeit ihres Schwiegervaters überwältigte Frances derart, daß sie in Tränen ausbrach.

»Meine Liebe!« rief er begütigend.

Frances wandte ihm den Rücken zu, damit sie ihr Gesicht vor ihm verbergen konnte, bis sie sich wieder unter Kontrolle hatte.

»Also«, fuhr der Marquess fort, »das Hawksbury-Haus in London gehört mir. Hawk benützt es nur, wenn er dort ist, aber er hat nicht zu bestimmen, wer in dem Haus wohnen darf, Frances.«

»Sie sind sehr gütig, Sir«, erwiderte Frances und schnüffelte noch ein bißchen. Dann nahm sie sich zusammen und erklärte entschlossen: »Es gehört nicht zu Ihrer Verantwortung, sondern zu seiner, und ich werde ihn zwingen, seinen Verpflichtungen nachzukommen.«

»Wie willst du das fertigbringen?«

»Ich ... nun, im Augenblick weiß ich es noch nicht genau. Vielleicht werde ich ihn erpressen, wenn ich den Namen seiner Mätresse in London herausgefunden habe.«

»So weit sollte es nicht kommen«, meinte der Marquess rasch. »Wirklich, meine Liebe, ich bin ein sehr reicher Mann, und es gibt keinen Grund für dich, mir nicht zu erlauben ...«

»Nein, Sir«, widersprach Frances. »Nein. Ich danke Ihnen, aber es ist nicht recht, und ich kann Ihre Großzügigkeit nicht annehmen. Sie haben schon viel zuviel für mich getan.«

»Also gut.« Der Marquess klopfte Frances liebevoll auf die Wange und verließ das Zimmer. Er wußte genau, was er als nächstes tun würde.

Er fand seinen Sohn am Billardtisch im Rauchzimmer und sah, wie Hawk einen Ball so gewaltsam anstieß, daß er fast ein Loch in die Tischbespannung gebohrt hätte.

»Ich würde sagen, mein Junge, daß deine Technik mangelhaft ist, zumindest etwas«, stellte der Marquess ruhig fest.

Hawk blickte ihn nur finster an.

»Mein Sohn«, fuhr der Marquess fort, »du wirst selbstverständlich bereitwillig Geld für die Schwestern deiner Frau zur Verfügung stellen. Du wirst dich außerdem bei Frances für dein abscheuliches Benehmen ihr gegenüber entschuldigen.«

Sorgfältig lehnte Hawk den Billardstock an den Tisch, sagte aber nichts.

»Mir hat sie nicht erlaubt, ihr zu helfen«, fuhr der Marquess nach kurzem Schweigen fort. »Sie ist sehr stolz.«

»Sie ist eine schreckliche Frau!«

»Warum, mein lieber Junge, verletzt du sie so?«

Daß mein Vater auch alles merken muß! dachte Hawk ärgerlich und sagte so ruhig wie möglich: »Ich werde Desborough Hall bald verlassen und ich will nicht, daß mir drei Frauen nach London folgen.«

»Ich nehme an, du weißt, was du tust, Hawk.«

»Oh, verdammt!« Hawk knallte die Faust auf den Tisch. »Ich werde mich bei ihr entschuldigen! Ich werde ihr alles Geld geben, was sie für ihre Schwestern braucht, aber ich wünsche nicht, sie in London überallhin zu begleiten! Von mir aus kann sie mit ihnen nach York oder sogar nach Harrowgate fahren! Da gibt es zahlreiche Vergnügungsstätten und solchen Unsinn.«

»Darf ich dir empfehlen, dich recht bald bei ihr zu entschuldigen? Sie sprach davon, daß sie dich erpressen will.«

»Das ist ja lächerlich! Mich erpressen!«

»Deine Mätresse, Hawk.«

»Sie ist eine Xanthippe!«

»Deine Mätresse, mein lieber Junge?«

»Nein, Frances!« schnappte Hawk.

»Sie macht dir zu schaffen, sicher, aber deshalb ist sie doch noch lange keine Xanthippe, mein Sohn. Du übertreibst gewiß. Vielleicht, um dich selbst zu schützen!«

Hawk fluchte und stapfte wütend aus dem Zimmer.

Langsam nahm der Marquess den Billardstock in die Hand und begann in aller Ruhe ein Spiel.

Hawk vergaß, zumindest für den Augenblick, seine Reisepläne für London. In der Nacht wurde Flying Davie plötzlich krank, und Frances, blaß und voller Kummer, blieb bis zur Morgendämmerung im Stall. Hawk konnte die Situation nicht einfach ignorieren. Er beobachtete Frances' Bemühungen um das edle Tier, sah, wie das Pferd ihr vertraute und bei ihrer Berührung ruhiger wurde.

»Der Bursche wird es schaffen«, erklärte Belvis und streckte seinen müden Rücken. »Lady Frances versteht es großartig mit ihm. Ich hätte nie geglaubt, daß eine Frau ... Wenn ich nur wüßte, warum er so krank wurde. Sein Futter wird sorgfältig überwacht. Ich verstehe es einfach nicht.« Er schüttelte den Kopf und fügte lächelnd hinzu: »Sie sind sehr glücklich zu schätzen, Mylord.«

Was soll ich dazu sagen? dachte Hawk, selbst todmüde.

Frances weigerte sich, Flying Davie zu verlassen, bis sie nahezu vor Erschöpfung neben ihm im Stall einschlief.

»Komm, Frances.« Hawk nahm ihren Arm und zog sie auf die Füße. »Flying Davie geht es jetzt besser als dir. Es wird Zeit, daß du ins Bett gehst.«

»Er wird leben«, erwiderte Frances, stolz auf sich selbst, und lächelte ihren Ehemann an.

Unter ihren Augen lagen tiefe Ringe, ihr Haar war zerzaust, ihr Kleid zerdrückt, und Hawk war tief berührt. »Du mußt erst frühstücken«, sagte er mit rauher Stimme, »dann gehst du schlafen. Es ist fast neun Uhr morgens.«

»Ich bin nicht hungrig, nur müde.«

Frances schwankte ein wenig auf dem Weg ins Haus, und Hawk ergriff ihren Arm. Plötzlich erklärte er: »Ich möchte mich bei dir entschuldigen wegen meines Benehmens. Ich freue mich natürlich, wenn dich deine Schwestern hier besuchen. Selbstverständlich werde ich für ihre neuen Kleider und was sie sonst noch brauchen aufkommen.« So, nun hatte er es gesagt. Hoffnungsvoll wartete er wieder auf ein Lächeln von Frances, doch sie entgegnete nur: »Das ist nicht nötig. Ich werde ihre neue Garderobe selbst bezahlen. Natürlich danke ich dir für die Erlaubnis, daß sie in deinem Hause bleiben dürfen.«

»Du hast kein Geld, Frances, jedenfalls nicht genug, um sie gut auszustatten.«

Sie wedelte mit der Hand. »Mein Ring ist sehr kostbar, und ich werde ihn verkaufen. Ich fahre heute nach York.«

Hawk sah rot. »Das wirst du nicht tun!«

»Gehört der Ring nicht mir?«

»Er ist ein Familienerbstück und viel mehr wert, als du dafür bekommen würdest. Ich verbiete dir, ihn zu verkaufen, Frances.«

Sie blieb stehen, entzog ihm ihren Arm und erwiderte schneidend: »Geh zum Teufel, mein Lord! Ich nehme an, der Teufel ist in London. Heute ist ein schöner Tag zum Reisen. Warum fährst du nicht weg?«

»Wenn du nicht so müde wärst, würde ich dich jetzt schütteln, bis dir Hören und Sehen vergeht!«

»Ah, deine Ansicht von Fairneß, mein Lord? Kämpfe nie gegen einen Feind, bis er oder sie imstande ist, sich zu wehren?«

»Hawk, verdammt noch mal! Fairneß hat damit überhaupt nichts zu tun. Du wirst den Ring nicht verkaufen, und damit basta!«

Frances wandte sich ab und schritt rascher aus. Plötzlich blieb sie stehen, als sie zwei staubige Kutschen heranfahren und vor dem Haus halten sah. Ein elegant gekleideter Gentleman stieg aus und reichte einer Lady die Hand.

»Du lieber Himmel«, stieß Hawk hervor, »es ist Lord Chalmers und meine Schwester Beatrice!« Mit ausgestreckten Armen ging er auf die beiden zu. »So eine Überraschung! Wie haben Sie es nur fertiggebracht, meine Schwester zu so früher Stunde ...«

»Hallo, Philip«, unterbrach ihn Beatrice. »Alles hier sieht unverändert aus. Edmund und ich wollten dich besuchen. Ach, du liebe Zeit, Vater ist hier? Und wer ist das?« Sie zeigte mit dem Finger auf Frances.

Hawk holte tief Luft. »Frances, komm her, meine Liebe. Sie ist meine Frau«, fügte er hinzu.

»Schläft sie in den Ställen? Wie merkwürdig! Aber bei ihrem Anblick überrascht mich das eigentlich nicht. Trotzdem ...«

»Sie hat sich um ein krankes Pferd gekümmert«, schnitt Hawk seiner Schwester das Wort ab.

»Wie merkwürdig«, wiederholte Beatrice.

»Sie sehen auch nicht gerade erholt aus, alter Junge«, ließ Edmund sich nun hören. »Wird das Pferd überleben?«

»Ja. Frances besitzt die Begabung, Tiere zu heilen.« Hawk blickte auf seine Frau, die nun neben ihm stand, und übernahm die Vorstellung.

Frances sagte lächelnd: »Ich kann Ihnen nicht erlauben, mir momentan näherzukommen. Ich fürchte, ich sehe schändlich aus.«

»Das kann ein Bad und etwas Ruhe bestimmt ändern«, erwiderte Edmund freundlich.

Inzwischen hatte der Marquess die Gruppe erreicht, und Frances sah erstaunt, daß Beatrice ihren Vater sehr kühl auf die Wange küßte.

Beatrice war, wie Frances feststellte, schöner als ihr Bild. Sie sah prächtig aus in ihrem Reitkleid aus dunkelrotem Samt, aber ihr Gesichtsausdruck war alles andere als herzlich.

Edmund hingegen schien ein äußerst höflicher Gentleman zu sein, und sehr freundlich. Seine Augen funkelten humorvoll, und er begrüßte den Marquess mit charmanter Hochachtung.

»Wollen wir alle ins Frühstückszimmer gehen?« schlug Hawk vor. »Ich war gerade dabei, Frances zu veranlassen, etwas zu essen, bevor sie zu Bett geht.«

»Ich hätte gern etwas Tee«, verkündete Beatrice, »natürlich erst, nachdem ich mich ein wenig frischgemacht habe. Gertrude, geh bitte vorsichtig mit meinem Schmuckkoffer um!«

Frances blickte von der älteren Zofe zu Otis, der auf der Eingangstreppe stand. »Otis«, rief sie ihm zu, »kümmern Sie sich bitte um Gertrude und Lord Chalmers' Diener.«

»Gewiß, Mylady«, versicherte der Butler.

»Übereifriger Gockel«, meinte Beatrice und rümpfte die Nase. Dann hakte sie sich bei ihrem Verlobten unter und ging mit ihm die Treppe zum Haus hinauf. Frances sah ihr erstaunt nach.

»Das ist meine Schwester«, bemerkte Hawk. »Kümmere dich nicht um sie. Ich hatte immer angenommen, daß sie mit den Jahren umgänglicher werden würde, aber anscheinend habe ich mich geirrt.«

»Edmund wird schon mit ihr fertig werden«, meinte der Marquess.

Frances war sich da nicht so sicher, sagte aber nichts, sondern ging unverzüglich in ihr Zimmer, und Agnes richtete ihr ein heißes Bad. Auf einmal war sie in der Wanne eingeschlafen.

»Frances.«

Eine Hand rüttelte an ihrer Schulter, aber es war nicht Agnes, die sie weckte, sondern Hawk. »Du?« fragte sie verschlafen.

»Sicher. Deine Haut wird noch ganz verschrumpeln, wenn du noch länger im Wasser bleibst.« Er hielt ein großes Handtuch für sie bereit, in das er sie sofort einwickelte, als sie endlich mühsam aus der Wanne stieg. Mit einem zweiten Tuch trocknete er ihr Haar.

»Was ist mit deiner Schwester und Lord Chalmers?« erkundigte sich Frances zaghaft. Sie war schrecklich verlegen. Es war schließlich heller Tag, und ihre Zofe stand in der Nähe.

»Beatrice ruht sich aus, und Edmund sieht sich die Pferde an.« Hawk führte Frances zum Stuhl vor dem Toilettentisch und beauftragte Agnes: »Kämmen Sie ihr Haar, bevor sie wieder einschläft.« Er streichelte Frances' Wange und verließ gleich darauf das Zimmer.

Während Agnes ihrer Herrin das Haar bürstete, berichtete sie, daß Lady Beatrice vom Personal alles mögliche verlange, als ob sie die Herrin hier sei, und daß die Zofe Gertrude in der Küche herumkommandiere, daß jedoch Seine Lordschaft, der junge Herr, schon nach dem Rechten sähe.

Frances war zu müde, um viel dazu sagen zu können. Das einzige, was sie beunruhigte, war die Tatsache, daß Edmund, der Desboroughs Pferde kaufen wollte, hergekommen war. Aus welchem Grunde wohl? Und was würde Hawk tun? Offensichtlich hatte er momentan nicht die Absicht, nach London zu reisen.

Wenig später kam Hawk noch einmal in Frances' Zimmer und blickte lächelnd auf seine schlafende Frau. »Was soll ich nur mit dir machen?« flüsterte er zärtlich, hob eine ihrer Locken und hielt sie gegen seine Wange.

Als Frances am Nachmittag erwachte, stand Mrs. Jerkins neben Agnes. Ihr Busen wogte vor Empörung.

25. Kapitel

Hawk blickte über seinen gefüllten Suppenlöffel zu seiner Frau.

Frances sah wunderschön aus. Ihr prächtiges Haar war auf dem Kopf zusammengebunden und fiel in langen Locken über ihre weißen Schultern. Das blaßrosa Satinkleid betonte ihre makellosen Brüste, die er jetzt am liebsten zärtlich berührt hätte.

Hawk erkannte, daß er seinen Kampf gegen sie ohne Bedauern aufgegeben und bedingungslos kapituliert hatte, und er betrachtete Frances fasziniert mit neuen Augen. Seit er neben der Badewanne gestanden und in ihr schlafendes Gesicht geblickt hatte, wußte er, daß er sie von ganzem Herzen liebte. An die Stelle des Junggesellen war ein verheirateter Mann getreten, der über seinen Status höchst erfreut war.

Hawk war noch ganz mit seinen neuen Entdeckungen beschäftigt, als Edmund ihn aus seinen Gedanken riß. »Also, Hawk, Sie sehen so besorgt wie ein Mann aus, der gerade sein Glück auf eine einzige Karte gesetzt hat.«

»Nicht im geringsten«, erwiderte Hawk und lächelte etwas gequält. »Frances, meine Liebe, nimm dir doch noch etwas von den köstlichen Schweineschnitzeln.«

Frances nickte pflichtschuldigst einem Diener zu, und James servierte ihr ein Schnitzel.

»Deine Köchin kocht ganz gut«, bemerkte Beatrice zu ihrem Bruder.

Hast du vielleicht rohe Rüben und kalte Kartoffeln erwartet? hätte Frances am liebsten ihre Schwägerin gefragt, sagte aber natürlich nichts. Sie achtete kaum auf die Unterhaltung an der Tafel und schauderte, als sie an Mrs. Jerkins' Empörung dachte.

»Sie fragte mich nach der Sauberkeit der Bettücher!« hatte sie aufgeregt hervorgestoßen. »Und ihre Zofe, diese unausstehliche Gertrude, besaß die Unverschämtheit, zu behaupten, auf dem Toilettentisch läge Staub!«

Agnes schnappte entsetzt nach Luft und unterstützte damit noch Mrs. Jerkins' Zorn, die fortfuhr: »Gibt unserem Personal Befehle, als ob sie hier die Herrin wäre! Verlangt sogar, daß ihr Porträt gereinigt werden müßte!«

»Ich nehme an«, erwiderte Frances ruhig, nachdem es ihr endlich gelungen war, Mrs. Jerkins zu unterbrechen, »daß Lady Beatrice bald wieder abreisen wird. Ich glaube nicht, daß sie sich sehr für das Land interessiert. Wir werden es überleben, Mrs. Jerkins, und ich ...« sie holte tief Luft, »und ich werde mit ihr sprechen. Jetzt muß ich mich aber zum Abendessen umziehen.«

Und jetzt saß sie hier am Tisch und hörte, wie Beatrice laut und herrisch mehr Kalbsbries verlangte. Frances lächelte James beruhigend zu, und er nickte. Man sah ihm seinen Ärger zwar nicht an, aber seine Ohren waren doch ein bißchen rot.

»Ich stelle mir vor«, wandte sich Beatrice nun an Frances, »daß du dich hier schrecklich unbehaglich fühlen mußt — englische Gentlemen und Ladies müssen doch ganz anders sein als das, was du von Schottland her gewöhnt bist.«

»Kaum«, erwiderte Frances ruhig.

»Sicher gibt es hier in der Wildnis von Yorkshire auch noble Gesellschaften, trotzdem ...«

»Lord und Lady Bourchier sind sehr charmant«, entgegnete Frances.

»Und sehr nobel«, fügte Hawk hinzu.

»Ach, die arme Alicia.« Beatrice sah ihren Bruder vielsagend an. »Sie hat so gehofft, Philip einfangen zu können, weißt du, aber er wollte von ihr nichts wissen. Sie ist ja auch nur die Tochter eines Barons.«

»Du bist ein Snob geworden, Tochter«, tadelte der Marquess.

»Man muß schließlich seinen eigenen Stand beibehalten, Vater. Es ist ein Jammer, daß der arme Philip nach Schottland reisen mußte, um ...«

»Ich glaube«, unterbrach Edmund Lacy das schlechte Benehmen seiner Verlobten, »daß du das Thema bereits genügend erörtert hast, meine Liebe.«

Und die Diener werden alles, was du sagst, Mrs. Jerkins erzählen, dachte Frances, und ich muß dann mit einem Aufruhr fertig werden. Sie stellte sich vor, wie Otis eine Kanone auf ihre Schwägerin abfeuerte, und mußte grinsen.

»Ich wollte ja nur wissen, warum mein armer Bruder ...«

»Bea, nimm dir von den Makkaronis«, sagte Hawk streng, »vielleicht auch einige Artischockenböden.«

Frances verschluckte sich fast an ihrem Wein. Sie blickte ihren Ehemann warnend an, und er lächelte so vertraulich spitzbübisch zurück, daß ihr plötzlich ganz heiß wurde. Sie blinzelte und wußte nicht, was mit ihr und ihm los war.

»Belvis sagte mir, daß du Flying Davie das Leben gerettet hast, Frances«, schaltete sich jetzt der Marquess ins Gespräch ein. »Er ist ganz außer sich darüber, daß das Pferd durch irgend etwas, das es fraß, krank wurde.«

»Er muß dem Auge seines Trainers entwischt sein und irgendein Unkraut gefressen haben«, meinte Edmund.

»Pilze«, behauptete Beatrice.

»Nun, ich bin überzeugt, Belvis wird ihn jetzt wie ein Falke bewachen«, versicherte Frances.

»Zwei solcher Vögel in Desborough?« neckte Hawk.

»Du und dein lächerlicher Spitzname«, bemerkte Beatrice geringschätzig.

»Frances mag ihn«, konterte Hawk.

»Das finde ich aber sehr merkwürdig von dir.« Beatrice sah ihre Schwägerin an, als sei sie ein seltsames Ding, das aus einem exotischen Land importiert wurde.

Jetzt reicht's, dachte Frances, lächelte ihren Gästen zu und stand auf. »Beatrice, wollen wir die Gentelemen ihrem Portwein überlassen?«

Nachdem die beiden Frauen im Wohnzimmer Platz genommen hatten, begann Beatrice: »Ich habe keine Schwägerin erwartet.«

»Ich auch nicht.«

»Philip war immer frei und gegen eine Ehe«, stichelte Beatrice weiter.

»Das ist er noch immer — frei, meine ich«, erklärte Frances.

Einen Moment schwieg Beatrice verdutzt, dann fuhr sie fort: »Ich war sehr überrascht, als ich las, daß mein Bruder eine unbekannte ... Person aus Schottland geheiratet hat. Ich sagte gleich zu Edmund: da steckt mein Vater dahinter. Der Dummkopf mischt sich in alles ein.«

So, dachte Frances, selbst Beatrice wußte nichts von dem schändlichen Eid. Sie wunderte sich, daß Hawk seiner Schwester nichts von alledem gesagt hatte, während er in London war. »Ich sah deinen Bruder im Loch Lomond baden«, erklärte sie plötzlich, »und wußte sofort, daß ich ihn haben wollte.«

»Du hast ihn nackt gesehen?«

»Er badete nicht mit Krawatte.«

Beatrice räusperte sich mißbilligend.

Frances musterte ihre Schwägerin einige Augenblicke. »Beatrice, ich würde es zu schätzen wissen, wenn du es unterließest, dem Personal Anweisungen zu geben.«

»Einer muß ihnen schließlich Befehle erteilen! Der Staub, die Unordnung ...«

»Du bist mein Gast, Beatrice, und meine Schwägerin, aber nicht die Herrin von Desborough Hall.«

»So«, erwiderte Beatrice mit glitzernden Augen, »deshalb hat dich also mein armer, gutmütiger Bruder geheiratet.«

»Wie bitte?«

»Du hast ihn unbekleidet gesehen, hast ihn verführt und dir selbst ein Kind zugelegt.«

Frances lachte, sie konnte nicht anders. »Ich wußte bisher noch nicht, daß eine Frau sich selbst schwanger machen kann.«

»Mein Bruder ist natürlich ein Gentleman, und du weißt sehr genau, was ich meine! Deine Leichtfertigkeit ist äußerst unschicklich, Frances!«

Frances wischte sich die Lachtränen aus den Augen und sagte in breitem Schottisch: »Ich denke, ich werde jetzt etwas spielen. Bevorzugst du eine besondere Melodie?«

Sie erwartete keine Antwort, ging zum Pianoforte und

setzte sich. Sie spielte, bis ihr die Arme weh taten. Nur einmal blickte sie zu Beatrice und sah, daß ihre Schwägerin gähnte. Sie ging zu einer Mozart-Sonate über. Als sie endlich aufhörte, erschrak sie über den begeisterten Applaus, der plötzlich losbrach.

Sie drehte sich um und lächelte. »Hätte ich gewußt, daß Sie hereingekommen sind, Gentlemen, hätte ich Ihre Ohren verschont.«

»Aber nicht doch, Lady Frances«, protestierte Edmund. »Sie spielen ganz entzückend.«

»Sie tut viele Dinge ganz entzückend«, fügte Hawk hinzu.

»Das ist wirklich eine Überraschung«, gab Beatrice widerwillig zu. »Deine Technik ist sehr fundiert für jemand, der in Schottland aufwuchs.«

Hawk überlegte, ob er seiner Schwester den Mund zubinden sollte. Sie saß auf zu hohem Roß und richtete Pfeile auf Frances. Er war sich nicht mehr im unklaren über diesen Besuch. Edmund hatte zwar nicht viel gesagt, aber Hawk wußte, daß er hier war, um den Verkauf der Desborough-Pferde voranzutreiben. Es war nur eine Frage der Zeit, wann er damit herauskommen würde. Allerdings nicht, wenn der Marquess anwesend war. Edmund war schließlich nicht dumm und hatte erkannt, daß der Marquess sich sofort einmischen würde.

Er hörte, wie sein Vater vorschlug, die jungen Leute sollten zu viert Pikett spielen.

»Ja, Frances«, erkundigte sich Hawk und sah seine Frau wiederum mit diesem neuen, vertraulichen Blick an, daß ihr der Schweiß ausbrach. »Sollen wir es mit den beiden aufnehmen? Sie sind große Könner, ich warne dich.«

»Ich würde sehr gern spielen«, erwiderte Frances.

Als der Marquess sich von ihr mit einem Kuß auf die Wange verabschiedete, flüsterte er ihr ins Ohr: »Du machst alles fabelhaft, Frances, ich bin sehr stolz auf dich! Packe Beatrice an der Breitseite, sie ist sehr geschickt auf diesem Gebiet.«

Frances fühlte sich wenige Minuten später, als steckte sie in einem Spiel um Leben und Tod. Sie verspürte plötzlich den überwältigenden Drang, zu gewinnen, und konzentrierte sich ganz auf ihre Karten. Sie spielte temperamentvoll und mit allen Feinheiten, und als Edmund schließlich seine letzte Karte auf den Tisch warf, erklärte er: »Meine liebe Bea, ich glaube, wir haben unseren Meister gefunden. Die zwei sind unschlagbar! Ein Jammer, daß du Frances nicht zu White's mitnehmen kannst, Hawk.«

»Damit sie dort den Stolz aller Männer vernichtet? Vielen Dank, mein Edmund. Ich werde sie und all ihre Talente hierbehalten, bei mir.«

Frances blickte ihn erstaunt an und fragte sich, was er wohl dachte und welches seine Motive waren. Meinte er mit diesen etwas zweideutigen Worten, daß er nicht nach London zurückkehren würde?

Der Tee war längst ausgetrunken, und es war Zeit, schlafen zu gehen, doch Frances war nicht im geringsten müde, aber schrecklich aufgeregt und voller Erwartung. Sie sah, daß Hawk sie eingehend musterte, und errötete. Am liebsten hätte sie ihn geküßt und ihm zugleich die Karten in sein selbstgefälliges Gesicht geworfen.

Hawk lächelte, stand auf, streckte sich und gähnte ausgiebig. »Frances, bist du auch bereit, ins Bett zu gehen?«

»Ich glaube schon«, erwiderte sie mit leicht zitternder Stimme.

Frances machte sich nichts vor. Sie wünschte sich, daß er zu ihr kam. Sie wartete sehnsüchtig auf seine Schritte zur Verbindungstür. Er kam wenige Augenblicke später in ihr Schlafzimmer, sah sie an und lächelte.

»Hallo«, sagte er und steckte die Hände in die tiefen Taschen seines Morgenmantels.

Zeit, sich in die Höhle des Löwen zu wagen, dachte Frances und fragte: »Hawk, was tust du?«

»Ich bereite mich darauf vor, meine Frau zu lieben, bis sie mich leidenschaftlich umarmt und vor Lust schreit und ...«

»Ich meine, was ist mit dir los? Du benimmst dich nicht, wie du solltest.«

»Das bekümmert dich, mein Liebes?«

»Du bist mir unbegreiflich. Ich wünschte, du würdest

genau dort stehenbleiben, wo du jetzt bist, bis ich dich verstehe.«

»Darf ich mich wenigstens setzen?«

»Das nehme ich an«, meinte sie widerwillig. Sie hatte nicht beabsichtigt, daß er sich auf ihr Bett setzte, aber natürlich tat er das. Er legte sich auf den Rücken und bettete seinen Kopf auf ihre Oberschenkel.

»Nun, was macht dir Sorge, Frances? Du behandelst Beatrice genau richig. Otis hat wieder etwas Farbe bekommen und mich darüber informiert, daß Mrs. Jerkins den Tee für meine Schwester nicht vergiften wird.«

»Deine Schwester mag mich nicht«, erwiderte Frances.

»Nein, aber das wird schon noch kommen. Sie sorgt sich, denke ich, zumindest ein bißchen um mich, und wenn sie feststellt, daß ich meine Hände nicht von dir fernhalten kann, wie sie ...«

»Genug davon! Du bist einfach unmöglich, und ich wünsche nicht ...«

»Was wünscht du nicht, Liebes?«

»Du bringst meine Füße zum Einschlafen«, klagte Frances. »Du bist schwer.«

»Das wollte ich bestimmt nicht.« Hawk richtete sich auf und legte sich neben sie. Seine Fingerspitzen berührten zart ihre Nasenspitze, ihr Kinn und strichen leicht über ihre Lippen.

»Hawk ...«

»Du bist wunderschön, Frances.« In seiner Stimme lag kein Hauch von Spott. Er beugte sich über sie, seine grünen Augen blickten sie voller Verlangen an, und Frances schluckte.

»Das bist du auch«, erwiderte sie ehrlich.

Hawk lächelte. Der wissende, warme, vertrauensvolle Blick lag wieder in seinen Augen. Frances fühlte, wie seine Hand zart ihre Brust berührte, und sie stammelte: »Ich habe nicht gewußt, daß eine einfache Berührung in mir so eigenartige Gefühle erwecken kann.«

»Liebes, mir geht es ebenso.« Hawk schloß die Augen, als wollte er sich genau einprägen, wie sie sich anfühlte.

Plötzlich öffnete er die Augen. »Du wirst deinen Ring nicht verkaufen, Frances.«

»Ich ... ich möchte nicht, daß du zu etwas gedrängt wirst, was du nicht gern tust. Ich möchte dir nicht verpflichtet sein.«

»Ich bin dein Ehemann«, erwiderte er, und Frances wußte, daß er keine weiteren Argumente wünschte, und sagte nichts mehr dazu, wenigstens im Augenblick nicht. All ihre Gedanken schwanden plötzlich dahin, als sie spürte, wie ihr Körper erregt wurde.

Sie strich mit den Fingerspitzen über sein Gesicht, und sagte zum ersten Mal und aus vollem Herzen: »Hawk, ich will dich.«

Diese einfachen Worte, so zärtlich und mit solchem Verlangen ausgesprochen, überwältigten Hawk. Er liebte Frances, wie er es noch nie getan hatte, führte sie beide zu allen Höhen der Lust, bis sie einander glücklich und ermattet in den Armen hielten.

»Himmel«, seufzte er, »du wirst mich umbringen, Madam, bevor ich dreißig bin.«

»Nun«, erwiderte sie lächelnd, »ich bin noch nicht ganz zwanzig und auch schon am Rande des Ruins.«

Frances erwachte nachts von seinen zärtlichen Küssen auf ihren Nacken und seiner Hand, die ihren Leib streichelte. Sie seufzte glücklich und lächelte in die Dunkelheit hinein.

Hawk preßte sich gegen ihren Rücken, und sie spürte, wie er in sie drang. Ihre Körper waren noch vereint, als sie wieder einschlief.

Hawk erwachte am nächsten Morgen sehr früh und fühlte sich, als ob er die Welt mit einer Hand erobern könnte. Frances hatte sich an ihn gekuschelt und schlief noch so fest, daß er es nicht über sich brachte, sie zu wecken. Er stand auf und ging in sein Schlafzimmer.

Er kam sich wie der glücklichste Mann auf der Erde vor, als er einige Zeit später ins Frühstückszimmer trat, wo Edmund bereits am Tisch saß.

»Guten Morgen, Hawk«, begrüßte ihn Lord Chalmers. »Die Damen sind noch im Bett, nehme ich an.«

»Frances gewiß. Sie hatte einen sehr anstrengenden ... Tag und braucht ihren Schlaf.«

Edmund musterte ihn und stellte fest: »Die Ehe scheint Ihnen gut zu bekommen.«

»Das kann ich nur bestätigen. Früher hätte ich mir das nicht vorstellen können. Haben Sie und meine Schwester schon einen Hochzeitstermin festgesetzt?«

»Ja, im September. Ich darf doch darauf rechnen, daß Sie und Lady Frances nach London kommen werden?«

»Natürlich.« Hawk wartete, bis Rosie ihn bedient und das Zimmer wieder verlassen hatte, dann erklärte er offen: »Ich will Ihnen ohne Umschweife sagen, Edmund, daß ich mich entschlossen habe, nicht zu verkaufen.«

Edmund hielt einen Augenblick den Atem an bei diesen endgültig klingenden Worten. Er war mehr als überrascht. Er hatte angenommen, daß Hawk ihm Gelegenheit zu einer Diskussion geben würde, und daß er ihn zum Verkauf überreden könnte. Aber Hawk gab ihm gar keine Möglichkeit dazu. Verdammt!

»Ich verstehe«, erwiderte er und versuchte, Zeit zu gewinnen.

»Das Gestüt und die Rennpferde bedeuten Frances sehr viel«, erklärte Hawk. »Ich selbst wollte es eigentlich gar nicht übernehmen, es gehörte schließlich Nevil. Ich hatte vielleicht das Gefühl, daß ich in seine Fußstapfen treten würde, und fand das nicht richtig.«

»Doch Sie haben Ihre Ansicht geändert. Unwiderruflich?«

»Ja.«

»Nun«, meinte Edmund bedächtig, »ich denke, da gibt es nichts mehr über diese Angelegenheit zu sagen.«

»Nein, nichts mehr. Sie und Beatrice werden doch eine Weile bei uns bleiben?«

»Das würde ich sehr gern tun, aber es ist immerhin möglich, daß Ihre Frau gern Beatrice die Haare ausreißen möchte, wenn wir zu lange bleiben«, gab Edmund zu bedenken.

Das schien unglücklicherweise sehr rasch der Fall zu sein.

Hawk schlenderte zu der Koppel und sah, daß Beatrice in herrischem Ton Frances Anweisungen beim Training mit Tamerlane gab. Frances sah aus, als würde sie im nächsten Moment seiner Schwester ins Gesicht spucken. Belvis schaute amüsiert zu, und der arme Henry, der Trainergehilfe, stand unbeholfen da und blickte mit seinen vorstehenden blauen Augen von einer Lady zur anderen.

»Deine Methode ist schlecht!« behauptete Beatrice eben. »Muß ich dich fortwährend erinnern, daß ...«

»Guten Morgen, Ladies. Guten Morgen, Belvis.« Hawk stellte sich zwischen die beiden Frauen und streichelte Tamerlanes Nase. »Er ist ein Gewinner, meinst du nicht auch, Beatrice? Frances, meine Liebe, du bist noch nicht in deinem Reitkleid, und ich hatte dich ausdrücklich gebeten, um elf Uhr fertig zu sein. Bitte, geh dich umziehen.«

Frances flüchtete bereitwillig. Sie war überzeugt, daß Beatrice, wenn auch widerwillig, einräumen mußte, daß sie über Rennpferde Bescheid wußte.

Eine halbe Stunde später kehrte sie zum Stall zurück. Sie trug ein streng tailliertes, dunkelblaues Reitkleid und einen flotten Hut. Erstaunt sah sie, daß Hawk ganz allein auf sie wartete und blieb, plötzlich verlegen, stehen.

Mit der größten Selbstverständlichkeit hob Hawk sie in den Sattel, bestieg Ebony und sagte Frances, daß sie ihm folgen solle.

»Ganz, wie der Herr befiehlt«, meinte sie zu Viola, ihrer Stute, und ließ sie hinter Hawk hergaloppieren.

Hawk sagte nichts, bis sie seinen Lieblingsplatz am River Ouse erreicht hatten, dann stieg er ab, band Ebony am niedrig hängenden Ast einer Eibe fest und hob Frances von Violas Rücken.

»Hallo«, sagte er lächelnd, als er sie behutsam auf die Erde stellte, und küßte sie zärtlich. Er nahm Frances in seine Arme und meinte: »Wie bekomme ich dich jetzt aus all diesen lächerlichen Sachen? Du siehst in deinem Kleid allerdings sehr hübsch aus, und ich sollte vielleicht einfach nur deinen Rock hochheben. Ja, das werde ich tun.«

»Hawk!«

Er lachte leise, hob sie auf und legte sie auf den Rücken. Frances fühlte das weiche Gras und atmete den süßen Duft der wildwachsenden Blumen.

Hawk kniete nieder, schob ihren Rock hoch und streichelte ihre Oberschenkel.

»Es ist heller Tag«, protestierte sie halbherzig.

»Stimmt«, erwiderte Hawk, »und ich kann dich sehen, zumindest alles von der Taille abwärts.«

Frances blickte auf und sah das Sonnenlicht durch die überhängenden Zweige und das Laub schimmern. Im nächsten Moment gab sie sich ganz der Leidenschaft hin, mit der Hawk sie liebte, und erwiderte sie mit jeder Faser ihres Körpers und ihrer Seele.

26. Kapitel

Frances' Gesicht war gerötet, ihr Herz hämmerte. Sie rannte zu Hawk ins Arbeitszimmer und war dankbar, daß sie ihn allein antraf.

Sowie er sie sah, stand Hawk auf und lächelte ihr zu. »Hallo, mein Liebes! Was ...«

»Hawk«, keuchte sie und schloß rasch die Tür hinter sich, »ich fand sie beisammen!«

»Wie bitte?«

»Beatrice und Edmund! Ich wollte mit deiner Schwester sprechen und ging in ihr Zimmer, natürlich erst, nachdem ich angeklopft hatte. Die beiden waren in ihrem Bett! Zusammen!«

»Aha.« Hawk grinste.

»Sie sind nicht verheiratet! Es war entsetzlich demütigend! Er war über ihr, Hawk!«

»Haben sie dich gesehen?«

»Nein, ich schlüpfte sofort aus dem Zimmer, bevor sie mich bemerkten.«

»Sie wollen heiraten, Frances«, erklärte Hawk freundlich und setzte sich amüsiert.

Frances stellte sich kampfbereit hin. »Du hast jedenfalls mein Schlafzimmer nicht betreten, bevor wir verheiratet waren!«

Hawk dachte an die gräßliche, graue Maus. »Lieber Himmel, nein«, erwiderte er und lachte. »Ich war im Bett einer schönen Witwe in Glasgow, bevor wir heirateten.«

Frances sah ihn an, als ob sie nicht richtig gehört hätte. »Was hast du da gesagt?«

»Ihr Name war Georgina, wenn ich mich recht erinnere. Sehr hübsch.«

»Du gefühlloser Klotz! Du ... du elender ...«

»Bastard? Schurke? Komm, Frances, du hast doch sicher nicht deine Zunge verloren? ... oder doch, hm? Gut, Schweigen bei einer Frau ist gelegentlich recht angenehm. Wenn du dich an die schrecklichen Tatsachen erinnern willst, wird dir einfallen, Frances, daß wir damals noch unverheiratet waren und uns außerdem beide widerlich fanden.«

»Ich finde dich noch immer widerlich!«

»Nein, das tust du nicht«, stellte Hawk gemächlich fest und lächelte spitzbübisch. »Du liebst mich, du sehnst dich nach mir, und wenn ich an letzte Nacht denke — und das, nach unserem Beisammensein am River Ouse! —, da hast du mich bis zur Erschöpfung ...«

»Ich finde dich nicht nur widerlich, ich verabscheue dich sogar!«

Hawk kam um den Schreibtisch herum. »Möchtest du gern, daß ich dir beweise, wie sehr du mich liebst, Frances?«

»Nein!« Sie trat an die geschlossene Tür zurück.

Hawk fragte sich, ob sie wohl vorhatte, ihm ihre Faust in den Magen zu stoßen. Man wußte nie, woran man mit Frances war, der kleinen, unberechenbaren Hexe. Langsam ging er auf sie zu, beobachtete vorsichtig ihre geballten Hände und zog sie an sich. »Du riechst so gut, mein Liebes.«

»Darum geht es nicht«, erwiderte sie gegen seine Schulter.

Er fuhr fort, ihren Rücken zu streicheln. »Warum wolltest du meine Schwester sprechen?«

Frances versteifte sich, und Hawk ließ sie los, um ihr ins Gesicht sehen zu können. »Woher wußtest du, meine liebe Frau, daß Edmund bei seiner Verlobten war? Bist du absichtlich in ihr Schlafzimmer gegangen?«

Ihr Erröten verriet sie. Hawk amüsierte sich bei dem Gedanken, daß seine Frau einen anderen Mann und eine Frau im Bett sehen wollte. »Sahen sie wie wir beide aus, Frances? Wurde deine Neugierde befriedigt?«

»Ich weiß nicht, wie wir aussehen! Ich dachte nicht ... es war wirklich schrecklich! Ich hätte nie auf Gertrude hören sollen ...«

»Was hat denn diese unangenehme Gertrude damit zu tun?«

»Sie sagte, daß sie Edmund gesucht hätte, und als sie ihn nicht finden konnte, ging sie zu Beas Zimmer und hörte fremde Geräusche ...«

»Und du wußtest sofort Bescheid, nicht wahr, meine Liebe?«

Frances sah aus, als ob sie protestieren wollte, doch dann senkte sie den Kopf und nickte. »Ich vermutete es — zumindest ein bißchen.«

»Und dann kamst du zu mir gerannt mit all diesem vorgetäuschten Zorn. Sehr menschlich von dir, Frances. Ich finde es sehr erfreulich, daß in dir ein wenig Gemeinheit steckt.«

»Ich vermute, ich bin genauso schrecklich wie Gertrude«, gab Frances zu und hielt sich für einen absoluten Dummkopf. Würde er sie immer so klar durchschauen? Das wäre sehr beunruhigend.

»Nun, deshalb werde ich dich bestimmt nicht bestrafen, ganz im Gegenteil, ich sollte eher ...« Er brach ab und blickte auf seinen Schreibtisch. Unglücklicherweise war der mit Papieren und Büchern bedeckt. Er lächelte bedauernd. »Ich werde dich sogar mit einer sehr guten Nachricht belohnen.«

Frances sah ihn mißtrauisch an.

»Ich sagte Edmund, daß ich weder an ihn noch an irgend jemand sonst verkaufen werde.«

»Hawk!« Frances schlang die Arme so fest um ihn, daß sie ihm fast die Luft abdrückte.

Hawk küßte ihre Schläfen. »Eine solche Begeisterung, Liebling! Es macht mir Freude, dich zu erfreuen.«

Liebling. Dieses Wort ließ Frances plötzlich sehr still werden, sehr wachsam. War es nur ein anderer Kosename, den Gentlemen gebrauchten ohne besondere Bedeutung?

»Dann gehst du nicht nach London zurück?« fragte sie und hielt den Atem an.

Hawk betrachtete sie prüfend. »Möchtest du, daß ich abreise, Frances?«

»Ich nahm nur an, daß du es willst. Schließlich, deine Mätresse ...«

»Ah ja, meine Mätresse. Die meisten Gentlemen haben Mätressen, wie du sicher weißt. Hast du etwas dagegen, Frances?«

Sie hörte nicht den Ernst in seiner Stimme, nur den spöttischen Unterton, und schnappte: »Warum sollte ich? Wenn du sie aufgibst, müßte ich ja auch all meine ... Liebhaber aufgeben.«

»Eine schreckliche Aussicht«, neckte Hawk ironisch.

»Du bleibst ja nur, weil Beatrice und Edmund hier sind!«

»Das könnte teilweise wahr sein«, meinte Hawk.

»Du bleibst nur, weil du dich momentan nicht mit mir langweilen mußt!«

Hawk griff ihr unter das Kinn und zwang sie, ihn anzusehen. »Frances«, sagte er ruhig, »du machst mich wütend, du bringst es fertig, daß ich dich erwürgen möchte, du stößt große Löcher in den Stolz eines Mannes —, aber du langweilst mich nie.«

»Du bleibst nur, bis du mich mit deinen Worten besänftigt hast und ...« Sie brach plötzlich ab, weil sie einen Schubs von der Tür bekam.

Hawk zog sie vorwärts, und Marcus trat ein. Er sah die beiden zusammen und wurde rot. »Oh, ich wußte nicht ... gut, ich kann ein anderes Mal ...«

»Mein lieber Marcus«, unterbrach Hawk ihn freundlich und ließ Frances los, »Ihre Ladyschaft und ich sprachen gerade über das Fehlen der Verkaufspapiere. Haben Sie noch irgend etwas entdeckt?«

»Nein, Mylord.« Marcus nestelte nervös an seinem Kragen. »Ich habe zwar Verkaufspapiere für andere Pferde gefunden, aber keine für die Drei- und Vierjährigen.«

Hawk interessierte sich im Grunde überhaupt nicht für diese Angelegenheit, zeigte das aber nicht. Er lächelte Frances zu, die sich inzwischen etwas beruhigt hatte, und berichtete: »Übrigens, Marcus, hat mir Lord Chalmers vor einiger Zeit diverse Geschichten über die Welt des Rennsports erzählt. Er sagte mir, daß es da unlängst mehr Korruption, Unfälle und dergleichen gegeben hatte, als man erwarten konnte. Ein preisgekrönter Vollblüter von Lord

Demerley wurde vor dem Rennen vergiftet. Der dafür verantwortliche Jockey floh außer Landes.«

»Das ist ja entsetzlich!« stieß Frances hervor. »Ich hätte nie geglaubt, daß solche Dinge passieren.«

»Wenn es um Geld geht«, meinte Hawk trocken, »da muß man auch mit Unehrlichkeit rechnen.«

»Da wir gerade von Jockeys sprechen«, wandte Frances ein, die sich wieder vollkommen gefangen hatte, »ich bin das Reiten gewöhnt, Hawk, und ich wiege nicht viel. Wärest du einverstanden, daß ich ...«

»Nein. Eine Lady tut solche Dinge nicht, Frances. Ich glaube, Belvis hat einen jungen Neffen, der genauso zierlich ist wie du, meine Liebe. Er erwartet seine Ankunft zum Wochenende. Da er mit Belvis verwandt ist, dürfen wir sicher darauf vertrauen, daß er die Pferde nicht vergiften wird.«

Während des Mittagessens war Beatrice bereit, ihre eigene Schlacht zu schlagen. »Du weißt überhaupt nichts über Rennen, Philip«, begann sie. »Ein Gestüt aufzubauen, ist keine große Schwierigkeit. Aber Rennen! Edmund besitzt einen ausgezeichneten Rennstall, den größten in Devonshire. Und du hast dich niemals um Desborough gekümmert. Ich denke, du solltest verkaufen. Edmund und ich sind sehr daran interessiert.«

Hawk blickte sie nur an, sagte jedoch nichts.

»Du weißt, daß ich alles bekommen hätte, wäre ich als Mann geboren. Im Gegensatz zu dir bin ich stolz auf Desborough, die Tradition, die ...«

Zum ersten Mal wandte sich der Marquess an seine Tochter. »Du kannst dich ja bald in Edmunds Ställen beschäftigen, meine Liebe. Hawk hat offensichtlich seinen Entscheid getroffen, also höre bitte damit auf.«

»Das ist ihr Werk!« Beatrice blickte böse zu Frances.

»Zum Teil stimmt das«, gab Hawk offen zu.

»Sie sollte nach Schottland zurückkehren, wohin sie gehört! Warum hast du einen solchen Niemand geheiratet, der ...«

Der Marquess warf seinen Löffel nach Beatrice, die japste, als er auf ihrem Busen landete. »Vater!«

Edmund fing zu lachen an. Er nahm Beatrices Hand und drückte sie. »Du gehst zu weit, meine Liebe. Vielleicht ändert Philip in Zukunft seine Ansicht. Schließlich ist alles, was mit Rennen zusammenhängt, sehr zeitraubend und kostspielig, und man muß mit einer Anzahl schlechter Menschen fertig werden. Laß uns ausreiten, sowie du mit dem Essen fertig bist.«

Eine Stunde später sah sich Frances gerade in ihrem Schlafzimmer um, als Hawk durch die Verbindungstür kam. »Wie geht es meinem kleinen Niemand?« fragte er.

Frances lächelte etwas gequält. »Ich war überrascht, daß du deiner Schwester nichts von den merkwürdigen Umständen unserer Heirat gesagt hast.«

»Hätte ich ihr auch nur den kleinsten Hinweis gegeben, wäre die gute Gesellschaft sofort unterrichtet worden. Ich verspürte kein Verlangen danach, bemitleidet, ausgelacht und verspottet zu werden.«

»So, dann weiß es also niemand außer uns. Warum nicht?«

»Meine Mätresse weiß es«, gestand Hawk.

»Du hast deiner Mätresse alles über uns erzählt?«

»Du solltest ihr dankbar sein«, versuchte Hawk sich zu rechtfertigen. »Es war Amalia, die mir klarmachte, daß ich meine Frau im Bett genauso lieben sollte, wie ich es mit ihr tat.«

Frances schloß die Augen. Sie sah Hawk vor sich, wie er eine sehr schöne Frau küßte und liebkoste, und sie fühlte einen Schmerz, den sie nicht verstand. Die Tränen stiegen ihr in die Augen. Sie wandte sich schnell um und ging zur Tür.

»Frances, du wirst nicht weggehen! Wenn du nicht sofort stehenbleibst, werde ich dich hier auf deinem Teppich vergewaltigen! Deine Überempfindlichkeit ist absurd!«

»Du kannst mich nicht vergewaltigen.« Sie griff nach dem Türknopf.

»Laß es nicht darauf ankommen«, warnte Hawk.

Plötzlich erkannte Frances, daß er ihre Worte falsch verstehen könnte, und wurde blaß. Sie sah Hawk in die Augen und erklärte: »Ich bin nicht schwanger.«

Hawk stöhnte enttäuscht. Dann bemerkte er ihr bleiches Gesicht und fragte: »Fühlst du dich krank, Frances?«

»Nein, bestimmt nicht.« Sie blickte zu Boden.

»Warum benimmst du dich dann wie ein verlegenes Mädchen?«

»Ich mag dich nicht«, erwiderte sie klar und deutlich. »Ich bin auch kein verlegenes Mädchen. Aber das, was du mir gerade sagtest ... nun ...«

»Frances, was denkst du wirklich?«

»Ladies haben keine Freude daran, Liebe zu machen.«

Hawk blickte sie lange an, dann warf er den Kopf zurück und lachte schallend. Im nächsten Moment streifte ihn ein Kerzenleuchter.

»Du Scheusal!« rief sie empört.

»Frances, ich lie ...« Er brach ab. Nein, jetzt war nicht die Zeit für ein solches Geständnis.

»Ich werde ausreiten.« Frances öffnete die Tür. »Würdest du bitte gehen?«

»Ja«, erwiderte er langsam, »ja, ich gehe.« Er schüttelte bedauernd den Kopf und hörte, wie Frances die Schlafzimmertür hinter ihm zuschlug.

Am Nachmittag traf der Pferdestall auf Rädern ein. Der Schmied saß auf dem Kutschersitz, und zwei Pferde zogen das Gefährt, den Pferdetransporter.

»Sehr geschickt«, lobte Edmund und musterte das Fuhrwerk eingehend.

»Es wird die Pferde faul machen«, kritisierte Beatrice.

»Das hoffe ich von Flying Davie nicht«, erwiderte Frances besorgt.

»Probieren wir es aus«, schlug der Marquess vor.

Belvis brachte Flying Davie, Stroh wurde in das Gefährt gelegt und eine schräge Holzplanke zum Betreten befestigt.

»Nun, mein feiner Bursche, deine Kutsche wartet«, meinte Belvis.

Zunächst weigerte sich Flying Davie, durch den schmalen

Eingang zu gehen. Hawk beobachtete, wie Frances den Hengst mit schmeichelnden Worten — wie schön er wäre und wie ausgeruht er in Newmarket ankommen würde — überredete, und war nicht sonderlich überrascht, als das Pferd schließlich fügsam die Planke hinauf ins Innere des Gefährts lief.

Strahlend verkündete Frances der versammelten Gesellschaft: »Flying Davie wird alles gewinnen, was in Sicht kommt.«

»Nächste Woche findet in der Nähe von York ein Rennen statt«, berichtete Belvis. »Dort werden wir Davie ausprobieren.«

Vier Tage später war niemand überraschter als Edmund, als er Lady Constance aus ihrer Reisekutsche vor Desborough Hall aussteigen sah.

»Conny«, schrie Beatrice und lief die Eingangstreppe hinunter. »Wie freue ich mich, daß Sie zu Besuch kommen konnten! Diese Langeweile hier! Aber durch Sie wird sich das ändern!« Sie umarmte Lady Constance, die etwas verwundert über diese überschwengliche Begrüßung zu sein schien.

»Na, so etwas!« Hawk kam aus dem Haus und blickte entgeistert auf die Besucherin.

»Ich bin selbst erstaunt«, bekannte Edmund. »Ich glaube, da steckt Bea dahinter.«

Constance hatte tatsächlich eine dringende Nachricht von Beatrice erhalten und war pflichtschuldigst, wenn auch voller Hoffnungen, nach Yorkshire gereist. Im Augenblick allerdings dachte sie etwas verwirrt, daß es sich vielleicht um ein Mißverständnis handle. Als sie Philip neben Edmund stehen sah, winkte sie ihm zu. Sie hatte Philip schrecklich vermißt.

»Ich bin so froh, daß Sie kamen«, flüsterte ihr jetzt Beatrice bedeutungsvoll ins Ohr. »Der kleine Niemand, den er heiratete, ist schrecklich! Na, Sie werden es ja sehen. Philip muß dringend daran erinnert werden, daß jede wichtige Person in London hinter vorgehaltener Hand über ihn lachen würde, wenn er sie der Gesellschaft vorstellt. Ihr Anblick, meine Liebe, wird ihm sicher die Augen öffnen.«

Hawk begrüßte Lady Constance freundlich, da er keinen anderen Ausweg sah. Sein Vater zeigte sich ebenfalls sehr charmant zu der jungen Lady, schließlich war sie die Tochter des alten Lumley, eines seiner ältesten Freunde.

Beatrice schwirrte um ihre Freundin herum und ließ sie erst in Ruhe, nachdem Edmund energisch erklärte: »Ich möchte mit dir sprechen, meine Liebe. Sofort! Constance kommt sicher einen Moment ohne dich zurecht.«

Seine Verlobte sah ihn zwar ärgerlich an, folgte ihm aber ins Rauchzimmer, wo er ohne Umschweife fragte: »Warum, Bea?«

»Du hast doch selbst davon gesprochen, Edmund! Philip weigert sich, an uns zu verkaufen — wegen ihr! Wenn Conny ihn erst wieder bezaubert, wird er sie hierlassen und nach London zurückkehren und rasch jegliches Interesse an seinen neuen Vorhaben verlieren.«

Zu ihrer Beruhigung sah Edmund recht nachdenklich aus. »Ich glaube, daß du recht hast, meine Liebe«, sagte er schließlich. »Deine Methode ist zwar unsolide, doch deine Argumentation — ja, der muß ich Beifall spenden. Ich werde es mir noch einmal durch den Kopf gehen lassen.«

Beatrices' Intrige hatte jedoch nicht den Erfolg, den sie sich wünschte. Als Lady Constance wenig später Frances kennenlernte, wäre sie am liebsten sofort wieder abgereist und wünschte sich, Beatrice umbringen zu können. Deshalb erklärte sie auch bald, daß sie rein zufällig auf der Fahrt zu ihrem Onkel George an Desborough Hall vorbeigekommen sei und nur angehalten habe, um Hawk und Frances nachträglich zur Hochzeit zu gratulieren.

Sosehr Beatrice auch versuchte, vor Frances auf den Flirt Hawk mit Constance anzuspielen, keiner der beiden ging darauf ein. Hawk hatte die Absicht seiner Schwester rasch erkannt, und Frances, als aufmerksame Gastgeberin, ließ sich durch nichts provozieren.

Beatrice war von dem Mißerfolg ihres Planes alles andere als erfreut und ärgerte sich noch mehr, als Frances zum

Abendessen strahlend an Hawks Arm die Treppe herunterkam und die Smaragdkette, die aus dem Familienschmuck der Hawksburys stammte, trug.

Hawk hatte wenige Minuten zuvor in Frances' Schlafzimmer die kostbare Kette um den Hals seiner jungen Frau gelegt und gesagt: »Sie gehörte meiner Mutter und meiner Großmutter. Jetzt gehört sie dir, meine Liebe.«

Stolz ging er neben ihr ins Schlafzimmer und dachte glücklich: Wie schön Frances ist!

27. Kapitel

Vor zwei Wochen hatte Amalia den erwarteten Brief vom Grafen von Rothermere erhalten. Allem Anschein nach war Hawk jetzt ein treuer Ehemann geworden. Er hatte ihr einen größeren Geldbetrag geschickt und ihr geschrieben, daß sie noch bis zum Ende des nächsten Quartals im Hause bleiben durfte. Hawk war sehr großzügig, und sie vermißte ihn sehr. Aber sie hatte gewußt, daß es einmal so kommen würde. Und da war auch noch Robert. Sie wollte auf keinen Fall ohne entsprechende Mitgift heiraten.

Allein aus diesem Grunde hatte sie dem sehr freigebigen Lord Dempsey erlaubt, mit ihr das Bett zu teilen. Sein Name war Charles Lewiston, und er besaß besonders in der Rennwelt großen Einfluß. Außerdem war er ein Freund von Lord Chalmers, dem Verlobten von Hawks Schwester Beatrice. Und er hatte geplaudert, als er betrunken war, hatte Dinge erzählt, die Amalia beunruhigten.

Lord Dempsey schien nicht zu wissen, daß sie unter Rothermeres Schutz stand, und nach seinem Trinkgelage hatte sie nicht die Absicht, es ihm zu erzählen.

»Bald werden wir haben, was wir uns wünschen«, hatte er genuschelt, nachdem er reichlich viel Brandy genossen hatte.

»Was werden Sie bald haben, mein Lord?« forschte Amalia behutsam.

»Den Desborough-Bestand, sämtliche Pferde, und dann wird alles vorüber sein.«

Was würde vorüber sein? fragte sich Amalia. Sie sah, daß er am Einschlafen war, und schmeichelte: »Sie sind so tapfer, mein Lord, und so großartig! Viel mehr als der frühere Lord Nevil Rothermere. Ich nehme an, Sie kennen ihn?«

»Verdammter Schurke«, erwiderte Dempsey und grunzte befriedigt, »egoistischer Kerl. Aber wir haben uns um ihn gekümmert, o ja, das haben wir.«

Im nächsten Moment war er eingeschlafen und schnarchte laut. Amalia hoffte inständig, daß er sich nicht daran erinnern würde, was er gesagt hatte, wenn er aufwachte.

Sie stand auf, ging zu ihrem Toilettentisch und begann, einen Brief zu schreiben.

Frances schrie, bis sie heiser war, und als Flying Davie über die Ziellinie lief, schlang sie die Arme um Hawks Nacken. »Gewonnen! Wir haben gewonnen!«

Hawk lächelte stolz und küßte sie.

Frances hatte beobachtet, wie die anderen Jockeys versuchten, Timothy von Flying Davie herunter zu stoßen. Sie sah die sausenden Peitschenhiebe, doch es gelang Flying Davie, seinen Vorsprung zu vergrößern und weiteren Schikanen zu entfliehen. Verdammte, tückische Rohlinge!

Sie hatten das Rennen bei York über die grausame Länge von fünf Meilen gewonnen, das ein Prüfstein für alle jungen Vollblüter war.

»Ich sagte ja, daß er fit für Newmarket ist.« Belvis rieb sich zufrieden die Hände. »Timothy braucht noch ein paar Anweisungen, aber er hat seine Sache gut gemacht.«

Frances hatte zweihundert Pfund gewonnen, da für Flying Davie als Neuling sieben zu eins ausgezahlt wurde.

»Sehr eindrucksvoll!« Edmund schüttelte Hawk die Hand. »Wird Tamerlane morgen rennen?«

»Ja«, versicherte Frances eifrig, deren Gesicht vor Stolz glühte.

»Ich würde mich nicht zu sehr auf seinen Sieg verlassen«, bemerkte Beatrice, während sie sich die Handschuhe auszog.

»Warum möchtest du dann unsere Pferde kaufen, wenn du ihnen nichts zutraust?« erkundigte sich Frances angriffslustig.

Edmund verhinderte jede Auseinandersetzung. Er nahm seine Verlobte am Arm und folgte Hawk und Frances zum Kreis der Sieger. Timothy stand mit rotem Gesicht da, lächelte und konnte vor Aufregung kaum sprechen.

Hawk gratulierte seinem Jockey herzlich zu seinem Erfolg

und hörte plötzlich einen der umstehenden Pferdebesitzer zu einem anderen sagen: »Flying Davie, ha, George! Wo, zum Teufel, hat der alte Nevil dieses prächtige Stück Pferdefleisch aufgegabelt? Merkwürdige Farbe, sie erinnert mich sofort an einen Vollblüter, den ich letztes Jahr in Ascot sah.«

George wischte sich den Schweiß von der Stirn und murrte: »Nevil hat kein Wort von dem Hengst gesagt. Du kanntest ja Nevil — immer hat er mit seinen Neuerwerbungen geprahlt. Warum schwieg er über dieses Prachtexemplar?«

Hawks Neugier wurde noch größer, als er bei der Rückkehr nach Desborough Hall von Amalia einen Brief vorfand, den er immer und immer wieder las. Sein Blick wurde förmlich von Lord Dempseys Worten angezogen: »Aber wir haben uns um ihn gekümmert, o ja, das taten wir ... Desborough-Bestand ... dann wird alles vorüber sein ...«

Was, um alles in der Welt, ging hier vor? Hawk wollte das Rätsel lösen, aber schiefe und krumme Wege waren ihm nicht sehr vertraut, dazu war er ein viel zu gradliniger Charakter. Er eilte zu seinem Vater, der in der warmen Sommerluft im Rosengarten spazierenging.

»Mein Junge«, begrüßte ihn der Marquess. »Frances ist nicht bei mir, was ich sehr bedauere. Ich wette, du findest sie auf der Koppel.«

»Nein, ich suche nicht meine Frau«, erwiderte Hawk und paßte sich den Schritten seines Vaters an. Ohne Umschweife fragte er: »War Lord Dempsey ein enger Freund von Nevil?«

»Der Sohn des alten Edward? Heißt er nicht Charles?«

»Ja, ich glaube: Charles Lewiston«, bestätigte Hawk.

»Der alte Lewiston war ein Lump«, erinnerte sich der Marquess. »Ich kann mir nicht vorstellen, daß sein Sohn ein besonders wertvolles Exemplar ist. Ja, Nevil sprach von ihm, die beiden waren befreundet.«

»Und Edmund natürlich auch.«

»Ja, sicher. Ein Jammer, daß Nevil nicht standhaft genug war ...« Der Marquess brach abrupt ab. Erst nach einer Weile fuhr er fort: »Nevil umgab sich mit höchst merkwürdigen Freunden. In den letzten sechs Monaten vor seinem Tode sah ich wenig von ihm, Hawk. Er löste die Verbindung, nicht ich.«

»Als ich damals deinen Brief bekam, konnte ich kaum glauben, daß er ertrunken sein sollte. Er war ein so fabelhafter Schwimmer«, meinte Hawk nachdenklich.

»Er war fürchterlich betrunken«, erwiderte der Marquess.

»Wer hat dir das gesagt?« wollte Hawk wissen.

Sein Vater blieb stehen und blickte ihn forschend an. »Es war Edmund natürlich. Er kam unverzüglich nach Chandos Chase, um mich zu benachrichtigen. Von ihm erfuhr ich die Einzelheiten. Sehr anständig von ihm. Edmund ist ein Gentleman.«

»War Lord Dempsey damals unter den Männern auf Nevils Yacht?«

»Das weiß ich nicht, Hawk. Warum interessierst du dich auf einmal dafür?«

Sein Sohn zögerte, mehr zu sagen und meinte nur: »Ich bin mir noch nicht sicher.«

Nach kurzem Schweigen berichtete der Marquess: »Edmund und Beatrice wollen morgen abreisen, glaube ich. Er muß natürlich seine eigenen Pferde für Newmarket startbereit machen.«

»Was denkst du, Vater, warum Edmund unbedingt den ganzen Desborough-Bestand kaufen will? Er bot mir einen enorm hohen Preis.«

»Ehrgeiz, mein Junge. Edmund möchte sich wahrscheinlich auch für die Zuchtrennen in Derby und Jersey qualifizieren. Das kann man einem Mann nicht verdenken.«

»Nein, gewiß nicht.« Trotzdem wunderte sich Hawk, warum Lord Dempsey vom Desborough-Bestand gesprochen hatte. Und was würde dann »vorüber« sein?

Er erwähnte nichts von alledem gegenüber Edmund, ohne den Grund für sein Schweigen selbst zu kennen. Ihr letzter gemeinsamer Abend verlief angenehm, auch wenn Beatrice nicht allzu liebenswürdig war, aber von seiner Schwester erwartete Hawk nichts anderes.

Frances, die zu ihrer eigenen Verwunderung ein Gespür für die Stimmungen ihres Ehemannes entwickelt hatte, besuchte ihn nachts in seinem Schlafzimmer. Er saß im Morgenmantel am Kamin und hielt ein Blatt Papier in der Hand.

»Was ist das?« wollte Frances wissen und ging um den Stuhl herum, um ihm ins Gesicht sehen zu können. »Irgend etwas hat dich verstört, Hawk. Ist es dieser Brief?«

»Ein Ehemann hat ein Anrecht darauf, manche Dinge für sich zu behalten«, erwiderte Hawk lächelnd und faltete das Papier sorgfältig zusammen. »Wann treffen deine Schwestern hier ein?« lenkte er ab.

»Oh, habe ich dir das nicht gesagt? Wahrscheinlich ist das mein Geheimnis.« Da Hawk nur lächelte, fuhr Frances fort: »Also gut, mein Lord: Sophia möchte bis zum Herbst warten. Sie schreibt von einer ›Kleinen Saison‹, in der meine Schwestern noch den letzten Schliff bekommen sollen, bevor sie den Heiratsmarkt im Frühjahr besuchen.«

Sie sah, wie Hawk das Blatt Papier in die tiefe Tasche seines Morgenmantels steckte und dann einladend auf seine Oberschenkel klopfte. Sie setzte sich zwar auf seinen Schoß, hielt sich aber kerzengerade. »Ich habe die zweihundert Pfund, die ich in York gewann, an Sophia geschickt«, erzählte sie. »In Glasgow hat sie eine sehr gute Schneiderin gefunden.«

»Dann werden die Mädchen ja in königlicher Garderobe ankommen. Ich schickte nämlich dreihundert Pfund an deinen Vater.«

Im ersten Moment war Frances verblüfft, dann strahlte sie Hawk an. »Du bist voller Überraschungen«, meinte sie und kuschelte sich an ihn.

»Nicht unbedingt. Ich bin nur ein simpler Mann, der seine Frau in sein Bett locken möchte.«

Frances konnte an dieser Ankündigung nichts Schlimmes finden, auch nichts an der folgenden Stunde.

Erst, als sie am nächsten Morgen allein in Hawks Bett aufwachte, erinnerte sie sich an das zusammengefaltete Blatt Papier in seiner Tasche.

Was stand auf diesem Blatt? Und warum wollte er nicht, daß sie es sah?

Zwei Tage später machte Frances ihren üblichen Rundgang durch die Ställe. Sie hatte vor, mit Flying Davie zu trainieren, doch Belvis erklärte ihr: »Nehmen Sie sich heute Tamerlane vor, Lady Frances. Davie soll heute morgen auf der Koppel bleiben. Timothy wird mit ihm einige spezielle Verteidigungsstrategien üben.«

»Er sollte eine Pistole tragen«, meinte Frances in Erinnerung an die Peitschenhiebe der Jockeys auf Timothy.

Belvis lachte. »Keine schlechte Idee. Himmel, so weit kommt es noch! Ich hörte, daß der Herzog von Portland sich alle Mühe gibt, die Rennvorschriften zu verbessern, aber das braucht Zeit. Halten Sie Tamerlane die erste Meile fest am Zügel. Stellen Sie sich vor, daß Jockeys — ich meine: solche Teufel neben Ihnen reiten.«

Frances salutierte und führte Tamerlane in den Hof, winkte ihrem Ehemann zu, stieg auf und ritt auf das flache Land hinter der Koppel. Als sie Tamerlane losgaloppieren ließ, spürte sie den Wind im Gesicht und lächelte glücklich.

Am Ende der Strecke war ein niedriger Zaun, der den Desborough-Besitz von dem der Bourchiers trennte. Sie preßte sich an Tamerlanes Hals und setzte zum Sprung an. Mitten im Sprung sah sie plötzlich auf der anderen Seite eine Dreschmaschine, deren Eisenzinken nach oben zeigten. Instinktiv versuchte sie, Tamerlanes Sprung zu vergrößern, damit er die Zinken nicht berührte, doch es gelang nicht.

Frances hörte seinen Schrei, fühlte seinen Körper erzittern und wurde über seinen Kopf hinweg abgeworfen. Sie prallte hart auf den Boden und konnte sich einige Augenblicke nicht rühren. Schließlich richtete sie sich auf und sah entsetzt den großen Riß in Tamerlanes linken Hinterlauf. Der Hengst stand still, doch seine Brust hob und senkte sich, und sie wußte, daß er schreckliche Schmerzen haben mußte.

Frances sprang auf und versuchte, das Pferd zu beruhigen, dann rannte sie zu den Ställen zurück. Sie nahm einen Abkürzungsweg, doch als sie in den Hof kam, hatte sie solches Seitenstechen, daß sie kaum atmen konnte.

Hawk sah sie als erster. »Um Himmels willen, was ist los?«

»Tamerlane ... der Sprung ... jemand hat eine Dreschmaschine hinter dem Zaun hingestellt ... Verletzt ... er ist verletzt.«

«Bist du in Ordnung?«

»Ja, aber bitte, wir müssen uns beeilen!«

Sie hörte Belvis nach dem Pferdetransporter rufen, während sie Verbandszeug und schmerzstillende Kräuter, die sie von Kilbracken mitgebracht hatte, zusammenpackte.

Hawk hob Frances vor sich aufs Pferd und trieb Ebony zur Eile an.

Tamerlane stand noch dort, wo Frances ihn verlassen hatte, den stolzen Kopf gesenkt. Hawk schnürte es die Brust zusammen, als er die klaffende Wunde sah.

Frances beruhigte den Hengst und fütterte ihn mit den schmerzstillenden Kräutern. Unterdessen blickten Hawk und Belvis zu der Dreschmaschine. Tamerlanes Blut sah wie frischer Rost auf einem der Zinken aus.

»Wer tut so etwas?« Belvis schüttelte verständnislos den Kopf. »Wer, um Himmels willen?«

»Frances reitet diese Strecke jeden Tag«, meinte Hawk.

Sie wirbelten beide herum, als Tamerlane wild schnaubte, doch Frances hatte ihn unter Kontrolle. Ihr Haar war zerzaust, ihre Kleidung schmutzig und zerknittert, doch sie kümmerte sich nur um das Pferd. Behutsam reinigte sie die Wunde, legte Salbe auf und verband das Bein. Dann atmete sie erleichtert auf. »So, jetzt kann er zurückgebracht werden.«

»Er wird bald wieder in Ordnung sein«, sagte sie wieder und wieder, während sie mit Hawk beobachtete, wie Belvis die Tür des Pferdetransporters hinter Tamerlane schloß und in den Kutschersitz kletterte.

Plötzlich fühlte Frances einen fürchterlichen Schmerz. Sie wurde blaß und schwankte.

»Frances«, rief Hawk erschrocken.

»Meine Schulter!« japste sie. »O Gott, tut das weh!«

Hawk überlegte rasch, was zu tun war, und setzte sie vorsichtig auf den Boden. Dann zog er ihr, so behutsam, wie es nur möglich war, Jacke und Bluse aus. Frances konnte nicht verhindern, daß sie stöhnte.

Hawk sah sofort, daß sie sich die Schulter ausgerenkt hatte. »Frances, ich kann dir die Schulter wieder einrenken. Es wird teuflisch weh tun, aber danach ist alles vorbei. Oder soll ich dich zurückbringen und den Arzt holen lassen?«

»Tu es«, sagte sie zwischen zusammengepreßten Zähnen.

Hawk schluckte. Er hatte das oft bei der Armee getan, aber die Männer waren stark und kräftig. Er mußte sich zwingen, fest zuzupacken. Frances gab keinen Laut von sich.

»So. Es ist vorbei, Frances.« Hawk war so erleichtert, daß es ihn schüttelte.

Frances' Kopf fiel zurück, sie wurde ohnmächtig.

»Ich bin stolz auf dich, mein Liebes«, flüsterte Hawk, als sie erstaunlich rasch wieder zu sich kam. »Es ist vorüber. Du bist wieder in Ordnung.« Er setzte sich neben sie, lehnte sich an den Stamm einer Eiche und bettete ihren Kopf auf seine Oberschenkel. Um sie abzulenken und zu beruhigen, erzählte er ihr, wie er in Spanien zum ersten Mal einem seiner Soldaten die Schulter eingerenkt hatte. »Merkwürdig«, fügte er hinzu, »daß du keinen Schmerz verspürt hast, bis Tamerlane weggebracht wurde.«

»Ich war schrecklich besorgt um ihn«, gestand Frances.

»Fühlst du dich jetzt besser?« erkundigte er sich.

»Ja. Mir ist auch nicht mehr schlecht.«

»Du wirst einen Bluterguß bekommen«, warnte er.

»Hawk, warum?«

Er gab nicht vor, sie falsch zu verstehen. »Ich weiß es nicht.« Er hatte sich das schon selbst gefragt, ohne eine Antwort zu finden. »Hast du einen deiner Liebhaber verlassen?« scherzte er. »Hat er dir das übelgenommen?«

Frances hätte gern gelacht, aber das tat zu weh. »Was wäre gewesen, wenn ich Davie geritten hätte?«

Tatsächlich, überlegte er. Dieser Gedanke eröffnete eine ganz neue Perspektive. Er beantwortete ihre Frage nicht, sondern fragte: »Bist du imstande, den Rückweg anzutreten?«

»Ja.«

Vorsichtig hob er Frances hoch, zog seine Jacke aus und legte sie um ihre Schultern. Es war nicht leicht, Frances auf Ebony zu heben, ohne ihr Schmerzen zu bereiten, aber schließlich gelang es. »Lehne dich jetzt gegen mich, mein Liebes. Wir werden ganz langsam reiten.«

Belvis erschrak, als er die beiden ankommen sah.

»Sie ist wieder in Ordnung«, erklärte Hawk rasch. »Sie hat sich die Schulter ausgerenkt, aber nichts davon gemerkt, bis Tamerlane versorgt war. Bitte, schicken Sie auf alle Fälle nach Simons, er soll sie sich ansehen.«

Jetzt erst, während er Frances behutsam ins Haus führte, fing Hawk zu zittern an. Er fühlte sich so hilflos und zugleich über alle Maßen wütend. Warum? Und wer?

Simons, der Doktor, untersuchte Frances und lobte Hawks Werk. »In einigen Tagen hat sie alles überstanden, mein Lord«, versicherte er. »Ihre rasche Aktion hat ihr viel Schmerz erspart. Sie haben Glück mit Ihrem Gatten.«

Frances bekam ein Schlafmittel und konnte gerade noch flüstern: »Ja, er ist der beste aller Ehemänner.«

Hawk legte seine Hand an ihre Wange, und plötzlich überkam ihn der Gedanke, daß er sie hätte verlieren können. Er schloß überwältigt die Augen. Als er wieder aufblickte, sah er seinen Vater, der ihn nachdenklich beobachtete. Er verbarg seine Gefühle nicht und nickte ihm nur zu.

Behutsam zog er seine Hand zurück und blieb am Bett stehen, bis Frances eingeschlafen war. Dann wandte er sich an den Marquess: »Vater, ich glaube, wir beide müssen miteinander reden.«

28. Kapitel

»So, mein Junge, bist du nun zu Verstand gekommen? Hat sich dein Leben geändert?«

»Ja«, erwiderte Hawk. »Sie ist meine Frau. Ich liebe sie und werde sie beschützen.«

»Hast du ihr gesagt, was du für sie empfindest?«

»Nein.« Hawk wandte sich ab und goß sich ein Glas Brandy ein.

»Warum nicht?« fragte sein Vater überrascht.

»Ich bin mir nicht sicher, was sie antworten wird, wenn ich es ihr sage. Weißt du, wir diskutieren, und sie schreit mich an, daß ich nach London zu meiner Mätresse gehen soll. Unsere Heirat stand nicht gerade unter einem glücklichen Stern.«

»Frances' Gefühle sind wie ein offenes Buch, wenn einer darin zu lesen versteht.«

Hawk trank einen Schluck Brandy. Er wollte dazu nichts sagen und erklärte: »Vater, ich möchte mit dir über etwas anderes sprechen.«

»Ich weiß. Eigentlich wollte ich schon abreisen, aber jetzt ... Das ist eine schlimme Sache, Hawk, die mir absolut nicht gefällt. Ich kann Geheimnisse nicht ausstehen.«

»Wie ich es sehe, Vater, gibt es nur zwei Möglichkeiten: entweder will jemand Frances von hier entfernen, oder man hat angenommen, daß sie heute morgen mit Flying Davie reiten würde, und der Anschlag galt ihm.« Er überlegte eine Weile, dann fuhr er fort: »Ich kann mir nicht vorstellen, daß irgend jemand Frances verletzen möchte. Mit Flying Davie ist das eine andere Sache. Aber wer tat es?«

»Er war letzte Woche sehr erfolgreich, Hawk. Viele Männer waren nicht gerade erfreut darüber.«

»Ja, es ging viel Geld verloren, das bezweifle ich nicht.«

»Wenn Davie das Ziel war, deutet das auf jemand hier in Desborough hin, der Frances' Gewohnheiten kannte. Diese

Person muß von jemandem bezahlt worden sein. Aber von wem?«

Hawk dachte einige Zeit darüber nach, dann fragte er geradeheraus: »Vater, ist es möglich, daß Nevil ermordet wurde?«

Der Marquess blickte seinen Sohn an, seine Hände ballten sich zu Fäusten. Er nahm sich gewaltsam zusammen, bevor er kurz und bündig verlangte: »Erzähle.«

Hawk zog Amalias Brief aus der Tasche und gab ihn seinem Vater.

»Diese Amalia«, stellte der Marquess wenige Minuten später fest, »ist offensichtlich eine ehrenwerte Frau, der deine Sicherheit am Herzen liegt. Aber vielleicht hat sie sich selbst in eine schwierige Lage gebracht, wenn das, was sie schrieb, wahr ist.«

»Darüber habe ich mir auch Sorgen gemacht. Deshalb schickte ich ihr fünftausend Pfund und riet ihr, London zu verlassen.«

»Nevil war, so ungern ich das auch offen eingestehe, ein habgieriger Bastard. Ich wußte es, aber ich wollte mich da heraushalten, Dummkopf, der ich war!« Der Marquess schwieg einige Augenblicke, um sich zu beruhigen. »Wenn Lord Dempsey für Nevils Tod verantwortlich ist, dann hat das notgedrungen mit Rennen zu tun. Und das bringt unglücklicherweise unseren Edmund ins Spiel.« Hawk schüttelte ungläubig den Kopf. »Ich weiß, mein Junge, da ist auch Bea ...«

»Mir kommt es so vor, Vater, als ob Beatrice hinter Edmunds Drängen steckt, daß ich verkaufen sollte. Doch vielleicht stimmt das gar nicht.«

»Oder, was schlimmer wäre: vielleicht stimmt es.«

Die beiden Männer blickten einander an. Hawk setzte das Brandyglas vorsichtig nieder. »Ich werde mit Belvis sprechen. Die Pferde, vor allem Flying Davie, müssen beschützt werden.«

Hawk verließ das Zimmer und bemerkte nicht, daß sein Vater noch immer Amalias Brief in Händen hielt. Erst als er am Abend in Frances' Zimmer ging, um mit ihr gemeinsam zu essen, wurde er daran erinnert. Er wartete, bis Mrs. Jerkins das Tablett mit allem, was Frances besonders gern aß, gebracht und das Schlafzimmer wieder verlassen hatte, dann erkundigte er sich: »Nun, was bekümmert dich außer deiner Schulter, Frances?«

»Das hier.« Sie hielt ihm Amalias Brief entgegen.

»Verdammt! Ich sollte meinen Vater umbringen!« schimpfte er.

»Wie konntest du mir das verheimlichen?« protestierte Frances. »Glaubst du, ich wäre eine dieser schwachen Frauen, deren empfindliche Nerven man nicht belasten darf? Du bist ein Dummkopf, Hawk, und das mag ich nicht!«

Er seufzte und setzte sich neben ihr Bett. »Wir stecken in großen Schwierigkeiten, Frances.«

»Versuche nicht, mich im unklaren zu lassen, Hawk!« sagte sie.

»Nein, dazu ist es zu spät«, versicherte er. »Aber jetzt iß erst einmal, dann werden wir über alles sprechen. Oder hast du mit meinem Vater das Rätsel bereits gelöst?«

»Unglücklicherweise nicht«, klagte Frances.

Sie hatte noch keinen allzu großen Appetit. Die Schulter, die inzwischen grün und blau geworden war, schmerzte noch. Schließlich legte sie ihre Serviette auf das Tablett und begann: »Dein Vater sagte mir, daß du Amalia Geld geschickt hast, damit sie London verlassen kann.«

»Ja«, erwiderte er nur.

»Sie geht nach Frankreich zurück?«

«Ja, um zu heiraten. Sein Name ist Robert. Er ist Landbesitzer und, möchte ich hinzufügen, ein sehr glücklicher Mann.«

»Glaubst du, daß deine Schwester in die ganze Sache verwickelt ist, Hawk?«

»Ich weiß es nicht, Frances. Ich hoffe, daß sie es nicht ist.«

»Edmund mag mich. Vielleicht weiß er gar nichts von alledem.«

»Vielleicht.«

Frances überlegte. »Wer von unserem Personal könnte gegen uns sein, Hawk?«

»Belvis bemüht sich intensiv, das herauszubekommen.«

Mehr war im Augenblick nicht zu diesem Thema zu sagen, und als Hawk wenig später neben Frances lag, gestand er: »Ich werde nie mehr ohne dich ins Bett gehen, mein Liebes. Und wenn du unser Kind tragen wirst, will ich jede seiner Bewegungen spüren.«

Frances lächelte glücklich. Bald verriet ihr gleichmäßiges Atmen, daß sie eingeschlafen war. Erschüttert dachte Hawk: Ich hätte sie heute für immer verlieren können!

Alle erfreulichen Gedanken schwanden. Verdammt, sagte er zu sich selbst, ich muß etwas tun!

Alles veränderte sich am nächsten Nachmittag. Belvis sah, wie Henry, einer seiner Trainergehilfen, Gift in Flying Davies Futter mischte. Er packte den Burschen und schrie nach Leibeskräften, aber Henry, der um sein Leben fürchtete, konnte sich losreißen und entkommen.

Hawk suchte sofort den Richter Lord Ellison auf, der eine Fahndung veranlaßte.

»Wir müssen ihn finden, wir müssen!« wiederholte Frances immer öfter. »Nur er kann uns sagen, wer ihn dafür bezahlte, Flying Davie zu töten!«

»Auf alle Fälle ist das kein Grund, nicht nach Newmarket zu gehen«, erklärte der Marquess.

»Das stimmt!« pflichtete ihm Frances bei.

»Nein!« schrie Hawk und sprang auf. »Nein!«

»Mein Junge, ich habe keine Hoffnung, daß Henry aufgespürt wird, leider. Der einzige Weg, die Angelegenheit gründlich aufzuklären, führt nach Newmarket.«

»Mit Flying Davie«, fügte Frances hinzu.

»Wir werden gut aufpassen«, erklärte Marcus. »Es kann nichts passieren.«

»Ihr seid ja alle verrückt!« schrie Hawk aufgebracht. »Frances hätte tot sein können, verdammt noch mal!«

»Ich bin es aber nicht, und hinter mir ist auch niemand her.«

»Man hätte dich aber umbringen können«, widersprach Hawk hitzig. »Und es ist durchaus möglich, daß du gemeint warst. Das sind im übrigen meine Pferde, du bist meine Frau, und Marcus, möchte ich hinzufügen, arbeitet für mich! Und du, Vater, warum fährst du nicht nach Chandos Chase ...«

»Das ergibt keinen Sinn, Hawk«, unterbrach ihn Frances, »die Pferde füttern, die Trainer bezahlen, und das alles für nichts. Außerdem, wenn du wirklich so besorgt um mich bist, verspreche ich dir, nicht aus deiner Sicht zu gehen.«

»Du bist krank!« erklärte Hawk kategorisch.

»In einer Woche bin ich wieder völlig in Ordnung«, versicherte Frances ruhig. »Flying Davie und Clancy's Pride sind in bester Verfassung. Und Tamerlane können wir gut bewacht hierlassen.«

»Dann hast du wohl auch schon einen weiteren Pferdetransporter bestellt?« brauste ihr Ehemann auf.

»Natürlich. Er wird rechtzeitig hier eintreffen. Erinnerst du dich nicht an meinen Gewinn in York?« In Wirklichkeit hatte Frances die Summe von ihrem Haushaltsgeld genommen, hoffte jedoch, daß Hawk sich nicht mehr daran erinnerte, daß sie die zweihundert Pfund an ihre Schwestern geschickt hatte.

Hawk hätte sie am liebsten durchgeschüttelt, bis ihr Hören und Sehen verging, unterließ es aber. Er brummelte irgend etwas Unfreundliches über die Sprößlinge des Grafen von Kilbracken und stapfte aus dem Zimmer.

»Er wird schon zu sich kommen«, meinte der Marquess überzeugt.

»Der Bursche verdient einen Tritt gegen sein ... Schienbein«, erboste sich Frances.

Plötzlich stieß Marcus aus heiterem Himmel hervor: »Ich werde Miss Melchers heiraten.«

»Ach du meine Güte!« stöhnte Frances. »Jetzt wird mein lieber Ehemann mich wieder verspotten, daß ich einen Verehrer verloren habe!«

Drei Tage später wurde Henrys Leiche in einer dunklen Gasse in York gefunden. Er war erstochen worden.

Hawk bekam einen Tobsuchtsanfall.

Frances bot Lord Ellison, dem Richter, noch eine Tasse Tee an. Er war ein alter Gentleman und wirkte auf sie sehr zerbrechlich, bis sie seinen stahlharten Blick sah. Lord Ellison beobachtete erst Hawk, der durch das Zimmer lief, dann setzte er die Tasse nieder und blickte prüfend zu Frances, die ebenfalls aufmerksam Hawks Bewegungen verfolgte.

»Ich kann mir nicht vorstellen, daß es das Ergebnis einer Streiterei ist, mein Lord«, erklärte Ellison nach einigen Augenblicken. »Es war ein einziger, gezielter Stich ins Herz.«

»Das bezweifle ich nicht«, erwiderte Hawk und winkte ungeduldig ab, als Frances ihm Tee anbot. »Irgend jemand muß etwas gesehen haben.«

»Haben Sie irgendeine Ahnung, mein Lord, wer dahinterstecken könnte?« wollte der Richter wissen.

»Ja«, erwiderte Hawk, »aber ich habe keine Beweise.«

»Darf ich trotzdem fragen, um wen es sich handelt.«

»Lord Dempsey.«

Der Richter sah nicht im geringsten überrascht aus und sagte: »Der Mann hat keinen guten Ruf. Ich besitze, genau wie Sie, mein Lord, meinen eigenen Rennstall, natürlich keinen großen, aber ich erfahre doch so allerlei. Egremont, der Graf von Derby, erzählte mir vor einigen Monaten, daß die Zahl der angeblichen Gentlemen, die beim Rennsport in Korruptionsfälle verwickelt sind, recht entmutigend ist.« Er stand auf. »Ihre Idee, einen Detektiv zu engagieren, mein Lord, halte ich für ausgezeichnet. Vielleicht können Sie über Ihre Besorgnis einmal mit dem Herzog von Portland sprechen. Er wird in Newmarket sein. Sie wissen sicher, was er über Rennen sagt: Glück oder Können oder Gaunerei entscheidet über den Sieg.«

29. Kapitel

»Du Idiot! Mein Gott, Mann, weißt du, was du getan hast?« schrie Edmund Lacy, Lord Chalmers, wütend Lord Dempsey an. »Du sagst mir, du wußtest nicht, daß die Frau Rothermeres Mätresse war! Du Esel!«

Lord Dempsey versuchte, sich zu rechtfertigen. »Sie steht nicht mehr unter Rothermeres Schutz. Warum also sollte sie das beunruhigen, was ich sagte? Außerdem: wer würde schon einer dummen Schlampe glauben?«

»Und warum hat dann Amalia Corleau ihre Sachen gepackt und London verlassen?« fragte Edmund gefährlich leise. »O ja, sie ist weg, das habe ich herausgefunden, obwohl Hawk ihr zum Verlassen des Hauses bis zum Ende des Quartals Zeit ließ. Warum sollte sie verschwinden, wenn nicht aus Furcht vor dir? Ich zweifle nicht daran, daß sie Hawk mitgeteilt hat, was sie von dir erfuhr!«

Edmund beobachtete Lord Dempsey, der aufstand und sich ein Glas Portwein eingoß. Blöder Kerl! Immer hatte er gefürchtet, daß er nicht dichthalten würde, wenn er betrunken war, und jetzt hatte er geredet — ausgerechnet zu Hawks Mätresse!

Dempsey und Nevil waren gute Freunde gewesen, bis Nevil schwach und ängstlich geworden war. Himmel, was sollte er tun? Sicher hegte Hawk jetzt Zweifel gegen ihn, große Zweifel. Henry, der einfältige Bauerntölpel, lag dankenswerterweise tot in York, und keine Spur führte hierher zu ihnen. Dempsey hatte es Spaß gemacht, ihn zu töten, er hatte vor Edmund sogar geprahlt: »Wollte mir die Schuld zuschieben, das kleine Schwein! Also machte ich kurzen Prozeß mit ihm.«

»Umbringen!« stieß Lord Dempsey plötzlich hervor.

Edmund starrte ihn an. Er sah die nackte Bösartigkeit in Dempseys fahlblauen Augen und erkannte, daß der Mann auch ihn töten würde, wenn er sich gegen ihn stellte.

»Wen?« fragte er und bemühte sich, ruhig zu bleiben. »Beide? Hawk und seine Frau?«

»Sicher. Wenn die Lady Rothermeres Geschmack bei Frauen entspricht, würde ich gern erst ein wenig Zeit mit ihr verbringen, bevor sie ihren gerechten Lohn bekommt.«

»Unmöglich«, stellte Edmund fest. »Ganz England würde aufstehen. Zweifle nicht daran, daß der verdammte Marquess von Chandos alle Fakten kennt. Selbst, wenn er nichts beweisen könnte, würden wir aus dem Lande gejagt. Der Mann hat zu viele mächtige Freunde, gar nicht zu reden von all den Leuten, die Hawk im Kriegsministerium kennt. Ich habe kein Verlangen danach, aus England zu fliehen und von Napoleon aufgespießt zu werden, wie er es mit allen Engländern macht, die er in die Hände bekommt.«

»Und wie sehen deine Pläne aus?« wollte Dempsey wissen. »Wir haben es auf deine Art versucht, Chalmers, und es wurde ein verdammter Reinfall.«

»Flying Davie darf nicht nach Newmarket gehen. Wenn das Pferd getötet wird — natürlich ganz zufällig —, dann kann uns nichts mehr passieren. Sicher wird Rothermere seine Vermutungen haben, aber keine Beweise.« Edmund lächelte. »Außerdem, Dempsey: Ich habe Lady Beatrice in der Hand ...«

»Welchen Teil ihres hübschen Körpers?«

»Laß das, du Dummkopf, und hör mir zu! Sollten irgendwelche Schwierigkeiten auftauchen, dann werde ich sie zu unserem Schutz benützen.«

»Und was ist mit den anderen Rennpferden?«

Edmund setzte sich im Stuhl zurück und legte nachdenklich die Fingerspitzen gegeneinander. »Zuerst müssen wir überlegen, wie wir uns von Flying Davie befreien können. Das sollte nicht allzu schwer sein — mit einem guten Plan.« Plötzlich ballte er die Hände die Fäusten. »Verdammter Nevil! Wenn der dumme Kerl nicht ein solcher Schwächling gewesen wäre, hätten wir das alles jetzt nicht nötig!«

»Ich mochte Nevil«, erklärte Lord Dempsey, und Edmund konnte ihn nur sprachlos ansehen.

Hawk strich Frances liebevoll das feuchte Haar aus der Stirn. Ihr Atem ging noch heftig, und er blickte zärtlich auf ihre schönen Brüste. An ihrer Schulter war noch ein leichter Bluterguß zu sehen, aber sie hatte keine Schmerzen mehr.

»Hawk?«

»Ja, Frances?«

»Ich liebe es, wenn du in mir bist.«

Hawk senkte den Kopf und küßte ihre Lippen. »Glaubst du, daß du das auch noch in fünfzig Jahren sagen wirst?«

»Fünfzig Jahre?« Frances blickte ihn spitzbübisch an. »Ist das alles?«

Lachend rollte Hawk sich neben sie. Er stützte sich auf einen Ellbogen und zeichnete mit den Fingerspitzen ihre geschürzten Lippen nach. »Wo hast du denn das gelernt?«

»Ich habe Viola im Spiegel beobachtet. Es machte alle jungen Männer in der Nachbarschaft wild.«

»Darf ich darum bitten, daß du das in Zukunft nur für mich tust?«

»Vielleicht, wenn es wirklich eine Bitte ist und keiner deiner üblichen Befehle.«

Hawk lächelte. »Ich bin zwar nur sieben Jahre älter als du, mein Liebes, aber du kannst mit mir nicht Schritt halten — in Wortgefechten, meine ich. Was das andere betrifft ...« er strich liebevoll mit der Hand über ihren nackten Körper, »nun, da hege ich keinen Zweifel mehr.«

»Oh!« Frances schlang die Arme um ihn in neu erwachtem Verlangen.

»Vorsichtig, Liebes!« mahnte Hawk mit Rücksicht auf ihre Schulter, doch davon wollte Frances nichts wissen.

»Du gehörst mir«, flüsterte sie.

»Ja, und ich will dir gehören, bis ich diese Welt verlasse«, versprach Hawk und dachte glücklich: Meine Frau!

»Du weißt, wie sehr ich dich begehre, Hawk, nicht wahr?«

»Ja. Ja, ich weiß es, mein Liebling.«

Später, nachdem Frances in seinen Armen eingeschlafen war, kehrten Hawks Sorgen zurück. Morgen sollten sie nach Newmarket reisen, und er gestand sich selbst ein, daß er Angst hatte. Er fühlte sich so hilflos, trotz aller Vorsichtsmaßnahmen, die er getroffen hatte. Er dachte an Mr. Samuel Uckley, den Detektiv, einen kleinen, unscheinbaren Mann mit einer Hakennase, und lächelte.

»Ich möchte meinen Freund, Mr. Horace Bammer, hinzuziehen«, hatte ihm Mr. Uckley gesagt. »Horace kann hierbleiben und sich umsehen, und ich werde mit Ihnen nach Newmarket kommen.«

Hawk hatte sich, während er Mr. Uckley über alle Vorgänge informierte, an den Kapitän von Nevils Yacht »Keymark« erinnert, konnte sich aber nicht mehr auf den Namen des Kapitäns besinnen. Er kannte auch Nevils Yacht nicht, hatte sie nie gesehen. Doch Mr. Uckley hatte recht, wenn er behauptete, falls auf der Yacht ein falsches Spiel getrieben worden wäre, müßte es der Kapitän wissen. Natürlich war es auch möglich, daß der Kapitän mit Bestechungsgeld zum Schweigen verpflichtet worden war. Hawk hatte daraufhin eine Nachricht nach Southampton zur »Keymark« geschickt und verlangt, daß der Kapitän nach Newmarket kommen sollte. Dann müßte er Rede und Antwort stehen.

Hawk fluchte leise vor sich hin, und plötzlich fragte Frances ganz deutlich im Schlaf: »Alicia, hast du dich krank gefühlt, als du ein Kind erwartetest?«

Großer Gott, dachte Hawk, ist Frances etwa schwanger?

Am folgenden Abend um sechs Uhr traf der Desborough-Troß im Hof des Gasthauses »Lame Duck« ein. Das Gasthaus war, da es in der Nähe der Doncaster-Rennstrecke lag, mit gut eingerichteten Ställen und genügend Räumen für die Ankommenden ausgerüstet.

Frances atmete auf, als sie endlich nach dem warmen Tag aus der dumpfigen Kutsche steigen konnte. Agnes war nicht gerade eine unterhaltsame Gesellschafterin gewesen und hatte höchstens etwas über die Dörfer gesagt, die sie durchfuhren.

»Du wirst mit deiner entzündeten Schulter nicht reiten«, hatte Hawk befohlen. Frances' Bitten und Schimpfen waren erfolglos geblieben.

Lord und Lady Rothermere wurden von Mr. Smith, dem

Besitzer des Gasthauses, mit großer Ehrerbietung empfangen und bestens bewirtet. Als das vorzügliche Mahl vorüber war, stand Hawk auf, küßte Frances und meinte: »Warum willst du nicht etwas schlafen, meine Liebe?«

»Und du, Hawk?«

»Ich werde dein Ritter sein und draußen vor der Tür mit einer Lanze in der Hand wachen.«

»Ich hätte dich lieber innerhalb der Tür. Was die Lanze anbetrifft ...«

»Frances! Du schockierst mich!«

»Ich spreche nur, wie du es immer tust«, erwiderte sie und blickte verschmitzt zu ihm auf.

Sofort erwachte in ihm das Verlangen, und er mußte sich mit aller Gewalt beherrschen, um sie verlassen zu können. Er schlief in der Nähe der Ställe, und Mr. Uckleys Schnarchen dröhnte ihm in den Ohren.

Am nächsten Morgen ging es früh weiter, damit sie am gleichen Tage noch das Gasthaus »King George« in Grantham erreichten.

Hawk schlief unterwegs im Sattel, ein Trick, den er bei der Armee gelernt hatte. Marcus, dem das ungewohnt lange Reiten zugesetzt hatte, fuhr mit Frances in ihrer Kutsche.

Am Abend verließ Hawk wiederum Frances und hielt Wache bei den Ställen. Er war schläfrig, und die Augenlider fielen ihm fast zu. Irgend etwas war nicht in Ordnung, das spürte er im Unterbewußtsein. Er hörte Belvis schnarchen. Irgend etwas stimmte nicht ...

Plötzlich ertönten Schreie: »Feuer! Feuer!« Hawk wurde jäh hellwach und sah, daß das Stalldach brannte.

»O Gott!« stöhnte er und schüttelte Belvis aus dem Schlaf.

Sie hörten die Schreie der Pferde und rannten los. Männer eilten in den Hof, schwangen gefüllte Wassereimer gegen das Dach und versuchten tapfer, die Pferde in den Ställen zu retten.

Plötzlich öffnete der Himmel seine Schleusen, und es regnete in Strömen auf das Gasthaus. Innerhalb weniger Augenblicke war das Feuer gelöscht, nur Qualmschwaden stiegen noch auf.

Hawk, das Gesicht schwarz vom Rauch, blickte zu Belvis. »Wir waren Dummköpfe«, stellte er fest, »vollkommene Dummköpfe.«

»Ich muß mich schämen«, bekannte Mr. Uckley und sah so fassungslos aus, daß Hawk zu ihm eilte, um ihn zu beruhigen. Es war Marcus, der Flying Davie am Halfter hielt. Das Pferd zitterte vor Furcht, seine Augen rollten wild, aber er war unverletzt.

»Frances!« Hawk blickte plötzlich erschrocken zum Gasthaus. »Kümmern Sie sich um Clancy's Pride!« rief er über die Schulter und eilte ins Haus.

Frances schlief, und er mußte sie lange rütteln, bis sie endlich die müden Augen öffnete.

»Du warst nicht das Ziel, Frances«, erklärte er leise und strich über ihr Haar. »Irgend jemand vergiftete das Futter und setzte die Ställe in Brand. Wir wurden durch einen Akt der Natur gerettet. Es regnet so stark, daß die Straßen wahrscheinlich überflutet sind.«

»Die Pferde?«

»Sind in Sicherheit, Gott sei Dank. Belvis kümmert sich um sie. Marcus hat Flying Davie unverletzt herausgebracht.«

Der Besitzer wurde vernommen, aber er wußte von nichts. Nein, es wären keine Fremden durch seine Küche geschlüpft, erklärte er nahezu beleidigt. Natürlich würde er weitere Nachforschungen anstellen, versicherte er, doch Hawk war nicht überzeugt, daß der Mann viel unternehmen würde.

Die Straßen waren am nächsten Morgen zwar aufgeweicht, aber nicht unpassierbar. Deshalb entschloß sich Hawk zur Weiterreise nach Newmarket. Todmüde erreichten sie in der nächsten Nacht um zehn Uhr das »Queen's Inn«. Dort erwartete sie bereits der Marquess und begrüßte sie herzlich.

Hawk berichtete ihm, was vorgefallen war, und der Marquess explodierte fast vor Zorn. »Das ist zuviel, verdammt noch mal!« schrie er.

Frances befürchtete nahezu einen Schlaganfall und reichte ihm rasch ein Glas Madeira. »Übrigens, Hawk«, meinte der

Marquess wenig später, »ich habe eine Nachricht zu Captain Anders von der ›Keymark‹ geschickt und den Burschen gebeten, uns hier zu treffen.«

Hawk lächelte. »Das tat ich auch, nur wußte ich seinen Namen nicht.«

»Ich hätte früher daran denken sollen«, ärgerte sich der Marquess über sich selbst, »ich war ein blinder Dummkopf!«

»Ärgere dich nicht weiter, Vater. Magst du uns bei einem späten Nachtmahl Gesellschaft leisten?«

Frances sah am nächsten Morgen, daß Newmarket eine völlig andere Stadt war als die Orte, durch die sie gefahren waren. Zahlreiche Gasthäuser, Geschäfte und Stallungen zeigten, daß sich hier alles um die Rennen drehte.

»Ein großer Teil des Landes um Newmarket gehört dem Herzog von Portland«, erklärte der Marquess seiner Schwiegertochter, während sie durch die Hauptstraße schlenderten. »Wie ich hörte, will er große Trainingsflächen anlegen. Es wird wahrscheinlich Jahre dauern, bis es so weit ist, wenn es überhaupt gelingt.«

Sie erreichten den Stall, den Hawk für die Pferde und ihre Trainer gemietet hatte, und Frances mußte lächeln, als sie viele Gentlemen um die Pferdetransporter versammelt sah.

»Eine faszinierende Idee«, sagte einer zu Hawk. »Man kann Sie nur beglückwünschen.«

»Das ist das Werk meiner Frau, sie war es, die einen Schmied in York fand.« Hawk sah Frances und trat zurück. »Hier ist sie, Gentlemen.«

Frances bemerkte sehr wohl, daß die Herren nicht gerade begeistert von ihrer Mitwirkung waren.

»Wie ich sehe, ist einer der Transporter beschädigt«, stellte Sir Jonathan Luddle fest. »Feuer?«

»Ja, wir hatten einen unglücklichen ... Unfall unterwegs.«

»Sind Ihre Pferde wohlauf?« erkundigte sich ein anderer.

»Ja.«

Der Mann schnaubte. »Verdammter Unsinn! Wenn Sie mich fragen, ich wette, es war alles andere als ein Unfall! Wir bezahlen Vermögen, um unsere Pferde vor Schurken zu schützen. Haben Sie von Ashlands Problemen gehört?«

In Newmarket waren auch zahlreiche Ladies, und Frances entdeckte bald, daß alle sowohl am Spiel als auch an den Gentlemen interessiert waren. Spielen, flirten und klatschen zu gleichen Teilen, stellte sie bei sich fest. Die fünfzig Pfund, die sie besaß, wollte sie auf Flying Davie setzen, und flirten würde sie nur mit ihrem Ehemann.

Am Abend gab Lord Delacort, ein älterer Gentleman, eine Gesellschaft in der »Goldenen Goose«, die er extra gemietet hatte.

»Ich sollte das ganze verdammte Gasthaus kaufen! Lächerlich, den alten Neddy, den Besitzer, reich wie Krösus zu machen!« erklärte Lord Delacort dröhnend. Er saß in einem riesigen Sessel in der Mitte des Raumes und hielt Hof. An seiner Seite stand ein nervös blickender Mann, bereit, jeden Wunsch seines Herrn sofort zu erfüllen. Zu ihm meinte Delacort jetzt: »Timmons, kümmern Sie sich morgen darum!«

»Jawohl, Mylord«, versicherte Timmons rasch.

Plötzlich sah Lord Delacort Frances und befahl in barschem Ton: »Komm her, Mädchen!«

»Keine Sorge, Frances«, flüsterte ihr der Marquess ins Ohr. »Der alte Kauz beißt nicht. Vor zwanzig Jahren wäre das anders gewesen.«

Frances lächelte nur, sah, daß Hawk sich mit einigen Gentlemen unterhielt, und ging zu dem gebieterischen alten Herrn.

»Ach, du liebe Zeit«, stöhnte der Marquess auf einmal. »Beatrice!«

»Und Edmund?« fragte Frances leise.

»Ich kann ihn nicht sehen. Was soll ich jetzt bloß machen?«

»Sie begrüßen, natürlich. Inzwischen sehe ich, was Lord Delacort wünscht.«

»Wer bist du, Mädchen?« wollte der Gastgeber wissen, sowie Frances vor ihm geknickst hatte.

»Ich bin Frances Hawksbury, Gräfin von Rothermere.«

»Ah, du bist das Mädchen, das für diesen Pferdetransporter verantwortlich ist. Kann mir gar nicht vorstellen, wie du das fertiggebracht hast. Bist schließlich ein Mädchen, eine Frau.«

»Das ist sicher wahr, mein Lord. Aber was hat das damit zu tun?« erwiderte Frances.

»Eine flinke Zunge hast du auch noch, junge Lady!«

Frances lächelte ihn an.

»Bring mir ein Glas Portwein, Timmons!« war der nächste Befehl.

»Ich denke, ich nehme ein Glas Punsch«, erklärte Frances. »Würden Sie mir Gesellschaft leisten, mein Lord?«

Lord Delacort sah sie durchdringend an. »Glaubst du wohl, du kannst mich um den Finger wickeln, Mädchen? Genau wie deinen Ehemann?« Frances mußte lachen, und Lord Delacort fuhr fort: »Ich hörte, er sei ein guter Mann.« Er zeigte mit dem Finger auf Hawk. »Niemand glaubte, daß er sich je an Rennen beteiligen würde, nachdem er seines Bruders Titel und Besitz übernahm. Ah, Nevil, das war einer!«

Was für einer? dachte Frances. Sie nippte an dem Punsch, den Timmons ihr gebracht hatte, und fragte: »Kannten Sie den früheren Grafen von Rothermere, mein Lord? Nevil Hawksbury?«

»Sicher«, grollte der alte Mann. »Man soll ja von Toten nichts Schlechtes sagen, aber ich mochte den Burschen nicht. Mußte immer prahlen! Tat, als ob er mehr von Training und Rennen verstand als der beste Mann in England. War alles Unsinn.«

»Ja«, erwiderte Frances und erkundigte sich: »Beteiligen Sie sich morgen am Rennen, Sir?«

Er grunzte. »Glaub nur nicht, daß du den Preis für das Fünf-Meilen-Rennen gewinnst, Mädchen! Mein Persian ist flink wie der Teufel! Wie heißt denn dein Vollblüter?«

»Flying Davie, Sir. Er ist erst vier Jahre alt, aber sehr kräftig, und sein Siegeswillen ist beachtlich.«

»Komischer Name«, bemerkte Lord Delacort und beobachtete Frances eigentümlich. »Du weißt, Mädchen, ich verlor ein sehr wertvolles Fohlen — und es würde jetzt vier Jahre alt sein. Sein Name war Starfire. Einige verdammte Schurken haben ihn gestohlen! Ich ließ landauf und landab nach ihm suchen, aber vergeblich. Verdammte Schufte!«

Frances hatte plötzlich ein merkwürdiges Gefühl in der Magengegend. »Sie sagten, sein Name war Starfire. Hatte er vielleicht eine besondere Markierung?«

Die Antwort kam rasch und entsetzte sie. »Und ob! Ein weißer Stern an seiner Stirn und einige weiße Sprenkel am Fußgelenk. Alles andere war tiefbraun. Seine Mutter hieß Clorida, sie hatte die gleiche Farbmarkierung.«

Frances nahm sich mit aller Kraft zusammen. »Wenn Sie nichts dagegen haben, mein Lord, hätte ich gern, daß Sie meinen Gatten treffen.«

»Bring den Jungen her!« befahl Lord Delacort. »Aber ich werde seine Gefühle nicht schonen, wenn er wie sein Bruder ist!«

O mein Gott, dachte Frances, als sie wie betäubt zu Hawk ging. Alles ergibt einen Sinn, einen schrecklichen Sinn.

30. Kapitel

Timmons, besorgt um die Gesundheit seines Herrn, protestierte heftig, als kurz vor Mitternacht Lord Delacort mit Hawk, Frances, dem Marquess und Beatrice durch die kalte Nachtluft zu den Ställen ging, doch sein Herr hieß ihn schweigen.

Die beiden von Hawk gemieteten Ställe wurden von Belvis, drei Stallknechten, zwei Trainern und Mr. Uckley bewacht.

»Sie lassen nichts aus, wie ich sehe«, meinte Lord Delacort und blinzelte, als sie die hell erleuchteten Ställe betraten.

Frances legte dem alten Genteleman eine Hand auf den Arm. »Sir, dies ist sehr wichtig. Sie müssen Flying Davie sehen. Belvis, würden Sie ihn bitte holen?«

Belvis öffnete die Box und brachte den Prachthengst heraus.

Es herrschte vollkommene Stille, alle Blicke waren auf das Pferd und den alten Mann gerichtet. Flying Davie stand fügsam da und betrachtete die Besucher.

Frances sah gespannt zu Lord Delacort, dessen Augen sich weiteten, und plötzlich flüsterte er: »Starfire!«

Sie sah den Schmerz in Hawks Augen, und auch ihr tat es weh, daß alles auf diese Weise endete.

»Ich verstehe überhaupt nichts«, erklärte Beatrice scharf. »Wieso nennt dieser Lord ihn Starfire? Also, wirklich, Philip ...«

Hawk drehte sich sehr langsam zu seiner Schwester um. »Bea, ich fürchte, unser Bruder war in Pferdediebstähle verwickelt — stahl Fohlen aus Rennställen.«

»Das ist absurd! Lächerlich! Hat sie dir diesen Unsinn eingeredet?«

»Ich fürchte, es ist kein Unsinn, Bea«, erwiderte Hawk ruhig. »Wir hätten vielleicht schon früher herausbekommen können, was es mit den fehlenden Verkaufsunterlagen und

Belvis' Erinnerung, daß Flying Davies Mutter schon ein Jahr tot war, als er geboren wurde, auf sich hatte. Es tut mir leid, Bea, aber nicht nur Nevil, auch Edmund und Lord Dempsey sind in diese Sache verwickelt. Wer sonst noch, das wissen wir nicht.«

»Es war clever von ihnen, sehr clever«, grollte der Marquess. »Wer hätte je vermutet, daß ein angesehener Rennstall wie Desborough-Hall mit solchen Machenschaften zu tun haben könnte.« Mit etwas zitternder Stimme fügte er hinzu: »Es sieht auch ganz danach aus, meine Liebe, daß dein Bruder von seinen Komplizen ermordet wurde.«

Bea geriet in Panik. »Nein! Nicht Edmund! Nein!« schrie sie. Sie war kreidebleich und klammerte sich an die Ärmel ihres Vaters.

Frances tat ihre Schwägerin leid. »Die Unfälle begannen, nachdem Hawk sich geweigert hatte, an Edmund zu verkaufen«, sagte sie. »Begreifst du das nicht, Bea? Wenn Hawk seine Pferde an Edmund verkauft hätte, wäre die Wahrheit nie entdeckt worden. Wahrscheinlich hätte Edmund Flying Davie wegen seiner auffallenden Markierung nach Amerika verschifft und viel Geld dafür bekommen. Mit den anderen Pferden, und wir wissen nicht, wie viele es sind, hätte er sich an Rennen beteiligen können, ohne befürchten zu müssen, daß sie von ihren wirklichen Eigentümern erkannt worden wären.«

»Ihre Logik ist nicht zu widerlegen, Frances«, sagte eine sanfte Stimme hinter ihnen.

»Edmund!« schrie Beatrice und wirbelte herum. »Sag ihnen, daß es nicht wahr ist, sag ihnen ...«

»Das kann ich nicht, meine Liebe. Es ist wahr, wie du siehst.« Edmunds Pistole war auf Beatrices Brust gerichtet. Keiner bewegte sich. »Du hast das Glück des Teufels, Hawk«, fuhr Edmund fort. »Ich war sehr enttäuscht, daß Frances an jenem Morgen Tamerlane ritt und nicht Flying Davie. Natürlich sollte dann das verdammte Pferd im Feuer in Grantham umkommen.«

»Es hat dir nichts genützt, Edmund«, erwiderte Hawk.

»Nein, unglücklicherweise nicht. Ich habe jedoch nicht die

Absicht, aus dem Lande zu fliehen, ohne eine — Sicherheit. Du hast zu viele Freunde, Hawk, und ich weiß, sie würden mich suchen und finden. Dagegen will ich mich schützen. Komm her, meine liebe Beatrice. Sofort!«

»Sie verdammter Bastard!« schrie der Marquess.

»Halten Sie den Mund, alter Mann!«

»Edmund, warum hast du Nevil getötet?« fragte Hawk sehr ruhig.

»Das will ich dir sagen«, höhnte Edmund. »Dein Bruder war habgierig und ein schwächlicher Dummkopf. Wir machten große Pläne in der Woche auf seiner Yacht, aber er hatte plötzlich Angst. Er wollte aussteigen. Er war betrunken, zufällig, und Dempsey, nun ... er ...«

»Nevil war ein Narr«, erklärte Lord Dempsey, der eben in den Stall kam, eine Pistole in der Hand. »Ich half ihm nur über die Reling. Er war zu betrunken, um sich selbst retten zu können.«

»Du gemeiner Bastard!« donnerte der Marquess. »Du hast meinen Sohn ermordet!«

»Nicht, Vater.« Hawk hielt seinen Vater im letzten Moment zurück.

»Also, wie ich bereits sagte«, fuhr Edmund fort, »ich brauche dich, Beatrice.«

»Sie verdammter Kerl!« rief Mr. Uckley wütend. »Sie werden niemals mit der Lady entkommen! Am besten geben Sie jetzt auf!«

»Ich hatte recht mit Hawks Frauen«, stellte Lord Dempsey gemein fest und musterte Frances von Kopf bis Fuß. »Ich nehme sie auch mit.«

»Wenn Sie es wagen, sie zu berühren«, drohte Hawk gefährlich leise, »bringe ich Sie um, langsam und mit dem größten Vergnügen.«

Lord Dempsey lachte. »Sie werden überhaupt nichts tun, mein Lord! Und wenn Sie dumm genug sind, einen Versuch zu riskieren, werde ich sie töten.«

Frances drängte sich näher an Hawk.

»Wir können sie vermutlich nicht alle wegschaffen, wie?« wollte Dempsey von Edmund wissen.

»Sei nicht blöd!« schnappte Edmund. »Laß Frances sein. Wir nehmen nur Beatrice mit.«

»Ich gehe niemals mit dir!« antwortete Beatrice sehr klar. »Du hast mich betrogen und benützt! Du hast meinen Bruder umgebracht! Wie konnte ich mich so in deinem Charakter täuschen!« Sie holte tief Luft. »Du wirst mich töten müssen — freiwillig gehe ich nicht mit dir!«

Edmund Lacy war einen Augenblick verblüfft. »Solch ein Temperament, meine Liebe! Dempsey, richte deine Pistole auf den Marquess. Wenn sich auch nur einer bewegt, stirbt der alte Mann!« Im nächsten Moment ergriff er Beatrice und zog sie grob zu sich.

Beatrice sträubte sich und zerkratzte ihm mit ihren scharfen Fingernägeln das Gesicht, Edmund konnte sie kaum bändigen.

Plötzlich ertönte ein gellender Schrei — der Schrei einer Frau. Amalia sprang auf Lord Dempseys Rücken, ihre Hände umklammerten sein Kinn und rissen seinen Kopf zurück.

Jetzt brach die Hölle los.

Beatrice versetzte Edmund einen Kinnhaken, daß er schwankte und von Mr. Uckley gepackt wurde.

Dempsey, eine Furie auf seinem Rücken, strampelte, fluchte und versuchte, mit der Pistole zu zielen, doch schon sprang Hawk herzu und schlug die Waffe aufwärts. Ein Schuß löste sich, und die Kugel traf unglücklicherweise Mr. Timmons in den Arm.

Beatrice, Marcus und Mr. Uckley zwangen Edmund auf die Knie. Hawk streckte Lord Dempsey mit einem gezielten Faustschlag zu Boden. Dempsey stöhnte und blieb bewußtlos liegen.

Dann half Hawk Amalia auf die Füße und blickte in ihr triumphierendes Gesicht, bis Frances sagte: »Vielen Dank, Madam! Sie haben uns gerettet. Wer sind Sie? Wie kommen Sie hierher?«

Hawk räusperte sich. »Frances, meine Liebe, das ist eine sehr gute Freundin von mir. Laß Mr. Uckley sofort den Richter holen, danach werden wir drei uns in Ruhe unterhalten.«

Eine Stunde später waren Hawk, Frances und Amalia im Wohnzimmer. Der Marquess hatte Beatrice in ihr Schlafzimmer gebracht, und Lord Delacort kümmerte sich rührend um den verletzten Mr. Timmons und wartete geduldig auf den Arzt.

»Das ist Amalia«, sagte Hawk ganz einfach.

Frances wußte es natürlich. Sie blickte die schöne Französin an, und ohne ein Wort zu sagen, ging sie zu ihr und umarmte sie. »Sie waren sehr tapfer, und wir danken Ihnen. Für alles.«

Hawk atmete erleichtert auf und verfiel wieder in seine männliche Selbstgefälligkeit. »Für alles, Frances?« fragte er anzüglich.

Beide Frauen wandten sich ihm zu.

»Benimm dich nicht wie ein Bastard, Hawk«, wies Amalia ihn zurecht, »oder ich bereue es, dich Engländer gerettet zu haben.«

Sie blickte zu Frances, die nickte, und im nächsten Moment drehte Amalia Hawk die Hände auf den Rücken, und beide Frauen zwangen ihn auf die Knie.

»Ich liebe knieende Männer«, erklärte Frances strahlend.

Hawk bewegte sich nicht, so dumm war er nicht. Die beiden Frauen waren zu allem fähig. Er blickte von einer zur anderen, dann streckte er die Hände hoch. »Ladies, ich ergebe mich!«

»Gut, mein Lord«, erwiderte Frances gnädig. »Amalia und ich sind nun bereit, über die Angelegenheit zu sprechen. Wenn du schwörst, daß du den Mund hältst, werden wir dir erlauben, uns Gesellschaft zu leisten.«

Erst Brutalität und dann Teegesellschaft, dachte Hawk wenige Minuten später, als sie alle drei saßen und ihre Tassen in Händen hielten.

»Sie sind sehr tapfer, Amalia«, betonte Frances und gab sich alle Mühe, sich nicht vorzustellen, wie Hawk diese schöne Frau liebkost hatte.

Amalia lächelte. »Jetzt ist alles gut.« Sie blickte erst zu Hawk, dann zu Frances. »Sind Sie nun mit diesem Mann zufrieden, meine Lady?«

»Ich werde ihn gut in Form halten, Amalia, das verspreche ich Ihnen«, erwiderte Frances trocken.

»Einen Rohling als Frau«, bemerkte Hawk.

Amalia sah die beiden wissend an, dann hob sie ihre Tasse zu einem Toast und sagte mit ihrer angenehmen, dunklen Stimme: »Die Logik des Herzens ist oft abwegig.«

Epilog

»Endlich, mein Junge, endlich! Ich wußte, daß du es schaffen würdest, wenn du es dir ernsthaft vornimmst!« Der Marquess von Chandos Chase strahlte und schüttelte seinem stolzen Sohn kräftig die Hand.

»Was?« protestierte Frances vernehmlich. »Ihr Junge hat dabei sehr wenig getan, mein Lord! Ich tat alles!«

»Na, nicht unbedingt alles.« Hawk beugte sich nieder und zerzauste lächelnd Frances' Haar. »Und er sieht mir vollkommen ähnlich, mein Liebes. Das allein besagt schon, daß Männer und Ehemänner viel stärker sind, ihr Wille ist mehr ...«

»Ich rate dir, das nicht laut zu sagen«, empfahl Lord Ruthven grinsend seinem Schwiegersohn. »Du weißt, Hawk, Frauen haben da so ihre eigenen Vorstellungen.«

In diesem Moment fing Charles Philip Desborough Hawksbury, Viscount Linley, fürchterlich zu schreien an.

»Männer beginnen sehr früh damit, ihre Wünsche anzumelden«, scherzte Sophia.

»Und hören nie mit dem Schreien auf, Sophia«, setzte Frances hinzu. Sie sah, daß ihr Ehemann aller Wahrscheinlichkeit nach etwas Unschickliches sagen wollte, und fuhr rasch fort: »Ich werde diesen kleinen Mann füttern, dann komme ich wieder herunter.«

Hawk küßte seine Frau und blieb bei seinem Vater und Schwiegervater, während Sophia Frances folgte.

Frances hörte noch, wie ihr Schwiegervater behauptete: »Ja, wirklich, mein Enkelsohn wird ein fabelhafter Reiter werden, auch bei Rennen. Ich sehe das bereits in seinen Augen.«

»Er hat Frances' Augen, Vater«, erklärte Hawk.

»Genau, mein Junge«, erwiderte der Marquess, »das stimmt genau!«

In ihrem Schlafzimmer angekommen, lächelte Frances

ihrer Stiefmutter zu, knöpfte ihr Kleid auf und gab Charles die Brust.

»Er ist ein wunderschönes Kind, Frances«, lobte Sophia.

»Ja, das ist er.«

»Ich dachte schon, Hawk würde den Doktor ohrfeigen. Er war in der Verfassung, meine Liebe.«

»Das ist er immer.« Frances grinste. »Was hörst du denn von Clare?«

»Sie studiert bei Mr. Turner, eine ganz unerwartete Ehre für sie. Überraschend ist, daß ihr Ehemann das sogar noch unterstützt.«

»Ich habe immer geglaubt, daß Daniel ein großartiger Fang ist, und ein Mann mit Verstand«, bekannte Frances.

»Allmählich fühlt er sich direkt belagert«, berichtete Sophia weiter. »Viola macht ihn ganz verrückt mit all ihren Verehrern. Er erklärte, daß er fortwährend über ihre Schoßhunde stolpert, wie er die jungen Gentlemen nennt. Adelaide hingegen lächelt nur zu allem in ihrer unbekümmerten Weise.«

»Du mußt Daniel sagen, daß Adelaide darauf achten soll, daß Violas Schoßhunde nichts Unschickliches tun.« Frances streichelte den schwarzen Flaum auf der Kopfmitte ihres Sohnes.

Sophia schüttelte den Kopf. »Wenn ich daran denke, daß Hawk möglicherweise Viola gewählt hätte! Lieber Himmel, was wäre das für eine schlechte Ehe geworden! Noch erschreckender ist die Vorstellung, daß Hawk Clare geheiratet haben könnte!«

»Der Marquess glaubt fest an Schicksal, Sophia. Er war überzeugt, daß ich — obwohl es anfangs gar nicht so aussah und ich ihn nicht ausstehen konnte —, mit Hawk als Ehemann zurechtkommen würde.«

Sophia lachte. »Ich kann mich noch daran erinnern, daß er dich am liebsten erdrosselt hätte, Frances.«

»Dann kannst du dir ja denken, wie Hawk sich gelegentlich fühlt. Es machte ihn wütend, als Otis und Mrs. Jerkins sich immer auf meine Seite stellten.«

»Aber du bist glücklich, nicht wahr, Frances?«

»Mehr, als ich mir je hätte vorstellen können.« Frances legte ihren kleinen Sohn an die andere Brust. »Und du, mein kleiner Liebling, wirst tatsächlich ein großer Reiter werden. Du hast doch meine Augen, stimmt's?« Sie blickte zu ihrer Stiefmutter. »Ich vergaß, dir zu erzählen, Sophia, daß wir in zwei Wochen nach Ascot reisen.« Mit leuchtenden Augen fügte sie hinzu: »Natürlich wird Flying Davie rennen, und auch Tamerlane.«

»Ich war völlig überrascht, als ich hörte, daß Lord Delacort euch die beiden Rennpferde als eine Art verspätetes Hochzeitsgeschenk übergab.«

»Ich nicht«, meinte Frances verschmitzt. »Ich glaube, wenn der Marquess es erlauben würde, dann würde Lord Delacort Hawk adoptieren. Es besucht uns jetzt oft. Natürlich mit dem armen Mr. Timmons im Schlepptau.«

Sophia kicherte. »Wie ich Hawk verstand, korrespondierst du mit Amalia.«

»Stimmt. Sie und ihr Robert sind erfolgreich mit ihrem Landbesitz.« Frances schwieg einen Moment und seufzte leise. »Es ist merkwürdig, aber normalerweise erinnere ich mich nicht an alles Schreckliche – an Edmund, der sich selbst tötete, und an Lord Dempsey, der schoß, während er versuchte, Mr. Uckley zu entkommen. Mir tut nur Beatrice sehr leid.«

»Das wäre nicht mehr der Fall, wenn du sie vor zwei Wochen in London gesehen hättest, Frances. Wieder ganz die Schöne, weißt du. Alle Skandale sind vergessen, vor allem, daß die Herzogin von Rutherford mit ihrem obersten Stallknecht durchbrannte. Das war schon eine sehr prickelnde Angelegenheit«, erzählte Sophia.

»Frances, kommst du jetzt?«

Sie blickte auf und sah Hawk im Türrahmen stehen, den Blick auf seinen trinkenden Sohn gerichtet. Sie lächelte ihm zu, und Sophia stand rasch auf.

»Warum leistest du ihr nicht Gesellschaft, Hawk, und ich unterhalte inzwischen die Gentlemen unten.«

»Ja, Frances? Wieviel fütterst du denn dem kleinen Kerl?« Hawk setzte sich neben sie auf das Sofa.

»Er ist wie du, mein Lord. Wie Sophia schon sagte: ein männliches Wesen, ganz gleich in welchem Alter, ändert sich nicht.«

Hawk lachte. »Übrigens ist Lyonel gekommen, um dem Erben seinen Respekt zu erweisen. Seine Großtante Lucia ist auch dabei.«

»Kein Wunder, daß du hier herauf flüchtetest!«

»Da hast du unbedingt recht. Sie richtete ihre Kanone auf mich, und Lyonel, der verdammte Bursche, stachelte sie auch noch dazu auf!«

In diesem Moment blickte Charles seinen Vater an und rülpste.

»Darin ist er unübertrefflich«, stellte Frances fest und hob ihren Sprößling hoch.

»Und ich bin unübertrefflich darin, mir etwas zu versagen«, erklärte Hawk zweideutig.

»Hawk! Du willst doch jetzt nicht etwa ...«

»Frances«, erwiderte ihr Ehemann und spielte den Gekränkten, »deine Gedanken gehen höchst unanständige Wege. Ich habe natürlich nur ans Ausreiten mit dir gedacht.«

»Reiten?« Frances musterte ihn mißtrauisch.

»Das auch«, meinte er schmunzelnd und küßte sie auf ihren lachenden Mund.

QUELLENVERZEICHNIS

IM SCHATTEN DER MITTERNACHTS-
SONNE/*Season of The Sun*

Aus dem Amerikanischen von Traudi Perlinger
(Der Titel erschien bereits in der Reihe »Romane für Sie« mit der Band-Nr. 04/135.)

STOLZ UND LEIDENSCHAFT/*Midsummer Magic*

Published by arrangement with Dutton Signet, a division of Penguin Book USA, Inc.
Aus dem Amerikanischen von Rafaela Paulsen
(Der Titel erschien bereits in der Reihe »Romane für Sie« mit der Band-Nr. 04/159.)

In der Reihe TIPP DES MONATS liegen auch als Heyne -Taschenbücher vor:

Jane Austen Band 23/138	*Johanna Lindsey* Band 23/115
Philippa Carr Band 23/159	*Johanna Lindsey* Band 23/144
Friederike Costa Band 23/161	*Johanna Lindsey* Band 23/156
Catherine Coulter Band 23/136	*Anne Perry* Band 23/139
Catherine Coulter Band 23/162	*Ellis Peters* Band 23/92
Catherine Coulter Band 23/168	*Ellis Peters* Band 23/104
Uta Danella Band 23/152	*Ellis Peters* Band 23/110
Colin Forbes Band 23/169	*Ellis Peters* Band 23/114
Olivia Goldsmith Band 23/148	*Ellis Peters* Band 23/121
Celia L. Grace Band 23/158	*Ellis Peters* Band 23/131
John Grisham Band 23/151	*Ellis Peters* Band 23/146
Mary Higgins Clark Band 23/132	*Terry Pratchett* Band 23/117
Mary Higgins Clark Band 23/154	*Terry Pratchett* Band 23/129
Mary Higgins Clark Band 23/164	*Terry Pratchett* Band 23/141
Claudia Keller Band 23/137	*Terry Pratchett* Band 23/165
Ephraim Kishon Band 23/142	*Nora Roberts* Band 23/150
Heinz G. Konsalik Band 23/108	*Evelyn Sanders* Band 23/66
Dean Koontz Band 23/101	*Evelyn Sanders* Band 23/166
Dean Koontz Band 23/119	*Craig Thomas* Band 23/160
Dean Koontz Band 23/123	*Joanna Trollope* Band 23/145
Dean Koontz Band 23/143	*Marion Zimmer Bradley* Band 23/98
Dean Koontz Band 23/155	*Marion Zimmer Bradley* Band 23/163
Dean Koontz Band 23/167	
John T. Lescroart Band 23/149	